世界二十大名著

图文珍藏版

世界经典文库

一部以历史事件为题材的杰出通俗小说 一部经久不衰的受世人推崇的经典之作

三个火枪手

第十三册

[法] 大仲马⊙著

马博⊙主编 张之键⊙译

线装书局

图书在版编目（CIP）数据

三个火枪手 / (法) 大仲马著；马博主编. -- 北京:
线装书局, 2016.1（2021.6）
（世界二十大名著）
ISBN 978-7-5120-2006-1

Ⅰ. ①三… Ⅱ. ①大… ②马… Ⅲ. ①长篇小说－法
国－近代 Ⅳ. ①I565.44

中国版本图书馆CIP数据核字(2015)第258786号

三个火枪手

作　　者：	［法］大仲马
主　　编：	马　博
责任编辑：	高晓彬
出版发行：	线装书局

地　　址：北京市丰台区方庄日月天地大厦B座17层（100078）
电　　话：010-58077126（发行部）010-58076938（总编室）
网　　址：www.zgxzsj.com

经　　销：新华书店
印　　制：北京彩虹伟业印刷有限公司
开　　本：710mm×1040mm　1/16
印　　张：28
字　　数：340千字
版　　次：2021年6月第1版第2次印刷
印　　数：3001－9000套

线装书局官方微信

定　　价：4980.00元（全二十册）

目　录

世界经典文库

世界二十大名著

目录

图文珍藏版

2

世界经典文库

世界二十大名著

目录

图文珍藏版

导　读

　　《三个火枪手》以 17 世纪初期的法国社会为背景,通过主人公达达尼埃及三个火枪手的种种奇遇,描写了上层封建统治阶级内部的矛盾和斗争。小说主人公达达尼埃是一个贵族子弟,遵从父命来效力于国王路易十三的火枪队队长,与其手下的三个火枪手结成好友,达达尼埃钟情于王后的贴身侍女伯纳肖夫人,愿为她而替王后赴汤蹈火,王后与英国首相白金汉爵的私情为红衣主教黎世留觉察,黎世留得知王后将国王赠给她的那串金刚钻坠子送给了白金汉公爵后,让国王举行盛大舞会,要王后戴上坠子出席,以此让王后丢脸,来发泄他们之间争权夺利的宿怨,达达尼埃与三个火枪手凭着自己的勇气和智谋,闯过黎世留设下的重重阻碍,从英国取回坠子,在舞会开始的前一刻送到王后手中。

　　《三个火枪手》是一部历史小说,但作者大仲马不拘泥于历史,在此基础上添加自己丰富的想象力,使它成为一部引人入胜的侠士小说,至今仍为人们所喜爱。

第一章　达达尼埃老爹的三件礼物

1625 年 4 月的头一个礼拜一,《玫瑰传奇》著者的家乡牟恩镇突然不安起来,就如同胡格诺教徒突然出现在拉罗谢尔街头一般。女人们朝着大街方向狂奔而去,留下孩子们在门口哇哇大喊。男人们看到这些,慌乱披上铠甲,抓起一支火枪或是一柄长戟壮胆,向"诚实磨坊主"客栈方向跑去。好奇的人们闹闹嚷嚷,把客栈围个满满当当,而且围观队伍仍在壮大,一片喧闹,嘈杂不堪。

那年头,风波动乱是常事。如果哪天风平浪静,没有什么大事要记进日志里(比如说好比那些隔三岔五发生的领主间的争斗,国王讨伐主教,西班牙人又向国王开战的新闻),反而成了怪事。在这些明争暗斗,秘密或公开的战争之外,还有那些好勇斗狠的窃贼、乞丐、胡格诺教徒、外表严肃的歹徒和披着号衣招摇的仆人们。对镇民们而言,差不多每天都要用刀用枪来对付那些窃贼、歹徒和仆人,三天五日地对付那些领主和胡格诺教徒,不时还得对付一下国王。不过,和红衣主教、西班牙人倒是相处融洽。正因如此,在前头讲的那个四月的第一个星期一,当人们听见嘈杂喧闹,却既没有看见红黄旗飘扬,也没瞧见黎塞留公爵的仆人时,他们就习惯性地朝"诚实磨坊主"客栈奔去了。

一到那里,这场骚乱的原因,肇事的祸根也就一目了然了。

那是个小伙子,他的长相只要用寥寥数语就可描述清楚——一个十八岁的唐·吉诃德,只是这一位少了胸盔和护腿甲,仅有一件紧身的羊毛短上衣。上衣原本

三个火枪手

图文珍藏版

该是蓝色的,现在却成了某种介于酒滓色和天蓝色之间的说不明白的颜色了。棕色长脸,颧骨突出,由此可见此人颇有城府。发达的颌部肌肉叫人可以轻易断定他是加斯科尼人,更不用说他还戴着一顶插着羽毛的贝雷帽呢。大眼,透着机灵;鹰钩鼻,可轮廓非常秀气;就是身材说不好,说是孩子有点太高,说是大人吧有点太矮。资历尚浅的人假使没瞧见那柄长剑,肯定说他是个乡下傻小子。长剑就挂在皮带上,不是在步行时磕他的腿肚子,就是在骑马时撩着那匹坐骑直竖着的鬃毛。

说上去,惹人关注的还有我们的小伙子拥有的这样一匹非同寻常的坐骑:贝阿恩产的矮种马,口在十二到十四之间,浑身黄毛,条秃尾巴,腿弯骨节粗,走起步来,脑袋耷拉到膝盖下面,让马颔缰纯粹成了个摆设。可别说,就这样它一天还能跑八里地。只可惜,毛色怪异,走相寒碜,把它的优点遮得无影无踪。在这么个人人自封是伯乐的年头,可怜的矮种马自从一刻钟前从博让西城门进了牟恩镇起,就成了街头一奇景,连带着骑马人也让人家嘲笑。

对小达达尼埃来说(骑着另一匹"驽骍难得"的唐·吉诃德,原来叫这个名字),他的骑术再好,也掩不住坐骑不争气给他造成的尴尬。面对着这骚动,心里就别提是啥滋味了。真说起来,当初他从达达尼埃老爹手中接过这份赏赐时,也就已经叹过一口长气了。但这并不意味着他就不晓得这头牲口至少得值二十个利弗尔,更何况还有伴随而来的那番金玉良言呢。

"孩子,"加斯科尼的老乡绅是这么说的——地道的贝阿恩口音,亨利四世说了一辈子的乡音——"孩子,这匹老家伙打十三年前在你爹家里出生起就一直呆在这儿,光看这一点,你也得好好爱惜它,可千万别卖了它,就让它安安静静地颐养天年吧。你要是骑着它上战场,可得像照顾个老仆人那样照顾它!"

"等你进了宫,"达达尼埃老爹继续说,"倘若有朝一日你蒙恩进宫当差,凭你拥有的咱家古老的贵族身份,你本就该享有这份荣耀。到那时,你可得给这体面的姓氏增添光彩哪!你的祖先们五百年来一辈辈地把这姓氏当之无愧地沿袭到了今天。记住,为了你和你的亲人——我说的亲人是指你爸妈和你那些朋友——除了国王和红衣主教大人,谁也不要理!如今这年头,闯天下靠的就是一腔勇气,你明白吗,要凭勇敢闯天下!哪怕一瞬间的胆怯,说不定就会与幸运擦肩而过。因为就在那瞬间,幸运之神刚好在朝你微笑眨眼。你年轻热情,更有双倍的理由应该勇敢:首先,你是加斯科尼人;其次,你是我的儿子!见着机会别腿软,敢闯敢拼才是好汉!你从我这儿学会了使剑,而且双腿结实,两手有劲,就更应该去挑战!正因为决斗被禁止,想打就得有十足的勇气,你就更要去打仗!

"孩子,我只给你这些东西:十五个埃居,一匹马,还有这番老人的叮嘱。你妈妈还会给你一个神奇的药膏秘方,那是她从一个波希米亚女人那里学来的。只要没伤着心口的外伤,它都有神奇的疗效。你要把握机会,开开心心生活,上帝保佑你长命百岁!还有,我要你好好学习一个人,以他为榜样。这人不是我,因为我只当过宗教战争中的志愿兵,却从没在宫里当过差。他是德·特瑞威尔先生,我以前的邻居,曾是路易十三陛下小时候的玩伴。喔,愿主保佑国王陛下!有时两个人玩着就动起手来,赢的人可并不总是陛下呢。可陛下挨的这些打,反而让德·特瑞威尔先生成了他的心腹,他的宠臣!德·特瑞威尔第一次游历巴黎,就跟人打了五次架;从先王驾崩到幼主主政,他又打了七次,更别提那些正式的攻城陷池了!算到今天,说不定又有一百次了!就这样,虽然敕令、禁令满天飞,那么多人被关进大牢,可他还是当上了火枪营的头,成了这支让国王器重,让主教蹙眉的皇家卫队的队长!要知道,这世上能让主教大人伤脑筋的东西可没有多少哩!更何况,德·特瑞威尔先生每年还有一万埃居的进账;所以,他官高爵重,地位显赫。要知道,当初他也跟你一样;带上这封信,去找他,向他学习,以他为榜样。兴许你哪天也能做个像他那样的人!"

说完这番话,老爹给儿子佩上他用过的长剑,然后亲亲热热地吻了他,祝他鹏程万里。

小伙子出了父亲的房间,母亲正拿着那种神奇的药方在等他。从刚才父亲的那一番殷切期望的话来看,做儿子的以后肯定得经常使用这种药膏了。这次的临别嘱咐比刚才的更长,也更加离情依依,这并不是说老爹不爱他的独养儿子。可是身为堂堂男子汉,达达尼埃老爹可不愿流露出真情而有损他男子汉的尊严。但达达尼埃大妈可是个地道的娘们,而且还是位母亲。她放声痛哭,而年轻的达达尼埃先生呢,凭良心说,他实在是尽了全力,想忍住眼泪,做得像个未来的杰出火枪手的样子。但母子亲情,天性流露,眼泪还是流了出来。好不容易,他才没让另一半眼泪夺眶而出。

当天,年轻人就上了路,身边带着父亲给的三件礼物。前面已经提到了,这三件礼物就是十五个埃居,一匹老马,还有一封给德·特瑞威尔先生的信。不用说,大家都明白,那番叮咛是额外赠送的。

有了这些随身之物,达达尼埃从外貌到精神,都不折不扣地做了塞万提斯笔下那位主人公的翻版,出于历史学家的责任感,我在描述他的形象时,已经荣幸地将他同那位主人公做了比较。在唐·吉诃德眼里,风车是巨人,羊群是军队,而达达尼埃则把微笑当作嘲讽,把注视看成挑衅。从塔尔布到牟恩,小伙子的拳头始终攥得死紧,每天起码有十次手按剑柄;但话说回来,拳头始终没有揍上某个下巴,长剑也没有机会离开剑鞘。也不是说路上的行人看见这可笑的矮黄马就不想开怀大笑一番,而是因为,矮马上方悬着的那柄铮铮作响的长剑可是挺骇人的。更何况,长剑上方还有那么一双怒目而视的眼睛呢。瞧瞧那目光,岂止是傲慢,简直是凶狠了。所以大家噤若寒蝉,极力屏住笑容。即使实在忍耐不住,也只敢像那些古代的面具一样,让笑容从一边嘴角逸出来,半边脸儿偷着乐。因此,达达尼埃内心激荡,外表威严,一路毫发无损地进了牟恩镇。

然而,他在"诚实磨坊主"客栈门前下马后却很受冷落。不见老板,也没有伙计,连马夫也不见踪影。没人前来帮他执镫,招呼张罗。从底楼一扇半开的窗户看进去,里面有两个人似乎是很恭敬地在听另外一个人讲话。讲话的人身材高大,绅士打扮,神情高傲,讲话时还微微皱着眉头。达达尼埃习惯性地认为他们是在对自己品头论足,便尖着耳朵去听。这次,达达尼埃只对了一半:人家说的不是骑马的人,而是人骑的马。讲话的人好像正对这匹老马发表高谈阔论,而那两个捧场的听客唯恐马屁没拍到家,叽叽咯咯笑个不停。而咱们的小伙子可是个火暴性子,一缕微笑都不能容忍,更何况是这种肆无忌惮的大笑呢?所以,他的反应可想而知了。

不过小伙子想先看清究竟是何等样人敢如此无礼地讥笑他。他眯起眼睛,目光骄傲地盯着那个家伙。此人四十出头,眼珠漆黑,目光敏锐,高鼻梁,白脸膛,唇边一绺修剪整齐的黑胡髭。上身穿紫色紧身短上衣,下身穿同色束膝短裤,同色饰带。全身上下只有衬衫衣袖上的袖衩作为装饰。衣裳虽新,但似乎刚从旅行箱中取出不久,看上去皱巴巴的。达达尼埃就在扫眼之间,将这一切尽数纳入眼底,丝毫无遗。他觉得一种奇异的感觉流遍全身,本能地认为,这个陌生人会对他未来的生活产生巨大的影响。

就在达达尼埃定睛打量这个一身出门服装的绅士模样的家伙时,后者就那匹贝阿恩矮种马所发表的见解正讲到最精妙的地方。不光两个听客呵呵大笑,他自己的脸上也破天荒地闪过——假如允许这样说的话——一丝淡淡的微笑。这下

世界经典文库

世界二十大名著

三个火枪手

图文珍藏版

子,事情很明显了,达达尼埃已经受到了侮辱。他坚定了这种念头,于是把贝雷帽一拉,压住眉毛,一心想摆出一副贵族派头来,就像他在加斯科尼看见的那些出游的爵爷们一样。他一手叉腰,一手按着剑柄,大步往前走。遗憾的是,他一边朝前走,一边怒气就直往头顶上窜,最后终于激怒过头,丧失了理智。原来准备在决斗前发表的那番豪气冲天、慷慨激昂的挑战词,也全都丢到了爪哇国。他发狂似的挥舞着手臂,嘴里还骂骂咧咧地说着粗话,本色显露无遗。

"你!先生,"他吼道,"躲在窗板后面的先生!没错,就是您!你们在乐个什么劲哪,有种的就说出来,让咱也来笑一笑,咋样!"

那位绅士派头的人慢慢地把目光从那匹坐骑上收回来,移到马主人身上,好像他在猛然间还没搞清楚这莫名其妙的指责是否真是冲着他来的。然后,在做出一个完全肯定的判断后,他额头微蹙,隔了好一阵子,才漫不经心地,用一种懒洋洋的嘲讽口吻,回答达达尼埃:

"先生,我并没有对您讲话。"

"可我却是在对您讲话!"年轻人被对方这种风度翩翩的傲慢腔调和不失礼仪的轻蔑样子气得半死,只知道扯开嗓门叫唤了。

陌生人轻皱眉头,就那样又看了他一阵子,然后离开窗子,走出客栈,慢悠悠地走到离达达尼埃两步远的地方站定,面对着那匹马。这种慢条斯理、不动声色地取笑对方的举动,让仍然待在窗前的那两个听客更是笑不可支。

一看见他过来,达达尼埃就把长剑拔出剑鞘约莫一尺光景。

"这匹马的毛是金黄色的,也许该说,它小时候是金黄色的。"陌生人对气得头顶冒烟的达达尼埃视若无睹,自顾自地继续他已经开了头的考察,尽管后者就站在他和他的两位听客中间,"对植物来说,出现这种颜色是很平常的,但迄今为止,在马的身上看到还是件稀罕事。"

"有胆子以马取乐的人,未必有种笑它的主人吧!"巴望成为德·特瑞威尔第二的小伙子怒火冲天地叫道。

"我并不是个爱笑的人,先生,"陌生人答道,"我想您从我脸上的表情就能够明白这一点;可是,只要我乐意,我完全有权想怎么笑就怎么笑。"

"可是,"达达尼埃嚷道,"我憎恶别人在我不痛快的时候笑!"

"真的吗,先生?"陌生人镇静异常地回应道,"唔,听着倒挺有道理。"说完,他转身朝客栈的大门走去,打算回店里去。那边的门廊下停着一匹鞍辔齐备的马,达达尼埃一来就看见了。

"回来!"达达尼埃的性格怎能容他放过这样一个肆无忌惮地嘲弄他的人呢?他一把拔出长剑,追着陌生人喊道:

"您给我转回身来,嘴巴厉害的先生!我可不想从后面捅您一下!"

"捅?捅我?"那人转过身,一脸惊讶与不屑,"行了,年轻人,您还真发起疯来啦!"

接着,他压低嗓子,好像是在喃喃自语:

"完了,"他咕哝着,"陛下正八方收罗勇士,扩充他的皇家卫队呢,这回可给他找到一个得意人选了!"

他话音未落,小伙子就狠狠一剑,要不是他躲闪得快,恐怕就再也没有说风凉话的机会了。这会儿,陌生人明白事情已经玩出火来了,就飕地拔出长剑,按规矩向对手致意,认真地准备开始比剑了。可就这工夫,刚才给他捧场的那两位,还有店老板,早就抢起了棍子、铁锹和火钳,朝达达尼埃劈头盖脸地招呼过去。达达尼埃攻势被遏制,只得转身去抵挡这暴风骤雨的攻击。趁这当口,他的对手一个干净利索的插剑入鞘，一下就从打斗的主角变成了作壁上观的观众，像个没事人似的泰然自若，只是嘴里嘀咕着说：

"见鬼的加斯科尼佬！把他撂到这匹黄马上，让他自个滚吧！"

"那也得等送你上路了再说，你这脓包！"达达尼埃以一敌三，毫无惧色，剑舞得唰唰响，一边还转过脸来冲他嚷嚷。

"又是个狂妄得上了天的加斯科尼人，"绅士打扮的人摇头叹息道，"这些加斯科尼人都是死不改悔的臭牛脾气！既然他皮厚痒痒，那就狠狠地揍他。等挨够了揍，他就会求饶了！"

可惜陌生人还不清楚自己碰上了怎样一个犟脾气：达达尼埃宁可断头也绝对不会低头求饶的。于是打斗不得不又继续了几分钟，最后，小伙子筋疲力尽了。一棍子打来，那柄剑给打断了半截，他手一松，剩下一半也飞了出去。又一棍子，年轻人额头开花，朝后跌了下去，顿时满脸污血，差点儿晕了过去。

也就是在这时候，镇上的男女一窝蜂似的涌到这个打斗现场来了。老板怕事情闹开了影响客栈的声誉，就吆喝着几个小伙子把伤者抬进厨房，帮他包扎一下伤口。

回过头来说那个绅士模样的人，他又回到了窗口的老位子上，望着外面的人群，满脸不耐烦。瞧见这么一大帮子人聚着不散，他好像极为气愤似的。

"喂，那个狂小子怎么啦？"开门声响起，他转过脸去，见是老板来请安，就开口问道：

"阁下没受惊吧？"

"嗯，一切平安，我的好掌柜。可您告诉我，咱们的小伙子现在还好吗？"

"他好多了，"老板答道，"刚会儿他还真的昏过去了。"

"真的？"

"可不！别说，他在昏过去之前，还憋足了力气喊您，而且还满嘴挑衅呢！"

"这混蛋根本是个魔鬼的化身！"陌生人高声说道。

"喔！不，阁下，他还不配做魔鬼呢。"客栈老板轻蔑地一撇嘴，"他晕了的那会儿，我们把他从里到外翻了一遍。那个包袱里就只有件衬衣，钱袋里也统共有十一个埃居。就这，他在晕过去那会儿还一个劲地嚷嚷，说什么这事要是搁到巴黎，您立马得后悔；就是在这儿，您迟早也要悔不过今日。"

"这么看来，"陌生人冷冰冰地说，"敢情他还是个微服私访的亲王喽。"

"我跟您说这些，我的老爷，"客栈老板赶紧说，"还不是为了给您提个醒，提防小人嘛！"

"他在那么怒火冲天的当儿，提到过什么人的大名吗？"

"有啊，那小子拍拍口袋，说什么：走着瞧，咱们看看德·特瑞威尔先生听到你们侮辱了他保护的人以后，会怎么着！"

"德·特瑞威尔先生？！"陌生人的神情忽然专注起来，"他拍着口袋说德·特瑞威尔先生……嗯，我说掌柜的，我想趁那小伙子昏过去的那阵子，您一定会去瞧上一眼他的口袋的吧。告诉我，里面有些什么东西？"

"一封信，写着火枪营的德·特瑞威尔先生收。"

"你没说谎？"

"绝不敢有半点隐瞒，阁下。"

客栈老板并不善于察言观色，所以也看不出他这番话引起了陌生人怎样的表情变化。陌生人本来一直靠着窗台，胳膊肘支在上面，现在却离开了那里，拧起了双眉，好像心里有点不安。

"活见鬼了!"他心里暗自嘀咕,"特瑞威尔会派这么个加斯科尼小鬼来对付我? 还是个乳臭未干的小毛头而已嘛! 话说回来,刺中一剑就是刺中一剑,跟得手的人有多大岁数可不相干;而且,平常人对小毛孩很少有戒心……得谨慎啊,有时小麻烦可会坏了大计划啊!"

他沉吟了好一会儿,良久才重新开口说道:

"喂,掌柜的,您帮我把这个疯子撵走可好? 说真的,我不能下手杀他;可是,"他冷冰冰地语带威胁,接着说:"可是他是个绊脚石。他在哪里?"

"就在楼上,我老婆房里,我们在那儿给他包扎来着。"

"他的衣服和包袱都在身边吗? 你们没给他脱下紧身短上衣吗?"

"哪儿的话? 这些东西都在楼下的厨房里放着。不过,要是他碍您的事,那就把这小疯子……"

"别说了。他给您这客栈抹了黑,但凡是个珍惜名誉的人都受不了这口窝囊气! 对了,请您去楼上把我的账结一下,然后再通知一下我的随从。"

"怎么! 您这就要走?"

"既然我刚才就吩咐您备马,您还有什么疑问吗? 您不乐意照办吗?"

"不敢,不敢! 阁下刚才想必也见到了,您的马早就备好了,就在门廊下候着,随时可以出发。"

"那就好,您照办去吧。"

"哟!"客栈老板暗地里思量,"敢情这位是不敢惹那个小伙子啊!"

陌生人瞟了他一眼,那尊严的目光吓得他收起了满心的胡思乱想。他恭恭敬敬地鞠了个躬,退了出去。

"不能让这小子看见密拉娣,"陌生人暗暗盘算,"她已经迟到了,不能再有耽搁了。看来,我还是骑上马去迎她的好……这封写给特瑞威尔的信里到底写了点什么东西呢?"

他一边嘟囔着,一边朝厨房那边走去。

这时候,客栈老板上了楼,进了老婆的房里,达达尼埃已经完全清醒了。老板认准了就是这个小疯子把他店里的那位大爷给赶跑的。于是,他吓唬小伙子说,依自己看来,他跟这么一位爵爷——老板认定那位陌生人肯定是个贵族老爷——挑衅滋事,巡骑八成不能饶过他,他劝小伙子就别管身子弱不弱了,赶紧收拾包袱走人吧。达达尼埃这时脑子晕乎乎的,也没穿紧身短上衣,头上裹着绷带,就那么下了床,由着老板一路推着下了楼。可刚到厨房里,他就望见了那个嘲弄他的人。那人这时正站在一辆华丽的四轮马车的车门前,轻声细语地跟人说话,两匹诺曼底骏马套着车辕站在院中间。

陌生人正面对着一个二十刚出头的女人,她从车门里伸出头来跟他交谈。前面已经提到达达尼埃那迅速敏锐地看人方法,所以这时候,他一眼就看到这个女人相当年轻,而且异常美丽。对于像达达尼埃这样一个长年在南方生活的小伙子来说,这种美丽是绝对特别的,所以给人的印象也就更加深刻。她皮肤分外白皙,一头金黄的鬈发,一直垂到肩上,蓝色的大眼睛犹如纯净的碧空,玫瑰色的小嘴,晶莹洁白的小手。她神情激动,正与那个陌生人热烈交谈着。

"你是说,主教大人命令我……"她问。

"立刻赶回英国,只要公爵一离开伦敦,就马上通知他。"

"其他的那些指令呢?"漂亮女人问。

"都在这个匣子里,您得等过了海峡才能打开。"

"明白了,那您呢,您要做些什么?"

"我要回巴黎去。"

"不想教训一下这个毛头小子啦?"她问。

陌生人正张口要答,可是,他的嘴巴刚张开,达达尼埃立刻冲到了门口。刚才的那番话他全听见了。

"这个毛头小子这就来教训一下别人啦,"他高声嚷道,"只是他巴望他要教训的那个家伙,可别又像上次那样见他就溜了。"

"见他就溜?"陌生人皱着眉头重复道。

"就是!但当着一位女士的面,我想您就没脸逃跑了吧。"

"听着,"密拉娣一瞧见那绅士派头的人的手搭到了剑柄上,赶紧说道,"记住,咱们稍一耽误就会破坏大事的。"

"您说得对,"那陌生人回答道,"那您就自个儿先走吧,我也马上就出发了。"

说完,他就朝密拉娣点头致意,自己也纵身上了马。而就在这会儿,那辆四轮马车的辕马屁股上已经挨了车夫狠狠两鞭子。于是,双方分别朝大街两头扬尘而去。

"嘿!您的住店钱!"客栈老板气急败坏地喊,既然陌生人没结清账就溜了,他自然也把原先的满腔敬意化成了一脸鄙夷。

"快给他钱,蠢货!"纵马飞奔之际,那人向随从喊道。那个随从扔了两三块银币在客栈老板的脚边,也上马追着主人远去了。

"喂!懦夫,嘿!脓包,嘿!臭清高的孬种!"达达尼埃也纵马紧追着那个随从不放。

可是这受了伤的虚弱身子毕竟还经不起这种剧烈的马背颠簸,没跑出十步路,达达尼埃一阵头晕,耳边嗡嗡作响,眼前一黑,当即从马上栽了下来,可嘴里还在一个劲地嚷着:

"脓包!孬种!孬种!"

"没错,就是孬种!"客栈老板嘀嘀咕咕地向达达尼埃身边走来,他希望用这种讨好来弥补他先前对可怜的小伙子的怠慢,就和寓言里鹭鸶对蜗牛的态度一样。

"就是,绝对是个孬种。"达达尼埃喃喃自语道,"但是,她可真美!"

"谁?"客栈老板问道。

"密拉娣。"达达尼埃傻呆呆地说。

说完,他又昏厥了过去。

"也好,"客栈老板自顾自说,"溜了两个,但还是留下了一位,我打赌他得再住上好一阵子。这样的话,我还是有十一个埃居进账。"

咱们晓得,达达尼埃的钱袋里,恰恰正好还剩十一个埃居。

照客栈老板的如意算盘,这家伙起码得养上十一天伤,一天一个埃居是怎么也跑不掉的;只可惜人家根本不理他的一厢情愿。次日早晨五点钟,达达尼埃就起身摸下了楼,跟厨房要了点葡萄酒、香油还有迷迭香,以及另外的一些配料,但究竟是些什我吗,我们就没法知道了。接着,他按着母亲给的方子配药膏,涂伤处(身上有好几处呢),又自己换了绷带,根本没有劳医生的大驾。看来波希米亚人的药膏真的疗效神奇,要不就是因为没有医生的搅和,当天晚上,达达尼埃就能四平八稳地站着了。而到了第三天,他几乎完全康复了。

尽管小伙子几天来粒米未进,但是他的那匹黄马,至少用客栈老板的话说,却吞下了有照它身价估算出的平常食量的三倍之多的食料;而且他还用了那么多葡萄酒、迷迭香和香油,所以账还是有的算的。但是,就在他要掏钱付账的当中,却发现怎么也找不见那封给德·特瑞威尔先生的信了。衣袋里只有那只磨损了的丝绒小钱袋,以及那里面的十一个埃居。

小伙子开头挺有耐心,他先是在衣袋和背心、裤腰的小口袋里翻来翻去地找了足足二十遍,然后又把那个包袱也从里到外摸了个底朝天,钱袋也打开又合上的闹腾了好半天。可是,当他确定自己是真的找不到那封信的时候,他第三次发起他的火暴脾气来,而这差点儿又要让他花钱再去买葡萄酒和拌药料的香油。因为,瞧着他暴跳如雷的架势,嘴里还一迭声地威胁说,要是不把他的信找出来,他就要把这该死的地方砸个精光;客栈老板已经攥紧了一把梭镖,老板娘也抓过来一把扫帚,而店伙计则纷纷操起了上回使过的棍子。

"我的引荐信!"达达尼埃吼声震天,"快给我把那封信找出来,该死的! 不然我就把你们全都刺个透心凉!"

遗憾的是,当时的情况并没有给小伙子来实现他恫吓的机会。因为,我们已经说过,在前一次的打斗中他的长剑已经断成了两截,只是他自己忘了这档子事;所以,当他真的想挥剑出鞘时,才发现自己手里握的竟是段大约八九寸长的断铁片儿,就连这都是客栈老板小心谨慎地帮他插进剑鞘里去的哩。说到那另外半截子剑,则早就被厨子拿去做了扦子,用来把肥膘往瘦肉里塞。

不过,单凭这点小挫折,要是没有客栈老板立即赞同说客人的要求合情合理的话,恐怕咱们这位一触即发的火暴性子的火气还是没有办法压下去。

"说的也是,"老板放下手中的梭镖说,"这封信能到哪儿去呢?"

"就是,它在哪儿呢?"达达尼埃叫道,"我可把话给您挑明了,这封信是写给德·特瑞威尔先生的,非给我找到不可;要是找不到,嘿,他可有的是办法让你找去!"

这话可把客栈老板给震蒙了。撇开国王和红衣主教大人不提,这位德·特瑞威尔先生或许就是被军人,甚至被小老百姓提得最多的人了。当然,也还有位约瑟夫神甫是焦点,但不管是谁,提到后者都得压低了声音的。这位红衣主教的亲信,这位灰衣大人,可真有点让人一听到就心惊肉跳的味道。

于是,客栈老板立刻把梭镖扔到一边,扭过头来吩咐老婆和伙计们赶紧把手里的家伙扔到边上去。而他自己已经带头开始找起这封丢失的信来了。

"信里想必是装着什么重要物件吧?"他白费了一番力气之后,这么问道。

"还用说! 那当然喽!"加斯科尼人高声说道,他可巴望着靠这封信让他进入宫廷,平步青云的,"我的身家都在那里面了。"

"难道是西班牙息票?"老板面色惶然。

"是皇家金库的特别息票!"达达尼埃心想,既然这封信是他投奔国王陛下的通行证,稍微说点大话吹点牛,也没有什么不妥的地方的。

"这下可完了!"客栈老板面如苦瓜,垂头丧气。

"不过这倒无所谓,"达达尼埃一点不脸红地接着说,这种风度是民族的天性,"没关系,钱根本不算什么——最要紧的是这封信。就是丢了一千个皮斯托尔,也不会比找不到这封信更让我难过着急。"

年轻人本想说两千,但临到嘴边又因为少年人的羞耻心改了口。

正当客栈老板为找不到信而肝火上升时,一个念头忽然从他脑中闪过。

"这封信不是丢了。"他大声宣布。

"哦?"达达尼埃接口说。

"没丢,而是有人拿走了。"

"拿走了! 谁拿的?"

"前天那个派头挺大的客人拿的。他曾经到楼下厨房里去过,那儿放着您的紧身短上衣。有一阵子那里面就他一个人。我敢担保,准是他把信偷走了。"

"您这么认为？"达达尼埃半信半疑。因为他比谁都心知肚明，这封信的重要完全是对他一个人而言的，绝不至于招来别人见财起意的贪婪。说白了，不管是到过这栈里的仆人，还是客人，任何人拿了这张纸片都是无利可图的。

　　"您是真的认为，"达达尼埃继续说，"您觉得那个傲慢的家伙很可疑？"

　　"要说我的看法啊，我觉得准是他。"客栈老板说，"我对他提起过，您的保护人是德·特瑞威尔先生，而且还有一封写给这位先生的信。他听了神色有点不安，就问我信在哪里，然后就立刻到楼下厨房里去了，他知道那儿有您的紧身短上衣。"

　　"如此说来，小偷真的是他，"达达尼埃说，"我要把此事报告给德·特瑞威尔先生，德·特瑞威尔先生会把这事告诉给国王陛下的。"说完，他派头十足地从袋里摸出两个埃居给老板。老板把帽子捧在手里，一直把他送到了栈门口。达达尼埃骑着老黄马，一路无事地到了巴黎的圣安托万城门。在那儿，他把黄马卖了三个埃居，这已经是个挺不错的价钱了，因为在最后一程中，这头牲口可被达达尼埃折腾得够呛的。因此，当小伙子按前面讲的价格用它换来九个利弗尔后，马贩子直截了当地告诉年轻人说，他之所以花这么高的价钱，完全是因为这头牲口的毛色极为罕见的原因。

　　所以，达达尼埃是夹着个小包，步行进入巴黎城的。费了好大工夫，他才在城里找到一个同他干瘪的钱袋相般配的出租房间。这个房间在一间有复折屋顶的楼房的顶楼，就在掘墓人大街上，离卢森堡宫只有几步路。

　　达达尼埃付了定金，就住进了这个房间。这一天剩下来的时间，他全都用来缝补那件紧身短上衣和那条有绦子边饰的束膝短裤。这些绦子的边饰原来是在达达尼埃老爹的一件几乎全新的紧身短上衣上的，是他母亲偷偷拆了下来，塞给儿子用的。缝补完后，他又到废铁铺找人帮他给那个剑柄配了个新剑身；随后，他回到卢浮宫附近，向遇到的第一个火枪手打听到，德·特瑞威尔先生的府邸就在老鸽棚街上，恰好就在达达尼埃租的房间附近。对他来说，这好像是个吉利的好兆头。

　　准备妥当以后，他上床睡觉，临睡前回想起自己在牟恩镇的那番表现，自觉挺不错的。他觉得自己过去毫无差错，眼下信心十足，未来也是无限希望，不知不觉就入了梦乡。

　　他的睡法还完全是外省人的派头，一直睡到了第二天早上九点钟。于是他赶紧起床，赶去谒见那位名扬四海的德·特瑞威尔先生，按照老爹的说法，这位先生可是全法国的第三号大人物。

第二章　德·特瑞威尔先生的前厅

　　这位德·特瑞威尔先生是到了巴黎才改成现在这种叫法的,在加斯科尼家乡时他叫德·特瓦维尔的。起初没发迹的时候,他确实也是跟达达尼埃一个样子,就是说,身无分文,只有拿胆大、聪明和机敏作资本;但单靠这些,一个贫穷的加斯科尼世家子弟,就能从父亲的遗产中获得受用一辈子的好处,甚至常常超过佩里格厄或贝里最有钱的富家少爷从遗产中实实在在享受的好处。超乎寻常的英勇,再加上枪林弹雨中非比寻常的幸运,让他在圣恩浩荡的天梯上爬到了顶端,而且是三级一跳,快得惊人。

　　他是国王的朋友,而每个人都知道这位国王是以怀念先王的深情著称的。德·特瑞威尔先生的父亲曾在亨利四世对天主教联盟的战争中,表现过他的赤胆忠心;而先王由于缺少现钱——这个贝阿恩人到死都缺少这种东西,所以每次要还债时,总是用他唯一充裕的东西,也就是许愿来应付债主们——所以,亨利四世因为手头没钱,在攻下巴黎之后,就下谕恩准老特瑞威尔先生用金狮作为他的徽章标记,狮子嘴上还刻着“忠勇”二字作题铭。这实在是件光宗耀祖的大事,但说到更为实在的利益,那就没有多少了。所以,当先王陛下的这位英勇战士去世时,他儿子得到的遗产就只有他的长剑和那两个字的题名。也因为有这两件遗产和那与之匹配的清白姓氏,德·特瑞威尔先生才被召进幼殿下的王府中,靠一柄长剑为殿下效忠,将那个题铭当之无愧地承继下来。正因为这样,就连作为国内屈指可数的剑术高手的路易十三本人,也还常常对别人说,要是他有朋友要参加决斗,他一定劝那人这样来选择副手:首先是他本人,接下来就是德·特瑞威尔;甚至有些时候,这个次序都要调换一下。

　　所以,路易十三确实对特瑞威尔抱有一份情谊;当然,这是一种国王的自私的情谊,但它终究还是情谊。每逢乱世,作君王的都希望把一批像特瑞威尔这样的汉子笼络到自己身边。在这些人中,能当得起题铭中后面的那个“勇”字的不乏其人;但真正能配得上前面那个“忠”字的豪杰,就是为数极少了。而特瑞威尔就是这批为数不多的世家子弟中的一员。他是举世罕见的将才,不但有纯种看门犬的驯从机警以及对主子死心塌地的忠诚,而且还善于察言观色,果断出击。一旦发现谁惹陛下不高兴,马上就想出办法来整治他,才不管他是贝斯姆还是莫尔韦尔,是梅雷的波尔特罗还是维特里。归根到底,到那时为止,特瑞威尔缺少的就只是一个机会了;但他始终在等待,而且下定决心,一旦机会经过身边,非得一把抓住再不放松不可。终于,路易十三到底让他当上了御前火枪营的统领。要说到忠诚,甚至有点近乎愚忠,路易十三的这支火枪营,就好像亨利三世的御林军,路易十一的苏格兰卫队。

　　不过话说回来,在这一点上,红衣主教可是一点也不输给国王的。这位法国的第二号人物,或者不如说是事实上的主宰,当他看见路易十三拥有这样一批英勇杰出的好汉时,就下定决心要让自己也有这样一支卫队。于是,除了路易十三有火枪营,红衣主教也有了他自己的火枪手。而且这两股势力不仅在法兰西的每个省份互相竞争,招募好手,甚至还到国外招募出名的勇士来充当火枪营的剑术高手。因为,每当夜幕降临,主教和国王在一起下象棋的时候,两人经常要为各自手底下剑客的优劣高下争执一番。双方都大言不惭地称赞自己的火枪手是怎样的仪表堂堂,如何的英勇过人。他俩一边郑重其事地宣布禁止决斗和聚众殴打,另一边又暗地里挑动火枪手们寻衅挑战,而且每当听到他们大胜或惨败,还真心诚意地兴高采烈或愁眉不展。关于这些情况,至少有一名曾亲身经历过的火枪手是这样宣称的,此人输过几次,但更多的时候是胜利者。

特瑞威尔摸着了主子的这个命门,而且凭着自己的这种机敏,居然长久地得到了这位并没有重情重意好名声的国王的恩宠,而且经久不衰。他指使他的火枪手神气活现地在阿尔芒—让·迪普莱西红衣主教面前走来走去,耀武扬威,还做出种种嘲讽挖苦的样子来,把主教大人气得吹胡子瞪眼,火冒三丈。特瑞威尔还极为精通那时候的养兵之道,为人处事可以说是得心应手。要知道,那年头的军饷,如果不是靠抓敌人的大头,那就得从同胞身上得来。因此,特瑞威尔的火枪手们,活脱脱就是一批到处惹是生非,叫嚷不休的兵大爷,个个胆大妄为,就服他一个人管。

这些放荡不羁、终日醉眼惺忪、不时挂彩添伤的皇家火枪手,或者干脆说是德·特瑞威尔先生的火枪手们,到处都看得见他们兴风作浪的身影。酒馆里,大街旁,赌场里,他们到处大喊大叫,狂态十足,佩带上的长剑总是铮铮作响。只要一碰到主教卫队的火枪手,就故意没事找茬儿;接着就当街挥剑出鞘,嘴里还一个劲儿地调笑挖苦。当然,他们中总有人免不得要死在对方的剑下,但这种情况反正一定会有人为他掉几滴英雄泪,然后替他报仇雪恨;而更多的情况是对手在他的剑下丧命,这时他也不会受太久的牢狱之苦,因为德·特瑞威尔先生一定会帮他说情的。就因为这样,他手底下的这帮火枪手们把他崇拜得五体投地,个个都把他的功德挂在嘴边。他们中就算是无恶不作的恶棍,见了他也成了温顺的小羊,不敢有一点违拗;哪怕只是从他那儿传出的一声轻责,他们为了表明自己的清白也不惜一死。

这股惊人的巨大力量被德·特瑞威尔先生控制着,他首先让这股力量为国王和国王的朋友服务,其次也为他自己和他的朋友所用。可是难得的是,尽管那个年代拥有数不胜数的回忆录,我们却从来没有找到一本回忆录,就算是出自他对头之手的也好——他在书生中树下的敌人,并不比在武士中的少——能在里面看到诸如这样的记录,指责他应对与其心腹合谋而承担责任。他天生便有一种搞阴谋诡计的才能,这种天才使他不比任何一个最狡诈的阴谋家逊色,但同时他又自始至终都称得上是一位正直硬气的男子汉。而且,尽管他每天都要在腰里悬上沉重的长剑,经受那令人疲劳不堪的艰苦操练,但他还是成功地挤进了那个时期社交名媛们招待密友的小客厅,成为知情识趣的情场高手,妙语如珠的调侃行家。提起特瑞威尔的鸿运当头,人们就像二十年前提起巴松比埃尔的表情一样——这种鸿运可不是寻常人能有的哟。皇家卫队的统领就是这么个令人敬仰、爱恨交织的人物,他可算是享受了人间幸福的最大极限。

我们知道路易十四把宫廷里的所有小天体,全都纳入他无所不包的恩泽普施之中;而他的父王,咱们这颗非比寻常的太阳,却恩准每个宠幸都保留自己个性的光辉,每个朝臣都留有个人的魅力。在当时的巴黎,除了对国王和红衣主教的朝觐外,每天早晨还有两百多名显贵在自己的府邸接待下属的晋见。其中,场面最为热闹的就要算是特瑞威尔府了。

坐落在老鸽棚街的特瑞威尔府,夏天从清早六点起,冬天从八点起,就活像一座大兵营。每天里面总有五六十个火枪手,就好像他们是轮着班来当值,好让这里始终保持一个可观的人数一样。这些火枪手腰佩长剑，不停地来回走动，机警地注意着周围的动静。宅子里有一座宽大得过分的楼梯，搁到我们文明时代来看的话，光那块地方就够盖上一整幢房子了。各种各样的人在这座楼梯上，上上下下，川流不息。他们中有巴黎城中跑来邀宠说项的本地人；也有外省那些怀着火枪手梦想的世家子弟；再有就是那些穿着缀有不同颜色绦饰的号服的仆人，他们是跑来为各自的主人送信给德·特瑞威尔先生的。前厅里一排放成环形的软垫长凳上，入选的客人们在上面坐着，他们就是那些等候召见的求见者。从早到晚，这个前厅都是人声鼎沸，喧闹之声不绝于耳的。而就在隔壁的书房里，德·特瑞威尔先生接见来客，倾听申诉，发布命令。而且，就像国王在卢浮宫的阳台上一样，他要是想检阅手下的火枪手和他们的装备，只要往窗口前面一站就可以了。

达达尼埃去拜见的那一天，前厅里同样挤满了人，而对于一个刚到巴黎的外省人来说，这种感觉就更加强烈了；没错，尽管我们的小伙子是个加斯科尼人，尽管他的老乡们在那个时代素以天不怕地不怕而名扬四海，但他还是有这样的感觉。你瞧，刚跨进那扇沉重结实、销着方头长钉的大门，他立刻发现自己置身于一群披盔带剑的火枪手中间。这帮家伙走来走去，彼此在打招呼，拌嘴，逗趣。如果想从这汹涌的人潮中开出一条通道来，非得是军官、显贵或者美女才行。

我们的小伙子就处在这样嘈杂混乱的环境中。他一边挪着步子往前走，一边止不住地怦怦心跳。一只手按住那紧贴着自己修长的大腿的长剑，一只手捏着帽檐，脸上挂着笑容——这是外省人在觉得尴尬又要硬充场面时露出的典型笑容。费了好大的劲，他终于从一帮人中挨了过去，暗暗地舒了口气；可他又心知肚明，大家都回过头来打量他。这天早些时候还一直觉得自己挺不错的达达尼埃，生平头一遭觉得自己很可笑。

楼梯跟前的情况甚至更糟：底下的那几级石阶上，有四个火枪手正拿着长剑比画着玩耍，而楼梯平台上还有十一二个伙伴正等着接他们的班。

这四个人有一个站在上面那级石阶上，长剑出鞘，正在阻止或力图阻止另外三个人冲上楼去。

这三个人都剑招灵动，合力向他发动进攻。起先达达尼埃以为这些剑都是练习用的花剑，剑头上有一个圆头的；但没过多会，当他看到有人挂彩时，才看出那四把剑都开过口子了，相当锋利。只要有人挂彩，围观的人就哄然大笑起来，受伤者本人也狂笑不止。

这时候，站在上面的那个火枪手成功地遏制了对方的攻势。那三人把他团团围住：按照规则，中剑者必须出局，并且把晋见的机会让给刺中他的人。不出五分钟，上面阻止的那人就连中三元，他的对手一个胸部被刺，一个下巴受伤，还有一个耳朵挂彩，而他自己却连皮也没有划破一点儿。这样，按照事前约定，他就赢得了三次晋见的机会。

尽管年轻的外省人早在心里嘱咐自己，千万别大惊小怪的，可他还是被眼前的这种玩乐吓了一跳。在家乡时，他的老乡们都是些一碰就炸的火药桶脾气，五花八门的决斗他也见了不少，可是像这四个火枪手这样满不在乎的玩命游戏，他还是头回见着，不免觉得过于刺激，有些心惊肉跳，就是在加斯科尼也很难瞧见这种情景。恍惚之间，他觉得自己好像到了当年格列佛去过的那个大名鼎鼎的大人国，心里实在害怕；可现在这当儿，他的路还有老长一段呢：前方还有那个平台和前厅。

楼梯平台上没有人在决斗，但有人在讲桃色新闻；前厅里讲的则是宫闱秘事。达达尼埃在经过平台的时候，觉得一阵面红耳赤；而穿过前厅时，他则在全身打战。在加斯科尼那阵子，他曾有满脑子让那些年轻女佣，甚至青年少妇都觉得可怕的荒诞放纵的大胆念头。可是，就算是在他最心猿意马的时候，都不曾想过这些香闺艳事的一半，那些豪爽的好汉行径的四分之一，更别提这中间还有那么多显赫的姓氏和露骨的细节哩。不过，如果说在平台上他的操守观念受到了震动的话，那么他对红衣主教的崇敬在前厅里就是受到了侮辱。在那里，达达尼埃简直惊得目瞪口呆了；人们都在放肆地议论那些震慑了整个欧洲的权术策略，还有那些曾让那么多位想要深入追究的达官显贵们遭祸的主教大人的私生活。这位达达尼埃老爹敬仰的大人物，居然成了这些德·特瑞威尔先生的火枪手们口中的笑料！他们津津有味地嘲笑他的罗圈腿和驼背；有的唱起下流猥亵的小调来编排主教的情妇德·艾吉雍夫人和他的侄女德·孔芭莱夫人；有的则一唱一和，取笑起身为公爵的红衣主教的侍从和卫队来了。在达达尼埃眼里，这所有的一切都显得匪夷所思、骇人听闻。

不过，有时候这些油嘴滑舌的火枪手们会忽然安静下来，那就是当国王的名字忽然从对主教的嘲笑声中冒出来时，他们疑神疑鬼，四下张望，就怕德·特瑞威尔先生书房的那堵墙会不小心成了告密者一样。可没过一会儿，有人说了句含沙射影的话，把话题又转到了嘲笑主教大人时，前厅里立刻响起了更加肆无忌惮的哄笑声，而红衣主教的一言一行在此时都成了众人嘴里的笑柄。

"不用说，这些人统统都要关进巴士底狱，都要上断头台。"达达尼埃忐忑不安地想，"我呢，也得跟他们一起进去，因为别人见我听得这样专心致志，非把我当成同党不可。父亲当初一再嘱咐，要我尊敬主教大人；要是让他知道我现在混在这帮无法无天的家伙当中，该怎么想呢？"

因此，不用我明说，大家也都猜得到，达达尼埃是没有胆子加入这种谈话的；他只是站在一旁，睁大眼睛，竖起耳朵，聚精会神地注意着每一个细节。但是听着听着，他就记不起父亲的嘱咐了，不但对这些周围发生的、可他却闻所未闻的事情听得津津有味，而且本能地赞叹不已，根本忘了要义愤填膺的。

但是，由于在这批前来晋见德·特瑞威尔先生的人当中，达达尼埃是张生面孔，大家是头回瞧见他，所以就有人上前来问他有何要事。人家这么一问，小伙子就很谦逊地报了自己的名字，还特别申明自己是德·特瑞威尔先生的家乡人，请这位问他来意的贴身男仆帮忙通报一下。男仆口气极为骄慢，答应会在适当的时候转达这个请求。

这时候，达达尼埃已经有点从最初的惊愕中苏醒了，因此也就有了观察周围火枪手们相貌和服饰的闲情逸致。

在那群人中，一个身材魁梧的火枪手是最活跃的人物了。他一脸高傲，再加上刻意标新立异的服饰，把大家的注意力都吸引了过去。这时候他并没有穿上火枪手的敞袖外套(不过，由于那个时代虽然自由不足，但个性倒是有余，所以这身制服倒也不是非穿不可的)，而是穿着一件略微有些褪色和磨损的天蓝色齐膝紧身外衣，上面罩了一条绣着金线的漂亮肩带，闪闪发光，就像粼粼水波经骄阳照射后发出的光芒。肩上相当优雅地披着一件深红色的丝绒长披风，盖住了背部，只露出胸前那截金光闪闪的肩带，一柄巨大的长剑挂在下端。

这个火枪手刚在外面值完岗，一个劲儿地抱怨自己着了凉，还不时装腔作势地咳嗽几声。根据他对周围人作的解释，他裹上披风就是为了这个原因。而当他昂着脖子，捻着唇髭，傲气逼人地说这话时，众人都在啧啧称赞这条刺绣的肩带，达达尼埃则是最为倾心的一个了。

"有啥办法呢？"这个火枪手说道，"现在就讲究这个；我知道，这是浪费挥霍，可这是时髦嘛。再者说，那么些钱摆在家里，总也得花掉一点儿呀。"

"得了！波尔托思！"有人嚷嚷道，"你以为我们还真的相信这条肩带是花的你爸的钱吗？上个星期天,在圣奥诺雷城门那儿,我不是瞧见你和一个戴面纱的女人在一起吗,这肩带啊,一准是她给买的!"

"不是!我以正派人的荣誉起誓,这是我自己买的,掏的也是自己口袋里的钱。"这位被叫作波尔托思的火枪手回答道。

"对,就像我买这只新钱袋,"另一个家伙插嘴说,"用的是我情妇旧钱袋里的钱。"

"我说的是真话,"波尔托思说,"证据是我花了一共十二个皮斯托尔。"

尽管还有人怀疑,但夸奖的声音越来越响亮了。

"你说是不是,阿莱米斯?"波尔托思扭头去问另一个火枪手。

这另一个火枪手,跟刚才招呼他的那位恰好是鲜明的对比:他是个二十二三岁的青年人,有一张天真的、略嫌过甜的脸,黑眼睛,目光柔和,玫瑰色的脸颊上长着一层细密的茸毛,就像秋天的桃子一样,嘴唇上方的唇髭纤细笔直。他总是不肯垂下手,好像担心那样会让上面纤细的脉管涨粗了似的;时不时地,他拿手去捏一捏两个耳垂,让它们保持一种透明的柔粉色。他的话不多,而且语速很慢,但躬身行礼却总是很殷勤;笑也不出声,露出一口漂亮的白牙齿,看来他对这口牙齿也像对待身体上的其他部位一样,照顾备至。听到朋友发问,他就点了点头,表示答案是肯定的。

这个肯定的回答好像消除了有关肩带问题的一切怀疑,大家对它仍是赞不绝口,可话题已经不在这上面了;也不知道谁突然想到了一件别的事,于是话题一下子就扯到了那个方面。

"夏莱那个侍从官说的那件事儿,你们是怎么看的?"一个火枪手发问道。这个问题并不是针对某一个人,而是向大家提出的。

"他说了些什么来着?"波尔托思大大咧咧地问道。

"他说,就在布鲁塞尔,他看见了主教的心腹罗什福尔乔装成了嘉布遣会的修士;就是这个该死的罗什福尔,上次也是这样的乔装改扮,把德·莱格先生当成个傻瓜耍。"

"他倒也的确是个傻瓜,"波尔托思说,"可是这消息来源确切吗?"

"这是阿莱米斯讲出来的。"那个火枪手回答。

"阿莱米斯?"

"哎!这些您不都知道了嘛,波尔托思,"阿莱米斯说,"我昨天不都告诉您了吗?所以现在咱们俩就别再提它了。"

"别再提了,您就这么说话吗?"波尔托思接下去说,"别提它了!该死的!你说得可真轻巧。怎么!红衣主教派人去刺探一位贵族的底细,还让一个叛徒、恶棍、骗子偷了他的信;然后,他又凭着这个奸细和这封信,把夏莱给砍了,理由简直荒唐得要命,居然说夏莱想谋杀国王,让王后嫁给大亲王!这件事一直让人猜不透,事前连一点风声也没有,直到昨天您才对我们提起这件事,大家倒也都听得挺带劲儿。可是今儿个,我们大家还都对这消息挺新鲜的时候,您却告诉我们'别再提了'!"

"行,您既然想说,那咱们就聊吧。"阿莱米斯显得挺有耐心。

"要说这个罗什福尔,"波尔托思高声嚷道,"如果我是那个夏莱的侍从官,非得给他点厉害尝尝!"

"那么您呢,红衣公爵就一准要给您点颜色瞧瞧了。"阿莱米斯接上去说。

"哈!红衣公爵!妙,妙,真妙!"波尔托思又是拍手,又是点头的,"这个名字取得妙极了。老弟,你放心,我一定会把这个绰号广而告之的。瞧瞧,这个阿莱米斯有多聪明啊！你没能实现自己的宏愿,可实在是太大遗憾喽,我的好老弟！不然您准会是个杰出的神甫！"

"喔！那只不过是稍微往后推迟一点时间罢了,"阿莱米斯接下去说,"终有一天我会当上神甫的。您是知道的,波尔托思,就为了这个,我一直在潜心研究神学。"

"他这么说,可也真的这么做哩,"波尔托思马上应道,"他早晚有一天会披上神甫的袍子的！"

"绝对晚不了。"阿莱米斯说。

"他早就把那件教士服挂在火枪手制服后面了。现在他就单等一件事,然后就一门心思要做教士啦。"一个火枪手说。

"他等的是哪件大事呀?"另一个火枪手问。

"就等着王后给咱们的法兰西王位生一个继承人呢。"

"先生们,请别拿这件事情来取乐。"波尔托思说,"感谢上帝,我们的王后还年轻,还是能够生个继承人的。"

"可人家说,德·白金汉先生现在正在法国哩。"阿莱米斯说完这句好像挺简单的话后,却又狡黠地一笑。这么一来,听上去就好像有一种颇为不堪的意味了。

"阿莱米斯,我的老伙计,这次可是您的不对了。"波尔托思打断了他的话头,"您总爱耍小聪明,机灵得又过了头;要是您这话传到德·特瑞威尔先生耳朵里,那可有您的好果子吃！"

"看来您是想教训我了,对吗,波尔托思?"阿莱米斯嚷了起来,仿佛有一道光芒飞快地掠过他那双平时目光柔和的大眼睛。

"我的朋友,您要不就当火枪手,要不就安心去当神甫。随您选哪条路,可您总得有个准主意啊。"波尔托思继续说。"听着,前不久阿多思还说您'吃着这个槽,还惦记着那个槽的料'呢！哎,我看呀,咱们谁也别恼了,恼也没用。当初,您！阿多思和我是怎么说定的,您心里特明白。在德·艾吉雍夫人府上,您对她挺殷勤;您还到德·博瓦—特拉西夫人,就是那位德·谢芙勒兹夫人的表妹家里去,大家都知道您很善于赢得夫人们的青睐。哦！我的主啊,您用不着告诉我们您走了什么蜜运,我们可不想刺探您的隐私,大家都知道您的嘴巴比谁都紧。但是,既然您有这个好品格,见鬼！您怎能不把它用在王后陛下身上呢? 要是讲到国王和红衣主教,您想怎么说就怎么说,爱怎么编排都可以;可王后是不可侵犯的,神圣的,谁要提到她,就只能说她好。"

"波尔托思,我跟您说,你就跟喀索斯一样骄傲得要命,"阿莱米斯回答道,"您知道我最不耐烦别人教训我了,除非那人是阿多思。至于您哪,伙计,您要是在这上面逞能,您的肩带未免太漂亮了。该是我当神甫的时候,我自然会去当的。而现在,我就是个火枪手;就靠这点,我爱讲什么就讲什么,而现在我想说的是,您让我觉得厌烦。"

"阿莱米斯！"

"波尔托思！"

"喂！两位！两位！"周围的人都喊了起来。

"德·特瑞威尔先生有请达达尼埃先生。"就在这关头,通向书房的门打开了,一个仆役高声喊道。

在他通报这道消息时,书房门一直开着,外面一片静寂。就在这一片沉默中,年轻的加斯科尼人穿过了大半个前厅,走进了火枪营长官的书房,心里暗暗庆幸,自己不必看到这场奇异的吵架的结局了。

第三章　拜　见

　　这个时候，德·特瑞威尔先生正为一件事情在烦心，但见了达达尼埃，他还是相当客气地招呼他。年轻人恭恭敬敬，对着他深深地鞠了个躬；而后者则笑容可掬地接受了这个尊敬的表示。事实上，达达尼埃的贝阿恩乡音显然让他一下子想起了自己那美好的青年时光和可爱的家乡，自然流露出了欢悦的神态。不过才一个转身，他又往通到前厅的那扇门走去，同时朝达达尼埃打了个手势，似乎在请求对方先给他点时间来处理别的事情，然后再跟他谈他的来意。他站在门口，连喊了三声，而且声音越来越大了，要是说第一声只是流露出了点威严的话，那最后一声就是十足的怒不可遏了：

　　"阿多思！波尔托思！阿莱米斯！"

　　我们刚刚熟悉的那两位火枪手，一听到这三个名字中的后两个，马上挤出人群，走向书房。他俩刚走进书房，房门就立即把外面的喧闹关在了他们身后。两位先生的脸容，虽然显得有点不够安详，但还是自然流露出一副不卑不亢，雍容大度的风范来，达达尼埃在一旁忍不住暗暗赞叹。在他看来，眼前的这两位仿佛是刚从古希腊神话中走出来的半神半人的英雄。而他们的首领，则完全是奥林比亚山上神威庄严的朱庇特了。

　　随着房门在两个火枪手背后关上的声音，前厅里的谈话又给注入了刚才那几声叫唤补给的新鲜血液，于是此起彼伏的人声又开始嘈杂起来。而在这会儿，在书房里，德·特瑞威尔先生眉头紧皱，不言不语，已经迈着大步走了三四个来回了。而刚进书房的两位则好像在接受检阅一样，站得直挺挺的，同样不吭一声。终于，德·特瑞威尔先生忽然在两人面前刹住了脚步，站定了，显得火气十足地把他们从上到下地打量了一遍：

　　"两位先生，就在昨天晚上，"他嚷道，"你们知道吗，就是昨天，国王对我说了些什么吗？啊，你们知道吗？"

　　片刻的沉默，然后两个火枪手回答道，"不知道，先生。我们不知道。"

　　"可是，"阿莱米斯优雅地补充道，语气里充满了敬意，"希望您能赏脸告诉我们。"

　　"国王说，以后他要到红衣主教先生的卫队里去寻找火枪手了！"

　　"到红衣主教先生的卫队里去寻找火枪手！为什么！"性急的波尔托思马上问道。

　　"因为他觉得，他的酒的味道实在太淡了，得从别人那里拿点好酒来掺进去，才喝得出劲儿来。"

　　两个火枪手一下子变得脸红脖子粗，甚至眼睛都红了。达达尼埃真恨不得地上裂出个大洞，好让他把自己不知所措的手脚藏起来。

　　"对，对，"德·特瑞威尔先生继续说下去，表情异常激动，"陛下的原话就是这个，而且我认为他说得完全正确。因为摸着良心说，火枪手确确实实在宫中出丑露乖，丢人现眼了。昨晚打牌的时候，红衣主教告诉国王陛下说，他板着那张让人瞅着就生气的哭丧脸说，就在前天，'那几个混蛋的火枪手，做尽坏事的家伙——他说这话时故意带着开玩笑的口气，让我看着心着心里更加添堵——'那几个惹事精，'他一边用那双山猫眼睛看看我，一边又加上这么一句，'夜很深了还死赖在费鲁街的一家小酒馆里不肯挪窝。'他手下的一个巡逻队——这时我估计他要出我的洋相了——'只好动手去逮捕这些个捣乱的坏蛋。'该死！你们该不会不知道这件事吧！逮捕火枪手！就是你们，你们这几个家伙，别跟我抵赖，人家可认出你们了，红衣主教也点了你们的名。话说到底还是我的错，对，是我的错，谁让我手下的火枪手都是我一个个亲手挑选的呢。你，阿莱米斯，哼，好好的教士不去当，干嘛死皮赖脸地来我这儿当火枪手呢？还有，你，波尔托思，这条绣金肩带还真是挺漂亮的，难道是用来挂麦秆的吗？还有阿多思！阿多思上哪儿去了，他人呢？"

"先生，"阿莱米斯一脸忧伤地应道，"他生病了，而且病得不轻。"

"病了，病得不轻？这是你说的话吗？他得了什么病？"

"很可能是出天花，先生，"波尔托思也想插进来说几句话，"最糟糕的是恐怕他的脸得破相。"

"出天花！你这可真是天方夜谭，波尔托思！……这么大岁数了还出天花？……根本不可能！……估计是受伤了，或者就是死了！……哎！我早应该猜到！……记住！火枪手先生们，我再也不准你们去那些地方鬼混，不准你们当街吵架决斗。说到底，我不想让你们闹出笑话让红衣主教先生的卫士们看热闹。他们可都是些好小伙，又规矩，又机灵，他们才不会留下把柄好让别人去逮捕他们，而且他们更不会就那样任凭人家动手！……这一点我绝对坚信……他们是宁可死，也决不会退缩的……逃跑、开溜、落荒而逃，这些把戏都只配让国王的火枪手们来表演喽！"

波尔托思和阿莱米斯气得全身哆嗦。多亏他们心里都有面明镜，知道德·特瑞威尔先生朝他们讲这些话，实在是为了他们好；不然的话，两个人恐怕早就冲上去掐住他的脖子了。两个人的脚狠命往地毯上跺，嘴唇被咬得出了血，手则紧紧地捏着长剑的剑柄。至于前厅的情况呢，刚才已经提过了，大家听见了德·特瑞威尔先生喊阿多思、波尔托思和阿莱米斯三个人，也从他的语气中听出了暴风雨将至。就有那么十来个好事的家伙悄悄地站在门口，激动得脸色煞白，因为他们把耳朵贴在门上，从头到尾，一字没漏地听到了里面的每一句话，同时嘴里还把统领骂两个人的话一五一十地复述给前厅里所有的人听。所以不大会儿，从书房门口到临街的大门处，整个宅邸都沸沸扬扬起来。

"好啊，国王的火枪手叫主教的卫队给逮住了，"德·特瑞威尔先生继续往下说，他极力控制住自己内心和火枪手们同样激动的情绪，让自己的话说得极慢，几乎是一个字一个字往外进，然后又像锋利的尖刀一样一下一下地戳得听话人的胸膛发疼，"呵！主教大人的六个卫士，抓了咱们国王的六名火枪手！见鬼！这下我可铁了心了。我这就到卢浮宫去，我要辞了御前火枪营统领的差使，请求到主教大人的卫队里去当副队长！要是他不接受，见鬼！那我就披上道袍当神甫去！"

这番话一传出面，外面嘁嘁嚷嚷的窃窃私语顿时变成了高声喧哗，前厅里听到的全是火枪手们的叫骂声。"该死！见鬼！去他妈的！"五花八门的咒骂声一句比一句响亮。达达尼埃觉得帷幔也不起作用，真恨不得钻到桌子下面去。

"嗨！统领，"波尔托思怒发冲冠地说，"真相是这样的：虽说六个对六个，人数相当，可我们一开头就受到了暗算。还没等我们拔出长剑，两个伙伴已经倒地死了，阿多思也受了重伤，只比那两个多了半口气。因为，阿多思，您是最了解他的脾气的,他两次想支起身子来,可两次又都倒下去了。但是就算这样,我们依然没有投降! 没有! 他们紧跟着我们,追杀我们,可还是让我们逃脱了。至于阿多思,他们以为他已经死了,所以不想白费力气把他抬回去,就让他那么安安静静地躺在搏斗的地方了。这就是事情的经过。见鬼,统领! 人总是难免有失手的时候呀。庞培在法萨卢斯战役不就吃了败仗吗;还有费朗索瓦一世,名气不比庞培小吧,不也在帕维亚成了俘虏吗?"

"阁下,我有幸告诉您一个肯定的事实,我了结了他们中的一个家伙,而且用的是他自己的剑,"阿莱米斯接口说,"因为我的剑在第一个回合就折断了……至于说那个家伙是死了还是负伤,先生,您认为怎样说合适就怎样说吧。"

"这些事情我倒没有听说,"德·特瑞威尔先生的语气稍微缓和了一点,"看来,红衣主教先生是有点夸大事实了。"

"可是,先生,"瞅准统领先生的气消了,阿莱米斯马上趁机求情说,"请您别把阿多思受伤的事向国王陛下提起,要是他知道了,会觉得绝望的。那一剑从肩胛刺下去,一直刺到了胸部,伤得非常重,所以只怕……"

就在这个时候,门帘掀了起来,流苏底下出现了一张英俊而高贵的脸,但这张脸惨白得找不出一丝血色来。

"阿多思!"两个火枪手惊呼道。

"阿多思!"德·特瑞威尔先生也喊了出来。

"您召见我,先生,"阿多思对着德·特瑞威尔先生说,声音很微弱但表情很平静,"同伴告诉我说,您找我有事,所以我遵命赶到了;请问阁下,您需要我做什么事情?"

随着话音,这位火枪手走进了德·特瑞威尔先生的书房,步伐坚定,仪表无可指摘,军服也像平日一样束得严严整整。特瑞威尔先生看到这种刚强坚毅的表现,感动得马上迎了上去。

"我刚才正在对这两位先生说,"他说,"我不准我的火枪手为了那些无谓的冒险而搭上自己的生命作赌注。因为对于国王来说,正直的勇士的生命是十分宝贵的,陛下知道他的火枪手是世界上最正直的勇士。阿多思,请允许我向您表示敬意。"

说完,还没等那位刚进来的火枪手对这一感情丰富的表示做出反应,他就一把抓住了阿多思的右手,用力地握了起来。他一点没有发觉,尽管阿多思极力控制自己,但还是忍不住痛得颤抖了一下,而那张惨如白纸的脸上变得更加没有血色了——如果真有这种可能的话。

阿多思地来到引起了一阵不小的轰动,而房门后来没有完全关上;虽然没有四处声张阿多思受伤的消息,但现在已经尽人皆知了。由于统领最后讲的那几句话,兴奋的喝彩声此起彼伏,甚至有两三个家伙得意得忘了形,竟然把脑袋都伸进了门帘。正当德·特瑞威尔先生看起来想要斥责这种不像话的举动时,他忽然感到自己握住的阿多思的那只手痉挛起来,再一瞧,了不得了,阿多思简直一副马上要昏厥过去的样子。刚才,阿多思一直以惊人的毅力与疼痛做斗争,但现在他实在是再也熬不过去了。一霎间,就瞧见他仰面倒在了地板上,一动不动,好像死了过去。

"快去找医生!"德·特瑞威尔先生大喊道,"把我的医生叫来,叫陛下的御医,叫最好的医生! 快! 快去! 不然的话,该死,我的好阿多思就要死啦。"

一听到德·特瑞威尔先生的喊声,前厅里所有的人都一齐冲进了书房,谁也没想到要把房门关上,大伙都围着昏迷的人瞎忙活着。不过,要不是那位派人请来的医生及时赶到了府邸,这一切的瞎张罗、瞎忙活都毫无用处。医生好不容易从人群中挤到了昏迷的阿多思的跟前。首先,他提出了一个最最紧急的要求,介于这些喧闹的声音和人们频繁的走动极为妨碍他进行救治,所以他要求立刻把受伤的火枪手抬到隔壁的房间去。德·特瑞威尔先生马上把一扇房门打开来,然后,波尔托思和阿尔密斯小心翼翼地抬着他们的伙伴,由德·特瑞威尔在前头带路,进入那个房间。医生跟在他们的后面也进了房间,然后门就关了起来。

就在这当儿,平时庄严肃穆的地方,德·特瑞威尔先生的书房,竟然变成了前厅的自然延伸。每个人都扯着嗓子,哇啦哇啦,叫个不停。粗言俗语充斥耳朵,红衣主教和他的卫队则被火枪手们骂了个狗血淋头。

过了一阵子,波尔托思和阿莱米斯出了房间;房里只剩下了医生、德·特瑞威尔先生,还有受伤的阿多思。

最后,德·特瑞威尔先生也走出了房间。病人已经苏醒过来了,医生告诉大家说可以不必为他们勇敢的朋友担心了,他只是由于失血过多而引起的虚脱罢了。

接着,德·特瑞威尔先生向大家做了个手势,众人就都退出了书房。但是还有一个人凭着加斯科尼人的那股子犟脾气,硬是呆在原地不动,那就是我们的达达尼埃小伙子,他可没有忘记自己来这里的目的就是拜见统领。

当所有的人都走出了书房,房门也重新关上来,德·特瑞威尔先生一转身,才发现面前还站着那个年轻人。说实在的,刚才的那一番混乱真的把他的思绪搞得有点理不清楚了,他怎么也记不起来眼前的这个倔强的家伙究竟是为了什么而见他的。正在这当口,达达尼埃又重新报了一遍自己的名字,这下子德·特瑞威尔先生的记忆忽然全都被唤醒了。无论是过去的回忆还是眼前的情况,他马上恢复了常态。

"请原谅,"他面带微笑地说,"请原谅,亲爱的小老乡,我还真的把您给忘得干干净净了。不过又有什么办法呢!统领就是火枪手们的父亲,只不过他要照看这么一大家子,所以比常人的父亲肩上的担子更加沉重罢了。手下人都还是些半大孩子;可是由于我认准了国王,特别是红衣主教大人的意旨必须得到执行……"

这时候,达达尼埃忍不住轻轻地一笑。光凭这一笑,德·特瑞威尔先生马上领悟到,眼前的这位可不是个好糊弄的傻瓜,于是他把话题一转,直截了当地说:

"您的父亲给我留下了很大的好感,"他说,"现在才我能替他的儿子尽点什么力呢?请您早点告诉我吧,因为我恐怕自己不能由着心意来跟您畅谈一番。您知道,我是很忙的。"

"先生,"达达尼埃开口了,"在我离开塔尔布来这儿的路上,甚至包括刚到这儿的那会儿,我原本是满心巴望着您能看在过去那点旧交情的份上,让我加入火枪营的;可是经过刚才两个钟头里所发生的那些事情,我明白了披上火枪手的敞袖外套是件天大的恩赐,我担心自己还没有资格得到它。"

"的确,小伙子,那是一种恩赐,"德·特瑞威尔先生回答道,"当然它有可能并不像您所想象的,或者说不像您看上去所想象的那样伟大。可是,无论如何,由于陛下已经下过训令,我必须告诉您,每一个想成为火枪手的人,都必须首先通过若干次的考验:或者是参加过几次战役,在其中表现出色;或者是曾经在某个普通的,名气较小的部队里当过两年兵。"

达达尼埃鞠了一躬,没有出声。他一听说穿上火枪手制服需要经历这么多困难,要实现这个愿望的决心就更加坚定,不可动摇了。

"不过,"特瑞威尔继续说下去,盯着同乡的目光是那样犀利,似乎要看穿他的五脏六腑一样,"不过,因为令尊当年和我有那样一番交情,正如我刚才所讲的,我希望能为您尽点力,年轻人。一般来说,咱们这些贝阿恩的小伙子,手头都不怎么宽裕，我估计自从我离开那些日子来看，这种情况大概也不会有太大变化。因此，我猜想您身边应该不大可能有很多钱来维持你平常的生活吧！"

达达尼埃骄傲地把脊梁挺得直直的，表示他来这儿不是向任何人乞求施舍的。

"好极了，小伙子，好极了，"特瑞威尔继续说道，"您这副神情我明白，当年我刚到巴黎的那阵子，口袋里只有四个埃居。可是谁要是敢说我付不起卢浮宫的价钱，我准得把他的大牙给打掉。"

达达尼埃的脖子都挺直了；因为他刚把马卖掉了，所以在他开始闯荡天下的时候，口袋里比德·特瑞威尔先生那时候可还多四个埃居呢。

"因此，我讲这番话的意思是指，您现在手里的这笔钱相当重要，您得留着它们慢慢花；不过，还有一些贵族子弟必须掌握的技艺是您应当接着学习的。我现在就写一封信给皇家学校校长，明天您就可以凭这个免费入学了。希望您不要拒绝我的这番心意。有一些出身更高，手里更有钱的世家子弟，有时候连这个都求不到呢。在那里，您可以学马术、击剑还有跳舞；您会认识不少朋友，您还可以经常回来看看我，跟我讲点您在那里的情况，让我也能知道自己还可以帮您点什么忙。"

虽然说达达尼埃对官场的那一套把戏还是一窍不通，但也已经看出用这种态度打发客人是相当敷衍的。

"唉，先生，我也明白了，今天我没带着家父写给您的引荐信来见您，可真是太不明智了！"

"说的也是，"德·特瑞威尔先生回答道，"我还真有点纳闷，您这么不辞辛劳从万里之外跑来，怎么会忘了这么件要紧的物件呢。要知道，咱们这些贝阿恩人所能依赖的唯一东西，就是引荐哪。"

"我是有的呀，先生，天主保佑，我原本是妥当地收好的哎呀，"达达尼埃嚷道，"可有个家伙卑鄙地把它从我这里抢走了。"

于是，他就原原本本地把牟恩镇上的那件事讲了一遍；而且，他还一丝不差地把那个绅士派头的人的长相给描述了一番。他讲话时是那样热情洋溢，模样又是那么真诚可信，德·特瑞威尔先生都听得入了迷。

"这件事可真的有点奇怪，"他沉吟道，"这么看来，您当时是大声地提起我的名字的吗？"

"是的，先生，我这样做看来是有点不够谨慎小心；可您叫我能怎么办呢，您这样的名字，可是我一路上的护身符哪。想想看，不知道有多少次我都全亏了它呢！"

显然这个恭维是恰如其分的，因为德·特瑞威尔先生对恭维话的态度和一位国王或一位红衣主教并没有什么两样，所以他忍不住笑了笑，脸上也显出满意的神情来。但这笑容几乎是一闪而逝的，他马上把注意力回到了牟恩镇的那件事上。

"你告诉我，"他问，"这个绅士打扮的人，他的太阳穴这个地方是不是有个很小的疤痕？"

"对，好像是曾被一颗子弹给擦伤过。"

"这个人极有气质！"

"是的。"

"长得高高的？"

"嗯。"

"白脸膛，一头褐发？"

"对，对，完全正确。这到底是怎么回事，先生，您怎么会知道这个人的长相的？嘿，我希望我能把他给找出来，我向您发誓，我就算是上天入地，也非把他揪出来不可……"

"他在那儿是为了等一个女人？"德·特瑞威尔继续问下去。

"他在那个女人来了以后，和她交谈了好一会儿才走的。"

"您听到他们在谈些什么话吗？"

"他把一只匣子交给了他，告诉她指令就装在里面，还叮嘱她说必须等到了伦敦才能把匣子打开。"

"这是一个英国女人吗？"

"她的名字叫密拉娣。"

"她！"德·特瑞威尔低声自语，"是她！我一直以为她正呆在布鲁塞尔呢！"

"喔！先生，您要是真认识这个男人，"达达尼埃大声说道，"请您一定要把他的姓名、住址告诉给我，那么我就再也不向您请求任何帮助了，甚至不要求您满足我当火枪手的愿望了；因为我脑子里想着的第一个念头就是去报仇。"

"年轻人，这事您可得小心了，"德·特瑞威尔同样大声地回答他，"要是您远远瞅见他正从大街这头走过来，那么您千万得绕个圈子，从那边走才对，一定不能往这边走！别想着去撞这块大石头，要不您会像块玻璃一样被撞得粉身碎骨的。"

"您就算这样也不能拦住我，"达达尼埃说，"千万别让我找到他，要不然……"

"目前，"特瑞威尔继续说，"听我的劝告，您还是别去找他了，这是我对你的忠告啊！"

突然，德·特瑞威尔停住了话头，因为一种极为强烈的怀疑突然之间攫住了他。眼前的这个年轻人，口口声声说他父亲写的信是被那个男人抢走了，说得玄乎其玄；那么他对那人的态度，是否真的如他所表现得那样有着刻骨仇恨呢？这当中是不是有什么见不得人的阴谋呢？难道他就没有可能是主教大人指使来的吗？谁能保证他没有给自己使套子设圈套吗？说不定，这个所谓的达达尼埃就是个红衣主教的间谍，被主教派到这儿来卧底，骗取他的信任，然后再毁了他，以前难道没发生过这种事吗？他又定了定神，重新观察达达尼埃，这回看得可更加仔细了。眼前的这张脸，明明透着一股机灵劲儿，可却又偏偏做出一副谦卑老实的样子，让他实在不敢放下警惕之心。

"不错，他是个加斯科尼人，"他心里暗暗思量，"不过就算是加斯科尼人，他可能是我的朋友，也有可能是主教的伙伴呀。行，就让咱们来试一试吧。"

"亲爱的朋友，"他神情自若地对达达尼埃说，"您是我旧日老友的儿子，我现在真的相信您是把信弄丢了。为了表示我刚才所表现出来的无礼举动，请允许我做一下弥补，我要把我们国家的秘密告诉您。国王陛下和主教大人是好友，是至交；他们表面上的矛盾全是装出来糊弄那些糊涂蛋的。而对您，我的同乡，一位骑士，一位正直英俊的年轻人，我打心底不想让您抛弃大好前程，跟在别人后面相信这些弥天大谎，傻乎乎地往别人设计好的圈套里钻。请您牢记这一点，这两位权大如天的主人，都是我自始至终效忠的对象。我的每一个举动，采取的每一个手段，都是为了一个目标：为了国王，更是为了红衣主教先生服务。我们的主教大人在法兰西的历史上是一位前无古人，后无来者的天才！好了，小伙子，现在是您做出抉择的时刻了，如果您在家人或亲友的耳濡目染之下，或者甚至是由于您与生俱来的本能，对红衣主教有敌视的意识，就跟平常经常见到的那些贵族子弟一样，那么就让我们互道珍重，然后就此分手吧，当然只要你有事需要我，我还是会尽力帮忙的；可是，记住，我是决不会让您到我的火枪营里来的。好了，话说到了这里，我真心希望这种坦诚的态度能促成我们之间的友谊，因为至今为止，您还是我第一个用这样的方式来进行交谈的年轻人。"

德·特瑞威尔心里是这样暗暗盘算的：

"要是这真是红衣主教给我派来的密探奸细,那么主教既然对我对他的厌恶心知肚明,那就绝对不会不告诉他的狡猾手下,让他记住,讨好我的最佳办法就是在我跟前极力诋毁他;这样一来,就算我是再三说明这点的,这位心里有鬼的家伙还是会一口咬定说,他是如何如何的厌恶主教大人。"

然而,完全出乎德·特瑞威尔的意料,达达尼埃非常爽快地说:

"先生,我的想法和您完全一致。来巴黎前,家父再三嘱咐我说,应当服从的人只有三位:国王,红衣主教大人和您,因为他认为你们三位是全法国最伟大的人物。"

我们注意到了,在这里达达尼埃先生在另两位名字的后面加上了德·特瑞威尔先生,因为他自己琢磨着,加上这位是绝对没错的。

"所以,我对红衣主教大人怀有极高的敬意,"他继续说,"而且对他的所为佩服之至。先生,如果您真的像您所讲的那样,对我推心置腹、坦诚相待,那真是再好不过的事情了;因为这正好赐给我一个机会,让我更加坚定这个与您一致的看法了。不过,就算您先前对我有点儿怀疑,那也是人之常情,完全是因为我口没遮拦惹的祸;话说回来,到了现在这地步也就不必再提了,幸好您还不至于因此而小瞧了我,要知道,在这个世界上,您对我的看法是我最重视的一件事了。"

最后的那句话显然让德·特瑞威尔先生觉得十分意外和惊奇。这个孩子有敏锐的目光,更有真诚的态度,这一切让他相当欣赏,但是心里的疑云还没有完全消散干净;正由于这个小伙子要比其他人都来得优秀,所以万一他是个奸细,那将来的危害就更加可怕了。不过,他仍然握住了达达尼埃的手,对着他说:

"您真是一个棒小伙,可是目前我真的只能为您做刚才说给您听过的那些事。我的家永远欢迎您这位客人的。再等些日子吧,这里随时恭候您来打听消息,我会给您留心看能不能有什么好机会的。谁说得准呢,兴许您还是可以获得您盼望的东西的。"

"先生,您也就是说,"达达尼埃接下去说,"您正在看我过多久才能有穿上它的资格。行,您放心好了,"他完全是一副加斯科尼人的亲热样子,"您一定不会等太久的。"

讲完这番话,他便深深鞠了一躬,准备离开,一副他不想再给别人添麻烦的神情。

"请您等会儿,"德·特瑞威尔先生叫住了他,"您忘了我说过要帮您给皇家学校校长写封信了吗?还是您的骄傲竟然让您不愿接受这封信了呢,我的小伙子?"

"您说哪里去了,先生,"达达尼埃回答道,"我跟您发誓,这封信的命运绝对不会和另外一封相同。我保证,一定好好地保管它,安全地送到目的地,要是有人想从我这儿把它偷走,嘿嘿,那就是他自己往地狱里闯!"

听到他这样大言不惭地立下保证,德·特瑞威尔先生不由得莞尔一笑。然后,他就任由这位小老乡在两人刚才谈话时站着的那扇窗前呆着,自己则走到写字桌前,写起那封他许诺要写的推荐信来了。而在这段空闲时间里,达达尼埃无所事事,所以就百无聊赖地用手在窗玻璃上打起进行曲的拍子来了;同时望着火枪手们三五成群地往外走去,直到他们越走越远,消失在大街的拐角处。

这时候,德·特瑞威尔先生已经写好了信,并盖上了印。他站起身来,朝着年轻人走过来,想把这封信递给他,达达尼埃正要伸手去接,但是突然间,德·特瑞威尔先生大吃一惊,因为瞧见他的被保护人突然跳得老高,脸已经被愤怒染成了通红通红的颜色。他飞也似的朝书房外面冲出去,嘴里还在使劲嚷嚷着:

"嗨!该死的!这次看他往哪里跑!"

“您怎么啦?”德·特瑞威尔先生问他。

“就是那个人,偷信贼就是他!”达达尼埃急忙回答道,“喔,这个卑鄙的混蛋!”话音刚落,他已经跑得连影子都瞧不见了。

“疯子!”德·特瑞威尔先生低声自言自语,“话又说回来,”他又加上了一句,“他要是眼瞅着诡计不能实现,这再怎么说也是一个开溜的好法子吧。”

第四章 阿多思的肩膀，波尔托思 的肩带和阿莱米斯的手帕

达达尼埃火冒三丈，大步流星地穿过前厅，冲到楼梯口，正准备几级一迈地往下冲刺，没想到忽然撞到了一个火枪手的身上，那人刚好从德·特瑞威尔先生书房的另外一扇通过道的门里走出来。两人撞成一团，达达尼埃的头碰上了他的肩，痛得他大叫——或者该说是狂吼了起来。

"很抱歉，"达达尼埃嘴里道着歉，身子还想往前冲，"对不起，我现在有件急事要办。"

但还没等他跑下一级楼梯，他的肩带就被一只铁一样有力的大手给揪住了，他只好停下了脚步。

"您有急事要办！"这个火枪手高声说道，他的脸如同裹尸布一样惨白，"您凭这个理由撞了我，然后说一句'对不起'就完事了吗？告诉你，没这么轻巧。小伙子，兴许您是因为听到德·特瑞威尔先生今天吼了我们几句，就认为自己也可以用那种态度对待我们了吧？您错了，老弟，要知道，您可不是德·特瑞威尔先生。"

"我没骗您，"达达尼埃赶紧说，他认出了阿多思，对方由于刚给医生包扎好了伤口，现在正要回家去，"真的，我不是存心的，我刚才也已经说了：'对不起。'因此我认为这样就足够了。但是我现在还是再一次向您道歉，说心里话，这一遍也许是毫无必要的！我真的有急事，万分火急。所以，请您放开手，让我做我的事情去吧。"

"先生，"阿多思把手松开了，说，"您相当不懂礼貌。很明显，您是从老远的地方到这儿来的。"

本来，达达尼埃已经往下跨了三四级楼梯，但一听到阿多思这句话，他马上刹住了脚步。

"行啦，先生，"他说，"我从再远的地方来这儿也跟您毫无关系，我跟您说，教训我怎么懂礼貌的话可还轮不着您来说。"

"那可未必哟。"阿多思答道。

"呵！要不是我事情紧急，"达达尼埃嚷道，"要不是我非去追一个人……"

"您这位有急事在身的先生，您找我可就犯不上用跑的了，您明白我的意思了吗？"

"那么您请说出地点？"

"赤脚加尔默罗会修道院旁边。"

"时间？"

"正午十二点。"

"很好，正午十二点，我一准会去的。"

"最好您别让我来等您，因为我可先跟您交代清楚，到了十二点一刻，我可就要追您，去把您的耳朵给割下来了。"

"行!"达达尼埃对着他大喊道,"咱们十二点差一刻见面!"

一边说着,他又像中了邪一样地狂奔起来,因为他心里盘算着,那个陌生人走路慢慢悠悠的,这会儿工夫大概没走多远,说不准自己还能找到他的。

这会儿,波尔托思正站在临街的大门口,和一个站岗的火枪手闲聊。在他们两个人中间,恰好有一道空隙,刚能让一个人通过。达达尼埃心想,对他来说这点地方就已经足够了,于是他一头冲了过去,想象一道旋风似的就从两人中间穿过去。可惜的是,达达尼埃忘了考虑风的因素了。他才跑到两人跟前,突然吹起了一阵风,波尔托思的长披风被风吹得鼓了起来,刚好把达达尼埃裹了个严严实实。可能波尔托思有他自己的一番用意,不愿放开身上这套行头必不可少的这一部分吧。瞧他不仅不愿松手放开他一直捏住的披风下摆,反而还一个劲地用力把它往身上拉,害得达达尼埃在丝绒披风里打了个转,裹得更加严实了。

达达尼埃眼前一片黑暗,只听见这个火枪手在耳边骂个不停。他一门心思只想钻出这件披风,于是只管在那些褶皱中间寻找脱身之处。他特别害怕自己把那条我们所知道的漂亮肩带给弄脏了;可是,当他忐忑不忐忑地张开眼睛一看,却发觉在波尔托思的两肩中间贴着的正是他自己的鼻子,换而言之,他的鼻子刚好贴在了那条肩带上。

老天哪!原来就跟这世上的绝大多数东西一样,这条肩带也只是虚有其表:它只有正面是金的,而背面原本也只是用水牛皮做的。不过波尔托思吹法螺也是情理之中的事。他虽说没有买下一条整个儿绣金的肩带,起码也有了半条哪;不过这样一来我们也搞清楚了:刚才他为什么非说自己伤了风,还非得披上那件长披风。

"该死的!"波尔托思一边大声诅咒,一边拼命想把那个在他背上乱蹦乱跳的达达尼埃给甩开去,"你发疯还是有病,怎么没头没脑地往人家身上撞!"

"实在对不起,"达达尼埃从这个巨人的肩膀下面好不容易钻了出来,开口说道,"可那是因为我有急事,我要在追一个人,他……"

"你乱闯乱撞的难道眼睛瞎了吗?"波尔托思余怒未息地说。

"正相反,"达达尼埃被激得口不择言道,"我的眼睛不但没瞎,而且还看到了别人没有看过的东西呢。"

也不知道波尔托思有没有听懂他说的话,反正是已经暴跳如雷了。

"先生,"他说,"我可是先把丑话说在前头,你要是就这个样子来招惹火枪手,你可是要自寻死路的。"

"自寻死路!"达达尼埃应道,"先生,这话听起来可是怪难听的。"

"对一位老是喜欢面对面看着对手的火枪手,这话就很得体了。"

"呵!见鬼!您哪,我可清楚您才不会转过身子让您的背冲着对手的呐!"

小伙子心里为自己说了这么句俏皮话而得意扬扬,于是纵声大笑,扭头就走。

波尔托思气得都快疯了,朝着达达尼埃就想要扑过去。

"慢点,慢点,"达达尼埃冲着他喊道,"先脱掉你的披风再说吧。"

"那么就一点钟,卢森堡宫后面再见。"

"行哪,那就一点钟见。"达达尼埃一边应着,一边转过了街角。

可是,无论是在刚才他走过的那条街上,还是在现在他极目远眺的这条街上,都是连一个人影也没有。尽管那个陌生人走得并不快,但这么阵子也已经走出好一段路了;要不然就是他跑进哪座房子里去。达达尼埃一路往前走,逢人就打听,但是他一直走到了渡船码头,然后又折回来沿着塞纳河街和红十字街朝回走,也是毫无收获。不过,虽说让他跑出了一身大汗,但这一路跑下来倒也让他的心情平静了不少,从这一点上看来,这一圈跑得倒也不是没有好处的。

就趁这功夫,他又从头到尾。一桩一件地把刚才所发生的事情重新想了一遍;实在是乱七八糟,大事不妙。现在才只有上午十一点钟,可就这一大早,他已经把德·特瑞威尔先生给得罪了,因为达达尼埃离开他时的那副样子,他全都看在了眼里,肯定会觉得有点不合乎礼数的。

更何况,他还把两场非同寻常的决斗给揽到了自己身上,每个对手都可以同时了结三个达达尼埃的小命,而且他们还都是火枪手,换句话说,他们都是一些他向来非常尊敬,无论在眼里还是在心里都认为比其他任何人都杰出的英雄。

情况对他非常不利。我们知道,要是小伙子已经认准自己会死在阿多思手里的话,他倒索性就不必去操心波尔托思了。但是,不管在哪个人的心里,希望总是最后才会熄灭的东西,所以达达尼埃还是忍不住要想,经过两场决斗之后,说不准他还能留条小命,当然了,伤是肯定不会轻的。一想到将来还有活下去的可能,他就为着将来的日子责怪起自己来了:

"我可真是个鲁莽得要命的莽撞坯!这位可怜的好人阿多思,明明就是肩膀受了伤,可我呢,就像根用来撞城门的大撞木。偏偏就撞在了他的肩膀上。我感到奇怪的就只有一件事,那就是他怎么能忍住火气,没当场就把我杀了;他完全是有这个权利的,我敢肯定,那一下撞得他一定非常的疼。而波尔托思呢,哦!说到波尔托思,那可是够滑稽的了。"

这么想着,小伙子不由地哈哈大笑起来,不过他想到这种莫明其妙的一个人大笑,在旁人眼睛里肯定会觉得非常怪异的,于是他便四处张望了一下,看看有没有惹来什么过路人的注意。

"至于波尔托思,那可真滑稽;不过我照样还是个愣头青。难道什么人会这样一头撞过去,连声招呼都不打的吗?或者像这样钻在人家的披风里,一门心思地只想着看那里面有些什么东西的吗!如果不是我非要跟他提起那条该诅咒的肩带,他怎么会跟我计较这些小事呢,虽然我并没有挑明了对我说,对,没挑明,可也把他挖苦得够难受的了!呵!我可真是个该死的加斯科尼佬。瞧着吧,像这样的耍点小聪明,总有一天会招来大祸的。行啦,我的达达尼埃老弟,"他自顾自地继续唠叨，竭力使语气听起来不卑不亢，彬彬有礼，"要是你的小命一时还不至于丢掉——这事可还拿不准儿——你以后一定得非常非常懂礼貌；要让人家称赞你，把你当成有礼貌的典范。从今以后，你见了人一定要客客气气，风度翩翩，这可绝对不表示懦弱无能哟。不信你就瞧瞧人家阿莱米斯：人家从头到脚都是和和气气，彬彬有礼的。你看，难道有谁胆敢说他是个孬种吗？当然没有！从现在开始，你时时刻刻都应当向他学习，以他为榜样。哟，说曹操，曹操还真的来了，他不就在眼前吗。"

达达尼埃就这么一路走着一路自言自语的，不知不觉竟到了德·艾吉雍大人的府邸跟前。这时候，阿莱米斯正兴高采烈地和三个举止洒脱的皇家禁军谈天说地。这时候，阿莱米斯也发现了达达尼埃；可是因为他心里还装着一大清早，德·特瑞威尔先生当着这位年轻人斥责他们的事哩，所以一瞧见这么个目睹火枪手受训斥的家伙，心里就来气，于是他故意装得没看见达达尼埃一样。可达达尼埃却赶着想讨他的喜，跟他套套交情，所以马上向那四个年轻人走了过来，一脸微笑地向他们深深地鞠了一躬。阿莱米斯勉强地把头点了点，可脸上没有一丝高兴的样子。而就在同时，这四个人全都停住了谈话。

达达尼埃可不是个傻瓜，会在自己妨碍了人家之后还毫无觉察。可是，面对像这样一种尴尬的局面，要如何做才能符合社交礼仪，而且不失风度地全身而退；或者说得更普遍一点，万一出乎意料地遇上一些自己并不熟悉的人，卷入一场与自己毫无关系的谈话，该怎样做才能从这种局面中摆脱出来，而且做得干净利索。——这样一种本领，达达尼埃毕竟还是个门外汉，所以他不免要苦苦思索，看怎样才能做得不太狼狈而又能抽身出来。谁知道就在这时候，他忽然瞥见阿莱米斯的手帕从口袋里掉了出来，而且手帕的主人好像并没有发觉，因为他把一只脚踩在了那上头。这一下子，达达尼埃觉得真是天赐良机，让他可以弥补一下刚才自己那不甚得体的举止了。他弯下腰，做出一种他所能表现出的最优雅的姿势，也不管阿莱米斯是怎么死劲踩住不肯放松，硬生生地从他脚底下抽出了那条手帕来，然后彬彬有礼地递上手帕，嘴里还说：

"先生，我想这块手帕要是丢了您会觉得挺可惜的。"

没错，这块亚麻布的手帕绣工很精细，而且其中的一个角上还绣着冠冕和家徽。阿莱米斯满脸通红，一把从加斯科尼人手里不是接过而是抢过了这块手帕。

"哈哈！"一个禁军嚷了起来，"好你个阿莱米斯，可真是守口如瓶啊，还说什么你和德·博瓦—特拉西夫人早分手了，敢情这位养尊处优的夫人连手帕都借给你了？"

阿莱米斯狠狠地瞪了达达尼埃一眼，用目光通知对方，你已经多了一个冤家对头了；然后，他又变成了一贯表现出的那种甜得有点发腻的神情。

"各位，你们搞错了，"他开口道，"这块手帕的主人并不是我，我一点都搞不清楚这位先生为什么不挑你们，却偏偏认定了我，把它交到我手里。我说这种话是有真凭实据的，因为我的手帕还在口袋里呢。"

他一边说着，一边掏出了自己的手帕给大家看。那也是块相当精致的帕子，亚麻布的，在那个年头，亚麻布还是种贵重的料子；不过，在这块手帕上，既没有绣花，也没有冠冕和家徽，有的只是一个用姓名起首字母组成的图案，那是手帕主人的姓名。

这一次，达达尼埃变成了个哑巴，一言不发，他明白自己这回可弄巧成拙了；但是阿莱米斯的那几个伙伴可不会就这么轻易地相信了他。当中就有这么一个人，做出一副一本正经的样子，冲着年轻的火枪手说：

"如果是你说的这样子，亲爱的阿莱米斯，我可要从你那儿讨回这块手帕了；你自己也清楚,博瓦—特拉西可是我的好朋友,我可不能眼睁睁地任凭别人拿着他老婆的东西荡悠去。"

"你这样做可就不在理上了,"阿莱米斯地回答道,"没错,我承认你有这样说的权利。可是,由于你采用的方式不当,所以我只好拒绝你的要求。"

"事情是这样的,"达达尼埃壮起胆子,期期艾艾地说,"刚才我并没有看到手帕是从阿莱米斯先生的口袋里掉出来的。我只是看到他的脚踩在了手帕上面,所以我就认为,既然他把脚踩在上面了,那他就是这块手的主人了。"

"可您弄错了,亲爱的先生。"阿莱米斯冷冰冰地说道,并没有对对方这番讨好的心意做出心领的表示。

然后,他又扭过头去,继续应付那个自称是博瓦—特拉西的朋友的禁军。

"更何况,"他接着说下去,"听着,你这个博瓦—特拉西莫逆之交的老弟,要说起来,我跟他的交情也并不比你浅吧;所以,真要推敲起来,这块手帕既有可能从我的口袋掉出来,也完全可能是从你的口袋掉出来的。"

"根本没这事,我以我的荣誉发誓!"国王的禁军急得嚷了起来。

"你凭你的荣誉发誓,我也能凭我的荣誉发誓。这样看来,咱们当中一定有一个是在撒谎了。哈,我有法子了,蒙塔朗,咱们一人一半吧。"

"半块手帕?"

"一点没错。"

"太妙了,"另外两个禁军插嘴说,"真是所罗门的裁决。阿莱米斯,你这家伙,脑子可真聪明啊!"

几个年轻人全都哈哈大笑了起来,想必大家也都已经猜到了,这个插曲也就这么着算过去了。又过了一会儿,大伙聊完了天,三位禁军和火枪手亲亲热热地握了手,然后那三个一拨朝一个方向,阿莱米斯则朝着另一个方向各自往前走了。

"现在我可得把握机会,好好地跟这个有派头的先生求个和,套套交情了。"达达尼埃告诉自己说。刚才那会儿,他朝后边稍稍退了几步,就这么站在旁边,听那几位聊天来着。而此刻,他心里想着自己的如意打算,然后朝着阿莱米斯走去。而这一位呢,只顾自己往前走,压根儿没有注意到旁边还有这么一个人。

"先生,"他拦住阿莱米斯说,"我真心请求您的谅解。"

"呵!是你啊,"阿莱米斯打断他,自己说道,"先生,那就允许我告诉您件事情吧,就凭您刚才的表现,您根本就称不上是个有身份的人。"

"什么,先生!"达达尼埃忍不住嚷了起来,"您这是什么意思……"

"我的意思是说,先生,您并不是个笨蛋,就算您是从加斯科尼跑到这里来的,您也不该不明白,别人踩在手帕上是不会没有他的用意的。见鬼!难道巴黎满大街都是拿细麻布来铺地的吗!"

"先生,您想用这番话来羞辱我,那您就完全错了。"达达尼埃应道。这会儿在他的心里,爱吵架的火爆浪子脾气又把修好求和的愿望压了下去,"没错,我是加斯科尼人!您既然明白这一点,就不必我多费事来告诉您我们加斯科尼人的火暴脾气了;正因为这样,他们坚信,就算是做了一件傻事,那也只需要道一次歉就足够了,这已经绰绰有余了。"

"先生,我对您讲这些话,"阿莱米斯答道,"并不是打算跟您吵架来着。上帝保佑!我并不是个好打好杀的人,火枪手只是我的临时职业,要不是迫不得已我是决不会跟人动手的,就算是斗了起来心里也是挺不乐意的;可是这一回,事情实在太严重了,因为一位贵妇人的名誉因为您而受到了损害。"

"您说的是您自己吧。"达达尼埃嚷了回去。

"您为什么要蠢头蠢脑地还我手帕呢?"

"您为什么要笨得要死地掉了手帕呢?"

"我已经讲过了,先生,现在我再向您重复一遍,这块手帕不是从我的口袋里掉出来的。"

"看吧,这样您就已经说了两次谎啦,先生。因为,我是眼睁睁看着它掉出来的!"

"嘿!您竟然敢用这种语气跟我说话,我的加斯科尼先生!好吧,我看您该让人好好教您该怎样做人了!"

"至于我,教士先生,我可要把您送回老家做弥撒去!来吧,请拔剑吧,动手吧!"

"等会儿,我的小毛头;不,至少别在这个地方。难道您不知道对面是艾吉雍的府邸吗,里面可全都是主教的心腹!我怎么知道您是不是奉了主教大人的命令来要我的脑袋的呢?抱歉得很,我还觉得这颗脑袋搁在我的肩膀上是蛮合适,蛮舒服的,目前还不舍得让它挪窝儿哩。所以,即使我想马上就杀了您,请放心,那也得先找一个僻静的地方,没人瞧得见,稳稳当当地干,让您死也没有地方向别人去吹牛。"

"这正合我心,不过您可别高兴得过早了。我瞧哪,别管这块手帕是不是您的,您还是先把它带在身边吧,拿不准到时候您就得用上它了呢。"

"阁下当真是来自加斯科尼的?"

"一点没错。阁下总不会为了谨慎从事而打算着改日再斗吧?"

"先生,对于一名火枪手来讲,谨慎恰恰是所有美德中最不管用的东西,这一点我知道得一清二楚;不过对于一位神职人员来说,这种美德就显得尤为珍贵而不可缺少了。而对我来说,当火枪手只是权宜之计,而当神父则是最终归宿,我当然得处处以谨慎为处世原则了。两点钟,我会在德·特瑞威尔先生府上恭候大驾的,见了面我会把确切地点通知给您的。"

两位年轻人向着对方躬了躬身。接着,阿莱米斯就朝着通往卢森堡宫的大街走去;而达达尼埃呢,看看天色已经不早了,就直接朝赤脚加尔默罗会修道院的方向走去,边走边自言自语道:

"这回我是绝对没有回来的可能啦;不过至少有一点还是可以让我感到安慰的,那就是——我就算是死,那也是死在一位火枪手的剑下得了。"

第五章　国王的火枪手和红衣主教的卫士

在巴黎,达达尼埃连一个熟人也没有,所以他单身一人跑去赴阿多思的约会,而且早就暗暗打算好了,到时候不管对方给他选了个什么样的助手,他都不会表示反对的。同时,他担心这样一场决斗的结局将是让人不快的;所以他一心想着到时候要尽量做到礼数周全,同时又毫无怯意地向那位刚正的火枪手表示他的歉意。因为平时如果遇到这种情况,即决斗的双方中有一个身强力壮,而另一个则身体虚弱,还带着兵伤,那么对于前者来说结果不管怎么着也逃不脱"恼火"两字:打输了吧,让对方更加光彩,得意扬扬;要是打赢了呢,人家又会说你乘人之危,不要脸。

不过,只要不是我没能交代清楚这个只身闯荡天下的小伙子的脾气性格,那么想必各位读者早就已经看出了,咱们的这位达达尼埃可绝对不会是等闲之辈。所以,他一方面虽然在心里不停地告诉自己,这回恐怕是凶多吉少了;另一方面他又绝对不甘心就这样坐以待毙。要是换了另外一个哪怕稍微有一点儿不如他勇敢,比不上他沉着的人,面对眼下这种情景,极有可能就甘心等死了。他仔细琢磨了一下那几位即将跟他交锋的对手们的脾性,然后就更加清楚自己所处的境地了。对于阿多思,他巴望着能交上这么个朋友,因为这位火枪手的贵族风范和庄严神情早就让他赞叹不已了,心里也早就下定了决心,要正儿八经地向他道歉。至于那位波尔托思,他光凭那条关于肩带的小故事就可以把他镇住了。达达尼埃盘算着,只要自己不是一上来就成了他的剑底亡魂,那就大可以当着众人的面,绘声绘色地把那段插曲讲上一通,一定会赢得满堂喝彩,波尔托思一定会洋相百出,威风扫地。最后,想起那位一脸阴郁的阿莱米斯,他也并没有几丝惧意,到时候冲上去给他来个迎头一击,就算不能一下子送他归西,好歹也要给他的脸蛋添上道口子,就跟当年恺撒吩咐士兵用来对待庞培的部下的方法一样,从此把他这张俊俏脸蛋儿给毁了,看他还自鸣得意个什么劲。

除此之后,在达达尼埃身上还有另外一种可贵的品质,这种坚韧不拔的品质是他父亲的忠告在他心田里撒下的种子;其中最重要的就是:"除了国王陛下、红衣主教和德·特瑞威尔先生,谁的账也不必买。"因此,他就像阵风似的朝着赤脚加尔默罗会修道院跑了过去。这是一座没有窗户的建筑,在那个年代里被人们叫作赤脚修道院。而事实上那儿是教士草场的附属教堂,周围全都是些光秃秃的草场。平时,对那些想把彼此之间的过节做个清算的人来说,这儿是决斗的绝佳场所。

当达达尼埃瞧见修道院前面的这一小块空块的时候,阿多思也只不过才到了五分钟,这时教堂的钟刚好敲响了正午十二点。看起来,他还真像撒马利亚大教堂的大钟一样准时;对于这一点,就算是最吹毛求疵的决斗专家也没有什么好挑剔的。

虽然说阿多思的伤口已经给德·特瑞威尔先生的医生重新包扎过了,可还是一直相当疼痛。这时候,他静静地坐在一块界石上,神情安详,气度尊严,这好像是他从未离身的个人标志一样,正等待着对手的来临。一瞧见达达尼埃,他马上站了起来,很礼貌地迎上前几步。而另一位,则是先摘了帽子,深深地欠身行礼,甚至连帽子上的翎毛都拖到地上了,然后才走到对方跟前。

"先生,"阿多思说道,"我已经派人去通知了我的两位朋友,请他们前来做我的助手,可他们到现在还没有来。我真不明白,这两位今天怎么会迟到,这可不是他们平常的行为。"

"我没有带助手,先生,"达达尼埃说,"因为我在昨天晚上方才抵达巴黎,在这里唯一认识的就只有德·特瑞威尔先生;家父有幸曾跟德·特瑞威尔有些交情,所以把我引荐给了这位先生。"

阿多思沉吟了半晌。

"您就只认识德·特瑞威尔先生一个人?"他问道。

"没错,先生,除了他我谁也不认识。"

"噢,这样的话,那么……"阿多思接着说下去,一半是对自己说,另一半也是讲给达达尼埃听,"噢……这样说来,那么如果我把您杀了,那我不就成了一个欺负孩子的怪兽了吗?"

"恐怕未必,先生,"达达尼埃又行了一个礼,但尊严之态溢于言表,"恐怕未必呢,既然您在受了伤的情况下,还肯给我一个有幸与您拔剑交手的机会;我估计您这样子大概是不太方便的。"

"说实在话,的确很不方便,我必须说,您给我的那一撞实在很让人疼的;但是我能够使左手,遇到这种情况,我一般都是这样应付的。因此请您千万别认为我是在让您,我左手使剑跟右手一般好;甚至对您来说,这样会更加难应付。因为通常如果在事先未经通知的情况下遇到一个使左手剑的对手,一般人都觉得挺不习惯的。对于没能及时把这个情况通知给您,我致以深刻的歉意。"

"您考虑得这么周全,这么有礼貌,"达达尼埃又欠了欠身子,说道,"真让我感激不尽。"

"您要这么说我可真得不好意思了,"阿多思回答说,神情中流露出一种天生的贵族风范,"让咱们来说点其他事情吧,如果这对您没有造成不便的话。喔!该死!您那一下可真够狠的哪!肩膀整个火辣辣的。"

"要是您不介意的话……"达达尼埃带着一种腼腆的神情讷讷地说。

"什么,先生?"

"我有一种药膏,是专门治疗外伤的,这是从我母亲那儿得来的秘方,我自己已经试过了。"

"那又如何呢?"

"我敢保证,如果您涂上这种药膏,那么不出三天您的伤口就能愈合。等到三天以后,您痊愈了,到那时,先生,我仍会听候您的吩咐,并把它作为我莫大的荣幸。"

说这番话时,达达尼埃的神色极为泰然自若;这样一来,他看上去就显得彬彬有礼而不失体面,同时又并没损坏他的刚毅之气。

"呵,先生,"阿多思答道,"您的提议让我听了非常高兴。虽说您的好意我只能心领了,但我很是欣赏这种骑士风度。查理曼大帝那个时代的骑士们,都是这样为人行事的;每个有修养的男士,都应该把他们当成学习的榜样。只不过挺令人遗憾的,那位伟大的大帝时代已经一去不复返了。咱们现在所处的是红衣主教的时候,从现在开始的三天之内,别人一定会得知——我是说,不管我们是如何的守口如瓶——人家还是会知道我们要进行决斗的消息,并且跑来阻止我们的。到底怎么回事!那两位拖拖拉拉的怎么这会儿还没到?"

　　"要是您等得不耐烦的话,先生,"达达尼埃对着阿多思说,神情依然自若,就跟他刚才提议推迟三天决斗的语气一模一样,"要是您等不及了,急着想马上把这事做个了结的话,那就只管动手吧,不用有任何顾虑的。"

　　"这又是一句让我非常欣赏的话,"阿多思在说这句话的时候,非常优雅地向达达尼埃点了点头,表示敬意,"一个没有大脑的家伙的嘴里绝对不会说出这样一句话来,说这句话的肯定是个堂堂正正的男子汉。先生,我很喜欢您的这种脾气,我心里在想,如果这场决斗之后咱们俩都有幸还能活在世上的话,我由衷地希望能跟您结交。现在呢,还是让咱们来等等那两位迟到的先生吧,这点时间我还是有点,而且这样行事也比较妥当。啊!我想他们中已经有一位来了。"

　　果不其然,在沃吉拉尔街的尽头,波尔托思那魁梧的身影已经清晰可见了。

　　"什么!"达达尼埃嚷道,"您的第一位助手是波尔托思先生?"

　　"没错啊,这给您造成不便了吗?"

　　"不,一点也没有。"

　　"第二位先生也到了。"

　　达达尼埃朝着阿多思所指的方向扭过头去,看到的竟是阿莱米斯。

　　"怎么?"他的声音又高了起来,这一回的语气更加惊讶了,"您的第二位先生是阿莱米斯先生?"

　　"一点没错,我们三个总是在一块,因为老是结伴而行,所以不管在火枪营还是禁军营,在宫里还是城里,大伙儿都称呼我们为'阿多思、波尔托思和阿莱米斯这三个拆不开的火枪手',难道您对这些都一无所知吗?不过,既然您生长在达克斯或是波城……"

　　"塔尔希。"达达尼埃说。

　　"……那么您不知道这些情况也就是情理之中的事情了。"阿多思说道。

　　"大家这样称呼你们,"达达尼埃说,"确实很有道理。要是我和诸位之间的小故事,人家能有所耳闻的话,那至少又可以证明一件事:你们不仅形影不离,而且还利害一致呢。"

　　这会儿,波尔托思已经走近了他们,他向阿多思招手致意;然后便转过身来,一看见达达尼埃,便吃惊地呆住了。

　　顺便提一句话,他已经把肩带换掉了,同时披风也脱了。

　　"嘿!嘿!"他说,"这位先生是谁呀?"

　　"就是即将跟我交手的先生。"阿多思用手朝达达尼埃指了指,同时也对他的朋友招手还礼。

　　"他也是要跟我交手的那一位呀!"波尔托思说道。

　　"可那得等到一点钟。"达达尼埃回答他说。

　　"我也一样,要和我交手的也是这位先生。"阿莱米斯嘴里说着,也到了这片草地上。

　　"您的是在两点钟。"达达尼埃一点都不动声色。

　　"你是为了什么事而决斗呢,阿多思?"阿莱米斯问道。

　　"哦,我也不大说得清楚,反正他把我的肩膀给弄疼了。你呢,波尔托思?"

　　"我?我是想打架就打了。"波尔托思的脸涨得通红。

　　阿多思的眼睛可是不会错过任何一件事情的,他敏锐地发现,加斯科尼人的唇边掠过一丝极难觉察的微笑。

　　"我们曾对服饰问题展开了一番争论。"这位年轻人回答道。

　　"那么你又是为了什么呢?阿莱米斯?"阿多思问道。

"我嘛,我是为了一个有关神学的问题。"阿莱米斯嘴里回答着,眼睛直朝达达尼埃使眼色请求他对决斗的原因守口如瓶。

阿多思敢发誓,他看见又一道笑容掠过达达尼埃的嘴边。

"真的吗?"阿多思问。

"一点没错,是有关圣奥古斯丁的一个论点,我俩的意见存在很大分歧。"加斯科尼人回答。

"他一定是个机智过人的小伙子。"阿多思心里暗暗揣测着。

"先生们,既然各位全在场,"达达尼埃说,"那就请允许我向各位表示我的歉意。"

一听到"歉意"这两个字,阿多思的额头上掠过一片阴影,波尔托思的唇间闪过一道高傲的笑容,而阿莱米斯则做了个不以为然的手势。

"你们把我的意思弄拧了,先生们。"达达尼埃一边说着,一边昂起了头。这时,刚好有一道阳光照到了他的脸上,给他那张五官细巧,轮廓鲜明的脸镀上了一层金黄色,"我之所以请求各位接受我的道歉,只是出于一个理由。我考虑到自己恐怕不能把欠诸位的债给一一还清了。因为阿多思先生拥有最先把我杀死的权利,这样说来,波尔托思先生,您所拥有的债权就失去了不少价值;而到了您,阿莱米斯先生,那就几乎不值一文了。各位,我再次声明,请求你们接受我的歉意,但只有这么一个唯一的理由。现在,请开始吧!"

达达尼埃一边说着这些话,一边拔剑出鞘,一副骑士风度。

这会儿小伙子正热血沸腾着呢,别说眼前只有阿多思、波尔托思和阿莱米斯三个人,就算是整营的国王的火枪手全都开到这儿来了,他也照打不误的。

此时是正午十二点一刻,烈日当空,骄阳的全部热力都汇聚到了这块被选作决斗场的地方。

"天气很热,"阿多思边说边挥剑出鞘,"但是我不能脱掉紧身短上衣;因为,就在刚才那会儿我还感到伤口正在淌血,我担心您瞧见这些并非从您的剑下流出的鲜血,心里会有些不自在。"

"事实正是如此,先生,"达达尼埃说道,"不管这一剑是由别人还是由我本人刺的,我可以十分肯定地告诉您,我是绝对不愿意看到这样一位刚直的世家子弟身上流出的鲜血的;因此,我也要像您一样,穿着紧身短上衣来使剑。"

"得啦,得啦,"波尔托思说,"别再说这些多余的客气话了,你们倒是替别人想想呀,还有我们在后面排队等着呢。"

"要是您非要这么莽撞无礼地讲话的话,波尔托思,那您可只能代表您自个儿,"阿莱米斯插进来说,"要是让我发表意见的话,我可认为这两位说得可真是太好了,完全是一副大家风范。"

"那咱们就开始吧,先生。"阿多思说道,同时摆了个准备攻击的架势。

"听从吩咐。"达达尼埃一边说,一边把长剑向前举起。

可是,就在两柄长剑刚一交错,铿锵声还没落下的时候,修道院的墙角处就忽然出现了一队人马,那是由德·朱萨克先生率领的红衣主教大人的卫士。

"是主教的卫队!"波尔托思和阿莱米斯异口同声地喊道,"快收起长剑,两位!快把剑收起来!"

可是已经太晚了。双方摆出那样一种架势,到底想干什么已经是一件非常明显的事情了。

"嗨!"朱萨克冲着他们喊道,同时走上前来,并用手势示意手下的人也跟上来,"嗨! 火枪手们,你们该不是在这儿决斗吧? 难道国王没有下过敕令吗?"

"你们的气量可真大哪,卫士先生们,"阿多思一看见他们就一肚子怨气,因为朱萨克也参加了前天的偷袭,"如果是我们瞧见你们在决斗,我能发誓,我们是决不会来打扰你们的。走开些,别多管闲事好吗,给自己省点力气不是更好吗?"

"先生们,"朱萨克说,"我感到十分遗憾,但不得不告诉各位,这是根本不可能的。职责高于一切。请收起你们的剑,跟我们走一趟。"

"先生,"阿莱米斯调侃似的学着他的腔调,说道,"如果我们自己能够决定这件事情的话,对于您的盛情邀请我们将十分荣幸地接受下来;但是,我感到十分遗憾,这是根本不可能的,德·特瑞威尔先生不允许我们这样做。所以,你们还是少惹是非,只管走好你们自己的路为好。"

这种不正经的态度把朱萨克先生给激怒了。

"要是你们不听从的话,"他宣布,"那我们只好动用武力了。"

"他们一共有五个家伙,"阿多思低沉着嗓子说,"我们这边只有三个人;我们又得输了,而且这回我们要把命留在这儿了,因为我发誓,我决不再一次以败将的身份出现在统领面前。"

这会儿,波尔托思和阿莱米斯已经迅速靠拢上来;与此同时,对面的朱萨克也让自己的手下一行排开。

就只这一瞬间工夫,达达尼埃已经下定了他平生最大的决心;很明显,摆在他面前的这件事能够决定他未来的人生命运,他必须决定自己站在国王一边还是红衣主教一边。这个抉择一旦做出就再也不能反悔,只有鞠躬尽瘁,死而后已一条路可走了。决斗,不仅意味着违抗王命,有杀身之祸,而且意味着他一下子就变成了一位比国王本人更有权势的爵爷的敌人。这一切对于这个年轻人来说,都已经模模糊糊地预感到了,但他可实在是个棒小伙,就连眉头也没皱一下。眨眼的工夫,他已经转过身来,对着阿多思和他的两位伙伴说:

"先生们,"他说,"请允许我修正一下阿多思先生的话。您刚才说你们这边只有三个人,可我却认为,我们一共有四个人。"

"可您并不是我们的人啊。"波尔托思说。

"这话没错,"达达尼埃回答道,"我身上并没有火枪手的制服,可我的胸膛里有一颗滚烫的心。先生,我能感觉到,这是一颗火枪手的心,正是这颗心给我做出了指引。"

"快点离开这里,年轻人,"朱萨克喊道,大概根据达达尼埃的手势和表情,他已经猜出了小伙子的心意,"您可以自由退出,我给您这个许可。留着小命快逃吧,快点。"

达达尼埃一动没动。

"够意思,您真是个好样的!"阿多思握住了年轻人的手。

"嗨!嗨!快下定决心吧。"那边朱萨克又在喊了。

"甭说了,"波尔托思和阿莱米斯一齐说,"咱们没有时间了。"

"这位先生真是侠肝义胆!"阿多思说。

可是,三个人都顾虑一件事情,那就是达达尼埃太年轻了,恐怕在经验上有点缺乏。

"咱们事实上只有三个人加上一个孩子,其中有一个还是伤员,"阿多思继续说,"可别人照样说咱们一共有四个人。"

"一点没错,可如果撤退呢!"波尔托思说。

"绝对不成!"阿多思说。

达达尼埃明白他们为什么一直踌躇不决了。

"先生们,给我一次机会吧,"他说,"我以自己的荣誉起誓,要是我们打输了的话,我就不活着离开这里。"

"请说出您的名字,我的朋友。"阿多思说。

"达达尼埃,先生。"

"好吧,阿多思,波尔托思,阿莱米斯,达达尼埃,咱们上!"阿多思喊道。

"喂,究竟怎么样啊,先生们,你们到底商量出结论没有啊?"朱萨克第三次冲着这边喊道。

"得出啦,先生们。"阿多思说。

"你们的决定到底是什么呀?"朱萨克问道。

"我们这就要来会会你们啦!"阿莱米斯一手举起帽子致意,一手拔出长剑,同时嘴里回答道。

"好啊!你们竟然决意拒捕!"朱萨克高声喊道。

"真见鬼!这难道还让你大惊小怪吗?"

九个人全都拔剑在手,对着对方就直冲了过去;每个人都情绪激昂,但并没有失去章法,乱打一气。

阿多思迎上了一个名叫卡于萨克的卫士,那是红衣主教的心腹手下,波尔托思对上了比卡拉,而阿莱米斯则一人迎战两个敌手。

达达尼埃呢,他直接挑上了朱萨克。

年轻的加斯科尼人心跳剧烈,几乎都要把胸腔都震得崩裂开来了,但这并不是因为害怕。上帝保佑!他心里连一丝一毫的惧意都没有,只有好奇心在熊熊燃烧:在格斗的时候,他就像一只发了威的老虎,围着他的对手转来转去,绕了足足有十圈,至于招式和步法的变化,那更是不下二十次了。根据当时的看法,他的对手朱萨克称得上是个剑术高手了,而且经验丰富;可是这回遇上的却是个根本不按常规行事的对手,而且又身子灵活、蹦来跳去的;他倒反而乱了手脚,不知道该怎么应付了。只瞧见同一时刻,四面八方都有一个达达尼埃在发起进攻,而对于他的攻击又总能躲闪及时,就好像一个特别爱惜自己身体发肤的人在躲闪腾挪。

交战到后来,朱萨克终于失去了耐心,急躁起来。瞧见一个自己眼中的无名小辈竟然占了他的上风,他忍不住肝火上升,身手步法之间不觉露出了破绽。达达尼埃虽然没有什么实战经验,但心里却拿定了一个主意,蹦来跳去地蹦得更欢了。朱萨克只想着速战速决,一跨步,向着对手就冲刺过去;达达尼埃灵活地往边上一闪,然后趁着朱萨克还没有完全立直的当儿,像条蛇一样灵活地钻到他长剑的下面,长剑往前一刺,一下子就刺进了他的身体里。朱萨克重重地倒在了地上。

这个时候,达达尼埃挺为伙伴们担心地向着四边的战场迅速扫视了一番。

这时,阿莱米斯已经杀死了一个对手,另一个则对他步步进逼。不过看上去阿莱米斯的状态挺好,应当能够应付得了。

比卡拉和波尔托思同时刺中了对方:波尔托思胳膊上挂了彩,而比卡拉则伤了大腿。但由于双方伤势都不重,所以两人厮杀得更加猛烈了。

阿多思呢,他的对手卡于萨克又给他添了一道新伤;他脸色雪白,但一步也没有后退,只是把剑换到了左手,重新进行格斗。

根据当时的决斗规则,达达尼埃可以去支援一个同伴;他环顾四周,正要看有谁需要他的援助的时候,冷不防的正好撞上了阿多思的目光。这道目光中真是蕴含着千言万语啊!阿多思这样一个硬汉子,是宁可杀身也不愿意开口求助的人;但是他可以用目光来向同伴请求援助。达达尼埃心领神会了这一点,便纵身一跳,落到了卡于萨克的左侧,冲着他大声喊道:

"朝着我冲过来吧,卫士先生,看我来结果你的性命!"

卡于萨克立刻转过身来,这个转身可正是时候。刚才,唯一让阿多思支撑住自己的就是他那惊人的毅力,而此刻,他膝盖一软,单腿跪在了地上。

"该死!"他冲着达达尼埃喊道,"年轻人,听我说,您别杀了他;等我将来养好了伤、力气足了之后,我还得找他算笔老账呢。您只要卸了他的兵器,激飞他的剑就可以了。就是这样。对!好极了!"

阿多思刚才的这两句喝彩,是针对卡于萨克的长剑被挑飞到二十步开外的情形而发的。在同一时刻,达达尼埃和卡于萨克都朝着长剑冲了过去。一个想捡起它,另一个则想把它夺到手里;而达达尼埃由于行动更加敏捷,终于比对手抢先了一步,他一脚把剑踩住了。

卡于萨克奔到了阿莱米斯杀死的那个卫兵身边,一把抓起他的长剑,想掉转头来重新跟达达尼埃决一胜负;但他没有这个机会了,阿多思在半路上截住了他。原来,由于达达尼埃的援助,在这宝贵的片刻歇息时间中,阿多思已经缓过了气来,他就担心达达尼埃会把他的敌人给杀了,所以就截住对手,以图再战。

达达尼埃知道,要是阻止阿多思这样做的话,一定会惹得他非常生气的。果然,没有几秒钟的工夫,卡于萨克被一剑刺中喉咙,倒在了地上。

这时候,阿莱米斯正好用剑抵住了跌倒在地上的对手的胸膛,要他低头求饶。

战场上就只剩波尔托思和比卡拉还在厮杀了。波尔托思一个劲地调笑打趣,一会儿问比卡拉现在大概是几点钟了,一会儿又是祝贺他那个在纳瓦拉军团里当兵的兄弟升到了联队长的官。不过,不管他怎么取笑,他并没有占到半点便宜。人家比卡拉可是条不折不扣的硬汉子。

但事情到这时候也应该落幕了。随时都有可能被巡逻队发现,到那时,管你有没有受伤,或者是什么王党还是主教党的,所有参加斗殴的人都得被关进大牢。这时,阿多思、阿莱米斯和达达尼埃团团围住了比卡拉,要他弃械投降。虽说比卡拉现在是以一敌四,而且大腿上还带着伤,可他仍然不肯认输。就在这时,一旁的朱萨克用臂肘支撑起身子,大声喊他,让他投降。比卡拉跟达达尼埃一样,也是个加斯科尼人;他权当什么也没听见,笑呵呵地继续打斗着,还抽空趁着两个闪避架势的空隙,用剑尖朝着地上指了指:

"此处,"他戏谑地套用了《圣经》中的一句话,说,"比卡拉将死于此处,他是同伴之中唯一剩下的人。"

"可你现在是以一敌四啊;停手吧,我命令你停手。"

"喔!如果你是对我下命令,那就是另外一码事了,"比卡拉说,"因为你是我的队长,我必须服从你的命令。"

说完后,他往后方一跳,脱离了战圈。因为不想缴出自己的剑,他用膝盖朝着剑身一抵,把剑一折为二,然后把两截断剑扔过了修道院的墙头,双手叉在胸前,吹起口哨来了。大家都说出那是一首主教党的曲子。

不管在什么时候,英勇无畏的气概总是让人们油然而生敬意的,即使这种气概来自你的敌人身上也是一样的。火枪手们不约而同地举起长剑向比卡拉致敬,然后插剑回鞘。达达尼埃也依样画葫芦,照做了一遍。然后,在唯一还能站稳的比卡拉的帮助下,他把朱萨克、卡于萨克以及和阿莱米斯交手的两个人中仅受了伤的那一个,全都扶到了修道院的门廊下面。至于另外那个卫士,我们前头已经讲过了,早已经死在阿莱米斯的剑下了。接下来,他们撞响了修道院的钟,带上从五个敌人那儿缴来的四把长剑,兴高采烈地朝着德·特瑞威尔先生的府邸出发了。

一路上,大家只瞧见他们手挽着手,排成一字儿在街上昂首阔步往前走。一路上,只要遇见一个火枪手,他们就停下来招呼搭讪;到后来,这竟然演变成了一场欢庆胜利的大游行。达达尼埃的心被快乐填得满满的,一边是阿多思,一边是波尔托思,他亲热地和两人勾肩搭背地往前走去。

"虽然我还没有正式的火枪手制服,"当走进德·特瑞威尔先生府邸大门的时候,他对着他的新朋友说,"但现在至少也能算得上半个火枪手了,对不?"

第六章 路易十三国王

这件事闹得满城皆知,引起了不小的轰动。德·特瑞威尔先生虽然在表面上把他的火枪手们骂了个狗血淋头,但心里可着实喜欢着这些好小伙子呢;不过凡事应该先发制人,必须赶在头里向国王陛下汇报这件事,所以德·特瑞威尔先生把其他事搁在一边,赶紧向卢浮宫赶过来。但他还是来迟了一步,国王正在和红衣主教进行密谈,德·特瑞威尔先生被告知,陛下此刻政务繁忙,在处理重要机务,无法抽身接见他。当天晚上,他在牌桌旁边拜见了国王陛下。当时国王手气正顺,刚刚赢牌,因为陛下对金钱一向看得比较要紧,所以这会儿他心情很好,大老远地就招呼德·特瑞威尔先生。

"到这边来,统领先生,"他说,"您走近些我才能好好骂您哪;知道吗,今天主教大人在我面前告了您的火枪手的状吗?而且,他由于情绪过于激动,今天晚上都病倒了!咳,您那批火枪手也太会惹是生非了吧,我看得把他们全都吊起来,杀杀火气!"

"不,陛下,"特瑞威尔一眼就看出了扭转乾坤的好办法,于是回答道,"不,恰恰相反,这些火枪手们一个比一个棒,人人都像温顺的小羊羔。我可以替他们担保,他们满心满脑子的都只有一个愿望:那就是要么就不动武;一旦长剑出鞘,那肯定是为了替陛下效力。可是该怎么办呢,主教大人的卫士无休无止地向他们发起挑衅,他们能怎么办呢,为了火枪营的荣誉,这些可怜的年轻人只好用剑来自卫了。"

"你们都听听!"国王说,"大家听听从德·特瑞威尔先生嘴里倒出来的都是些什么话呀!没人会觉得他是在讲一个什么修道院的事情吧!老实说,我的好统领,我还真想让您解甲归田,您留下的缺就让德·谢默萝小姐去顶上,因为我说过要让她去当个女修道院的院长的。不过,您可别以为就这么着算过关了,我可没那么轻信。'公正的路易'这个称号不是随便得来的,德·特瑞威尔先生,过会儿,过会儿咱们再来看看吧。"

"呵!正是由于我依赖着您的公正,陛下,所以我才能这样安心地等候着陛下您的裁决。"

"等着吧,先生,等着吧,"国王发话说,"您不会需要等太长时间的。"果然,牌运开始转了,国王赢进来的钱又开始往别人的桌面上流过去了,就很乐意能有个借口——下面这个名词我是打一些赌徒那儿听来的,说实在的,它到底是由什么引申来的,我自己也不大清楚——做红心老 K。于是没过一会儿,国王就推牌起身,把自己面前的那一摊钱全都装进了衣袋里,而其中的绝大部分都是刚才赢到的。

"拉维厄维尔,"他说,"您来接一下我的手,我跟德·特瑞威尔先生有件重要的事要谈谈。嗯!……我开头下了八十个路易的注,您也按这个数下注吧,不然的话,输家就有的抱怨了。最重要的是公正嘛。"

说完,他转过身来,和德·特瑞威尔先生一起走到窗子跟前。

"嗯,先生,"他接着前面的话头说,"照您说来,是主教先生的卫士首先挑起事端的?"

"是的,陛下,一向都是这种情况。"

"那么,这件事究竟是怎么起的头呢?因为,您也清楚,亲爱的统领,一名法官在断案之前总得把两边的证词都听一遍吧。"

"哦!我的上帝!事情实在是太简单明了不过了。我手下那三个最棒的小伙子,陛下都是知道他们的名字的,您还曾经不止一次地对他们的忠诚赞不绝口,而且我能相当肯定地告诉陛下,他们都是非常非常尽忠职守的;——我讲过了,我手下这三个最好的火枪手,阿多思先生,波尔托思先生和阿莱米斯先生,他们三个和一个来自加斯科尼的年轻人约好一起聚聚,那是今天上午我刚介绍他们认识的。聚会的地点我想是在圣日耳曼修道院吧,大伙讲好先在赤脚加尔默罗会修道院先碰个头的,谁知道好好的一个聚会,全都让德·朱萨克先生他们给搅黄了。说到这里我就想,这位先生和卡于萨克、比卡拉先生,还有红衣主教大人卫队中的另外两名卫士,他们这么一大群人,如果不是为了做什么见不得光的、违抗敕令的坏事儿,干啥非跑到那儿去呢?"

"嘿嘿!您这么一说,我也觉得是这么回事,"国王说,"不用问了,他们一准是自个儿想打架来着。"

"我也就不说他们什么了,可是,陛下您想想,五个人,手里都拿着家伙,跑到赤脚修道院那么个荒郊野外去,您说能干出什么好事来呢?"

"对,您讲得挺在理,德·特瑞威尔,确实有道理。"

"到了那里,他们一瞧见我的火枪手们,马上就打消了原意,把私人间的恩恩怨怨暂且搁到了一边,追究起营队之间的宿仇旧怨来了。因为,有些事情陛下您不知道,效忠于您,而且是永远只效忠于您一个人的这些火枪手们,可是那些忠于主教大人的卫士们的眼中钉,肉中刺呢。"

"是啊,特瑞威尔,的确是这样的,"国王的脸上充满了忧郁,"请您相信,眼瞅着整个法国就这样给分成了两半。由两个人进行统治,我这心里哪,就别提有多难受了。不过,这种局面是不会长久下去的,特瑞威尔,这局面会发生改变的。这样说来,您的意思是事情是由那几个卫士挑起来的?"

"我是说,事情很有可能是这样的,可我也不敢打保票,把话说得太满了。您知道,要想把一件事情的来龙去脉、前因后果全都讲得清清楚楚,没有差错,那可不是件轻易就能做到的事呐,那得要天资异常聪颖,就像路易十三陛下以公正著称的人才行……"

"您说得很对,德·特瑞威尔;不过您那几位火枪手,也不只是他们三个,另外还有个大孩子对吧,他们表现得还行吧?"

"是的,陛下,您的三个火枪手,其中一个身上还带着伤,再加上一个大孩子。可就他们四个人,不单没让主教大人手下最厉害的五个卫士占到一点便宜,而且还把他们当中的四个打得趴在地上起不来了。"

"这可是个大胜仗呀!"国王高兴得眉飞色舞,大声说道,"是大获全胜!"

"是的,陛下,就像您在塞桥打的那仗一样,大获全胜。"

"您是说一共才四个人,一个还受了伤,另外一个是大孩子?"

"想称他是小伙子还真有点嫌他太小呢;可是他在这件事中表现得尤为优秀,所以请陛下允许我冒昧地向您举荐他。"

"他的名字叫什么?"

"达达尼埃,陛下。他是我一位旧日老友的儿子;他父亲曾在跟随先王参加的宗教战争中立下过不少功勋。"

"您是在告诉我,这个小伙子,表现得非常出色?快点说给我听听,特瑞威尔;您是知道的,我向来钟爱这些打架厮杀的故事。"

这位路易十三国王陛下一边说着,一边两手叉腰,两撇小胡子翘得老高,一副得意的样子。

"陛下,"特瑞威尔继续往下说,"前头我已经说过了,达达尼埃根本就只能算个半大孩子,而且还没能成为火枪手,所以身上穿的是老百姓的衣服;主教大人的卫士见他年纪轻轻,又没有穿军服,所以就让他走开,那边好准备动手。"

"您瞧,这不明摆着了吗,特瑞威尔,"国王截断他的话说,"就是他们先动的手。"

"是的,陛下,事情非常明显了。那个时候,他们催促他快点走开;可是达达尼埃给他们的回答是:他的心已经是火枪手的心了,是完全效忠于陛下的,所以他必须留下来和那几位火枪手并肩作战。"

"真是个棒小伙。"国王喃喃自语道。

"他果然留下来了,而且和他们一起御敌。陛下,他可称得上是您驾下第一流的搏击高手了,因为朱萨克身上挨的、让主教先生情绪异常激动的那一剑,就是他的杰作。"

"是他把朱萨克给刺伤了?"国王嚷了起来,"就他这么一个小家伙!这,特瑞威尔,这简直叫人难以置信。"

"我非常荣幸地向陛下证实,这话绝无半点虚假。"

"朱萨克,他可是国内屈指可数的剑术高手哪!"

"嗯,陛下,山外有山,人外有人哪!"

"我想亲自瞧瞧这个年轻人,特瑞威尔,我要见见他。嗯,就让咱们看看能不能为他达成什么心愿吧。"

"陛下准备什么时候召见他?"

"就在明天中午吧,特瑞威尔。"

"就召他一个人进见吗?"

"不,让他们四个人都进宫来。我要同时向他们致以谢意;现在一片忠心的人是愈来愈难得了,特瑞威尔,忠心是应该受到奖赏的。"

"陛下,那么我们明天中午在卢浮宫等候召见。"

"噢,对了!走小楼梯吧,特瑞威尔。主教先生没有必要知道这件事情……"

"遵命,陛下。"

"您要明白,特瑞威尔,再怎么说,敕令就是敕令;从根本上说起,决斗是三令五申地明令禁止的。"

"可是陛下,这一次的摩擦是完全不适用有关决斗的条款的:这回开头只是争吵,吵到后来才打了起来的。而且证据是明摆着的,那就是:双方一边是主教的五个卫士,一边是我的三个火枪手和达达尼埃先生。"

"话是没错,"国王说,"可是虽然是这么着的,特瑞威尔,你们还是从小楼梯上来吧。"

特瑞威尔露了露笑容。不过,就这么着,他从这位被他挑起对师傅的反感的大孩子身上,也已经得到足够多的东西了。于是,他恭恭敬敬地,朝着国王深深欠身,行了个礼,在得到同意之后就告辞退下了。

当天傍晚,三个火枪手从特瑞威尔那里得知他们将有幸晋见国王,由于他们对国王的尊容早就已经很熟悉了,所以心里还是比较平静的;但是达达尼埃可就不一样了:加斯科尼人天生特有的那种丰富的想象力,让他兴奋不已,一整宿翻来覆去,觉得自己就要美梦成真,从此平步青云。所以,第二天早上八点刚到,他就跑到阿多思的住所去了。

这位火枪手已经打扮得整整齐齐,一副正要出门的样子。瞧见达达尼埃来了,阿多思就向他提议:既然觐见要等到中午十二点钟,那何不约上波尔托思和阿莱米斯,大伙一起到坐落在卢森堡宫马厩附近的网球场去打一盘网球呢? 阿多思向达达尼埃发出邀请,请他一起去。虽然说达达尼埃对这项运动一无所知,从来没玩过,但由于这时时钟刚指着九点,离十二点可还有一段挺长的时间呢,他实在不知道该如何消磨掉这些时光,所以阿多思一邀请他,他就欣然接受了。

他们到那儿的时候,另外两位火枪手已经在那里练球了。对于阿多思而言,每一项运动他都很拿手。他带着达达尼埃走到了另一边场地,向他们发起了挑战。由于剑伤未愈,所以他这次换用了左手,但是没试多会儿,他就觉得这种激烈的运动实在还不太适合现在这种状况的他。因此,这边的场上就只剩下达达尼埃一个人了,小伙子申明自己是生手,要是按规则进行比赛的话可绝对玩不了的,所以大家就仍然只是把球打来打去,不计算双方得分数。但是,波尔托思力大无穷,他那手腕就像大力神赫拉克勒斯一样有力。他一甩手,抛出的那个球飞过来时简直是擦着达达尼埃的脸过去的。达达尼埃庆幸这球是擦着边儿而不是正砸在脸上的,要不然觐见的事就很有可能泡汤了,因为那样一张脸是不能去见国王的。但是,对他来说,这次觐见可关系着他未来的前途呢! 于是,出于这种加斯科尼人的盘算,他就非常有礼貌地向波尔托思和阿莱米斯躬了下身,请两位先生容许他练好球艺,日后再来请教,接着就退出场外,在球网附近的观众廊里站着。

也是达达尼埃注定要走霉运,观众当中正好有一个人是主教的卫士,昨儿几个伙伴的失手可真让他憋了一肚子气,正愁没个借口来报仇雪耻呢。这工夫他觉得找到了机会,于是就冲着旁边的人大声说道:

"一个壮小伙子居然会怕个球,"他说,"不过说来也难怪,毕竟人家还只是个没出师的火枪手学徒罢了。"

达达尼埃就像被毒蛇咬了一口,猛地掉过头来,狠狠地盯着这个放肆无礼的说话人。

"怎么着!"这家伙傲慢地捻着他那绺小胡子,继续说下去,"您打算怎么看我都可以,我的小先生,说这话的人就是我。"

"既然您的话已经说得这么清楚了,不用再做任何解释,"达达尼埃低沉着声音说,"那么就请您跟我走吧。"

"什么时候啊?"那家伙的语气依然揶揄。

"就现在。"

"您想必已经知道我的名字了吧?"

"正好相反。而且我也没有兴趣知道。"

"这您可就不对了。因为,要是您知道了我是谁,说不准您就不会像现在这样着急了。"

"您的尊姓大名?"

"贝纳儒,愿为您效劳。"

"很好,贝纳儒先生,"达达尼埃神色自若,说,"就在门口,我等您。"

"请在前头走吧,先生,我就跟着您。"

"别急,别急。先生,别让人家看着咱们俩一起出去;因为您当然清楚,呆会儿咱俩要做的事,人太多了反而倒是不方便呢。"

"那好吧。"那个卫士嘴里回答着,心里还真的挺纳闷,这个小伙子听了自己的名字竟然没什么反应。

也难怪他这么想,因为,贝纳儒这个名字可以算得上大名鼎鼎了,到了众人皆知的地步,当然达达尼埃恐怕是唯一的例外了。事实上,虽然国王和红衣主教三番五次发布敕令告示,严禁聚众斗殴,但是决斗流血的事情仍然是家常事,而在这些决斗中,几乎每次都伴随着贝纳儒先生的大名。

波尔托思和阿莱米斯,这会儿打球正打得不亦乐乎,而阿多思在一旁也看得全神贯注,津津有味,所以他们谁也没有注意到这位年轻同伴的行踪。达达尼埃就像他对那位卫士讲的一样,到了门口就没继续走;又过了一会儿,他的对手也出来了。因为得赶在十二点之前进宫见驾,所以达达尼埃必须抓紧时间。他看了看四周,幸好街上并没有行人。

"老实说,"他冲着自己的对手说,"虽然您叫贝纳儒,可您真该替自己庆幸,这会儿您面对的只是一个火枪手学徒;不过请您尽管放宽心,我不会让您失望的。开始吧。"

"不过我觉得,"对达达尼埃百般挑衅要激他决斗的卫士说,"这个地方可不怎么好。不管是圣日耳曼修道院后面,还是教士草场,都比这块地方要强些。"

"您的话非常有道理,"达达尼埃回答道,"遗憾的是我中午十二点跟人有约,实在没有时间了。得,先生,来吧,动手吧!"

贝纳儒可不是需要人家招呼第二遍的那号人,电闪火石间,他已经亮出了明晃晃的宝剑,他有心欺对手年纪小,一上来就猛扑了过去,想给对手一个下马威。

可惜的是,我们的达达尼埃头天已经度过了他的学徒期,而且刚刚在凯旋声中出了师,这会儿又满怀美好的憧憬,觉得飞黄腾达的前景正朝他招手,所以他暗暗下定决心,宁死也不后退一步。于是,两把长剑架在了一起,相持不下,剑身一直往下移到了对方的剑柄,达达尼埃依然毫不退缩,而他的对手反而往后退了一步。就这么一退,贝纳儒的剑身便稍微偏了一偏,达达尼埃瞅准这个良机,抽回长剑,一个箭步,长剑直刺对手的肩头。这时,达达尼埃立刻后退一步,抬起剑身,可是贝纳儒却不知好歹,一边冲他嚷着这没什么了不起的,一边挺剑冲了过来,正好撞到了达达尼埃的剑上,又给刺中了一剑;于是,他就向着德·拉特雷穆依先生府邸的方向退去,那儿有他的一个亲戚在府里当差。但是由于他既没有倒地,又没有认输,只是一味后退,而达达尼埃又不清楚对方所中的那第二剑伤势如何,所以就跟着他紧追不舍,大概是想再给他补上一剑,送他回老家了事。而就在这个时候,网球场里的人听到了街上的喧闹声,其中有两个人是那个卫士的朋友,他们先前听到了他跟达达尼埃说话,后来又看到他走出网球场,这会儿一听到喧闹声,立刻就拔出长剑,冲出网球场,冲着正占上风的达达尼埃就杀了过来。紧跟着,阿多思、波尔托思和阿莱米斯也赶了过来。一瞧见那两个卫士正攻击他们年轻的朋友,三个人立刻拔剑上前,逼得那两人转身应付。就在这时,贝纳儒终于不支倒地;那两个卫士一瞧见局面变成了二比四,就大声喊道:"快来人呀,拉特雷穆依府里的人快来呀!"一听到这喊声,那个府里的人全都冲了出来,如狼似虎地扑向四个朋友。这四个朋友也扯着嗓子高声喊道:"来人哪,火枪手快来呀!"

这种呼唤声,一般总是会有人响应的;因为所有人都知道,火枪手是主教大人的死对头。所以大家既然恨主教,那就免不了要来爱火枪手了。于是,别的营队的禁军,只要不是红衣公爵——这是阿莱米斯的称呼法——的手下,遇到这种厮打通常都是帮着火枪手一边的。这时候,德·埃萨尔先生手下的三个禁军刚好经过这里,他们中的两个人立刻跑过来加入那四个朋友的队伍。而另外一个则朝着德·

特瑞威尔先生的府邸跑去,嘴里大喊着:"快来人呀,火枪手们快来呀!"这天与往常一样,德·特瑞威尔先生府里有不少火枪手在聊天,一听到这声呼唤,他们纷纷赶来支援自己的同伴。决斗演变成了混战,而火枪手们占了上风。红衣主教的卫士和德·拉特雷穆依先生府里的那帮人且战且退,一退进府里,赶紧关上了大门,好险门外那帮敌人就冲进府里。至于那个被刺伤的卫士,早就已经被抬进府里了;而且,正如我们前面所说,他的伤势还相当严重。

这个时候,火枪手和他们的后援部队的情绪全都高涨到了极点,他们甚至开始商量,要不要一把火烧了眼前这座府邸,来惩罚德·拉特雷穆依手下仆人攻击国王火枪手的无礼行径。这个提议已经得到了非常热烈的响应,要不是这时传来了十一点的钟声的话,怕是真的会实施下去。达达尼埃和他的伙伴们听见钟声,终于想起了正午要进宫见驾的事情。他们想到,要是大伙儿干这么痛快过瘾的一件事儿,他们却要缺席,那可实在太遗憾了,所以他们好说歹说,终于让这帮激动的火枪手们稍微平静了点。于是,大家只拿了些街上的石头去砸那扇大门,不过既然大门丝毫不动,后来大家也失去了扔石头的兴致;而且,应当作为领头人的那几位,刚才已经离开了人群,到德·特瑞威尔先生府上去了——德·特瑞威尔先生已经知道了刚才的这件事儿,现在正等着他们的到来哩。

"赶快,去卢浮宫,"他说,"得马上去那儿。我们必须设法在主教之前见到陛下,不让他能有机会先把这事告诉陛下;我们要告诉他,今天这件事是昨天的事的尾巴,这样两件事才能一齐过关。"

说完,德·特瑞威尔先生马上带着四个年轻人向着卢浮宫出发。可是,到了那里,火枪营统领却出乎意料地被告知,国王已经前往圣日耳曼林苑打猎去了。这下德·特瑞威尔先生可吃惊不小,他担心是自己耳朵出了毛病,忙让那位宫里的侍从重复一遍。在那个侍从说第二遍的时候,四个年轻人站在一边,眼瞅着德·特瑞威尔先生的脸唰地一下白了。

"今天去打猎,"他问,"是不是陛下昨天就打算好了的?"

"不是的,阁下,"国王的贴身侍从回答道,"是今儿早上王室狩猎总管来禀告陛下,说遵照陛下的旨意,他们昨儿晚上已经把一头牡鹿赶进了林苑。起先陛下说他不去那儿,但后来由于打猎的乐趣实在太诱人了,所以吃完午饭他就出发了。"

"陛下瞧见主教大人了吗?"德·特瑞威尔先生问道。

"我看八成是瞧见了,"那侍从答道,"因为今儿早上我看见主教大人的马车来过,我问他们上哪儿去,他们告诉我说是去圣日耳曼林苑。"

"人家比咱们抢先一步了,先生们,"德·特瑞威尔先生说,"今天晚上我会来见陛下的;至于你们,我劝各位还是别冒这个险了。"

四个年轻人没有人对这个意见表示异议,因为它不但非常中肯,而且还是出自一位摸透了国王陛下心思的人之口。于是,德·特瑞威尔先生就请他们回各自的家,静候他的消息。

德·特瑞威尔先生回到了府里,思量之后觉得自己应该主动出击,抢先提出指控。于是,他写了一封信,然后派出仆人把信送到德·拉特雷穆依先生府上,要求德·拉特雷穆依先生把主教先生的那位卫士交出来,并且惩办那些攻击火枪手的手下。可是在此之前,德·拉特雷穆依先生已经从他的马夫嘴里听说了事情的经过。而我们已经知道了,这个马夫就是贝纳儒先生的亲戚。所以,德·拉特雷穆依先生告诉来人说,有资格提出指控的不是德·特瑞威尔先生,更不是那几名火枪手,而恰恰应该是他本人。因为正是这些火枪手,不但袭击了他的部下,而且还想放火把他的府邸给毁了。因为这两位爵爷都各执一词,不肯退让,所以这场争执有很大可能要拖上好长一段时间都不能解决。为了打破这个僵局,德·特瑞威尔先生深思之后决定速战速决:他亲自登门去拜访德·拉特雷穆依先生。

见面之后,两位爵爷倒都是很有风度地相互致意。因此,尽管两人之间并没有什么深厚的交情,但平日倒还是对彼此有一份惺惺相惜的敬意的。两个人都是磊落君子,全都非常看重信誉。德·拉特雷穆依先生由于身为新教徒,所以平日里很少去觐见陛下;他不参加任何一派,一般来说在社交场中属于不偏袒任何一方的中立人物。但很明显的,这一次他的待客态度虽然客气有礼,比平时可是疏远冷淡多了。

"先生,"德·特瑞威尔先生说,"我们双方都认为自己应该是提出指控的一方,所以我亲自登门拜访,希望我们能一起把这件事弄个水落石出。"

"非常好,"德·拉特雷穆依先生回答道,"不过我可要先说明一点,我已听到过有关此事的详细报告,您的火枪手应该承担全部责任。"

"先生,您向来以公正严明、通情达理著称,"德·特瑞威尔先生说,"因此,我想您是不会拒绝我将要提出的这个建议的。"

"您请讲,先生,我洗耳恭听。"

"贝纳儒先生,就是您那位马夫的亲戚,他现在的伤势如何?"

"噢,非常糟糕。胳膊上中的那一剑倒还不至于有什么危险,可另外一剑就严重了,他的肺部被刺穿了,医生说恐怕没有救治的希望了。"

"那他现在的神志是否清醒?"

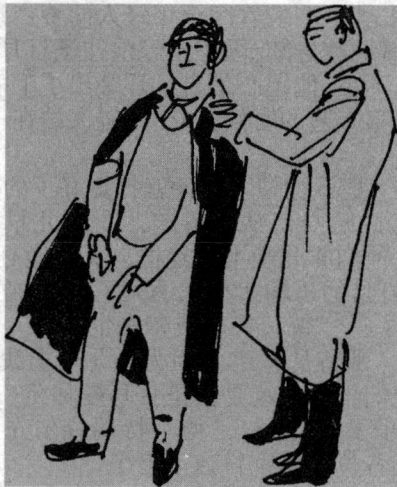

"非常清醒。"

"能讲话吗?"

"挺费劲的,但还能开口。"

"那么,先生,就这么办吧。我们现在就到他那儿去。也许他的生命就快被天主召回了,让我们以主的名义要求他说出真相。我们让他自己来当自己的这件公案的法官。先生,我会相信他所讲的每一句话。"

德·拉特雷穆依先生思索之后,认为除此之外实在别无良策,于是便接受了这个建议。

两位先生下了楼,来到病人的房间。一瞧见这么两位高贵的爵爷来看望他,病人挣扎着想从床上坐起来。但他的身体实在太虚弱了,就用了这么一点力,他就差点儿又昏了过去。

德·拉特雷穆依先生走到床前，把嗅盐瓶凑到他的鼻前，让他能够恢复过来。而德·特瑞威尔先生因为不愿意让别人说他给病人施加压力，就退在一旁，请德·拉特雷穆依先生亲自进行询问。

德·特瑞威尔先生的推测完全正确。由于贝纳儒已经是个一只脚踏进鬼门关的人了，所以他根本不想隐瞒就算是一丁点的事实，他从头到尾，原原本本地把整件事情全都告诉给了两位爵爷。

这正是德·特瑞威尔先生最乐于见到的结果，他祝愿贝纳儒能早日康复，然后便向德·拉特雷穆依先生告辞，赶回了自己府里。一到家，他就派人去把那四位朋友请来，说他等他们共进午餐。

德·特瑞威尔先生的饭桌上宾朋满座，而且全都是些反主教派。所以我们可以想象得到，整个饭局从头到尾，津津乐道的都是红衣主教大人手下卫士的最近两次惨败。想当然，达达尼埃既然是这两天来的主角，所以一切赞扬和称颂全都归给了这个小伙子。在这一点上，阿多思、波尔托思和阿莱米斯如此谦让不仅是因为念及朋友之谊，还因为对于这类赞扬他们平日里已经听得够多的了，所以也就不必来跟达达尼埃争这一次了。

等到了六点钟，德·特瑞威尔先生说应该出发去卢浮宫了；但由于已经过了陛下指定的接见时间，所以他就没有到小楼梯那里要求通报，而是带着四位年轻人在前厅里等待。这个时候，国王打猎尚未归来。我们的这几个小伙子，夹在一大帮子朝臣当中，等了差不多有半个小时，才看见宫殿的大门打开了，同时掌门官高声通告陛下驾到。

就这么一声陛下驾到，让达达尼埃浑身上下都发起抖来。他的前程、未来，很可能就要在接下来的这一个时刻给决定下来哩。所以，他焦躁不安，两只眼睛死死地盯着国王将要走进来的那扇门。

路易十三在门口出现了：他走在最前面，一身猎装，上面还有不少尘土，脚上蹬着长筒马靴，一根马鞭拿在手中。只看了一眼，达达尼埃就看出国王的心绪极糟。

很明显，陛下的心情糟透了，但是朝臣们还是照样上前夹道迎接。要知道，在王宫的前厅里，就算是被愤愤地瞪上一眼，也要好过全然未曾被看见几百倍。所以，那三名火枪手也同样毫不迟疑地跨前一步；而达达尼埃呢，却躲到了三个伙伴的背后。但是，尽管国王认识阿多思、波尔托思和阿莱米斯，但经过他们跟前的时候，却没有瞅上他们一下，更别提和他们说上句话了。对于德·特瑞威尔先生，国王倒是把目光在他的脸上停留了片刻，他异常坚定地迎住了这道目光，直到国王自己掉转了目光。然后，国王陛下走进了他的房间，一路上嘴里一直嘟嘟囔囔的。

"大事不妙，"阿多思说道，脸上居然还带着微笑，"这回我们可没有荣誉勋位可拿啦。"

"你们在这儿等我，等十分钟，"德·特瑞威尔先生说，"十分钟之后要是我还没有出来，你们就回我的府里去吧，因为再等也没有用了。"

四个年轻人在外面等着，十分钟，一刻钟，二十分钟，还是不见德·特瑞威尔先生的人影，于是只能忐忑不安地出了宫。

再说德·特瑞威尔先生沉着镇静地走进了国王的书房。那时候，陛下正坐在一张圈手椅里，自顾自地用手里的马鞭拍打着靴帮，看上去一肚子不高兴。可是，德·特瑞威尔先生仍然用最平静的语气问候他的身体。

"不，先生，很不好，我心里可烦着呢。"

原来，这正是路易十三诸多毛病中最讨人厌的一种，他经常会拉住某位朝臣，把他拽到窗子跟前,对他说:"某某先生,咱们一起来品品心烦的滋味吧!"

"怎么了! 陛下感到烦恼!"德·特瑞威尔先生说道,"今儿个陛下打猎玩得不尽兴吗?"

"尽个什么兴啊,先生! 我就觉着,不知道怎么回事,什么都变得不对劲了。也不清楚到底是哪只鹿跑的地方不对,还是那些猎犬的鼻子都是当摆设用的。我们放出了一头长了十股叉角的牡鹿,在它后面赶了六个钟头,马上就要抓住它了,圣西蒙都要吹起命令合围的号角了。可是忽然一下子,所有的猎犬都掉过了头,朝着一头幼鹿冲了过去。您看看吧,我不但没法架着鹰隼去打猎,现在看来,就连带着猎犬去打猎都不成了哟! 哎! 我这么个国王可真是走了霉运了,德·特瑞威尔先生! 我统共就只有一只大隼,可就在前天,它也死了。"

"的确,陛下,我完全能够理解陛下的悲伤,这确实是一件很不幸的事。不过,陛下您好像还有不少猛禽呀,就像隼哪鹰那些的。"

"可是没有一个能够训练它们的人呀。以前那些个驯鹰的人都走了,现在就剩下我一个人还懂得犬猎的本事。在我以后,就没有什么想头啊,到时候就让他们带着捕兽器,用陷阱和翻板去打猎吧。要是我能留出点时间来带几个徒弟该多好呀! 可光一个主教大人就不肯给我片刻的安宁啊,一见着我,他老是说西班牙怎么着,奥地利怎么着,英国又怎么着! 咳,对了,提到主教,德·特瑞威尔先生,我对您可是很不满意啊。"

德·特瑞威尔先生可一直在候着国王的这句收尾的话呢。他认识国王已经很多很多年了;他完全明白,刚才的那一长段牢骚,只是一个开场白罢了,充其量只不过是给自己造个声势,现在才刚开始进入正题呢。

"不知道我有哪些地方做得欠妥,让陛下不高兴了?"德·特瑞威尔先生问道,好像真的很吃惊的样子。

"您就是这样来尽忠职守的吗,先生?"国王自顾自往下说,并没有从正面对德·特瑞威尔先生的问题做出回答,"难道我把火枪营统领的位子交给您,就是为了让您这么干,就是让我的火枪手去夺人性命,去搅得整个街区鸡飞狗跳,最后还想放把火把巴黎给烧了,而您却半声也不吭吗? 不过,"国王接着往下说,"也许我这样责怪您也太过性急了。我想您大概早就把那几个肇事的家伙给抓了进来,关进了牢里。您来见我就是为了告诉我他们的行为已经受到了惩处的吧。"

"陛下,"德·特瑞威尔先生沉着应对道,"正好相反,我来这儿的目的是要求陛下做出惩处的。"

"惩处谁?"国王高声嚷道。

"惩处诋毁者。"德·特瑞威尔先生答道。

"嗨! 真是件稀罕事哪。"国王接着他的话头说,"莫非您想告诉我,您那三位该死的火枪手阿多思、波尔托思和阿莱米斯,还有那个贝阿恩的小伙子,他们并没有朝可怜的贝纳儒扑过去,一副凶神恶煞的样子,把他刺得一身重伤,说不准现在正奄奄一息? 难道你想告诉我,他们并没有把德·拉特雷穆依公爵的府邸团团围住,攻击甚至想放火烧了它吗? 这事要是在打仗的那个年头,可能并没有什么了不起的,因为那儿反正是个胡格诺教徒的大本营。可是现在是和平年代,这种先例就万万开不得。您倒是吭气啊,难道这一切事情,您都要给我来个彻底否认,推个一干二净吗?"

"陛下,您是打哪儿听来这个曲折动人的故事的?"德·特瑞威尔先生一点声色都不动地问道。

"打哪儿听来这个曲折动人的故事的? 先生! 您说还有谁会这样做呢? 就是

他，就是那个当我睡觉时他还醒着，当我享受时他还在工作的人！就是他，在这个王国里里外外忙活着，把整个法国、甚至整个欧洲都掌握在手中的人！"

"陛下想必是在说天主吧，"德·特瑞威尔先生答道，"因为除了主，我可实在想不出一个比陛下还要杰出的人来了。"

"不，先生。我想说的是那位国家的支柱，那位唯一对我真心效力的人，我唯一的朋友红衣主教先生。"

"陛下，可是主教大人可并非教皇陛下啊！"

"您说的是什么意思，先生？"

"我是说，只有教皇才能完全不犯错误，而红衣主教先生就未必能做到这点了。"

"那您是想告诉我他在欺骗我，背叛我喽。这么说来，您是在提出一项指控。那您就明白地说嘛，您就爽爽快快地承认您是在指控他的了吧。"

"不是的，陛下。我的意思是说他受了别人的骗，得到的情报是不正确的；我是说他指控陛下的火枪手的做法是过于急躁的，是有所偏颇的，因为他所获得的情报的来源是错误的。"

"可是指控是由德·拉特雷穆依公爵提出来的呀。对这个您又还有什么可说的呢？"

"陛下，我本来完全可以说，由于在这个事件中，他是一个利害关系人，所以他是很难担当一名公正的见证人的角色；但是我不愿意说这种话，因为，陛下，在我看来，公爵是一位坦坦荡荡的君子，对于他的判断，我无条件地全部接受。但是，陛下，我有一个要求。"

"什么要求？"

"那就是，我恳请陛下召他进宫，亲自询问他，不让任何人在一旁听你们的谈话；而且，陛下在接见完公爵后，请立刻召我进宫。"

"可以！"国王说，"那么，只要是从德·拉特雷穆依先生嘴里说出的话，您都表示完全同意了？"

"是的，陛下。"

"他的裁决您也完全接受？"

"完全接受！"

"他要是提出要求你赔罪，你也毫无怨言？"

"一定照办。"

"拉谢斯内！"国王喊道，"拉谢斯内！"

马上，那位一直在门口站着的路易十三的心腹内侍就出现在他的面前。

"拉谢斯内，"国王命令道，"马上让人去请德·拉特雷穆依先生，马上找来；今天晚上我要和他讲话。"

"陛下能做出一个保证吗，我希望您在德·拉特雷穆依先生和我之间，任何人都得不到您的接见。

"一个人也不见，一言九鼎。"

"那么，陛下，咱们明儿个再见了。"

"明儿见，先生。"

"请问陛下，明天几点钟接见我？"

"随您的便。"

"可我担心，要是来得太早了，恐怕会吵醒陛下您啊。"

"吵醒我？莫非我还能睡觉吗？我是不睡觉的，先生；顶多有时候做个梦罢了。

您爱来多早就多早吧，就七点钟吧。您可给我记住了，要是您的火枪手有罪的话，我可不会给您留情面的。"

"如果我的火枪手有罪的话，他们就完全交给陛下发落，听凭您的处置。陛下还有别的吩咐吗？只要陛下言语一声，我一定全力以赴。"

"没有了，先生，没有了。我被大家称为公正的路易，并不是浪得虚名的。那咱们就明儿见吧，先生，再见！"

"天佑我主！"

要是说国王睡得不多的话，德·特瑞威尔先生就几乎是辗转难眠了；就在头天晚上，他就叫人通知那三个火枪手和他们的年轻朋友说，早上六点半务必到他府上来。早上他带着这几个人出发时，既没有保证，也没有许诺，甚至直言不讳地告诉他们，无论是他们的前程，还是他特瑞威尔自个儿的前程，全都赌在这一把上了。

大家到了小楼梯跟前，德·特瑞威尔先生让他们先在这儿等着，看看风色如何。要是国王怒气未消，他们就趁早偷偷溜走得了；要是国王还愿意接见他们，他会再叫人来唤他们的。

德·特瑞威尔先生走进了国王的候见厅，在那儿，拉谢斯内告诉他说，昨晚宫里派到德·拉特雷穆依公爵府里的人并没有碰见公爵，公爵回府的时候已经相当晚了。由于当天晚上已经来不及进宫了，所以这一大早他就来了，现在正在国王的书房里哩。

这下可是正中德·特瑞威尔先生下怀，现在他是完全可以肯定在德·拉特雷穆依先生和他之间就绝对不会有人趁机进谗言了。

果不出所料，还没有等上十分钟，书房的门就打开了，德·拉特雷穆依公爵从里面走了出来，他一瞧见德·特瑞威尔先生，就迎上前来说：

"德·特瑞威尔先生，刚才陛下召见我，要向我询问昨天上午在我的宅邸里发生的那件事。我把情况全都如实地告诉给了陛下，换句话说，我完全承认那都是我底下的人的错；而且我还说，我正准备为此而向您表示歉意。现在您既然刚好在场，那现在就请您接受我的道歉，并请您以后能把我当成一位随时准备为您效劳的朋友吧。"

"公爵先生，"德·特瑞威尔先生说，"对于您的高风亮节，我素来非常钦佩；所以我深信根本无须让任何人在陛下面前为我辩护，您一定会仗义执言的。现在我知道我没有看错人，今天在法国，还是能有一个称得上我刚才评价的那番话的正人君子存在的，为此我应当向您表示谢意。"

"说得好，说得好极了！"国王接口说，刚才他站在两道门的中间，把两位先生彼此之间的这番客气话全都收进了耳朵里。"不过，特瑞威尔，既然有人声称是您的一位朋友，而我又挺想成为他的朋友，那么他为什么一句都没有提起呢；我几乎有三年的时候没有见到过他了，想见他还非得专门派人去把他给找来不可。麻烦您把我刚才的这番话转告给他吧，因为在有些问题上，一个国王是没有办法自己开口去说的。"

"谢谢，陛下，非常感谢，"公爵说，"但是请陛下相信，最最忠诚于陛下的，未必是那些——当然这并不包括德·特瑞威尔先生——时时刻刻都能让陛下瞧见的人。"

"呵！原来您也听到了我所说的话了；好极了，我的公爵，好极了。"国王一边说着一边向门口走过来。

"呵！您，特瑞威尔！您的那几个火枪手上哪儿去啦？我不是告诉过您，要您把他们一起带来吗，您干吗不按我的吩咐去办呢？"

"他们此刻就在下面，陛下，如果你允许，可以让拉谢斯内去把他们给叫来。"

"快去，快去，快点让他们上来；马上就八点啦，我九点钟还要接见别人呢。您请回府去吧，公爵先生，以后可得常来看看我喔。您，进来吧，特瑞威尔。"

公爵鞠了一躬，转身准备退下。就在他打开房门的那会儿，那三个火枪手和达达尼埃在拉谢斯内的带领下，刚好走上了楼梯。

"到这边来，你们几位，"国王说，"过来，我要好好骂你们一顿。"

火枪手们走上前朝国王鞠躬；达达尼埃跟在他们的最后面。

"怎么搞的！"国王接下去说，"你们这四个人，就两天工夫，居然打趴了主教大人的七个卫士！这实在太不像话啦，先生们，太不像话啦。要是照这样下去的话，不出三个星期，主教大人不就要重新招兵买马了吗？而且，我这边也必须再次申明必须严格执行禁令了。偶尔一个，那也就算了；可是两天里趴倒了七个，我必须再说一遍，这就实在太过分了，太过分了。"

"所以，陛下您瞧，他们这不就是真心诚意地来向陛下请罪的了吗？他们每个人都觉得后悔得紧呢。"

"后悔！哼！"国王说，"我才不相信面前这几张装出来的脸呢，尤其是后面那个加斯科尼人，就更别想让我相信了。您到前面来呀，先生。"

达达尼埃知道这是在对他说话呢，于是就上前几步，装出一脸后悔莫及的沮丧样。

"嗨！您怎么告诉我他是个小伙子呢！这分明还只是个孩子嘛，德·特瑞威尔先生，压根儿是个孩子！这么说，就是他给了朱萨克那么狠的一剑的？"

"还有贝纳儒身上的那两下惨透了的剑伤。"

"真的？"

"还有，"阿多思插上来说道，"要不是他从比卡拉剑下把我救出来，我这会儿恐怕就没有这份荣幸，站在陛下面前向您致上我无比的敬意了。"

"这个贝阿恩人简直是个天煞星转世嘛，真见他妈的鬼了，德·特瑞威尔先生，您看，我也会用先王的这句口头禅了。靠这个过日子，总要戳破几件衣服，折断几把长剑的吧，而加斯科尼人的口袋里又总是没有几个子儿，对吗？"

"陛下，我只能说，他们还没能在山里找到金矿，原本就凭他们跟着先王打下江山的那些个功劳，天主也该创个奇迹来犒劳犒劳他们的呀。"

"您就是说，既然我是继承先王的王位，那我这个国王也都是亏了加斯科尼人让我坐稳的，对不对哪，特瑞威尔？嗯，好吧，我就认了，拉谢斯内，你去好好翻翻我的衣袋，看看里面是不是能有四十个皮斯托尔；要是找着了的话，就拿来给我。好了，现在，年轻人，您摸着自己的良心告诉我，这到底是怎么一回事啊？"

于是达达尼埃就从头讲起，说他是怎么样因为要觐见陛下而兴奋得一宿没合眼，是怎么样提前三个钟头到了朋友家里，然后又怎么样一起去了网球场，怎么着因为怕球打着脸而受了贝纳儒的嘲笑，而这位先生又是怎样险些掉了一条小命，德·拉特雷穆依先生的府邸又是怎么着就差一点化为灰烬。

"的确是这么档子事，"国王低声说，"对，公爵也是这么告诉我的。可怜的主教！两天之间折了七个手下，而且还全都是最心腹的；可是，先生们，这样就够了，你们都听见了吗！这样就可以了，你们已经报了费鲁街的一箭之仇了，你们也该觉得满意了。"

"如果陛下觉得满意了，"特瑞威尔说，"那么我们也就觉得满意了。"

"没错，我觉得满意了，"国王边说着，边从拉谢斯内手中抓过一把金币，放到达达尼埃手中。"至于这个，"他说，"就是我表示满意的一个证明。"

在那个年头,还没有开始时兴眼下流行的这种清高。一个世家子弟从国王手中接过赏钱来,根本就不会觉得有一点不好意思或怕人家笑话的。因此,达达尼埃自然也就大大方方地把那四十个皮斯托尔装进了口袋,并声音洪亮地向陛下道了谢。

"嗬,"国王瞄了眼钟说,"嗬,都已经八点半了,请各位退下吧。因为我刚才就已经讲过了,九点钟的时候还有个人要来见我。先生们,多谢诸位的忠诚。我想我是可以依赖几位的忠诚的,对吗?"

"是的,陛下,"四个伙伴异口同声,高声说道,"我们愿为陛下赴汤蹈火,万死不辞。"

"好,好;不过还是别死吧,还是活着的好,你们可以对我更有价值的。特瑞威尔,"等别的人都退出了门,国王低声对德·特瑞威尔先生说,"既然您的火枪营里现在没有多余的空缺,而咱们又定过规矩,每个火枪手都必须先经过一个见习期,那么就先让这位年轻人到您那位连襟德·埃萨尔先生的禁军联队里去当差吧。嘿!没说的!特瑞威尔,主教先生准会一副怪样子,让我开心死不可;让他气得发疯去吧,这可不关我的事,我自有我的权力。"

说完,国王用手势示意特瑞威尔可以告退了,特瑞威尔就退了出来。当他找到他的火枪手的时候,他们正在跟达达尼埃一起分那四十个皮斯托尔。

陛下猜得一点没错,红衣主教果然气了个半死,一连有一周都赌气没来跟国王打牌。但尽管这样,国王每次见他都是一副最最和颜悦色的样子。两个人一碰面,国王总要用最亲切的口气问:

"喂,主教先生,您那两位可怜的先生,贝纳儒和朱萨克,他们还好吧?"

第七章　火枪手寓所

刚走出卢浮宫,达达尼埃就急不可耐地向他的几位朋友请教,他从那四十个皮斯托尔中分到的那一份不小的钱财该花在什么上面。阿多思建议他到苹果餐馆去订一桌好酒好菜,波尔托思劝他雇个随从,而阿莱米斯则怂恿他找个可心的情妇。

关于酒菜,他们当天就到餐馆里大嚼了一通,而且那个随从已经恭敬地伺候在桌边了。这桌酒菜是由阿多思去订的,而仆从则是波尔托思给找回来的。这家伙是个庇卡底人,那天他正在朝河里吐唾沫,瞅着那河里泛起的涟漪,刚好被我们这位志得意满的火枪手瞧见了。他从拉图奈尔桥上看到这位庇卡底人那若有所思的样子,就马上把他雇来了。

根据波尔托思的说法,就凭他那副思考的模样,就完全可以表现出他沉静好思考,所以根本就不需要什么推荐之类的东西的了,于是立刻就把他带了回来。布朗谢——这就是那个庇卡底人的名字——刚开始还以为就是这位仪表堂堂的老爷要收他作仆从,心里实在挺美的;后来他才知道这个美缺早就让一个名叫穆斯克通的家伙给占了。接着他又听到波尔托思告诉他,他的屋子大虽大矣,但还不可能容得下两个仆从,所以只好让他去跟着一位叫达达尼埃的先生了,庇卡底人心里可着实有点失望了。不过,就在他新主人请客的饭桌上,他瞧见了达达尼埃从口袋里掏出一把金币来付账的时候,他觉得自己这回可真的是鸿运当头了,老天保佑让他遇上了这位克雷须斯;他这个想当然的想法一直持续到盛宴结束,而他则饱饱地吃了一顿剩菜残羹,让勒紧了好久的裤带爽爽快快地松了开来的时候,还没有动摇。但是,等到了晚上,他去给主人铺床的时候,可怜的布朗谢终于只能承认自己的幻想破灭了。所谓的屋子统共就只有一个狭小的客厅和一间卧室,连床都只有一张。晚上,布朗谢就睡在小客厅里,身下垫的那条床单呢,还是刚从达达尼埃床上给抽下来的;而自此以后呢,达达尼埃的床上也就免去了床单这一说了。

同样的,阿多思也有一个仆从,名字叫格里莫,他从阿多思那里得到的调教可是相当与众不同的。要知道,这位气宇轩昂的老爷向来可是信奉"君子三缄其口"的。当然,我们在这里所说的是阿多思。就连波尔托思和阿莱米斯这两个伙伴,算起来已经和他朝夕相处五六年多了。但是,他们两位竭尽全力,在记忆里使劲搜索,也只记得经常见他微笑,却从来听到过他的朗声大笑。言简意赅是他的一贯作风,一旦把意思表达清楚,他的话也就到此为止,从不多费一言半语。不加修饰,没有渲染,更没有添油加醋的夸夸其谈。永远都只讲述事件本身,没有一丝一毫的拖拖拉拉,旁枝蔓叶。

阿多思孔武有力,英俊潇洒,又机智过人,但是尽管他拥有这么优越的个人条件,却从来没有人听说他有过情妇。他向来闭口不谈女人。话说回来,他倒也并不去拦着别人在他面前讨论有关女人的话题,虽然瞎子都看得出来,对于这类谈话,他是相当相当不想加入的。即使是极少数的时候,他插进话来,说上个一言半语的,那也准是句尖酸苦涩的话,要不然就是向哪个人投去孤愤阴沉的一瞥。他身上的那些矜持、孤僻和沉默寡言的特质,让他几乎和一个老人没什么两样。正因为这样,为了让自己能按完全符合自己习性的方式生活,他就对格里莫进行了一番特别训练,训练的结果是:到后来,他非到万不得已都不用对仆人开口说话;只要看到他的一个手势或是嘴唇的一个动作,格里莫就能心领神会,遵命而行。

虽然说,对于自己的主人,格里莫不但万分爱慕他的人品,敬佩他的学识,但这些一点也不妨碍他像怕火一样的害怕他的主人。有些时候,他自己认为已经完全明白了主人的意思,于是紧赶慢赶地跑去执行这个命令,可万万没想到,他恰恰把意思给拧了个。每逢这种情况,阿多思通常只是耸耸肩膀,也不发火,只不过把格里莫结结实实揍一顿就算了。一般要是遇上这样的日子,他的话倒还能多些。

至于波尔托思,也许读者们早就看出来了,他的性格可刚好和阿多思来了个彻底相反。他总是滔滔不绝的,而且嗓门极大;不过,咱们凭良心说,到底是不是有人在听他说,他倒是满不在乎的。他说话,就是因为他天性喜欢这么做,因为他就是乐意让人家听见他在说话。但凡他一开口啊,那可真是天南海北,无所不扯,但是有一点,他向来闭口不提科学二字。而对于这一点,他也能自圆其说,说这是源于他自小就有的对老师的一种牢不可破的敌意。与阿多思比起来,他缺少一种大家风范,而对于这一点他也心知肚明,就为了这点自愧不如的感觉,他在刚开始与阿多思交往的那会儿,总是对这个世家子弟抱着一种不服气的态度,一个劲儿只想着用奢华的服饰来盖过他的风头。但是,虽然阿多思只是穿着平常的火枪手的敞袖外套,但只要他一昂头,跨步向前走,那举手投足间自然流露出的风度,就立刻赢得了他应有的地位;相形之下,摆阔的波尔托思就只能沦落到第二流的水平了。而波尔托思用来自我安慰的办法,就在德·特瑞威尔先生的前厅和卢浮宫的禁军营里大吹法螺,炫耀自己的备受青睐和桃花运旺——阿多思是从来不提这些事情的——碰到这种时候,他就会从穿衣贵族吹到佩剑贵族,从法官太太吹到男爵夫人,说到最后,简直就只差一个外国公主来对他献媚于前了。

老话说得好:"有其主必有其仆。"因此,我们说过了阿多思的仆从格里莫,现在就来说说波尔托思的仆从穆斯克通吧。

穆斯克通原名波尼法斯,是个诺曼底人,但后来他的主人弃这个温和的名字不用,改成穆斯克通这样一个又响亮,又带劲的名字。他当波尔托思的仆从就只有一点点小小的要求:那就是东家只需要管吃管住就成了,但两样可都不能寒寒酸酸的才行。而每天呢,也只要给他两个小时的时间让他能自主支配,好让他去为了应付所有的其他开销而做点儿小营生。这笔交易正中波尔托思的下怀,所以自然一拍即合,波尔托思把自个儿的旧衣服和备用的披风拿给裁缝,让他给穆斯克通改成几件紧身短上衣。也别说,还真亏了这位心灵手巧的裁缝,把旧衣服翻了个身,做得就像崭新的一个样。另外,这位裁缝有个老婆,据小道消息说她还挺有意思,想把波尔托思从那些名媛贵妇们身边拉走呢。反正,从此之后,穆斯克通在主人后面走着的时候就显得相当精神的了。

关于阿莱米斯。我想我们对他的性格介绍得已经够多的了,他的另外一些情况,就跟他的那几个朋友一样,我们在以后的故事里会一点点地交代清楚的。他的仆从名叫巴赞,因为跟着一位满心希望能有朝一日献身天主的老爷,所以巴赞也总是穿得一身乌漆抹黑,完全像一位教士的仆人应该有的穿戴一样。他是从贝里那地方来的,过了三十五岁,还不到四十,性情稳重随和,胖乎乎的,每当主人给了他一点空余时间,总是见他捧着本经书在读,必要的时候还能做出一顿两个人的饭菜,菜的花样虽然不多,但尝起来味道倒是蛮好的。除此之外,他还可以说得上是对主人的一切都不言不语,不闻不问,眼睛更是不乱蹓跶,对主人一片忠心,决无二意。

好了,我们现在已经(至少是初步地)对主仆双方的情况都有所了解了,接下来就讲讲他们的住处吧。

阿多思的住所在费鲁街,离卢浮宫只有几步之遥;寓所里有两个小小的房间,布置得非常清爽利索,整幢房子都是带着家具一块儿出租的,房东太太年纪很轻,长得相当标致,时不时地要向阿多思抛个媚眼,可惜从没成功过。就在这座简朴的寓所里,人们还是能够从四面墙壁的某些物件上看出主人所拥有的显赫家世。比方说,一把金银丝嵌花的长剑,样式上看应该追溯到弗朗瓦一世的那个年代。不说别的,光那个把手,就能值两百个皮斯托尔。但是就算是最最囊中羞涩的时候,阿多思也绝对不肯拿它去典当或者卖掉。这柄长剑,波尔托思对它早就虎视眈眈的了,要是这柄长剑能到他手里,恐怕赔上十年性命他都乐意。

有一天,他跟某位公爵夫人有个约会,就只是开口想向阿多思借用一下这柄剑。结果,阿多思一声不吭地把口袋里有的,身上戴的,但凡值点钱的东西全都聚拢了来:钱包、军装饰带、金链子,一股脑儿都交给了波尔托思。可是,要提到那把剑,他是这么告诉波尔托思的,它是固定在那面墙上的,只要剑的主人不离开这个寓所,它就得永远都留在那儿。除了这柄剑以外,还有一幅肖像画,画上面是亨利三世时期的一位贵族,衣着高雅,胸前佩着圣灵勋章,而且眉宇之间与阿多思颇为相似,很有点家族之间的共通之性。这说明,画上这位曾显赫过的贵族,这位受过国王授勋的爵爷,就是阿多思的祖先。

最后,在壁炉架的中央,还放着一只做工特别精细的镶金匣子,这件装饰看上去和其他东西极不协调。阿多思总是把这只匣子的钥匙随身携带着。但是曾经有一次,他当着波尔托思的面把匣子打开过,因此波尔托思有幸亲眼看见了这个匣子里的东西:就只有一些信函和文件,估计是情书和家族证书之类的东西吧。

波尔托思的寓所在老鸽棚街上,非常宽敞,外表看起来也相当气派。每回他和朋友一起走过他的寓所,穆斯克通总是衣着考究地站在其中的某一扇窗子跟前,而这时候,波尔托思总会抬起头,指着那扇窗口说:"这儿就是我的家!"可是,没有一个人见他在自己的家里呆过,也从来没有一个人能有幸得到他的邀请上楼去坐坐。所以在这副豪华的外表里面,究竟是怎样的一幅景象,谁也想象不出来。

至于阿莱米斯,他的那个寓所并不大,有一间客厅、一间餐室和一间卧室,三间屋子都在底楼。从卧室的窗口望出去就是一座郁郁葱葱,树木茂盛的小花园。邻居的视线被这茂密的枝叶给遮挡住了。

至于达达尼埃,我们已经知道了他的住所的情况,而且还认识了他的仆从布朗谢伙计。

达达尼埃生来具有十分旺盛的好奇心,不过这也是凡有些心计的人的通病。正因为这样,他千方百计,用尽心思就想摸清楚阿多思、阿莱米斯和波尔托思这三个伙伴的来历背景。因为他们三个人全都用的是假名,想来是为了隐瞒他们身为世家子弟的真名实姓。阿多思是其中最典型的代表,他那副贵族风度是怎么也隐藏不了的。因此,达达尼埃从波尔托思那里探听阿多思和阿莱米斯的来历,又向阿莱米斯打听波尔托思的背景。遗憾的是,对于那位惜言如金的伙伴的身世,波尔托思并不比任何人知道得多。他和大家一样,都只听说阿多思曾在爱情上受过极大的痛苦,有个女人残忍地欺骗了他,并就此将坠入爱河的年轻人的前途全部毁掉了。可到底是怎么一档子事呢?没有一个人能说得上来。

说到波尔托思,除了他的真名是个秘密,只有德·特瑞威尔先生和他的那两位伙伴外没人知道,他的其他情况是非常容易了解的。爱吹牛,说话不经大脑,整个人就像个通体透明的水晶球，让人一眼就能看透。只有一点要注意，如果有谁真的去相信他那些云山雾罩的夸夸其谈的话，那这个人就活该要头昏脑涨，分不清东南西北了。

再说说阿莱米斯吧，虽然说他外表看来一副心怀坦荡的样子。好像不会隐瞒什么秘密，但实际上这个小伙子的城府可深着呢。但凡有人向他询问别人的情况，他总是含含糊糊，敷衍了事，要是问的是有关他自己的事呀，那就更别提了，绝对是王顾左右而言他。有一回，达达尼埃花了好半天工夫向他打听波尔托思的事情，好不容易才知道咱们的火枪手很受某位亲王夫人青睐的那回事儿，于是想加把劲，顺带着把谈话对象的艳遇也给盘问出来。

"那么，亲爱的伙伴，您自己怎样呢?"他问阿莱米斯，"刚才您说了别人的那些个男爵夫人、侯爵夫人还有亲王夫人，那您呢?"

"很抱歉，"阿莱米斯打断他的话头说，"我跟您说这些事儿，完全是因为波尔托思自个儿全都跟人说过，因为他曾在我面前大肆吹嘘过这情场上的得意事儿。可是有一点我得请您相信，我亲爱的达达尼埃先生，要是我是从别的什么人那儿听来的这些事，或者是波尔托思私下里悄悄地说给我听，并嘱咐我别讲给别人听的话，那么，就算是忏悔会里给人告诫的神甫也不会比我更加守口如瓶。"

"这一点我当然相信，"达达尼埃接口说，"但是，就我看来呀，总觉着不管怎么说，您对那些个手帕啊之类的东西是再熟悉不过的了。当时让我有幸和阁下结识的那块绣花手帕不就是一个证明吗?"

这一回阿莱米斯可没有发火，而是做出一副最最和善的样子，柔声答道:

"亲爱的，您可别忘了我是将来要担任圣职的人哪，尘世的这些声色娱乐可和我一点关系都没有啊。您所瞧见的那块手帕，并不是别人送给我的，而是一位朋友不小心忘在我这儿的，我还能做什么呢，当然只能把这收起来，免得他和他那位心上的情人受到连累。说到我吗，我可并没有情妇，而且也不想有，在这一点上阿多思的做法就是非常明智。您瞧，他跟我一样，也没有情妇。"

"可是，嘿! 您现在还不是位神甫，您身上还披着火枪手的袍子呢。"

"只是临时地穿着火枪手的制服，亲爱的，就跟红衣主教所讲的那样，我是一名违心的火枪手，只有当教士才是出自真心诚意的，请您相信我。当初阿多思和波尔托思把我骗进这个圈子，是为了让我不至于没事可干:当初我正准备担任圣职的那时候，发生了一点小麻烦……不过您对这些陈年往事是不会感兴趣的，我占用了您这么多的宝贵时间。"

"您说哪里去了，这事我可是非常感兴趣的，"达达尼埃嚷了起来，"这会儿我正好空得很呢。"

"是啊，一点没错，可惜的是我必须去念日课经了，"阿莱米斯回答他说，"接着我还得为艾吉雍夫人写上几行诗，她拜托我要做好这件事;然后，我还得上趟圣奥诺雷街，德·谢芙勒兹夫人让我替她买唇膏。瞧，我亲爱的朋友，虽然您闲着，可是我却忙得不能分身呢。"

阿莱米斯伸出手来，亲亲热热地和他的伙伴握了握手，然后就告辞离开了。

达达尼埃费了老大力气，末了还是没能对三位新伙伴的情况有更进一步的了解。于是他在心里暗暗决定，眼下呢，就把自己从别人那里听来的这些事情先存在心里;就巴望着将来能有一天自己可以掌握一些更加确凿、更加丰富的新事实。现在他姑且把阿多思当成阿喀琉斯，波尔托思当作埃阿斯，阿莱米斯则是约瑟。

应该说，这四个小伙子的日子还是过得满惬意的:阿多思最爱在赌桌上消磨时光，但他的赌运却不佳。况且虽然他的钱袋永远都向他的朋友们敞开着，但他自己却从来不向他们借一个钱。要是他在赌桌上欠了债的话,第二天早晨六点钟,他的债主一定会被他从被窝里叫醒,把隔夜的赌债算清楚。

波尔托思则是典型的大喜大悲的人物;要是赶上他哪天赢了钱,他可就趾高气扬,得意得几乎忘了形;可要是输了的话,那肯定有好几天连他的面也见不到,过后重新瞧见他的时候,那一定是脸色灰白,精神萎靡,但口袋里却有了钱。

而阿莱米斯,我们的阿莱米斯是从来不赌的。像他这种差劲的火枪手,这种败兴的客人,古往今来还实在数不出几个来。他一天到晚总是有事要做,没有一刻能闲着的。有时候,饭局还没结束,大家觥筹交错,谈兴正浓,都以为还得在饭桌旁边呆上这两三个钟头呢,阿莱米斯却从怀里掏出表来,低头瞧瞧,然后站起身来,满脸笑容地向众人告辞,说他约好了一位神学家与他见面,要请教一些疑问,或者就是要回寓所去写一篇论文,拜托朋友们别去打搅。

遇到这种时候,阿多思只是忧郁而优雅地淡淡一笑,这笑容使他的脸容看起来更加高贵了。而波尔托思呢,他一边大口喝酒,一边含糊不清地赌咒说阿莱米斯最多就只能当个乡下的本堂神甫。

达达尼埃的仆从布朗谢,日子也过得舒舒服服,悠然自得;他每天有三十个苏的工钱,在开头的一个月,他每天回家时都高兴得像只快活的云雀,对主人也嘘寒问暖,相当殷勤。可是当倒运风儿猛烈敲打掘墓人街的那所房子时,换而言之,当路易十三赏赐的那四十个皮斯托尔没几个子儿剩下时,布朗谢就开始怨声载道了。这声音让阿多思觉得可恨,波尔托思听了发火,而阿多思听了则觉得荒唐。于是阿多思劝达达尼埃辞了这个家伙,波尔托思则嚷着要达达尼埃先揍他一顿,而阿莱米斯则声称,当主人的耳朵生来就为了听到仆从对他歌功颂德的。

“这件事你们说起来自然毫不费事,”达达尼埃回答他们道,“阿多思,您和格里莫两个人沉默无声地过日子,您不准他讲活,自然也就听不到坏话;波尔托思,您的派头十足,手头阔绰,您的仆从穆斯克通简直是把您当成了一个神灵来崇拜;而您,阿莱米斯,您从早到晚都专心研究您的神学问题,所以您的那位仆从巴赞因为生性恬和、信仰虔诚,就对您有一种由衷的敬意。可是,再瞧瞧我,既非意志坚定,又非小有财源,既不是火枪手,也不是禁军,你们叫我能拿什么去换得布朗谢的友谊、惧怕或尊敬呢?

“这事可非比一般,”三位朋友说,“但这是您自个儿的家事。仆从哪,就和女人没什么两样,您是怎么想的,就应该让他怎么服从才是。但您得先驯服了他才能说这些啊! 总而言之,您就好好想想我们的这些话吧。”

达达尼埃仔细琢磨了一番,最后决定先结结实实地把布朗谢揍上一顿再说;在干这件事时,达达尼埃可没比他做其他事情少花一分力气。可是等布朗谢挨了这么一顿狠揍之后,达达尼埃又吩咐他,以后非经允许,不准擅自逃走。“因为,”达达尼埃说,“我是迟早有一天会发达的。而我呢,现在正等着这扬眉吐气的好日子;至于你,只要跟在我身边,自然也少不了吃香的喝辣的时候,我可是个心地善良的主人,不能因为你有这么一个想走的蠢主意,就任由你错过这种好运气。”

达达尼埃的那几位火枪手朋友对他的这种处事方法赞不绝口。而布朗谢呢,经过这一次也心服口服,从此再也不提半句想离开的话了。

四个小伙子就这么凑合在一起打发日子;作为一个外省人,达达尼埃本来就说不上有什么一成不变的生活方式。在这么一个对他来讲几乎全然陌生的生活环境中,他没花多少时间就跟上了新朋友们的生活节奏。

在冬天他们起床的时间是早上八点,到了夏天就改为六点,起床之后就到德·特瑞威尔先生府上去逛上一圈,看看是不是可以为统领做些什么事情。虽然说,达达尼埃还不是火枪手,但他也跟着来值勤,而且那一丝不苟的认真劲儿简直让人感动。大家老是瞧见他在站岗,因为只要他那几个朋友上岗,他总是站在一边陪着他们。整个火枪营的人都认识他,都喜欢这个好伙伴;德·特瑞威尔先生原本在第一次见到他的时候就挺喜欢他了,而现在对他更是非常恩宠,隔三岔五地就在国王面前提到他的名字。

至于说到那三位火枪手,他们自然更加喜欢这位年轻的朋友了。紧紧维系着这四个伙伴的友谊,还有每天都要见上三四次面的需要——不是为了决斗,就是为了办事,要不就是为了玩儿——让他们从早到晚不是我找你,就是你找我,整个儿是形影不离了。平日里,人们总是看见这几个拆不开的伙伴们不是从卢森堡宫找到圣絮尔皮斯广场,就是从老鸽棚街一路找到卢森堡宫。

暂时来讲,一切还是按照德·特瑞威尔先生答应过的那样发展着。有一天,国王吩咐德·埃萨尔先生在他的禁军联队里给达达尼埃安排个差事。于是,达达尼埃就穿上了禁军的制服,他叹着气想,要是这身制服能换成火枪手的敞袖外套的话,他情愿少活十年。不过,德·特瑞威尔先生倒是安慰他说,只要两年的见习期一满,他立刻就让达达尼埃进入火枪营;而且,要是达达尼埃碰上了好运气,遇着个把为国王出力的机会,或者在禁军里表现优异的话,就连这两年的见习期都是可以缩短的。有了这句话做主心骨,达达尼埃就告辞离去,从第二天开始,他就过起了国王驾下禁军的生活。

于是,这回就轮着他的伙伴们来陪他站岗了。每当达达尼埃值勤的时候,身边总能瞧见阿多思、波尔托思和阿莱米斯的身影。所以,当德·埃萨尔先生把达达尼埃招进他的联队的时候,他不是多了一个,而是多了四个手下。

第八章　宫中秘密

　　正如世上的一切事物一样,有开头就必然有结尾,路易十三国王的那四十个皮斯托尔也总有用尽的一天。而就是从这个结尾开始呢,我们的四位伙伴口袋里就有点空荡荡的了。开头是阿多思站了出来,掏出自己的钱来和大伙儿一起花,撑过了一段日子。然后就由波尔托思挑起了大梁,在他经历了一次大家已经见怪不怪的失踪之后,一大帮子人就靠他一个人吃吃喝喝了半个来月。最后,这副担子落到了阿莱米斯手里,他也毫无怨言地一肩扛起,用他的话来说,靠着变卖了几本神学书籍,他也好歹搞到了几个皮斯托尔。

　　到了这个地步,他们就按照习惯去向德·特瑞威尔先生求助,他给他们预支了一点军饷。但是就这么点钱,对于三个背了欠债的火枪手和一个没领过饷的禁军来说,根本就不够他们塞牙缝的,实在也救不了什么急。

　　最后,眼瞅着已经无计可施了,他们东拼西凑,好不容易凑到了十来个皮斯托尔,把希望全都寄托到了波尔托思在赌场的那一回赌博上了。但是谁知道走了霉运,波尔托思的手气糟透了;他不光把那点儿钱输了个精光,而且还欠下了二十五个皮斯托尔的赌债。

　　这会儿,囊中羞涩可变成举步维艰了。于是,就瞧见这几个主人带着各自的仆从,一帮人饿着肚子,在沿河街和禁军驻地之间插花似的穿来穿去,想尽方法地到他们的朋友家里去混饭吃。因为,根据阿莱米斯的观点,一个人在运气好的时候就应该多请几次客,这就像往田中撒种子一样,这样到了他背运的时候就能心安理得地收回几顿来。

　　别人请过阿多思四次饭局,他每次都带上了这一大帮子朋友和他们的仆从。波尔托思有过六次饭局,同样是和伙伴们一起分享的。而阿莱米斯则有过八次,正如大家可能早已发现了的,这一位倒是说得不多,但做得不少。

　　至于达达尼埃,他在京城里还没有几个熟人。一共只有两次饭局,一次是个加斯科尼的神甫请他吃早饭,另一次是禁军的一个掌旗官请他吃晚饭。他带着白吃大军开到神甫家里,轻而易举地解决了他两个月的口粮;随后又在掌旗官家里大做善事,成全了他慷慨好客的好名声。但是,就像布朗谢说的那样,不管吃了多少,一次还是只能吃一顿哟。

　　所以达达尼埃在面子上觉得挺过不去的,人家阿多思、波尔托思还有阿莱米斯,领着他享受了那么多顿美味佳肴,而他呢,总共才回报了一顿半饭——因为在神甫家的那顿早饭充其量只能算半顿饭。他就这么想来想去,总觉得是自己欠了大家的情。由于年轻人特有的热情劲儿,他忘了最开头的那一个月其实大家是靠他供养的了。就这么胡思乱想,越想越是忧心忡忡,到最后不由为大家的前途动起脑筋来了。他想,像这样四个年轻人,勇敢、骁勇,而且富于进取精神的棒小伙,怎么能够整日价只知道逛街、比剑、吹牛地耍些小聪明呢?他们应该有别的目标去实现才对。

就事而论，像这样一帮忠肝义胆，为了情义可以两肋插刀，不惜金钱甚至性命的朋友；像这样一群休戚与共，生死相依，为了一个共同的决定了，每个人都可以倾力独为或齐心协力地实现它，誓不言退的伙伴；像这样一人一剑在手，既能以寡敌众，又能直捣黄龙，所到之处无人能挡的高手。理所当然的，他们应该为了自己，无论是光明正大还是暗度陈仓，无论是依靠智慧还是凭借武力，反正总而言之，都应该为自己披荆斩棘，开出一条到达既定目标的道路来，不管那里是否警戒森严，也不管那目标是否遥不可及。达达尼埃真正觉得惊奇的反而是：他的那帮伙伴们居然想都没想过这个问题。

但是他却在思考，而且是相当郑重其事地思考。他千方百计，绞尽脑汁，想给这股抵得上他自个力量四倍的力量找到一个正确的方向。他完全可以肯定，一旦找准方向，他们就如同有了阿基米德的那根杠杆一样，把整个地球都抬起来，——他正想着，忽然一阵敲门声响起。于是，达达尼埃把布朗谢叫醒，让他去开门。

瞧见"达达尼埃把布朗谢叫醒"这句话，您可别以为当时是夜里或者一大清早还天黑着的时候。不是的！现在才下午四点钟刚过呢！因为两个钟头以前布朗谢跑来告诉主人说今天还没进过午饭呢，主人很英明地告诉他一句谚语："睡个觉，省顿饭。"所以布朗谢就为了省下这顿午饭而睡觉去了。

走进门来的是个相貌平凡的男人，看上去就是一副小老百姓的样子。

就布朗谢来说，他挺想听听主人和这位客人到底谈点什么，再怎么说这也能当成是饭后的一道甜点吧；可是来客却对着达达尼埃申明说，他想和主人交谈的内容是十分要紧而且事关机密，所以他请求能有和达达尼埃单独交谈的机会。

于是达达尼埃吩咐布朗谢退下去，同时请客人坐下来。

接下来是一阵子的沉默，两个人你看我，我看你的，好像是想在交谈之前彼此先认识一下一样。后来，达达尼埃微微欠了欠身，表示他正准备洗耳恭听。

"人家告诉我说，您，达达尼埃先生是一位英勇过人的年轻人，"那位市民说，"正是因为阁下您享有这种名副其实的荣誉，才让我下定决心来向您吐露一桩秘密。"

"请说吧，先生，请说吧。"达达尼埃说，本能正在告诉他，这说不定是件好生意。

那市民说到这里顿了一顿，然后接着说下去：

"我妻子是宫里的一名侍女，专门替王后掌管衣装。先生，她的脑子机灵，而且长相也挺俊俏。约莫在三年多前吧，在别人的撺掇下，我娶了她。尽管她没有多少陪嫁，但是因为德·拉波尔特先生，王后陛下的持衣侍从，是她的教父，她受到他的保护……"

"嗯，然后又怎么样了呢，先生？"达达尼埃问道。

"嗯，"那市民接下去说，"嗯，先生，就在昨天早上，我妻子刚离开宫里的工作室时，有人把她给绑架了。"

"绑架者是谁？"

"我还不敢肯定，先生，但是我正怀疑着一个人。"

"您怀疑的那个人是谁呀？"

"一个男人，他跟踪她好一阵子了。"

"哦，老天！"

"不过，先生，我必须解释一下子，"那市民继续说，"我敢确信这绝不是什么桃色事件，而是一个政治事件。"

"不是桃色事件，而是政治事件，"达达尼埃沉吟着，问，"那么您究竟在怀疑什么呢？"

"我不知道,我不知道该不该把我怀疑的事儿告诉给您听……"

"先生,请允许我给您提个醒,我可根本没有什么事情要求您帮忙的。是您自个要来找我的,是您告诉我,您有件秘密要来向我吐露。所以如果您想退出的话绝对还来得及,所以您尽管请便。"

"不,先生,不;您看起来就是个正正派派的小伙子,我完全能相信您。而是这样的,我是觉得我妻子之所以被人绑架并不是由于她自己的私情,而是和另外一位身份远远高过她的夫人的恋情有关。"

"哦! 哦! 您的意思敢情是说这事跟德·博瓦一特拉西的恋情有关?"达达尼埃说道,他很想让面前的这位市民觉得他是非常熟悉宫廷里的事情的。

"更高,先生,更高呢。"

"德·艾吉雍夫人吗?"

"还要高。"

"是不是德·谢芙勒兹夫人?"

"更高,还得高很多很多呢!"

"那难道是……"达达尼埃停住了口不说了。

"是的,先生。"那位市民一脸惊慌,声音低得几乎让人都听不见了。

"和谁呢?"

"还能是谁! 如果不是那位公爵……"

"那位公爵……"

"是的,先生。"那位市民回答道,现在几乎只能看见他的嘴唇在抖动。

"那您又是怎么知道这些事情的呢?"

"啊! 我怎么知道的?"

"没错,您怎么知道的? 快说,别吞吞吐吐的,不然的话……您也该明白。"

"是我妻子告诉我的呀,先生,我是从她那儿知道的。"

"她又是从哪里知道这件事情的?"

"从德·拉波尔特先生那儿。我刚才不是说过了吗,我妻子是王后的心腹德·拉波尔特先生的教女。德·拉波尔特先生把她安排到王后陛下的身边,就是为了让咱们可怜的王后至少还有一个人让她可以信赖。我们可怜的王后哪,国王遗弃她,红衣主教监视她,身边的人又一个个地出卖她。"

"喔!原来如此!现在我看出点眉目来了。"达达尼埃说。

"四天前,我妻子从宫里回家来。先生,她答应进宫当差的一个条件,就是每星期让她回家来和我见上两次——因为,我很荣幸地告诉阁下,我妻子对我的爱非常深——所以呢,我妻子就回到了家里来。然后她悄悄地对我说,王后这一段时间心里害怕极了。"

"您说的是真的?"

"千真万确,看起来好像是因为红衣主教先生最近追她追得更紧了,把她纠缠得烦极了,不知道该如何是好。就因为上次萨拉班德舞的那件事儿,他一直对她耿耿于怀,您知道萨拉班德舞那回事吧?"

"您可真是的,这还要问我知不知道吗?"达达尼埃装出一副什么都知道的样子回答,而事实上,他什么也不知道。

"所以后果就是,现在他对她不单是心有怨恨,甚至是存心报复了。"

"真的吗?"

"王后有理由相信……"

"嗯,相信什么呢?"

"她相信有人冒她的名给白金汉公爵写了封信。"

"冒用王后的名义?"

"是的,目的就是想把他骗到巴黎来,只要一等他到了巴黎,就马上把他引进陷阱里。"

"该死的!可是,我亲爱的先生,您的妻子,她又能和这些事情有什么关系呢?"

"他们都知道,她对王后是一片忠心,因此,要不就是想让她远远离开她的女主人身旁;要不就是想恐吓她,逼她说出陛下的秘密;再不就是想引诱她答应当他们的奸细。"

"这些都是很可能的事,"达达尼埃接着说,"那么,您认得出那个绑架她的男人吗?"

"我先前已经讲过了,我想我是认识他的。"

"那他的名字是什么?"

"这个我可不清楚;我只晓得他是红衣主教身边的人,是他的亲信。"

"那么您和他照过面了?"

"我见过他,有一回我的妻子指着他让我看过。"

"那他有没有什么容易辨认的特征呢?"

"噢,有了!他是位派头挺大的老爷,头发漆黑,皮肤也晒得非常黝黑,眼睛炯炯有神,牙很白,太阳穴的地方有一个疤。"

"太阳穴上有个疤!"达达尼埃嚷了起来,"而且牙很白,眼睛有神,皮肤黝黑,还挺有风度。这不正是我一直要找的那个牟恩镇的家伙吗?"

"您的意思是说,他是您要找的人?"

"对,没错;可那跟这件事没什么关系。不,我说错了,恰恰相反,这样一来整个事情就变得简单多了:如果您想找的那个人,就是我一直在找的人,那么索性,我一剑下去就报了两个仇了。可是,要到什么地方才能把这个人给找出来呢?"

"这点我可不清楚。"

"他住在什么地方,难道您一点都不知道吗?"

"一点都不知道。我认识他是因为有一天我送妻子去卢浮宫,就在她要进去的那个时候,那人正好从里面出来,她就把他指给我看了。"

"呸! 该死的!"达达尼埃压着嗓门说,"尽是些没头脑的事情;您是从谁那儿听说您妻子是被人绑架的?"

"是德·拉波尔特先生说的。"

"他告诉您事情的详细经过了吗?"

"没有。"

"那么您也没有从别的地方听到过别的消息吗?"

"有啊,我收到过……"

"收到过什么东西?"

"我,我真不知道……我是不是太过谨慎了?"

"您瞧,您又来了! 可是这次我必须提醒您,要是您现在还想缩回去的话,恐怕已经有点太晚了喔。"

"那样的话,我干脆也就不退了,去他妈的!"那位市民说道,甚至还骂了一句脏话来为自己壮胆。"更何况,就凭我伯纳肖的人格……"

"您说您叫伯纳肖?"达达尼埃截断了他的话头问道。

"对,这就是我的名字。"

"您刚才是说就凭您伯纳肖的人格来看! 很抱歉,我打断了您的话,但这名字在我的耳朵里听来好像挺熟悉的。"

"这是很有可能的事,先生。我恰好是您的房东。"

"噢! 噢!"达达尼埃站起身来鞠躬说,"您就是房东先生吗?"

"是的,先生,一点没错。您已经在这里住了三个月了,大概是因为您贵人事多,所以没有把心思放这上头来,因此忘了付给我房钱。我自个儿思忖来着,就冲着我这么久一次都没来找过您的麻烦的情分上,您也会认为我这个人是挺够朋友的。"

"那是自然的了! 亲爱的伯纳肖先生,"达达尼埃接口说道,"您一定要相信,对于您的这种举动,我感激之至。就像刚才我所说的那样,如果有什么事情我能够为您效一点犬马之劳的话……"

"这点我相信,先生,我相信。刚才我不是一直想告诉您句话嘛,就凭我伯纳肖的人格,我绝对信得过您。"

"那就请您把整个的事情经过一下子说个明白吧。"

那市民从衣袋里掏出一张纸来,递到了达达尼埃手里。

"一封信!"小伙子说。

"这是我今天早上收到的。"

达达尼埃把信纸打开,因为屋里的光线已经暗了下来,他就走到窗口边去读信,那个市民也随着跟了过去。

"不要去找您的妻子,"达达尼埃读道,"'等我们不用她的时候,自然会让她回到您那儿去的。如果您不听劝告,坚持要找她的话,那么只要您动一动,您的小命就会玩完'。"

"这倒的确算得上一个比较确凿的证据,"达达尼埃说道,"可是就算是这样,充其量也只不过是一个恐吓罢了。"

"对,可是这个恐吓实在让我害怕啊。先生,我对使枪弄棍那一套一窍不通,而且我也害怕自己被关进巴士底大牢。"

"嗯!"达达尼埃说,"我对巴士底的兴趣也一点不比您大。不过要是只需要动动手,耍耍剑,那倒还可以。"

"可是,先生,对于这件事我唯一能指望的人可就是您了。"

"真的吗?"

"我瞧着,在您这儿进进出出的都是些个仪表非凡的火枪手们,而且又瞧出来他们都是德·特瑞威尔先生手底下的人,换句话说,也就是红衣主教的死对头。所以我想,为了我们可怜的王后,您和您的那些朋友一定会仗义相助的,一定愿意好好地折腾一下主教大人的。"

"那还用说。"

"我还想,就凭您欠了我三个月的房租,而我没有向您开过一次口……"

"对,对,您已经提过这个理由了,我觉得它相当充分。"

"再者说,只要您还愿意赏脸住在我这小地方,这房钱么,打今儿起咱就不提了……"

"很好。"

"另外,如果有需要的话,我的意思是说,万一您现在手头不太宽裕的话,我想我这儿还拿得出五十个皮斯托尔。"

"那太好了。这样说来,亲爱的伯纳肖先生,您是挺有钱的喽。"

"还算可以吧,我的先生。是这么档子事,我自己做针线买卖有了点积蓄,后来又在著名的让·莫凯船长那最后一次远航里投了点资发了笔小财,所以现在我每年大概有两三千埃居年金的进账;所以呢,您也清楚,先生……哦!慢着……"那市民忽然叫了起来。

"您怎么啦?"达达尼埃问道。

"那里,您瞧,我都瞧见谁啦?"

"哪儿啊?"

"就在街上,您这个窗子对过去,就在那个门洞里:那个裹着披风的男人。"

"就是他!"不约而同的,达达尼埃和那个市民一齐喊了起来,两人同时认出了那个自己要找的人。

"哈哈!这一回,"达达尼埃一边拔剑一边喊道,"这回瞧他再往哪里跑!"

他把长剑抽出了鞘,立马就冲出房门。

就在楼梯上,他刚好碰上约好来看他的阿多思和波尔托思,两个人赶紧闪开身子给他让路,达达尼埃立刻像离了弦的箭一样从他俩中间穿了过去。

"喂,你这是赶着上哪儿去呀?"两个火枪手一齐向着他喊道。

"追牟恩镇的那个家伙!"达达尼埃回答道,话音没落他已经跑得不见人影了。

达达尼埃对着他的这几个伙伴,曾经把他在牟恩镇上的经历讲过好多次:他是怎么样遇上那个陌生人的,那位美貌女客又是怎么出现的,然后陌生人又是如何把一封似乎是密封的东西交给她的。

对于这个故事,阿多思认为,达达尼埃总是在打架当中不小心弄丢了自己的那封信。因为根据他的观点,一个体面人——从达达尼埃的描述来看,这位陌生人只可能是位有身份的体面人——是不可能做出像偷人家信件这样的下贱事情来的。

波尔托思的看法则是:一位夫人约一位骑士,或者是一位骑士约一位夫人在那里幽会,可是达达尼埃和他的那匹白马就像半路杀出的程咬金,硬生生地搅了人家的好事。

而阿莱米斯自有他的见解。他认为这种事情总有它的神秘之处,最佳的处理方法就是别去深究。

因此，一听到达达尼埃甩下的那句话，阿多思和波尔托思马上就明白了这到底是怎么回事。但是他们心里想着，要么达达尼埃追上了那个陌生人，要么就是他眼看着那人没了踪影而放弃追踪，不管怎么样，待会儿他总是还要回来的，于是两个人就继续往楼上走。

　　当他们走进达达尼埃房间的时间，里面已经空无一人了。房东一想到那年轻人追上了那个陌生人（这估计是不可避免的事）以后会惹出来的那些麻烦，就认为自己还是三十六计，走为上策。不过从他已经表现出来的那些性格特点来看，这倒也是情理之中的事情。

第九章　达达尼埃牛刀小试

　　果然不出阿多思和波尔托思的预料，半个钟头以后，达达尼埃回到了家里。这一次他还是没能追上那个人。那人好像被施过魔法一样，一眨眼的工夫就瞧不见一点踪影了。达达尼埃拎着把剑跑遍了附近的每条大街，每个小巷，可是哪儿都没有瞧见一个哪怕有一点像那个家伙的人。直到最后，他才想起一件也许在刚一开始他就应该做的事情：那就是去敲开陌生人刚才倚着的那扇门。于是他跑过去，一口气敲了十几下门锤，可惜他整个白费力气，里面根本就没人应声。这响声倒把两边的邻居给惊动了，他们不是跑到自己的家门口，就是从窗口探出头来，异口同声地回答他说，这幢房子从两年前开始就没有人住了。这不，你瞧，所有的门和窗子都闭得严严实实的哩。

　　就当达达尼埃满街乱跑以及狂敲那扇门的时候，阿莱米斯也到了。所以达达尼埃回到家里的时候，他发现他的伙伴们全都在他家里坐着呢。

　　"怎么样了？"瞧着达达尼埃满头大汗，气呼呼地走进屋来，三个火枪手不由齐声问道，因为他们发现达达尼埃的脸色都气得变了颜色。

　　"怎么样！"达达尼埃一边把剑往床上一扔，一边高声嚷嚷道，"这家伙一准是个魔鬼，眼睛刚眨一下他就不见了，活像个鬼魂，像个幽灵，像个影子。"

　　"您相信幽灵在大白天出现吗？"阿多思扭头去问波尔托思。

　　"您问我呀，我嘛只相信亲眼目睹的东西，因为我从来没瞧见过幽灵那种玩意儿，所以我是不会相信的。"

　　"《圣经》上告诫我们，"阿莱米斯说，"让我们要相信它：要知道撒母耳的鬼魂曾在扫罗的面前显过灵，要是有谁怀疑这一条，如果被我看见的话，那我可是要生气的喔，波尔托思。"

　　"不管如何，不管他是人是鬼，是血肉之躯还是无形幽灵，是虚无的幻影还是实在的东西，反正这家伙生来就是跟我作对，想让我进地狱的。因为他这么一溜倒好，咱们的一桩好买卖可也跟着吹了。诸位哪，那可是桩不折不扣的好买卖啊，有百来个皮斯托尔好挣的呢，说不定还不止这个数呢。"

　　"到底是怎么回事？"波尔托思和阿莱米斯一齐脱口而问。

　　至于阿多思，他还是保持着自己一贯的缄默作风，只是朝达达尼埃投去一道询问的目光。

　　"布朗谢，"达达尼埃朝着他的仆从说，这家伙的脑袋正从半开的房门往里头探，想趁机了解点谈话的内容，"你到楼下去找咱们的房东伯纳肖先生，让他给咱们送点博让西红葡萄酒，半打就行了，我最爱喝的就是这种酒。"

　　"哟，难不成连房东那儿都有了您的赊账户头了？"波尔托思问道。

　　"没错，"达达尼埃回答道，"就是打今儿个起；你们就放心好了，要是他送的酒不合心意，你们瞧着吧，他还是给咱们重新拿一瓶来换呢。"

　　"适可而止，切勿过度。"阿莱米斯俨然是一副说教的口气。

"我不是老说吗,咱们四个人当中,达达尼埃是最有主意的一个。"阿多思的这句话获得了达达尼埃的一个欠身鞠躬作为回答;然后,他又马上缄默起来,仿佛刚才这句见解不是出自他之口。

"喂,你快说吧,到底是怎么档子事呢?"波尔托思问道。

"对,"阿莱米斯说,"快告诉我们有什么事情吧,朋友。当然,要是其中牵涉到某位夫人的名誉的话,您还是应该保守住秘密的。"

"放心吧,"达达尼埃回答说,"我下面所要讲的,绝对不会涉及任何一个人的名誉的。"

接着,他就一五一十地把事情全都讲了出来,告诉他的朋友们:刚才他和房东之间怎么怎么着了,还有那个绑走了可敬的房东的太太的人,怎么着和那个在"诚实磨坊主"客栈和他吵架的人,就是同一个家伙。

"您这笔生意倒不赖,"阿多思品了一口酒,以内行的姿态点了点头,示意这酒挺不错,然后说道,"在这个老好人身上,您能够得到五六十个皮斯托尔呢。现在,就剩下一件事需要动脑筋的了,为了这五六十个皮斯托尔,是不是值得冒这么大的险,把咱们的四颗脑袋都给搭上去。"

"但是你们怎么能不想想哪,"达达尼埃嚷道,"这件事可关系到一个女士啊,她被人绑架,那帮人一定正在恐吓她,说不准怎么折磨她呢。而这些,都是为什么——全是因为她一片忠心为了她的女主人啊!"

"小心点,达达尼埃,小心点,"阿莱米斯说,"在我看来,您对于伯纳肖太太的命运可是太过关心了点。天主创造女人就是为了毁灭男人,我们的一切苦难,全都来自这些红颜祸水。"

阿多思一听到阿莱米斯说出来这个警句,忍不住眉头紧锁,牙齿紧紧地咬住下嘴唇。

"我并不是为伯纳肖太太担心,"达达尼埃高声说道,"我是在为王后担心。她被国王遗弃,被红衣主教纠缠,她的朋友们的头颅就在她面前,一个接一个地掉在了地上。"

"那她干吗老是去爱那些咱们最厌恶的人,要么就是西班牙人,要么就是英国人?"

"西班牙是她的祖国呀,"达达尼埃回答道,"所以她当然爱西班牙人哪。这是再简单不过的道理了,因为那是和她同根而生的兄弟姐妹。再说您对她提出的第二点指责吧,据我所知,她可并不是笼统地爱每一个英国人,而是爱他们中间的一个罢了。"

"哎!要说心里话呀,"阿多思说,"我必须讲,这个英国人的确值得人爱。我还从来没有见过比他更加有气派的人呢。"

"更不用说他的衣着有多么华丽讲究了。"波尔托思说,"就是在他撒珍珠的那一天,那天我刚好在卢浮宫,拣到了两颗珍珠。嗬!卖了十个皮斯托尔哩。对了,阿莱米斯,你呢,你认识他吗?"

"绝不比诸位差,先生们。因为,在亚明花园的那次扣押他的行动就有我的份,当时是王后的马厩总管德·皮当热先生领我进去的,那时候我还正在神学院修业呢。就我个人认为,那种做法也实在太让国王难堪了。"

"可是,如果我清楚白金汉公爵这会儿在什么地方,"达达尼埃说,"我照样还是要牵着他的手,送他到王后跟前。倒也不是为了别的,我就只是为了逗弄一下红衣主教,让他气个半死去;因为,诸位先生们,我们唯一的、永存的、真正的死对头,就只有一个人,只有红衣主教!只要能有个机会狠狠地整治他一番,我得说,我心甘情愿搭上自己这条小命。"

"这么说,"阿多思问道,"达达尼埃,您是从那个针线铺老板口中听说,王后怀疑有人冒用她的名义把白金汉叫到巴黎来喽?"

"她担心这件事情已经发生了。"

"等一下。"阿莱米斯突然打断了达达尼埃。

"你怎么啦?"波尔托思不解地问道。

"还是继续往下说吧,我需要再回忆一下当时的情景。"

"现在我已经觉得,"达达尼埃说,"有人绑架了王后的这个侍女,跟咱们说到的这几件事情,甚至可能和白金汉公爵的巴黎之行,都应该有着密切的联系。"

"加斯科尼人就是脑子聪明。"波尔托思赞叹不已。

"我就爱听他说话,"阿多思说,"从他嘴里听到家乡话真让人觉得够味。"

"各位,"阿莱米斯插嘴道,"请听我说上一句。"

"咱们听阿莱米斯的。"三个伙伴齐声说道。

"昨儿个,我去一个知识广博的神学家府上请教问题,事实上我只要一遇到研究神学上的问题,老是要去找他的……"

阿多思不由微微一笑。

"他的家位于一个偏僻的教区,"阿莱米斯接着往下说,"当然,这种选择完全是出自情趣、职业的需要,并非出于个人性情的考虑。但是,就当我刚刚离开他府上的时候……"

话说到这里,阿莱米斯突然停口不说了。

"发生什么事啦?"大家问道,"您离开他府上的时候发生什么事啦?"

阿莱米斯流露出一副极不情愿往下说的神情,就好像一个人撒了一半谎,却忽然发现遇到某种没有预想到的障碍而打住话头那样。但是,眼瞧着三个伙伴全睁大了眼睛,竖直了耳朵,等着他往下讲的样子,他再怎么着也没法把剩下的话缩回肚子里去了。

"这位神学家,他有一个侄女。"阿莱米斯说道。

"哈!他有一个侄女!"波尔托思兴奋了起来。

"是一位非常令人尊敬的夫人。"阿莱米斯强调道。

三个朋友忍不住捧腹大笑起来。

"喂!要是你们存心取笑或者非要疑神疑鬼的话,"阿莱米斯不高兴了,"那就别想听我说下去了。"

"我们一定比伊斯兰教徒还要虔诚,像灵柩台那样安静的。"阿多思赶紧安抚他。

"那好,我就继续说下去了,"阿莱米斯说道,"有时候,这位侄女会来看望她的叔叔;碰巧的是,昨天我和她一起去了,所以我只得毛遂自荐地送她上车。"

"喔?一位神学家的侄女,居然有辆马车?"波尔托思又忍不住插了一嘴,这人的毛病之一就是说话不经大脑,"老弟,你可是走桃花运喽!"

"波尔托思!"阿莱米斯说道,"您实在是太多嘴了,我早就不止一次地提醒过您,像您这样是不会在女人面前捞着好处的。"

"诸位,诸位,"达达尼埃高声说,他已经隐隐约约觉察到了什么,"这件事挺正经的,咱们尽量控制自己别插科打诨吧。继续讲吧,阿莱米斯,请继续讲。"

"忽然,有一个男人,高高的个子,黝黑的脸膛,举手投足还挺有贵族风度的……嘿,还真有点像您说的那个人呢,达达尼埃。"

"没准儿就是他。"达达尼埃说。

"是很有可能。"阿莱米斯接着往下说,"这人朝我走了过来,后面还跟着五六个人。但是,在距我十步开外的地方他们就停住了,然后,这个人非常有礼貌地说:'公爵先生,'他称呼我说,'还有您,夫人,'他向着和我挽着胳膊的那位夫人说……"

"就是神学家的那个侄女儿?"

"让您的嘴休息一下吧,波尔托思!"阿多思说,"您还真让人受不了。"

"请你们上车吧,可别有什么想反抗的念头,也别弄出什么响声来。"

"您被他当成白金汉了!"达达尼埃嚷了起来。

"我估计是的。"阿莱米斯回答道。

"那么这位夫人又是怎么回事呢?"波尔托思问道。

"她被当作王后了!"达达尼埃大声说。

"答对了。"阿莱米斯应道。

"这个加斯科尼人可真是鬼精灵,"阿多思大声说,"什么也瞒不过他去。"

"说的也是,"波尔托思说,"阿莱米斯的身量的确挺像那位公爵的,身材也差不了多少;可是我总觉得,火枪手的制服……"

"我穿了件长披风。"阿莱米斯说。

"可真见鬼了,大热天穿披风!"波尔托思说,"莫不是神学家怕你被别人认出来吧?"

"要是说那个密探被您的身材给糊弄了,"阿多思说,"这我还觉得解释得通;可是您的脸……"

"我正戴着顶大帽子呢。"阿莱米斯说道。

"嗬!天主啊,"波尔托思这下可高兴了,"研究神学原来还是费这么多劲啊!"

"各位,各位,"达达尼埃说,"咱们别开玩笑了,还是把时间放在正事上吧;让咱们分头去寻找针线铺老板的太太吧,她可是揭穿这整个阴谋的重要人物啊。"

"一个出身卑微的女人!您真的相信她能有这么重要么,达达尼埃?"波尔托思把嘴一嘟,充分表示出他的轻蔑之意。

"她是王后心腹内侍波尔特的教女,难道我没跟你们说过这点吗,先生们?再者说,王后这回找这样一个地位低下的女人做帮手,保不准也是有一番用意在内的。那些地位显赫,身份高贵的夫人多招眼呀,红衣主教的眼睛又是那么的尖。"

"好吧,"波尔托思说,"那就先跟针线铺老板谈谈价钱吧,在价钱上可不能吃亏了。"

"这倒不必,"达达尼埃说,"因为我觉得,就算他不付钱给我们,我们也自然会从别人那里拿到酬劳的。"

就在这时候,楼梯上忽然响起了一阵急促的脚步声。然后,房门砰的一声被推开了,那个倒霉的针线铺老板气急败坏地冲进了他们聚会的这间屋子。

"喔!先生们,"他叫道,"快救救我吧!看在天主的份上,救救我吧!他们要抓我,有四个人!喔,救救我,救救我吧!"

波尔托思和阿莱米斯站起身来。

"稍等一下,"达达尼埃大声说道,同时用手势让他们把拔出一半的剑插回鞘里去,"等一下,我觉得这件事我们可不能逞匹夫之勇,而应该处处谨慎,事事小心才是。"

"可是,"波尔托思叫道,"咱总不能眼睁睁看着……"

"你们就让达达尼埃按他自个儿的想法去做吧。"阿多思说,"我重复一遍,我们中间他是最有主意的一个。摊开来说吧,我,我决定听他的。您觉得该怎么做就怎么做吧,达达尼埃。"

这时候,前面小间的门口来了四个卫士。一瞧见里面站着四个身上佩着剑的火枪手,这伙人不由得踌躇起来,脚步也不由自主地停了下来。

"请进来吧,先生们,请进,"达达尼埃大声说道,"我是这儿的主人,我和我的朋友们都是国王和红衣主教先生的忠实仆人。"

"您的意思是说,先生,你们是不会妨碍我们执行刚接到的命令的喽?"一个卫士问道,看上去他像是这伙人的头。

"恰恰相反,先生们,要是有什么需要效劳的地方,您尽管吩咐就是了,我们一定帮忙。"

"他到底在说些什么呀?"波尔托思喃喃自语地说。

"您这个傻瓜,"阿多思说,"快闭嘴!"

"可,可您答应过我的……"可怜的针线铺老板小声嘟囔道。

"我们先得保住自己不被人抓走,然后才能想法子救您呀,"达达尼埃压低嗓门飞快地回答道,"要是我们显出祖护您的模样,他们岂不是连我们都要一块儿抓走了吗?"

"可是,我还是觉得……"

"快请过来,先生们,这边请,"达达尼埃高声说,"我可没有半点祖护这位先生的意思啊!今儿个我才跟他见第一面,而且他还是为了催我交房钱才来找我的,不信你们可以让他自己说啊。我没骗人吧,伯纳肖先生?您说啊!"

"这全是真的,"针线铺老板喊了起来,"可是先生您不是说……"

"不许提我的事,也不许提我朋友的事,更不许您提起有关王后的半个字。要不然的话,您会把我们大家都给坑了,您自己也得不了救。来吧,来吧,先生们,把这个人带走吧。"

说着,达达尼埃把呆若木鸡的针线铺老板一把推到了那几个卫士手里,嘴里还冲着他直嚷嚷:

"你这个家伙,彻彻底底的一个无赖,居然敢向我,一个火枪手来要钱!快把他带走,我重复一遍,请把他带走,先生们。把他关进大牢里去,让他在里面呆得愈久愈好,那样就省得我忙着付房租了。"

几个卫士连声谢谢,然后带上奉命来抓的人犯就准备离开了。

就在他们正要下楼的时候,达达尼埃拍了拍那个领队的肩膀:

"咱们难道不应该为彼此的健康干上一杯吗?"他边说着,边在两个杯子里斟满了从伯纳肖先生那儿拿来的博让西红葡萄酒。

"承您的情,"卫士们的领队说,"我就恭敬不如从命了。"

"那么,为您的健康,先生……请问尊姓大名?"

"博瓦勒纳尔。"

"博瓦勒纳尔先生!"

"为您的健康,兄弟;请问您怎么称呼?"

"达达尼埃。"

"为您的健康,达达尼埃先生,干杯!"

"还有更重要的呢,"达达尼埃嚷道,看上去似乎激动得难以自持了,"为国王和红衣主教的健康,干杯!"

如果酒味儿不够正的话,没准这个领队会对达达尼埃的诚意产生一点疑惑的;可是,既然酒味儿这么醇厚香甜,他自然也就不疑有它的相信了。

"您瞧您刚才都干了些什么没羞没臊的事儿呀?"等到那个领队下楼去加入他

的手下人之中,房间里余了这四个朋友没有别人的时候,波尔托思实在忍不住了,他说,"我呸!四个火枪手,居然眼瞅着一个请求他们保护的可怜虫被人抓走了,这件事就发生在他们眼皮底下!一个有身份的人居然向一个探子头儿祝酒!"

"波尔托思,"阿莱米斯说,"阿多思刚才说你是个傻瓜,真是一点都没错。达达尼埃,你这个家伙了不起!将来有一天你坐上了德·特瑞威尔先生的位置时,我可要请你保荐我当个修道院院长的。"

"嗨,我可真有点糊涂了,"波尔托思说,"你们居然还都向着达达尼埃,觉得他没做错?"

"我当然相信他喽,"阿多思说,"我还不光是向着他,认为他没错,我还想好好地夸他几句呢!"

"好了,各位,现在听我说,"达达尼埃并没有费那个劲去让波尔托思弄明白他刚才这样做的理由,他只是说,"人人为我,我为人人,这就是我们的誓言,对吗?"

"可是……"波尔托思嘀咕着。

"伸出你的手来起誓?"阿多思和阿莱米斯一齐冲着他喊道。

波尔托思心里还在犯嘀咕,但瞧见伙伴们都伸出了手来,他也依样画葫芦地伸出手来,于是四个朋友异口同声地重复了一遍刚才达达尼埃所说的那句誓言:

"人人为我,我为人人。"

"好极了,现在,我们都回自己的家去吧,"达达尼埃说道,说话的口气就像他生来就是为了发号施令,别的什么事情都不干一样,"但是得小心,因为从现在开始,咱们可就是在跟红衣主教拧着劲儿干了。"

第十章 十七世纪的捕鼠笼

捕鼠笼并不是我们这个时代才开始有的发明;人类社会在自己的成长过程中,自从发明了某种警察制度后,相应的各种捕鼠笼也就应运而生了。

因为我们的读者或许并不了解耶路撒冷街的专门用语,同时也因为我从写书开始——这句话说起来也已经有十五个年头了,——到现在,还是头一遭用这个词来称呼这样一种东西。所以,还是让我先向各位介绍一下捕鼠笼到底是个什么东西吧。

只要在一所房子里,不管那是华宅还是草屋,有某件案子的一个嫌疑犯被拘捕了,警方常常不加声张,以免打草惊蛇。他们派上四五个人,在这所房子里埋伏起来,一旦有人敲门,就把他放进来,然后把门一闭,立马抓住他;就这么不出两三天,几乎所有常来这个地方的人都给一网打尽了。

我这里所说的捕鼠笼,就是这么一回事。

于是,现在伯纳肖师傅的屋子就已经变成了这么一个捕鼠笼,不管谁进来,都会被红衣主教先生手下的人加以扣留和盘问。不过,因为达达尼埃所住的二楼另有一条直通到那儿的过道,所以到他那儿去的客人自然也就不需经过盘问了。

更何况到他那儿去的人,除了那三个火枪手也就没有别的什么人了。这一阵子,他们都在分头四处打探消息,可惜毫无头绪,事情完全陷入停顿之中。阿多思甚至跑到德·特瑞威尔先生那儿打听消息,因为这位令人敬重的火枪手平时总是三缄其口,他这一举动让统领都大吃了一惊。只是德·特瑞威尔先生也并不晓得什么消息,他只是说在最近一次和红衣主教、国王和王后的碰面当中,看见红衣主教满腹心事,国王焦虑不安,而王后则红着眼圈,好像头天夜里睡得不好,或者是哭过了。不过这最后一种情形倒并没有引起他的什么惊异之感,因为自打成婚以来,王后通宵不眠或者泪湿衣襟已经是司空见惯的事了。

但是德·特瑞威尔先生还是对阿多思说,一定要为国王,尤其是要为王后效力,同时还请他务必把这一嘱咐转告他的伙伴们。

至于说到达达尼埃,他一直呆在屋里没出家门。事实上,他是把自己的房间当成个瞭望台来用的。从房间的窗子看出去,可以把那些个自投罗网的人看个一清二楚;接着,他还能把审讯者和被扣留的嫌疑犯之间的问答听得明明白白。原来,他事先已经掀开了铺在地板上的方砖,然后还掏空了下面的隔层,这样一来,他跟楼下那个进行审问的房间就只差底层的天花板这一板之隔了。

审问都是在对被扣留者进行了仔细严密的搜身之后开始的,内容翻来覆去的总是那么几句话:

"伯纳肖太太让您带什么东西给她的丈夫或者别的什么人了吗?"

"伯纳肖先生让您带什么东西给他的妻子或者别的什么人了吗?"

"他们两个是不是让您捎什么口信了?"

"如果他们手里已经掌握了什么线索的话,他们是不可能用这种方式提问题的,"达达尼埃在心里暗暗思忖着,"而他们目前到底想搞清楚什么事情呢? 难道白金汉公爵已经到巴黎来了,难道他已经或者即将要和王后碰面了吧?"

想到这个地方,达达尼埃就不继续想下去了,从他目前所知道的这些情况来判断,不是不可能出现这种情况的。

现在,楼下的捕鼠笼还没有撤掉,达达尼埃半点懈怠的想法都不敢有。

就在那个倒霉蛋伯纳肖被捕的第二天晚上,阿多思刚从达达尼埃家里离开到德·特瑞威尔府上。钟刚敲响了九点,布朗谢刚开始忙乎着铺床的时候,楼下传来了有人敲门的声音;大门马上打开又立即关了起来:又有人落进捕鼠笼了。

达达尼埃飞快地跑到掀开方砖的地方,趴在地上,屏息听着。

很快就传出来几声尖叫,然后叫声变成了呻吟声,听上去好像被人堵住了嘴。而审讯,现在还没有开始呢。

"该死的!"达达尼埃心里说,"听上去好像是个女人;他们在对她进行搜身,她正奋力挣扎,他们在对她使用暴力,这群混账东西!"

尽管达达尼埃一向有引以为自豪的谨慎天性,但此刻他还是费了极大的力气,才能控制住自己,不在热血支配下冲下楼去打抱不平。

"可是,先生们,你们听我说啊,我是这幢房子的女主人;真的,我就是伯纳肖太太,是王后身边的人!"那个可怜的女人拼了全力喊道。

"伯纳肖太太!"达达尼埃喃喃自语道,"看来这真是老天赐给我的运气,这个女人被所有的人四处寻找着,结果却让我给碰上啦?"

"我们一直等的人就是您。"审讯者告诉那个女人说。

底下的声音变得越来越沉闷不清了:只听见细木护壁板上传来纷纷乱乱的响声。那是一个不幸的女人正用尽全身的力气在抵抗四个壮汉子,而她只是一个弱女子。

"放过我吧,先生们,放过……"声音低低的,而且还含糊不清了。

"他们把她的嘴给堵上了,要把她带走了!"达达尼埃嚷着,就像身上装了根弹簧一样地一跳三尺高,"我的剑呢? 哦,就在我身上呢。布朗谢!"

"先生?"

"快跑,去把阿多思、波尔托思,还有阿莱米斯全给我找来。他们三个不管怎么说肯定有一个是在家里的,保不准三个都回家了。告诉他们,带上武器,赶快到我这边来,让他们一路跑着来。噢,对了! 我想起来了,阿多思现在正在德·特瑞威尔先生那儿呢。"

"那您又去哪儿呢,先生,你这是要到哪儿去啊?"

"我直接从窗口下去,"达达尼埃高声喊道,"这样速度还能快一点;而你呢,把那块方砖重新铺上去,扫一下地,从大门出去,按我跟你讲的那样使劲地往前跑。"

"喔! 先生,先生,您这样会摔死的。"布朗谢嚷道。

"闭嘴,傻瓜。"达达尼埃喝道,他抓住窗台的边缘,身子在空中一荡,从二楼跳下去,幸好楼也并不高,他身上连一点皮也没有擦破。

紧跟着他就跑去敲房东的大门,嘴里喃喃地说:

"现在是我自己要住这捕鼠笼子里撞了,就让那些打算抓我这只老鼠的猫们倒倒霉吧。"

年轻人的手刚刚把门环叩响,那些纷乱嘈杂的响声立刻停住了,就听见脚步声一点点逼近门口。然后大门打开了,达达尼埃仗着长剑冲进了伯纳肖先生的屋子。然后那扇大门呢,估计是加装了一根弹簧的缘故,在他的身后关了起来。

就在这个时候,屋子里传出了一阵巨大的嘈杂声:还住在伯纳肖那座倒霉房子里的房客,以及左邻右舍的住户们,听见了哇哇的叫唤声,使劲跺脚的声音,长剑碰击的声音,还有家具倒地的訇然巨响声。然后,才一分钟不到,这些被惊扰的邻居刚从窗口里探出半个身子想瞧个究竟,谁知道只瞧见房门一开,从里面跑出来四个身穿黑衣的男人。事实上,与其说他们是跑出来的,还不如说他们是像一群被惊飞的乌鸦一样窜出来的,在他们身后的地上和桌子角上,到处都是它们撂下来的翼翅的羽毛,换句话说,就是他们被撕下的衣角和披风的碎片。

应当说的是,这一场胜利是达达尼埃不费吹灰之力就轻而易举取得的。因为这些警探当中只有一个人身上带着剑,而且他也只是摆摆姿态地招架了几下。当然,话是没错,其他三个人的确是拼了老命地用椅子、板凳还有金属器皿朝年轻人砸来着;可是加斯科尼人的长剑刚刚在他们身上划了三道印子,这些家伙就已经吓得魂飞魄散了。没出十分钟,达达尼埃就在战场上占尽了上风,打得一帮对手只有招架之力了。

这年头,骚乱斗殴早就成了司空见惯的事情了,对于这些事情巴黎人早就见怪不怪了。方才,那些邻居就是以巴黎人特有的冷静神态,打开了窗子往外看,等瞧见四个黑衣人都逃了出来,他们也就关上了窗子。直觉告诉这些巴黎人,戏演到这会儿,也就该是收场的时候了。

更何况那时候天色也暗了,那时候跟咱们现在一样,住在卢森堡宫那一带的居民们睡得都挺早的。

现在屋子里就只有达达尼埃和伯纳肖太太两个人了,达达尼埃把身子转向她,发现这可怜的女人正瘫倒在一把扶手椅里,已经陷入了半昏迷状态。达达尼埃迅速地把她上下打量了一番。

她是一个非常可爱的女人,大概二十五六岁上下,一头棕发,蓝玉般的眼睛,微微上翘的鼻尖,牙齿又白又齐,脸蛋儿白里透红,娇嫩欲滴。但是,她身上也就只有这些地方能够让人把她错认为一位贵妇人了。她的双手很白皙,但并不细嫩;而她的那双脚则更是清楚地表明了她并非出自名门的身份。不过该庆幸的是,达达尼埃目前还没有注意到这些细节问题。

正当达达尼埃上上下下打量着伯纳肖太太,就如前面所讲的,正要看到那双脚的时候,忽然地上有一块细亚麻布的手帕映入了他的眼帘。出于老习惯,他把这块手帕捡了起来,一瞧,正好发现手帕角上有一个用姓名起头字母组成的图案,这图案恰好跟上回他在那块几乎惹得阿莱米斯要结果了他的手帕上所看见的图案一模一样。

要知道,自打那次以后,达达尼埃可是一直对这种绣着纹徽的手帕怀有极大的戒心的。因此,他一句话也没说,就把这块刚从地上拾起来的手帕塞进了伯纳肖太太的口袋里。就在这个时候,伯纳肖太太也渐渐苏醒了过来。她睁开眼睛,一脸惊恐地朝四周看看,却发现屋子里空空荡荡的,除了她和她的救命恩人之外别无他人。她马上把两只手伸给他,脸上也露出了微笑。噢,伯纳肖太太的微笑是这个世上最迷人的东西了。

"哦!先生!"她说,"您搭救了我;请容许我向您致以最诚挚的谢意。"

"夫人,"达达尼埃说,"我只是做了任何一个世家子弟处在这种情形之下都会做的事情,因此您根本无须感谢。"

"应该谢的,先生,应该谢的,而且我希望我能有机会向您证明,您所救的这个女人并不是一个忘恩负义的人。可是他们,刚才那些人到底想对我做些什么呢?一开始我还以为他们是一群小偷呢,伯纳肖先生为什么不在这儿呢?"

"夫人,他们并不是小偷,小偷可比不上他们这样的危险,因为他们是红衣主教大人派来的警探。至于说到您的丈夫,伯纳肖先生他之所以不在这儿是因为昨天他就被人家给抓走了,要被送进巴士底监狱去了。

"我的丈夫被送进巴士底监狱!"伯纳肖太太惊呼了起来,"哦!我的天主啊!他犯了什么错啦? 可怜的好人儿! 他才是最最清白无辜的一个人呢!"

说着这话,一种类似于微笑的神情在少妇惊慌未消的脸上一闪而过。

"您是问他做错了什么吗,夫人?"达达尼埃说,"我认为他唯一的罪名,就是既幸运又不幸地娶了您做妻子。"

"那么,请问先生,您知道……"

"我知道您遭人绑架了,夫人。"

"那个人是谁? 您知道那人是谁吗? 哦,如果您知道的话,麻烦您告诉我吧。"

"他是一个男人,大约四十岁到四十五之间的年纪,黑发,脸色黝黑,左边的太阳穴上还有一个疤。"

"对,就是他,就是他,您知道他的名字吗?"

"名字? 噢,就这个我不知道。"

"那我丈夫他知道有人绑架了我吗?"

"绑架您的那个家伙给他送了一封信,把这件事告诉了他。"

"那,他有没有猜疑过,"伯纳肖太太面带窘色,吞吞吐吐地问,"这件事情的起因呢?"

"据我推测,他认为这是出于某种政治的原因。"

"刚开始我自己还有点儿疑心,现在我的想法也和他一样了……这么说来,我亲爱的伯纳肖对我没有过一点儿猜疑……"

"喔! 一点儿都没有,夫人。对于您的理智,特别是您的爱情,他都寄予绝对的信任。"

俊俏少妇那玫瑰色的嘴唇边上,又闪过一丝快得让人几乎难以察觉的微笑。

"可是,"达达尼埃接着往下说,"您又是通过什么法子逃出来的呢?"

"今天早上,我搞清楚了他们这么绑架我的用心,所以,在他们让我独自一个人呆着的那会儿,我把床单扎成了长条,从窗口爬了下去;那时候,我还以为我丈夫在这儿呢,所以就跑过来了。"

"您是想寻求他的保护吗?"

"噢! 不,我那可怜的好人儿,我知道他没有保护我的能力;不过倒是有另外一件事,他还能帮得上我的忙,我来这儿就是想把这事告诉他的。"

"什么事?"

"哦! 抱歉,这件事并非我自个儿的秘密,所以我不能说给您听。"

"再者说,"达达尼埃接口道,"(对不起,夫人,虽然我是个禁军,但我还是必须提醒您多当点儿心,)再者说,就我看来,这个地方也不是说话的地儿啊。我刚刚赶走的那帮家伙不会甘心的,他们一定会带着人再来这儿的;如果被他们瞧见咱们在这儿,那咱们就绝对讨不了好的。我是已经派人到我的三位朋友那儿去报信了,但是谁晓得能不能找着他们呢!"

"没错,没错,您的考虑很有道理,"伯纳肖太太花容失色,不由大声嚷道:"咱们赶快逃走吧,快跑吧。"

说完这句话,她一把挽住了达达尼埃的胳膊,心急火燎地就想拉着他往外走。

"可是跑到哪儿去呢?"达达尼埃问道,"能去什么地方呢?"

"不管怎么样,先远远离开这个屋子,咱们再想下一步的办法。"

说完,少妇和年轻人急急忙忙,连门也没关,就下楼来到掘墓人街上,然后又折进了亲王沟渠街,一路往前奔,一直到了圣絮尔皮斯广场才停住脚步。

"现在我们要怎么做呢?"达达尼埃问,"您想让我带您上哪儿去呢?"

"说老实话,我还真挺不好意思回答您的哩,"伯纳肖太太说,"我原来是打算让我丈夫去找一下德·拉波尔特先生,然后让德·拉波尔特先生就可以告诉我卢浮宫这三天以来都发生了什么事情,给我个准确消息,我才能知道回宫里是不是会遇上危险。"

"其实我,"达达尼埃毛遂自荐道,"我也可以去通知德·拉波尔特先生的呀。"

"那倒是,但是就是有一个麻烦没法处理:卢浮宫里的人都认识伯纳肖先生,要是他去的话,那些人是会把他放进去的。可是您,没有人认识您,自然也就不会让您通行的。"

"嘿!瞧您,"达达尼埃说,"难道您在卢浮宫就没有一个守着哪扇边门的熟朋友吗?只要我能对得上口令……"

伯纳肖太太给了这位年轻人一个长时间的注目凝视。

"但如果我告诉了您进宫的口令,"她说,"您能不能保证用过之后就立刻忘掉它呢?"

"我以我的荣誉起誓,以我身为世家子弟的人格起誓!"达达尼埃的语气是那样真诚,让任何人不能怀疑他的誓言的真实性。

"那好,我相信您,您看起来是位非常正直的青年;更何况,您的这种忠诚没准儿还能让您平步青云呢。"

"只要能为国王效力,让王后开怀,我不管能不能得到许愿,也会全力以赴的,"达达尼埃说,"因此,请您把我当成您的朋友吧。"

"可是,在这段时间里,您打算让我去什么地方呢?"

"您难道不能先找个朋友,到他家里避上一避,让德·拉波尔特先生就上您朋友家里去找您吗?"

"不行,我没法相信任何人。"

"等一下,"达达尼埃说,"阿多思的家恰好就在这附近。对了,就这么着。"

"阿多思是谁?"

"他是我的一个朋友。"

"但要是他正好在家,我被他瞧见了可怎么办呢?"

"他不在家里,等我把您领进了他的屋子,我就把房子的钥匙带走。"

"他要是回来了怎么办呢?"

"他不会回来的;再者说我会找人通知他,我带了一位女客到他的家里。"

"可是,您要明白,这样会破坏我的名声的!"

"这和您一点关系也没有! 一个人也不认识您;更何况从我们目前的处境来看,实在也没工夫去顾忌那些礼节了!"

"那咱们就去您朋友家吧。他住在什么地方?"

"就在费鲁街,离这儿才几步路而已。"

"走吧。"

两人说完这话又继续赶路。达达尼埃料得没错,阿多思果然不在家。因为身为主人的至交好友,所以达达尼埃平时一直把门房的钥匙带在身边。这会儿,他掏出钥匙把门打开,然后领着伯纳肖太太上了楼,进了我们以前曾经描述过的那个小套间。

"您千万别拘束,"达达尼埃说,"就安心在这儿等着吧,把房门从里面锁上,谁来您也别开门,除非您听到的是这样的三声敲门,您听仔细了。"说着,他作了一下示范:前面两下紧挨着,声音比较响,然后稍等一会儿才敲第三下,声音也比较轻。

"明白了,"伯纳肖太太说,"现在,该轮到我来叮嘱您注意一些事情了。"

"您说吧。"

"请您到卢浮宫靠埃谢尔街的那扇边门去,找热尔曼。"

"好的。接着呢?"

"他会问您找他有什么事情,您就回答他说:都尔和布鲁塞尔。他立刻就会听从您的吩咐。"

"我该吩咐他做些什么呢?"

"让他把王后的内侍德·拉波尔特先生给找来。"

"德·拉波尔特先生来了之后呢?"

"您叫他上这儿来找我。"

"很好。那么我以后在什么地方,要怎么做才能再次见到您呢?"

"您很想再见到我吗?"

"非常想。"

"那好,这件事就请您相信我吧,您只管放心好了。"

"我相信您。"

"不会错的。"

达达尼埃于是就向伯纳肖太太鞠躬告辞,临别时小伙子满怀爱慕地看了她一眼,这一眼可真是只可意会,不可言传啊,把他对这位娇小的可人儿的全部的柔情蜜意都倾注了进去。他往楼下去,听见房门在身后关上,然后门匙在锁眼里转了两圈。他迈开大步,风风火火地往卢浮宫赶,到埃谢尔街边门的时候,大钟刚敲响十点钟。刚才我们所讲的这么多事情,统共才花了不到半个小时。

一切均如伯纳肖太太所讲的那样进行。达达尼埃一对上口令,热尔曼就朝他鞠躬作礼;然后,过了十分钟,拉波尔特出现在了门卫室,达达尼埃言简意赅地告诉了他事情的原委经过,同时也把伯纳肖太太现在的落脚之处告诉了他,拉波尔特连问了两遍,确认了地址,然后转身就往外跑。但是他才跑出去几步远,又折了回来。

"年轻人,"他对着达达尼埃说,"给您一个忠告。"

"请讲。"

"刚才所发生的这些事情,有可能会给您惹来麻烦的。"

"您是这么想的?"

"是的。您有没有这样的一个朋友,他家里的钟要比别人家的走得慢一点的。"

"您问这干吗?"

"您这就去他家,这样他可以给您作个证,证明您九点半的时候在他家来着。用法律术语来说,这叫不在现场的证明。"

达达尼埃想了一下,觉得这个忠告确实很体贴周到,于是他马上一口气跑到了德·特瑞威尔先生的府邸去;不过,他并不像一般人那样在前厅里等,而是直接要求到书房去。因为达达尼埃平日里是这里的常客,所以他的这个要求立即得到了允许;侍者去禀报德·特瑞威尔先生,说他的小同乡有要事求见。才过了五分钟,德·特瑞威尔先生就出来见他了。他问达达尼埃,究竟有什么事情自己能帮得上忙的;同时又问究竟是何等大事让他,达达尼埃先生居然在这么晚的时间还来拜访。

"对不起,先生!"达达尼埃说,刚才趁书房里只有他一个人的时候,他已经把挂钟拨慢了三刻钟,"我本来以为,现在才九点二十五分,求见您还不算特别晚呢。"

"九点二十五分!"德·特瑞威尔先生不由叫了起来,眼睛朝挂钟看了过去,

"怎么可能呢?"

"那您就瞧吧,先生,"达达尼埃说,"这可是您亲眼看见的。"

"果真如此,"德·特瑞威尔先生说,"我本来以为要更加晚呢。行了,您找我到底有什么事情?"

于是,达达尼埃就原原本本地把有关王后的事情全都告诉了德·特瑞威尔先生。他坦率地表示了自己对王后陛下处境的担忧;同时还把听到的红衣主教关于白金汉公爵的整个计划都说给统领听。瞧着他听说时那副沉着镇静、泰然自若的神情,德·特瑞威尔先生对他的来意就更加深信不疑了,甚至自己也把一些有关红衣主教、国王和王后的新情况讲给了达达尼埃听,说他对这一情形已经有所察觉,这一点我们已经在前面提到过了。

这时挂钟敲响了十点钟,于是达达尼埃便起身告辞。德·特瑞威尔先生对他特地前来提供情况表示感谢,并叮嘱他一定要牢记着为国王、王后效劳的使命,然后便陪着他一块儿走进了前厅。但是刚走到楼梯脚下,达达尼埃就说他忘了拿手杖,于是又匆匆忙忙回上去,重新进了书房,用手指头把挂钟又拨回到了原来的时刻,这样一来,第二天就没有人会看出有人曾经拨弄过这钟了。达达尼埃心里想着,这样一来,问题就解决了,有人可以证明他当时不在现场了,于是他走下楼去,很快就到了街上。

第十一章 故事头绪多了

拜访过德·特瑞威尔先生之后,达达尼埃满腹心事地往家里走去。

究竟达达尼埃在想什么事情呢? 看他走起路来神不守舍,不时地抬头望望那繁星闪烁的夜空,一会儿长吁短叹,可一会儿又是一脸笑容,极其陶醉。

原来,他是在想伯纳肖太太哩。这位少妇对于他这样一个见习火枪手来说,应该可以够得上是一个理想的梦中情人了。俊俏、神秘,了解宫里几乎全部的秘密,所以她那张漂亮脸蛋不免带上了几分让人爱慕的严肃神情,但是同时她又并不是一个凛然不可侵犯的冰美人。这所有的一切加到一起,对于一个刚刚踏入情场的年轻人来说,确实是一种诱惑,令人毫无招架之功。而且,在她被一群恶棍抓住,企图对她搜身,施以非礼的时候,是达达尼埃把她救了出来。由于受恩于对方,所以她对他自然就怀有一种感激之情,而我们知道,感激这种感情本来就是非常容易变成一种更加温情脉脉的情感的。

此刻,达达尼埃早就让自己扬起了幻想的翅膀,让自己在想象的国度里自由飞翔了。他的眼前仿佛浮现出这样一种景象:一位来自美少妇的信使走上前来跟他说话,把一封约请幽会的短柬,一条金链或者是一颗钻石放到了他的手里。在前头我们已经讲过了,在那个年头,年轻的骑士在接受国王的赏赐时是没有一点扭捏之态的;而现在还得补充一点,那个年头的道德规范是十分随便的,所以他们看来,接受情妇的馈赠同样是天经地义的。他们的这些情妇几乎常常双手捧上一些相当珍贵、具有纪念意义的礼物,好像她们打算靠这些实实在在的赠予来抓住他们善变的心一样。

在那个时候,靠着情妇而大富大贵的年轻人,是不会觉得自己应该害臊的。而那些只有美貌的女人,则把自己的美丽当成礼物送给人。有句谚语可能就是这样来的:世上最美的姑娘只能把自己的美丽送人,而有钱的妇人却能让她的情人分享她的一部分钱财。我们可以列举出一大张名单来,证明当年的那些个英雄们,要不是靠着他们的情妇把一个个多少有点沉甸甸的钱袋挂在他们的马鞍上,那么别说征战沙场或得胜凯旋了,恐怕就连配副马刺都未必能掏得出这个钱来哩。

达达尼埃身无长物,但是在他身上原来有的那种外省人的畏畏缩缩、犹犹豫豫的特征,就好像薄薄的漆皮,易谢的鲜花和桃子的茸毛,在他的那三个火枪手的那些颇有些离经叛道的意味的劝诱下,被一阵狂风吹得无影无踪了。遵循着当时那种奇怪的习惯,达达尼埃虽然身处巴黎却自以为是身在战场,而且还正好是呆在弗朗德勒的战场;当然,在那儿对手是西班牙人,而在这儿则是对着女人干。但是不管什么地方都一样,哪儿都有敌人需要去征服,都有赋税要去征收。

不过,要是做一个公道的评价来说的话,此刻驱使达达尼埃的却是一种更加无私、更加崇高的情感。当然,针线铺老板曾经当着他的面承认自己家境小康;然后就凭伯纳肖先生的这副德行,年轻人就是用膝盖思考也能猜出来,这家里准是太太捏着钱箱的钥匙哩。可是这些事情,并没有与他所产生的对伯纳肖太太的一见钟

图文珍藏版

情有丝毫关联,他心中刚刚萌发出来的这株爱情的幼苗,几乎没沾上利害关系的一点边。我们说"几乎,"那是因为,要是一个年轻漂亮、气质高雅而又有一副好头脑的女人,口袋里恰巧又很有钱的话,那自然不仅不会对这情芽有一点伤害,而只有可能让它更加茁壮成长了。

家境宽裕,那伴随而来的就是女主人可以有许多高雅的兴趣和排场,而这所有的兴趣和排场,都是和美丽的容颜最相配不过的。一双质地精良的白色长筒袜,一件精美丝绸的裙袍,一件无袖胸衣还滚着花边,脚上的一双玲珑小靴,头上的一根亮丽缎带……这一切并不能化腐朽为神奇,让一个丑女人变美,却可以锦上添花,使一个美丽的女士更加光彩照人,这样的话,她的那双手也才会变得更加漂亮;人的一双手,只有在让它们闲着不用干活的时候,才能保持美丽的,对女人来说尤其是这样的。

而我们都知道,达达尼埃的财产状况是怎样的了,因为对此我们从来未隐瞒过。大家都知道,他可并不是什么腰缠万贯的大富翁;当然,他倒也巴望着自己有朝一日能当上个百万富翁的,可他自个儿心里也清楚,这样的幸福日子恐怕离他还有遥远的一条路要走呢。那么眼下,要是看着自己的心上人一脸期盼地望着那些在每个女人心里都意味着幸福的小玩意儿,而自己却不能满足她,那么,他,达达尼埃,该有多么的失望啊!但是,要是女人手里有钱的话,那么就算她的情人囊中羞涩,她至少还可以自己给自己买下那些东西吧;虽然这种享受通常是依靠着她丈夫口袋里的钱才能获得的,但当丈夫的却很难听到一句感谢的话。

虽然说,达达尼埃下定决心要成为世上最温柔的情人,但此刻他仍是个忠于友谊的人。在他围绕着针线铺老板娘所做的这一个个爱情美梦中,他并没有忘记算上他的朋友们的那一份。如此俊俏的伯纳肖太太绝对是个拿得上台面的女人,要是能够挽着她的小手,一边跟阿多思、波尔托思和阿莱米斯一块儿到圣德尼平原或日耳曼集市上去散散步,让三位朋友瞧瞧自己弄到手的这么个可人儿,也让他们眼热一下子,那该是件多么得意的事啊!然后,要是大家走得脚也累了,肚子也饿了,对于这点达达尼埃近日颇有体会,那就找个地方美美地吃上一顿。桌上碰得到朋友的手,桌下碰得到情妇的脚,那该是多么惬意的一件事啊。最后,要是到了手头紧巴、山穷水尽的地步,他还可以扮演一回朋友们的救星的角色呢。

那么那个伯纳肖先生,那个当初达达尼埃一边大声和他脱离关系,让主教卫士带走他,一边又低声应允要去搭救他的那个可怜人,他现在怎么样了呢?我们必须向读者承认,达达尼埃的脑子里在这个时候可根本没有这个人物的存在;或者说,即使有,也只是在偷偷告诉自己,不管他在什么地方,最好就让他呆在那里别动吧。有什么办法呢,在一切感情当中,爱情是最自私,容不得半粒沙子的。

不过读者们倒是可以放心;虽然达达尼埃已经把他的房东忘了个精光,或者说借口不知道他被人家带到什么地方去了而假装忘了他。但我们可没把他给忘了,而且也知道他在什么地方。不过,眼下就让我们也学一下这位加斯科尼少爷的做法,把他搁在一边,过一会儿我们再来提这位可敬的针线铺老板的事吧。

话说达达尼埃一个人在对未来爱情的幻想当中任意畅游,一会儿在夜色中自言自语,一会儿仰望星空一阵傻笑,就这样一路行来,到了探南街,或者按那时候的说法,叫征南街。他突然发现这儿正是阿莱米斯所在的街区,于是就转念一想,干脆上朋友家走一趟,解释一下他刚才让布朗谢来叫阿莱米斯立即去捕鼠笼的原因。你瞧,要是布朗谢赶到这儿的时候阿莱米斯正好在家的话,那么毫无疑问,他肯定早就赶到掘墓人街去了,到了那儿,兴许会发现另外两位伙伴也在那儿,那么他们三个一定会非常糊涂,搞不清楚到底发生了什么事情。"这样地麻烦人家,确实得好好解释一下。"达达尼埃把这句话高声说出了口。

　　然后他又悄悄地对自己说,他正好也可以趁此机会提一提那位娇小俊俏的伯纳肖太太。这个时候,咱们先不说他的心是怎样一种状态,但至少他的脑海里已经完全被她的倩影给占据了。我们是无法要求一个初恋的情人去守口如瓶的,因为伴随初恋而来的这种喜悦太巨大了,如果不让人把喜悦充分地流露出来的话,是会把人给憋死的。

　　早在两个小时之前,整个巴黎城就已经开始被夜色包围了,街上也只有稀稀落落几个行人了。这时,圣日耳曼区的每个角落都响起了晚上十一点的钟声,夜色温馨浪漫。达达尼埃沿着一条小巷向前走着,这个小巷现在已经变成了阿萨斯街。一阵阵若有若无的花草芬芳从沃吉拉尔街方向飘过来,中间还混合着露珠那沁着凉意的清香,那是轻柔的微风从花园里送出来的;一路上,达达尼埃尽情呼吸着这可爱的香味。远处平原上的几家小酒店里,酒客们正在放声歌唱,由于酒店的百叶窗紧紧闭着,所以歌声从窗缝里传出来的时候已经很轻很轻了。达达尼埃一直走到了小巷的尽头,然后就往左拐弯。阿莱米斯住的那幢房子就在宝盒街和塞尔旺多尼街的中间。

　　一穿过宝盒大街,达达尼埃就认出了那扇被树荫遮挡着的朋友屋子的大门。那扇门的上衣有一个硕大无比的花环,是用浓密的埃及无花果和铁线莲交织而成的。可是就在这时,一个像幽灵似的人影从塞尔旺多尼街走了出来。那个神秘人物裹着一件披风,起初达达尼埃认为那是个男子,但他很快就改变了想法,因为那娇小的身材,犹豫不决的举止和有些局促不安的步态,无一不表现出这是个女人。而且,看起来这个女人好像并不太拿得准自己要找的究竟是哪一幢房子,因为她先是抬起头来仔细辨认,然后又停住了脚后,身子朝后转了一下,接着又继续往前走。这种举动可真的把达达尼埃弄得有点糊涂了。

　　"我到底应不应该上去帮她一把呢?"他问自己,"看她的模样,她估计还挺年轻,保不准还长得挺漂亮的哩。对,没错!不过话又说回来,一个女人在这种时候还在街上乱走,如果不是去会情人还能是什么呢?哎哟,要是我贸然跑出去搅了人家的幽会,那么这种套近乎大概就成了自讨没趣喽。"

　　可是,在这个时候,那个女人还在继续往前走,而且边走还边数着两边的房子和窗子。事实上,这是件既不费时也不费劲的事情。因为,这段街面上统共就只有三座房子,而窗子呢,一共只有两扇是临街的。其中的一扇在跟阿莱米斯的小屋平行的那座小房子上,而另外一扇则就在阿莱米斯的房子上。

　　"嘿嘿!"达达尼埃心里暗暗盘算着,他想起了那位神学家的侄女,"嘿嘿!如果这位晚上四处蹓跶的姑娘在找的就是咱们朋友的房子,那事情可就有的瞧喽。等等,老天有眼啊,这事准是八九不离十的了。喔,我亲爱的阿莱米斯啊,这一回,您要想再遮掩恐怕是不可能的喽,我非查个一清二楚不可。"

　　想着,他尽量把身子缩拢起来,找到一个夜色最浓的角落,躲进了一条砌在墙壁凹处的石凳旁边。

　　那个年轻女人还没有停下脚步,说她年轻,不仅是从她那轻盈的脚步中得出的消息,而且还因为她刚刚轻轻地咳嗽了一声,那声音听起来非常清脆。达达尼埃心里想着,这声咳嗽准是个暗号。

　　不过,搞不清楚究竟是因为已经有人同样有暗号回答了这位夜访者,帮她拿定了主意呢,还是她不必旁人相帮,自己就认出了目的地,反正,她毫不犹豫地走近了阿莱米斯的房子,弯起一个手指在那扇百叶窗上间隔均匀地敲了三下。

　　"她的目的地果然是阿莱米斯家,"达达尼埃低声说道,"嘿! 好个道学先生!

真是个伪君子,这回我可知道您是研究的什么神学了!"

那女人才敲完三下,里面的那扇窗子就给打开了,烛光从百叶窗的缝隙当中漏了出来。

"嘿嘿!"窃听者又评论道,"好好的大门不走,偏要去爬窗,明白了,这是早就定好了的约会。看吧,百叶窗就要打开了,我就能看着这位夫人爬窗而入了。妙极啦!"

可是,达达尼埃却大吃了一惊,百叶窗仍然紧闭着。甚至,就连刚才点亮的烛光也熄灭了,四周一片漆黑。

达达尼埃认为这种情形是不会一直持续下去的,于是他睁大了眼睛,继续看下去;竖直了耳朵,仔细听下去。

果然,不出他所料:没过几秒钟,从里面传出了两下短促的敲窗声。

作为回答,街上的女人又敲了一下百叶窗;然后,百叶窗稍微打开了一点儿。

想必诸位读者都猜得出,此刻的达达尼埃是怎样热切地在看,在听。

遗憾的是,那道烛光移到了另一个房间去了。不过年轻人的眼睛已经适应了黑暗,更何况,加斯科尼人的眼睛,曾有人认为像猫眼睛,在黑里特别好使,能看清黑暗中的东西。

所以,达达尼埃还是看见了年轻女人从口袋里掏出了一样白色的东西,然后急速地把它抖了开来,看样子那东西好像是块手帕。她抖开这块东西之后,给对方瞧了瞧它的边角。

这举动唤醒了达达尼埃的记忆,他想起自己在伯纳肖太太的脚边也曾经看到过这样一块手帕,而那块手帕又让他想起了他在阿莱米斯脚下看到的同样一件东西。

"到底这块手帕里有些什么鬼名堂呢?"

达达尼埃从他所站的这位置是没有办法看见阿莱米斯的脸的,我们在这儿说是阿莱米斯,是因为对于咱们这样年轻人来说,心里是毫不怀疑这样一件事的,那就是;此刻站在屋里和外面那位夫人对话的,正是他的朋友阿莱米斯。最后,好奇心还是打败了天性中的谨慎成分,他趁着我们所描述的那两个人正在专心细看手帕的时间,离开藏身之处,动作迅速得像一道闪电,又轻盈得像一片羽毛,悄然无声地窜到了一个墙角,背部紧贴着墙壁。现在他所站的那个地位可以看清楚阿莱米斯房间里面的详细情形了。

这一看,可让我们的达达尼埃惊讶得差点儿喊出声来了。因为,房间里边的人居然不是阿莱米斯,而是一个女人。不过,达达尼埃虽然看清楚了她的装束,却无法看清楚她的容貌。

就在这个时候,屋里的那个女人也从口袋里面掏出一块手帕来,和另一个人相互交换了一下。接着,她俩又交谈了几句话。最后,百叶窗又关上了;而站在窗外的女人则转过身来,从达达尼埃藏身的地方旁走了过去,同时翻下了披风上的帽兜;但是,这个防范措施实在太不及时了,就那一会儿工夫,达达尼埃已经认出了这个女人就是伯纳肖太太。

伯纳肖太太!刚才那个女人从口袋里掏出手帕的时候,达达尼埃曾经起过这样一个怀疑的念头;但是,就在不久以前,伯纳肖太太还让他把德·拉波尔特先生找来,要那位先生陪她进宫去。那么,怎么可能,在晚上十一点半的时候,她甘冒着再次受绑架的危险,一个人在巴黎街头瞎逛呢?

毫无疑问,这一定是为了一件非常重要的事情才这样做的;那么对一位二十五岁的女子来讲,什么才算是最重要的事情呢,答案只有一个——爱情!

　　但是，她这样不顾性命地出来冒险，为的究竟是她自己的幸福，还是别人的福利呢？年轻人暗暗沉思着，而在这个时候，有一种叫作妒忌的魔鬼，已经开始悄悄地啃啮着这位俨然以情人自居的年轻人的心灵了。

　　不过，想要弄清楚伯纳肖太太究竟想上哪儿去的办法倒是非常简单的，那就是跟踪她。达达尼埃出于本能，非常自然地采用了这位再简单不过的办法。

　　可是，伯纳肖太太一看见从墙里突然闪身走出一个人来，就好像看到塑像走下了神龛一样，然后又听见脚步声在身后紧紧地跟着自己，吓得不由得轻轻叫了一声，赶紧往前跑。

　　达达尼埃自然在后面追了。而对他而言，要追上这么个裹着披风的弱女子，实在是一件太易如反掌的事情了。所以，还没等伯纳肖太太跑完那条街的三分之一路程，他就追上了她。可怜的女人只觉得自己全身发软，不是因为一路跑步疲劳的缘故，而是根本被吓坏了。于是，当达达尼埃的一只手搭上了她肩头的时候，她双膝一软，身子往地上瘫下去，喉咙发紧，使劲说道：

　　"您想杀就动手吧，可您别想从我嘴里问出一个字来。"

　　达达尼埃伸出一条胳膊搂住了她的柳腰，扶她站起来；可是，根据从手上感觉到的重量来看，他怀里的这位太太可快要昏过去了，于是他赶紧向自己的心上人表明一片忠诚。但是，对于伯纳肖太太来说，这种表白根本没有一点用处，因为做这种表白的人很可能怀着世上最卑鄙的用心，但万幸的是，说话的声音发挥了效用。那少妇觉得这声音似乎挺耳熟的，于是便睁开了眼睛，达达尼埃的面孔映入了她的眼帘，她认出这个把她吓得半死的男人就是自己的救命恩人，不禁欣喜地叫出了声。

　　"哦！原来是您，是您呀！"她说，"感谢天主保佑！"

　　"没错，就是我，"达达尼埃答道，"就是天主把我派到您身边来照应您的。"

　　"这么说来，您这么一路跟踪我原来是为了这个目的啊？"少妇嫣然一笑，顿现妩媚风情，片刻她那爱开玩笑的天性显然占了上风。本来以为是个敌人的人，现在发现是个朋友，她既然认清了这一点，心中的疑惧也就消失得无影无踪了。

　　"不，"达达尼埃回答道："不是的，这我不会骗您；我之所以碰到您完全是个巧合，刚才，我瞧见一个女人在敲我的一个朋友家的窗子……"

　　"您的一位朋友？"伯纳肖太太打断了他的话。

　　"是的。阿莱米斯是我最好的朋友之一。"

　　"阿莱米斯！他是谁？"

　　"得了！您难道还想告诉我您不认识阿莱米斯吗？"

　　"我还是头一次听到这个名字。"

　　"那您也是第一次到这所房子来喽。"

　　"当然。"

　　"您难道一点都不清楚那房子里住的是一位年轻男子？"

　　"不清楚。"

　　"不知道他是个火枪手？"

　　"一点也不知道。"

　　"那么说您来这儿不是为了找他？"

　　"根本没那回事。更何况您自己也瞧见了，跟我讲话的可是一位女士啊。"

　　"那倒没错，可是她一定是阿莱米斯的女朋友。"

　　"这我可不知道。"

　　"既然她都住到了他家里……"

"这事跟我一点关系也没有。"

"那她到底是什么人呢?"

"哦,关于这点,可就不是我的秘密了。"

"亲爱的伯纳肖太太,我必须说您非常迷人;可是与此同时,您也是一位最最神秘的女人了……"

"就是说这么一来,我就变得非常可怕了?"

"不,恰恰相反,您是最可爱的。"

"那么,能请您把胳膊伸给我吗?"

"荣幸之至,然后呢?"

"然后嘛,陪着我朝前走。"

"到什么地方去?"

"到我去的地方去。"

"您又是去哪儿呢?"

"到时候您自然会知道的,既然您是要一路陪我到门口的。"

"需要我在外面等您吗?"

"谢谢,不用了。"

"您打算一个人回家吗?"

"不一定,有可能是一个人,也有可能不止一个人。"

"那到时候陪您的人,是先生还是女士呢?"

"我现在还不知道。"

"可是我会知道的。"

"您什么意思?"

"我会等着,一直到看见您出来。"

"要是这样的话,那我们这会儿就说再见吧!"

"您什么意思?"

"我不再需要您的陪伴了。"

"可您刚刚还说……"

"那时候我以为从您那儿获得的是一位君子的帮助,可没想到竟然是一个密探的监视。"

"您说这种话也未免太过尖刻了吧!"

"那么,一个不顾人家是不是乐意,硬要跟着人家的,该叫他什么呢?"

"不知趣的家伙。"

"这种说法好像太宽容了。"

"行了,夫人,我明白了,一切都将以您的意旨为准。"

"那您为什么不卖个乖,一开始就这么做呢?"

"真心改悔难道算不上卖乖嘛?"

"您可是真的要改悔?"

"我也说不好。只是我知道一件事情,只要您能让我陪着您去,不管您要我做什么我都会去做的。"

"一到那儿您就走开?"

"是的。"

"不会在那儿等着我出来?"

"不等。"

"绝不食言?"

图文珍藏版

"以我的人格发誓。"

"那么请您挽住我好吗，咱们走吧。"

达达尼埃伸出胳膊，伯纳肖太太把手放进了他的臂弯里，两人一起往前走。那少妇嘴里不住地说着打趣的话，而身上却一直微微发颤，就这样一路来到竖琴街的坡道上。到了那里，伯纳肖太太又像在沃吉拉尔街那会儿的情形一样，显得有些迟疑不决了。不过，她好像从某些记号认出了一扇门，于是便向那扇门走去。

"现在，先生，"她说，"我在这个地方有点事情要做。您这一路陪我到这儿，救我于危难之中，我实在是太感谢您了。要不然的话，我一个孤身女子，是很难躲过这些危险的。不过，现在是您兑现诺言的时候了：我已经到了目的地了。"

"难道您就一点儿也不担心呆会儿一个人回家会害怕吗？"

"那也就怕那些拦路抢劫的匪徒呗。"

"那不还是怕了吗？"

"可是我又能有什么好抢的呢？我身上连半个子儿也没有。"

"您怎么把那块有纹徽的手帕给忘记了呢？"

"什么手帕？"

"就是那块我在您脚边拣到，后来又放进您口袋里去的手帕呀。"

"闭嘴，快闭嘴，你这个疯子，"少妇显然是急得嚷了起来，"您是存心想把我毁了吗？"

"您自己也发现了吧，您确实还处在危险之中，既然就这么一句话您就吓得抖成这样，既然您自个儿也承认如果被别人听到这句话您就会被毁了。喔，夫人，请您听我说，"达达尼埃抓住她的手，目光炽热，再也不掩饰自己的真实感情了，他大声说道，"请听我说！您为什么就不能体谅我，信任我呢。您瞧我的眼睛，瞧瞧这双眼睛吧，难道您还看不出我的心里对您除了忠诚和同情就再也容不下别的东西了吗？"

"我明白，"伯纳肖太太答道，"要是您想知道的是我自己的秘密，那么我一定会毫不犹豫地告诉您。可是，这是别人的秘密呀，我实在没有这个权利。"

"那好吧，"达达尼埃说，"我会自己去发现这个秘密的，既然它对您来说如此重要，那我更得让它也成为我的秘密不可了。"

"别，求您别这样！"少妇嚷了起来。达达尼埃瞧见她的神情如此严肃，不由打了个哆嗦，"哦！请您别搅和进我的事情来了，请您别想方设法来代替我去做那些我应该自己承担的事情了。多蒙您对我如此的关心，慷慨无私地给了我这么多的帮助，我会永远铭记在心的，现在我就是凭着这种关心和帮助在请求您。求您听我的话吧，您就别再为我费心了。对您而言，我已经是个不存在的人了，您就当从来没有见过我吧。"

"您不让我做的这些事情，大概阿莱米斯自会替您做好的，是不是，夫人？"达达尼埃面带愠怒地问。

"您已经不止一次地向我提起这个名字了，先生，可是我得再对您说一遍，我不认识这个人。"

"您都跑去敲人家的百叶窗了，居然还告诉我不认识这个人。行了，行了，夫人！您就真的以为我是这么个容易让人欺骗的人吗？您也未免太小看我啦！"

"我看您还是老实承认吧，根本就没有这么个人，您编这么个故事，杜撰出这么个人物，只是为了逗我说话罢了。"

"我没有编造故事，夫人，也没有杜撰，我说的话句句属实。"

"您还是坚持您有一位朋友住在那幢房子里？"

"我坚持，而且我还要再强调一遍，我的朋友就住在那幢房子里，他的名字就叫阿莱米斯！"

"这些事情以后都会弄明白的，"少妇轻轻地说，"现在，先生，请您别开口了。"

"如果我能把心掏出来放在您面前该多好！"达达尼埃嚷道，"那样，您就会看见，这颗心里装满了好奇，您看了就会来同情我了。这颗心还盛满了爱情，您看了就会立刻愿意满足我的好奇心。面对一个深爱您的人，还有什么事情可害怕的呢？"

"您这爱情是不是来得太迅猛了，先生？"少妇摇头表示质疑。

"我有什么办法呢，它来得就这么快，因为是第一次，而且我还没满二十岁。"

少妇瞅了他一眼。

"请您听我说，我已经发现一点线索了，"达达尼埃说，"就在三个月以前，就为了一块手帕，一块跟您拿给阿莱米斯家那个女人看的手帕一模一样的手帕，我和阿莱米斯差点儿斗个你死我活。我敢打赌，那块手帕上也绣着完全相同的标记。"

"先生，"少妇说，"我必须告诉您，我快被您的这些问题给烦死了。"

"可是夫人，您是这么谨慎，这么小心的一个人。但您有没有想过，要是您随身带着它，如果您被人逮住，人家又搜出了这块手帕，您难道不怕受到牵连吗？"

"怎么可能呢，那两个字母不就是我名字的起首字母吗？C.B. 就表示贡斯当丝·伯纳肖呗。"

"但也有另外一种可能：卡米耶·德·博瓦—特拉西。"

"闭嘴，先生，我只能再一次求您了，快闭嘴！老天！既然您对我所面临的这些危险无动于衷，那就请您想想您自己可能面临的危险处境吧！"

"我的危险处境？"

"没错，就是您的危险处境。您认识了我，就有可能被关进大牢，甚至失去生命。您想想这些危险吧！"

"那么，我就再也不离开您了。"

"先生，"少妇双手合十央求道，"先生，看在天主的面上，看在军人的荣誉份上，看在绅士的礼貌份上，请您离开吧。您听，午夜十二点的钟声已经敲响了，还有人正在等着我呢。"

"夫人，"年轻人鞠躬行礼，说，"您都已经讲到这份上了，我当然不能再拒绝您了。这下您可以放心了，我这就离开。"

"不跟踪我，也不盯梢？"

"我马上就回家去。"

"哦！我早就知道，您真是个正派的年轻人！"伯纳肖太太一边把一只手伸给他，一边用另外一只手去叩那扇装在墙里的小门上的门环，说得很大声。

达达尼埃握住了伸给他的这只纤纤玉手，忘情地吻了起来。

"天哪！我真希望从来没有遇见过您。"达达尼埃情不自禁地嚷道。对于女人来说，这种天真的粗率举动比装腔作势的风雅更加令人感动，因为它出自真心，因为它表明情感冲破了理智的束缚。

"好了，"伯纳肖太太的声音里流露出未加掩饰的抚爱的意味来，同时反过来紧紧握住达达尼埃始终没有放开她的那只手，"好了，我可不打算跟您讲一样的话；今天觉得不可能实现的事情，保不准明天就会出现奇迹的。要是哪天我自由了，谁晓得我会不会来满足您的好奇心呢？"

"您能对我的爱情也做出同样的许诺吗？"达达尼埃喜形于色地嚷道。

"喔，对于这一点我可不想随便许诺，那就得看您能不能在我身上唤起那么深的感情了。"

"那么,夫人,今天……"

"今天,先生,还只是感激的程度而已。"

"哦!您真可爱,"达达尼埃一脸忧伤,"可是您戏弄了我的真心。"

"不,并非如此。我只不过是看见您这么宽宏大量,所以就稍微沾了一些光而已。可是,您尽管放心,和某些人打交道,是永远不会失去希望的。"

"噢!您让我变成了世界上最幸福的人了。请您千万别忘了今夜,别忘了您的承诺。"

"放心吧,到时候我什么都不会忘记的。好了,现在您走吧。看在天主的份上,请您离开吧!我跟人家约好了午夜十二点见面的,现在可迟到了。"

"只晚了五分钟。"

"是这样的。但是,在有些时候,五分钟就像五个世纪一样漫长。"

"那是在恋爱的时候。"

"对!难道有谁告诉您,我的事就跟恋爱没有关系呢?"

"等您的是个男人!"达达尼埃嚷道,"一定是个男人!"

"得了,咱们又要吵个没完没了了。"伯纳肖太太微微一笑,但眉宇之间忍不住流露出几分焦虑的意味。

"不,不会的,我走,我马上走。我信任您,我愿意永远对您保持忠诚,即使它被证明是愚蠢的,我也心甘情愿。再见,夫人,再见了!"

他觉得自己根本没有力气松开他一直握着的那只手,好不容易,费劲地摇了摇之后才松了开去,然后就扭头往前奔。而在这个时候,伯纳肖太太慢悠悠地敲了三下门,就像方才敲百叶窗一样。达达尼埃在街的拐弯处转身回头看:门开了,然后又关上,漂亮的针线铺老板娘闪身进去,不见了。

达达尼埃继续往前走。他已经答应了伯纳肖太太不去盯她的梢,即使她的生命安危就维系在她进去的这个地方,或者取决于稍后将随她出来的那个人,达达尼埃也只能回到自己的家里去,因为他答应要回那里去。所以五分钟以后,他回到了掘墓人街。

"可怜的阿多思,"他说,"他准得被弄得脑子里一团糟了。很可能他等我都等得睡着了,要不然就是回家里去了。那么,他一回家就会听说有个女人去过他家。一个女人到过阿多思的家!可甭管怎么说,"达达尼埃继续自言自语道,"阿莱米斯的家里可的的确确有一个女人哪。这所有的事情可真有点稀奇古怪,我真想知道发展下去会是什么样的一个结局。"

"不好了,先生,不好了!"有个人接着他的话头往下说,达达尼埃一听就知道那是布朗谢的声音。因为他就像一个心事很重的人常有的样子,一路上就这么大声地自言自语,不知不觉走进了一条小巷,而小巷的尽头则是通往他房间的那道楼梯。

"什么不好了?你到底想说些什么呀,蠢东西?"达达尼埃问道,"到底出了什么事?"

"别提了,全是些乱七八糟的倒霉事。"

"具体是哪些事?"

"首先,他们把阿多思先生给抓走了。"

"抓走!他们抓走了阿多思!到底怎么回事?"

"他们在您的屋里发现了他,以为他就是您,所以就把他抓走了。"

"抓他的人是谁?"

"一帮警探,都是您赶跑的那帮黑衣人给找来的。"

"那他为什么不报出自己的姓名呢!为什么不告诉他们这件事跟他一点关系也没有呢?"

"他是故意这么做的,先生。他还特意走到我的身边,告诉我说,'现在需要自由的人不是我,而是你的主人,因为他了解一切,而我却一无所知。他们把我当成他给抓住了,这样就为他赢得了时间。等过了三天,我再把自己的身份告诉他们,到时候他们还是必须放了我。"

"真了不起,阿多思!真是侠肝义胆啊!"达达尼埃喃喃自语道,"我真看对人了!那帮警探后来还干了什么事?"

"那四个人不知道把他带到什么地方去了,反正跑不了巴士底监狱和主教要塞这两处地方。另外两个人和那些穿黑衣服地留了下来,把这个屋子翻了个底朝天,所有的纸片都被他们搜走了。在他们翻箱倒柜的时候,外面还站着两个人给他们放哨望风。然后,做完了这些事,他们就都走了,只剩下这间空无一人的房子,连门都没关上。"

"波尔托思和阿莱米斯上哪儿去了?"

"我去找他们的时候他们都不在,他俩没来这儿。"

"可是他们每时每刻都有出现在这儿的可能,你不是叫人转告他们说我在这儿等他们了吗?"

"是的,先生。"

"那这样吧,你就在这儿待着,千万别走开;要是他们来找我,你就把刚才发生的一切全都告诉他们,叫他们上'松果餐馆'去等我。这个地方不安全,可能已经有人在监视这间屋子了。我现在就去找德·特瑞威尔先生,把事情的前后经过全都告诉他,跟着我也会上那儿去和他们会合。"

"我明白了,先生。"布朗谢答道。

"不过,就留你一个人在这儿,你不会害怕吗!"达达尼埃本想拔腿就走,但又转回身来,想对自己的仆人用点激将法。

"先生,您就放心吧。"布朗谢说,"难道您还不了解我这个人吗?我呀,只要心一横,就什么危险也不怕了;只要我能横下这颗心就成了。再者说,我还是个庇卡底人啊!"

"那么,咱们就一言为定了,"达达尼埃说,"你就是命都丢了也不能离开这儿。"

"可以,先生,只要能让您先生相信我的一片忠心,我就是要上刀山、下火海都没问题。"

"行呀,"达达尼埃心说,"看样子我对这家伙用的这套法子还是挺管用的;以后有这种情况还得这么做。"

达达尼埃已经跑了一整天了,实在已经很累了,但是他仍然拔腿就跑向老鸽棚街。可是德·特瑞威尔先生不在家里,今天轮到他的联队在卢浮宫当值,他和联队都在宫里。

不管用什么办法,都必须找到德·特瑞威尔先生,得把发生的这些事情全告诉他,这是最最要紧的一件事。达达尼埃下定决心要闯进宫里。反正他穿着德·埃萨尔先生的禁军联队的制服,就好比是握着一张通行证。

于是,他来到了小奥古斯丁街,走上河沿,准备穿过新桥。本来他想到过乘渡船过去,但是到了河边,顺手一摸口袋,才发现身边忘了带钱。

他才走到盖内戈街的坡道上,就看见有一行两人正从王太妃街转出来,那两个的步履神态不由得吸引了达达尼埃的注意力。

那两个人,一个是男人,另外一个是女人。

那女人看起来很像伯纳肖太太,而那个男人的身材则好像和阿莱米斯是从同一个模子里印出来的,像得不能再像了。

此外,那女人身上裹着的,正是达达尼埃在沃吉拉尔街的那扇百叶窗前,还有在竖琴街那扇小门前看到的那件黑披风。

更重要的是,那个男人身上穿着的是一身火枪手制服。

那女人的帽兜朝下翻着,那个男人的脸则故意用手帕给捂住了;这种装束,非常明显地表现出两人不愿被别人认出来的心情。

两人走上了桥,刚好与达达尼埃走的是同一条路,都是往卢浮宫走去,于是,达达尼埃就在后面跟着他们。

还没走出二十步路,达达尼埃就认准了这样一个事实:在他前头的男人和女人就是阿莱米斯和伯纳肖太太。

顿时,他的心头涌起一阵妒忌和猜疑夹杂在一起的情绪。

就在同一时刻,他受到了两个人的欺骗;而这两个人,一个是他亲如兄弟的朋友,一个则是他爱如情妇的女人。就在刚才,伯纳肖太太还对他一口咬定她并不认识阿莱米斯;可是赌咒发誓才刚过一刻钟,就让他撞见她挽着阿莱米斯的胳膊,一起在街上走。

达达尼埃一点都没有想到,他和这位漂亮的针线铺老板娘认识还不过三个小时。虽然说是他从那些想绑架她的黑衣人的手里把她搭救出来的,但这也就是她唯一欠他的一点情了。更何况,她并没有对他许下什么承诺呀,这一切他全都不管,达达尼埃只觉得自己受了侮辱、欺骗和嘲弄;这个受伤的情人怒火中伤,全身热血沸腾,满脸通红,下定决心非把这件事弄个水落石出不可。

这时,前面的少妇和年轻男子发现有人在盯他们的梢,便加快了脚步。达达尼埃迈开大步往前跑,抢到他们前面,然后,就在他们刚走到撒马利亚教堂跟前的时候,他猛地转过身来,面朝着他们。这个时候,刚好有一盏路灯照亮了教堂和这一段桥面。

达达尼埃就这样站在他们面前,而那两个人也面对着他停住了脚步。

"您有何贵干,先生?"那个火枪手往后退了一步,问道,口音里有一种很浓重的外国腔。一听到这口音,达达尼埃知道自己的猜疑错了有一半。

"您不是阿莱米斯!"他喊了起来。

"是的,先生,我不是阿莱米斯。我从您的语气中知道您是把我当成另外一个人了,我原谅您。"

"您原谅我!"达达尼埃嚷着。

"没错,"陌生人回答道,"现在请您让开,让我们过去吧,既然您要找的人并不是我。"

"您没说错,先生,"达达尼埃说,"我要找的人的确不是您,而是这位夫人。"

"这位夫人!可是您和她并不认识啊。"陌生人说道。

"这一点您可就错了,先生,我和她是认识的。"

"哦!"伯纳肖太太接口说,口吻里透着责备,"哦,先生!您可是用军人的荣誉和绅士的人格对我做过保证的;我原本还以为,您是值得信赖的!"

"我,夫人,"达达尼埃一脸尴尬,"可是,您也答应过我……"

"请挽住我的胳膊,夫人,"陌生人说,"让咱们继续走吧。"

可是,由于被这一连串意外搞得惊愕不已,脑子里一片混乱的达达尼埃,此时仍然叉着双臂,挡着火枪手和伯纳肖太太的去路。

于是,那个火枪手往前走了两步,伸手要把达达尼埃隔开。

达达尼埃身子往后一纵,长剑出鞘。

与此同时,陌生人也以惊人的速度拔出了长剑。

"看在天主的份上,爵爷!"伯纳肖太太扑到了凝神戒备的两个人中间,大声喊道,双手分别抓住了两柄剑。

"爵爷!"达达尼埃猛地醒悟过来,"爵爷!请原谅,先生,那么您就是……"

"白金汉公爵大人,"伯纳肖太太压低了嗓子说,"这下您可算是把我们全都给毁了!"

"对不起,爵爷;夫人,对不起,一百个对不起。可是,爵爷您要知道,我正在恋爱,所以我嫉妒了,您是很清楚恋爱的滋味的。我衷心请求您的原谅,并希望您告诉我,我该怎么做才能为大人效劳呢?"

"您真是个有胆有识的好小伙子,"白金汉公爵称赞道,向达达尼埃伸出了一只手,小伙子满怀敬意地和他握了握手,"我接受您的效力。请您跟在我们身后二十步的地方,一路护送我们到卢浮宫,如果发现有人在后面盯梢,就把他杀了!"

达达尼埃把出了鞘的长剑在腋下挟着,然后请伯纳肖太太和公爵先生先走二十步,然后他自己也跟了上去,准备一点折扣都不打地执行这位查理一世的风雅宠臣的命令。

幸运的是,这一路上并没有什么地方需要这位年轻亲信向公爵提供表示他忠诚的证据。那位少妇和英俊的火枪手到卢浮宫的路上并没有发生什么事故,他们从埃谢尔街的边门进了宫。

而达达尼埃呢,他随后赶紧去了"松果餐馆,"波尔托思和阿莱米斯果然已经在那里等他了。

但是,他并没有向他们解释他劳驾二位跑这么一趟的原因,而只是简简单单地对他们说,原本他以为自己有件事情需要他们相助的,可是后来自己一个人倒也办妥了。

　　好了，故事就先讲到这儿吧，我们暂时就让那三位朋友各自回府休息去吧。我们呢，还是先到卢浮宫里去看看，瞧瞧在那些转弯抹角的通道里，白金汉公爵还有他的那位向导在做些什么吧。

第十二章　乔治·威力艾思——白金汉公爵

　　伯纳肖太太和公爵并没有遇到什么阻难，就顺利地进入了卢浮宫。因为，宫里的人知道伯纳肖太太是王后身边的人；而公爵呢，身上穿的是德·特瑞威尔先生营队的火枪手制服，而这个营队呢，我们前面已经讲过了，当晚正好在宫里当值。热尔曼早就处处都替王后着想好了，要是不幸出了什么事，可以把罪责全都推到伯纳肖太太身上去，就说她偷偷把情人带进了宫里，事情也就可以过去了，就让她去背这个罪名吧。当然，她一定会因而坏了名声。可是，在这么个世界上，一个小小的针线铺老板娘的名声又有谁去关心呢？

　　进了宫后，公爵和年轻女人沿着墙根往前走，大概走了二十五步光景，这段路走完之后，伯纳肖太太就推开了一扇供仆人们进进出出的小门。这扇小门平常只在白天开，晚上常常是关着的，推开了门之后，两个人就走了进去，只觉得一片漆黑，伸手不见五指。幸好有伯纳肖太太在，她对卢浮宫专供下人活动的这片区域里的每一条七拐八弯的通道，都是了如指掌的。她随手带上了门，然后就拉着公爵的手，扶着一段扶手在黑暗里朝前走了几步路，感觉脚下触到了一级台阶，就开始往楼梯上走。公爵在心里暗暗数着，觉着一共走了两层楼梯。跟着她又拐向右边，沿着一条长长的走道往前面走，后来又走下了一层楼梯，再往前几步就碰到了一扇门。她从口袋里掏出一把钥匙来，插进锁眼，打开了房门，把公爵推了进去，那个房间里面只点着一盏消夜灯，十分幽暗。公爵就听她说了一声："请在这儿等着，公爵大人，一会儿自有人来。"然后她就从原来那扇门出去了，从外面把门锁了起来。现在，公爵就完完全全和个囚犯一模一样了。

　　但是，尽管白金汉公爵此刻只有孤身一人，但凭良心说句公道话，他可是连一丝一毫的害怕都不觉得。他性格上有一个极其明显的特点，那就是热爱罗曼蒂克的冒险和爱情。他豪气冲天，什么也不怕，像这种甘冒生命危险的做法，他可不是头一遭尝试。当时，他收到那封所谓的奥地利的安娜公主的信，还以为是真的，于是一口气奔到了巴黎来。谁知道，来了巴黎方才知道是别人设下的一个圈套，但他偏偏不因为这个而返回伦敦去，而是利用别人为他创造的条件，趁机向王后提出要求，不见她一面他就绝不离开巴黎一步。起初，王后断然拒绝了这个要求，但后来她因为害怕公爵情急之下会做出什么惊世骇俗的疯狂举动，所以又答应了他，决定见他一面，劝他赶快离开巴黎。但是她才做出这个决定，当晚伯纳肖太太就被人绑架了，而她正是王后本来打算派去找公爵并带他进宫的人。整整有两天工夫，伯纳肖太太都不知去向，所以事情就只能耽搁下来了。而后来，当伯纳肖太太刚一逃脱束缚，获得自由，她立刻跟拉波尔特先生接上了头。于是，一切又都按计划重新开始运转了。如果不是因为被敌人给抓走了，她其实在三天前就应该执行这项危险的使命了。

　　白金汉独自一个人在房间里呆着，他走到了一面镜子前，瞧着自己的身影。他今天穿着这身火枪手制服，看上去非常英俊威武。他才三十五岁，但已经被毋庸置疑地看成是英法两国中最英俊潇洒的绅士和最风流倜傥的骑士了。

恩宠跨越两朝，家财超过亿万，在偌大的一个王国里呼风唤雨，权倾朝野。这位人称白金汉公爵的乔治·威力艾思，他生平那数不尽的传奇事迹，世世代代流传下来，就连现在都令后人惊叹万分。

他信心满怀，对自己那天大的权力一点儿怀疑都没有，十分清楚那些制约着平常人的法律，对他来说一点约束力也没有，所以，只要看准了一个目标，他就会勇往直前，毫不迟疑，就算这个目标高得要是换了别人的话，会觉得高不可攀到自己看它一眼都会觉得是在发疯的地步，他也一点不在乎。就因为这样，他已经获得了好几次接近美丽而骄傲的奥地利的安娜公主的机会，并且以自己这种足以令所有女人为之心折的风度，赢得了她的青睐。

前面我们已经说过了，乔治·威力艾思正站在一面镜子前面。此刻，他伸出手来，把一头金发弄得蓬松松的，因为刚才由于戴着帽子，漂亮的鬈发被压平了。然后，他又捻了捻唇髭，心里洋溢着快乐，为了这渴望已久的一刻即将到来而欢欣骄傲。因为情场得意、志得意满，他情不自禁地笑了起来。

就在这个时候，被壁幔遮掩着的一扇小门打开了，一个女人在门口出现了。白金汉从镜子里一看到这个女人，不由惊喜得叫出声来：这个女人就是王后本人。

当时，奥地利的安娜正当二十六七岁的好年纪，换句话说，也就是她的美貌达到了顶点、最光彩照人的时候。

她那娜娜多姿的步履恰恰符合一个王后，或者应该说一个女神的那种仪态万千的风情。那对碧蓝色的眼睛，眼波盈盈，真是美得蚀骨销魂，既有似水的柔情，又有威严庄重的气度。

樱桃小嘴，一点朱红，虽然这张嘴和奥地利的王亲贵族们一样微微有点往前伸出。但是，这张小嘴不仅恰如其分地表现出妩媚动人的微笑来，而且还惟妙惟肖地勾画出鄙夷不屑的轻蔑神情。

说到她的肌肤，素来以其细腻润滑而受人称赞，还有那玉手，那藕臂，美得叫人屏息，在那个时代的每个诗人都把它们当成美的极致来歌颂。

最后是那头秀发，它们在少女时代曾是耀眼的金黄色，而现在则变成了浅栗色。头发卷得非常蓬松，上面还扑了许多粉，恰如其分地把那张脸蛋映衬得更加光彩照人。对于这样一张美得不可用文字描述的脸，就算是最严厉的批评家，最多也只能说它或许过于娇艳了一点；就算是最苛刻的雕塑家，最多也只能希望那鼻子再纤巧那么一点点。

一时之间，白金汉竟然看得目瞪口呆，心醉神迷。以往他曾在舞会、酒宴和骑兵竞技场上看到过这位奥地利的安娜，但是，那都比不上此刻所见的她这样美丽迷人。眼前的她，身上就穿着一件白色绸缎的裙袍，什么装饰物都没有。陪侍在她身侧的只有堂娜艾斯特法妮娅。原先的那些西班牙女官，除了她一个人之外，全都被国王的妒忌和黎塞留的凌虐给赶走了。

奥地利的安娜轻轻地向前走了两步；白金汉忽然屈膝跪下，还没等王后阻止，他已经吻上了她的裙边。

"公爵，您已经知道了，并不是我让人写那封信给您的。"

"喔，是的，夫人。是的，陛下。"公爵嚷着，"我明白自己是个疯子，是个失去了理智的人，居然真的会相信：寒冰会消融，大理石也会变得温暖！但是，我又能怎么办呢？一个陷入情网的人，是最最容易相信爱神的降临的。更何况，这次我来巴黎，倒也并不是毫无收获的，因为我有幸见到了您。"

"是的，"安娜回答他说，"您见到了我。可是，您明白我见您的原因吗？您知道我为了见您而经历的波折吗？我之所以来见您，是因为您铁石心肠，无视于我的苦楚，非要留在这样一个城市不肯离开。您留在这儿，不仅是将自己的生命置于极度危险之中，而且也将我的名誉置于悬崖边缘，很可能蒙受耻辱。我之所以来见您，是为了要告诉您，我们两个人之间，隔着深不见底的海峡，隔着关系恶劣的两个国家，隔着我在天主面前许下的圣洁婚誓。所以，但凡有一点去和这些抗争的念头，那都是亵渎神明啊，爵爷。说到底，我来见您的目的就是为了告诉您，我们不应该再见面了。"

"继续说吧，夫人。说吧，亲爱的王后。"白金汉答道，"您那冷峭的言辞，已经被嗓音的柔美给补偿了。刚才您讲到了亵渎神明；可是，您要知道，此刻你我胸膛中的这两颗心，是天主为了他们彼此地对方才创造出来的呀。如果硬生生地拆散它们，那才是亵渎圣灵哩。"

"爵爷，"王后嚷了起来，"您可别忘了，我从来都没有对您说过我爱您啊！"

"但您也从来没有说过您不爱我啊！说真心话，如果陛下真的要是说出那样伤人的话来，那您也未免太过薄情寡义了。因为，即使沧海变桑田，即使远隔千山万水，即使未来渺无希望，我的爱情之火也将熊熊燃烧，永不熄灭。我的要求是如此的微小：只要能得到您衣裙上掉下来的一段绸带，看到您漫不经心投来的随意一瞥，听到您轻描淡写的一句言语，我的爱情就会涨得满满的了。您倒是说说看，从什么地方，还能找出一种爱情来，能跟我的这种爱情相提并论啊？

"夫人，三年前，我第一次见到您；而从那一刻开始，直到今天，这三年我一直都用这样的深情爱着您啊！"

"您想听我告诉您，我们第一次见面时您穿的是什么衣服吗？您想让我对您来描述您那身装束的每一个细微的地方吗？瞧，我又瞧见了您当时的情影；您按照西班牙的习俗，坐在一个方垫上。您穿着一条绿色的长裙，上面绣着金银两色的花纹；两只宽松的衣袖微微挽起，露出了您那两条令人赞赏不已的美丽胳膊，在衣袖上还缀着大颗的钻石；脖子上围着皱领，一顶小巧的软帽戴在您头上，颜色和您的缎袍一样，一根白鹭的羽饰插在上面，随着您头的动作而微微颤动。

"喔！看啊，看啊，我只要一闭上眼睛，就能看见当时的您就在面前；可是当我睁开眼睛，看见现在的您，又觉得您比过去更美上一百倍！"

"您真是疯了！"奥地利的安娜喃喃地自言道，看到公爵如此深刻地把她的情影印在心头，她真的不忍心再去责备他了，"明知道这种激情是不会有结果的，您却还要用这样的回忆去滋养它，您真是疯了啊！"

"要不然您让我可怎么活下去呢？我，我拥有的可只剩下回忆了啊。这些都是我的，我的珍宝，我的希望。每见您一次，我就在我心中的那个珠宝匣里多放进一颗稀世珍宝。而这一次，是我拾到的第四颗您掉下来的宝石了；因为在这三年里，夫人，我一共才见了您四次面：第一次就是我刚才告诉您的，第二次是在德·谢芙勒兹夫人的府上，最近的一次则是在亚明的花园里。"

"噢，公爵，"王后的脸红了，"请您再也别提起那个晚上了。"

"喔！不，我必须提，夫人，我必须提。那个晚上是我的生命当中充了喜悦、洋溢着欢乐的一个夜晚啊！您还记得吗，那个夜晚的天气是多好啊！夜风习习，到处弥漫着沁人心脾的芳香，湛蓝的天空上繁星闪烁。喔！就是在这一次，夫人，我终于获得了一个和您独处片刻的机会；也就是在这一次，您已经准备想把您的心曲向我倾诉，把您的孤独、忧伤——向我倾吐。您轻轻地靠着我的胳臂，瞧，您就是靠在这条胳臂上的。每当我向您低下头去的时候，我都能感觉到您的秀发被风吹起，轻轻地拂过我的脸庞；每当这时候，我就激动得浑身震颤。喔！王后，王后，喔！您知道吗,对我来说,这是一个包含着多少天国的至富,天堂的快乐的时刻啊!请您听我说,如果能够换取这同样的一个时刻,同样的一个夜晚,我情愿付出我的财富、前途,我所有的荣耀,这后半生所有的一切!因为在那个夜晚,夫人,我可以肯定,在那个夜晚,您绝对是爱过我的。"

"爵爷,或许,是的,或许在周围那样的气氛下,在那么美丽的夜晚里,在您那让人怦然心动的目光中,是的,或许……因为,在那个要命的晚上,所有这些偶然聚拢在一起的,毁掉一个普通女人的这许许多多的因素,全都聚集在了我的身边。可是,爵爷,您也看到了,王后的尊严毕竟胜过了女人的软弱,就在您刚敢说出那句话,并且用那种鲁莽的举动想让我做出答复的时候,我立刻就叫人进来了。"

"喔!没错,没错,您说得完全正确。在碰到这样的一种考验下,如果那不是我的爱情,而是别的什么人的爱情,恐怕早就灰心丧气地放弃了。可是我不一样,我的爱情因为您的这种举动而燃烧得更加炽热,更加长久了。在您看来,也许觉得回到巴黎就可以躲开我了吧,您是认为我是不敢离开那些我的君主让我照管的那些财宝的吧。噢!您怎么不明白呢,这世上一切的财富、一切的君主,我都不会放在眼里啊!我马上又回来了,就在一个星期以后,夫人。可是这一回,我没有任何地方可以让您提出指责的了,我不惜失去君主的宠幸,丢掉自己的生命,冒险来巴黎,就只为了再见上您一面。而我甚至连您的手都没有碰一下。看着我是这样的顺从、悔悟,您也就原谅了我过去的错误。"

"这是事实。可是,这些与我自己毫无关系的痴情却被那些有心要恶意中伤我的人抓住不放,拿来大做文章。爵爷,您也是知道这些事情的。主教先生百般挑唆,国王大发雷霆,然后,德·韦尔内夫人被赶走了,她当然被流放了,就连德·谢芙勒兹夫人也失去了国王的宠爱。而您呢,当您想以驻法大使的身份回来的时候,您还记得吧,爵爷。国王他,他本人就表示坚决反对。"

"是的,夫人,我知道。但是,因为我被它的国王拒绝,法国将为此而承担一场战争的代价。我是没有办法再和您见面了,夫人;但是,我要让我的名字每天都让人家谈论,让您能每天都听到它。

"您知道我打算出兵雷岛,并且和拉罗谢尔的新教徒结成联盟的原因何在吗?这一切都是为了能够重睹您的芳容啊!"

"我并不是指望能够带领着军队打进巴黎,我明白那是不可能实现的。但是战争的结果必然是双方议和,而议和就必须在谈判桌前面对面坐下来,我方的谈判代表则非我莫属。那个时候,任何人都不能把我拒之门外了,我将重返巴黎,再一次和您见面,能再一次获得那虽然只有片刻的欢乐。没错,为了我的这点幸福,将会有成千上万的人死去;可是,为了能够再见到您,他们的性命又能算得了什么呢?也许,我将要做的这一切,都是疯狂的、没有理智的事;可是,请您告诉我,难道这世界还有另外一个女人能有比我更痴情的情人吗?难道还有另外一位王后能拥有比我更加热忱的仆人吗?"

"爵爷,爵爷,您瞧您,为了替自己脱罪,您又说了多少更容易招致罪名的胡言乱语呀。爵爷,您想给我看的这所有的爱情证据,差不多全都是罪过啊。"

"夫人,这是因为您不爱我。如果您爱我,您眼中所看到的一切都会改变模样。如果您爱我,喔!……可要是我能被您所爱,我就该是这世上最幸福的人了,我会高兴得发疯的。对了,德·谢芙勒兹夫人,您刚才还提到过她来着,可她却不像您这样铁石心肠啊!奥朗爱她,而她也就把自己的爱情给了他。"

"但德·谢芙勒兹夫人并不是王后啊!"奥地利的安娜喃喃说道,不可否认,这番深情的表白的确打动了她的芳心。

"那么，如果您不是王后，您就会爱我了喽。夫人，我求您，告诉我，如果那样您会爱我吗？要是那样的话，那我就可以认为，您之所以对我这样的无动于衷，这样的铁石心肠，只是出于您那尊严的地位而已。那我就可以认为，如果您是德·谢芙勒兹夫人的话，那可怜的白金汉就不是没有希望的了！喔，我美丽的陛下，谢谢，谢谢您这句洋溢着温情的话，太谢谢您了。"

"呵！爵爷，您没听清楚我所讲的话，曲解了我话里的意思。我的意思并不是说……"

"别！求您别说了！"公爵挡住她的话说，"就算这是一种误解，但它能让我感到幸福，您怎么能狠心地想把我的这点儿幸福也给夺走呢？您刚才也亲口说了，人家是想把我引进一个圈套里的，也许我会为了这个而送命。因为，您瞧，说来也怪，近来我总觉得自己快要死了。"公爵说着这话，露出了凄然一笑，那神情凄婉动人极了。

"哦！天主啊！"奥地利的安娜掩口叫道，从语气的惊骇来看，她对公爵的情意实际要比口中所说的深厚得多得多。

"我说这话并不是在吓您的，夫人，绝对不是的。这些话听起来甚至都有些荒谬可笑的，您放心，对于诸如此类的梦境，我是不会太当真的。不过，只要有您刚才所说的这几句话，有了这种您几乎赐给了我的希望，就算是要我把自己的一切，甚至生命，都交出来作代价，那也是值得的，我也会心甘情愿的。"

"噢！"奥地利的安娜神色不安地说，"公爵，我最近也有一种预感，也曾经做了一些梦。在梦里，我看见您被人刺伤了，躺在那儿，浑身都是鲜血。"

"一柄小刀，刺在左胸，对不对？"公爵打断她的话说。

"是的，一点不错。爵爷，的确是这样，一柄小刀刺在左胸。我是做了这样一个梦，但是有谁能告诉您这件事呢？除了天主，我没有向任何人吐露过这个秘密；而且那还是在我独自一个人祈祷的时候啊。"

"我再也没有什么要求了，您是爱我的，夫人，这就足够了！"

"我，您说我爱您？"

"是的，您爱我。要是您不爱我，天主又怎么会将我的梦也转托给您呢？如果您和我不是心心相印的话，这种相同的预感又是从何而来的呢？喔，是的，您是爱我的。王后，要是真有那么一天，您会为了我而流眼泪吗？"

"哦！天主啊，我的天主！"奥地利的安娜喊了起来，"我再也受不了啦。公爵，请听我说，我求您了，看在老天的份上，您走吧，请您离开这个地方吧。我不知道，不知道我是不是爱您，也不知道我是不是不爱您。但是，有件事情是我知道的，那就是，我不是一个背信弃义的人，我是不会违背誓言的。所以，我求您，可怜可怜我吧，您快点离开这儿吧。哦，如果您在法国让人给刺伤了，如果您死在了法国，噢，如果您让我想到您是因为爱我而失去生命的，那我这一辈子也不会得到安宁的，那样我可真的要发疯啦！所以，请您离开吧，离开吧，算我求您啦。"

"喔！您这个样子可真美啊！喔！我是这么地爱您啊！"白金汉说。

"走吧！走吧！我真的求求您，以后再来吧。以后，等您能以大使的身份，等您作为英国的使臣，带着能够保卫您的卫队，能够照料您的侍从的时候，到那时您再来吧。那个时候，我就不必像今天这样担心您的生命和安全，就可以心安理得地再次见到您了。"

"喔！您说的这些话都是真心的吗？"

"是的……"

"那么，求求您，给我一件信物吧，一件从您手里给出的东西，我需要它来提醒我这一切不是我的一个梦而已。请您给我一件您随身携带的,而且也可以让我带回去的东西吧。一只戒指,一条项链,或者一根手链,都可以的。"

"要是我给了您您所要的东西,那您,您就会走了吗?"

"是的。"

"马上就走?"

"马上。"

"离开法国,回到英国去?"

"是的,我向您保证。"

"那么,请您等一等,请等一下。"

说着,奥地利的安娜转身走进里面的房间。没过一会儿,当她从里面出来的时候,她的手里多了一只粉红色的小木盒子,盒子上面有金线镶嵌着的她的姓名首写字母所组成的图案。

"拿去吧,公爵,拿着它,"她说,"您拿着它来记住我吧。"

白金汉从王后手中接过小木盒,又一次屈膝跪下。

"您该离开了,您答应过的。"王后说。

"我不会食言的,请您把手给我。请把您的手给我,夫人,我这就离开。"

奥地利的安娜伸出了一只手。她闭上了那美丽的眼睛,同时另一只手则靠在艾斯特法妮娅的身上;因为,她觉得自己没有多少支持下去的力量了。

白金汉把嘴唇压在这只美丽的手上,把全部的热情都倾注在这一吻之中,然后他站起身来。

"六个月,"他说,"不出六个月,只要我还活着,我们一定会再次相见的,夫人。为了这个,就算我要把世界搅个底朝天,我也毫不在乎。"

说完这话,他遵守自己刚才许下的诺言,快步走出了房门。

在过道里,他看到了伯纳肖太太,后者正在等待他。然后,她像来时一样小心谨慎,也一样交了好运,平安无事地带他出了卢浮宫。

第十三章　伯纳肖先生

　　在前面叙述的那些事情中,有一个人物,或许读者也已经发现了,尽管此人现在是下落不详,但我们在提到他的时候却总是语焉不详。这个人就是那位在政治阴谋和爱情事件的夹缝中做了牺牲品的可敬的针线铺老板,我们的伯纳肖先生。要知道,在那个既崇尚骑士风度,又推崇风流名士的日子里,政治和爱情本来就是纠缠不清,你中有我,我中有你,分不清彼此的。

　　还好——不管读者是不是还有这个记忆——还好前头我已许过愿说不会真的忘了这个人物的。

　　那几个逮捕他的警探,直接把他带进了巴士底监狱。可怜的家伙就像寒风里的枯叶一样不停地打着战,就在一小队正在往火枪里装火药的士兵面前给押着走了过去。

　　等他被押进一间半地下室的牢房里之后,在这帮押送他的人手里,他就成了一个绝好的发泄对象。这些人眼瞧着跟他们打交道的这个家伙并不是一个绅士,于是就毫不客气地把他当个乡巴佬来发落,各种最最粗俗的侮辱、最最粗暴的虐待全都往他身上招呼。

　　大约过了半个钟头,一个书记员进来了,他吩咐把伯纳肖先生带到审讯室去,这才算让这段折磨告一段落,但伯纳肖先生的心里仍然像十五个吊桶打水一样,七上八下的。这里说一句,通常刚押到巴士底监狱的犯人总是在牢房里接受审讯的,但这回伯纳肖先生可没有享受到这种客气的待遇。

　　针线铺老板被两个狱卒一左一右架着往前走,他们穿过了一个院子,走进一条过道,在那里有三个岗哨站在那里。两个狱卒打开一间低矮房间的门,把他一把推了进去。里面空荡荡的,就瞧见一张桌子,一把椅子,还有一个监狱督察长。此刻,那个督察长正坐在椅子上,伏案写着什么东西。

　　那两个狱卒把犯人带到了桌子面前,然后看见督察长做了个手势,他们就往后退去,直到估计听不清审讯官和犯人之间的对答的地方方才站住不动。

　　刚才督察长一直在低着头写东西,直到这个时候才抬起头来看了一眼即将要跟他打交道的人。这个督察长长得可实在是不讨人喜欢,鼻子尖尖的,面皮蜡黄,颧骨高高凸起,长着一对老鼠眼睛,眼珠子老是滴溜溜地乱转,看起人来目光能刺到对方的心里去。看着这张脸,会让人想起紫貂和狐狸的混合体。细长脖子,动作起来非常灵活,配上这么个脑袋,从宽松的黑袍里伸将出来,摇来晃去的,看上去颇有几份像一个从背壳里探出来的乌龟脑袋。

　　一开头,他先询问伯纳肖先生叫什么名字,年龄多大,做什么职业,住在什么地方。

　　被告的回答是,他名叫雅克—米歇尔·伯纳肖,今年五十一岁,是个退了休的针线铺老板,住在掘墓人街十一号。

　　接下来的一段时间,督察长并没有接着往下问,而是冲着他大谈特谈了一通关于没有地位的小老百姓牵涉到以公共事务之中会有怎样的危险性。

交代完开场白之后,他又进行了一段长篇累牍的陈述,主要内容是关于红衣主教先生的。他大肆宣讲了有关这位权比天大的显贵、无人能比的重臣所掌握的权势以及他的种种作为。总而言之,但凡有谁想顶撞他,和他对着干的,是绝对没有好下场,一定会受到严厉的惩罚的。

在说完这么一大段的开场白之后,他就拿他那双鹰隼般的眼睛死死地盯着可怜的伯纳肖先生,请他好好地考虑一下,认清自己目前所处的严峻情势。

针线铺老板是怎么考虑的呢,关于这一点是不会出乎我们的所料的:他在诅咒,诅咒拉波尔特先生当初为什么偏偏想把教女嫁给他呢,更可恨的是这位教女为什么偏偏被选为该死的掌管王后服装的侍女呢。

说起伯纳肖师傅的品性来,其实他具有一种扎根于骨子里的自私,再加上卑鄙的吝啬的混合型性格,而且还有极度的怯懦掺杂于其中。对他来说,那位年轻妻子所在他身上激起的情爱,至多只排在第二位。要是与刚刚提到的那几种原始的、出自本能的感情相比,根本是不堪一击的。

的确,伯纳肖确确实实地把审讯官刚才所讲的这番话仔仔细细地咀嚼了一番。

"但是,督察长先生,"他委委屈屈,小心翼翼地答道,"请您务必要相信,对于主教大人的美德,我是比任何人都要清楚,也都更加赞叹的。我一直认为,能在这位无比崇高的大人的管辖下生活,是我们每个人的福气呐。"

"您说的是真的吗?"督察长一脸怀疑,他问道,"但是,要是真像您所说的那样的话,您是怎么会跑到巴士底来的呢?"

"我怎么会跑到这里来,或者说我为什么会在这儿,"伯纳肖先生回答道,"我可真答不上来,因为连我自个儿也搞不清楚是怎么一回事。不过,有一点是可以肯定的,那就是决不会是因为我冒犯了主教大人的缘故,不管是出于有心还是无意。"

"但是,不管怎么说您反正是有罪的,因为您被指控参与了谋反活动。"

"谋反!"伯纳肖吓得魂飞魄散,不由失声叫道,"谋反!我!先生,您想想看,我只是一个本本分分的小商人,平时既讨厌胡格诺派教徒,也不想跟西班牙人打交道,我怎么会参与谋反呢?先生,请您仔细想想吧,就算是捕风捉影那也得有个影哪,我这事可是连个影子都没有的呀。"

"伯纳肖先生,"督察长用他那对小豆子眼睛望着被告,像是要看穿他的五脏六腑似的,"伯纳肖先生,您有个妻子对吧?"

"对,先生,"针线铺老板回答道,吓得浑身直哆嗦,心里一个劲地念叨:这下完了,事情可麻烦了,"是的,先生,有过一个。"

"什么?有过一个!您的意思是说现在就没有了喽,您是怎么处置她的?"

"有人把她给绑架了,先生。"

"有人把她给绑架了?"督察长说,"噢?"

一听到这声"噢",伯纳肖顿时觉得事情糟得一发不可收拾了。

"她被人绑架了!"督察长又重复了一遍,"那您知道是谁绑架她的吗?"

"我想我是知道的。"

"是什么人?"

"真要说呢,我倒也拿不太准,督察长先生,我只是自己心里这么瞎琢磨。"

"那您对谁有怀疑呢?快说呀,别吞吞吐吐的。"

伯纳肖先生这下可不知道该怎么应付了:是什么都不说呢,还是什么都说出来呢?想来想去,他觉得如果什么都不说的话,一定会被人认为他是藏匿真情,有包庇之嫌;要是全都说出来呢,倒会让人觉得他挺有诚意的。最后,他决定老实交代,把所有的事情都讲出来。

"我有点怀疑这么一个人,"他说道,"这人是个高个子,头发是深褐色的,看上去派头挺大,像个挺有身份的老爷。以前我在卢浮宫的边门口等我的老婆,要陪她回家的时候,好像不止一次都瞧见他跟在后面。"

看上去督察长好像有点不安。

"他的名字是什么?"他问。

"喔!您要是想知道他的名字的话,这我可答不上来。不过如果让我碰见他的话,我立马就能认出他来。这我敢发誓,就算是他混在一千个人当中我也能把他给找出来。"

督察长的额头堆起了阴云。

"就算是混在一千个人里头您也能把他认出来,您是这么说的吧?"他问道。

"我的意思是说,"伯纳肖想要改口了,因为他觉得情况好像不妙,"我的意思是说……"

"您说您能把他认出来,"督察长说,"好了,咱们今天就谈到这儿吧。我得先把您认识绑架您妻子的那个人的事,告诉给一个人知道,然后才能把审讯继续下去。"

"可是,我并没有说我认识他呀!"伯纳肖吓得六神无主,一个劲地大声嚷嚷道,"我说的恰恰相反……"

"来人,把这个犯人带下去。"督察长把那两个狱卒叫了过来。

"带到什么地方去?"

"单人牢房。"

"哪一间呢?"

"喔,我的老天哪!随便,哪一间都行,只要能把他给我关严实了就行。"督察长回答起来漫不经心,但可怜的伯纳肖可给吓了个灵魂出窍。

"唉哟!唉哟!"他对着自己说道,"这回我可是倒了大霉啦。谁知道我老婆犯了什么滔天大罪哩;他们准把我当成了她的同谋,要把我和她一块儿处置了呢。甭想了,她肯定会说的,肯定会招认说她把所有的这一切都告诉了我的。一个女人啊,那该多么软弱哪!天哪,单人牢房,哪一间都行!这不是明摆着的吗!先胡乱关上一夜;明天一早,等天一亮,押上囚车,送上绞刑架!喔!天主啊,我的主啊!求求您,慈悲一下,可怜可怜我吧!"

对于伯纳肖师傅自言自语的这番怨天尤人,那两个狱卒全当没瞧见一样;事实上,他们对这种长吁短叹想必也早就司空见惯了。两个人一人挟住他的一条胳膊,就把他给拎走了。而就在这当口,那位督察长则急急忙忙写了封信,还让书记员等在一边,等信一写好就立马送出去。

整整一宿,伯纳肖都没能合上眼,倒不是说他嫌这牢房不舒服,而是因为他实在是吓得不敢闭眼了。那个晚上,他在板凳上坐了一整夜,只要有一点响声就吓得浑身直打寒战;当黎明的第一道曙光照进这间牢房时,他甚至觉得连那晨曦看起来也是愁眉苦脸的。

忽然之间,只听得插销"嚓"的一声响,牢房的门打开了,他吓得不由得跳了起来,以为肯定是人家来拉他上断头台了。所以,当他看到走进牢房的不是刽子手,而是头天晚上的那位督察长还有书记员时,高兴得差点儿扑上前去和他们拥抱一下。

"从昨天晚上开始,您的案子变得非常难办了,老兄,"督察长向他宣布道,"现在看来,我劝您还是老老实实,说出一切为好;因为只有您的彻底悔悟,才能让主教

世界经典文库 世界二十大名著 三个火枪手 图文珍藏版

大人的怒火平息下来。"

"我真心想把一切都说出来的，"伯纳肖着急地喊道，"最起码是把我所知道的一切全部都招出来哪。您想问什么就问吧。"

"我首先要问您，您的妻子在什么地方？"

"我不是已经说过了吗，她被人绑架了。"

"那是没错。可是她在昨天下午五点钟逃了出去，而这全是您搞的鬼！"

"我老婆逃跑了！"伯纳肖嚷道，"喔！见鬼！该死的女人！先生，她如果逃走了的话，那可绝不是我的错哟，我可以对天发誓。"

"既然这样，那么昨天白天您为什么要上您的邻居达达尼埃屋里去，而且还密谈了那么长时间呢？"

"啊！是的，监察人先生，是的，的确有这么回事，我知道我错了。达达尼埃先生的屋里嘛，我倒真的是去过。"

"您到那儿去，是为了什么目的？"

"我是想求他帮我找我老婆呗。我原本以为，我是有向他提出这个要求的权利的；现在我知道自己想错了，还请您千万要原谅我。"

"那么达达尼埃先生又是怎么答复您的呢？"

"他答应帮我的忙；不过我很快就看出来了，这个达达尼埃先生纯粹是在欺骗我。"

"你分明是在撒谎，想欺骗本审讯官。你和达达尼埃先生串通好了，根据你们的约定，他不但把那些逮捕你妻子的警员给赶跑了，而且还帮着她逃脱了所有的搜查和追捕。"

"您说我老婆被达达尼埃拐跑了！喔唷唷，您瞧，您都在说的什么话呀？"

"万幸的是，达达尼埃先生也落到了我们手里，马上就会让您和他对质的。"

"哟！老天保佑，我还真是求之不得呢，"伯纳肖嚷了起来，"在这儿能碰上个老熟人，我可真是太高兴喽。"

"把达达尼埃先生给我带上来。"督察长吩咐两个狱卒说。

阿多思被两个人带了进来。

"达达尼埃先生，"督察长对阿多思说，"现在请您讲讲您和这位先生之间的瓜葛吧。"

"不对呀！"伯纳肖喊了起来，"您说的这个人可不是达达尼埃先生哪！"

"什么？不是达达尼埃先生？"督察长也嚷了起来。

"压根儿就不是一个人。"伯纳肖回答道。

"那么这位先生名字是什么？"督察长问。

"这个我可没法告诉您，因为我根本不认识他。"

"什么？你不认识他？"

"是的。"

"你难道从来都没见过他吗？"

"倒是见过几次面，可我不知道他叫什么名字啊。"

"您叫什么名字呢？"

"阿多思。"火枪手回答道。

"可，可这不是一个人的名字，而是一座山的名字呀！"审讯官嚷道，这个可怜的人被突发状况弄得手足无措了。

"这就是我的名字。"阿多思十分镇静地回答道。

"可是您先前不是告诉我们您叫达达尼埃来着吗？"

"我有那样说过吗?"

"是的,您说过。"

"噢,事情是这样的。当时他们几位冲着我问:'您是达达尼埃先生吗?'我反问他们:'你们认为呢?'那几个警探就一个劲地冲着我嚷嚷,说肯定没错的,一定就是我。我也懒得跟他们去争个清楚了。再者说,我不是也会有听错的时候的嘛。"

"先生,您这么做是蔑视法律的尊严。"

"没这回事。"阿多思还是那样一副沉着的样子。

"您就是达达尼埃先生。"

"瞧瞧,您也在跟我说这种话了。"

"请容我说一句,"伯纳肖先生插进来嚷道,"督察长先生,这件事可是一点儿怀疑也不需要的呀。因为达达尼埃先生是我的房客,尽管他没付给我一个子的房钱。可是正因为这点,我就有理由更加认识他了。达达尼埃是个小伙子,二十还没出头,可这位先生已经三十多岁了。达达尼埃先生在德·埃萨尔先生的禁军联队里面当差,而这位先生却是德·特瑞威尔先生手下的火枪手。您瞧他身上的这套军服,督察长先生,您瞧瞧他的军服啊。"

"说的也是,"督察长喃喃自语道,"的确没错。"

就在这个时候,门猛地被打开了,监狱边门的看守把一个信使领了进来,那信使刚进门就交给了督察长一封信。

"喔!真是个该死的女人!"督察长嚷道。

"什么?您在说什么呢?是说哪个人吧?该不是说我老婆吧!"

"说的就是她!这下好了,您这个案子可够玄的了。"

"哎,"针线铺老板心头火起,叫道,"这下我可不明白啦,先生。我被你们这么着关在牢里,我老婆做了些什么事情和我有啥关系呀,怎么会加重我的罪名呢?"

"因为你们俩是同谋,她所做的一切都是事先和你策划好的。你们两个人串通一气,订下了恶毒的计划!"

"我可以对天发誓,督察长先生,您完完全全弄错了。我老婆想干些什么事我根本就是一无所知,至于她究竟干了些什么我就更加是蒙在鼓里了。如果她真的干下了什么蠢事,那我非骂她,诅咒她,和她彻底来个一刀两断不可。"

"行了,"阿多思对督察长说,"要是这儿没我什么事了,那就请您把我送到别地儿去吧。您的这位伯纳肖先生看着可真叫人心里起腻的。"

"带这两个犯人回牢房去,"督察长吩咐道,并且分别向阿多思和伯纳肖做了个相同的手势,"务必要严加看管,不得有误。"

"不过,"阿多思不紧不慢,镇静自若地说,"我可真搞不懂,要是您想找的人是达达尼埃先生,您干吗要让我来顶替他呢。"

"快照我说的去做!"督察长喊道,"而且半点风声也不准传出去!你们都给我听仔细了!"

阿多思耸了耸肩,跟在狱卒后面走了;而伯纳肖先生则哭天抢地的,那凄惨的喊声就连铁石心肠的人听了也会心碎的。

针线铺老板被重新关进了昨晚的那个单人牢房。这回,他在那里呆了一整天,也哭了一整天,完全显露出了针线铺老板的本色。他自己说得一点也没错,在他身上确实找不出半点的军人气概。

当天晚上估计九点钟左右,他也哭累了,正打算上床休息的时候,忽然听见过道上传来一阵脚步声。脚步声越来越近,最后在他的这间牢房门口停住了,随后牢门被打开,几个狱卒走了进来。

"跟我们走。"走在狱卒后面的一个低级警官发话道。

"跟你们走!"伯纳肖喊了起来,"这个时候你们让我跟你们走!我的天爷啊,到什么地方去呀?"

"去我们奉命将你带去的地方。"

"可是,这,这不算是一个回答呀。"

"但这是我们唯一所能告诉你的东西。"

"喔!我的天主,天主啊!"可怜的针线铺老板一下子完全绝望了,喃喃地说,"这下子我可全完啦。"

说着,他什么反抗也没有,跟着那几个前来押解他的狱卒后面,老老实实地往外面走去。

还是沿着那条原路,他走过了那条过道,又穿过了第一个院子,然后又穿过一幢楼房,最后来到了门院的门口。那儿一辆马车正在等着他,边上围着四个骑警。他被带上了马车,那个低级警察跟着进了马车,坐在他的身边,随后车门从外面上了锁,两个人好像是待在了一座滚动的牢房之中。

马车缓缓向前滚动,慢得好像是辆枢车。车厢的铁栅窗全都上着锁,犯人透过这个只能瞧见房屋和街面,其他什么也瞧不见。不过,身为老巴黎的伯纳肖,就是单单从两边的墙脚石、招牌和路灯来判断,他也能知道是哪一条街道。当车子驶到圣保罗广场的时候,他差一点就昏死过去,因为巴士底监狱处决犯人就是在这个地方。他还以为这儿就是马车要到的目的地哩。但是车子没有留下,仍然继续往前行驶。

再往前一段路,就到了圣让公墓,这个地方专门埋葬以叛国罪处决的犯人,他又给吓得魂不附体。不过有件事让他稍微放宽了心,那就是通常在那些犯人被埋进土里之前,总得先把他们的脑袋给砍下来,但这会儿他的脑袋还好好地在肩膀上搁着没挪地方呢。但是马车接下来又驶向了沙滩广场,当他瞥见了市政厅的尖顶,看着马车从拱廊底下驶过去的时候,他心想这下可真的完了,便向那个警官请求让他忏悔的机会。但是对方一口拒绝了,于是他就尖声尖气地叫了起来,那副可怜样最后招来了那警官的一阵警告,说:要是他再敢来这么一声,那就要用臭袜子塞住他的嘴巴。

伯纳肖听到了这个恫吓,反而稍微地安了下心,看来人家是不会在沙滩广场处决他了。因为如果那样的话,行刑地点在望了,就没有必要费事塞住他的嘴巴了。果然不出所料,车轮滚滚,马车驶过了这个可怕的广场,并没有停下来。现在让人提心吊胆的,就只剩下那个特拉瓦尔十字架广场了,而这会儿马车正是向那个方向驶去。

现在是一点疑问也没有啦,因为特拉瓦尔十字架广场正是送那些下等罪犯上路的地方。刚才他还满以为自己能有幸在圣保罗广场或者沙滩广场去见上帝呢;结果,原来他这次短途旅行的目的地和整个生命的终结点,竟然就是这个特拉瓦尔十字架广场啊!他现在还没有瞧见那个该诅咒的十字架,可是完全能够说这么一句话,他已经感觉到它正在临近自己的上方呢。刚离刑场只有二十几步路的地方,他忽然听见一阵嘈杂的喧哗声;然后,马车停住了。可怜的伯纳肖,他在这一路上已经饱经惊吓,情绪大起大落的,魂魄早就散了一大半,这下子可是全身都瘫了下来。他从嘴里发出了一声几不可闻的呻吟,听起来跟临死之人的最后一声叹息一模一样;然后,他昏了过去。

第十四章　牟恩镇的那个人

　　这里的人群之所以如此喧嚣嘈杂，并不是因为他们在等着看一个将要上绞刑架的犯人，而是在围观一个刚在绞刑架上断了气的犯人。

　　马车在这里停顿了一会儿之后，又重新往前行进了。它穿过人群，沿着圣奥诺雷街一路向前行驶，然后又拐入老好人街，在一扇矮门跟前停住了。

　　门打开了，伯纳肖被两个狱卒一左一右架着，而那个警官则在后面撑着他，推他进了一条过道，然后又把他拽上了一座楼梯，将他安顿在一间候见室里面。

　　对伯纳肖来说，这所有的动作与其说是他下意识的动作，还不如说是以一种不由自主的机械的方式完成的。

　　他就像人们在梦游时那样的行走，所有的东西看起来好像都隔着一层雾一样，能听到有声音在耳边响着，但是他却怎么也没法听懂这些声音是什么意思。就算是现在要在这个地方把他给处决了，他也决不会有一个试图挣扎的动作，或者是一声哀求怜悯的呻吟的。

　　于是，当狱卒把他撂在一张长凳上面之后，他就那么呆呆傻傻地待在那儿，一动不动；他背靠着墙，两条胳膊往前耷拉着。

　　但是，过了一会儿他四下张望的时候，却没有看到任何他曾经想象过的可怕的东西，也根本没有什么表明他正处在危险之中的迹象。长凳上放着软垫，坐上去感觉挺舒服的；而周围的墙壁上，则蒙着十分名贵的科尔多瓦皮革；鲜红色的锦缎做成的窗帘，在窗前随着微风轻轻飘曳，窗帘上还系着金色的束带。渐渐的，他觉得自己是害怕得有点过分了，于是就摇头晃脑，四下打量起来了。

当然，是不会有人来阻止他晃悠脑袋的，不过，就这么一转，他倒转出了点胆量来了。他鼓足了勇气，先慢慢地挪动了一条腿，然后又把另外一条腿也挪了挪；到最后，在两只手的帮忙下，他从长凳上把自己支起身来，居然还站得挺稳当。

就在这个时候，门帘被掀了起来，一个军官出现在门口，瞧着气色还挺好的，他一边对着室内的一个人讲着话，一边转过身来冲着伯纳肖先生。

"您的名字是伯纳肖吧?"他问道。

"是的，是的，军官先生，"针线铺老板早就吓掉了半条命，可怜巴巴地说，"您有什么吩咐?"

"进来吧。"军官说。

他侧过身子，让针线铺老板从他身边走过去。伯纳肖一声也不敢吭，乖乖地走进了那个房间，好像正有人在里面等着他。

原来这是一间书房，很宽敞的，里面的墙壁上挂满了盾啊、矛啊之类的武器，窗户关得严严实实的，连只蚊子也飞不进来。这时候才九月底，可这里已经生起了壁炉。屋子的正中央摆着一张方形的大办公桌，上面除了各种各样的书籍和卷宗之外，还摊着一张拉罗谢尔城的大地图。

壁炉跟前正站着一个中等身材的男子，此人气度不凡，神情高傲。一双炯炯有神的眼睛，饱满端正的天庭，瘦削的脸蛋在那两撇唇髭和蓄在唇下的那撮短须的衬托下，显得更加狭长了。他现今才三十六七岁，但是他的头发、唇髭和短须都已经花白了。虽然身上并没有佩剑，但他往那儿一站，自然而然就有一种军人的威严气概。从他脚上的水牛皮靴上所沾着的尘土来看，他白天刚刚骑过马。

这个男子就是阿尔芒—让·迪普莱西，人称黎塞留红衣主教者是也。和有些人所做的描述并不相同，他可不是一个衰朽不堪的老人，更加不是根据这种观点推断出来的一副受尽苦难的殉难者的样子:佝偻着身子，微弱的嗓音，整天都窝在一张高不可测的扶手椅里面。生命得以维持下去的源泉是那股天性的力量，但是睿智却没有枯竭的时候，跟整个欧洲争斗也不会显得力不足心。不，不是这样的。而事实应该是:在那个年代，他不仅机敏过人，而且相当风流倜傥;作为一名杰出的骑士，他虽然已经过了体力上的巅峰，但仍有一种内在的精神力量在支持着他，使他被公认为是前无古人，后无来者的一位杰出人物。他曾经在曼图亚的公国援助过德·内韦尔公爵，也曾成功地收复了尼姆、加斯特尔和于泽斯，而现在，他又在着手在准备把雷岛上的英国人给赶走，同时要围攻拉罗谢尔了。

但是，如果是与他初次见面的话，乍看之下是不会认出他就是红衣主教的，因为并没有显示出红衣主教的特征来。对于那些不认识他的人来说，这的确是个难题。

现在，我们可怜的针线铺老板呆呆地站在书房门口;而刚才我们花了大力气描绘的那位伟大人物，却死死地盯着他的脸，那目光好像能把眼前这家伙的过去全看个透似的。

"他就是那个伯纳肖吗?"在静默了片刻之后，他开口问道。

"对，大人，他就是伯纳肖。"军官回答说。

"很好，您把卷宗给我，然后就可以退下去了。"

那军官拿起桌上有关本案的卷宗，递给这位给他指示的大人，然后深深一躬到底，退出了房间。

伯纳肖发现，他在巴士底监狱的审讯记录就夹在这些卷宗之中。而站在壁炉跟前的这个人低下头来看卷宗，时不时地从里面抬起头来看上可怜的针线铺老板几眼,那锐利的目光就像两把直插进他心窝里去的匕首。

就这么着翻阅了十分钟卷宗,又花了十分钟来审视这个犯人之后,红衣主教已经在心里打好了算盘。

"这家伙根本就不可能有什么谋反的能耐,"他暗暗地对自己说道,"可是暂时不管它,还是让咱们边走边瞧吧。"

"你被指控犯了谋反罪。"红衣主教不紧不慢地点出了这个事实。

"他们也是这么告诉我的,大人。"伯纳肖情急地喊道,他听到刚才那个军官用这种称呼来称眼前的这个人,于是他也就依样画葫芦了,"不过我真心诚意地向您发誓,我是真的,真的什么都不知道的啊。"

红衣主教的嘴边掠过一丝几不可见的微笑。

"这上面指出,和你共同谋反的人,有你的妻子,德·谢芙勒兹夫人和白金汉公爵。"

"大人,关于这些个名字,"针线铺老板老老实实地答道,"我倒真的都听我老婆提起过。"

"你是什么时候听到的。"

"在她告诉我黎塞留主教大人的计谋时听到的。他说主教大人设下圈套,让白金汉公爵到巴黎来,好让他落得个身败名裂的下场,顺带着也让王后身败名裂。"

"她是这么告诉你的?"红衣主教粗声粗气地问道。

"是的,大人。但是我可告诉她说,她要是这么着说话可就不在理啦,主教大人是绝不可能……"

"闭嘴,你这个蠢货。"主教粗暴地打断了他的话。

"我老婆也是这么着说我来着的,大人。"

"你知不知道是谁绑架了你的妻子吗?"

"我不知道,大人。"

"不知道?可是你疑心过一个人,对吗?"

"是的,大人;不过在我说出了我的疑心之后,督察长先生好像挺有火气的,所以我也就不敢再疑心了。"

"你的妻子逃了出去,你知道这件事了吗?"

"我不知道,大人。我是进了监狱才听说这件事的,连这也是那位督察长先生告诉我的。他可真是个挺和气的人哪!"

又有一丝笑意掠过了红衣主教的嘴边。

"这么说来,你是完全都不知道你妻子逃跑之后是怎么回事的喽?"

"一丁点也不知道啊,我的大人。不过我猜她可能是回到卢浮宫去了吧。"

"直到凌晨一点钟为止,她还没有在那儿出现。"

"喔!我的天主啊!那她到底出了什么事情啦!"

"你就放心吧,一定会弄清楚的;不管什么人都别想把红衣主教给瞒过去,主教大人是什么都会知道的。"

"那么,大人,您瞧是不是有这个可能,红衣主教能赏脸告诉我我老婆的情况呢?"

"也许有可能吧;不过在这之前,你得先把你知道的一切全都说出来,告诉我们有关你妻子和德·谢芙勒兹夫人的所有情况。"

"可是大人哪,我真的一点也不知道呀;我是从来都没有见过这位夫人的面呀。"

"那么你往常去卢浮宫接你妻子的时候,她是径直就回你们家的吗?"

"很少是这种情况。一般来说,她都要先上衣料商那儿去办点儿事情,那我就陪着她一块儿去。"

"都有多少个衣料商?"

"一共两个,大人。"

"那他们住在什么地方哪?"

"一个住在沃吉拉尔街;另一个在竖琴街。"

"那你是和她一块儿进去的吗?"

"我一次都没有进去过的,大人;我总是在门外等着她的。"

"她就这么着单独一个人进屋里去,总得给你给交代吧?"

"她什么也没有告诉我;她让我在外面等着,我听这话就在外面等着了。"

"亲爱的伯纳肖先生,你可真是个体贴妻子的好丈夫的模范啊!"红衣主教说。

"他把我称作亲爱的先生!"伯纳肖心里暗暗盘算着,"哟! 这下子可总算有点希望了!"

"你还能认得出那两座房子吗?"

"能认得出。"

"那您还知道门牌号码吗?"

"知道。"

"那到底是多少号码呢?"

"沃吉拉尔街二十五号,另外一个是竖琴街七十号。"

"很好。"红衣主教说。

说完这话,他举起一只银铃摇了摇,那个军官就进来了。

"去,"他低声吩咐道,"去帮我把罗什福尔找回来;如果他已经回来了,就马上叫他来这儿见我。"

"伯爵已经到了,"那军官答道,"他正急着回答主教大人的话呢!"

"主教大人!"伯纳肖喃喃自言道,"……主教大人!"

"那就快把他叫进来,快,把他叫来!"黎塞留抑制不住自己急切的神情。

那个军官马上大步流星地走出了屋子,对于红衣主教的命令,他的手下执行起来可都就是这么雷厉风行的哟。

"主教大人!"伯纳肖先生喃喃自语道,神情一片茫然,眼珠子机械地转动着。

那军官出去还没过五秒钟,房门就又一次打开了,另外一个人走进了屋子。

"是他!"伯纳肖喊了起来。

"哪一个他?"主教问道。

"他就是把我老婆给绑架了的人。"

红衣主教又举起铃来摇了摇,那个军官又走进了屋子。

"你让那两个狱卒好好看守这个人,过一会儿我会再传他。"

"不,大人! 我错了!"伯纳肖喊道,"不,不是他! 是我弄错了,绑架我妻子的是另外一个人,一点也不像他! 这位先生是个体面人!"

"带这个傻瓜出去!"红衣主教说道。

那个军官挟住伯纳肖,把他交给了那两个正在候见室里等着的狱卒。

在伯纳肖走出门的那段时间里,刚才进屋的那个人一直很不耐烦地看着他。房门刚一关上,他就急步走上前来,报告红衣主教说:

"他们已经见过面了。"

"谁?"

"她,还有他。"

"您是说王后和公爵?"

"是的。"

"在什么地方?"

"就在卢浮宫。"

"您敢肯定?"

"绝对没错。"

"是谁告诉您的?"

"德·拉诺瓦夫人。大人您是知道的,她对于大人一直都是忠心耿耿的。"

"那她为什么没有早点报告呢?"

"不知道是出于偶然还是有了戒心,王后吩咐德·絮尔吉夫人睡在她的房间里,所以把她缠了整整一天。"

"这样好啦,咱们可算是输透啦。那就让咱们来想想翻本的法子吧。"

"为了大人,我愿意奉献出自己的一切;大人,您就放心吧。"

"把事情的经过告诉我吧。"

"深夜十二点半的时候,王后正和女官们在一起……"

"在什么地方?"

"就在她的卧室……"

"嗯,说下去。"

"就在这时候,有人以侍衣女官的名义送了一块手帕进来……"

"然后呢?"

"王后马上显得非常非常慌张。尽管她脸上抹着胭脂,但还是看得出她的脸色变白了。"

"后来呢!后来呢!"

"后来,她站起身来,连说话的声音都变了。'各位夫人,'她说,'我有点事情去去就来,请在这儿等我十分钟。'说完她就打开通向暖阁的那扇门出去了。"

"德·拉诺瓦夫人为什么没有当时就过来报告?"

"因为当时的情形还不是很清楚;再者说,王后又关照过让她们在那儿等着,她没有勇气违抗王后的旨意。"

"王后在外面呆了多长时间?"

"三刻钟。"

"她身边没有女官陪着她吗?"

"只有艾斯特法妮娅夫人。"

"后来她回到卧室里来过吗?"

"回来过,回来拿一个小木盒,是粉红色的,上面还有着她名字首写字母的图案。她拿了这个盒子马上又转身出去了。"

"后来她回到卧室的时候,有没有把那个木盒子带回来呢?"

"没有。"

"那么,德·拉诺瓦夫人知不知道这里面装的是些什么东西?"

"知道。那里面装着陛下送给王后的钻石坠饰。"

"她回来时没有把那个木盒一起带回来?"

"是的。"

"那么,德·拉诺瓦夫人的看法是……她把这钻石坠饰给了白金汉了?"

"她认为毫无疑问。"

"为什么?"

"因为德·拉诺瓦夫人凭她是王后的侍妆女官的身份,第二天白天曾经找过这只盒子。因为没有找到盒子,所以她就装出一副心急如焚的样子,用这个理由去问了王后。"

"王后她说……"

"王后一下子涨得满脸通红,回答说因为昨天晚上有一颗坠饰断了下来,所以她派人送去让首饰匠给修一下了。"

"应该去查一下,看看是不是属实。"

"我已经去问过了。"

"很好,首饰匠是怎么说的?"

"他什么也不知道。"

"好!好极了!罗什福尔,我们并没有输光,保不准……保不准我们还会反败为胜,变成赢家呢。"

"我一直认为,凭主教大人您的天纵英才……"

"足以弥补因为手下人愚蠢而造成的缺陷,对不对?"

"这是我接下去想说的话,如果主教大人刚才让我把意见说完的话。"

"那么,现在您可查清楚了德·谢芙勒兹夫人和白金汉公爵的藏身之处吗?"

"对不起,大人,我不知道。我的手下人并没有给我确切的情报。"

"我倒是知道。"

"大人,您?"

"是的,起码我是这么认为的。他们这两个人,一个住在沃吉拉尔街二十五号,另一个则在竖琴街七十五号。"

"主教大人,我是不是应该派人把他们给抓起来呢?"

"已经太晚了,他们早就离开了。"

"不要紧的,我可以去再核实一下。"

"您带着我的十个卫士一起去那儿,给我把这两座房子里里外外,仔仔细细地搜上一遍。"

"我马上就去,大人。"

说完,罗什福尔快步走出了屋子。

现在,屋子里就剩下红衣主教一个人了,他沉思了一会儿,然后第三次摇铃唤人。

进来的还是那个军官。

"把犯人给我带进来。"红衣主教吩咐道。

在伯纳肖师傅再一次被带进这间屋子以后,红衣主教用手势让那个军官退了出去。

"你欺骗了我!"红衣主教声色俱厉地喝道。

"我?"伯纳肖喊道,"我欺骗主教大人?!"

"你妻子上沃吉拉尔街和竖琴街,根本不是去见什么衣料商。"

"我的天主呀,那她究竟是去那儿干嘛呀?"

"她是去见德·谢芙勒兹公爵夫人和白金汉公爵。"

"嗯……没错!"伯纳肖说道,这会儿他的记忆全都给唤醒了,"一点没错!就是这档子事,主教大人真是料事如神。我跟我老婆嘟囔过不止一次,说这样的房子怎么会是衣料商住的呢?那两个衣料商怎么会住在没有招牌的房子里呢?这事儿可真透着古怪,而每次我老婆听了我的话都只知道笑。呵!大人!"伯纳肖扑通一声就给红衣主教跪下了,接着说道,"呵!您真了不起,真不愧为红衣主教,是伟大的红衣主教,是万民爱戴的伟人!"

对于红衣主教来说,接受一个像伯纳肖这样卑微的小人物的顶礼膜拜,实在是一件太微不足道的一件事情了,可是在那一刹那间,仍然有一股得意的暖流在他心里流过;接着,好像有一个新念头出现在他的脑海中一样,他的唇边泛起了一丝微笑。他,朝着针线铺老板,伸出手来。

"站起来吧,我的朋友,"他对着伯纳肖说,"我看得出来,您是个好人。"

"红衣主教碰了我的手!我碰到这位大人物的手啦!"伯纳肖受宠若惊地喊了起来,"朋友!他管我叫作他的朋友!"

"是的,我的朋友。是的。"红衣主教的口吻和蔼可亲极了。要知道,出于需要,有时候他还是要用一用这种口吻的;当然,这只能哄住那些不了解他的人,"既然您被人毫无根据地胡乱猜疑,受了冤枉,嗯,那么就应该补偿您一下才对。喏!这个袋里装着一百个皮斯托尔,现在它们是您的了,请拿上吧,我衷心希望您能原谅我。"

"原谅您?我?……大人,"伯纳肖犹犹豫豫地,不敢伸手去接那袋钱,他大概是担心这所谓的赠予只是耍弄他的一场游戏罢了,"大人,可是您完全有权力让人抓我,拷问我,甚至送我上断头台的呀。您是老爷,我是奴才,我就是半句怨言也不敢有的呀。让我来原谅您!噢,大人!您这都说了些什么话呀!"

"哦!亲爱的伯纳肖先生!您能说这种话正是显示了您宽广的胸襟,我真是很感激啊!这样说来,您带着这袋钱离开这儿,心里是不会有什么不痛快的喽?"

"正好相反,大人,我欢喜得不得了呢。"

"那好,咱们就再见吧。后会有期,我非常希望能够再次瞧见您。"

"只要大人高兴,我随时随地都听候您的吩咐。"

"您放心好了,我是一定会想起您的,因为我觉得和您聊天实在非常有趣。"

"啊!大人!"

"再见了,伯纳肖先生。再见。"

说着,红衣主教向他做了个告别的手势;作为回答,伯纳肖深深地一躬到底。然后,他就往后退出了门去,一到候见室里,他就兴奋得忘形大叫:"大人万岁!主教大人万岁!伟大的红衣主教大人万岁!"红衣主教在屋子里听着伯纳肖师傅真情流露的肺腑之言,脸上笑意盈盈。直到伯纳肖的喊声渐渐远去消失,他才转过身来。

"行了,"他说,"从现在开始这个人会死心塌地地为我效忠了。"

说完,他把注意力转到了那张拉罗谢尔的地图上,全神贯注地看了起来。我们前头已经说过了,这张地图是摊放在办公桌上的。他拿起铅笔,在地图上画了一条线,这条线就是即将修筑的那条有名的长堤的依据。十八个月之后,正是这道长堤封锁了那个被围困的城市的进出港口。

就在他全神贯注,运筹帷幄的时候,罗什福尔打开房门走了进来。

"怎么样?"红衣主教急切地问道,同时身子也站了起来。由此可见,对于他交给伯爵去办的这项任务是多么重视啊。

"查清楚了,"罗什福尔回答道,"有一个二十六七岁的年轻女人和一个三十五到四十岁之间的男子,的确曾在主教大人所说的那两座房子里住过。一个住了四天,一个住了五天。但是他们都已经离开了,那个女人是昨天晚上走的;而那个男人,则是今天早上走的。"

"没错,就是他们!"红衣主教喊道,然后他看了看钟,又继续说下去,"就算现在派人去追也已经晚了;公爵夫人已经到了都尔,公爵也经到布洛涅了。想找到他们,就只有去伦敦了。"

"不知主教大人有何吩咐?"

"这件事一点风声也不能传出去,要确保王后的安全,同时不能让她发现我们已经知道了她的秘密;就让她以为我们是在追查另外的一件案子。把掌玺大臣塞纪埃给我找来。"

"允许我问一下,大人是如何发落那个家伙的?"

"哪个家伙?"

"就是那个伯纳肖。"

"喔,对他的发落是再妙不过了,我让他去当他老婆的奸细了。"

罗什福尔伯爵深深鞠躬,表示他对主人如此圣明的敬意,随后就退了出去。

屋里又只剩下红衣主教一个人了。他重新回到办公桌前坐下,提笔写了一封信,并在上面盖了他的私章,然后又摇了摇铃。门开了,那个军官第四次走进门来。

"您派人帮我把维特雷找来,"他说,"通知他又要出远门了。"

一会儿工夫之后,他面前已经站着刚才吩咐人去找的那位先生,脚上穿着已经上好了马刺的长靴。

"维特雷,"主教说,"您马上到伦敦去一趟,路上半点也不能耽搁。您要当面把这封信交给密拉娣。这里有一张两百皮斯托尔的凭单,您拿着这个去让我的司库给您兑成现款。如果六天之内您能完成任务及时赶回,还有同样数额的赏金等着您。"

信使鞠了一躬,拿起那封信和那张两百皮斯托尔的凭单,退了出去,从头到尾没说一句话。

那封信上的内容是这样的:

密拉娣:

　　设法参加一个有白金汉公爵在场的舞会,越快越好。想办法接近他,在他的紧身衣上会佩戴着十二颗钻石坠饰,请割下其中的两颗。

　　一旦到手,请速告知。

第十五章 穿袍人和带剑人

在前面所讲的那些事情发生之后的第二天,仍然没有一点阿多思的消息。从达达尼埃和波尔托思的口中,德·特瑞威尔先生知道了这个情况。

他问阿莱米斯上哪儿去了?前几天他向特瑞威尔请了五天假,说是要到鲁昂去处理一些有关家族的事务。

德·特瑞威尔先生对他手下的那些火枪手,就犹如父亲般地关心着他们。只要身上穿的是火枪手营队的制服,就算你是最最微不足道的角色,也一定能够得到他的援助和支持。在这一点上,就算是亲生的兄长恐怕也未必像他那样尽心尽力。

所以,他一知道这件事情,马上就去找刑事总监。总监不敢怠慢,立即把管辖红十字广场区段的警署长官给唤了过去,从他嘴里查到了阿多思此时的所在——主教要塞。

我们在前面看到的那些施加于伯纳肖先生身上的折磨,阿多思也一一亲身经历了。

我们前面已经把他和伯纳肖对质的情况交代清楚了。而在这之前,阿多思始终咬紧牙关,没有说出自己的真实身份,因为他想到:如果他说了,那么本来处境就挺危险的达达尼埃就没有办正事的时间了。所以,一直到对质之时,他才表明自己并不是达达尼埃,而是阿多思。

他告诉那些人说,不管是伯纳肖先生,还是伯纳肖太太,他统统不认识;他从来都没有跟那位先生或是那位太太说过一句话。他还说,那天晚上十点钟的时候,他才到了达达尼埃先生的家里,目的是为了拜访朋友;而在这之前,他一直都呆在德·特瑞威尔先生府上,就连晚饭都是在那儿吃的。他告诉那些人,如果要证人的话,足足有二十位绅士可以为此作证;接着他还列举了好几个大名鼎鼎的显贵的名字,其中包括德·拉特雷穆依公爵先生。

听了火枪手这番不卑不亢、言简意赅的话,主教要塞的督察长并没有比前一位督察长更摸得着头脑,他同样不知所措了。作为一名穿着长袍的法官,作为佩剑军人的宿敌,他原本有一肚子的怨气憋在心里,想朝眼前的这个火枪手痛痛快快地发上一通脾气。但是,在德·特瑞威尔先生和德·拉特雷穆依公爵大名的威慑下,他不得不三思而后行了。

于是阿多思也被押送到了红衣主教那里。可是事情偏偏挺不巧的,主教这时候到卢浮宫觐见国王去了。

恰好也正是这个时候,因为找不到自己心爱的火枪手阿多思,所以德·特瑞威尔先生也从刑事总监和主教要塞督察长那儿赶到卢浮宫来觐见陛下。

我们要知道,火枪营统领享有这样一个特权,那就是可以随时进宫见驾。

诸位都知道,国王对王后一直以来都是心存芥蒂的,而这种芥蒂是怎么产生的呢?这就离不开红衣主教大人那些巧妙的明示与暗示了。红衣主教认准了一个道理,那就是女人在搞阴谋诡计方面要远远胜过男子,因此比男人更不可信一万倍。

国王对王后的这种成见是有其原因的,而奥地利的安娜与德·谢芙勒兹夫人之间的友谊是其中的重要原因之一。对国王来说,不管是与西班牙的战争、跟英国的争端,还是财政上的困窘境地,都比不上这两个女人让他焦躁不安。在他看来,德·谢芙勒兹夫人不仅是王后在政治活动中纵横自如的一员干将,更是为王后的爱情风波而出谋划策的谋师,而后面的这种爱情战争中的钩心斗角更搅得他得不到一刻平静。

红衣主教禀告国王说,那位德·谢芙勒兹夫人,那位已经被流放到都尔、众人也都以为她在那边城里安守本分的女士,最近竟然潜回了巴黎,并且有五天的行踪诡秘得连警方也未能监视,国王听了这番话,立刻龙颜大怒,气得不可收拾。要知道,就是这位国王,生性凉薄、喜怒无常、不懂信义为何物,但又偏偏爱听人家称他为"公正的路易""忠贞的路易。"后世之人实在无法理解他的这种性格,因此历史也只能借助史实来对之进行解释,而无法依靠推断来加以阐明了。

接下来,主教又提供了一个消息,德·谢芙勒兹夫人不仅回到了巴黎,而且王后还已经跟她取得了联系,这种联系是通过一种秘密的传递信件的渠道,也就是那时代俗称的官外小道,而实现的。他还说,正当他即将获得有关这件秘密勾当的重要线索,也就是说,正当他的手下在握有充分证据的情况下,要当场抓获替王后送信给流放者的秘密信使时,一个火枪手让他们功亏一篑了。这个火枪手不知是吃了什么熊心豹子胆,居然敢直闯进他手下人执行公务的现场,拔剑直扑司法人员。要知道,这些司法人员可都是担负着查清全部案情,以供陛下御览的神圣职责的啊。——才听到这个地方,路易十三的火气已经不可遏制了,只见他脸色阴沉得可怕,压抑着一肚子的怒气,举步向王后的套间迈去。这一肚子怒气一旦爆发的话,这位君王还不知道要做出多么冷酷无情的可怕事情来呢。

而在这番陈述当中,红衣主教甚至还没有提过一次白金汉公爵的名字哩。

但就在这个时候,德·特瑞威尔先生进来了。他沉着冷静,礼貌极佳,仪表风度无一可以指责的。

当看到红衣主教也在这儿,而国王的脸色又是那样难看时,德·特瑞威尔先生对目前的形势已经心里有数了。但是他毫不畏惧,就像参孙面对非利士人那样感到自己全身都充满了力量。

这时候,路易十三的手已经握住了门把;听到了德·特瑞威尔先生进屋的声音,他又转过了身来。

"您来得正是时候,先生,"国王说,这位君主的喜怒哀乐,只要强烈到了一定的程度,全都会形之于色的,"我可算是听说了您手下的那个火枪手所干的好事了。"

"陛下,"德·特瑞威尔先生的回答镇定而勇敢,"而我,则是要来向您禀报一下那些司法人员所干的好事哩。"

"那您就请讲吧。"国王架子十足地说。

"启禀陛下,"德·特瑞威尔先生语气未变,继续往下讲,"有这么一队检察人员、警官以及警士,这些原本应该很受敬重的人,却不知道出于什么样的原因,就是特别看不顺眼火枪手的制服。他们居然,居然将我的手下从一间屋子里逮捕起来,说得确切一些,是他们逮捕了陛下您的一位火枪手,而且还在大街上押着他往前走,把他关进了主教要塞。我去查问这是奉了谁的命令,结果他们竟然告诉我说无可奉告。陛下,关于这位火枪手,他的品行向来是无可挑剔的;甚至可以说,他正是以其品行优秀而著称哩。陛下,这位火枪手您也认识的,而且还颇为赏识他呢。他就是阿多思先生。"

"阿多思，"国王跟着重复了一遍，"对，一点没错，我记得这个名字。"

"陛下想必还没有忘记，"德·特瑞威尔先生接着说，"上次那场极不愉快的决斗，您应该还有印象吧。阿多思先生就是那位一不小心把德卡于萨克先生刺成重伤的火枪手，——说到这儿，大人，我顺便问一句，"德·特瑞威尔转向红衣主教，说道，"德·卡于萨克先生的身子应该已经完全康复了吧？"

"多蒙关心！"红衣主教咬住嘴唇，掩饰不住一脸的悻悻然。

"那个时候，阿多思先生是去拜访一位朋友，"德·特瑞威尔先生继续说下去，"他的朋友来自贝阿恩，是个年轻的见习禁军，就在陛下的埃萨尔联队里当差，当时恰恰不在家。于是，阿多思先生就坐下来等他，谁知道他刚一坐下，拿起一本书准备阅读时，一队执达吏的助手和军士的混合部队突然把这座屋子团团围住，然后从好几个地方同时破门而入……"

红衣主教向国王做了个手势，告诉国王："这就是我刚跟您提过的那档子事。"

"这件事我已经知道了，"国王拦住德·特瑞威尔的话头，说，"他们这么做也是出于为我效力的目的嘛。"

"这么说来，"特瑞威尔愤愤不平，说，"他们把我手下一名无辜的火枪手抓走，还由两个卫士押着他在大街上走，把他当成歹徒强盗一样，以至于这位文质彬彬的先生遭受了路人粗鲁无礼的嘲弄，难道这一切也是在为陛下效力吗？而我所提到的这位先生，却已经为陛下流过了十次血，而且还准备继续抛头颅洒热血，为陛下真正地效力呢！"

"哦？"国王有点摇摆不定了，"真的是这样一回事吗？"

"可是，德·特瑞威尔先生为什么没有说出这样一个事实呢？"红衣主教表现得冷静异常，"那就是，您口中的这位无辜的火枪手，这位文质彬彬的先生，在这之前的一个小时却曾经用剑把我派去调查一件要案的四个预审法官给刺伤了。"

我才不相信主教大人能为您所说的这个所谓事实举出证据来呢！"德·特瑞威尔先生喊道，声音里充满了加斯科尼人不折不扣的率直，以及军人十足的粗犷豪放，"因为，关于阿多思先生的高尚人品，我是敢向陛下打包票的。更何况，在他出事前的一小时，他正赏脸坐在我家的餐桌旁呢，而且，饭后我们还在客厅里聊了好一会天。当时在座的还有德·拉特雷穆依公爵先生和德·夏吕斯伯爵先生。"

国王朝红衣主教望了一眼。

"对此我有一份笔录为凭，"红衣主教高声地回答了国王无言的质询，"这是由受袭击的预审法官提供的笔录，呈请陛下御览。

"法官提供的笔录？"特瑞威尔非常骄傲地说，"它能比得上军人凭名誉说出来的话吗？"

"得啦，得啦，特瑞威尔，您就别再说啦。"国王说道。

"要是主教大人如此怀疑我手底下的一名火枪手，"特瑞威尔说，"那我当然要求对此进行调查，因为红衣主教先生向来是以公正廉明著称的。"

"在那间被搜查的房子里，"红衣主教一点声色也不露，不紧不慢地继续说，"住的应该是，要是我的记性不坏的话，那个火枪手的一个贝阿恩朋友。"

"主教大人是不是想说达达尼埃先生？"

"我想说的是一位受您保护的年轻人，德·特瑞威尔先生。"

"没错，主教大人，您说得很对。"

"那么您有没有考虑过这样一种可能，那就是这个年轻人曾经唆使……"

"唆使阿多思先生？唆使一个比他年长一倍的人？"德·特瑞威尔先生不敢苟同，"这是根本不可能的，大人。更何况，那天晚上达达尼埃先生还在我家里来着。"

"嗬,这倒好,"红衣主教说,"敢情那天晚上所有的人都在贵府上啊?"

"难道主教大人怀疑我在说谎不成?"特瑞威尔气得脸红脖子粗。

"噢,不,天主知道,我怎么会怀疑您呢!"红衣主教说道,"只是,我只想问您一句话,他是什么时候在府上的?"

"噢!这一点我恰好可以给主教大人一个确切的答案,因为他进来的时候我刚好看了一下钟,是九点钟。虽然,我原本以为比那时还要晚一点的。"

"那他离开府上又是几点钟呢?"

"十点半,事发后一小时。"

"可是不管怎么看,"红衣主教说道,他向来十分相信特瑞威尔的诚实,因此知道自己败势已成定局,"可是不管怎么着,阿多思被逮住的地点就是在掘墓人街的这座房子里。"

"难道他连看看朋友的权利都没有吗?难道我手下的火枪手跟德·埃萨尔先生联队的禁军交个朋友都是被禁止的吗?"

"当他所交的朋友的住所十分可疑的时候,就是没有这个权利。"

"对了,特瑞威尔,这所房子十分可疑,"国王说,"您恐怕还不知道这一点吧?"

"是的,陛下,我确实不知道。但是,就算是这所房子的每一个角落都可疑,我也决不会相信达达尼埃先生所住的那个房间会有问题。因为,陛下,我要向您禀告的是,我相信这个小伙子。在我看来,他是普天之下陛下最忠诚的仆人,也是红衣主教先生最热诚的信徒。"

"上次在赤脚加尔默罗会修道院旁边兵刃相见,就是这个达达尼埃把朱萨克给刺伤了吧?"国王问道,眼睛望着红衣主教;而后者则憋了一肚子怨愤,满脸通红。

"第二天还挑了贝纳儒。对,陛下,没错,一点没错,陛下的记忆力可真好。"

"好了,这件事到底该用个什么办法来处置呢?"国王说。

"该怎么处置,应该由陛下,而不是由我决定的,"红衣主教说,"可您要是问我的意见的话,我就要说他是个有罪之人。"

"我不敢苟同,"特瑞威尔说,"幸好陛下有自己的法官,就让这些御前法官来判断孰是孰非吧。"

"没错,"国王说,"这桩案件就让法官去办吧。办案本来就是他们的职责,他们最后会做出裁决的。"

"不过,我想说一点,"特瑞威尔接下去说,"实在是可惜啊,在咱们这个可悲的年代里,就算是一个品行高洁,具有无可挑剔的美德的人,也难以逃脱遭受侮辱和迫害的命运。因此我敢下断言,警方要是继续肆无忌惮地施加种种淫威的话,军队是决不会甘为鱼肉的。"

乍一听,这话说得好像过于冒失了,但是德·特瑞威尔先生是在权衡了利弊之后才这样说的。他的目的是要引爆炸药,因为一引爆,炮眼里的炸药就会擦着,一擦着就会有亮光,会把周围照得一片通明。

"警方!"国王粗声粗气地反驳德·特瑞威尔先生的话,"警方!您懂得些什么呢,先生?您还是好好管管您手下的那帮火枪手,让他们别老把我搅得头昏脑涨吧。听听您说的话,您是不是说万一要是不幸抓了个火枪手,整个法兰西都保不住了?呵,只不过一个火枪手,就闹得这样的满城风雨!该死的!我偏偏要抓上他十个,一百个火枪手;索性把整个火枪营都连锅端了!省得有人老是跟我拧着劲儿干,惹我心烦!"

"对于火枪手来说,只要陛下您何时认为他们不可信任了,"特瑞威尔说,"那么从那个时候开始,他们就成了有罪之人了。所以,陛下圣明,这柄长剑我这就准备奉还给您。因为我完全可以肯定,在我手下的火枪手一个个被指控之后,总有一天,主教先生也会指控我的。与其等到那一天,我还不如趁早和阿多思先生以及达达尼埃先生一起投案的好,反正他们一个已经被抓了,另外一个被关进大牢也是迟早的事。"

"特瑞威尔,你这个加斯科尼的孽家伙,你还有完没完?"国王说。

"陛下,"特瑞威尔一点都没有减弱音量的打算,"请您吩咐放了我的火枪手,要不然就请把他交给审判官。"

"他一定会受到审判的。"红衣主教说。

"那好呀,实在太好了;因为要是出现这种情形,我就要恳请陛下允许我出庭为他辩护了。"

国王真担心这两个人会这样当面吵起来。

"主教大人,要是,"他说,"要是您没有什么私人的原因……"

红衣主教明白国王想讲些什么,马上抢先说道:

"请原谅,陛下,"他说,"如果您认为我在对待此事上存在成见,那么我任何时候都可以退出。"

"我说,特瑞威尔,"国王说,"您能不能对着父王的在天之灵发誓,阿多思先生在事发的那会儿的确就在您府上,与此案没有一点关系!"

"对着荣耀的先王,对着这世上我最爱戴和尊敬的陛下您,我发誓!"

"陛下,请您三思,"红衣主教说,"要是被捕的嫌疑人就这样给放了,我们还有什么办法弄清案情啊。"

"阿多思先生会呆在家里,"德·特瑞威尔先生立刻答道,"他随时都可以接受法官先生的传讯。他是绝不会逃跑的,主教先生;您要是不放心的话,我可以为他作担保。"

"是啊,他不会逃跑的,"国王说,"正如德·特瑞威尔先生所说的那样,我们随时都可以找到他。再者说,"他压低声音,望着红衣主教,做出一种央求的表情,说道,"还是把他放了吧,这也是出于政治上的考虑。"

黎塞留一听到路易十三的这种所谓政治上的考虑,忍不住好笑起来。

"您请下谕旨吧,"他说,"陛下您是拥有特赦权的。"

"只有犯了罪的人才适用特赦,"特瑞威尔说,他决心取得这最后一个回合的胜利,"可是我的火枪手并没有罪,他是无辜的。所以,陛下,您要做的不是下道特赦令,而是做出公正裁决。"

"他现在是在主教要塞里?"国王问。

"是的,陛下,而且还是被关在单人囚房里,秘密地,好像他是个罪大恶极的重犯一样。"

"该死!该死!"国王喃喃地说,"应该怎么做呢?"

"您只要签署一张放人的手谕,所有的事情就全部解决了,"红衣主教接着国王的话说,"我也和陛下一样,认为只要有了德·特瑞威尔先生的保证就没有其他问题了。"

特瑞威尔向红衣主教欠身行礼,极为恭敬。他满心快乐,但又有一丝担忧夹杂在这份欣喜之中。对他来说,宁可遇到红衣主教的顽强抵抗,也不愿意面对他如此轻易地投降。

国王一签好释放火枪手的手谕,特瑞威尔就拿了走人。

就在他将要跨出房门时,红衣主教冲他展开了一个友善的笑容,然后转向国王说:

“陛下,您的火枪营里这样的上下一心,融洽无间,真是可喜可贺啊;因为这样不但能够更好地为陛下效劳,而且也为大家的脸上增光添彩。”

“打今儿起,他肯定是要没日没夜地对我耍手段了。”特瑞威尔心里暗暗想道,“对于这样的一个家伙,是不可能有法子真正打败他的。我还是赶紧走人吧,因为陛下的主意变得可是要比任何人都快。不过,对于一个被关在巴士底监狱或者主教要塞的人来说,想把从那里出来的他重新再关到里面去,总要比老关着他不放他出来要麻烦吧。”

德·特瑞威尔先生春风得意地走进了主教要塞,把他那位仍然一派安详的火枪手给搭救了出来。

他一瞧见达达尼埃的面,上来就冲着他说:

“您的腿跑起来倒是挺快的,不过这只是报了您对朱萨克的那一箭之仇。还有贝纳儒的仇没向您讨呢,您自个儿小心点吧,可别太得意了。”

说起来呢,德·特瑞威尔先生认为事情不会就此了结,主教大人不会善罢甘休的想法确实是有几分道理的。因为这位火枪营统领刚刚跨出那扇房门,门刚在他身后合上,红衣主教就对着国王说话了:

“现在这里除了我们俩没有别人了。要是陛下同意的话,我们可以认认真真地谈一谈了。陛下,白金汉先生一共在巴黎逗留了五天,今天早上方才动身离开。”

第十六章　本章里掌玺大臣塞纪埃多次又要像过去那样敲钟了

想把路易十三在听到那几句话之后所产生的震撼给描述出来,那几乎是毫无可能的事情。我们只瞧见,他的脸一会儿通红,一会儿煞白。一见到这种情景,红衣主教马上意识到,自己刚才丢失的那些阵地,现在已经全部收复了。

"白金汉先生到巴黎来过!"国王嚷道,"他来这儿想干什么?"

"估计是来跟我们的那些敌人:胡格诺派和西班牙人,和他们来密谋策划什么阴谋的吧!"

"不,该死,不是的!他来这儿是为了跟德·谢芙勒兹夫人、德·隆格维尔夫人,还有孔代家的那帮子人互相勾结,好给我的名声上抹黑的。"

"哟!陛下,您这可真是太多虑啦!王后是非常贤明的,而且她又爱陛下爱得那么情真意切。"

"红衣主教先生,女人的意志总是薄弱得不堪一击的,至于说到她对我的爱情,我对于其是深是浅自有我自己的一套看法。"

"可是,我还是坚持我的意见,"红衣主教说,"白金汉公爵这趟巴黎之行的目的,完全出于政治上的考虑。"

"但是我却可以断定他来这儿是为了别的什么目的,红衣主教先生。而如果王后真是个罪人,那她就等着我给她颜色看吧。"

"老实说,"红衣主教说,"我本来还真有点犹豫的,再怎么着也没敢往不贞那方面想,不过听了陛下的话还真让我想起点不对劲的地方。我曾经按照陛下的旨意向德·拉诺瓦夫人问过几句话,据她所说,王后昨晚上可没早睡,而且今儿早上还哭得相当厉害,白天一直都在写信。"

"这就没错了,"国王说,"肯定是给那人写信,主教先生,我必须拿到王后写的这封信。"

"可是怎么能做得到呢,陛下?据我的看法,陛下和我都是没有办法做到这件事的。"

"他们是怎么把昂克尔元帅夫人的信给抄出来的?"国王勃然大怒地嚷道,"他们不但搜了她的衣柜,而且最后还对她进行了搜身。"

"但是陛下,昂克尔元帅夫人只是昂克尔元帅夫人,只是一个佛罗伦萨的女冒险家罢了。可是王后,陛下您尊贵的妻子,却是奥地利的安娜公主,法兰西的王后陛下,也就是说,她是世界上的所有金枝玉叶中最最娇贵的那一枝啊!"

"唯其如此,她才更该罪加一等,公爵先生!她既然把自己至尊至贵的身份忘得一干二净,那就活该要为此而掉尽身价。更何况,我有这个意思已经很久了,要把这一切的政治小阴谋和爱情鬼把戏全都来个一网打尽。她身边是有一个叫拉波尔特的人吧……"

"说句真心话,我认为此人正是所有事件的关键所在……"

"这么看来,您的看法跟我是一致的,也认为她一直在欺骗我喽?"

"我向陛下再次申明一点,我的看法是:王后她参与了反对王权的阴谋,但是这可不表明我认为她也参加了玷辱陛下英名的阴谋。"

"可是,我要对您说的是,这两个阴谋她全都有份。让我告诉您,王后她根本不爱我;让我告诉您,她一心爱着的是另外一个人;让我告诉您,那个人就是该死的无赖白金汉公爵!见鬼!他在巴黎逗留的时候,您为什么不把他给我抓起来?"

"抓公爵?把查理一世的首席大臣抓起来?陛下,您难道没有想过吗?这可是会掀起滔天巨浪的!如果陛下您此刻的怀疑,尽管我仍然对此持保留意见,到时候居然得到了证实,那该惹出多么可怕的一场风波呵!会造成多少难以收拾的麻烦呀!"

"可是,既然他就这样像个贱民,像个小偷一样地溜进了巴黎,那就应该……"

路易十三突然停住了口,因为对于他差点脱口而出的话,连他自己都觉得有点害怕了,所以就没再往下说。而此时呢,黎塞留正伸长了耳朵,殷切地等着国王说出那句已经溜到了嘴边的话。

"就应该怎么着?"

"噢,没什么,"国王说,"没什么。不过,您应该对他在巴黎期间的那段行踪进行了监视的吧?"

"是的,陛下。"

"那他住在什么地方?"

"竖琴街七十五号。"

"这是在哪块地方呀?"

"就在卢森堡宫那一片。"

"您能确信王后在此期间没有见过他的面吗?"

"陛下,对于王后忠于自己的责任这一点,我向来是毫不怀疑的。"

"但是他们之间有书信交流,王后写了一整天的那封信,就是要寄给他的。公爵先生,我要这封信!"

"可是陛下您……"

"公爵先生,我要这封信,不惜任何代价!"

"可是陛下,我必须提醒您……"

"红衣主教先生,难道连您也打算背叛我吗?您难道老是要这样不听我的旨意,违拗我的心愿吗?难道您也和西班牙人,和英国人,和德·谢芙勒兹夫人还有王后联合起来对付我吗?"

"陛下,"红衣主教愁容满面,唉声叹气地说,"我以为陛下是不该有这样的怀疑的。"

"红衣主教先生,相信您已经把我的话听得非常清楚了:我,要那封信!"

"办法只有一个。"

"什么办法。"

"让掌玺大臣塞纪埃去办这件事。这事完全在他的职责范围之内。"

"马上派人把他给我叫来。"

"估计他这会儿在我那儿,陛下;我临来这儿之前曾经派人请他去我那儿来着。临来卢浮宫之前,我留话让人关照他,到了之后在那儿等我。"

"快叫人把他给我找来。"

"陛下的旨意一定遵照,可是……"

"可是什么?"

"可是王后有可能会抗旨。"

"违抗我的旨意?"

"有可能,要是她不清楚这是陛下您的口谕的话。"

"好了,我将亲自去通知她,免得她对此有什么怀疑。"

"请陛下不要忘记这点,为了防止关系的破裂,我已经尽了最大的努力。"

"知道,公爵,我很清楚您对王后的宽容,而且很可能这种宽容有点过了头。我可先跟您打声招呼,关于这一点,以后我是会好好找您说说清楚的。"

"我会随时等候您的吩咐,陛下。不过,我向来一直都希望瞧见您和法兰西王后陛下能相敬如宾,举案齐眉的,而且为自己能为此尽绵薄之力而深感荣幸和骄傲。"

"行了,主教先生,行了。不过,现在您还是派人去把掌玺大臣给我找来吧,我要上王后那儿去了。"

说着,路易十三打开了寝宫的房门,走进了那条通往奥地利的安娜公主的卧房的走道。

王后正由几位侍从女官簇拥着坐在房中。这些女官有:德·吉托夫人、德·萨布莱夫人、德·蒙巴宗夫人和德·盖梅内夫人。而在房间的一个角落里,则坐着那位和王后从马德里一起到这儿的西班牙侍从女官堂娜艾斯特法妮娅。这个时候,所有的人都在聚精会神地听德·盖梅内夫人朗读一本书,只有王后是个例外。她并没有在听,因为做出朗读的提议只是为了这样可以装出倾听的样子而任由自己的思想任意驰骋。

她此刻的这种沉思冥想,虽然说有爱情的最后一丝亮光而染上的一抹金黄的暖色,但还是掩不住其中的哀婉凄凉。她,身为奥地利的安娜公主,此刻是怎样一种处境啊:丈夫的宠信已经荡然无存,更可悲的是还要承受来自红衣主教的记恨,成为这个欧洲最厉害的人物的眼中钉。而原因呢,就是因为她拒绝了红衣主教提供的、比记恨要温柔得多的感情。但她这样做是因为有王太后这个前车之鉴啊。因为,尽管玛丽·德·美第奇,法国的王太后,当年从一开始就接受了奥地利的安娜自始至终都加以拒绝的感情,如果当时的回忆录是可信的话;但这种记恨还是落到了她的身上,并且把她折磨了整整一生。而现在,奥地利的安娜眼睁睁地看着自己身边最忠心的仆人,最亲密的女友,还有最宠幸的亲信,一个接一个地倒了下去,而她却无能为力。她的友谊变成了一个招惹迫害的致命标记,凡是跟她有过交往的人全都逃不了倒霉的命运:德·谢芙勒兹夫人被流放了,德·韦尔内夫人也被流放了;就连拉波尔特,就连他都在有一天向女主人坦言道,自己已经做好了随时被逮捕的准备。

正当她在这哀婉深沉的冥想中无法自拔的时候,房间的门突然打开了,国王走进了房间。

朗读立刻停止了,所有的女官都站起身来,屋子里鸦雀无声。

国王连一点礼貌地表示也不愿意做;他径直走到了王后跟前,站定了。

"夫人,"他说,语调尖锐,听起来好像岔了气,"待会儿掌玺大臣会到您这儿来,告诉您我要他来办的一件事。"

可怜的王后,这位随时都有离婚、流放和受审的危险的金枝玉叶,一听这话,就算是脸上的那一层胭脂也没有办法盖住她惨白的脸色了。她情不自禁地问道:

"为什么要让他来告诉我呢,陛下?有什么样的事情,陛下不能亲口对我说,而需要通过掌玺大臣来告诉我呢?"

国王把身子转了过去,不肯回答王后的问题。而几乎就在同一时刻,卫队长德

·吉托先生通报说,掌玺大臣求见。

当掌玺大臣跨进了这个房间的时间,国王已经从另外一扇门离开了。

我们瞧见,刚跨进房门的掌玺大臣,带着一脸尴尬的笑容,两颊微微泛着潮红。因为我们在以后的故事中可能还会提到这位掌玺大臣,所以干脆趁着他出场这工夫将他做一番介绍,好让读者有所了解这个人。

掌玺大臣这个人可是一个挺有意思的角色。把他引荐给红衣主教的是巴黎圣母院的政事司铎德·罗施·勒马斯尔,早年是红衣主教贴身男仆来着。引荐人声称此人绝对忠实可靠,而红衣主教也对他信任有加,认为他办事颇为得力。

他是一个颇有些传闻的有名人物,其中的一则是这样的:

在他做过了一段时间荒唐放纵的轻狂少年之后,他进了一座修道院,因为他觉得自己年轻时纵欲的罪愆需要在这样一块净土上补赎一下,起码在一段时间里补赎一下。

但是遗憾的是,当这位可怜的赎罪者踏进修道院的院门时,没有及时关严这块净土与尘世之间的大门;所以,他想要逃避的那种种情欲,也如影随形,一并溜了进来,纠缠得他坐立不安,不得安生。于是,他跑去找修道院院长,据实告之他所身受的这些灾难。院长诚心地想搭救他脱离情欲的苦海,于是关照他说,要是情欲的魔鬼来引诱他时,就马上跑到钟楼去拉钟绳,使尽全力地把钟敲响。而一听到这钟声,全院的修道士们就会知道他们的一个兄弟正受着诱惑的折磨,所有的修道士都会为他而祈祷。

未来的掌玺大臣觉得,这样的主意实在不赖。于是,他就一心依靠全院修士的大规模祈祷来与情欲的恶魔抗争了。可是,对邪魔来说,像这样一块已经到手的领土是绝对不能再拱手让出的。所谓道高一尺,魔高一丈,你这边越是祈祷得起劲,他那边也就越是诱惑得邪乎,就只听见那修道院的钟声从早到晚没一刻停歇的,向世人宣告着这位忏悔者是如何心诚地禁欲苦修。

但这么一来,修士们也就别再奢望能拥有片刻的歇息时间了。每天,他们不光要在白天沿着通往小教堂的楼梯上上下下忙个不停;甚至在晚上,除了临睡前的晚祷和早上的晨课之外,还得从床上跳下来二十次,俯伏在斗室的地砖上祈祷。

到后来,谁也不清楚究竟是他终于逃脱了魔鬼的纠缠呢,还是修士们已经精疲力尽得无力再拯救这个被情欲所俘获的兄弟了。反正三个月之后,这个忏悔的家伙又在外边招摇过市了,而这段经历则给他留下了一个臭名声:魔鬼缠身的头号种子。

从修道院出来以后,他钻进了司法界,从他叔父手里接过了那顶最高法院院长的臼形圆帽,死心塌地地跟在红衣主教身后,并且对于这一点表现得非常精明干练。作为奖赏,他当上了掌玺大臣,成了主教大人在折磨王太后,报复奥地利的安娜公主的阴谋中的得力干将。除此之外,在夏莱案件中,他给法官撑腰,对法兰西王室围场总监德·拉夫玛先生的试验表示全力支持。到了最后,正因为红衣主教宠幸他到了别人无法代替的地步,所以才把这项非同一般的,必须面见王后执行的特殊使命交给了他。

他走进房间的时候,王后仍然还站在那儿,但是一见他来了,王后马上坐了下来,并且用手势示意她的女官们也都在各自的软垫或是矮凳上坐下来。然后,她神情高傲地问道:

“您来这儿有什么事情吗,先生?您究竟来此有何贵干哪?”

“王后陛下,我对您向来是极为尊敬的,但是圣命难违哪。现在我奉国王谕旨,前来搜查您的信件。”

"什么！先生,您在说什么！搜查……我的信件！您居然敢侮辱我!"

"请您原谅,陛下。可是从目前的情况来看,我实在只是国王陛下使用的一件工具罢了。您刚才不是瞧见国王陛下到这儿来,亲自请您做好接受我求见的准备了吗?"

"好,搜吧,先生,您想搜就搜吧。看起来,我根本就和一个犯人没什么两样了。艾斯特法妮娅,把钥匙给他,我梳妆台和写字桌的钥匙都给他。"

掌玺大臣把这些地方搜了一遍,但实际上这只是为了走个形式而已;他心知肚明,王后怎么可能把白天写的那封重要的信件锁在抽屉里呢?

在他把写字桌的抽屉开开关关二十多遍,倒腾得不能再倒腾之后,他不得不——尽管有那么几分踌躇——使出最后一记招数了,那就是直接动手对王后进行搜身。这会儿,只见掌玺大臣尴尴尬尬,犹犹豫豫地向奥地利的安娜走上前去,说起话来也透着老大的不自在。

"现在,"他说,"就只有最主要的那项搜查还没有进行了。"

"搜什么地方?"王后问道,到现在她还没有明白,或者不如说,她也不想弄明白这句话的意思。

"您白天写过一封信,陛下知道了这件事,同时也知道您还没有把这封信发出去。现在,梳妆台里和写字桌里都没有找到它,但它总得在哪个地方呆着吧。"

"您竟敢把手动到您的王后身上?"奥地利的安娜直起身来,神情一派威严,目光逼视着掌玺大臣,那目光中几乎已经透着恫吓的意味了。

"夫人,我是国王陛下忠实的臣子啊;陛下吩咐我怎么做,我就必须照着办。"

"很好,一点没错,"奥地利的安娜说,"红衣主教的密探为他们的主子办事的确是够尽心尽责的。我今天是写了一封信,这封信也的确还没有发出,它就在这儿。"

说着,王后把她那美丽的纤纤玉手按在了胸前。

"那么,夫人,就请您把这封信交给我吧。"掌玺大臣说。

"我只能把它交给国王本人,先生。"安娜说。

"要是国王希望由他本人亲自来拿这封信的话,夫人,他早就开口向您要了。但是,我再向您重复一遍,是国王下旨命令我来向您拿这封信的,要是您不把它交出来的话……"

"不交又怎么样?"

"国王的旨意是让我自行取到这封信。"

"什么?您这话是什么意思?"

"我是在告诉您,国王的旨意并不仅限于家庭的范围,夫人,我为了找到那封可疑的信还有权在王后陛下身上进行搜查。"

"不,这太可怕了!"王后喊道。

"因此,夫人,您还是别把这件事给弄大了。"

"这是暴行,丧尽廉耻的暴行!您难道没有意识到吗,先生?"

"请您原谅,夫人,我只是奉旨办事。"

"我决不能忍受这种耻辱,决不! 不,我宁愿去死!"王后喊道,神情庄严,凛然不可侵犯,在她的血管里,西班牙和奥地利两个王室的高贵血液正在汹涌澎湃。

掌玺大臣深深地鞠了一个躬,然后便毅然决然地向奥地利的安娜走去,那神情非常明显地显示出他已经打定了主意,不达目的决不后退一步。看着他那副模样,简直就是个刽子手的助手在行刑室里一步步向犯人逼近。王后看到这样的一种逼迫,眼里不由迸出了激愤的泪水。

前头我们已经提到过了，王后原是一个天仙般的美人儿。

因此，这原本是一个极其微妙的差使。而我们的国王由于被对白金汉的嫉妒气蒙了心，所以反而对谁也不嫉妒了。

此时的掌玺大臣在想些什么呢，想必是在四下寻找那根敲钟的绳子吧。不过，既然瞧不见那绳子的踪影，所以他干脆也就把心一横，朝着王后刚才所说的藏信之处伸出手去。

就像瞧见了一条毒蛇一样，奥地利的安娜猛地后退了一步，脸色惨白，好像随时都会昏死过去一样。她用左手撑住身后的一张梳妆台，好让自己不至于跌倒，右手则从胸前抽出一张纸来，交给掌玺大臣。

"给您，先生，这就是您要的信。"王后声音颤抖，语不成句地说："拿走吧，我希望您这张讨厌的脸再也别出现在我的面前了。"

掌玺大臣也同样全身颤抖，不过他是由于激动，而这种激动从何而来自然是不难理解的。他接过王后递来的这封信，一躬到底，转身就离开了房间。

信拿到手之后，掌玺大臣没对它瞅上一眼，就径直奔去面呈国王。国王接过信来，忍不住两手发抖，第一眼就瞧收信人的地址，但是上面没有写。他的脸刷一下白了，慢慢地把信纸打了开来，然后，看到台头是西班牙国王，他立刻飞快地看了下去。

这封信彻头彻尾是个针对红衣主教而制定的计划。在信上，王后请示她的兄长与奥地利皇帝联合起来，假装对法国宣战，而宣战的理由就是黎塞留长期以来阴谋败坏奥地利王室的声誉，同时两国也因为他所采取的政策而受到了利益上的损害。信上说，如果要议和，那么条件就是必须把这个红衣主教驱逐出去。关于爱情么，这封信上一个字也没有提到。

国王问侍从官，红衣主教是否还在卢浮宫没有离开，语气里掩不住的兴奋。侍从官回答说，此刻主教大人就在书房里，正等候陛下的谕旨。

国王马上到那儿去了。

"嘿，公爵，"他朝红衣主教说，"是您说的有道理，我大错特错；这封信里所说的全都是有关于政治的阴谋，跟爱情倒是一点关系也没有。不过，这上面倒是提到了不少有关您的话。"

红衣主教把信接了过来，从头到尾详详细细地看了一遍；看完一遍之后，又看了第二遍。

"瞧，陛下，"他说，"您能想到我们的敌人有这么厉害吗？留下我的代价是您必须面对两场战争的威胁。凭良心说，陛下，如果我们易位而处的话，面对着这样两个强大的对手，我是会听从他们的要求的。而以我现在的身份来说呢，我还正求之不得，能有这样的一个机会，使我从此能退出纷繁复杂的政务哩。"

"您说的都是些什么话呀，公爵？"

"我的意思是说，陛下，纷争频仍，工作繁重，这一切已经把我的身体给搞垮了。我的意思是说，以我现在的健康状况，恐怕是很难再去承受率领部队围攻拉罗谢尔的鞍马劳顿啦。所以呢，最好是能找个来代替我位置的人，像是德·孔代先生啦，德·巴松比埃尔先生啦，或者别的什么英勇善战的将军也可以嘛。我本来只是个侍奉天主的神职人员，这么多年来勉强从事自己并不胜任、力有未逮的工作，还偏离了自己的圣职，这本来就是无可奈何之下的暂时之举。现在，您只要让人把我替换下来，陛下，那您不但在国内可以拥被高卧，没有心腹之患，而且我还可以向您担保，您在国外也会变得更加受人崇敬。"

"公爵先生，"国王说，"我什么都清楚，您就只管放宽了心吧。这封信里所涉及的每一个名字,它们的主人都逃不脱应有的惩罚的,就连王后也不例外。"

"陛下,您怎么会这样想呢?对于王后,我哪怕带给她一丁点儿的气恼,天主也会责怪我的呀!在王后的眼里,我是个一直和她作对的敌人,虽然陛下您可以证明,我对于她向来都是一片至诚,真心效忠的,甚至还不惜触怒龙颜的。哦!当然,要是她辜负了陛下对她的爱和信任,在与您名誉攸关的问题上撒了谎,那就是另外一回事了。那时候,我会头一个站出来对您说:'不能宽恕她,陛下,这个女人是有罪的,不能宽恕她!'幸好让人高兴的是,这个假设并不成立,而陛下刚刚又获得了一个新的证据。"

"是的,红衣主教先生,"国王说,"就像以前每一次那样,这次的事件又证明了您所说的正确性。但是,王后还是照样地惹我生气了。"

"不,陛下,这回是她被您惹得生了气。说真的,她用这么认真的一种做法来表示她对陛下您的气愤,我倒是能够理解的。陛下啊,您对她实在太过严厉了!……"

"公爵,任何一个要跟我,或者是跟您对着干的人,我都会像这样毫不留情的。什么尊贵的地位,还是严重的后果,都不在我的考虑之列。"

"王后反对的人不是您,她是要跟我对着干。对于陛下,她是一位无可指责的好妻子啊,不但忠贞,而且温顺。因此,陛下,看在我的面上,请您不要对她做任何惩罚了。"

"那她总得先来向我低头认个错啊!"

"恰恰相反,陛下,您应该首先对她有所表示才对。因为是您在猜疑王后,所以当然得由您先认个错呀!"

"我先认错,让她摆架子?"国王说,"门儿都没有!"

"陛下,请接受我真心诚意的恳求。"

"再者说,就算我答应,可怎么去迁就她呢?"

"找一桩肯定能让她高兴的事情来做呗!"

"能有什么事情哪?"

"举行一次舞会,您不会不知道王后有多么喜欢跳舞的。您只要稍微献这么一点殷勤,王后的怨气肯定会消失得一点踪影都瞧不见的。对于这一点,我可以向您打包票。"

"您是了解我的,红衣主教先生,我对于这所有的一切社交娱乐活动,压根儿是一点兴趣都没有的。"

"王后也知道这一点啊。正因为这样,您特地为了她而开这么个舞会,她才会更加领情啊。而且,趁此机会,也正好让她戴上她的那串漂亮的钻石坠饰,在众人面前露一下。她还从来没在人前戴过您在她的圣名瞻礼日送给她的那串坠饰呢。"

"让我再想想,红衣主教先生,让我再想想。"国王说。王后是犯了罪,可是对于她犯罪所涉及的这件事恰恰是国王最不关心的;与此同时,又刚好证明了她在另外一件事上是清白的,而那件事是国王痛恨到极点的。所以,现在国王的心里实在是高兴极了,正要找个台阶和王后言归于好呢,"回头再说这件事吧。不过,说句老实话,您的宽容实在太过分了。"

"陛下,"红衣主教说,"严厉是大臣的忠诚而宽容是君主的美德。善用这种美德吧,它会为您带来好处的。"

听完这几句话,红衣主教听见钟敲响了十一点,于是便躬身行礼,向国王告退,同时再次恳请国王与王后重归于好。

而奥地利的安娜那边呢,在那封信被搜走之后,她一直等着那扑面而来的种种斥骂谴责。可是,出乎她的意料,第二天国王居然一个劲地向她示好,这就不由得她不大吃一惊了。吃惊过后,她的第一个反应是抗拒,没有一个女人在自尊受到如此的凌虐之后会这么着骤然转过弯来的,何况同时受到这种不堪忍受的侮辱的还有她作为王后的尊严呢!但是,毕竟周围有那么多女官对她进行苦口婆心地劝说,慢慢地她也就软化了下来,看上去似乎有些忘了那些前嫌。瞅准她有点回心转意的当口,国王对她说,就在近几日,他想为她举办一场舞会。

一场舞会!对于可怜的奥地利的安娜来说,这是一件多么稀罕的事情啊!于是,红衣主教猜得一点都没错,听到国王的这一句话,她心里的那点儿最后的怨恨,就算没有从心里,至少也已经从脸上,消失得没有一点踪影了。她问国王,舞会打算在哪一天举行;国王却回答她说,他得先跟红衣主教商量一下再说。

此后每天,国王都要问一遍红衣主教,这个舞会该放在什么时候举行啊。而红衣主教呢,每次都能找到推宕的借口,不肯敲定具体的日子。

就这样,不知不觉地过去了十个日夜。

而就在前面所说的那场风波过后的第八天,一封贴着英国邮票的信送到了红衣主教的手里,信上只有简简单单几行字:

"东西已拿到手;旅费欠缺,无法动身离开伦敦。请寄来五百皮斯托尔,收到款后四五天内即抵巴黎。"

就在红衣主教收到这封信的同一天,国王又像过去几天一样来催问他办舞会的日期了。

黎塞留数着日子低声自语道:

"信上说收到钱后四五天就可以回到巴黎。算起来,钱寄到她那儿得花四五天时间,她回来又得花四五天时间,加一块就算是十天吧。再算上可能遇上逆向风,还有别的什么麻烦,她又是个女人,体力难免弱点,那就算一共十二天吧。"

"算好了吗,公爵先生?"国王问,"您能确定下日子了吧?"

"是的,我算好了,陛下。今天是九月二十日,那么就定在十月三日,由市政厅的名义举办一个舞会。这样的安排再恰当不过了,就一点儿不会显出是您去迁就王后的了。"

然后,红衣主教又加上了一句话:

"陛下,我顺便说一句,您别忘了在舞会的前一天对王后陛下说,您想知道那串钻石坠饰是不是和她的美丽相配。"

第十七章　伯纳肖夫妇

这已经是红衣主教第二次向国王提过这串钻石坠饰了，所以不免让路易十三有些惊疑。国王心想，在他这种再三叮嘱的执着背后，肯定有什么鬼名堂。

要知道，虽然比不上我们现在的警察机器的完善严密，但红衣主教所拥有的那个警探网在当时来说绝对是数一数二的。所以，关于国王和王后之间的种种细节，往往连国王本人都未必能像红衣主教了解得那么清楚，所以好几次国王都被弄得十分狼狈，几乎下不了台来。因此，这一回他既然有了怀疑，就打定主意要跟王后谈上一次，巴望着能从这些谈话中找到点什么线索，发现点什么秘密，然后拿到红衣主教面前去抖搂一下，不管这秘密对方是不是已经知道了，反正这么一来，在这个大臣眼里，他的威信就可以往上拔一大截子了。

打定了这么个主意之后，他就跑到王后那儿去了。到了之后，先按照老规矩对王后身边的那些人劈头盖脸地一顿好骂。奥地利的安娜微微地低着头，一声不吭地听着他气势汹汹地数落这个，编排那个，只是一心巴望着他快点儿说完。可惜路易十三巴望的却是另外一样东西。因为他认定了红衣主教的话里面一定有另外一层含义，是故意要耍点花枪好吓他一大跳（这也是红衣主教的一贯作风），所以他一心想把王后引得跟他争执起来；这样一来，说不定他就能抓住什么蛛丝马迹。也别说，到了最后，他这么一番没完没了的攻讦还真的达到了目的。

"可是陛下，"这种摸不着边际的空泛责骂实在让奥地利的安娜再也没法忍受了，"您倒是把您心里想的东西全给说出来啊。您不说，叫我能有什么办法呢？您就告诉我吧,到底我又犯了什么过错? 总不见得为了一封我写给哥哥的家信,陛下会这样子嚷嚷个没完没了吧。"

突然遭到这么直截了当的反击,国王反而一下变得哑口无言了。于是他盘算着,那几句本来要在举行舞会的前一天关照她的话,还不如趁现在就先对她说了吧。

"夫人,"他一本正经地开口说道,"不久就要在市政厅举办舞会了。我希望您能够赏光,参加这个由咱们那些正直的市政官员举办的舞会。为了隆重起见,我要您不仅身着盛装,而且还要戴上那串我在您的圣名瞻礼日时送给您的钻石坠饰。这就是我所要对您说的话。"

对于奥地利的安娜来说,这个回答实在太可怕了,她以为路易十三已经知道了事情的全部经过。至于这一个星期以来他之所以隐忍着没有发作,一方面可能是红衣主教劝说他这么做;另一方面,和他一贯的个性也挺符合的。王后的脸一下子变得惨白惨白,不由自主地把一只手撑在了靠墙的半圆桌上了。这只手的美丽曾被无数人歌咏过,可现在看起来却像是由白蜡制成的一样。她望着国王,目光惊恐,一句话也说不出来。

"您听见了没有,夫人?"国王问,能瞧见王后这么一副惶恐不安的模样,他有说不出的高兴,但他并不知道原因何在,"您听到了吗?"

"是的,陛下,我听到了。"王后磕磕巴巴地说道。

"您会去参加舞会?"

"是的。"

"戴着坠饰?"

"是的。"

王后的脸色更加惨白了,就像死人一样;国王同样瞧出了这一点,而且为此心里还暗暗得意。这种冷酷无情的性格,正是他身上让人极其讨厌的特点。

"好了,就这样说好了,"国王说,"我来见您想说的就是这件事。"

"那么这个舞会在哪一天举行呢?"奥地利的安娜问道。

出于本能,路易十三意识到自己应该拒绝回答这个问题,因为王后问这句话时,声音就像一个临终之人一样死气沉沉。

"也就是最近这几天吧,夫人。"他说,"不过我也拿不准具体的日子,还得去问一下主教先生。"

"这么说来,举行舞会是主教先生给您出的主意喽?"王后忍不住大声问道。

"没错,夫人,"国王十分惊奇地回答道,"可是您问这个干吗?"

"那么,也是他让您要我戴上那串坠饰的?"

"是这么回事,夫人……"

"是他,陛下,是他!"

"得啦,他也好,我也好,这又有什么打紧的呢? 难道请您参加舞会还是什么罪过不成吗?"

"不是的,陛下。"

"这么说来,您是会参加的喽?"

"是的,陛下。"

"很好,"国王嘴里说着,开始往外走,"很好,那就这么说定了。"

王后朝他行了个屈膝礼,但并非是出于礼节。事实上,她的膝头实在是软得支

三个火枪手

图文珍藏版

持不住身子的重量了。

国王走了出去,一脸的得意。

"我完了,"王后喃喃自语道,"全完了。主教什么都知道了,正是他唆使着国王让我戴坠饰,现在国王是还不知道这些的,可是有什么用呢,很快他就会知道了。谁也救不了我了!我完了!主啊!主啊!主啊!"

她跪了下来,跪在一只软垫上开始祈祷,头埋在两条手臂中间,而手臂则在瑟瑟发抖。

一点没错,她此刻的确处于非常危险的境地里。白金汉已经回伦敦去了,德·谢芙勒兹夫人远在都尔。她所受到的监视比以前更加严密了,隐隐约约地,她可以感觉到,身边的女官之中有人出卖了她,可是又没有办法查出到底是谁。而拉波尔特呢,这会儿根本没有办法离开卢浮宫。她身边找不出一个可以信赖的人。

身陷这样的险境而又孤立无援,可怜的王后忍不住失声痛哭了起来。

"我能为陛下效点劳吗?"突然之间,一个声音温柔地说,语调里饱含着同情。

王后立即转过身去,因为这声音中所包含的感情是不会让人听错的;除了朋友,没有人会这样说话。

果不其然,在一扇通到王后卧房内房去的房门边上,出现了漂亮的伯纳肖太太的身影。刚才,国王进来时她正在一个小房间里整理王后的裙袍和内衣,没有办法退出去,所以她把刚才的谈话从头到尾听了个一清二楚。

猛然间瞧见一个人影,王后不禁尖叫了一声,因为实在是太过惊恐了,所以第一眼她并没有认出这就是拉波尔特引荐给她的那个年轻女人。

"哦!您别怕,夫人,别怕!"年轻女人双手合十,瞧见王后惶恐成这个样子,她也忍不住落下了眼泪,"我这个人和这颗心,都是属于陛下您的。虽然我从来没法接近您,虽然我只是个地位低下的小市民;但是,我想我已经有办法了,我可以让陛下从这痛苦中摆脱出来。"

"您么!哦,老天!是您么!"王后喊道,"过来,抬起您的脸看着我的眼睛。这么多人都出卖了我,您是我可以依赖的人吗?"

"哦!夫人!"年轻女人双膝跪地,大声说道,"为了陛下,我就算是赴汤蹈火,也在所不惜!"

这声音是出自内心的,就像第一次的那个声音一样,它是不会被人误解的。

"是的,"伯纳肖太太接着说,"是的,您身边有人把您出卖了。可是,凭圣母的名义,我向您发誓,陛下,不会有任何人会像我一样地忠于您了。国王刚才要向您要的那串坠饰,您已经给了白金汉公爵了,对吗?这些坠饰是装在一个香木做的小盒子里的,他是夹着这个盒子离开的,对不对?我说的不对吗?难道这不就是事情的经过吗?"

"哦,天主啊!我的天主!"王后只能不住地祈祷,吓得牙齿直打战。

"那么,必须取回来!这些坠饰,"伯纳肖太太接着说,"一定要把它们拿回来。"

"是的,当然得把它拿回来,"王后大声说道,"可是怎么拿呢,用什么办法才能把它拿回来呢?"

"要派一个人到公爵那儿去。"

"对,可是,派谁呢?……派谁呢……?我还能相信什么人呢?"

"请您相信我吗,夫人。请让我能有这个荣幸,夫人,让我去找送信的人,我一定能找到的！"

"可是，还得写一封信呀！"

"哦！没错，一定得有一封您的亲笔信才行。陛下，就请您写上几句话，然后再盖个您的私章。"

"几句话！可是就这几句话，就可以定我的罪哪。就凭这几句话，我就得离婚，就得被流放！"

"是的，如果它们落到了坏人的手里的话！但是我可以向您保证，这封信一定会安安全全地送到公爵手里的。"

"哦！我的天主啊！也就是说，我要把我的生命、荣誉，还有名声，全都放在您的手里了！"

"是的！是的，夫人，您必须这样做。因为，我，我会让您的这一切全都完好无损的！"

"可是您打算怎么去做呢？好歹您也得告诉我您有什么主意呀。"

"我的丈夫在两三天前就已经给放出来了；我现在还没有时间回去看过他。他是一个规规矩矩的本分人，不得罪谁，也不特别亲热谁。只要我要他做的事，他一定会办好的。要是我让他去送样东西，他拿起东西拔腿就跑，连打听一声是什么东西的话都没有。我把陛下的信交给他，就算他不知道这封信是出自您的手，他也一定会妥妥当当地把它送到收信人手里的。"

王后非常感动，忘情地抓住了这个年轻女人的双手。她望着对方的双眼，好像要看清楚对方心底的秘密一样。但是，从这双美丽的大眼睛里，她只看到"真诚"两个字，于是她满腔柔情地拥抱了伯纳肖太太。

"您就按这样去做吧，"她大声地说，"我相信你！我的生命，我的荣誉，都由您来拯救了！"

"哦！陛下您过誉了，能为您尽点微薄之力是我的荣幸。我根本就谈不上拯救陛下什么东西的，您只不过是不小心当了卑鄙阴谋中的牺牲品罢了。"

"是的，是这样的，我的孩子，"王后说，"你说得完全正确。"

"那么，您就快把信交给我吧，夫人，现在是刻不容缓的。"

王后跑到一张放着纸、笔和墨水的小桌子跟前。她在纸上写了两行字，盖上私章，然后把这封信递给了伯纳肖太太。

"等一下，"王后说，我们把一件要紧的事情给忘记了。"

"什么事？"

"钱。"

伯纳肖太太的脸忍不住红了。

"是的，没错，"她说，"我得跟陛下实话实说，我丈夫他……"

"他没钱，你是想说这个吧。"

"不是的，他是有钱的，可是他吝啬得要命，他这人就这个毛病。不过，陛下您别操心这个了，我会找到办法的……"

"糟糕的是我也没钱，"王后说（要是读者看过德·莫特维尔夫人写的回忆录的话，想必不会对王后的这句话感到吃惊），"不过，请你等一下。"

"你瞧，"她说，"这个戒指，他们对我说它是很值钱的。它是我哥哥西班牙国王送给我的，属于我的私人物品，可以由我自由支配。你拿着这只戒指，把它换成钱，让你丈夫出发吧。"

"要不了一个钟头,他就会遵旨出发的。"

"你看清楚收信人了吧,"王后又说道,那声音轻得让人几乎都听不清楚她在说些什么了,"伦敦白金汉公爵。"

"一定会把这封信交到他本人手里的。"

"好孩子,你的心肠真好啊!"奥地利的安娜喊了起来。

伯纳肖太太吻了吻王后的手,把信在胸前郑重其事地藏好,然后就像一只小鸟一样轻盈地飞走了。

十分钟之后,她已经回到了家里。事实上,像她告诉王后的那样,自从她丈夫出狱之后她还没见过他的面。也正因为这样,所以对伯纳肖先生的改变她根本一无所知。她不知道,主教大人的恭维和赏赐已经让她丈夫彻底推翻了以前对红衣主教的看法。更何况,经过两三次亲密的造访,德·罗什福尔伯爵已经成了他最好的朋友了,伯爵不费吹灰之力就让伯纳肖相信:对他老婆的那次绑架行动不存在半点恶意,只不过是政治上的一种警告罢了。

家里除了伯纳肖没有别人,这个可怜的家伙正在费劲地和屋里的那堆家具残骸做斗争。他刚回家的那会儿,只瞧见屋里的家具差不多全被砸了个稀巴烂,柜子里面也几乎什么都不剩了。这也难怪,所罗门王当初所说的那三件来无影去无踪的东西里面,本来就没有司法人员的份。至于家里的那个女佣人,瞧见主人被抓了,她吓得赶紧逃命。这可怜的女孩子实在是给吓坏了,一口气从巴黎一直跑回了她的勃艮第老家。

可敬的针线铺老板瞧见妻子进了屋,就向她报告了自己平安归来的好消息。而伯纳肖太太呢,则向他表示了祝贺,并且对他说,自己好不容易才挤出点儿空来,就马上赶回家来看她的好丈夫了。

可是这个晚上,却足足过了整整五天之久。要是换了别的时候,伯纳肖师傅肯定会觉得自己也未免等得太久了些;可是这一回,他去看见了红衣主教,后来罗什福尔又过来看过他几次,所以他还真有不少的大事情需要仔细考虑考虑。而不管谁都知道,只要脑瓜子一转,想点什么事情,时间也就过得格外的快了。

更何况,咱们的伯纳肖想的还尽是些蜂蜜里面抹糖的好事情呢。罗什福尔,一位伯爵先生,叫他朋友,叫他亲爱的伯纳肖,而且还时不时地在他耳边说,红衣主教非常器重他。针线铺老板越想越乐,只觉得荣华富贵已是触手可及的事了。

这些日子来,伯纳肖太太也在考虑事情来着;不过,咱可得把话说明白,人家所想的事情可跟那些飞黄腾达的野心之类的东西沾不上一点边。她在想一个人,这些天来,那个年轻英俊的小伙子总时不时地在她的脑海里蹦腾两下,他真勇敢,而且看上去还那么的多情!伯纳肖太太十八岁上头就嫁了人,生活一直局限在朋友和丈夫的小圈子里,而这些男人是根本不懂如何在一个心高气傲但又没有身份地位的女人心里,激起感情的涟漪的。是有过一些粗俗不俗的挑逗,但伯纳肖太太对此根本是冷漠置之。可是,对方是个世家子弟可就大不一样了,要知道,特别是在那个年代,世家子弟的头衔对于市民阶层的女人来说是有极大的诱惑力的,而达达尼埃刚好就是一个世家子弟。更何况,他身上还穿着禁军制服,可以这么说,除了火枪手制服之外,这就是最受女人青睐的制服了。另外,我们前头也已经讲过了,他不但年轻,而且英俊,更富有冒险精神。说到爱情,人们会觉得他既在爱人,同时又渴望被人所爱。所有这些条件加到一起,对于获取一个二十三岁少妇的芳心来说,可以说是游刃有余了——伯纳肖太太刚好芳龄二十三。

因此，虽然说已经有整整一个星期的时间这对夫妇没见过对方的面了，而且在这个星期里，还发生了那么多和他俩都有密切关系的大事情，可这会儿两口子见了面，双方却都有些小心翼翼。不过，伯纳肖先生见到妻子还是有一种出自内心的喜悦的，他张开双臂迎向妻子。

伯纳肖太太则伸出前额去给他亲吻。

"咱俩谈一谈吧。"她说。

"谈一谈?"伯纳肖显得很惊讶。

"是的，我要告诉你一件非常重要的大事情。"

"倒也是，正好我也有几个挺严肃的问题，想好好问问你呢。请你先讲讲有关你被人绑架的事情吧。"

"现在别谈这个了。"伯纳肖太太说。

"那咱们谈些什么呢? 谈我的被捕吗?"

"这件事发生的当天我就知道了；不过，既然你从没犯过什么罪，既然你从没参加过什么阴谋；既然你连半点儿会连累到你或其他人的事情都不知道……综上所述，我也就认为这不是什么大不了的事啦。"

"你说得可真轻松，太太。"看到老婆对自己这么不关心，伯纳肖可有一肚子的不高兴，"你知不知道，我可在巴士底监狱呆了整整一天一夜哪!"

"就算是一天一夜不也眨眼间就过去了? 行了，咱们别再说你被捕的事了，我回来看你是有正经事要跟你说的。"

"怎么着? 你回来是有正经事要说! 这么说来，你今天并不是想回来看看你的丈夫，看看你一个星期没碰过面的丈夫喽?"这下针线铺老板可大为光火了。

"怎么会呢? 当然先是为了看丈夫，然后才是这件事情。"

"这还算像话，那你说吧。"

"现在有一件十分要紧的大事情，说不定咱们俩能不能交好运就全指望它了。"

"我的太太，从上回见过你一面之后，咱们就已经交上好运喽。说真话，就算几个月之后咱们的运气好得羡慕死人，我也不会觉得吃惊的。"

"对，只要你照着我的吩咐去做事，保管错不了。"

"你的吩咐?"

"是的，我的吩咐。现在有一件非常神圣、非常重大的事情要您去做，先生，而且你自己也能从中挣到很大一笔钱。"

伯纳肖太太很清楚，只要提到钱，她就算是捏住了丈夫的软处了。

可是她没想到，一个男人，哪怕他是一个针线铺老板，只要黎塞留红衣主教跟他谈上十分钟话，他就会脱胎换骨，变成另外一个人了。

"挣很大一笔钱?"伯纳肖舔了舔嘴唇。

"对，很多很多的钱。"

"大概是个什么数目呢?"

"一千皮斯托尔光景吧。"

"这么看来，你要我做的那件事是非常重要的喽?"

"是的。"

"要做些什么呢?"

"你立刻起程去送我给你的一封信，这封信不管出什么事你都不能丢了它，而且一定要当面交给收信人。"

"送到哪里?"

"伦敦。"

"让我上伦敦去! 得了吧,你开什么玩笑呀,伦敦和我有什么关系。"

"可是有人希望你能到那儿去。"

"是谁? 我可先跟你把话说清楚,以后我再也不愿意没头没脑地去做事情了,我不仅要知道我得冒什么样的风险,而且还要知道我是为了谁去冒这个险的。"

"派你去做这件事的,是位大人物;等着你去的也是位大人物。你会因为自己所得到的报偿而高兴得要命的,我可以预先向你做这个保证。"

"又是什么鬼名堂,老是这种花样! 谢了,现在的我可不吃你这一套了,红衣主教大人已经教我学乖了。"

"红衣主教!"伯纳肖太太喊了起来,"你见到红衣主教了?"

"是他派人把我给请了去的。"针线铺老板这下可得意啦。

"而你就这么莽莽撞撞地去啦?"

"不过话得说回来,当时也由不得我自个儿决定去或不去,因为一左一右有两个警探押着我呢。我可是实话实说,那个时候我还不知道主教大人是什么样一个人呢,所以我还真巴不得不去呢。"

"那他有没有折磨你? 有没有恐吓你?"

"他和我握手,还管我叫他的朋友——他的朋友! 你听见没有,太太? ——我现在可是伟大的红衣主教的朋友啦!"

"伟大的红衣主教!"

"难道你对这个称呼有什么意见吗,太太?"

"倒也谈不上有意见。只是吧,我觉得,一个大臣所受的恩宠是极不牢靠的,很可能昙花一现,所以只有疯子才会拿个大臣当靠山;要找靠山就得找一个权势更大的,不会因为某个人突然变个主意,或者某个突发事件而动摇他的权势的人,这样的人才是个好主子。"

"您这话让我听了可真不痛快,太太。我可想不出除了我现下正为他效力的这位大人物之外,还能有什么别的权贵。"

"你在为红衣主教效力?"

"是的,太太。因此,作为他的手下,我不愿意看到你卷进一桩阴谋危害国家安全的事件里去,也不愿意看到你为了那个本来就不是法国人,而且还有一颗向着西班牙人的心的女人卖命。幸好,我们有伟大的红衣主教,对于这副西班牙心肝,他没有一刻让自己那警惕的目光懈怠过,他把这个女人给看透了。"

其实,伯纳肖只不过把罗什福尔伯爵说过的一句话原封不动地搬给他妻子听;但是尽管如此,可怜的伯纳肖太太已经吓得浑身直打寒战了。她原本是把希望完全寄托到了丈夫身上的,并且为此还在王后面前打了包票,谁知道会遇上这样一种情形。她又是害怕,因为自己差点儿招来祸患;又是惶恐,因为自己眼下可真是束手无策了。但是,她心里还存着一线希望,想利用丈夫胆小怕事又贪财的弱点,再把他给劝回来。

"嚯! 你成了个主教党了,先生,"她大声说道,"嚯! 你居然为那帮人卖命,为那帮折磨你的妻子,侮辱你的王后的人卖命!"

"与大众的利益相比,区区几个人的利益又何足挂齿呢。我是站在国家的拯救者们一边的。"伯纳肖夸张地说。

其实,这句话的出处也是罗什福尔伯爵。他曾听伯爵这么讲过,于是觉得这会儿正好派上用场。

　　"什么国家不国家的,你搞得清楚国家是怎么回事吗?"伯纳肖太太耸了耸肩,说,"我看你还是安安分分当个小老百姓吧,还是转到能让你得到更多好处的地方来吧。"

　　"嘿!嘿!"伯纳肖得意地笑了笑,伸手拍了拍一个鼓鼓囊囊的口袋,让它发出了金属的撞击声,"你又怎么来看这些东西,爱说教的太太?"

　　"这些钱你是从哪儿来的?"

　　"你猜得出来吗?"

　　"红衣主教给你的?"

　　"有他给的,还有我的朋友罗什福尔伯爵给的。"

　　"罗什福尔伯爵!就是他把我绑架了的啊!"

　　"有这个可能,太太。"

　　"而你居然收下了这家伙给你的钱?"

　　"你不是告诉过我,那次绑架完全是出于政治方面的动机吗?"

　　"没错。可是那次绑架的目的,是要逼我出卖我的女主人,要对我施以酷刑逼我招供,逼我说出损害我尊贵的女主人的名誉,甚至她的生命的供词来。"

　　"太太,"伯纳肖说,"你说的那个尊贵的女主人,她是个背信忘义的西班牙女人,而红衣主教所做的可都是好事啊。"

　　"先生,"年轻女人愤怒了,"我以前只知道你是个胆小、吝啬、愚蠢的人,可今天我才知道你原来还这么卑鄙!"

　　"太太,"从来没有瞧见过妻子发这么大的火的伯纳肖这下可给镇住了,说,"太太,你瞧你都在说些什么呀?"

　　"我在说,你是个卑鄙的家伙!"伯纳肖太太一鼓作气地往下说,她觉出自己的丈夫已经有点被说动了,"啊!你,你居然搞起政治来了!而且还是主教党的政治!啊!你就为了这几个臭钱,把自己的肉体和灵魂全都卖给了魔鬼!"

　　"不是的,是给了红衣主教。"

　　"一个样!"年轻女人喊道,"黎塞留就是撒旦。"

　　"嘘,住口!太太,住口,小心被人家听见!"

　　"被听见又有什么好怕的!这么的胆小,你真让我感到羞耻!"

　　"你到底想要我怎么做呢,我的太太?你倒是说啊!"

　　"我刚才已经说过了:我要你立刻起程,像个男子汉一样去做我交给你的事情。以此作为交换条件,我可以忘了刚才的这些过节,可以原谅你,而且,"她朝他伸出手去,"可以仍然对你情深义重。"

　　不错,伯纳肖的确又怯懦又吝啬;可是,他爱自己的妻子。他软了下来,说到底,一个五十岁的男人,是不会对一个二十三岁的女人拗到底的。瞧着他还在犹豫,伯纳肖太太就说:

　　"怎么样,你到底拿定了主意吗?"

　　"可是,我的好太太,你也得让我想想啊,你到底要我做的是什么样的事哪,从巴黎到伦敦可是够远的哪,真是够远的。再者说,你交代我去办的那件事儿,没准有什么样的危险等着我呢。"

　　"那又怎么着了,你难道不会防着点吗?"

"你给我听着，太太，"针线铺老板说，"你听着，我决定不去了。这些神秘兮兮的鬼名堂让我想着就害怕。我进过巴士底监狱了。哦，太可怕啦，巴士底！只要一想起那鬼地方，我浑身就直起鸡皮疙瘩。你知道吗，他们用酷刑来威胁我！你懂什么叫酷刑吗？就是往你的腿肚子底下塞木桩子，直塞得骨节咯咯作响！不，说什么我也不要再去那个地方了。见鬼！你干吗不自己去干这件事呢！老实说，我看倒是我一直看错了你；我还以为你是英帼不让须眉，挺有血性的呢！"

"而你呢，你像个娘们，一个又傻又笨又卑鄙的娘们！噢，我知道了，你害怕了！好呀，要是你不马上给我动身的话，我就让人以王后的名义把你抓起来，关进你那么害怕的巴士底监狱去。"

伯纳肖苦苦地思索了起来，他想象着红衣主教和王后发起怒来的模样，并反反复复地把这两种模样比较了好几次，最后还是觉得：红衣主教雷霆大怒的样子更让他害怕。

"你就让王后的手下人来抓我好了，"他说，"反正我有主教大人给我撑腰。"

这一回，伯纳肖太太知道自己做得太过火了，回想一下刚才所说的那些话，她不禁不寒而栗。她满心惊恐地凝视着眼前这张呆板的脸，然后，她从这张脸上发现了那种冥顽不化的顽固神情，这正是我们从那些因为惧怕而选择了一条道走到黑的傻瓜们脸上经常能够看到的神情。

"好吧，那就这么着吧！"她说，"真要说的话，不一定还是你占理的呢。政治吗，女人家总比不上你们男人懂得多；更何况，你，伯纳肖先生，连红衣主教都跟你说过话了。只是呢，"她话锋一转，"我原本以为自己嫁了个有情有义有担当的丈夫，谁知道他竟然那么粗鲁地对待我。人家难得心血来潮一次，他都不肯帮上一把。唉，这可真让我难受啊！"

"那是因为，你的心血来潮出了格了，"伯纳肖一脸得意，说，"所以我实在不敢放心呗。"

"那我也就到此为止吧。"年轻女人叹了口气，"算了，咱们就把它抛一边去得了。"

"等等，起码你得告诉我，你要我到伦敦去究竟是要做些什么呀？"伯纳肖这才想起来，罗什福尔关照过，要他从妻子嘴里套出点秘密来，可惜现在已经太晚了。

"这个你就不用知道了，"年轻女人对丈夫已经有了一种戒心，这种本能的反应使她一心只想把话头缩回去，"一件小事，也就只有女人家才这么瞎起劲，想靠着它赚笔大钱呢。"

可是，她的口风越紧，伯纳肖就越是肯定她守口如瓶的这桩秘密一定非常重要。于是，他暗自决定要马上赶去向他的好朋友罗什福尔报告，说王后正在物色送信到伦敦去的信使。

"对不起，我的好太太，这会儿我得走开一下，"他说，"我并不知道你今天会回来，所以跟个朋友有约；你稍等我一会儿，我会尽快赶回来的，我跟朋友一谈完，就马上回来陪你。现在天色已经不早了，我不能让你一个人回卢浮宫去。"

"谢了，"伯纳肖太太答道，"你胆子这么小，对我一点忙也帮不上，还不如我一个人回卢浮宫去呢！"

"那也好，随你的便，太太，"针线铺老板说，"咱们是很快就能再见面的吧？"

"那是当然，下个礼拜吧，我想，我估计那个时候我能抽出点时间来，可以把家里的东西整理整理，它们也是该好好拾掇一下了。"

"那好吧，到时候我会等你的。你不怨我吧？"

"怨你！怎么可能呢。"

"那么下礼拜见啦。"

"再见。"

吻过了妻子的手，伯纳肖一阵风似的跑了出去。

"这下可好，"等到丈夫关上了沿街的门，屋里只剩她一个人的时候，伯纳肖太太暗暗对自己说："这个蠢货居然成了主教党了！可我还在王后面前为他打过包票，对着我那可怜的女主人发过誓……哦！天主啊！我的天主啊！宫里面全都是那种跳梁小丑，这下王后会以为我也是那样卑鄙的人了，会以为我是别人安插在她身边的间谍了！哦！该死的伯纳肖，我本来就没怎么爱过你；这回可要跟你彻底断了这份情义了！我恨你！我发誓，我绝对不会饶过你！"

正在她这么自言自语的时候，天花板上突然传下来敲击的声音，她抬起头来，只听见一个声音隔着天花板对她说：

"亲爱的伯纳肖太太，麻烦您开一下胡同里的那扇小门，我这就下来看您啦。"

图文珍藏版

第十八章 情人与丈夫

"噢！太太，"年轻女人刚给达达尼埃把门打开，小伙子迎面就是这么句话，"请您允许我说句话，您那个丈夫可真不是个东西啊！"

"怎么，您把我们说的话都听去了吗？"伯纳肖太太望着达达尼埃，掩饰不住忐忑不安的神情，急切地问他。

"全都听到了。"

"怎么可能呢？上帝啊！"

"山人自有妙计。以前也正是靠着这个办法，我才听到了您跟红衣主教的密探之间语气更加强烈的谈话哩。"

"您既然听了这么多，那您究竟了解到了些什么情况呢？"

"这说起来可就多啦：首先，我得知您的丈夫是个蠢材，是个笨蛋；其次，我知道您现在正处于困境，这倒正好让我能有机会一偿心愿，荣幸地为您效劳，上帝知道，我一直准备着随时为您上刀山，下火海，在所不辞；最后，我还了解到，王后正需要一个机智、勇敢而又忠心的人，为她跑一趟伦敦。而这三样品质，我起码具有其中的两样，所以我就下来了。"

伯纳肖太太并没有说话，但她的心却跳起了喜悦的舞蹈，本来一片黑暗的眼前隐约闪现出一道希望的火光。

"要是我把这件使命托付给您的话，"她问，"您能向我提供什么样的担保呢？"

"用我对您的爱情作担保！好了，您说吧，指示吧：我要去做什么事情？"

"上帝啊！我的上帝哟！"少妇喃喃地说，"我怎么能把这样一桩秘密交给您呢，我的先生？您的年纪跟一个孩子没多大区别啊！"

"噢，我看这下必须找个人给我作保证才行了。"

"老实说，这样的话我才能更加安心一点。"

"您认识阿多思吗？"

"不认识。"

"波尔托思呢？"

"不认识。"

"阿莱米斯？"

"也不认识。您说的这几位先生都是干什么的呀？"

"他们都是国王的火枪手，对了，您认识他们的统领德·特瑞威尔先生吗？"

"噢！对，这位先生我知道，我虽然没见过他本人，可好几次都听人对王后提起过，说他是一个又英勇又有正义的绅士。"

"那您不会担心他会把您出卖给红衣主教吧？"

"噢，那当然不会喽。"

"很好，那这样吧，请把您的秘密告诉他，然后请他告诉您，不管这是件多重要、多紧急、多危险的事情，是不是都能放心地托付给我去办。"

"可这个秘密不是我自己的,我怎么能就这样把它告诉给别人听呢?"

"但您刚才几乎要毫无保留地告诉给伯纳肖先生听了吗?"达达尼埃面有悻色。

"噢,那就像是把一封信放进大树的树洞里,挂在鸽子的羽翼上,系在狗的颈圈上。"

"可是我呢? 您非常了解,我爱您!"

"您说过了。"

"我是个有信有义的人。"

"这点我相信。"

"我还很勇敢。"

"噢! 这点我没有一丝怀疑。"

"那么,您就给我一个接受考验的机会吧。"

伯纳肖太太望着眼前的年轻人,心里就只剩下最后一丝疑云没有消散开去。但是,在他的眼睛里有那样一种激情,在他的声音里有那样一种令人信服的东西;于是,在不知不觉当中,她对这年轻人产生了一种莫名的信赖感。而且,就她自己来说,目前已经到了山穷水尽的地步,唯有背水一战,才有转机的可能性。因此,过于轻信固然会使王后身败名裂;但过于谨慎,也同样会造成王后的不幸。不过,我们还必须承认一点,那就是最后促使她下了这个决心的因素之中,她对这位年轻的保护人所产生的那种感情起了很重要的作用。

"您听着,"她对着他说,"您的誓言的确把我打动了,我愿意把我的信任给予您。但是我知道一件事,那就是此刻上帝正在聆听我们的谈话,所以我要在上帝面前起誓,如果您辜负了我的信任,背叛了我,即使我的敌人饶我不死,我也要用自杀来控诉您。"

"而我,太太,我也在上帝面前立下誓言,"达达尼埃说,"如果在执行您交给我的使命的时候,我不幸落入敌人之手,那我就会结束自己的生命,以免做出任何事或说出任何话来牵累别人。"

于是,年轻女人向他说出了那件生死攸关的秘密;关于这桩秘密的一部分内容,他上次在撒马利亚大教堂对面,已经凭着偶然的机会知晓了。

这等于在事实上承认了两人的恋爱关系。

骄傲与激动让达达尼埃变得神采奕奕。现在,他觉得自己全身有使不完的劲儿,用不完的力气;因为,他所拥有的这个秘密,心爱的这个女人,还有她给他的信任与爱情,这些都是他力量的来源。

"我这就出发,"他说,"马上就走。"

"什么! 这就走!"伯纳肖太太喊道,"您忘了您的联队,您的统领了吗?"

"说句真心话,只要瞧见您,我就把这些事儿都忘光了,亲爱贡斯当丝! 对,你提醒得对,我必须去请个假。"

"这又是一件麻烦事。"伯纳肖太太低声说着,一脸忧郁。

"喔! 关于这个吗,"达达尼埃想了一下,然后大声安慰她道,"是不会有什么问题的,您就放心好了。"

"您有什么打算呢?"

"今儿晚上,我就去找德·特瑞威尔先生,请他帮我向他的连襟德·埃萨尔先生请个假就行了。"

"那么,现在咱们还要办一件事情。"

"什么事?"看见伯纳肖太太迟疑地停住了口,达达尼埃就问她道。

"你也许缺钱用吧?"

"哪里只是也许啊!"达达尼埃笑着地回答道。

"那么,"伯纳肖太太一边说着,一边打开一扇柜门,从里面拿出一个口袋,也就是半个小时之前她丈夫爱不释手地抚摸过的那只钱袋,"您把这只钱袋带上吧。"

"红衣主教的钱袋!"达达尼埃乐得哈哈大笑,诸位大概还记得,多亏了他那几块掀起的方砖,他才能够把针线铺老板夫妇之间的对话从头到尾,听个一字不漏。

"对,红衣主教的钱袋,"伯纳肖太太应道,"您瞧,看这样子里面的钱大概还很多哩。"

"可不是!"达达尼埃大声说道,"用主教大人的钱去救咱们的王后,这实在是太妙了!"

"您可真是一个又乐观又可爱的年轻人,"伯纳肖太太说,"请您相信这一点,王后陛下是绝对不会亏待您的。"

"喔! 太太,我已经得到了极大的报偿了!"达达尼埃热情洋溢地喊道,"我爱您,而现在您也给了我这样对您说的允诺;像这样的幸福可是我做梦都不敢想的事情呢。"

"嘘! 别出声!"伯纳肖太太忽然浑身打起颤来。

"怎么啦,出什么事啦?"

"我听见街上有人在说话。"

"那是……"

"是我丈夫! 没错,这就是他的声音,我听得出来!"

达达尼埃赶紧奔到门前,插上插销。

"在我出去之前别让他进来,"达达尼埃说,"等我出去了,您再给他开门。"

"可是我也得出去呀,要是我在这儿,可是钱袋却不见了,您让我怎么跟他说呢?"

"说得很有道理,那您也得出去。"

"出去? 可怎么出去呢? 要是就这么着出去的话,他会看见我们的。"

"那就到楼上去,进我的房间里吧。"

"哦!"伯纳肖太太轻轻地说,"您说这话的语气怎么让我听着这么惧怕啊。"

说话时,伯纳肖太太的泪珠在眼眶里打转。一看到她的眼睛,达达尼埃顿时慌了手脚,心也软了,不由得双膝一软,扑通跪了下来。

"您放心,在我的房间里,"他说,"您会像在圣堂里一样安全的,我可以凭我绅士的名誉向您发誓。"

"那咱们就上去吧,"她说,"我相信您,朋友。"

于是,达达尼埃轻手轻脚地拔开插销,两个人悄悄地,就像两道幽灵一样从后门溜进胡同,然后又学着走猫步一样轻轻地登上了楼梯,进了达达尼埃的房间。

进了房间之后,为了更谨慎起见,达达尼埃把门关紧,又闩上门闩;然后,两个人走到了窗子边上,从百叶窗的缝里望下去,瞧见下面街上,伯纳肖先生正在和一个裹着披风的男人说话。

一瞧见这个裹着披风的男人,达达尼埃腾的一声跳了起来,剑也从鞘里抽出了一半,向着门口就冲了过去。

"您想去干什么?"伯纳肖太太赶紧拦住他,说,"您想让咱们俩完了吗?"

"我发过誓的,我一定要把这个家伙给杀了!"达达尼埃依然十分激动。

"可是,现在您的生命已经不再属于您自己了。我用王后的名义,命令您除了去伦敦以外,不许再做任何冒险的事情。"

"那么您以自己的名义,就没什么需要吩咐我的吗?"

"以我自己的名义，"伯纳肖太太表现出从未有过的激动神情，说，"以我自己的名义，我也恳求您，千万不要这样做。……别出声，你听，他们好像提到了我。"

达达尼埃凑近窗子，仔细倾听。

这时，伯纳肖先生已经打开了家门，他进屋里一看，发现屋里一个人没有，于是就又回到了外面，站在披着披风的那个男人身边。

"她已经走了，"他说，"肯定是回到卢浮宫去了。"

"您敢肯定吗，"陌生人答话道，"她对于您这么突然跑出来的原因不会起疑心？"

"放心，"伯纳肖非常自负地答道，"这女人没有这么多的心思。"

"那个见习禁军在不在家？"

"照我来看，他应该是不在家的；这不您瞧，他房间的百叶窗都关上了，里面也黑咕隆咚地瞧不见一丝亮光。"

"那可未必，还是求个确证为好。"

"那该怎么做呢？"

"去敲敲他的门。"

"我可以找他的仆从打听一下。"

"去吧。"

伯纳肖回到了屋里，穿过刚才那两个人溜出去的那扇门，登上楼梯，到了达达尼埃的门口，敲了敲门。

没有人来应门。这天晚上，波尔托思为了摆阔气，充场面，把布朗谢给借了过去。而达达尼埃呢，他反正是打定了主意，决不吭一声的。

就在伯纳肖师傅叩门的那当口，屋里的两个年轻人只觉得自己的心怦怦地跳得厉害。

"没人在家。"伯纳肖说。

"那就别去理它了，咱们还是到你的屋子里去谈吧，那总比站在大门口要安全点吧。"

"哦！我的天主啊！"伯纳肖太太喃喃自语道，这下子我们可就一点东西也听不到了。"

"恰恰相反，"达达尼埃说，"这样一来，咱们反而听得更加清楚了。"

达达尼埃俯下身子，从地上掀起三四块方砖，如此一来，这房间就成了第二只德尼的耳朵。然后，他找来一个垫子，铺在地上，然后跪了上去，同时又对伯纳肖太太做了个手势，让她跟着俯身在那个缺口上方。

"您确定这屋子里没有别人吗？"陌生人说。

"我确定。"伯纳肖说。

"您认为您的妻子已经……"

"回卢浮宫去了。"

"除了您之外，她没有跟任何人说过这件事情吗？"

"是的，我敢打包票。"

"这是非常重要的一件事，您知道吗？"

"照您这么说，我提供给您的这份情报的价值……"

"相当高。我亲爱的伯纳肖，我很高兴不用隐瞒您这一点。"

"那么红衣主教对我的表现会很满意喽！"

"我想应该是这样的。"

"红衣主教大人圣明！"

"您敢确定,您和您妻子的谈话当中,她没有提到过其他人的名字吗?"

"是的,我想是这样的。"

"那她也没有提起过德·谢芙勒夫人、白金汉先生或者是德·韦尔内夫人的名字喽?"

"没有。她只是告诉我说,要我替她跑一趟伦敦,给一位大人物办一件事情。"

"叛徒!"伯纳肖太太喃喃自语道。

"噤声!"达达尼埃说道,同时握住了她无意当中搁在他身边的那只手。

"这样的话,那就不去理它了,"那个披披风的人接着往下说,"您没有假装答应下来这件事,可真是太傻了。要不然的话,现在这封信就该在您的手里了,那样您就挽救了处于威胁之中的法兰西了,至于您呢……"

"我会怎么样……"

"嗯,您呀!红衣主教就会为您签署贵族证书的……"

"他是这么告诉您的吗?"

"是的。我可知道,他很想给您一个意外的惊喜的。"

"您请放心,"伯纳肖说,"我太太对我爱得可深呢,一切都还来得及。"

"真是个白痴!"伯纳肖太太低声说。

"别作声!"达达尼埃说着,握紧了她的手。

"怎么会还来得及呢?"裹披风的人问道。

"我现在就到卢浮宫去找我太太,就对她说,我已经想通了,愿意接受那件使命。只要信一到手,我马上就跑着送去给主教大人。"

"很好,那就快去吧。过一会儿我再来看看您是不是成功了。"

陌生人走出了屋子。

"卑鄙小人!"这是伯纳肖太太给自己丈夫的评价。

"千万别出声!"达达尼埃现在把她的手握得更紧了。

突然,一声痛不欲生的嚎叫,把达达尼埃和伯纳肖太太的思绪给打断了。原来,她的丈夫发觉了钱袋被盗,所以呼天唤地地喊起捉贼来了。

"喊!我的老天啊!"伯纳肖太太挺担心的,"他这样会把周围的邻居都给招过来的。"

伯纳肖喊了好一阵子,嗓子都快扯破了,可是,掘墓人街上还是冷冷清清,就连看热闹的人也没有。原来,大家对这样的喊声早就习以为常了,再加上针线铺老板的这个家,最近名声相当差,所以也就没人出来了。伯纳肖见此情景,就冲出门去边跑边嚷,那叫声沿着巴克街的方向渐渐远去了。

"现在他走了,而您也应该动身了,"伯纳肖太太说,"要勇敢,但更要处处谨慎,要把您身上所背负的对王后的责任牢记在心,一刻都不能忘记。"

"还有对您的责任!"达达尼埃大声说,"请您放宽心吧,我美丽的贡斯当丝。他日归来,我定不会辜负王后将给予我的一片谢忱的;可是,您呢,您也会把您的爱情赐予我吗?"

年轻女人用来代替回答的是脸颊上飞起的那两朵红云。片刻之后,达达尼埃裹着一件宽大的披风,出门而去,那柄长剑从披风下面露在外面,看上去神气极了。

伯纳肖太太痴痴地目送着他离去,用的正是当一个女人爱上某个男人时所饱含的那种柔情万种、尽在不言中的目光,他的身影刚从街的拐角后面消失,她就立刻跪倒在地,双手合在胸前,开始祈祷。

"哦,我的主啊!"她喊道,"请您一定要保佑王后,也保佑我啊!"

第十九章　远征计划

　　达达尼埃一路行来,直接来到了德·特瑞威尔先生的府邸。他心里揣测着:看上去那个该死的陌生人肯定是红衣主教的密探,而且现在红衣主教十有八九已经接到了他的报告,因此,他必须分秒必争,不能有一点儿耽搁了。

　　这位年轻人的心正在欢乐地歌唱。现在有一个绝好的机会正摆在他的面前,荣誉和财富都像是唾手可得的了;而且,他还预支了一部分的报酬,和他所爱的女子有了更加亲密的交往。所以,对他来说,运气几乎从一开始就到达了顶点,他甚至都不敢奢望过向天主企求这样的好运气。

　　这时候,德·特瑞威尔先生正在大厅里,和他那群气度不凡的属下呆在一起。由于达达尼埃平时是常来常往惯了的,所以他直接走进了书房,让人通知特瑞威尔先生,说达达尼埃有要事求见。

　　五分钟不到,德·特瑞威尔先生就走进了书房。可敬的统领只朝坐那儿等他的小伙子瞥了一眼,就立即看出来,肯定有什么大事情发生了,不然达达尼埃的脸上不会有这么压抑不住的喜悦神情。

　　一路上,达达尼埃都在反复掂量,到底自己是应该把所有的事情原原本本地告诉德·特瑞威尔先生呢;还是只请求他准个假,但不告诉他请假的原因。他思前想后,拿不定主意。最后,他想到了德·特瑞威尔先生平日对自己的照顾,对国王的一片忠心,还有对红衣主教的水火不容,这一切让达达尼埃决定把事情向统领和盘托出。

　　"您找我有事要说,对吗,小伙子?"德·特瑞威尔先生问道。

　　"是的,先生,"达达尼埃答道,"而且,我希望对于我的这种冒昧举动,能在您了解了整件事情的重要性之后,获得您的谅解。"

　　"那好,您请讲,我听着。"

　　"这件事情关系到,"达达尼埃压低嗓门说,"王后的名誉,保不准与她的生命安危也有密切的关系。"

　　"您在说些什么呀?"德·特瑞威尔先生说着这话,用目光扫视了一遍四周。以确定没有旁人,然后把探询的目光投到了达达尼埃的脸上。

　　"我的意思是说,先生,我偶然之间获知了一桩秘密……"

　　"那么,就我看来,年轻人,这桩秘密准是您甘愿为了保守它而付出您的生命的,对吗?"

　　"是的,先生,但是我必须把它告诉您,因为没有您的帮助,我就不可能去完成王后陛下刚刚交付给我的使命。"

　　"这个秘密是您本人的吗?"

　　"不是,先生,这是王后的秘密。"

　　"那王后给了您转告给我的许可了吗?"

　　"没有,先生,我所得到的指令是要严守机密。"

"那您怎么会想要当面把它告诉我呢?"

"是这么个原因:我知道,没有您的帮助,我就会寸步难行。什么事也干不了;而且我又担心在您不了解我为什么而请求的时候,会不愿意赏脸帮我的忙。"

"不用告诉我您的秘密,小伙子,说说您想要怎么做吧。"

"我希望您能帮我向德·埃萨尔先生请两个星期的假。"

"从什么时候开始?"

"就在今晚。"

"您要离开巴黎?"

"是的,我必须外出办事。"

"能告诉我目的地吗?"

"伦敦。"

"路上会有人想阻挠您完成使命吗?"

"据我猜测,红衣主教为了阻止我完成它,会不惜付出一切代价的。"

"您就这么单枪匹马地上路?"

"是的。"

"要是这样的话,您准过不了邦迪;这是我跟您说的真心话。"

"您为什么这么说?"

"他们会杀了你的。"

"死得其所,又有何憾!"

"可这样一来,您的使命也就没法完成了。"

"说的也是。"达达尼埃说。

"我认为,"特瑞威尔接着说,"想完成这种使命,必须有四个人同去,这样他们中的一个人才能完成任务。"

"哎!您说得太对了,先生,"达达尼埃说,"对于阿多思、波尔托思和阿莱米斯,您都是非常了解的,您知道他们一定会跟着我走的。"

"他们也不用知道我刚才不想听的那桩秘密吗?"

"我们四个发过誓的,肝胆相照,生死不渝;而且您还可以告诉他们,您对我寄予完全的信任,这样一来,他们就会和您一样没有任何怀疑了。

"我给他们每人放半个月假,这就可以了。阿多思要上福尔日温泉去休养,因为他身上的旧伤至今仍未愈合;而波尔托思和阿莱米斯因为太关心这位被病痛缠身的好朋友,所以也非要跟着去不可。给了他们假期,实际上就等于放他们外出。"

"太谢谢您了,先生,您真是太好了。"

"现在您马上就把他们找齐了,今天晚上就准备动身。噢,对了!您先在我这儿给德·埃萨尔先生写一张假条,我给您收着。因为您这一路过来很可能就已经被人盯了梢,所以红衣主教也知道您到这儿来过了,有了这张假条,那就谁也无法找您的茬儿了。"

遵照特瑞威尔先生的吩咐,达达尼埃写好了假条,交到了德·特瑞威尔先生的手里。后者接过假条对他说,凌晨两点之前,四份准假条将分别送到各人家里。

"请把我的那份一并送到阿多思府上,"达达尼埃说,"我担心我要是回家的话,会遇上麻烦。"

"您放心好啦!再见啦,祝您一路顺风!噢,请等一下!"德·特瑞威尔先生又把他叫住了。

达达尼埃止住了脚步。

"您身边带着钱吗?"

达达尼埃抖了抖衣袋里的那袋子钱，只听见一阵金属的哐啷声。

"够不够?"德·特瑞威尔问。

"有三百皮斯托尔。"

"很好，足够你们跑遍整个天下了;那么，您就快点走吧!"

达达尼埃朝德·特瑞威尔先生鞠躬，而特瑞威尔先生却向他伸出了手。达达尼埃握住了这只手，心里又是激动，又是尊敬。自从来到了巴黎，他就对这位仁爱的统领佩服得五体投地。不过也难怪，像这样一位又高贵、又正直又威严的人，谁能不敬佩呢?

他首先去了阔别已久的阿莱米斯家。上次来这儿，还是他跟踪伯纳肖太太的那个晚上;打那以后，他不但一直没上这位朋友的家，甚至两人都没打过几个照面。偶尔碰上个一两次，也觉得这位年轻的火枪手郁郁寡欢，愁容满面。

这个晚上，已是夜深人静之时，阿莱米斯仍然独坐桌前，不知在思考什么东西，一副忧郁的样子，当达达尼埃问他为何这样紧锁愁眉的时候，他解释说，自己必须用拉丁文为圣奥古斯丁著作的第十八章作注释，下星期就等着用，就是这事把他搅得心神不安。

两个朋友刚谈了没一会儿，德·特瑞威尔先生的一个侍从进来了，手里捧着一个封口的纸袋子。

"这是什么东西?"阿莱米斯问道。

"是给先生您的准假单。"那个侍从回答说。

"可是我从来没有请假啊。"

"别说话，先收下来再说吧。"达达尼埃说，然后他又转身对侍从说，"您呢，老兄，您辛苦了，这是给您的半个皮斯托尔。您回去转告德·特瑞威尔先生，就说阿莱米斯先生深表感激。您可以走了。"

那侍从深深一鞠躬，转身出了门。

"您这么做是什么意思?"阿莱米斯问道。

"这就是说，让您带上外出半个月所需要的东西，跟我走。"

"可我现在没法离开巴黎，正是节骨眼上，我又还不知道……"

阿莱米斯停住了话头。

"不知道她现在如何，对吗?"达达尼埃给他补上了这句话。

"什么她?"阿莱米斯问。

"就是前一阵子住在这儿的那个女人，那位有着绣花手帕的夫人哪。"

"谁跟您说这儿有女人呆过的?"阿莱米斯一下子脸色煞白。

"我亲眼看见的。"

"那您知道她的身份吗?"

"我估计，怎么着我也能猜对八九成吧。"

"您听我说，"阿莱米斯说，"既然您已经知道了这所有的事情，那您是不是知道那位夫人现在的情况呢?"

"我估计，现在她应该已经回到都尔了。"

"回到都尔了? 对，一点没错，您的确是认识她的。可是，她就算是回都尔去，那也总得跟我打一个招呼再走吧?"

"她没跟您打招呼是为了怕被人逮住。"

"那为什么连封信也不写给我呢?"

"她怕连累你啊!"

"噢! 达达尼埃，您让我获得了新生!"阿莱米斯喊道，"我原本以为她故意冷落了我,以为她移情别恋了哩!我脑子里想的只有再见她一面!我不敢相信她冒着被捕的危险来巴黎看我,但是我搞不懂她为什么要潜回这个危险的地方来的。"

"她回来的原因也正是我们要去英国的原因。"

"到底是为了什么呢?"

"早晚你会知道的,阿莱米斯;不过,暂时这一段时间,我得像那个神学家的侄女那样,也对您卖卖关子……"

阿莱米斯想起了有天晚上他讲给朋友们听的那个小故事,自己也忍不住笑了起来。

"既然您敢肯定她已经离开了巴黎,那么好吧,反正我在巴黎也就没有什么牵挂了,随时都可以和您一起出发。您是说我们要到……"

"现在先去阿多思家里。要是您肯赏这个脸的话,还得麻烦您动作快一点,因为我们已经在这儿耽搁了不少时间了。顺便说一句,请您把巴赞也一起带上。

"巴赞也跟咱们一起走?"阿莱米斯问。

"现在还说不定。不过反正让他跟咱们一块儿上阿多思家总是不会错的。"

于是,阿莱米斯把巴赞叫了过来,吩咐他一会儿也跟着赶去阿多思家。

"咱们出发吧。"他嘴里说着,手里则拿好了披风、长剑和三把手枪。在跟着达达尼埃往外走之前,他还把三四个抽屉一个个拉了开来,想看看能不能在里头找到几个零星的皮斯托尔,最后,他确信再怎么找也不会出现奇迹的了。他一边往外走,一边心里还直犯嘀咕,这个当见习禁军的小毛孩子,究竟是从哪儿得到的这么详细的消息,不但知道他殷勤待的是哪位贵妇人,而且比他还更加了解他现在的情况。

可是,在即将跨出大门的当口,阿莱米斯拉住了达达尼埃的胳膊,眼睛一眨不眨地盯着他,问:

"有关这位夫人的事,您没有跟谁提起过吧?"

"没提过。"

"包括对阿多思和波尔托思?"

"连一个字也别提起过。"

"太好了。"

在弄清楚这个十分重要的问题之后,阿莱米斯心头的一块大石头也落了地,于是便跟着达达尼埃一起出了门,没过一会儿两人就来到了阿多思的寓所。

刚一进门,两人就瞧见阿多思一手拿着准假单,一手拿着德·特瑞威尔先生写给他的一封信,站在房子中间发呆。

"你们来得正好,谁能告诉我,我刚刚收到的这张准假单和这封信,到底是怎么一档子事啊?"阿多思显得十分诧异。

> 亲爱的阿多思,鉴于您的伤势至今未好,我希望您能离开巴黎到外地休养两个星期,接受一下温泉治疗,地点可以是福尔日或者任何您认为合适的地方,它将有助于您早日康复的,顺致问候。
>
> 特瑞威尔

"这封信和这张准假单就是在跟您说:阿多思,您得跟我走。"

"到福尔日温泉去吗?"

"不是那儿,就是别的什么地方。"

"为了国王?"

"国王也好,王后也好;反正咱们都是两位陛下的仆人么。"

就在这个时候,波尔托思来了。

"嗨,"他说,"怪事,真是怪事:打什么时候开始,咱们火枪手居然不用请假就能给假啦?"

"从他们的朋友替他们请了假的时候开始呗。"达达尼埃回答道。

"哈哈!"波尔托思说,"这么说来这儿有什么新鲜事发生啦?"

"没错,咱们现在就要起程上路了。"阿莱米斯说。

"到什么地方去呀?"波尔托思问道。

"老实话,我也不知道,"阿多思说,"这个只有达达尼埃知道。"

"上伦敦,各位先生。"达达尼埃说。

"上伦敦!"波尔托思嚷了起来,"咱们到那个地方能干些什么呀?"

"关于这一点我就不能细说了,各位,你们只需要给我信任就可以了。"

"可是要上伦敦,"波尔托思又说,"兜里得有钱才成哪,我身上可是一文钱也没有。"

"我也没有。"阿莱米斯说。

"我也一样。"阿多思说。

"可是,我有!"达达尼埃把他的钱袋掏了出来,放在桌上,"这个钱袋里一共有三百个皮斯托尔,咱们每人拿七十五个。这点钱足够咱们到伦敦打个来回了。而且,诸位只管放心,咱们四个不可能每一个都到伦敦去的。"

"这话是什么意思?"

"因为几乎可以肯定,咱们当中肯定会有人在半路上让人截住了,到不了伦敦的。"

"说了半天,原来咱们是要跟人打仗去啊?"

"我可把话先挑明了,这可都是些难打的恶仗哪!"

"嗬,既然咱们得拼着老命去干这件事,"波尔托思说,"那起码也得告诉我们是为了什么事情而豁出性命吧。"

"你可真有点得陇望蜀啊!"阿多思说。

"但是,"阿莱米斯说,"我倒觉得波尔托思说得挺有道理的。"

"各位,各位,请听我说,"达达尼埃说,"国王平时让你们去办事之前,都跟你们解释来解释去的吗?不,没有!他只是开门见山地告诉你们:'各位先生,现在加斯科尼或是弗朗德勒需要你们,上战场去吧。'那你们不也就撒腿就跑,执行命令去了吗?什么原因呢?你们对这个念头根本都没想到过。"

"达达尼埃说得很对,"阿多思说,"现在,咱们手里有了德·特瑞威尔先生给的三张准假单,兜里又装上了不知道是谁给的三百个皮斯托尔。在这种情况下,只要命令一下达,咱们就算是战死疆场又有什么了不起的呢?为了咱们这条小命,啰啰嗦嗦问这么一大堆问题,值得吗?达达尼埃,我准备好了,随时可以跟你出发!"

"我也一样。"波尔托思说。

"我也是,"阿莱米斯说,"反正我也该走出巴黎去散散心了,我挺高兴出去走走的。"

"放心,各位,绝对少不了你们散心的时候的。"达达尼埃说。

"那么,咱们几时动身?"阿多思问。

"立刻就走,"达达尼埃说,"再也经不起什么耽搁了。"

"嗨!格里莫,布朗谢,穆斯克通,巴赞!"四个年轻人各自把自己的仆从招了过来,"去给我们的马靴擦上油,再去德·特瑞威尔府上把马给牵出来。"

　　原来,在每个火枪手眼里,德·特瑞威尔先生的府邸就是他们的兵营;所以,他们平时都把自己和仆从的坐骑寄放在府里。

　　于是,匆匆忙忙地,布朗谢、格里莫、穆斯克通和巴赞都跑出了阿多思的寓所。

　　"现在,该制订一个出征的计划了吧,"波尔托思说,"咱们先到什么地方去呢?"

　　"加莱,"达达尼埃说,"从这条路到伦敦去可以节省不少路程。"

　　"这样的话,"波尔托思说,"我想到个法子。"

　　"你说吧。"

　　"咱们四个人一起赶路,很容易招来旁人的怀疑。干脆,达达尼埃把他得到的指令告诉我们每一个人,然后呢,我沿着去布洛涅的那条路先在前面探路;阿多思则在两个钟头以后从去亚眠的那条路出发;同时,阿莱米斯沿着去诺瓦荣的那条路来追我们。至于达达尼埃呢,让他化装成布朗谢,任选一条路走,让布朗谢穿上禁军制服,冒充是达达尼埃跟在我们后头。"

　　"先生们,"阿多思说,"我的意见是,仆从是不适宜参与到这样一件事情里来的。一桩秘密,对于有身份的人来说,只是偶尔有可能会泄漏;但是要是让跟班仆从知道了,那就几乎可以完全肯定,他们会拿着这秘密去换钱买酒喝了。"

　　"依我看,波尔托思的计划是不可能施行的,"达达尼埃说,"因为我自己根本不知道可以告诉你们什么有关指令的内容。我只是随身带了一封信而已,由于信是密封着的,所以我既没有也根本没这可能把它复写三份,分给你们大家。所以,我反而觉得,咱们四个应该结伴而行。我把这封信放在了这儿,就在这只口袋里,"说着他让大家看了看那只装信的口袋,"如果我被人给杀了,你们当中就必须有一个人拿出这封信来,好好保管,大家继续前进;要是这个人也死了,就再换一个人,就这样类推下去,只要我们当中能有一个人活着,赶到了伦敦,那么事情就算是圆满完成了。

　　"说得好,达达尼埃!咱们两个不谋而合,想到一块儿去了,"阿多思说,"除此之外,咱们做起事来还得言之有理才行:我呢,是去接受水疗;而你们呢,是陪着我一起去。不过现在我不到福尔日去接受温泉治疗了,而是去接受海水治疗,反正这是我的自由嘛。如果我们在路上遭人阻挡,那我就出示德·特瑞威尔先生写的信,你们就把他开的准假单亮出来;如果我们遇上有人盘问呢,我们必须众口一词,说我们只是要到海边去洗个海水浴罢了。我们要是分散开来单独行动的话,势必因势单力薄而被各个击破,但是如果四个人团结一起行动,那就几乎相当于一支小规模的部队了。咱们得让那四个仆从也带着手枪和短筒火枪上路;要是遇上了大队人马的拦截,咱们就向他们开火。反正,到最后还有条命的人就像达达尼埃所讲的那样,带着信继续朝着伦敦赶去。"

　　"说得太好了,"达达尼埃大声称赞道,"你平时没有多少话,阿多思,可是一说起话来啊,就像是第二个金口约翰了。我对阿多思的计划投赞成票。你怎么样,波尔托思?"

　　"既然达达尼埃同意,"波尔托思说,"那我也就没问题了。那封信在达达尼埃身上,那他当然就是咱们这次行动的头儿。他怎么说,咱们就怎么做呗。"

　　"那就这样吧,"达达尼埃说,"我决定我们采纳阿多思的建议,咱们半小时后动身。"

　　"没问题!"三个火枪手异口同声地应道。

　　接着,每个人都把手伸到了钱袋里,抓出七十五个皮斯托尔,把自己装束停当;现在是万事俱备,只等上路了。

第二十章　征途中

当天凌晨两点钟的时候,我们的四位年轻人就从圣德尼门出了巴黎城,踏上了征途。这时天色尚早,大家都默不作声,埋头赶路。四周夜色阴沉恐怖,让每个人心里都有了几分寒意;一眼望去,周围黑压压的仿佛尽是伏兵。

但是等到天空出现了鱼肚白,沉默就不再主宰这段征途时光了。太阳一出来,大家就又高高兴兴地谈笑风生起来。这就好像是在一场战役的前夕,每个人的心里都激动得不能平静。而眼睛里呢,却笑意盈盈。他们都不由想到:自己这条很可能即将失去的性命,其实还是蛮讨人喜欢的一件东西哩。

话说回来,这么一队人马实在也是够有派头的;虽然他们对自己的身份姓名严守机密,但是,单从这统一整齐的火枪手的黑马,从骑马人那雄赳赳气昂昂的军人风度,还有他们让坐骑疾缓有序地行进的作风中,还是能够透露出不少信息来的。

在他们后面,是那几个全副武装的仆从。

一路上平安无事,到了早晨八点钟的时候,他们到了尚蒂伊,大伙儿该进早餐了。路边恰好有一家客栈,招牌上画的是圣马丁把自己大氅的一半分给一个穷人。于是,这群人就在客栈前下了马。这时仆从们也跟上来了,主人们吩咐他们别卸马鞍,免得呆会儿上路时耽搁时间。

他们走进了客栈的大堂,依次落座。

和他们一张桌子吃饭的还有一位绅士模样的人,据说是刚从通往圣马丁的那条大路上过来的。用饭间,这人凑过来搭讪,说些什么天晴下雨的客套话,四个伙伴也和他聊了几句。接着,这人提议为他们的健康干杯,于是他们也彬彬有礼地回敬了他一杯。

这时候,穆斯克通进来向他们禀告:马匹已经备好了。于是,四个人就从饭桌旁边站了起来,准备出发。突然,陌生人冲着波尔托思说,他们应该为红衣主教的健康干一杯。波尔托思则回答他,如果是为了国王的健康,他倒乐意和他干上一杯。谁知道,陌生人嚷了起来,说他只知道主教大人,才不管国王是什么东西呢。波尔托思大怒,骂他是疯子、醉鬼;陌生人一下子把剑拔了出来。

"您这下可做了件蠢事了。"阿多思说,"可现在已经无法挽回了,您就好好跟这个家伙斗上一斗吧,结果了他之后再来和我们会合吧。"

抛下这句话,三个人立刻飞身上马,绝尘而去;而这个时候,波尔托思正冲着那个对手叫嚣着,说他要怎么着怎么着地好好把那人刺上几个透明窟窿。

"已经少了一个了!"在奔出五百步开外的时候,阿多思宣布道。

"我倒不明白,为什么那个家伙不管我们,偏要找波尔托思一个人的茬儿呢?"

"因为波尔托思的嗓门比咱们谁都要大,所以那人把他当成领头的了。"达达尼埃分析道。

"我早说过了,这个加斯科尼小伙子可鬼着呢。"阿多思喃喃地说。

说话间,一行人马不停蹄,继续往前赶路。

他们在博韦停了两个小时，一方面是让马能有个喘气的机会，另一方面是为了等波尔托思。但两个小时过去了，波尔托思没有追上来，半点有关他的音信也没有，于是大家就又上路了。

跑出博韦大概一里多的时候，他们马蹄下的路变得非常狭窄，两侧是高高的路堤。马路中间铺路的石块都被掀了起来，十几条粗壮汉子在那里忙活着，好像是要挖土把泥泞的车辙给填平了。

瞧见这条路被这帮人弄得到处是泥浆，阿莱米斯唯恐把自己的靴子给弄脏了，于是就开始大声训斥。阿多思想阻止他，但已经来不及了。那帮工人立刻反唇相讥，极尽嘲弄挖苦之能事，大骂这队行人；瞧见这副放肆无礼的蛮横样子，就连素来的冷静镇定自若的阿多思也压抑不住心中的怒气了，他拍马就向其中的一个家伙冲了过去。

一眨眼的工夫，这批人已经退到了路边的排水沟里，亮出了在那儿藏着的火枪来。这样一来，咱们这七位行路人就成了任人瞄准的活靶子。阿莱米斯首先中了一伤，子弹把他的肩膀穿了个透，而穆斯克通呢，有一颗枪子儿钻进了他腰肋下面那个肉鼓鼓的部位，就嵌在肉里不出来了。但是这一行人只有穆斯克通掉下了马，而且他会栽下马来也不是因为他伤得重，而是因为他没有办法看见自己的伤口，所以心里就很可能把伤势估计得要比现实情况严重多了。

"这是存心设下的埋伏，"达达尼埃说，"别开枪了，咱们赶快跑。"

尽管阿莱米斯的伤势相当沉重，但他还是死死地抓住鬃毛，让马载着他和同伴一起飞驰。穆斯克通的那匹马也跟了上来，亦步亦趋地跟着他往前跑。

"这样咱们就多出一匹备用的马了。"阿多思说。

"我倒希望多出来的是顶帽子，"达达尼埃说，"我的那顶刚才给打飞了。嘀，多亏我没把信藏在帽子里面。"

"没错。可是过会儿要是可怜的波尔托思赶到这儿的话，他会被他们杀死的。"阿莱米斯说。

"照我看来，波尔托思估计是已经躺倒了，不然的话，这会儿他也应该和我们在一块儿了。"阿多思说，"我觉得，那个醉鬼只要一交上手，会比谁都清醒的。"

他们又疾驰了两个小时，连气也没有喘一下，可是这个时候，那几匹马都已经累得不行了，眼看着就快支持不住了。

他们这段路是抄的小路，认为这样可以少惹些麻烦。但是，等到了克雷夫格尔，阿莱米斯宣布，他无法继续这趟行程了。事实上，受了那么重的伤还能一路坚持到这个地方，如果没有坚强的毅力支持着，是根本不可能表现出这么潇洒儒雅的举止来的。由于失血过多，阿莱米斯的脸色白得吓人，多亏巴赞在一旁扶着他，他才能勉强在马背上坐稳而没有摔下来。大家找到了一家旅店，把他扶下了马，决定由巴赞留在这儿照顾他。同时也说句老实话，一遇上这类遭遇战，留着巴赞也没有什么用处，反而会碍手碍脚，成为负担。接下来，剩下的人又匆匆忙忙，继续前进，只盼着在当天能赶到亚眠，在那里过夜。

"该死的！"现在，原来的大队人马就只剩下两位主人，还有格里莫和布朗谢了。阿多思边策马狂奔，边诅咒道，"该死！我再也不中那些家伙的圈套了，我发誓，从现在开始到加莱，我决不开口说一个字，任何人也休想诱使我拔出长剑。我发誓……"

"誓就别发喽，"达达尼埃说，"还是趁着咱们的马肯往前跑的时候，多赶点路吧。"

听他这么一说，几个人都用马刺扎了下马肚子，几匹坐骑都痛得狂奔起来。到了午夜时分，他们终于赶到了亚眠，在金百合旅店门前下了马。

看着旅店老板的那副长相，你会觉得世界上不会有比他更加忠厚老实的人了。他一手举着蜡烛，一手捏着睡帽，笑容可掬地招呼几位夜晚前来投宿的客人。他向阿多思和达达尼埃推荐了两间客房，但这两个房间恰好分别在旅店的两头，两位先生否决了这个提议。店主人说，那样的话店里可就提供不出别的让两位贵客入住的房间了。但是两人坚持说，他们一定要住在同一个房间里，老板只要给他们每人一副床垫就可以了，他们不介意打地铺。店主人费尽口舌，但仍然瞧不见两人有妥协的表示，最后只好照他们的意思给了他们一间房。

两个人把床铺好，把房门也从里面关紧了。就在这时候，他们突然听见有人在敲那扇对着院子的百叶窗。他们高声问道，外面是什么人；窗外的人回答了他们，同时从说话声音中听出是那两个仆从，于是他们便把窗子打了开来。

果然，正是布朗谢和格里莫敲的窗子。

"照看那几匹马的事情，只要格里莫一个人就可以应付了，"布朗谢说，"要是您二位觉得必要的话，我想在房门口睡，身子横着挡住房门。这么一来，就算是天王老子也没有法子一下子就冲到您二位面前去了。"

"那你怎么睡呢？"达达尼埃问道。

"这不就是张挺好的床吗？"布朗谢回答说。

同时他指了指地上的一捆麦秸。

"那就照你说的做吧，"达达尼埃说，"你的话很有道理。我瞧着掌柜的那张脸就心里直腻味，笑得太甜了。"

"我也瞧着不舒服。"阿多思说。

于是，布朗谢从窗口爬了进来，横着躺在房门口；而格里莫则睡在马厩里，因为清晨五点他就得起身把四匹马准备停当。

一个晚上安静地过去了；只是在凌晨两点钟有人想来开门，可是布朗谢立刻被惊醒了，同时喊了一声："外面是什么人？"于是，来人回答说是找错了房间，就离开了。

早上四点的时候，马厩里突然喧闹了起来。原来，格里莫想去把那几个照看马厩的伙计给叫醒过来，末了却挨了人家一顿揍。当达达尼埃他们开窗往外瞧的时候，只瞧见可怜的小伙子直挺挺地躺在地上，一点知觉也没有，脑袋被叉柄打开了花。

于是，布朗谢就跑到院里去给马匹备鞍；可是那些马经过长途奔跑已经疲惫得没法动弹了。本来呢，还有那匹穆斯克通的坐骑，昨晚空身跑了五六个小时，今天继续赶路应该是不成问题的。可是，这事偏偏也出了错：那位据说是店主人请来给他自己的马放血的兽医，不知怎么搞的居然放血放到了穆斯克通的这匹马的身上。

一切透出了令人不安的气息：当然，这些陆陆续续发生的事情，很可能是恰好碰到了一起，但是，同样也完全可能是一个蓄意的阴谋。布朗谢向人打听，请问哪里可以买到三匹马呀？而阿多思和达达尼埃则一起往店门外走去。猜猜他们瞧见了什么：就在大门口，站着两匹鞍辔齐备，英姿焕发的骏马。这可真是撞上门来得巧事啊。布朗谢问这马的主人现在何处，别人对他说，马的主人是头天夜里在旅店里过的夜，此刻正在跟店老板结账。

阿多思走过去结账，达达尼埃和布朗谢在店门口等着他。店里人对阿多思说，老板现在在后面的一个矮屋里，请先生上那儿去找他。

阿多思一点也没有起疑，毫无防备地走进了那个房间，从兜里掏出两个皮斯托尔准备付账。屋里只有店主人一个人，坐在柜台的前面，那个柜台的有一个抽屉开了一条缝。阿多思把钱递了过去,店主人接过钱,左看看,右看看,翻来覆去地折腾了好几遍;突然,他扯着嗓子大叫起来,说这钱是假钱,还说要叫人把阿多思及其同伙全都当成伪币犯给抓起来。

"混账东西!"阿多思逼上前去,说,"我要撕了你这该死的家伙的耳朵!"说时迟,那时快,从侧门处立刻冲进来四个全副武装的汉子,径直扑向了阿多思。

"我掉进圈套里了,"阿多思使尽全力,拼命喊道,"达达尼埃,快跑!快,快跑!"说着这话,他已经拔出了手枪,砰砰就是两枪。

不用阿多思喊第二声了,因为达达尼埃和布朗谢已经解开了等在门口的那两匹马的缰绳,跳上马背,两腿一夹,马刺朝马肚子上一扎,那两匹马立刻箭一般地飞射了出去。

"你看到阿多思的情况了吗?"达达尼埃一边往前跑,一边问布朗谢。

"哦,是的,先生。"布朗谢答道,"我刚才瞧见他两枪撂倒了两个家伙,后来透过门上的玻璃,好像看见他正举着剑在跟人格斗呢。"

"真是个好样的,阿多思!"达达尼埃喃喃自语道,"就这么把他丢在这儿,我心里可真不是滋味啊!不过,谁知道前面还有什么样的危险在等着我们呢?快跑,布朗谢,快跑!你是个棒家伙!"

"我早就告诉过您啦,"布朗谢对主人说,"像我们庇卡底人哪,越是关键时刻,您就越能发现他不含糊!更何况,这会儿我都回到了家乡了,当然更得劲了。"

主仆两人边说边跑,一口气纵马疾奔到了圣奥梅。到得圣奥梅,他俩翻身下马,好让马也喘口气,但手里仍然紧紧捏着缰绳,生怕有什么不测发生。两人就这样站在街头凑合着啃了点干粮,就又上了马,一路向加莱赶去。

眼瞅着再跑百十步就到了加莱城门的当口,达达尼埃的坐骑跌倒了,再怎么使劲也没法拉它站起来了,马的鼻孔和眼睛里,都有鲜血汩汩地涌出来。布朗谢的马还能跑,可是它却立在那儿一动不动,无论你推还是拉,它都不肯向前迈出一步了。

万幸的是,正如我们刚才所说的,他们离城门只有百十步路了。于是,他俩撇下这两匹坐骑在大道上不管,拔腿就朝码头跑去。一边跑,布朗谢一边还指给主人看,在他们前方五十步的地方,有个绅士模样的人带着他的仆人刚到码头。

两个人加快了脚步,赶到了这位先生身前。那人靴子上沾满了尘土,看上去一副旅途劳顿的样子,此刻正向人打听是不是可以立即渡海前往英国。

"一点问题也没有。"一个船老板答道,他的那艘已经张开了帆,可以随时出发,"不过今天早上刚来的命令,出港都必须有主教大人的特许证。"

"我有特许证,"那位绅士边说边从口袋里掏出一张纸片来,"这不就是?"

"那请您先上港口总监那儿去要个签名吧,"船老板说,"您待会儿可得坐我的这艘船噢。"

"我应该上什么地方去找那位总监呢?"

"到他的乡间住宅去呗。"

"请问这座住宅在什么地方?"

"出了城,走上四分之一里路就到了;瞧,从这儿就可以看到它,就是那个青板瓦的屋顶,在那座小山的山脚下面的。"

"好极了!"那位绅士说。

然后,他就朝着总监的乡间住宅的方向走去,他的仆人在后面跟着。

大约在他们身后五百步的地方,达达尼埃和布朗谢一路尾随着。

出了城,达达尼埃马上加快了脚步。就在那位绅士才走进一片小树林的时候,达达尼埃已经赶到了他身前。

"对不起,先生,"达达尼埃对他说,"瞧您的样子好像有什么急事吧?"

"急得都快火烧眉毛了,先生。"

"那可真是太遗憾了,"达达尼埃说,"因为我有件急事要办,还想请您赏脸助我一臂之力呢?"

"我能帮您做点什么呢?"

"让我先摆渡过去。"

"那可不行,"那绅士说,"我在四十四个钟头里跑了六十里路,明天中午之前必须赶到伦敦。"

"同样的路程,我花了四十个钟头;而且在明早十点之前一定要进伦敦城。"

"很抱歉,先生;先到者先走。"

"抱歉,先生;我虽然是后到的,可我得先走!"

"一定是国王派您来的!"那绅士嚷道。

"是我自己派自己来的!"达达尼埃答道。

"您是存心来跟我找茬儿,对不对?"

"就算您说对了! 您又想怎么办?"

"您到底想怎么样?"

"您真想知道?"

"没错。"

"那我就告诉您吧。我想要您身上的那张特许证,因为我没有这东西,可又非有他不可。"

"您是在跟我开玩笑?"

"我这个人一向不开玩笑的。"

"让开!"

"没门! 您休想过去!"

"好极了,小伙子,我非叫你脑袋开花不可。嗬,吕班! 把手枪给我!"

"布朗谢,"达达尼埃说,"仆人对仆人,主人对主人,动手吧!"

布朗谢盼这个一显身手的机会已经很久了,听得此言,纵身就向吕班扑了过去。仗着自己人高马大,结实有劲,一上来就把对手摔了个脸朝天,膝盖抵住了他的胸口。

"看您的啦,先生!"布朗谢说,"我这边已经完事了。"

那绅士瞧见这幅情景,拔出长剑,对着达达尼埃就冲了过来;可惜的是,这回他遇上的可是一位高手。

才三秒钟工夫,他已经被达达尼埃刺了三剑,而且每刺一剑就要喊一声:

"这一剑是阿多思的!"

"这一剑是波尔托思的!"

"这一剑是阿莱米斯的!"

在中了三剑以后,那位绅士直挺挺地倒在了地上。

达达尼埃一瞧这副样子,心想他非死即昏,于是就走过去想掏那张特许证。谁知道,手刚碰到对方的口袋,那个受了伤的人突然睁开了眼睛,举起还没脱手的长剑,一剑刺向达达尼埃的胸口,嘴里还嚷着:

"给你一剑!"

"这一剑是达达尼埃的!笑到最后的才是赢家!"达达尼埃狂喊道,对准他的肚子一剑刺下,狠狠地把他钉在了泥地上。

这一次,他两眼一闭,真的昏死了过去。

达达尼埃伸手到刚才看见他放通行证的口袋里去,摸出了那张通行证。上面的名字是:德·瓦尔德伯爵。

然后,达达尼埃最后一次看了这个被自己打倒的年轻人一眼。他相当英俊,年纪不过二十五岁左右,而现在却躺在地上,失去了知觉,也许已经停止了呼吸。达达尼埃不由地想:命运这东西可真是奇异!人们在它的驱使下为了一些根本和自己没有关系的人的利益而互相残杀;到头来呢,他们为之付出生命的人往往根本就不知道他们的存在……他不由幽幽地叹了一口气。

可是,他的思绪很快就被打断了。因为这个时候,吕班像被屠宰的猪一样嚎叫了起来,死命地叫着"救命"。

布朗谢用手掐住他的脖子,使足了力气不肯放松。

"先生,"他喊道,"我像这样掐着他的话,他是绝对叫不出声的,这我可以保证;可是我这么一松手,他就又会叫唤个不停了。我猜他肯定是个诺曼底人,只有诺曼底人才有这么犟的脾气。"

一点没错,虽然脖子被人家这样卡着,但吕班仍然拼命挣扎着想喊出声来。

"等一等!"达达尼埃说。

说着,他掏出自己的手帕来,把吕班的嘴给堵上了。

"这下好了,现在,"布朗谢说,"咱们把他绑到树上去。"

在把吕班绑了个结实之后,他们又把德·瓦尔德伯爵拖到了他的身边。这时候,夜幕已经开始降临了,这对主仆一个被绑,一个受伤,给撂在这树林子里面,看来是非呆到第二天不可了。

"现在,"达达尼埃说,"咱们上总监那儿去!"

"可是您好像受了伤?"布朗谢说。

"没什么大碍的,先处理最要紧的事,回头再来看我的伤。更何况,依我看伤得也不重。"

一边说着话,两人向着那位可敬的官员的乡间住宅,大步流星地赶过去。

到了那里,让仆人通报说是德·瓦尔德先生求见。

达达尼埃被引进了总监的住所。

"您是不是有主教签署的特许证呢?"总监问道。

"是的,先生,"达达尼埃答道,"它就在这儿。"

"唔!唔!证书符合手续,而且上面对您的评价还挺高的呢。"总监说。

"这是很自然的事,"达达尼埃说,"主教大人把我视为他的心腹嘛。"

"看上去,主教大人似乎是不想让什么人去英国吧。"

"对,有一个叫达达尼埃的人,贝阿恩的一位绅士,他和三个同伴从巴黎来,要到伦敦去。"

"您认识他吗?"总监问。

"谁?"

"那个达达尼埃呗!"

"那还用说!"

"那就请您描述一下他的特征,好吗?"

"这太简单了。"

于是,达达尼埃就把德·瓦尔德伯爵的外貌特征详详细细地描述了一遍。

"他不是单身一人吧?"总监问道。

"不是。他身边的仆人叫吕班。"

"我会派人密切留意这对主仆的。如果他们被我抓住了,主教大人就大可放心了,我一定会妥妥当当地把他们押到巴黎去的。"

"总监大人,您要是这么做的话,"达达尼埃说,"那可是为主教大人立下的一个大功劳呵!"

"伯爵先生,您回巴黎后还会见到主教大人吗?"

"那当然。"

"劳您费心,请告诉他,我是他忠实的仆人。"

"我一定会转告的。"

听了这句话,总监乐得笑开了花。他在特许证上签了字,然后又把它递回给了达达尼埃。

再跟他瞎扯下去纯粹是浪费时间,于是达达尼埃欠身行礼,告辞出了门。

刚一出门,他和布朗谢撒腿就跑;两人绕了个大圈子,躲开那座小树林,从另外一个城门进了城。

那艘帆船还停在岸边,船老板正在码头上等着。

"怎么样了?"他一看见达达尼埃就张口问道。

"这是签证。"达达尼埃说。

"另外的那位先生呢?"

"他不想今天走了,"达达尼埃说,"不过您尽管放宽心,我会付给您双份摆渡钱。"

"这样的话,那咱们就走吧。"船老板说。

"走吧!"达达尼埃也跟着说道。

说着,他和布朗谢上了小船;而五分钟以后,两人已经在大海船里面了。

这可真算得上是万分惊险了,因为大船才驶出港口半海里的路,只看见岸上一道亮光闪过,接着又传来一阵巨响。

那是通知封锁港口的炮声。

现在得察看一下伤口了。万幸的是,达达尼埃料得没错,伤势并不严重:剑尖碰着了一根肋骨,沿着肋骨滑了一道口子;而且,创口也马上被衬衣粘住了,所以基本上没流什么血。

达达尼埃实在是累得要死了,船家为他在甲板上铺了块床垫,他倒下去立刻就睡着了。

第二天黎明时分,船离英国海岸线还有三四里路,因为一夜微风,所以帆船驶得不快。

十点钟,多佛尔港到了。

十点半,达达尼埃的双脚站到了英国的土地上,他忘情地喊了一声:

"总算到了!"

可是事情并没有到此结束,还必须赶到伦敦去。英国的驿站服务挺周到热心的。达达尼埃和布朗谢一人骑上了一匹驿马,由驿站的马车夫在前头带路,没花掉四个钟头,他们就看见了京城的城门。

既不认识英国伦敦的街道,也不会说一句英国话的达达尼埃,却相当容易地找到了白金汉公爵的府邸,因为他只要在纸上写上白金汉的大名,人人都会指点他公爵的府邸在何处。

可是公爵此刻并不在府中,他陪着国王上温莎打猎去了。

达达尼埃同公爵的贴身男仆进行交涉,碰巧的是,这位男仆曾经陪着公爵到过不少国家,法语说得相当流利。达达尼埃对他说,自己此次从巴黎专程赶来是身负着一项非常重要的使命的,必须立刻面见公爵大人。

达达尼埃说话时态度是如此的诚恳,帕特里克的心被他深深地打动了;帕特里克就是这位男仆的名字。他叫人准备好两匹马,然后亲自领着这位年轻的法国禁军去面见公爵。至于说到布朗谢,这个可怜的小伙子,已经累得不行了,好几个人搀扶着他,他才下得马来,身子已经比木头还要僵硬了。可是他的主人呢,达达尼埃此刻还是个铁打的汉子,浑身是劲。

到了温莎城堡,俩人经过打听,知道白金汉正陪着国王擎着鹰隼在低洼地那边打猎,离城堡有两三里地路。

两人花了二十分钟赶到那个地方。几乎是立刻地帕特里克就听到了主人招呼鹰隼的叫喊声。

"您让我怎么向公爵大人通报您的身份呢?"帕特里克问达达尼埃。

"您就告诉他说,那天晚上在撒马利亚教堂对面的新桥上找他茬儿的年轻人请求他的接见。"

"这可真是一个奇怪的通报!"

"但是它非常管用!"

于是,帕特里克纵马疾驰到公爵面前,如此这般地向他通报了有关一位法国信使的事。

根本不用细想,白金汉立即想到是达达尼埃来了。他猜想,法国肯定是出了什么大事,这个小伙子是奉命来向他通风报信的。所以,一知道信使现在所在的地点,他立刻飞驰过来。隔得老远,他就认出了那身禁军制服,于是径直纵马直奔达达尼埃而来。出于谨慎,帕特里克在稍微远一点的地方看着他俩交谈。

"不会是王后出什么事了吧?"白金汉这一喊,可把他对王后的思念和深情表露无遗。

"照我的看法,她应该还没出什么事儿。不过我认为,王后现在正处于极其危险的境地之中。除了大人您,就再也没有人能解救她了。"

"我?"白金汉忘情地喊了起来:"到底什么事:要知道,能为她效劳,实在是我梦寐以求的事情啊！您快说！快告诉我呀！"

"请您看看这封信吧。"达达尼埃说。

"信！谁的信?"

"我认为是王后陛下写的。"

"王后陛下!"白金汉公爵的脸色唰地一下白了,那样子差点让达达尼埃以为他要晕过去了。

公爵马上拆开了蜡封。

"这儿怎么会有一个窟窿眼儿?"他一边问,一边举起信;让达达尼埃看封口处的那个窟窿眼儿。

"噢!"达达尼埃说,"刚才我还真没留意到这个。我想这可能是在德·瓦尔德伯爵刺中我胸口那当儿给戳穿的。"

"您受伤了吗?"白金汉关切地问。

"哦!没什么大碍!"达达尼埃说,"只不过擦破了一点皮罢了。"

"天哪!怎么会发生这种事的!"公爵一看完信就大声说道,"帕特里克,你留着,哦不,你还是去见陛下吧。不管他在什么地方,你都必须找到他,告诉陛下说白金汉求他原谅,有件生死攸关的大事让他必须赶回伦敦去。好了,先生们,我们走吧?"

说完,他和达达尼埃纵马疾驰,向着伦敦方向奔去。

第二十一章 德·文特伯爵夫人

在路上,公爵请达达尼埃说明了有关的情形,虽然不是事情完整的经过,但是,凡是达达尼埃所知道的都告诉了他。公爵将年轻人所说的,参照自己记忆中的情况,意识到王后那封信所暗示的危险。王后的那封信很短,措辞也很模糊。不过最叫他感到诧异的是红衣主教决不容许这个青年人踏上英国的国土,却偏偏没有能在路上拦住他。达达尼埃看到公爵诧异的表情,于是向他叙述事情的全部经过,包括事先的策划安排,靠着三个朋友的仗义相助,自己怎样在他们受伤时将他们扔在半路上,怎样挨了刺穿王后信笺的那一剑,以及怎样回敬了他。这些情节,达达尼埃以平静简单的语气陈述着。公爵仔细聆听着,不时用惊奇的眼神望着这个青年,仿佛他无从了解如此的谨慎、忠勇的表现,怎么会和一副还不到二十岁的年轻的相貌联系在一起。

两匹马像风一样飞奔向前,几分钟不到,他们就已经骑到了伦敦的城门。达达尼埃以为公爵进城后会放慢马奔跑的速度,谁料到他仍旧策马飞奔,并不管是否会将路上的行人撞倒。事实上,在他们飞奔经过城中心的时候,已经两三次将行人撞倒,可是白金汉甚至连头也不回。达达尼埃紧随着公爵,在一遍斥骂的叫嚷声中向前飞奔。

到了公爵的府第,白金汉从马上跳下来,也不管马怎么样,只把缰绳往马脖子上一扔,就急匆匆地上了台阶。达达尼埃照着公爵的方式作了,但是他对眼前的两匹骏马有些担心,因为他觉得这两匹马是难得的骏马。看见有三四个仆人此时从厨房和马房里赶过来,牵住了那两匹骏马,于是他才定下心来。

公爵走得非常快,达达尼埃吃力地紧跟在他的后面。他接连穿过一个又一个客厅,客厅布置的华丽程度,恐怕连法国最显赫的贵族们都意想不到。最后,他来到一间卧房,那里优美雅致,富丽堂皇,简直像是天宫。在这间卧房掩在壁幔后面凹进的地方有一扇门,公爵用那把平时用金链条穿起挂在脖子上的钥匙打开了这扇门。为了避嫌,达达尼埃没有紧跟着进去,而是后退几步站着。白金汉在跨进这扇门的时候回过头来,见到年轻人一副迟疑的模样。

"进来吧!如果你有幸见到王后,请你把这儿所见到的一切都告诉她。"

达达尼埃听到公爵的这番话,壮壮胆跟着公爵迈进这扇门,公爵随手把那扇门关上。

此时,他们两人都身处在一个小圣堂中了,四周的墙上悬挂着用金线织成的波斯绸子,烛光照得灿烂辉煌。有一张桌子,很像祭台,在桌子上竖着一张真人大小的画像,画像上方用插有红白羽毛装饰的蓝丝绒盖着。画上的人物是奥地利的安娜,神采非常逼真。激动不已的达达尼埃不由自主地惊叫起来,画上的王后简直快要说话了。

在画像的下面,放着就是那个藏有钻石坠子的匣子。

公爵走到桌子前面,跪了下来,那神情如同一个虔诚的神父跪在基督面前。他慢慢地打开了那个匣子。

"你看,"公爵边说边从匣子中取出一个很沉的蓝丝带结,上面点缀着光彩四射的钻石,"你看,我曾经发过誓,要这些珍贵的钻石饰品永远陪伴我,即使在我死后,我也要他们陪我下葬。这些都是王后从前送给我的,现在王后要收回去,她的意志对于我来说就像是上帝的意志一样,我应当完全遵从。"

紧接着,他低下头,拿着那些将要和他离别的钻石坠子一粒一粒地吻起来。忽然,他发出了可怕的叫声。

"什么事?"达达尼埃惊奇惶恐地问道,"发生什么事,公爵大人?"

"完了,全完了!"白金汉面色苍白像个死人,他嚷着,"少了两粒钻石坠子,只剩下十粒了!"

"那两粒钻石坠子是公爵大人您不小心丢掉的,还是被人偷走的呢?"

"有人从我这里偷走了那两粒钻石坠子!"公爵说道,"这肯定是红衣主教干的!你看,这些系着钻石坠子的丝带被剪刀剪断了。"

"公爵大人,您好好回忆一下会是谁偷走那两颗钻石坠子,也许偷钻石坠子的人还没来得及跑掉!"

"等等!"公爵大声说,"那些钻石坠子,我仅仅用过一次,就是一周前,国王举行温莎舞会,我带着它。德·文特伯爵夫人本来和我有些过节,在那次舞会上却显得很奇怪,她主动走到我的身边。现在想起来,这一定是嫉妒的女人以友好的方式弄出来的报复手段。从那次舞会以后,我就再也没有见到那个女人,她很有可能就是红衣主教的暗探!"

"红衣主教的密探简直无处不在。"达达尼埃不禁发出这样的感叹。

"噢!是的!"白金汉气得咬牙切齿,说道,"对呀,这场恶斗就是这么残酷凶狠。慢着,舞会定在什么时候举行?"

"下周一。"

"下周一,我们还有五天的时间,这比我们所需要的时间还多一些,足够了。帕特里克!"公爵推开小殿堂的门大声地喊道,"帕特里克!"

公爵的那个伺候起居的亲信男随从进来了。

"把我的首饰匠和我的秘书马上给找到这来!"

亲信随从没有说话,立刻转身出去了。这种对主人的绝对忠诚和服从,在他的沉默与敏捷中已经得到足够的体现。

不过,尽管先叫首饰匠,首先进来的却是那个秘书。很简单——秘书就住在公爵的府第里。秘书进来时,看到白金汉正在卧房的一张桌子前亲笔在写几道命令。

"杰克逊先生,"公爵对秘书说道,"你立刻到掌玺大臣那里去一趟,告诉他我要他负责发布和执行这些命令,我要求他立刻发布出去!"

"不过,公爵大人,万一掌玺大臣想从我这询问大人是出于什么样的动机而采取这样不寻常的措施,我应该如何答复呢?"

"你说是出于我高兴这么做,告诉他,我想要做的任何事,不需要向任何人汇报。"

"可是,如果陛下出于好奇心,"秘书满脸堆笑地问,"也想知道任何船只都不能驶离大不列颠港口的原因,那样的话,对陛下也这么说吗?"

"你的话很有道理,先生,"白金汉回答道,"若是这样,他可以对国王陛下说我决定开战,就说这个非常措施就是向法兰西展开的第一步敌对行动。"

秘书鞠了躬以后,出去了。

"我们现在在这方面放心了,"白金汉转过身来对达达尼埃说,"倘若那两个钻石坠子还没有被送到法国去,那就没法在您之前送到那里。"

"这话怎么说?"

"我刚才下了命令,扣住现在停泊在大不列颠所有海港中的船只,除非得到特许文件,谁也不敢起锚出港。"

达达尼埃目瞪口呆地看着公爵。这个人为了自己的爱情,竟然把国王对他的信赖和赋予他的权力滥用起来。白金汉从年轻人脸部的表情上察觉出他的心思,不禁微笑起来。

"是的,"他说道,"奥地利的安娜才是我真正的女王,只要她的一句话,我不惜反叛我的祖国,反叛我现在的国王,甚至不惜反叛天主。我事先答应过拉罗谢尔的新教徒派兵援助他们。可是她要求我不要这么做,我马上照办了。虽然我在人前失去信用,不过那算得了什么?我必须服从她的意志;我的服从难道没有获得回报吗?正因为我的这种服从,我才得到了她的画像!"

一个民族的兴衰命运和千万人的生命,有时竟挂在脆弱且不可知的线索上,令达达尼埃感慨不已。

达达尼埃陷入沉思中的时候,首饰匠走了进来。首饰匠是一个手艺非常高超的爱尔兰人,他承认过每年要从白金汉公爵府中挣到一万利弗尔。

"奥赖利先生,"公爵一边将他引进小圣堂,一边对他说,"你看这些钻石坠子,把每粒坠子的价值告诉我。"

首饰匠粗略地看看那些坠子的精巧款式,简单地估算那些钻石坠子的价格,毫不迟疑地回答:"每个坠子一千五百皮斯托尔,先生。"

"如果照这个样子加工两粒,需要多少时间?你看得出,少了两粒。"

"一个星期的时间,大人。"

"我每粒出三千皮斯托尔的价,但是后天我一定要拿到。"

"大人,您会按时拿到坠子的。"

"你真是个难得的人才,奥赖利先生,不过我的话还没完:这两粒坠子不能托付给任何人加工,必须在我的府第里完成。"

"那不太可能,大人,要想做得跟原来的没有差别,只有我本人才能够做得到。"

"因此,亲爱的奥赖利先生,你已被囚禁了,你要想此时从我的府第里出去是办不到的;你拿定主意吧!你把需要的帮手以及该带的工具都告诉我!"

首饰匠是深知公爵脾气的,晓得任何反抗都是徒劳的,所以他也就死了那份心。

"我能告诉我的妻子吗?大人。"首饰匠问道。

"噢,你甚至还可以和她见面,亲爱的奥赖利先生,你放心,你在拘禁中的生活是宽松良好的;而且,作为对你受惊吓的一种赔偿,除了工钱以外,这儿有一张一千皮斯托尔的钞票送给你,作为我给你带来的烦闷的赔偿费!"

达达尼埃更为惊诧了,不论是平民百姓,还是大笔的财富,居然都被这位权倾朝野的大臣随心所欲地玩弄。

首饰匠给自己的妻子写了封信,把那张一千皮斯托尔的钞票夹在信中,在信中嘱咐她接到信以后,让他手艺最熟练的徒弟来,并写明了钻石的重量和名称,让他的徒弟一并带来。

白金汉把首饰匠带到一个房间里,这个房间在半个时辰里成了首饰加工工厂。公爵命令在每个门口设置一个门岗,禁止任何人出入,只有那个伺候公爵起居的亲信随从帕特里克除外。当然,不用说,首饰匠和他的助手都是绝对禁止外出,无论以什么样的借口,他们都不能走出那个房间。

这件事布置妥以后，公爵又回到达达尼埃的跟前。

"现在，年轻人，"他说，"英国就是属于咱们俩的英国；你怎么样？想要些什么？"

"一张床，"达达尼埃回答，"老实说，这是现在我最需要的东西。"

白金汉吩咐给了达达尼埃一个卧室，这个卧室就在公爵卧室的隔壁。他要把这个年轻人留在身边，这当然不是为了提防他，而是想有个人可以时不时跟他谈起王后的事情。

一小时以后，命令在伦敦开始颁布实行：禁止任何船只离开不列颠港口驶向法国，连装载邮件的船只也是如此。在每个平常人看来，这表明两个国家宣战了。

到了第三天的十一点钟的时候，那两颗钻石坠子已经做好了。首饰匠仿造得非常高明，简直可以以假乱真，别说白金汉分辨不出来，连行家都无法做到。

公爵立刻派人找来达达尼埃。

"你看，"他对达达尼埃说，"你到这里所要找的全部钻石坠子都在这里，请你为我证明一点，凡是我力所能及的，我都做到了。"

"您放心，大人，我现在所看到的一切我都会如实禀报的；不过大人，为什么您不将匣子和坠子一起给我呢？"

"匣子你随身携带不方便。特别是现在我只剩下这个匣子了，对我来说它是无比珍贵，你就说匣子是我留下了。"

"我一定会将这些话一字不落地禀报，大人。"

"好的！"白金汉双眼望着年轻人说道，"我怎样才能报答你呢？"

达达尼埃满脸通红，连眼白都发红。他知道，公爵的意思是想方法让他接受一些赏赐。可是此时他想到他的伙伴们和自己流的血要由英国的金子来补偿，他的心中有一处说不出的厌恶。

"我们相互了解一下吧！大人。"达达尼埃回答道，"有些话得先说清楚以免误会。我是效力于法国国王和王后的，在德·艾萨尔先生的禁军联队中当兵，埃萨尔先生和他的连襟德·特瑞威尔先生一样，对两位陛下赤胆忠心。我之所以做出这一切，不是为大人您效命，而是一切都为了王后。此外，如果不是为了一位夫人的欢心，我也许就不会来做这一切事情了。就像王后是您的心上人一样，我深深爱恋这位夫人。"

"是的，"公爵微笑地说，"我甚至还认得你所指的那位夫人哩，她是……"

"大人，我可没有对您说过她的名字。"年轻人赶紧打断了他的这番话。

"这是真实的，"公爵说道，"这样的话，我应该向那一位夫人感谢您的忠诚。"

"这是你说着了，大人。两国间眼看就要开战了，我坦白地对您说：您在我的眼中只是一个英国人罢了，因此也是我的一个敌人，如果和敌人在战场上遇见，对于我来说会比在温莎花园或是卢浮宫走廊相见更为高兴；然而，这不会阻止我执行我身负的使命，在必要时，我甚至可以牺牲我的生命；不过，我要再向大人说一遍，这回是我们第二次相遇，如果说第一次见面时，我曾经为您做过一点事，这次我又只是为自己出了点力，因此大人不必再对我致谢。"

"是的，在我们这里常常说'骄傲得像个苏格兰人'。"白金汉喃喃地说。

"在我们那里，人们常常说'骄傲得像个加斯科尼人'，"达达尼埃紧接着说道，"加斯科尼人事实上就是法国的苏格兰人。"

达达尼埃向公爵鞠躬行礼，准备就去。

"哎！你就这样走吗？到什么地方去？怎么走呢？"

"这倒也是。"

"上帝明鉴！法国人无论对什么事都是管前不顾后的。"

"我把英国是一个海岛这事给忘了，也忘了您在这里是权倾朝野。"

"你到码头上去找一条名叫森德号的双桅帆船，请你把这封信亲自交给船长；他会送你到法国的一个小海港，那里肯定没有人拦截，平日里只停着一些渔船。"

"那个小海港叫什么名字呢？"

"圣瓦莱里。不过，你往下听：到了那里，你得找一家不太像样的乡下客栈，那客栈没有名称和招牌，是一所供水手们住宿的名副其实的破房子；你不会弄错的，因为那里只有那一家。"

"找到以后呢？"

"你找到客栈的老板，对他说'Forward'。"

"那有什么意思呢？"

"意思就是前进：这是暗号。在听到这暗号以后，他自然会给你准备一匹备好鞍辔的好马。并且会将你应走的路线指点给你。照这样，你在路上先后依次更换四匹替换的马。倘若你愿意，把你在巴黎的住址告诉每一个通信处的人，四匹替换的马都会送到那儿找你的。这四匹当中，你已经见过两匹，我觉得你挺在行的，而且也很欣赏它们，就是我们骑过的。请你相信，另外两匹一点也不在你所见两匹之下。这四匹马都是为战争装备的。我想即使你再怎样自负，你肯定不会拒绝接受一匹马，而且同样不让你的三个同伴接受。并且，那些马是用来和我们打仗的。'只要目的是正当的，过程和手段也就无所谓了'。这是你们法国人常说的，对吗？"

"好吧，大人，我接受。"达达尼埃说道，"倘若天主愿意，我们会好好地利用你送的礼物。"

"现在，握个手吧年轻人；或许不久的将来我们就要在战场上相遇。不过现在，我希望我们像朋友一样分手。"

"是的，大人，我希望不久我们就变成敌人。"

"请你放心，我一定会成全你的。"

"我相信您的这句话，大人。"

达达尼埃向公爵鞠躬行礼，匆匆向门口走去。

在伦敦塔对面，他找着了公爵提到的那只船，他把信交给船长，船长又将公爵的信呈递给港口总监签证后，立刻扬帆出海了。

在港口中，有五十多条原先准备启航的各种船只，此刻都在港口中静静地停泊着。

那只双桅船紧擦着一条船驶过，达达尼埃觉得这条等待着的船上有个女人很熟悉，好像是牟恩镇上的那个被陌生绅士叫作"密拉娣"而达达尼埃拜倒于其美艳绝伦的容貌的那个女人。不过由于水急，再加上是顺风行驶，船走得很快，转眼就看不到那个女人了。

到了第二天早上九点钟左右，帆船停靠在圣瓦莱里港。

下船以后，达达尼埃立即寻找那家小酒店，他从店里吵嚷声即认定了它：水手们在大吃大喝，议论着英国和法国开战的事。他们的语气和神态似乎表明这场战争不可避免，并且是一触即发。

达达尼埃挤在人群中，他找到老板，在老板身边说了声"Forward"。酒店老板向他做了个手势，示意跟他走。他们从一扇直通到小天井的门中走出来，来到了马房，在那里有一匹马已经装备齐了鞍辔正在等着他。老板又问达达尼埃还有什么需要的。

“我想知道我该走什么样的路线？”达达尼埃说道。

“你从这里到布朗吉，再从布朗吉到纳夫夏泰尔，在那里找到一家旅店叫‘金耙旅店’，和旅店老板对上暗号以后，他自然会给你同样装备好马匹。”

“我是不是得付点钱呢？”达达尼埃说。

“钱已经预付了，”老板说，“而且所付的款只会多不会少。出发吧，愿天主与你同在。”

“阿门！”达达尼埃一边回答，一边翻身上马，扬鞭飞驰而去。

四个小时以后，达达尼埃来到了纳夫夏泰尔。

他完全遵照先前酒店老板所交代的去做；在纳夫夏泰尔，和在圣瓦莱里一样，也有一匹装备好的马匹在等着他。他正想把先前放在前面马匹上的手枪卸到这匹新马上，谁知这匹新马的马鞍两侧同样也套装着手枪。

“可以问一下你在巴黎的地址吗？”

“在德·埃萨尔联队的禁军营。”

“好的。”旅馆的老板答道。

“那么我该选择什么样的路线呢？”达达尼埃问老板。

“就走去鲁昂的那条路。不过不要进城，你应当从鲁昂城的左边绕着走。如果你到了一个叫埃库依娜的小镇，你就停下来，那里有个叫法国埃居的旅店。虽然它的样子看起来挺难看的，可是在他们的马房里的那匹马丝毫不逊色于这匹马。”

“还是照原先的暗号吗？”

“当然，一点都没有改变。”

“再见，老板！”

“一路平安，富家子弟！你还需要什么东西？”

达达尼埃摇了摇头，然后飞快扬鞭启程。在埃库依镇，发生的一切和先前没有什么大的区别：他找到一个殷勤的客栈老板，一匹威武的骏马；他同样把自己的通信地址留下，又以同样的速度向蓬图瓦兹飞奔。在蓬图瓦兹，他换了最后一次马，大约到了九点左右，他骑马奔驰进德·特瑞威尔先生的府第中。

在十二小时的时间里，他大约跑了六十里的路程。

德·特雷尔先生如同早上还见到他们似的接待他；不过，和他握手的时候比平日握得更紧一些。他对达达尼埃说德·埃萨尔先生的联队的人正在卢浮宫值班，他可以到那里回到自己的岗位上去。

第二十二章　梅尔莱松舞

第二天,整个巴黎市都在吵吵嚷嚷地谈论着市政长官为国王和王后举办的那场舞会,在舞会上,据说两位陛下都要跳那种有名的梅尔莱松舞,那正是国王最心爱的一种舞。

整个星期,市政厅就为了这场盛大的舞会紧张地筹备着。木匠为应邀参加舞会的女宾们搭起了好些个看台;油烛匠在会场中布置了两百支白蜡烛,在那个年代,这可是极端奢侈的布置;最后还订好二十位提琴师,据说要演奏整个通宵,当然要价也比平时高出一倍。

早上十点钟,王家卫队掌旗官德·拉科斯特先生领着两名军官和二十名卫士,向市政厅的书记官克莱芒索取市政厅各处的大小门和大小房间的钥匙。那些钥匙书记官立即交给了他,每一把钥匙上面都系了一个作为识别的标签,以免混淆。从那时刻开始,拉科斯特和他的手下卫士担负起市政厅里各处的守护职责了。

十一点钟,卫队长迪阿利埃领着五十名卫士来了,他把这些卫士分散到各个要处担任警卫。

到了下午三点钟,来了法国兵和瑞士兵两个联队。法国兵的联队的一半是由迪阿利埃先生的部队组成,另一半则是德·埃萨尔先生的部队。

晚上六点来钟,来宾们陆续进入会场。进场以后,就坐在会场里那些预备好的看台上。

九点钟,枢密大臣夫人到了会场。她是在这场舞会上地位仅次于王后的尊贵女宾,市政厅的大小官员全体都出来迎接她,并引她进那间预留给她的和王后包厢遥相对应的包厢中。

十点钟,在靠近圣约翰教堂的小客厅里,摆好了一桌消夜甜食,那是专为国王而设的,在它的对面,是由四名卫士守着的银餐具酒柜。

十二点了,一阵阵的喧嚷和欢呼声由远及近,原来是国王的车队正由卢浮宫,穿过街巷向市政厅走来,沿路上彩灯缤纷。

紧接着,身穿长袍的市政官员们由六位手执烛台的卫士引着,前去迎候国王陛下。国王走下马车,市长在台阶上向国王陛下致欢迎词。国王对欢迎词的回答是对迟到表示歉意,然而他把全部的过错全推到红衣主教身上,因为红衣主教为谈论国家政务使他一直耽搁到十一点。

陛下衣着富丽华贵,他是在一群贵族的簇拥下到来的。这些贵族包括:御弟奥尔良公爵,大修道院院长德·苏瓦松伯爵,德·隆格维尔公爵,德·埃尔伯夫公爵,德·阿库尔伯爵,德·拉罗什——居戎伯爵,德·利昂库尔先生,德·巴拉达斯先生,德·克拉马伊伯爵和德·苏弗雷骑士。

每个人都发现国王的情绪不好,他眉头紧锁,显得心事重重。

舞会为国王专门准备了一个更衣用的房间,另外奥尔良公爵也有一间,化妆用的服饰早就收拾齐备,放在了房间里。另外享有这种待遇的还包括王后和枢密大臣夫人。随从两个陛下的爵爷和夫人们，则是一对一对地到另外的几个更衣房间里去换服装。

临进化装间前，国王还下了一道命令，让红衣主教一到就立即派人告诉他。在国王驾到半个钟头之后，外面又是一片欢呼雀跃的声音：王后驾到。市政长官们仍由卫士领头开道，毕恭毕敬地迎接这位身份最显赫的女宾。

王后走进正厅。来宾们都察觉到，王后和国王一样情绪低落，而且满脸疲惫。

王后进场的时候，一间很小的廊台上自始至终没有动过的门帘忽然掀了起来，红衣主教那白色的面孔探了出来，他身穿西班牙骑士服，目光注视着王后的眼睛，嘴角挂着微笑，掩饰不住内心的喜悦：王后没有带钻石坠饰。

王后在大厅里接受了市政人员的问候，又对在场的主宾表示了致意。

就在这时，国王和红衣主教从大厅的一间屋子里走了出来，红衣主教在国王边上耳语了一阵，国王的脸色顿时变得苍白如纸。

国王挤过跳舞的人群来到王后身边，他没有戴面罩，甚至连短上衣的系带也松着，他用变了调的声音问道：

"夫人，"国王问："您既然明白我十分期望看到那些钻石坠饰戴在你身上，你为什么不那么做呢？"

王后环顾四周，看见红衣主教站在国王身后不住地冷笑。

"陛下，"王后回答时声音也不由得颤抖，"因为这种场合人太多，我担心有什么意想不到的事情。"

"不，夫人！既然我送那些坠饰给您的目的就是要你戴着它们，所以，你要明白，你完全错了。"

说话时，国王的声音因为生气也发颤了；嘉宾们惊愕地望着这突发场面，侧耳倾听，但都弄不清究竟发生了什么事情。

"陛下，"王后说，"我把那些坠饰放在卢浮宫了，我马上叫人去拿，您的愿望立刻就会实现了。"

"快一点，夫人，尽快一点；离舞会开始只有一个钟头了。"

王后行了个屈膝礼，表示遵命，接着就跟着领路的侍从女官到化妆间去了。

国王也回到自己的化妆间。

这件事顿时在大厅里引起一片喧哗和骚动。

来宾们都意识到国王和王后之间准是出了别扭。但是一方面他们说话声很低，另一方面，来宾们出于对国王和王后陛下的敬重，离他们至少有几步的距离，因此没有谁知道他们说的事。提琴手此刻正拉得热火朝天，但没有人仔细去听。

国王首先从化妆间出来，他穿着一套考究的猎装，奥尔良公爵和其他王族成员也是这样。但国王的打扮无疑最为潇洒，称得上是法国最有风度的绅士。

红衣主教来到国王身边，递上一只盒子。国王打开后，发现里面是两颗钻石坠饰。

"这是干什么？"国王问红衣主教。

"没什么，"主教回答说，"假如王后还能戴出那些坠饰的话——我想这不太可能——就请陛下认真数一数，如果那串坠饰的数目只有十颗的话，您就应该问一下王后陛下，到底是谁把您看到的这两颗坠饰偷去了。"

国王盯着红衣主教，好像是有什么疑问似的，但是还没来得及发问，所有的宾客们一起大声地欢呼起来了。如果说国王看上去是法国最英俊潇洒的绅士，那么王后当之无愧就是法兰西最具魅力的女人。

事实上，她身上的这套女式猎装再适合她不过了。王后头上是一顶配有蓝色羽毛的呢帽,身上是一件珠灰色的丝绒披风,用几粒钻石搭扣系在胸前,里面衬着一条银线绣花的蓝色绸裙。一枚蓝色的饰带结扣别在左肩上,结扣上系着颗颗光彩夺目的坠饰。

国王快活得浑身颤动,红衣主教却气得浑身抖动。但是他们离王后很远,谁也没数清饰带结扣上究竟有几颗坠饰,究竟是十颗呢还是十二颗?

就在这时,乐队奏响了舞曲的序曲。国王按习俗朝枢密大臣夫人走去,邀请她作为舞伴。奥尔良公爵则邀请王后。大家各就各位,于是梅尔莱松舞曲开始了。

国王陛下正好在王后对面,他每次经过王后身旁时,总是瞪大双眼盯着那些不计其数的坠饰,而此时此刻红衣主教直冒冷汗。

梅尔莱松舞足足跳了一个钟头。舞曲总计有十六段变奏曲调。

舞曲在满场来宾的热烈掌声中告终,跳舞的男士则把各自的舞伴送回原位。但是国王陛下有撇开舞伴直向王后走去的权力。

"夫人,"国王对王后说:"我非常感谢您如此尊重我的个人愿望。尽管如此,我想我应当给您带来可能缺少的两颗坠饰。"

国王一边说着,一边就递给王后两颗坠饰,这是红衣主教方才进呈送给他的。

"天啊,这究竟是什么?"年轻的王后故作惊诧得大声说道,"如果您继续给我添加两颗,难道我不是拥有十四颗坠饰了吗?"

国王细心数过之后,真是已有十二颗坠饰分布在王后的肩头。

于是,国王立即叫红衣主教。

"此为何意,红衣主教先生,嗯?"他厉声训问。

"尊敬的陛下,其中包含的想法是,"红衣主教回答说,"我本想请王后陛下接受这两颗坠饰,但是恐怕有些冒昧,所以采用这个办法转交。"

"噢,对主教大人的心意,我理应深表谢意。"奥地利的安娜公主笑着回答,这意味着她已识破红衣主教虚假恭维和甜言蜜语。"我断言,阁下仅为两颗坠饰的花费不少于陛下支付十二颗坠饰的钱。"

话音刚落,她准备返回化妆间卸装,于是面向国王和红衣主教行礼后就直奔而去。

在这一章的前部分,我们都把几位显贵作为讲述的焦点了,其原因是根据叙述事情的要求而定的。于是,就把帮助奥地利的安娜公主在与红衣主教斗争中全面取胜的这位主角暂时拖后了。这位人物并不被人所知,实际上也没人去打听他,此时他顾不得体面和风度,正处在一堆拥挤在门口的人群中,伸直脖子远望着只有国王、王后、主教大人和他自己四个人才能明晓的大厅中景象。

达达尼埃发现王后已经返回化妆间后,正欲抽身离去,突然感到有人轻拍了一下他的肩头,于是回望过来,发现一个年轻女人正用手势向他暗示他应随她而去。她头戴玄色丝绒半截面罩,主要是为了防备他人,而不是用来防他的,因此他能够立即辨识出这位向导,就是妩媚动人的伯纳肖太太。

昨晚他们相会过,那是达达尼埃请求御前卫士热尔曼把伯纳肖太太喊来的。但是这次相会并没有能够聊些心里话,因为她想立即把信使平安返回的佳音传递给王后。而达达尼埃则心怀着爱恋和惊奇的感觉,随同伯纳肖太太前行。沿路的走廊里人影依稀,达达尼埃数次想抓住她的臂膀让她停下来,好好地凝视片刻;但是她从他手中滑落而出的身姿,灵敏得犹如一只小鸟,况且她还用手指压嘴的方式叫他不要讲话,用这个令他无法摆脱又魅力无穷的小小动作暗示——他此时此刻听命于一位至高无上的显贵,不能有任何轻微的埋怨,只能是绝对顺从。一两分钟过后,他们左拐右转了七八次,博尔修拧开一扇小房门,里面一片漆黑,便把年轻人引领走去。她依然用手势暗示他应静候等待,然后推开避幔后面的另一扇隐蔽之门,顿时射进来一线强光,她却不知去向。

达达尼埃浑不知身处何处,只能静静地站立着,但是稍过片刻,又见到另外一缕光线透进此房,一阵温暖而馨香的氤氲渐近飘来,听见两三个女人谦恭而雅致的谈论声和连连不断的"陛下"之称,他完全肯定此时是站在与王后的房间相邻的一间小屋里。

这位年轻人伫立在黑暗中,等待着一切。

王后精神舒畅,心情愉悦,一下改变往日她那阴郁沉闷的神态,这一点引起了周围女官的不解。王后则告诉大家,这是舒畅和愉悦源于盛大的舞会和跳舞的情趣,谁也不愿也不可能违背一个王后所说的话,即使她或笑或哭着说,女官们也都交口赞誉那些好风雅的巴黎市政官僚们。

达达尼埃不知哪一位是王后,但是从谈论中已经准确判断出王后的音调,一是因为她带有外国语言,二是因为她的谈论充满了威严。他好几回可以听见王后走近这扇半开之门而又离开的脚步声,甚至还有两三次有一个遮住光线的身影映入他的眼帘。

猛然间一条美艳夺目、肌肤如雪的玉臂从壁幔后面伸过来;于是,达达尼埃赶紧跪地,端住那只手虔诚地吻了一下,因为他明白这是一种恩赐。但这只手立即收回,在达达尼埃手里留下一枚戒指。那扇门又重新闭合上,达达尼埃又一次面对黑暗。

把戒指戴在手指上后,达达尼埃相信并未完结,于是重新期待起来。的确,他的忠诚和爱情都理应同时得到奖赏。况且,晚会刚才拉开序幕,尽管舞已跳完圣约翰教堂的大钟已经敲响两点三刻,而三点钟正是吃夜宵的良机。

不出所料,随着隔壁房间的声音消失,伯纳肖太太打开了一个令达达尼埃盼望的房门,她直走过来。

"您终于露面了!"达达尼埃高声嚷道。

"不要发出声来!"那少妇用手压在年轻人的嘴唇上,"千万不要出声,您回到您刚才来的那儿去吧。"

"但我何时再能与您相会呢? 在什么地方?"达达尼埃问。

"走吧,快走吧,您到家看一下纸条,一切都明白了。"

话音刚落,她推开走廊的那扇门,把年轻人推到门外。

达达尼埃毫无任何不满和争执,像一个听话的孩子,正因为这样,说明他已堕入爱河。

第二十三章 约 会

达达尼埃飞快地跑回家,到家已经是凌晨三点多钟了,虽然他通过巴黎一些最乱的街道,但他一路顺风,没碰到任何麻烦。情人和醉鬼都属同类,总是吉星高照。

他推开半掩着的门,快步登上楼梯,按照预先和布朗谢商定的暗号轻轻叩门。布朗谢很快开了门。原来两小时前他就将布朗谢从市政厅打发回家,吩咐他别先睡着,要等他回来好开门。

"有人送没送来一封信?"达达尼埃刚进屋就焦急地问道。

"没有人送来过一封信。但是有封信是自己来的。"

"别在说傻话了,布朗谢。"

"我没犯傻,这房间的钥匙一直在我口袋里放着,从没有离开过我,可是奇怪的是在我回来的这么一会时间,却偏偏看见有一封信放在您卧室的绿地毯上面。"

"信现在"

"还放在原来的地方,我可没动过,这封信真是让人不可思议,门窗都关得好好的嘛,没有把信放到这里的可能啊。先生,您要多加小心,真是见鬼了。"

布朗谢只管自己说个没完没了,达达尼埃可不会耐着性子听他说完。他冲进卧室,将信打开,信确实是伯纳肖太太的亲笔信,信内容如下:

> 亟待面谢,请今晚去圣克洛,十点钟在德·埃斯特雷先生宅邸拐角的那座小楼前见面。
>
> 康·伯

达达尼埃看这封信的时候,他的心扑通扑通地跳,仿佛感到心在沸腾,渐渐全身都陶醉了,他还从来没有体验过这种全身骚动的情绪,这种发自内心深处的激动。这是他平生第一次收到的情书,也是他第一次的约会。达达尼埃神情恍惚地差点没碰在门槛上。

"嗯,先生,是不是有些不妙?"布朗谢见到主人的脸忽红忽白的,担心地问。

"你说错了,这可是件好事,布朗谢。"

达达尼埃说着,把一个埃居递到他的手上说:"为了证明你猜错了,给你一个埃居,喝杯酒替我庆祝一下。"

"先生,我一定照您吩咐的去做,谢谢您;不过,这封信能'飞'到一个门窗紧闭的房间里实在……"

"伙计,这叫'从天而降',懂吗?是从天上掉下来的。"

布朗谢仍不放心地说:"先生,这么说您很高兴?"

"哦!我是天底下最最幸福的人!我亲爱的布朗谢。"

"先生,托您的福,我可以去睡觉了吗?"

"当然可以,你去吧。"

"老天爷会保佑您的,可这封信我……"

布朗谢无可奈何地边摇头叹息边走出房间,从他的表现上看得出来,达达尼埃的赏赐并没有打消他的顾虑。

达达尼埃在房间里把那封信念了好几遍,在那几行字上吻了足够二十遍,哦,那上面可有柔美多情的情人的芳香。最后,他带着美好的愿望进入梦乡,做起甜蜜的美梦。

早上七点,达达尼埃起床后喊布朗谢,喊了两声,布朗谢才开门,脸上还留有夜里的忐忑不安。

达达尼埃说:"我马上得出门,也许一整天都不回来,你在晚上七点以前都没事做;不过,你必须记着:晚上七点钟以前备好两匹马,随时准备出发。"

布朗谢不太情愿地说:"得,瞧着吧,咱们身上又要多几个窟窿了。"

达达尼埃不理他,说:"你把你的火枪和手枪都带上。"

布朗谢大声喊道:"嘿!我说什么来着?我早算计到了,这封见鬼的信!"

"我的小傻瓜,你就放心吧!这回可是件好事儿。"

"那当然啦,就跟那天的旅行似的,好家伙,枪子儿满天飞,遍地是陷阱。"

达达尼埃说:"布朗谢先生,假如你胆怯了,就不要跟我去了;我宁愿一个人走,也不愿带一个只会哆嗦的累赘。"

布朗谢说:"先生,您就这样评价我吗?我觉得太不公平了,我的表现您是亲眼见过的。"

"我是见过,所以我怀疑你的勇气是一次性的。"

"请先生相信,到时候就会有的;不过还得请您省着点用,要不然会不长久的。"

"我想知道今天晚上你还有一点儿吧!"

"是的,我想应该有。"

"好,我的希望就寄托在你身上了。"

"我会准时办好一切的;不过,您在禁军营的马厩里好像只有一匹马呀。"

"估计现在还是一匹,到了晚上肯定会是四匹的。"

"噢!原来咱们上回为了补充军马才跑了那么一大圈呀!"

达达尼埃点点头,说:"对极了。"然后,用一个手势代替了语言的嘱咐,走出家门。

伯纳肖先生在他门口站着。达达尼埃本想径直出去,不与这位针线铺老板寒暄;不料,伯纳肖先生看见他就满脸笑容地施礼,使当房客的他不得不还礼,也不得不聊几句。

再说达达尼埃今天晚上要在圣克洛德·埃斯特雷先生的小楼前跟他的老婆幽会,怎么也得对这位当丈夫的客气些呀!达达尼埃做出特别和气,特别友好的样子迎上去。

话题很自然地转到了这位老板不幸被抓进监狱的事情上。达达尼埃在一次偶然的机会中,听到了伯纳肖先生跟牟恩那个陌生人的对话,但可悲的是:可怜的伯纳肖先生对此全然不知,所以,他在这位年轻的房客面前大吹大擂,说那个德·拉夫玛先生用什么办法折磨他,简直是个魔鬼,又说他是主教的刽子手,而后,又添枝加叶地大谈特谈巴士底监狱,什么囚室的铁栓和小门如何啦,什么地牢的通风窗如何啦,还有牢门的铁栅栏又怎么样啦,花样百出的刑具啦等等,反正是吹牛不上税,他仰仗自己的三寸不烂舌,吹得昏天黑地。

达达尼埃出于礼貌,只得不动声色地听着;等他说完了,才说:"您知道是谁绑架了伯纳肖太太吗?您知道,我们就是在那个不愉快的场合结识的。"

"啊！他们怎能向我透露消息呢？我老婆也发誓说她不知道。您呢?"伯纳肖先生以一种异乎寻常的亲切的口气说:"这些天您过得怎么样？我一直没见到您,也没见您那几位朋友来,我昨天看见布朗谢给您刷靴子了,看上去靴子上的泥不像是在巴黎的街上沾的。"

"亲爱的伯纳肖先生,您说对了,我和我那几个朋友出门了,刚回来。"

"哦！是不是去了很远的地方?"

"不算远,也就四十里路吧;我们陪阿多思先生去福尔日温泉了,我的几位朋友也一起留在那儿了。"

伯纳肖先生眨着眼睛,做出绝顶聪明的神态,说:"您回来了,像您这么英俊潇洒的小伙子,您的情妇怎么舍得让您离开那么久呢,她在巴黎一定望眼欲穿地盼望着您呢,没错吧?"

年轻人有点不好意思地说:"哎,实不相瞒,确实有人在等我,急切地等着我,一点不错;我也承认,我更加觉得我的事一点儿也别想瞒过您。"

在伯纳肖先生的脸上掠过一丝乌云,因为很浅淡,达达尼埃没看出来。

针线铺老板接着说:"您这么风风火火地赶回来,一定会有所得吧?"他说话时的嗓音有点岔声,也只是一丝,跟刚才脸上的乌云一样,达达尼埃对此仍然丝毫没有觉察。

达达尼埃情不自禁地哈哈大笑,说:"哈！亲爱的伯纳肖先生,您这是在教训我吗?"

"当然不是,我说这些并没有别的意思,只是想知道您是不是很晚才回来。"

达达尼埃不解地问:"亲爱的房东,您为什么要打听这些呢？难道您想等着我回来?"

"不,不,自从我被人抓走,家里又被抢劫以后,一听见敲门声我就胆战心惊的,尤其是三更半夜。唉,我不会使枪弄剑,只好忍气吞声啦!"

"行了,如果我是凌晨一点,两点甚至三点钟回来,您不用害怕;如果我干脆一夜不归,您更不用害怕。"

这一下,伯纳肖先生的脸色变得刷白,达达尼埃不可能看不见了,就问他怎么回事。

伯纳肖先生说:"没事,从遭难以后,经常这样,突然一阵感觉像虚脱,刚才我还觉得浑身颤抖呢。不用您费心,您应该考虑的是怎样使自己活得潇洒快乐。"

"哦！这可不用我考虑,因为我现在很开心。"

"才不呢,您说过是今天晚上吧,悠着点儿。"

"谢天谢地,今天晚上会来的！哎？也许今天晚上同样有个人急切地等着您呀？今晚伯纳肖太太会回来与您欢聚吧。"

这位当丈夫的一板一眼地说:"她今晚在卢浮宫当班,没空。"

"哦！原来如此,您可太不幸了,亲爱的房东,您太不走运了。我快活的时候,希望所有的人都快活,哎！看起来不可能了,办不到了。"

说完,达达尼埃哈哈大笑着与伯纳肖先生道别,他认为这笑声的含意只有他自己心知肚明。

伯纳肖先生阴险地回敬了一句,"您就好好地去享乐吧!"

可惜达达尼埃走远了,并没听到这句话,他此时脑子里装满了其他的事,即使他听见了,想必也不会多加思索的。

他要去拜会德·特瑞威尔先生,因为他们头天晚上匆忙见了一面,没有多谈。达达尼埃来到德·特瑞威尔先生的府邸,见到了春风得意,欢天喜地的德·特瑞威尔先生。在舞会上,国王和王后对他的态度是亲切和蔼,红衣教主对他则是恨之入骨。

凌晨一点时,他以身体不舒服为由提前退场了。凌晨六点时,国王和王后才回卢浮宫。

德·特瑞威尔先生环视一下四周,确认没有外人在场后,才压低了声音说:"小伙子,现在该谈谈你了,事情明摆着:国王兴高采烈,王后扬眉吐气,主教大人灰头土脸,都是您旗开得胜的结果。您要好自为之呀。"

达达尼埃不以为然地说:"我得到了两位陛下的恩宠,还怕什么?"

"有您怕的,听我一句吧!红衣主教可不是个轻易认输的人,他是有仇必报的,况且让他如此恼怒的人,照我看,是我认识的一位加斯科尼老乡哩。"

"您认为红衣主教未卜先知,知道我去了伦敦?"

"天哪!,您已经去过伦敦了?您手上戴的那枚光彩夺目的戒指,难道是从伦敦带回来的?我的好达达尼埃,敌人的礼物千万不能要呀;有句拉丁文怎么讲的……我想是……"

达达尼埃对拉丁文可是一窍不通,他连最基本的语法规则都忘得一干二净,当时的老师遇到这样的学生,也是一筹莫展,只得由他去吧。此时,他说:"对,可能有这么一句。"

德·特瑞威尔先生像个老学究,说:"当然有,德·班斯拉德先生对我引用过这句话,……噢!想起来了:

……timeo Danaos et dona ferentes

意思是:给你送礼的对手,千万要小心。"

达达尼埃至此才说:"哎!先生,我跟您实说了吧?这是王后赐予的,根本就不是什么敌人送的。"

德·特瑞威尔先生惊奇地说:"王后给的!喔嗬!没错,名副其实的王室珠宝,至少值一千个皮斯托尔。王后让谁把它转交给您的?"

"是她亲手给我的。"

"在什么地方?"

"她的化妆间隔壁的一个小房间里。"

"那她是怎么交到您手里的?"

"她把手伸给我,让我吻她的时候。"

世界经典文库 世界二十大名著 三个火枪手 图文珍藏版

德·特瑞威尔先生目不转睛地看着他,喊道:"您吻了王后的手!"

"我太幸运了,能身受王后陛下的这一恩宠!"

"旁边有没有人看到?太冒失了,您怎么能这么冒失?"

"先生,您放心,当时没有人看见,"达达尼埃说,然后,把经过毫不保留地告诉了德·特瑞威尔先生。

这位不懂风情的先生听后大声说:"哦!女人哪,女人!她们那些浪漫的幻想我领教得多了;她们就喜欢那些神神秘秘的东西。这回,除了一只胳臂,您什么也没见着,下次您再见到她,根本就认不出来;如果她遇到您,恐怕她也不知道您是谁。"

年轻人说:"可,我有这枚戒指……"

德·特瑞威尔先生好言相劝道:"您先听我说,您愿不愿意听我一句劝告?一句给朋友的劝告,一句对你有百益而无一害的忠告。"

"先生,我将感到不胜荣幸。"

"这样更好,您听着,您从这里出去以后,碰到第一家珠宝店就赶快进去,把这枚戒指卖掉,不要计较钱的问题;您遇到的珠宝商再奸诈,也得给您八百个皮斯托尔。金钱是无名无姓的,我的达达尼埃,这枚钻戒的来头太大了,迟早它得给戴它的人带来灾难的。小伙子,别引火烧身、自讨苦吃!"

达达尼埃吓一跳,非常不满地叫道:"什么?您让我把这戒指卖掉?这可是王后给我的戒指呀!绝对办不到。"

"那就把戒指转半个圈,钻石朝里戴吧,我可怜的糊涂虫,用脑子好好想想,一个加斯科尼见习禁军能在他老母亲的首饰盒里找到这么一件贵重的珠宝,有谁会相信?"

达达尼埃又问:"您真的认为我应该小心提防?"

"年轻人,这么说吧,一个人躺在已经点着导火索的炸药上睡大觉,危险不危险?他跟您比,他还要安全得多呢。"

"啊!"德·特瑞威尔先生坚定的语气使达达尼埃感到有点惶惶不安,"啊!那您说我该怎么办哪?"

"您随时随地都要谨小慎微,绝对不能粗心大意,遇事更要深思熟虑。红衣主教的记忆力非常强,手又长;我敢肯定地说,他一定会对付您的。"

"他能怎么对付我?"

"哎!那我可说不准了!不是我危言耸听,他这个人奸诈狡猾,老谋深算,满肚子的花花肠子,我说得不错吧?至少是让人把您抓起来。"

"怎么?一个为陛下效力的人他也敢抓?"

"为什么不敢?他们对阿多思讲客气了吗?年轻人,不管怎样,我在宫里待了三十年了,听我的话错不了。一定要小心提防,否则,您就完蛋了,我提醒您一下吧:您不但不能睡大觉,而是睡觉时最好睁着一只眼,小心敌人。如果有人跟您找麻烦、吵架,您得躲开,哪怕对方是个十岁的孩子;假如有人袭击您,无论白天还是夜晚,您要且战且退,先保住命,别怕面子上不好看;您准备过一座桥,您必须先用脚试试桥板,免得踩空;人家盖房子,您恰好路过,就得注意看着,避免石头落下来砸在您的头上;如果您深更半夜回家,就让仆从跟在您身后,信得过他,还得让他带上武器。您不能相信任何人,包括朋友、兄弟、情妇,都不能相信,尤其不能相信的就是情妇。"

达达尼埃的脸都红了,下意识地说:"尤其是情妇,怎么情妇比别人还不能相信呢?"

"因为红衣主教惯用的伎俩就是美人计，再也没有比这更简单的方法了：一个女人为十个皮斯托尔就能出卖你，大利拉就是一个很好的教材。您总念过《圣经》吧？"

达达尼埃想着晚上与伯纳肖太太的幽会；尽管德·特瑞威尔先生把女人描绘得一文不值，但他对俊俏的房东太太一如既往。

"我顺便打听一下，您那三个朋友情况如何？"

"我来拜访您的目的就是想看看您有没有他们的音讯。"

"杳无音信，先生。"

"唉！他们都被我留在路上了：波尔托思在尚蒂伊被人纠缠着比剑；阿莱米斯在克雷夫格尔肩膀中枪；阿多思在亚眠遭人陷害，硬说他用假币。"

德·特瑞威尔说："真够他们受的！您怎样脱身的？"

"唉！只能说是靠运气，先生，我虽然胸口上挨了一剑，但我把德·瓦尔德伯爵先生钉在加莱的大路上了，就好比把一只蝴蝶钉在墙上那样。"

"那可更惨啦！老弟，德·瓦尔德是德·罗什福尔的表兄弟，可都是红衣主教的手下。嘿，我有主意了。"

"先生，请您快点说。"

"如果我是您，我就去做一件事。"

"做什么事呀？"

"现在，主教大人正兴师动众地在巴黎搜捕我，我呢，干脆潜回庇卡底方向，杀他个回马枪，寻找三个朋友去。平心而论，他们让您这么费心，当之无愧。"

"太好了，真是个好主意，先生，我明天就开始行动。"

"为什么要等到明天？为什么不是今天晚上？"

"先生，今天晚上我有事，必须留在巴黎。"

"哦！年轻人，到底是年轻人！是不是跟什么人有约会啦？我再叮咛一遍：咱们这些凡夫俗子，最容易栽在女人手里。如果听我的话，今晚就出发。"

"先生，这怎么行？绝对不行。"

"您已经跟人家定好了？"

"定好了，先生。"

"那就另当别论啦；不过您必须答应我：如果您今天晚上没被人杀死，明天一早就出发。"

"我保证。"

"您还需要钱吗？"

"我手里还有五十个皮斯托尔。应该够用了。"

"您的朋友呢？"

"我觉得他们也不会缺钱的。我们每人带着七十五个皮斯托尔离开巴黎的。"

"您明天走之前还到我这儿来吗？"

"我想不用来了，先生，除非发生了什么变故。"

"好吧，我祝您一路平安！"

"先生，谢谢您。再见。"

达达尼埃告辞出来后，想着德·特瑞威尔先生像慈父一样爱惜火枪手们，顿觉一股暖流涌上心头。

他往阿多思、波尔托思和阿莱米斯的住处跑了一圈。三个人都没回来，仆从也不在，主仆全都失踪了一样。

如果能找到三个人的情妇，也许能有点消息，可是，波尔托思和阿莱米斯的情妇,他根本就不认识,至于阿多思,压根就没有情妇。

他站在禁军营的马厩前一看;四匹马已经到了三匹。布朗谢对此惊奇不已,他正用铁齿刷子给它们梳理身体,有两匹已经刷好了。

布朗谢看见达达尼埃,喜笑颜开地说:"哦! 先生,见到您真让我高兴!"

达达尼埃问:"布朗谢,你这是什么意思?"

"您信得过咱们那位房东吗?"

"我嘛? 从来就没信过。"

"哦! 先生,您说得对极了。"

"您为什么要问我这些?"

"在您跟他说话时,我虽然听不见你们在说什么,但我看得见你们的脸;先生,他跟您说话时变颜变色的,变过两三次呢。"

"唔!?"

"先生,您只顾看信了,没注意到这事儿;我与您不同啦,这封信来得太不可思议了,所以,我留了个心眼,把他脸上的细微变化都看在眼里了。"

"那你觉得他……?"

"先生,他一脸的奸相呢。"

"没错。"

"不仅如此,您跟他分手,刚拐弯,他就戴上帽子关上门,抬脚就奔街的另一头去了。"

"布朗谢,你说得很对,这些事确实令人费解,不过你放心,咱们非把事情搞个一清二楚不可,否则,哼,不给他房钱。"

"先生,我知道您在寻开心,不过,迟早您会知道的:我说得一点不会错。"

"布朗谢,命中有时终会有,命里注定将到发生的事终究是要发生的,这是毫无办法的事。"

"您的意思是说今晚的散步依然如故?"

"那当然,难道你让我取消? 布朗谢,我越是反感伯纳肖先生,越是放不下这个约会,尽管这封信让你顾虑重重。"

"既然先生心意已决……"

"伙计,我决不退却;我看还是这样吧,晚上九点钟,你准备就绪后在营部这儿等我,我到这找你。"

布朗谢本打算劝说主人放弃今晚的约会,他的打算彻底失败,只得长叹一声,继续给第三匹马刷身体。

达达尼埃其实是个精明稳健的小伙子,此时,他没有回家,而是到一位加斯科尼老乡家里吃晚饭去了。当初,这四个伙伴失意时,就是这位神甫请他们吃过一顿巧克力饮料的早茶,达达尼埃对他充满感激之情。

第二十四章　小　楼

达达尼埃在九点钟回到禁军营时,看到布朗谢已经整装待发了。第四匹马也到位了。在布朗谢的身上配备了两支枪:一支短筒火枪和一把手枪。

达达尼埃先佩挂上长剑,再把两只手枪插在腰间,然后,主仆二人一人骑一匹马,神不知鬼不觉地上路了。此时的天色已经彻底的黑透了,他俩的行动没有被任何人察觉。达达尼埃走在前面,布朗谢与他保持十步路的距离,紧随其后。

二人先从河堤上穿行而过,再从会议门走出来,就来到一条人路上,顺着这条路往圣克洛的方向走下去了。过去,这条路上静悄悄的,人迹稀少,不像现在这样嘈杂。

在城里时,布朗谢规规矩矩地跟在主人身后,保持着那段主仆应该保持的距离;刚走出城门,一路上几乎没有同路人,黑影摇曳,他也就不由自主地向主人贴近了;将要进入布洛涅森林时,他已与主人肩并肩,马头并马头地并驾齐驱了。平心而论,身处昏暗的大森林里,冷淡的月光照在树枝上,轻风吹过,到处都是奇形怪状的阴影,令人毛骨悚然,不要说布朗谢恐惧,就是我们身临其境的话,未必比他强多少。这位仆从胆怯如鼠的样子被他的主人尽观眼底。

达达尼埃存心问布朗谢:"布朗谢先生,你这是怎么啦?"

"先生,您不觉得这片森林像教堂吗?"

"布朗谢,你能给我解释一下这句话吗?"

"因为在教堂里我不敢大声说话,在这儿的感觉又跟在教堂的感觉一样。"

"噢?你是说你不敢大声说话吗?布朗谢,为什么不敢?是不是害怕啦?"

"是的,先生,我怕别人听见咱们的谈话。"

"怕别人听见?老弟,你太多虑了,咱们说的事可是光明磊落的,别人又能把我们怎么样呢?"

布朗谢一直埋在心底的想法此时又蠢蠢欲动,并且顺嘴溜了出来,"喔!先生!看上去那个伯纳肖先生可真够奸猾的,尤其是皱着眉头时,还有那一翻一动的嘴唇,让人看着就厌恶,整张脸组合起来让人感到畏惧。"

"你怎么忽然想到伯纳肖了?"

"哎!先生,您不知道,有些事不由得您不去想呀!"

"布郎谢,你是个胆小鬼,你承认吗?"

"先生,请您不要搞错啰,谨慎和胆小是两个概念,是不能混为一谈的。谨慎是一个优点。"

"照你这么说咱们的布朗谢身上的优点还挺多的,是吗?"

"先生,您看那地方有个亮点,一闪一闪的像火枪的枪筒,咱们为保险起见还是低下头吧。"

达达尼埃想到了德·谢雷维尔先生嘱咐的话,若有所思地说:"这话听起来很有道理,哎,一想到那家伙我的心里就有点发毛。"

说话间,他勒紧缰绳,继续打马前行。

布朗谢也学着主人的样子,催马赶上,两匹依旧并肩而行。他仿佛是主人的影子,与主人形影不离紧相随。

布朗谢问道:"先生,咱们要彻夜赶路吗?"

"你不用,你马上就到了。"

"我马上就到了? 先生您呢?"

"我还要往前走一段。"

"难道您打算把我撂在这儿?"

"怎么? 布朗谢,你是不害怕了?"

"怕倒是不怕,我想跟您说,夜里这么冷,很容易着凉感冒,一个下人感冒了,就不能在主人身边服侍主人了,特别是您这样年轻力壮手脚麻利的主人。"布朗谢说得头头是道。

达达尼埃笑了笑,说:"好吧,布朗谢,如果你觉得很冷,就到前面的小酒店里待到天亮吧,去哪一家随你挑,明天早上六点钟你记着在门口等我就行了。"

"先生,今天早上您给我的那个埃居,被我痛痛快快地喝到肚子里去了,我过会儿真的感到冷的话,我手里可没有分文呐。"

"我再给你半个皮斯托尔够了吧? 明天见。"

达达尼埃从马背上跳下来,把缰绳扔给布朗谢,又裹紧披风,便迈开大步向前走了。

布朗谢等主人走远了,看不见踪影了,才大喊一声:"天哪,快冻死我了!"说完,拔腿往一个小酒店跑去,他只想着快点温暖一下冰冷的身体,顾不上挑三拣四了,其实他敲的这家酒店,从外表上一眼就能看出是个郊区下三流的酒店。

此时,达达尼埃在一条狭窄的岔道上走了一段后,到达了圣克洛镇;他不走大道,而是在城堡后面兜个圈,再走过一条很僻静的小路,很快就到了信上写的那座小楼前。这座小楼的周围空荡荡的,它处在一道高墙的拐角上,高墙的一边是那条小路,另一边是道树篱,中间是一个小院子,院子里有座很不起眼的小屋。

他是前来幽会的,人家事先又没交代他到了以后发出什么暗号,因此,他只好耐心等待了。

这地方虽然离巴黎很近,但给人的感觉是离京城有百里之遥,四周一片漆黑与寂静。达达尼埃转过身,向后看了看,就靠在了树篱上。树篱、院子、小屋乃至整个大地,都被灰蒙蒙的浓雾笼罩着,只有依稀可见的几点亮光时隐时现,使人联想到民间传说中的鬼火,那就是沉睡中的巴黎,在雾气中越发的阴暗与孤寂。

这一切对达达尼埃来说都显得那么妙不可言,仿佛披上了节日的盛装,一切都在向他微笑,一切都在向他表达着美好的祝福,就连这裹着浓浓雾色的夜晚也好似是春光明媚的春天。幽会约定的时间在无声无息地临近。

过了片刻,果然从圣克洛教堂钟楼传来钟声,那极富穿透力的响亮的声音缓慢而又有节奏地敲了十下。

这撞击声像一只失群的小鸟在夜空中哀鸣,哀婉而又凄切悲凉。

但这钟声敲出了达达尼埃翘首期盼的时刻,每一下都是他心中欢乐和谐的音符。

他背靠树篱,仰着头,全神贯注地看着眼前这座耸立在街角的小楼;整座小楼的窗户除一扇以外,都放下了百叶窗。

从二楼的这扇窗口里透出柔美的灯光,墙外有两三棵椴树,灯光给这几棵椴树枝洒上了一层银灰色的光辉。他想:在这飘洒着迷人灯光的小窗后面,美丽多情的伯纳肖太太一定在急切地等着他。

达达尼埃目不转睛地望着那个令人神往的小小居室,在甜美的梦幻中又等了半小时;他从下面往上看,可以看见天花板的一角,天花板的饰线都是描金的,由此可以想象到整个儿房间的华贵高雅。

远处传来圣克洛教堂敲十点半的钟声。

这一次,连达达尼埃自己也搞不清是怎么回事,他只感觉到好像有一股寒气袭入血管,随着血液流遍全身。大概是他站得太久有点冷了,错误地把一种纯粹生理上的感觉误判为心理上的感觉了。

突想,他怀疑自己是否看错了时间,约定也许是十一点呢?

他往前走了几步,站在有灯光的地方掏出信,仔仔细细地读了一遍,没错呀!就是十点钟呀!

他疑惑地回到原来的位置,疑虑、宁静和孤独使他十分恐慌。

钟声再次响起:十一点了。

此时,达达尼埃真正地为伯纳肖太太担心了,想不出她究竟会出什么事。

他是恋人们惯用的暗号——击三下手掌,也无人应答,甚至连一丝声响都没听到。

没准是伯纳肖太太等得太久睡着了,达达尼埃气愤地猜测着。

他想爬到高墙上去,但办不到,因为墙上抹着水泥,没处搭手。

他看到两棵大树,心里有了主意。两棵树的树枝仍沐浴在银辉的灯光中,其中有一枝树丫伸到了小路的上方,站在树上,小楼里面的情况一览无余。

这棵树本来就不难爬,达达尼埃又拿出孩提时代的本领,只三两下他就站在了树丫中间,透过小楼的玻璃窗向房间里面张望。

看到的景象让达达尼埃彻头彻脚地冒寒气,祥和的灯光照出一副能使人不寒而栗的景象:一块玻璃被打碎了,房门是被人用力砸开的,只有一半还挂在铰链上;一张桌子翻躺在地上,这上面原先应该是摆放着精美的夜宵的;瓶子被摔得粉碎,遍地是被人踩烂的水果;房间里的一切都在向达达尼埃诉说着这里曾经发生的一起殊死格斗;达达尼埃在这一片狼藉中,似乎还看到了撕碎的衣片,还有桌布上、窗帘上沾着的血迹。

他紧张得心头狂跳,慌忙从树上滑下来,想在其他地方再查找到一些打斗的痕迹。

在宁静的黑夜中,那盏柔和的灯依然照亮着一方空间。在这个时候,达达尼埃才发现泥地上凹凸不平、坑坑洼洼,很明显,那是脚印和马蹄印。在此之前他没发现这些,完全是因为他根本就没想到要去观察它。此外,在潮湿松软的泥地上,留下一道很深的马车的车辙,好像是从巴黎而来,在小楼前停住,又按原路返回了。

达达尼埃弯着腰,在黑暗中细心地搜寻着,终于,在墙边的地上拣到一只撕裂的女式手套。这只手套洁净得没有一点污垢。这只散发着浓郁的女性气息的手套,正是情人们见面后迫不及待地从玉手上取下来的那种手套。

达达尼埃在搜索中,心里由于焦虑而抽缩成一团,呼吸也随之而变得急促不安,神经高度紧张,全身也痉挛般地缩紧了,脑门一阵阵地冒冷汗。然而达达尼埃尽量地宽慰自己,使自己放松些,他在心里不断地对自己寻找理由:说不定这座小楼压根儿就与伯纳肖太太无关,他们只是约定在小楼前见面,并不是在小楼里面呀;也没准是她在巴黎有急事要办,来不了了;被她那小心眼儿的丈夫缠住脱不开身也不是不可能的呀……

达达尼埃的千百条推测都被内心的悲伤与痛楚冲得七零八落,直至击得粉碎,在某种情况下,这种发自内心的感情,能把我们震慑住,这也许就是人们常说的第六感觉,向我们大声疾呼:灾难来临了。

这时的达达尼埃疯狂地跑向那条大道,沿着来时的路线,向渡口奔去,他要找撑渡船的船家询问一番。

船家告诉他:晚上七点钟左右,有一个裹着黑披风的女人渡过,看起来那女人很怕被人认出来;恰恰是因为她小心谨慎地防范别人,才让船家更加留心地观看她,当然看出她是一个年轻漂亮的女人了。

达达尼埃凑在船家屋里的灯光下,又把伯纳肖太太给他的信仔细地核实了一遍,以确认自己没出任何差错,幽会地点是圣克洛,在德·埃斯特雷先生的小楼前,一切都准确无误。

一切迹象都在向达达尼埃证明,他的预感是千真万确的:一场灾难真的来临了。

达达尼埃不顾一切地撒腿往城堡奔去;他朦朦胧胧地感到,就在他离开小楼的这段时间里,那可能又发生什么事了,正等他去发现线索呢。

小路上依旧寂静无声,窗口透出的灯光依旧是平淡宁静。

达达尼埃猛地想起了墙边有座不易引人注意的小屋,别看它现在不声不响昏天黑地的,刚才发生的事肯定瞒不住它,说不定它还能把它看见地讲给他听呢。

院门关着,他从树篱上跳了进去,一条狗虽然用铁链拴着,但看见生人进了院子,它还是大声吼叫起来,达达尼埃不理它,直接走到小屋前。

他敲了半天门,没有一点动静。

小屋和那幢小楼一样,一派死寂,达达尼埃甚至能听到自己的心跳和呼吸声;他固执地拍打着门板,小屋是他的最后一线希望,他决不能放弃。

终于,他听到屋里似乎有轻手轻脚地走动声,这声音非常细微,只有用心才能感觉得到。

达达尼埃便停止了拍打,开口苦苦乞求对方,他的语气不安而诚恳,惊慌而又不失温和,最胆小的人听了能放心,硬心肠的人听了也会被感动。一扇破旧不堪的百叶窗好不容易裂开一道缝,屋角的一盏小灯正好照在达达尼埃的肩带、长剑把手和手枪柄上,转瞬间,小缝又关上了。虽然这一开一关只在一转眼间,达达尼埃还是看到了一位老者的面孔。

他哀求道:"看在老天爷的份上,请您听我说:我在这等一个人,但没有见到她,我为她担心得要命。请您告诉我,附近发生了什么事?"

慢慢地,那扇窗又打开了,那张脸再次出现在窗口:这张脸比刚才更苍白。

达达尼埃把整件事的前因后果毫无保留地告诉了老者,当然他没有说出名字;他向老者讲述自己怎样跟一年轻女人在小楼前约会,她没来,他如何爬上树,看到了屋里一片杂乱。

老者专心地听着,时常还点点头,表示确认,等达达尼埃讲完,他摇摇头,那神情仿佛在告诉达达尼埃:情况不妙哇,年轻人。

达达尼埃喊道:"喔,看在老天爷分上! 请您给我讲清楚吧! 您这是什么意思呀? 求求您了。"

老先生叹道:"唉! 先生,请您别问了,假如我把看到的情况说出来,我肯定要惹祸的;我不能说呀! 小伙子。"

达达尼埃接着说:"这么说确实是出事了,您都看见了? 既然是这样,请您看在老天的份上,把您看到地告诉我吧,我以绅士的信誉担保,绝不把您的话透露半点出去。"他一边信誓旦旦地说,一边取出一个皮斯托尔递给老者。

精诚所至,金石为开。老者看达达尼埃确实是诚心诚意,而且,一脸痛不欲生的神色,做了一个手势,让他平静地听着,才低低地向他讲述,他说:"大约在九点钟时,我听见大街上有动静,就想出去看看发生了什么事,走到门口时,发现有人想进来。您知道,我家里一贫如洗,才不怕有人抢劫呢,就去给他们开了门,见离门口几步远的地方站着三个男人。在街边暗处还停着一辆大马车,车上还套着辕马,边上另有几匹供人骑坐的马。不用我说,想必您也猜到了,三个骑士装扮的男人就是几匹马的主人了。我大声问他们:'哎,几位先生,你们要干什么?'

他们中一个挺像头头儿的人对我说:'你这里有没有梯子?'

'有,是摘果子用的。'

'我们借用一下,你把它搬出来,就回屋里去。这个埃居就是给你的。我必须提醒你:我们相信,不管我们说什么,也挡不住你去听去看,但是,如果你敢把过会儿听到的和看到的情形说出去一个字,我要你的命。'他说话时扔给我一个埃居,我捡起来,他也把梯子拿走了。他一点没说错,他走后,我把院门关上,假装进屋了;我却从后门溜了出来,在黑暗中摸索着爬进一丛接骨木中,从那看外边,看得清清楚楚,可别人不可能看见我。

三个骑士已经让车夫把马车轻轻地拉过来了,这阵子从车里拖出一个矮胖子,这个胖子穿一身深色衣服,花白的头发,一副很寒酸的样子,他缓慢地爬上梯子,探头探脑地往小楼的那个房间里看了一下,就溜下梯子,小声说:'是她!'

"那个'头头儿'迅速跑到小楼门口,掏出一把钥匙打开大门,进去后又返身把门关上了;与此同时,另外两个人爬到梯子上,矮胖子站在车门那,车夫在车座上没动,一个仆从牵着三匹马。

"小楼里突然响起一阵尖叫声,一个女人惊慌失措地跑到窗口,打开窗户,看样子准备往下跳时又看见了那两个男人,急忙往后退缩;那两个男人马上从窗户钻进屋子。

"这时我虽然什么也看不见了,但我听见了砸家具的声音,和那个女人拼命呼救的声音。很快那个女人的叫声就消失了;那三个把她抬到窗口,其中两个抬着女人从梯子上爬下来,把她放进马车,那个矮胖子也跟上车。在楼上的那位把窗户关好,仍从大门出来,在马车前看了看,大概是看那女人是否在吧。那两个同伴已经骑在马上等他了,他也快速上马,仆从在车夫边上坐好后,马车由三个骑士拥着飞奔而去,事情到此为止了。到现在,我再也没看到或听到什么了。"

达达尼埃几乎被吓傻了,呆头呆脑地站在那,一句话也说不出来,怒火和妒火在撞击着他的胸膛,火焰在他的内心燃烧。

"小爷,行了,别太伤心了,要我说呢,最关键的是他们没有杀死她呀。"老头说。年轻人无言的绝望比大哭大叫更让人心酸。

"领头干这丧尽天良的勾当的人,您对他还有印象吧?"

"可我并不认识他,也没见过他。"

"您跟他说过话,总看清他的长相了吧?"

"啊!您想知道他的模样?"

"是的,请您描述一下。"

"他是个瘦高个儿,脸被晒得黑黑的,两撇黑黑的胡子,黑眼睛,看样子是位绅士。"

达达尼埃咬着牙说:"一点没错,又是他!这家伙真成了我的冤家对头了!另一个呢?"

"您说是哪个?"

"矮胖子。"

"噢！他没有佩剑，那几个对他一点不客气，我敢肯定，这个人不是什么有身份的人物。"

达达尼埃懊恼地说："一定是个侍从！哦！我可怜的女人！他们到底对您都做了些什么呀"

老头儿怯生生地说："先生，您答应过我，不透露出去半点消息的。"

"我再说一遍，我是绅士，我已经对您许诺了，绅士的诺言是一言九鼎。您就放心吧。"

达达尼埃灰心丧气地往渡口走。一路上，他神思恍惚，一会儿他想那也许不是伯纳肖太太，没准第二天能在卢浮宫看见她；一会儿他又想到她是与别人有私情，才被醋意十足的家伙劫走的。他不管怎么想都不合情理，怎么想怎么觉得不是滋味，悲痛欲绝。

他绝望地大声喊道："喔！老天爷！请来帮帮我吧！如果我的朋友在这，也许还有希望找到；可是，谁能告诉我，我的朋友们又怎样了！"

已经午夜时分了，达达尼埃想找到布朗谢，他只要看见有灯光的酒店，就敲门进去看看，连续找了好几家，连布朗谢的影子也没看见。

到了第六家，他才意识到，自己做得欠考虑。既然和布朗谢约好早晨六点钟见面，那么，此刻不管布朗谢在哪儿都是理所当然的。

达达尼埃转念又一想，如果呆在出事地点附近，也许能把这团乱麻理出个头绪来。所以达达尼埃在第六家酒店留下了，叫了一瓶店里最好的红葡萄酒，在一个光线昏暗的角落里坐下，准备坐等天亮；这一回他又打错了算盘，因为，此时和他一同坐在这家酒店的酒客都是一群活宝，其中有工匠、有仆役，还有车夫，他们插科打诨，互相谩骂。满嘴脏话，达达尼埃把耳朵伸得像兔子耳朵，也没听到丝毫与那个可怜的女人有关的只言片语。他这样百无聊赖地坐着，又恐引人怀疑，索性，把那瓶酒都灌进肚，靠墙角摆个舒适点的姿势，迷迷糊糊地进入梦乡了。在达达尼埃这个年纪，睡意是他无法摆脱的，即使是愁断肝肠，也抵挡不住睡意的侵袭。

六点左右，达达尼埃从睡梦中醒来，大抵是夜里没睡好，他显得心力交瘁的样子。他用双手搓了两下脸，赶紧检查了一下随身物品，看一看是否有人在他熟睡时偷走他的东西。钻戒在手上，钱包在袋子里，手枪在腰上，一切都是老样子，他放心地付了酒钱，走出店门，他想知道自己早晨的运气会不会比夜里的运气好，能找到布朗谢。还不错，透过潮湿、灰暗的晨雾，他一眼就认出了布朗谢，这个老实巴交的仆从牵着两匹马，站在一个小酒店门口四处张望呢。这家不起眼的小酒店实在太小了，以至于昨晚达达尼埃从门口走过都没有注意到它。

第二十五章　波尔托思

　　达达尼埃没有直接回家,而是来到德·特瑞威尔先生的府邸,一进门,急急忙忙地往楼上跑去。现在,他打算把昨天晚上发生的事,原原本本地告诉特瑞威尔先生。他相信,特瑞威尔先生会帮他想出一个好主意;再有就是也许因为这个女人对女主人太忠心耿耿了,才给自己招来杀身之祸。特瑞威尔先生几乎每天都能见到王后,但愿他能从王后那里打探到一些这个可怜女人的消息。

　　德·特瑞威尔先生一本正经地听着达达尼埃讲述事情的原委,这说明他也认为这件怪事在爱情纠纷的背后还大有文章。等达达尼埃讲罢,他才缓缓说道:"这件事儿嘛,从老远便嗅到主教大人的味儿了。"

　　"您觉得我该怎么办呢?"达达尼埃问。

　　"还能有什么办法?事情发展到这一步,您只有一条路可走,那就是我曾经对您说过的,赶快离开巴黎。我见到王后,就把这个可怜的女人失踪的经过一五一十地禀告给她,这件事八成她还不知道呢。她知道以后,心里就有谱儿了。但愿等您回来时,我能给您一些好消息。总之,这件事您就放心地让我来办吧!"

　　达达尼埃很了解德·特瑞威尔先生,他虽然是加斯科尼人,可是,他从来不轻易许诺,如果真的许了诺,肯定会尽心尽力地去做,而且,只会做得更好。因此,对德·特瑞威尔先生曾经做的和以后将要做的事,达达尼埃充满了感激之情。而德·特瑞威尔先生——这位令人尊敬的统领大人呢——对面前这位勇敢、刚毅的年轻人的印象也挺好的,分别时,他激动地拉着达达尼埃的手,祝他一路顺风。

　　达达尼埃想马上回家收拾行装,离开巴黎,实现德·特瑞威尔的忠告。于是,向掘墓人街走去。快到家时,发现伯纳肖先生正穿着睡衣站在门口。布朗谢为人处事一向都是小心谨慎的,就在昨天晚上,他还在主人面前说了好多房东的坏话,说这个房东为人险恶狡猾,要小心提防。此刻,达达尼埃回想起布朗谢的话,禁不住更认真、仔细地用心打量着这位房东。透过眼前这张脸——这张白里透黄的病态的脸,真不知道是天生的就这副模样,还是因为胆汁渗透到血液中引起的——达达尼埃果然在这张脸上发现了从一道道皱纹间透出来的一股子冷酷的奸猾模样。也难怪,一个无赖笑起来当然跟正派人的笑不一样,一个伪君子的笑相跟老实人的也一定有差别。伪装的善良到底是伪装的,不管是多么巧妙的伪装,只要你用心观察,还是能够分出真伪的。

　　在达达尼埃眼里,此时的伯纳肖先生就好像戴着一副精致的面具,给人的感觉是和蔼亲切,归根结底是装出来的。

　　他实在控制不住心中的厌恶,没理伯纳肖先生,旁若无人地从他面前走过。就在这时,伯纳肖先生又跟头天一样,先同他打招呼了。"哎,小伙子,已经七点多了,今天我好像睡过头了。您怎么也跟平常不一样呀?这阵子正是别人外出的时候,可您却刚刚回家呀?"他对达达尼埃说。

　　年轻人不慌不忙地说:"伯纳肖师傅,别人不会这么说您吧?说的也是,您是我们的楷模,能把任何事情都安排得有条不紊。一个人如果有了又年轻又漂亮的老婆,当然不用再到外面去寻欢作乐了:快乐自己送上门了嘛。我说得不错吧,伯纳肖先生?"

一时间,那张脸变得像死人一样惨白,挤出一个僵硬的笑容。

伯纳肖先生干笑了两声,说:"小老弟,您可真会说笑话。我的小爷,您昨天晚上到底去哪儿了?看样子,您这一路上还挺不好走的呢!"

达达尼埃的靴子上沾满了泥浆,他低头看了看自己的双脚,同时也瞟了一眼那位针线铺老板的双脚。两个人脚上的淤泥实在是分不出高低,看起来就像从同一个泥潭里走出来的。

在达达尼埃的脑海里突然闪过一个想法:那个花白头发,穿着深色衣服,打扮成侍从模样的人,几个押送马车的骑士中,凶狠地看他的矮胖子,不就是眼前的伯纳肖吗?丈夫居然带着人绑架自己的妻子!

达达尼埃想到这儿,真想扑上去掐住这个人的喉咙。但是,他压抑住了自己的冲动,我们说过,他是个非常小心翼翼地小伙子。尽管如此,他这骤然变化的脸色,也让伯纳肖看在眼里,心里发毛,一个劲儿地往后退。没想到,他正好站在门板前边,门又是关着的,所以,他被挡在那一动也不能动。

达达尼埃说:"老兄,您更会说笑了。您说我这双靴子需要擦一擦,那您那双鞋就不用好好唰唰啦?唷!您都这把年纪了,又有个年轻漂亮的妻子,还到外边去寻欢作乐,不管怎么说也说不过去啊。"

伯纳肖忙解释道:"天主唷,不是这么回事。昨天晚上我是去圣芒代了,到那儿打听一个女佣人的消息去了,这个女佣人我必须找到她,路挺难走的,踩了一脚的烂泥,到现在还没来得及刷掉呢。"

伯纳肖的话更证实了达达尼埃的猜测。因为圣芒代正好在圣克洛的相反方向。他说他昨天晚上去了圣芒代,恰好是一个新证据。

想到这种可能性,达达尼埃暗暗松了口气。假如伯纳肖真知道他老婆在哪儿的话,就好办点了,只要下点功夫,不怕他不张嘴说出这个秘密。关键是,怎样把这种自己的猜测得到证实。

"非常抱歉,亲爱的伯纳肖先生,请原谅我的失礼,一整夜不睡觉的滋味太不好受了,我这阵子嗓子又干得冒烟,咱们是邻居,您不介意我到您屋里喝杯水吧。"说完,达达尼埃不等房东说话,抬腿就往屋里跑。进屋向床上看了一眼,发现床上被褥收拾得整整齐齐,说明他也是才到家不久,至多不过一两个小时。那几个人把他老婆带到什么地方,他肯定是跟随着去的,至少也到过第一个中转站。

达达尼埃喝了一杯水,说道:"伯纳肖师傅,谢谢您了,不打扰您了。我现在要回到自己屋里,让布朗谢把我的靴子擦干净,然后,若您赏脸的话,我再让他也把您的鞋刷一刷。"说完,头也不回地走了。

针线铺老板听得呆住了,愣愣地站在那儿,反复思量着这几句奇怪的告别辞,心想:这一次难道是自讨没趣不成?

布朗谢正焦急地等待着。一见达达尼埃跑上楼来,便冲上去大喊大叫道:"嗨,先生,我总算把您盼回来了,又出事了。"

达达尼埃见他惊惶不安的样子,就问:"出了什么事让你这么慌张?"

"您出去的时候,有一个人来拜访您啦,您怎么也猜不出这个人是谁。"布朗谢说。

"什么时候?"

"就在半个小时以前,估计那会儿您还在德·特瑞威尔先生的府上呢。"

"你就快点说吧,到底谁来了。"

"是德·卡沃瓦先生来了。"

"德·卡沃瓦先生? 没错吗?"

"一点没错。"

"主教大人的卫队长?"达达尼埃又问。

"千真万确。"布朗谢又肯定地回答一遍。

"他来干什么? 是来抓我的?"

"先生,我也是这样想的,别看他装出一副讨好的样子。"

"你说他装出一副讨好的样子?"

"是的,先生,也就是说他满脸堆欢呢。"

"真的?"

"他说主教大人非常赏识您,他奉命请您到主教府去一趟。"

"那你是怎样回答他的?"

"我说:'您也看到了,主人出去了,不能去了'。"

"那么,他又是怎么说的?"

"他说请您今天一定去找他。最后,他还悄悄地补了一句:'告诉你家主人,主教大人特别喜欢他,也许这次接见要赐给他一个锦绣前程。'"

"主教大人这次恐怕要失算了。"年轻人笑着说。

"我也认为这是个陷阱,就跟他说您回来后肯定会感到后悔的。德·卡沃瓦先生又问我您去哪儿了,我说您去了香槟省的特鲁瓦。还问我您什么时候走的,我告诉他是昨天晚上。"布朗谢这样自问自答学舌一般地讲着。

达达尼埃打断他的话,说:"布朗谢,好伙计,你真是我的宝贝。"

"先生,当时我的想法是这样的:如果您想见德·卡沃瓦先生,您就说您根本没出去,把责任都推到我身上就行了。这样一来,是我说了假话,我又不是绅士,是可以说说假话的。"

"布朗谢,你别担心! 我不会毁坏了你这个老实人的名声的。快点准备一下,十五分钟以后,咱们就出发。"

"我也正在打算劝您尽快离开这儿哩。我想问问您,咱们去哪儿呀? 这不算管闲事吧?"

"你刚才说我去哪儿啦? 咱们就往相反的方向跑。我想立刻就知道阿多思、波尔托思和阿莱米斯现在的情况,难道你不想早点知道格里莫、穆斯克通和巴赞的消息吗?"

"当然想啦,先生。现在,只要您一声令下,我马上就走。依我看,这种情况下,外地的空气比巴黎更适合咱们。所以呐……"

"所以呐,收拾个包裹,咱们这就出发了。布朗谢,我在前面走,假装随处闲逛,不让别人怀疑。你到禁军营等我,咱们在那碰头,怎么样? 噢! 顺便再说一句,我认为你说咱们房东那些话呀,说的对极了,他的的确确是个地道的恶棍。"

"我这个人呀,会看相。我对您说的话绝对不会错。"布朗谢,嘴里也不闲着。

达达尼埃按计划行事,自己先下楼了。为了保证不出差错,他又往三个朋友的寓所跑了一趟:三处的看门人都没有他们的消息,只有阿莱米斯的一封信,信上洒过香水,上面的字迹整齐、娟秀。达达尼埃带上这封信,动身赶到禁军营的马厩,为了节省时间,先动手给自己的马安好了鞍辔,之后,布朗谢也赶到了,与主人会合。

等布朗谢把包裹缚在马鞍上以后,达达尼埃才对他说:"好了,你去给那三匹马安好鞍辔,咱们就出发了。"

布朗谢满脸狡黠的神色,问道:"您是不是认为每个人有两匹马会跑得更快一些?"

达达尼埃答:"冷面滑稽先生,如果咱们那三位朋友还活着,被咱们找到了,你觉得咱们这几匹马能不能派上用场?"

"要是那样,就真是太有福气喽。也是,对天主的仁慈,说什么也不能失望呀!"

"阿门。"达达尼埃一边说着一边纵身跨上马背。两人策马走出禁军营,分别向街的两头奔去,一个走维莱特城门出城,另一个从蒙马特尔城门出巴黎,约好在圣德尼城门外会合。两个人的时间都计算得很精确,所以,这一战术获得圆满成功。达达尼埃和布朗谢一同走进皮埃尔菲特镇。

公正地说,布朗谢在白天时比在夜里要勇敢得多。只是他小心谨慎的本性一时一刻也没有忘掉,他也没有忘记第一回出征时的经历,所以,一路上他把遇到的人都当成了敌人。正因为如此,他不停地把帽子脱下来拿在手里,才惹得达达尼埃对他的严厉斥责,他这种礼节太过分了,降低了达达尼埃的身份,让人们认为布朗谢的主人是个微不足道的家伙。

也不知道是布朗谢的退让恭敬感动人家,还是这一路上根本就没人埋伏,反正主仆两人是平平安安、很顺利地到了尚蒂伊,直往圣马丁旅店而来。上回路过尚蒂伊时,他们就是在这休息的。

店主人老远就看见了这位年轻的少爷,身后还有个仆从跟随,以及两匹马,急忙站在店门口,笑脸可掬地恭候着。达达尼埃赶了十一里路,有些累了,所以,不管阿尔多斯是否住在这家店里,铁了心要在这休息再说了。再说,他也不想一见面就很唐突地问人家那个火枪手的事。达达尼埃出于这些顾虑,下得马来,先不急于打听消息,把缰绳甩给布朗谢,就直接进了一个单间坐下,让店主人拿一瓶店里最好的红葡萄酒,再摆上一桌店里最好的菜。达达尼埃进的单间,是特地为不喜欢热闹的人安排的,又叫了这么多好酒好菜,店主人乍一看见这位客人就对他产生了好印象,这下子这种印象更是加深了,所以,很快就把酒菜上齐了。

禁军营招募的成员,一向是王国中最有身份的年轻人,况且,达达尼埃带着仆从,身边又有四匹骏马,虽然他身上穿着普通制服,还是让人不敢对他等闲视之。这不,店主人在亲自侍候他用餐呢!达达尼埃看在眼里,喜在心头,就请他也坐下,一起喝一杯,然后,就开始跟他聊了起来。

达达尼埃斟满两杯酒,说:"亲爱的老板,跟您说实在的,我刚才要的葡萄酒是您这店里最好的,您要是骗了我,那您也得陪着我让您骗自己一回。我不爱一个人喝闷酒,您得跟着我一起喝。端起杯子,喝。咱们说句什么样的祝酒词才能都满意呢?对,就祝您的店生意兴隆吧!"

"老爷您这么说真是看得起我,小人不胜感激。"店主人说。

达达尼埃继续说:"您可别理会错了,我这句话里面包含的自私的那层意思,您恐怕还没搞清楚呢:客人只有到了生意红红火火的酒店里,才能吃得好、住得好;客栈要是到了快关门的份上,什么都是颠三倒四的,客人也跟着不走运的老板一起倒霉了。我是经常出门在外,尤其在这条路上跑得多,所以,我最愿意看到每家旅店都生意兴隆。"

店主人马上附和着说:"是这样啊!难怪我总觉得您面熟,有幸见到您不是第一回了呢!"

"可不是吗?我到尚蒂伊来将近十个来回了,其中,总得三四回是在您这休息的。就在十来天以前我还在这儿住过哪。说起那回,您一定会记得的,我送几个火枪手朋友去一个地方,当时,我有位朋友被一个陌生人缠住了,那个家伙莫名其妙,硬是要找茬打架。"

店主人忽然想起什么似的,说:"噢! 对! 有这么回事,我想起来了,老爷您说的是不是那位波尔托思先生?"

"对呀! 我的朋友确实叫波尔托思。天哪! 亲爱的老板,您快告诉我,他到底出什么事啦?"

"老爷,您大概也知道吧,他那时候实在是不能继续赶路了。"

"是呀! 他跟我们说他很快就会赶上来,可是,我们左等右等就是等不到他。"

"承蒙他赏光,留在我们这小店了。"

"您说什么? 他留在这儿了。"

"没错,先生,确实留在这儿了。不过,我为他可是操够了心了。"店主人唉息着说。

"您为他操什么心呢?"

"他那花样繁多的开销呗。"

"他的开销,当然是他付钱,您为什么担心呢?"达达尼埃不解地问。

"嗨! 先生,您这句话真让人高兴。我已经给他预付了一大笔钱了,今天早上,那位医生还跟我说呢,如果波尔托思先生不肯付钱,他就朝我要,谁让我叫人请他来的呢。"

"您是说,波尔托思先生受伤了?"

"先生,这我就不清楚了。请您原谅。"

"不清楚? 您这是什么意思? 您不知道,还有谁知道?"

"这事只有我知道。先生,您也得为我想想呀! 我现在的处境,不能把知道的事情都告诉别人呀。更何况,人家也威胁过我,不许告诉别人,否则,小心自己的耳朵。"

"如果是这样就算了。我可以去见波尔托思先生吗?"

"当然可以。您从这儿上二楼,一号房间就是。您最好还是先招呼一下,说您来了。"

"我为什么要先打招呼?"达德尼尔很奇怪。

"您要是不打招呼,您可能会出意外。"

"我可要请教您了:我会出什么意外?"

"波尔托思先生万一误会了您,把您当成店里的伙计,一旦发脾气,没准在您身上戳一剑,也没准在您的头上开一枪。"

"这些天,你们到底对他做了些什么?"

"没什么,我们只是跟他要钱了。"

"是这么回事呀! 我明白了。波尔托思先生手里没钱时,最烦别人跟他提这事。依我看,他这阵子是手头缺钱了吧。"

"我也是这么想的。可是,我们店里的规定是每星期结一次账,所以,他住满一星期时,我们就把账单送去了。也许是我们去的不是时候,刚张口提这事,他就大喊大叫,让我们滚蛋。实际上他在头天晚上还赌钱呢。"

"他头天晚上跟您赌钱?"

"我的天主,那有谁知道呀? 是一位过路的老爷。反正是他提出来的,跟人家玩朗斯克内牌。"

"这个倒霉蛋肯定输了个一无所有,对不对?"达达尼埃等待店主人的回答。

"连马都输给人家了,先生。因为,我看见那位客人动身时,他的仆从给波尔托思先生的马装马鞍,就上去提醒他注意,不料,他说我们是多管闲事,还说那匹马就是他的。没办法,我们只好跑到波尔托思先生那儿,把事情的经过一五一十地讲给他听,没想到,他说我们是无赖,居然不相信一位绅士说的话,又说什么,既然那位先生说马是他的,那么,马就是他的。"

达达尼埃轻轻地说:"这话还真像是波尔托思先生的话。"

店主人接着说:"这时,我就让人去跟他说,'看样子,把以前的账结清的事儿,我们没法谈了,那就请他帮个忙,到金鹰客栈住一段,也好照顾照顾我们同行的生意。'这位波尔托思先生却说:'你的店是最好的,我就愿意住在这儿。'他如此看得起我,我反而不好意思让他非搬走不可了。我仅仅请他搬到四楼一个漂亮的小房间去,把那间本店最好的房间让出来。就这样的要求,波尔托思先生都不答应,他说他正在等他的情妇,还说,这位在宫廷里赫赫有名的贵妇人随时都会来,他还要我明白,他抬举我住的这个房间,对那位贵妇人来说实在太寒酸了。他说的话我都信,可我还想再劝劝他。那位先生呀,根本就没想跟我谈,把手枪往床头柜上一放,声称谁要是不识趣,硬让他搬出去或者是换房间,他就叫那家伙的脑袋开花。从那以后,一直到现在,除了他的仆人以外,就再也没人敢进他的房间了。"

"这么说,穆斯克通也在这儿了?"

"在这儿,先生。他走了五天就回来了,性子坏得很,说不定他在路上遇到了什么不开心的事。也该我倒霉,他仗着自己的手脚比主人还麻利,跟主人一起把这个店闹得底朝天。他可能以为自己开口要东西会被拒绝,索性不打招呼,自己动手,要什么就拿什么。"

达达尼埃赞许地说:"我早就注意到了,在穆斯克通身上,有两个非常突出的优点,那就是:忠心耿耿和机灵。"

"但愿是如您所说的那样。可是,先生,像他这样的人,别多了,一年只要我碰上四回,我就该关门了。"

"不会的,您放心,波尔托思先生会付账的,一分也不会少。"

"哦!"店主人满怀疑虑地答应着。

达达尼埃宽慰着店主人,说:"他是一位贵妇人的情人。那位贵妇人怎么能忍心眼睁睁地看着他为了欠别人这么一点钱而被逼得无路可走呢?"

"先生,我有句冒昧的话。"

"您只管说吧。"

"不如说,我知道一些事情更准确些。"

"您都知道哪些事情?"

"直截了当地说吧,有件事我知道得清清楚楚。"

"您就直接说吧,您都知道什么啦?"

"我想说,我认识这位贵妇人。"

"您说您认识这位贵妇人?"达达尼埃惊疑地问。

"是的,我认识她。"店主人肯定地回答。

"您是怎么认识她的?"

"先生,首先,您得让我相信您不会说出去……"店主人支支吾吾地说。显然他有所顾忌。

"放心地说吧,我凭绅士的荣誉向您保证,您绝对不会因为相信我而感到遗憾的。"

"好吧,先生,您应该理解,一个人倘若被逼急了,是什么事都做得出来的。"

"您又做了些什么?"

"再说了,债主也有权做任何事呀。"

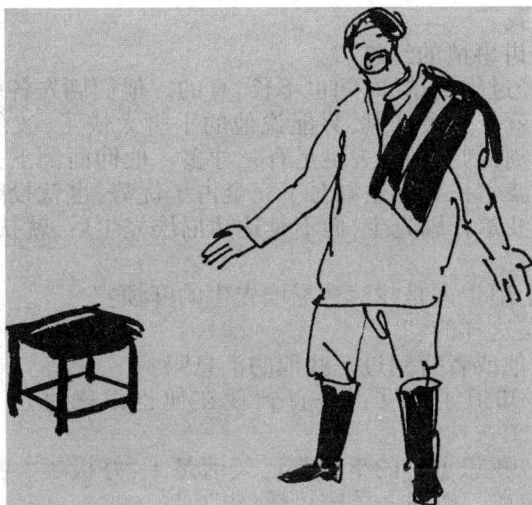

"到底怎么样呢？"

"波尔托思先生曾经给这位公爵夫人写过一封信,他的仆从那时还没回来呢,就交给我们了,他让我们送到驿站去。他不能离开房间,才叫店里的伙计去跑腿的。因为驿站的邮车向来靠不住,所以,我没把信交到驿站,而是差一个伙计去了一趟巴黎,我特地关照他一定要把信当面交给公爵夫人。我认为这样做正对波尔托思先生的心意,他把信交给我们时,也是千叮咛万嘱咐的呀!"

"也许是吧。"

"先生,您知道这位贵妇人是怎样一个人吗?"

"我就听波尔托思先生说起过,具体情况嘛,老实说,一无所知。"

"您知道这位公爵夫人是谁吗?"

"我再重复一遍,我不认识她。"

"她叫科克纳尔夫人,是王室法院一位诉讼代理人的老婆,至少也有五十岁了,而且特别爱吃醋。再说,公爵夫人住在狗熊街,也太让人感到莫名其妙了。"

"这些事情,您是怎么知道的?"

"因为她看完信以后大发脾气,说波尔托思先生是个无情无义的男人,一定是为了女人才挨一剑的。"

"你说什么?他挨了一剑?"

"天主呀!我都说了些什么呀?"

"您说波尔托思先生挨了一剑,后来呢?结果怎样?"

"他不许我对别人说呀!"

"为什么不许说?"达达尼埃并不放弃。

"就因为先生您留下他,让他跟人打架时,他夸下海口,说要在那个陌生人的身上刺个洞,没想到,吹破了牛皮,反倒让人家把他给钉在地上了。您知道,波尔托思先生是个非常爱面子的人,所以,他是死也不会承认自己挨了一剑的,除了那位公爵夫人了,想必他觉得把自己比剑受伤的事告诉她,会得到她的照顾和珍爱吧。"

"他挨了这一剑,就卧倒在床上了?"

"这一剑真够厉害的,要不是他身体健壮,恐怕早就完蛋了。"

"您当时全看见了?"

"我出于好奇心,跟在他们后边去看热闹。我找了一个隐蔽的地方,我能看见他们,他们却看不到我。"

"你仔细给我讲讲事情的经过。"

"其实,事情的经过很简单,时间也不长,真的。他们俩先各就各位,接着,那陌生人虚晃一招,然后就是一个冲刺,只能说他的手脚太快了,波尔托思先生刚要接招,胸口上就着了一剑,剑尖刺进去足足有三寸多。他仰面倒下去。陌生人立刻用剑尖抵住他的喉咙,波尔托思先生看对手完全占了优势,也就投降了。陌生人问他的姓名,听他说他是波尔托思先生,而不是达达尼埃先生后,就扶着他,把他送到店里,最后才骑马走了。"

"闹了半天,这个陌生人是找达达尼埃先生的麻烦?"

"看样子,应该是这样的。"

"以后您还见过他或者听到过一些他的消息吗?"

"以后的事就不知道了。反正一直到现在他也没来过这儿,我也没看见过他了。"

达达尼埃又说:"我想了解的事情都已经清楚了,好极了。我现在该去看看我的老朋友了。他就住在二楼的一号房间是吗?"

"是的,那是我们这个小店中最漂亮的房间。如果不发生这些事,这个房间早就租出去十回了。"

达达尼埃笑了,肯定地说:"您呀,尽管放一百个心,他一分钱也不会差您的,科克纳尔公爵夫人会替他把账结清的。"

店主人小声说:"唉!我现在也不管她是讼师太太还是公爵夫人,只要她肯掏腰包,就心满意足了。可是,她说她对波尔托思的贪婪和朝三暮四已经忍无可忍了,我看她断然是不肯出钱了。"

"波尔托思先生知道这个回信吗?"

"我不想让他知道我们送信的事,所以没敢露口风。"

"他为了等那笔钱,岂不是要长住下去了?"

"他昨天又写了一封信,是他的仆人把信送到驿站的。上帝哇!我该怎么办哪?"

"您不是说那位讼师夫人长得又老又丑吗?"

"是的,巴托说她最小也有五十岁了,而且还不漂亮。"

"既然这样,您还担什么心呢?她的心会软下来的。我想知道波尔托思先生欠了您多少债。"

"他已经欠我二十多个皮斯托尔了,医生看病的费用还要另算。他花钱跟流水似的,一看就知道他是个吃喝享乐惯了的人。"

"老板,我可以向你保证,他不会欠您钱的。如果他的情妇真抛弃了他,您别忘了,他还有朋友呢!所以,您该怎样侍候他,就怎样侍候他,他要什么就给他什么,明白了吗?"

店主人点头称是。又不放心地说:"先生您答应过我的,在波尔托思面前不说讼师夫人和他受伤的事的,是不是?"

"我们就这么定了。我是说到做到。"

"喔!您不知道,他若知道我说过这些话,非杀了我不可。"

达 达尼埃笑了,看着店主人害怕的样子,说:"其实您用不着这么心惊肉跳的。他虽然样子很凶,可心地还是很善良的。"

他边说边往楼上走,把店主人留在下面。这位店主人最挂心的两件事,无非是讨回自己的账,还要保住自己的性命,从现在的情形看,讨债有门,性命也有保障了，站在那儿长长地松了口气。

达达尼埃上到二楼，看到在走廊里最显眼的那扇上用墨水写着个大大的"1"字，就抬手敲了两下，却听到里面的人叫他滚开，他便毫不犹豫地推门走了进去。

波尔托思正躺在床上，和穆斯克通一起玩朗斯克内，大概是怕牌艺下降了，在练习呢。旁边，一只插在铁条上的山鹑正在火炉上转动着烧烤。大壁炉两边的灶眼上炖着两只烧锅，白葡萄酒烩肉和洋葱烹鱼的香味混合在一起，使人垂涎欲滴，煞是诱人。另外，在柜式写字台的台面上和五斗橱大理石的面板上，摆满了空酒瓶，应有尽有。

波尔托思看见朋友来了，兴奋得大吼一声。穆斯克通急忙站起来，毕恭毕敬地把座位让给达达尼埃，自己则过去照看那两只烧锅，他察看烧锅时，好像觉得那里面其乐无穷的样子。

波尔托思对达达尼埃说："真的是您来啦。请您原谅我没出去迎接您。"说着，他用眼角迅速地瞟了达达尼埃一眼，略带不安地接着说："不知道有没有人跟您说起我的事？"

达达尼埃说："到现在我对您的事一无所知。"

"难道掌柜的什么事都没告诉过您？"

"我跟他说想见见您，他就让我直接上楼找您来了。"

波尔托思听后稍稍放松了一下，呼吸显然舒畅许多。

达达尼埃继续问道："我亲爱的波尔托思，您到底出了什么事？我真为您担心呀！"

"其实也没什么。那天，我本来已经戳对手三剑了，想第四剑结果他，没想到在冲刺时，一块石头把我绊倒了，膝盖的韧带也扭伤了。"

达达尼埃瞪大眼睛看，吃惊地问："真是这样吗？"

"当然是真的。我本想当场要了那个无赖的性命。唉！算他走运。"

"那个无赖的情形如何？他死了吗？"

"这个我就不知道了。反正那会是真够他受的了，一见我绊倒，拔腿就跑，比兔子还快。我亲爱的达达尼埃，您怎样？"

达达尼埃仍然接着刚才的话问他："我亲爱的波尔托思，难道您真的就是为了这点扭伤才躺在床上的？"

"对呀！我的上帝，就为这个。不过，再过几天我就能下床走动了。"

"您在这儿一定呆得很无聊吧？为什么不让人把您送回巴黎疗养呢？"

"我是打算回巴黎的，不过，"波尔托思装出很无奈的样子，说："看来，有件事我必须向您实话实说了。"

"噢？什么事呀？"

"是这么回事，正如您所说的，我无聊透顶，口袋里又有您分给我的七十五个皮斯托尔。于是，为了解闷，叫人请来一个路过的绅士，提议跟他掷骰子赌一把。他没反对，这下子倒好了，我的七十五皮斯托尔全输给他，还不算我那匹马。唉，到头来，连马都输掉了。您该跟我说说您的情况了，亲爱的达达尼埃。"

达达尼埃说："噢！亲爱的朋友，这可是没办法的事。有句俗话叫'赌场失意，情场得意。'一个人不可能样样都得意呀。您在情场上一帆风顺，在赌场上就得倒霉了，不过对您来说，输点钱也算不了什么！像您这么运气好的人，您那位公爵夫人怎会眼睁睁看着您身无分文的而不伸手帮帮您呢？"

波尔托思用世界上最轻松自在的神情，最悠闲自得的语气说："亲爱的达达尼埃，您看我的运气总是很差，我就给她写了封信，请她给我送五十个路易来，以我现在的情况看,这点钱是不能没有的……"

"怎么样了?"

"我还没收到她的回信,她肯定是到她的庄园去了。"

"你肯定她是到庄园去了?"

"肯定是的。我昨天又给了一封信,告诉她我现在急需这笔钱。老弟,您现在终于来了,我已经有点为您担心了。咱们还是谈谈您的情况吧!"

达达尼埃指着那两只装得满满的烧锅和那一大堆空酒瓶,说:"看来这里老板很欢迎您住在这儿,对您的招待也细致入微,是这样吗? 我亲爱的波尔托思。"

波尔托思笑着回答:"嗯! 还算过得去吧! 三四天以前,这个混账东西居然把账单给我拿过来了,被我连人带账单一块儿扔出去了。一直到现在,我们都像打了胜仗似的,以胜利者的姿态呆在这儿。您也看见了,我为了巩固胜利成果,总是全身披挂准备战斗,他们甭想夺走我的阵地。"

达达尼埃听罢哈哈大笑,又指指那些酒瓶和两只烧锅,说:"尽管如此,我看您仍然没少突击出去呀。"

波尔托思说:"可惜那不是我的'功劳'啊! 要命的创伤让我整天待在床上,幸亏有穆斯克通,他四处去搜寻,把找到的东西拿回来。嗨,穆斯克通伙计,您看,咱们来了能干的家伙,是不是要补充食物了?"

达达尼埃说:"穆斯克通,我有件事需要您帮忙。"

"您请吩咐吧,先生。"

"请您把您的这些菜谱交给布朗谢,如果有那么一天我也被困住时,能享受到您给您主人准备的美味佳肴,我将感到非常高兴。"

穆斯克通很谦虚地说:"再简单不过了,先生。只要手脚灵活的人就能做,我从小在乡下,我父亲在没事时,也顺便地干一些违禁打猎、捕鱼的活计。"

"其他的时候他都做些什么?"

"先生,他干的那个行当,我认为是个难得的好职业。"

"那是什么职业? 真有那么好吗?"

"那一年,正好是天主教徒跟胡格诺教徒打仗,因为,双方都打着信仰的旗号,天主教徒乱杀胡格诺教徒,胡格诺教徒乱杀天主教徒,他就自己发明一种杂拌式的信仰,按这种信仰,他可以一会儿是天主教徒,一会儿是胡格诺教徒。他常常背着一只喇叭口火枪在路边的树篱笆后面蹓跶,看见有单身的天主教徒过来,他马上觉得自己是个新教信徒。他把火枪平端着,用枪口瞄准那个人,当那人离他很近时,他就喊话,几乎每次都是不等他喊完,那些过路人就急急忙忙扔下钱包一溜烟跑了。不用我说,您可能已经猜到了,当有胡格诺教徒走过时,他马上就会觉得胸中奔涌着天主教徒的神圣感,简直叫他也不明白片刻之前怎么竟会对我们神圣教义的至高无上产生疑问。因为我是天主教徒,我父亲按照他的道德准则,让我哥哥当了胡格诺教徒了,先生。"

"这位高尚的先生结局怎么样了?"达达尼埃问道。

"喔! 那真悲惨呢,先生。有一天,他在一条小路上,正好在一个天主教徒和一个胡格诺教徒中间,偏偏那两个人以前跟他有些过节,这时又都认出了他。唉! 于是,两个手合伙收拾他,把他捆起来,吊在一棵大树上了,然后,两人来到附近村庄的小酒店里喝酒,一边喝一边吹牛,把刚刚做的事情吹得神乎其神,他万万没想到,我和我哥哥也在那儿喝酒,把整个经过听得清清楚楚、明明白白。"

"你们又是怎么做的?"达达尼埃问。

穆斯克通继续说:"我们一言不发地听他们讲完,看着他们俩出了小酒店的门,往一条大路的两头走去,我哥哥就埋伏在天主教徒的路上,我在胡格诺教徒的路上埋伏。两个小时以后我俩就把事情都了结了,没事儿了。我们真是佩服我们可怜的老爸高瞻远瞩,想得那么细致,让我们兄弟俩每人成为不同的宗教徒。"

"穆斯克通,的的确确如你所说的那样,我也认为您父亲是个极有智慧的家伙。开始您说,这个好人儿在没事的时候喜欢违禁打猎、捕鱼什么的,是真的吗?"

"是的,先生。就是他教给我打活结套索和放钓鱼线的。那个混蛋老板给我们的尽是些老肥肉,那只有那些乡下人才吃,像我们这样两只高贵的胃怎能承受得起?于是,我就干起旧行当,把以前学到的本事又稍稍施展了一些。我一边在亲王先生的林苑里散步,一边在猎物出没的地方放套索;一边躺在亲王花园的水池边上,一边悄悄地把鱼线放进池里。现在嘛,先生您也看见了,我们有享用不尽的山鹑、兔子、鲤鱼和鳗鱼,这些食物既清淡又滋补,病人吃了最好不过。"

达达尼埃好奇地问:"那这些酒是谁给的?难道是店主人给的不成?"

"这个,这个吗,又是又不是。"

"又是又不是?什么意思?"

"是他给的,可惜的是他又不知道自己有幸这么做了。"

"您能不能给我说明一下,穆斯克通,我发现您的说话特别让人增加智慧。"

"好的,先生,请您听好了。我在外面四处漂泊时,碰巧认识了一个西班牙人,他去过很多地方,甚至去过美洲新大陆。"

"我不知道新大洲跟桌上这堆酒瓶子有什么关系。"

"先生,您先别着急,听我慢慢说,事情总得按顺序说嘛。"

"说得一点不错。就依您,慢慢说,我听着哪。"

穆斯克通慢条斯理地讲:"这个西班牙人有个仆从,和他一起去过墨西哥。这个仆从和我是老乡,又加上我们俩性格上挺合得来,所以很快就成了亲密的朋友。我们俩都特别喜欢打猎,于是他就告诉我,在南美洲的大草原上,那些土著人怎样把打好活结的套索扔到凶猛野兽的脖子上,靠这种简单的方法来捕猎老虎和野牛,起先,我还不相信有人能有这本事呢,在二三十步以外还百发百中呢!可是看他当场表演了一番,我不能不相信他的话了。我这位朋友,把一只酒瓶搁在三十步以外的地方,套索扔过去,那是万无一失。我拼命练这门绝技,也许我这个人有点天生的聪明,如今我扔这活结套索的功夫,不管跟谁比也毫不逊色。嗯,您明白我的意思了吗?这个店主人有个地窖,里面的酒可多了,可钥匙总带在他身边,寸步不离。这个地窖有个气窗,于是,我就从这个气窗里扔活结套索。目前,我已经知道好酒藏在哪个角落里,所以,尽往那儿吊酒瓶。就这么着,新大陆跟这柜子上和书桌上的酒瓶子不就联系上了吗。先生,您尝尝这葡萄酒,实事求是地告诉我,您觉得味道怎么样。"

"朋友,非常感谢,我已经吃过饭了。"

波尔托思说:"好啦,穆斯克通,上菜吧,咱们一边吃饭,一边让达达尼埃把咱们分手以后这十来天的情况谈一谈。"

达达尼埃答道:"就这么着吧!"

于是,波尔托思和穆斯克通大吃大喝起来。波尔托思的胃口特别好,就像通常身体刚康复的病人一样,而甘苦与共的处境使主仆两人变得更加亲密了。达达尼埃看着他们吃喝,把所有事情一件件全都告诉了他们,从阿莱米斯受伤以后怎么留在克雷夫格尔,到他怎么在亚眠丢下了阿多思,让他跟四个指责他造伪币的家伙去打架,而他自己又怎么不得已把德·瓦尔德伯爵打败,用他的名义到了英国。

尽管达达尼埃滔滔不绝,可讲到这儿也就停下了话头。他只说从英国回来时带回四匹骏马,他自己留一匹,另外三匹分别留给他的三个伙伴。最后,他告诉波尔托思,留给他的那匹已经拴在旅店的马厩里了。

正在这时,布朗谢进来了,他禀告达达尼埃,说那匹马已经休息过来了,可以一直跑到克莱尔蒙。

达达尼埃已经见到波尔托思,对他已经没什么担心的了,又迫切想知道另外两个朋友的下落,所以就伸手向波尔托思道声再见,告诉他自己要继续赶路,打听另外两个的消息,一星期后,他还从原路回来,如果那时他还在这个旅店的话,可以顺路带他共返巴黎。

波尔托思则说,看到现在这种情形,那时他肯定不会离开此地,再说他必须等待公爵夫人的消息呢。

达达尼埃祝福他尽快获得佳信;随后又嘱咐穆斯克通,必须精心照顾波尔托思,又给店主人付清了账,与布朗谢骑马而去,因为布朗谢此时尚无一匹备用马。

图文珍藏版

第二十六章　阿莱米斯的论文

我们的贝阿恩的小伙子——达达尼埃虽然年轻,却异常机灵,他不仅未提波尔托思的受伤情况和讼师夫人,而且对那个自以为是的火枪手向他吹嘘的一堆假话,还装出确信无疑的样子。因为他心里非常清楚:揭穿一个朋友的隐秘,肯定会破坏他与这位朋友的友情,特别是当这个秘密关系到个人的尊严时,尤为如此;进而言之,一个人了解别人的一些秘密,总是在心理上对那些人是有某种主动性。

况且,达达尼埃也另有一番打算,想日后出人头地,决心利用这三个伙伴给自己创造锦绣前程。时至今日,他可以提前掌握到一些无形的线头,并借助于此,可以对他的伙伴任意捉弄,这对他来说,真是其乐融融呀!

但是一路上,他都被一种难以忘却的忧伤重压着,因此情绪低落:他忆想着那位年轻秀美的伯纳肖太太,他对她一往情深,现在尚未得到她的回报呢。不过,我要说年轻人不是为自己的运气不佳而难过,而是担心这位令人同情的女人会有什么不测,因此他满心伤悲。他想,她肯定就是红衣主教伺机报复的对象,而主教大人这样做的结果是残酷无情的,这一点众所周知。最让年轻人难以理解的是:主教大人怎么会深得国王的器重?如果在家里碰到德·卡洛瓦先生就好了,说不定这个卫队长还能告诉他一些秘密呢。

假如人把全身所有的官能都运用起来,专注于冥思苦想,那么,行走的时间就会飞逝,路程也会仅有一步之遥。这时候,冥想就变化成为一种梦境,外界的所有只不过像在睡眠而已,在这种感觉中,时间和空间分别都没有量度和距离了,一个人只不过是由此而彼罢了。沿途留在记忆中的景物只是朦朦胧胧,那一棵棵树、一座座山、一幕幕景色都已经置身于外。达达尼埃就是在这种神情迷离的体验中,任由骑着的马儿自由自在地驮着他跑完全程。从尚蒂伊到克雷夫格尔的六七里路程,他竟然对路上发生的事情一无所知,就来到了克雷夫格尔镇。

刚进小镇,达达尼埃猛然醒悟过来,他摇晃了一下脑袋,拍马来到与阿莱米斯分手的那家小酒店。

这次恭候达达尼埃的不是老板,而是老板娘。他善于揣摩人意,一见到老板娘那张眉开眼笑的圆脸蛋儿,就知道自己毫无必要对她隐藏什么,面对这张舒展的笑脸,还有何种担心呢?"噢!我的好太太,十几天前我们因为急于赶路,把一位朋友扔在这里,他现在的情况怎么样,您是否能告诉我呢?"达达尼埃对她说。

"是不是那个二十三四岁的漂亮小伙子,说话轻声细语,惹人喜欢的那位呀?"

"另外,他的肩膀有伤。"

"就是这样的呀!"

"那就对了。"

"他始终在这儿住着,先生。"

"太棒了,亲爱的太太。"

达达尼埃一边说着,一边跳下马来,把缰绳扔给布朗谢。"我该怎么感谢你呢,亲爱的太太。阿莱米斯在哪个房间里？我真想迫不及待地拥抱他,这是真话。"

"先生,非常抱歉,他现在大概不会见您的。"

"为什么？难道他有女人相伴？"

"天主啊,您简直是瞎说！先生,那个可怜的孩子怎么会跟女人混在一起呢。"

"那他会跟什么人在一起呢？"

"与蒙迪蒂埃的本堂神甫和亚眠耶稣会会长在一起。"

"我的天主啊！难道说那个可怜的孩子快要死了吗？"达达尼埃高声叫道。

"先生,您别急,他没有一点事儿;只是受伤以后,他接受了神谕,下决心要步入教会了。"

"这完全正确。"达达尼埃说。"我把他还是个临时火枪手的事忘了。"

"先生,您一定要见他吗？"

"我此时非见他不可。"

"那行吧。您沿着院子右边的楼梯上去,他住在楼上五号房间,先生。"

达达尼埃马上向她手指的方位奔跑过去,确实在院子里看到一座楼梯,这种楼梯在如今只能在一些老字号的客栈里才有。但是要步入未来神甫的房间,并非易事;阿莱米斯房门外的通道被严密防守,不亚于阿尔米达的花园。巴赞站立在过道里,拦住达达尼埃。苦盼了许多年的计划,终于要大功告成了,竭力寻求的目标就要出现,巴赞顿时增添了胆量。

真的可怜的巴赞几年来梦想成为一名教会人士的仆从,他对期待已久的日子望眼欲穿,亲眼目睹阿莱米斯扔下敞袖外套、穿上教士长袍。阿莱米斯每天都要对巴赞许下诺言,说那天已为期不远了,这样巴赞才愿意留下来做一个火枪手的仆从,但他认为这样下去,自己迟早会落进地狱之中。

看来,他的主人这回不会反悔了。巴赞乐得心花怒放。阿莱米斯生理上和精神上的双重痛苦凑在一起,产生了巴赞梦想已久的效果:肉体和灵魂同时倍受煎熬的阿莱米斯,终于把精神转向宗教,反复盘算皈依之后的事。他把自己身历的两件事,即情妇突然死去和肩膀受伤,看成是上天的启示。

我们就巴赞当时的处境而言,再没有比达达尼埃的到来更让他伤心的事了。这些年,他的主人在人间已经身陷痛苦的涡流,现在,好不容易才想脱离苦海,达达尼埃的出现必然把主人再次引回去,因此,巴赞暗自决定,无论如何也要固守住房门。他没法否认阿莱米斯不在,因为老板娘已经告知给了达达尼埃。他只有尽其所能劝阻这位不受欢迎的客人,让他知道主人正与别人谈论神圣的东西,如果进去,必然失礼。对于这场清早就发生的争论,按巴赞的说法是,到傍晚也毫无结果。

但是对巴赞的鸿篇高见,达达尼埃根本不理,他绝无与朋友的仆从耗费脑力的想法,用一只手推开巴赞,用另一只手拧开了房门把手。

达达尼埃走进屋后,就看见阿莱米斯身披黑袍,头戴一顶平顶圆状的教士帽,坐在一张宽大的桌子前,许多纸卷和厚重的对开本书摆满了桌子,他的左、右两侧分别坐着耶稣会会长和蒙迪蒂埃的本堂神甫。一线神秘的光线透过虚掩着的窗户,给屋内增加了一层宁静迷离的色彩。凡是在一个年轻人——特别是年轻的火枪手的房间里所能看到的一切俗物,都似乎被魔法隐藏起来,这肯定是巴赞搞的鬼,是为了不让主人见到这些俗物后生发俗念,因此他把长剑、手枪、插羽饰的帽子,各种各样的刺绣品和花边饰物统统收起来了。

可是,达达尼埃用余光扫视房里时,发现在暗墙上挂着一根类似苦鞭的东西,并用它取代了上面提到的所有物品。

阿莱米斯听到有人开门的声音,抬头看见了自己的朋友达达尼埃。这位火枪手看见达达尼埃到来了时的态度,着实让达达尼埃很奇怪,他似乎显得过于平静,没有往日的激动,不难看出,他整个身心已经远离了尘世。

阿莱米斯平和地说:"亲爱的达达尼埃,您好吗?能见到您我很高兴。"

达达尼埃说:"我也如此,虽然我现在还不敢相信我是否跟我亲爱的阿莱米斯谈话。"

"朋友,我就是阿莱米斯呀,我不明白您怎么会这么想呢?"

"开始我以为自己跑到一位神职人员的屋里了,后来又看见坐在您身边的那两位先生,我又误会了,认为您病情严重得快不行了呢。"

两个身披黑袍的神职人员听出了话里有话,用威吓的目光看着达达尼埃。可达达尼埃依然满不在乎地说:"亲爱的阿莱米斯,我是不是来得不是时候?我看您这个样子,该不会是在向两位先生忏悔吧?"

阿莱米斯有点不好意思了,红着脸说:"哪儿有的事,您怎会打扰我呢?我可以向您发誓绝对没有的事。我想对您说,能看见您安然无恙的回来,我心里愉快极了。"

"啊!感谢天主!事情还没到无可挽回的地步,他终于回过神来了!"达达尼埃在心里暗自庆幸。

阿莱米斯用手指着达达尼埃,向两位教士热情洋溢地介绍说:"这是我的好朋友,也是刚刚从险象环生的境遇中转危为安的。"

两位教士一起弯腰行礼,嘴里念念有词地说:"先生,您应该赞美天主才对。"

"尊敬的神甫,我不会忘记的。"达达尼埃边还礼边说。

阿莱米斯说:"亲爱的达达尼埃,您来得太巧了,加入我们的讨论吧,我想听听您的高谈阔论。亚眠的会长先生、蒙迪蒂埃的本堂神甫跟我谈论的是一些长时间以来我特别感兴趣的神学问题。请您谈谈您的见解。"

达达尼埃对眼前的形势有些手足无措,于是说:"一个当兵的想法微不足道,您应该多向这两位先生请教才对呀。"

两个穿黑袍的人谦恭地欠了一下身体。

阿莱米斯接着说:"您的见解对我们来说太有意义了。事情的原委是:会长先生认为我的论文首先应该与教义相统一,有教育世人的作用才行。"

"怎么?您在撰写论文?"

"是的,若要获得参加圣职授任礼的权利,必须这样做。"会长答道。

虽然老板娘和巴赞都在达达尼埃面前暗示过,但是他还是不能接受眼前的事实,他大叫道:"圣职授任礼!……圣职授任礼!"

他用疑惑的目光扫过着眼前这三个人。

阿莱米斯温雅大方地坐在扶手椅里,那神态就像身处贵妇人的内室沙龙里,还把一只手悬空举着,以便使血液流下来,洋洋自得地凝视着这只手,他的手丰润、白嫩,好似女人的纤纤玉指。"达达尼埃,您也听到了,会长先生期盼我的论文写得与教义统一,而我自己则希望此文充满理念。为此,会长先生提议我写一个从未有人涉及的论题,我已经想到其中有很多地方可以详尽论述:

"《utraque manus in benedicendo clericis inferioribns hecesaria est》"

我们对达达尼埃的学识早已清楚,可这会儿他听到这句拉丁文时,眉头并不像上次听见德·特瑞威尔先生说拉丁文时那样紧皱在一起,那次特瑞威尔先生说拉丁文是因为怀疑达达尼埃接受了白金汉先生的礼品。

"这个论题的意思是,"阿莱米斯为了不让达达尼埃更尴尬,继续说:"《品级低下的教士为人祝福时必须用双手》"。

"选题真是精彩绝伦!"耶稣会会长自鸣得意地大声说。

"真是精彩绝伦,完全与教义相一致!"本堂神甫重复了一遍,他的拉丁文水平与达达尼埃相差无几。只有留心聆听耶稣会会长的一言一语,然后鹦鹉学舌。

而达达尼埃呢？他对两个身披黑袍家伙的疯狂情绪表现得无动于衷。

"不错,精彩绝伦,精彩绝伦!"阿莱米斯接着讲:"但是打算写这个论题,就必须精通《使徒后教父著作集》和《圣经》才可以。我已经把我的那点老底儿向两位博学多才的教士全盘端出了,实在不好意思,因为我长年累月地参加营队执勤和履行国王圣旨,过去学过的宗教经典已经被我忘得所剩无几了。因此,我认为最好由我本人选题,这样我写起来就会得心应手的,我的论题与深奥的神学问题相比,犹如哲学上的伦理学比之于形而上学。"

达达尼埃感到再也没有比这更让他难以忍受的事了,本堂神甫也不例外。

"您看这段开场白写得多精彩!"耶稣会会长依然扯着嗓子地说。

"开场白,"本堂神甫认为自己应该表表态,于是他也说了一遍。

"可称得上是内容广泛,学识渊博。"

阿莱米斯环视达达尼埃一眼,发现这位伙伴哈欠连天。

"神甫,我们还是说法语吧,以便达达尼埃先生听得更明白晓畅一些。"他向耶稣会会长建议道。

"是的,我沿途已经跑得精疲力尽了,"达达尼埃说,"更何况我对拉丁文已经很陌生了。"

"好吧,"耶稣会会长略带失望地同意了,本堂神甫则如释重负般回头注视了达达尼埃一下,流露出不胜感激之情,"来吧,先看看这条注疏吧,应该如何理解呢?"

"摩西,是天主的仆人……他只是个仆人,你们都已明白了!他是用双手祝福的;希伯莱同敌人打仗时,他是高举双手的,因此他是给人祝福的方式是用双手。另外,《四福音书》上不是说 manum,而是说 imponite manus,意思不是放上一只手,而是放上双手。"

"放上双手,"本堂神甫边说边做了一个示范并把双手放在对方头上的动作。

"历代教皇都是圣彼得的继任者,而他的说法就标新立异了,"耶稣会会长滔滔不绝地说,"他是说:Porrige digitos,意思是伸出手指,大家知道了吗?"

"自然是知道喽,原来这事儿有这么多奥妙。"阿莱米斯兴奋地答道。

耶稣会会长继续说:"手指!圣彼得用手指替人祝福的。因此教皇同样是用手指替人祝福的。那么,要用几个手指才能做到呢?是用三个手指分别代表圣父、圣子和圣灵。"

三个人共同在胸口划了十字;达达尼埃认为理应同是才对。

"圣彼得的继任者是教皇,他象征着三种神圣的权力;而那些神职品级中职位稍微低一些的神职人员,是以大天使和众天使的名誉来祝福的。地位最低的一级教士,例如那些助祭和副助祭等,是用圣水刷给人祝福的,它代表着无数祝福的手指。现在这个问题就显而易见了,这是言简意赅的语义。选择此题,我完全能够写出两本如此厚的书。"

他激动不已地说着,不由地用手在那本将要把桌子压弯的对开本圣克里索斯托文集上使劲拍了一下。

达达尼埃浑身颤抖了一下。

阿莱米斯说:"当然,我可以肯定地说,这篇论文一定会写得非常出色,而我与此同时又感觉到我真是心有余而力不足。我给自己拟定了这么一个题目,亲爱的达达尼埃，请您老老实实地回答我，您认为是否合您意愿：

《Non inutile est clesiderrium in oblatione》：意谓《在对天主的奉献仪式中对尘世稍有留恋亦无妨》。"

"够了，别说了！"耶稣会会长怒吼道："您这篇论文跟异端邪说差不多了。那个异端之祖詹森的《奥古斯丁论》中，有一句话跟这大抵相同，而这本书终有一天是要被宗教裁判所焚烧掉的。留神哪！我年轻的伙伴您正在逼近邪教呐，我年轻的伙伴，您会葬送自己的！"

"您会葬送自己的。"本堂神甫也痛心疾首地说。

"您碰到自由意志这块致命的暗礁了。您一脚就踏到那些贝拉基派和半贝拉基派声东击西的怪论里去了。"

"但是，尊敬的神甫……"阿莱米斯有些张口结舌，他被这阵冰雹般袭来的论据弄得晕头转向了。

"您将怎么证明，"耶稣会会长并不给他说话的机会，口若悬河地说："一个人在把自己一切献给天主时，还怎么可能情系尘世呢？请您认真听取这个双刀论法：天主就是天主，而尘世就是恶魔。情系尘世就是情系恶魔，这就是我的结论。"

"我也是如此。"本堂神甫不失时机地学舌。

"请求你们……"阿莱米斯急切地说。

"对恶魔有所钟爱，真是遭受厄运的人呵！"耶稣会会长大声疾呼。

"对恶魔有所钟爱！我年轻的朋友，"本堂神甫仰天长叹道："请不要情系恶魔吧，我恳求您了。"

达达尼埃有些手忙脚乱不知如何是好了；他好像在疯人院里，面对着一群疯子，自己也将跟他们一样变成疯子了。无奈，他一句话也接不上，原因很简单，因为他始终没听明白他们的言谈。

"你们听听我的话呀，"阿莱米斯有些不耐烦了，但仍彬彬有礼地说，"我没说我有所钟爱；不，这种有违正统的话，我是无法说出的……"

耶稣会会长扬起双臂，本堂神甫也依葫芦画瓢学着做。

"我是不会那样说的，可是你们也得同意，一个人总是把自己不中意的东西贡献给天主，至少不能算是虔诚吧。我没有说错吧，达达尼埃？"

"我都赞同！"达达尼埃喊道。

耶稣会会长和本堂神甫从椅子上弹了起来。

"尘世中有各种各样的诱惑，我要抛弃尘世，为此我奉献所有；而《圣经》上也清清楚楚地写着：为天主奉献所有。这个三段论是我的出发点。"

"也有点道理。"两个对手赞同地说。

"另外，"阿莱米斯接着说，一边用手指捏着耳朵让它发红，就像刚才摇动着双手让它变白一样，"另外，我根据此意写过一首诗，去年让伏瓦蒂尔看过，这位诗豪对我非常赏识。"

"一首诗！"耶稣会会长不屑一顾地说。

"一首诗！"本堂神甫根本不去思考，只是盲目地重复说。

"快读，快读给我们听听，"达达尼埃吵吵嚷嚷地说："正好可以轻松一下嘛。"

"没有的事，这首诗充满宗教色彩，实为一篇韵文式的神学文章。"阿莱米斯回答道。

"真要命！"达达尼埃悻悻地说。

"全诗的内容是这样写的，"阿莱米斯尽力装出一种谦虚求教的样子，但语气中仍旧很明显地带有傲慢自满的情绪：

> 你为逝去往日的欢乐而流泪，
> 在痛苦的时光中浪费光阴，
> 流泪的你呵，
> 当你把泪水全部献给天主，
> 你的痛苦就会无影无踪。

达达尼埃和本堂神甫仿佛听得很心满意足。唯有耶稣会会长固执己见。

"注意呀，神学著作的文体忌讳莫深的就是世俗的情趣与意味。圣奥古斯丁曾经说过：教士在传教布道时必须严谨稳重。

"就是，讲道要道俗易懂！"本堂神甫不假思索地说。

耶稣会会长一看自己的追随者将自己的意思领会错了，急忙打断了他的话，说："不过，你的论文一定会深受夫人们的喜爱的，喏，一定是这样的；它将像巴特吕的辩护词一样被人重视的。"

阿莱米斯兴高采烈地叫道："但愿这样！"

"您自己也看到了，在您身上还存在着浓厚的俗世气息，您被世俗吸引过去了，我的年轻朋友，我害怕圣宠能不能感动您。"耶稣会会长厉声喝道。

"尊敬的神甫，您尽管放心，我知道自己的责任。"

"你这种自负是带有世俗意味哟！"

"我能够掌握自己，神甫，我绝不会轻易更改自己的决定。"

"也就是说您非写这篇论文不可了？"

"我认为自己可以写这篇论文，不适合写那篇，因此我打算写下去，我将参考您的意见略做修改，明日再请您审阅，希望能使您高兴。"

本堂神甫说："认真写吧，我们就要满怀喜悦地告别了。"

耶稣会会长接着话茬说："是呀！我们已经在土地上播下种子，不用害怕一些种子落在了石头上，虽有掉在了路边，却不必害怕天上的鸟儿会吃掉剩余的，鸟儿把剩下的却吃光了。"

"叫你和你的拉丁文都见他妈的鬼去吧！"达达尼埃怒不可遏地说。

"告辞了，我的孩子，明天再见。"本堂神甫也向阿莱米斯道别。

耶稣会会长说："明天再见，年轻人，您很有希望成为教会的一道亮光，上帝保佑，千万不要让这道亮光转变成一场灾难之火。"

这一个小时达达尼埃始终在烦躁不安地咬着自己的手指，甚至把快要把肉咬烂了。

两个黑袍子终于站起身，向阿莱米斯和达达尼埃躬身施礼，便向门口走去。巴赞自始至终怀着真挚的喜悦，久久站立在门外，倾听着屋里那场沸沸扬扬的讨论。当两位神甫走出来，他赶忙迎上去前去，分别从本堂神甫和从耶稣会会长手里接过日课经和弥撒经，虔诚地走在前头给他们引路。

阿莱米斯把他们送到楼下后，立刻返回楼上，站在呆若木鸡的达达尼埃身旁。

两人四目相视，无言以对，出现了令人难堪的局面；两个人中必然要有一个先开口，而达达尼埃好像执意要把这份光荣留给朋友。

阿莱米斯总算张口了，他说："事情明摆着，您也都看在眼里了，我的思想又恢复原状了。"

"刚才那位先生的意见没错，圣宠说服了您。"

"唉！这种隐退之计我早已深思熟虑过了，伙计，我不是跟您讲过吗？"

"对,你是讲过。说心里话,那时我认为您只是说说而已。"

"喔!达达尼埃!您觉得这种事是随口而出的玩笑吗?"

"开玩笑又怎样?有人不是甚至可以开关于死的玩笑吗?"

"达达尼埃,这些人都错了,因为死是通向灵魂堕落或拯救的必经之路。"

"对极了,不过,我希望咱们抛开神学的话题,阿莱米斯?您今天已经畅谈了。而我从前学的那点可怜的拉丁文,几乎全部丢光了;况且,我跟您不客气地说,我从上午十点钟起就颗粒未进,这阵儿快饿得晕头转向。"

"好的,咱们等一下就去吃晚餐,朋友。可您知道星期五我从不吃肉,今天不能吃肉,因为正巧是星期五,如果您留在我这儿,我只好请您吃煮瓠子和水果了。"

"煮胡子?"达达尼埃不解地问

"我说的是瓠瓜,"阿莱米斯说:"我就照顾一下您给您炒个鸡蛋吧,这可是犯了大戒啦,因为鸡蛋也是荤的,否则它怎能生出小鸡来呢?"

"这种伙食显然不能算美味佳肴啦,不过无所谓;我想跟您在一起,也只得将就着吃啦。"

"我心里难受的是,让您付出了如此大的代价。不过,你还是否相信,这种东西虽然对您的身体营养甚微,但对您的灵魂会有所裨益。"阿莱米斯说。

"阿莱米斯,你这么说是不是真要皈依教门了?您想过没有,我们那两位朋友会有何微词呢?德·特瑞威尔先生又有何看法呢?我断定他们会把您视为逃兵。"

"我这不叫皈依教门,而是重返教门。过去,我受了世俗的纠缠才被迫逃离教门,您很清楚,我是在走投无路的情况下,才充当火枪手的。"

"对此事我毫无所闻。"

"我离开神学院情况您真是毫无所闻吗?"

"确实如此。"

"那我就给您讲一讲吧。《圣经》上也说过:'你们要互相忏悔',现在,由我向您来忏悔吧,达达尼埃。"

"我该怎么办呢,我的心肠挺好,就先赦免您无罪吧。"

"不要这么轻率地嘲讽圣事,朋友。"

"您开始讲吧,我倾心细听就是了。"

"我进神学院,才九岁,到了将满二十岁那年,还有三天就可以当神甫的那段时间,所有的事情都处理好了。有一天晚上,我照旧到一户我以前无法不去得很多的人家。那时我很年轻,也很幼稚,我隔三岔五地去给府上的女主人读《圣徒列传》,一位遭到女主人冷言冷语的军官被弄得醋意大发。当晚我把事先译好的《犹滴传》中的一段韵文读给那位夫人听,她对我赞不绝口,并且俯身在我的肩头和我一起观看译文。就在此时,那个军官也不等人禀告一声,就推门而入。我们俩的姿态确实略显随意,那军官见到这情形,心里燃起熊熊妒火;他当时沉默不语,只是尾随我走出了门。"

"'神甫先生,'他对我说,'您是不是想让我用手杖痛打您一顿?'

"'先生,您让我怎么对您说呢?我只能告诉您,到目前为止还没有人敢对我这样。'我回答道。

"'神甫先生,那行吧,你就记好了,如果我下次再在这间屋子碰见您,我决不放过您。'

"我想当时我胆怯了,面色惨白,双腿颤抖,我想回答他,但是哑口无言。

"那个军官等着看我是如何答复他的,见我被吓成这样,高声大笑着转向屋里去了。我也就闷闷不乐地回到了神学院。

"我也是个有骨气的体面人,绝不是贪生怕死之徒,亲爱的达达尼埃,这一点你肯定可以看出来。虽然没有他人知道我受的这种羞辱,但是我内心深处始终隐隐作痛,无时无刻不在摧残着我。这样,我对院长说我尚未准备妥当,恳求延缓举行圣职授任仪式,院长应允了。

"我又去寻觅巴黎最好的剑术师,商定好每天上一次剑术课,一年之内,丝毫不敢懈怠。在我受羞辱的周年纪念日那天,我把长袍挂在墙上,身披骑士之服,去莅临我相识的一位夫人的舞会,我相信,那家伙必定会出现。离中央监狱不远的老好人街是舞会的地点。

"那个军官果真来了;他正情意绵绵地望着一位夫人吟唱情歌,等他唱到第二段中间时,我走了过去。

"'先生,您是不是依旧不让我到贝那纳街某人的住宅去,并且假如我违背了你的规定,您还坚持用手杖打我?'

"那军官满脸狐疑地瞪着我说:'先生,您对我有何教诲?我们素不相识呀。'

"'那个念《圣徒列传》,把《犹滴传》译成韵文的小神甫,您还记得吗?'我回答说。

"'噢!我想起来了,您找我有何教诲呀?'那军官嘲笑地说。

"'我想只用您一点时间,请您跟我到外面去散散步。'

"'那就明天清晨吧,我一定舍命陪君子。'

"'不能拖到明日,要是你同意,立刻跟我走。'

"'如果您坚持立刻……'

"'一点不错,就是立刻。'

"'既然如此,我们走吧。夫人们,'军官临走时还说:'请稍等片刻。我把这个麻烦处理掉了,就会给诸位唱最后一段。'

"我们离开舞场。我带他来到贝那纳街,一年前他跟我说那两句话的地方。那天晚上风光霁月。我俩拔出剑,我飞步冲上去,立即把他刺死在地。"

"好棒呀!"达达尼埃说。

"这样一来,那些夫人再没见到这位歌手;以后,有人在贝那纳街看见他暴尸街头,并且有一处要命的剑伤;于是,大家都猜到了几分,风声四起,我只能暂时离开神学院。就在那时,我结识了阿多思,波尔托思又教了我几招剑术课以外的绝活,正是由于他们的作用,我才立志要当火枪手。在阿拉斯围城战中,我父亲英勇献身,他生前被国王赏识,因此我获准披上了敞袖外套。现在,您什么都知道了吧。今天理应是我重返教会的良机了。"

"为什么不是昨天和明天,而是今天呢?您今天究竟碰到什么事啦,到底是谁把您折腾的失魂落魄呢?"

"亲爱的达达尼埃,我受的伤属于一种天谕。"

"您受的伤?嗨!您的枪伤快要痊愈了,我敢保证,今天,最让您痛心的绝非此事。"

阿莱米斯的脸红了,很难为情地问:"那是怎么回事儿呢?"

"阿莱米斯,是你内心的那道正在滴血、让你悲痛难忍的伤痕,这是一个女人给您带来的伤害。"

阿莱米斯的双眼光芒闪烁。"哎!现在再说这种事还有什么意思呢。"他压抑着内心的激动,装出一副漫不经心的样子,说:"我怎么会有这种事呢?怎么会有失恋的痛楚呢?告诉您吧,我是四大皆空!哎?依您看,有谁值得让我这样为她缠绵悱恻呢?为了一个轻佻的花边女工,为了一个年轻女佣人?呸!像这样的女人,我随随便便在哪个驻地都能找到。"

"抱歉,亲爱的阿莱米斯,我的意思是说您应有远大的目光。"

"远大的目光?您以为我是谁呀,竟然不知轻重?我仅仅是个令人同情的火枪手,一贫如洗,还无名声,我厌恶一切制约人的枷锁,我与这个世界势不两立!"

"阿莱米斯,阿莱米斯!"达达尼埃简直不敢相信眼前的这位伙伴。

"人生如土,我又回到了尘灰之中。凌辱和悲伤充满生活,"阿莱米斯黯然失色地说:"人们弄迷了一根根把生活与幸福捆扎在一起的全部线索,特别是那些金色之线。唉!我亲爱的达达尼埃!"阿莱米斯的话语中充满了难言之苦,"记住我的话吧,当您受伤以后,千万不要让别人看到您的伤口。沉寂,是这悲苦的生命中仅剩的一点安慰;您千万不要让任何人发现您的不幸,否则,那些好事的人就像吮吸受伤的黄鹿血的苍蝇一样吸吮我们的泪水。"

"唉!亲爱的阿莱米斯,"达达尼埃长吁短叹地说,"我觉得您是在说我的事呀。"

"这话是怎么讲?"

"有人刚从我身旁夺走了我钟情的女人,如今不知去向,不知道那些混蛋把她带到何方去了;或许她被关进大牢,或许已经离开人世。"

"但是她离开您不是心甘情愿的,您至少从中还能获得一点宽慰,您一直得不到她的消息,是因为她根本无法跟您联络呀,可是……"

"还可是什么?"

"没有什么,"阿莱米斯说:"没什么了。"

"您是不是决意离开尘世了?已经再也不会回心转意了?"

"是的。今天,我们还是朋友,可明天,对于我来说您仅是个飘荡的幽灵,换句话讲,您将从此消失。这个世界仅是一片存在着的墓地。"

"听完您的话,令人胆战心惊。"

"我的命运之神在呼唤我,它夺走了我的一切,我已无计可施。"

达达尼埃微微一笑,沉默不语。只听阿莱米斯接着说:"趁我这阵子还生活在俗世中,我想听您谈谈您和朋友们的旧事。"

"原本我是打算跟您聊聊您的事儿的,可是现在您对一切无动于衷,爱情被您置于身外,朋友都变成了幽灵,世界就是一片墓地。"

"咳!您迟早却会有同感的。"阿莱米斯哀伤地说。

"唉,咱们还是不谈此事了吧!至于这封信嘛,烧掉算了,其中无非是告诉您,那个织花边的俏妞儿或者是漂亮的女佣人背叛您了。"达达尼埃说。

"是封什么信?"阿莱米斯赶紧问道。

"您离开以后,这封信才送到府上,守门人托我转交给您。"

"知道是谁寄来的吗?"

"噢!要么是眼泪欲滴的女佣人,要么是痛不欲生的妞儿,也说不定是德·谢勒兹夫人的贴身女仆呢!她迫不得已,不得不跟随女主人到都尔去了。这姑娘在信纸上洒过香水,在信封上还盖着公爵夫人的纹徽,真够浪漫呀!"

"您说什么?"

"坏了,我可能把信给遗失了!"达达尼埃有意装出找信的样子,嘴里还振振有词地说:"幸好这世界是墓地,男人和女人都是幽灵,何况您对爱情已经置之不理了。"

"呵!求求您了,达达尼埃!"阿莱米斯心急火燎地大叫道:"达达尼埃,我要被你整死了!"

"喔！谢天谢地,终于找到了!"达达尼埃说。

阿莱米斯急不可待地抢过信,恨不得一口把信吃下去。看着看着,他变得满面红光。

"看来这个女佣人挺有才华的。"信使漫不经心地说。

"亲爱的达达尼埃,您让我怎么报答您呢,"阿莱米斯现在神采飞扬快要发疯了,"她对我依旧是一往情深,她是爱我的,她回都尔是迫不得已。来吧! 伙计,让我拥抱您一下,我幸福至极,我都要晕倒了。"

围绕着令人敬重的圣克里索斯托文集,两个朋友尽情舞蹈,那些写论文的羊皮纸卷满地皆是,他们不去理睬,任凭它们在脚下被踏得七零八落。

这时,巴赞推门进来了,手里端着一盆瓠子和一盆煎蛋卷。

"你给我滚出去,你这个倒霉鬼!"阿莱米斯叫喊着,摘下平顶圆帽往他的脸上摔去,"你还是滚回到你来的地方去吧! 把这些乱七八糟的不好吃的东西统统扔出去! 让他们送一盘烤野兔肉,一盘肥阉鸡,一盘大蒜烤羊腿,再拿四瓶勃艮第陈葡萄酒来。"

巴赞被眼前的景象弄蒙了,不知道这里到底发生了什么事,主人怎么突然就精神不正常了呢? 手里那盆煎蛋卷滑到瓠子上,瓠子又掉到了地板上。

达达尼埃说:"此时正好是您把自己奉献给天主的时候,如果您必须向他行礼的话:献祭时尽管放心地说出自己的愿望。"

"亲爱的达达尼埃,让拉丁文活见鬼去吧! 来,咱们尽情畅饮,再把你们的事娓娓道来。"

第二十七章　阿多思的太太

达达尼埃把自己离开后京城发生的一切告诉了阿莱米斯,最后,他望着神采奕奕的阿莱米斯说:"目前,只有阿多思还下落不明。"一顿丰盛的晚餐促使两人忘了各自的论文和疲劳。

"难道您担心他会出什么事吗?阿多思遇事泰然自若,还有那么出众的剑术。"

"是啊!对阿多思的果敢和机智,没有人比我更了解他了。可是,我宁愿用剑去迎击长矛,也不愿去抵挡棍棒;我最担心仆人围追他,那些人动作凶狠,时常置人于死地。说心里话,我准备尽快动身去找他,而且不能耽误片刻。"

"虽然我的伤没痊愈,"阿莱米斯说,"怕还不能策马前去,我还是准备与您一起动身。墙上那根苦鞭想必您早就看见了,昨天我用它试了试,想用虔诚的苦修疗伤,实在太疼了,只好放弃了。"

"用苦鞭治枪伤?这可是我头一次听说;不过,您这会儿在生病,大脑失灵,情有可原。"

"您准备何时启程?"

"明天黎明时分就走。今晚您好好睡一觉,若明天您感觉良好,咱们就一起出发。"

"就这么说定了。"阿莱米斯说:"您也要好好休息一下了,铁打的身子也经不住这么折腾呀。明天见。"

次日,达达尼埃走进阿莱米斯的房间,发现他临窗而立,就问:"您站在那看什么呢?"

"嘿!看马呢,那三匹好马真让人心头发痒,马房伙计正牵着呢。骑着这样的马走在路上,准能像亲王一样光彩照人。"

"好吧,亲爱的阿莱米斯,那就让您炫耀个够,因为这其中就有一匹是属于您的。"

"是真的吗?唔,它在哪儿?"

"这三匹马由您挑,哪匹都行;我是无所谓的。"

"包括那副昂重的马铠?"

"千真万确。"

"达达尼埃,您不是在跟我开玩笑?"

"您只要讲法国话,我就不开玩笑了。"

"这些包金的皮枪套,绒的鞍褥,还有嵌银的鞍子,真的都是给我的?"

"都是您的,就像这匹扬起前蹄的马是您的,那匹绕圈的马是阿多思的一样。"

"这三匹马可都是再好不过的骏马。"

"我非常高兴,要是它们能使你如意。"

"这些是国王送给您的?"

"您就别刨根问底地打听那么多了,反正不是红衣主教给的。还是考虑一下您选那匹吧。"

"我就要红头发伙计牵的那匹了。"

"太棒了!"

"感谢天主!"阿莱米斯大声说,"我受那点伤也不觉得疼了,就算挨三十颗枪子儿,我也要骑在上面。哎!说真格的,这副马镫真漂亮!嗬!巴赞,快点儿过来,快点!"

巴赞垂头丧气,无精打采地站在门口。

"把我的帽子弄挺一点,披风重刷一下,剑擦亮一点,手枪装上弹药。"阿莱米斯吩咐着。

"最后那句就省了吧,马鞍的枪套里已经有两支上好弹药的手枪了。"达达尼埃插上话说。

巴赞长吁短叹起来。

"行了,巴赞师傅,您放心,条条大道通天堂。"达达尼埃说。

"我的主人已经是个了不起的神学家了!他将来一定会当上教区主教的,也许还能当上红衣主教呢。"巴赞几乎流着泪说。

"好了,可怜的巴赞,你仔细想想,教士还不是照样去打仗,有什么好处?红衣主教也要全副武装地去打仗,这你是知道的;还有那位诺加雷·德·拉瓦莱特,他也是红衣主教,你去打听打听他的佣人。他曾身负过多少重伤吧。"

"唉!"巴赞感叹道:"这些我明白,先生,如今这天下一片混乱。"

说话间,两个年轻人和这个令人同情的仆人都已经走到楼下了。

"巴赞,给我抓住马镫。"阿莱米斯说着,纵身一跃,轻盈地跃上马鞍,风度潇洒,优雅的姿态一如既往。但是,这匹名种好马又是转圈又是腾跃,骑手被它折腾得伤口疼痛难忍,脸色蜡白,身体也摇摇晃晃的。达达尼埃一开始就不放心,眼睛一直就盯着阿莱米斯不敢有半点大意,眼见他支撑不住了,迅速抢步上前把他扶下来,送回房间休息。

"亲爱的阿莱米斯,您就放心地在这儿养伤吧,我自己去找阿多思。我不会有事的。"

"您真是一个硬汉。"阿莱米斯对他说。

"噢!不,我只是运气颇佳儿罢了。您在这儿等我这段时间,打算干点什么呢?总不会再给那些手指啊,祝福啊之类的东西写论文了吧,嗯?"

阿莱米斯笑了笑,说:"那我就写诗吧。"

"对呀!写一些甜蜜的诗,就像德·谢芙勒兹夫人侍女的一样。您再教巴赞学点音韵学,这样会使他心情好转起来。至于这匹马,您不妨每天骑着散散步,这样多适应一些时间,身手会更敏捷。"

"哦!这个嘛!您尽管放心,您回来以后,我保证跟您一起走,毫无半点麻烦。"

两人互相辞别,达达尼埃又对巴赞和老板娘交代一番,让他们精心照顾他的朋友,十分钟后,他已经策马向亚眠驶去。

他如何才能发现阿多思呢?换言之,他究竟能不能找到阿多思呢?

那天,达达尼埃丢下阿多思时,阿多思的处境是十分险恶的,他极有可能支持不下去。一想到这些,达达尼埃忧心如焚,不由得紧皱双眉,唉声叹气,默默地发誓道:此仇不报非君子。在达达尼埃的朋友中,阿多思是最大的,从表面上看,他俩的嗜好绝不相同,然而,达达尼埃对这位绅士却独有情意,阿多思气质高雅、才华出众,尽管他事事小心隐藏才能,处处留意不露锋芒,但言谈举止间还是流露出一种儒雅庄重的大家风范,他情绪稳定,从不喜怒无常,这使他成了世界上极易相处的伙伴,他的欢悦之态让人觉得并不自然,甚至有点辛辣,他的果敢带有很强的盲目性,幸好他鲜见的沉静能使他理性待事,正是他身上的这些品质,既得到达达尼埃的友情和尊重,也赢得了他的崇敬。

在阿多思满心欢喜之际,与神情高贵、举止潇洒的德·特瑞威尔先生比,他毫不掉份。他身材中等,体形匀称,波尔托思在火枪营里是众所周知的大力士,几次跟阿多思较量都输了;阿多思的双眼生辉、鼻梁笔挺、轮廓清晰的下巴很像布鲁图,有一种无法用语言表达的典雅气质从他的脸上透出来;他向来不保养双手,却教每天用杏仁膏和香油保养双手的阿莱米斯看得失去自信;他的嗓音浑厚动听;还有一些无法言述、使人见丑的优点显露其身,这是对人情世故洞若观火、精明干练,对上流社会的了如指掌,还有言行过程中偶尔流露出来的世家风范。

如果盛办一顿筵席,阿多思会比任何人都优秀,他安排座次的办法是,按每位宾客的身份等级而定的。若说纹章学,他对王国中所有世族的家谱、姻缘、纹徽及其出典全部如数家珍。对礼仪典章,他也能烂熟于胸,他随时能道出显赫领主的特权。他对犬猎和鹰猎更是津津乐道,一天,路易十三和他谈论这门精巧之技,他尽情畅谈,那位以专家自居的国王都心悦诚服。

与那时代的全部的贵族领主相同,他骑马用剑游刃有余,炉火纯青。最为难得的是:他几乎不会忘记自己学过的知识,尤其是学术性极强的学问。虽然那年头绅士中很少有人肯花功夫的,可阿多思照样苦学,以至于每次阿莱米斯卖弄那点拉丁文,波尔托思又是似懂非懂的样子时,阿多思总是想发出笑声;甚至还有两三次,阿莱米斯随口而出的拉丁文出现了语法错误,阿多思还帮他改正了动词变位,名词变格,使几位朋友非常吃惊。还有,虽然那年头人心不古,军人违背良心、信仰不虔,情人密密相约、用情不专,穷人更没把天主定的第七诫当回事,可是,阿多思的耿直严肃却是无可非议的。总之,阿多思是个出类拔萃的英才。

但是,这位人品正直,才华出众,仪表脱俗的人却眼看着步入世俗,如同体力不支、精神衰弱的老人一样。阿多思经常神情郁闷,往日的风采就会变得黯淡,那些闪光点也会消失在茫茫黑暗之中。

于是,神灵般的人物消失了,仅剩下一个平常的凡夫俗子。脑袋下垂,双眼失神,表达迟缓而刻薄,面对酒具和格里莫,他能盯上几个小时。这个仆人已经习惯了按主人的手势行事,能从主人麻木的目光中发现主人最需要的意愿,并立即处理完毕。这时再赶上四位朋友相聚,阿多思能说上一字半句已经十分可贵了。但是说起饮酒,阿多思判若两人,他一个人能抵四个人,而且,不会失态,只是紧锁眉头,表情悒郁。

我们知道达达尼埃机智敏锐,事事都爱打破砂锅问到底,但在这件事上,任凭他怎么好奇,也没能探出个子丑寅卯,对阿多思如此颓落的原因也说不出头绪。从来没人给阿多思写过一封信,他的举止向来不回避这几个朋友。

他的忧愁不是喝酒引起的,恰恰相反,他喝酒只为了以此浇愁,正如我们已经说过,这个办法早已失效,反而使他猛添愁情。这种过分的悲伤,也不能归于赌博,因为,阿多思不像波尔托思那样,赢了高唱,输了又骂人。阿多思对输赢没有喜怒之色。有一天晚上,在火枪营俱乐部,大家眼看着他先赢了三千皮斯托尔,然后,连同那条出席盛宴用的绣金皮腰带一起输得精光,最后,又全数赢了回来,而且还多赢了一百个路易,虽然输赢如此巨大,但他那两道清秀的眉毛始终没有挑上奢下,那双手始终没有失去珠玉般的色泽,这天晚上他的心情颇好,谈吐也自始至终宁静祥和。

阿多思忧郁的脸色也不像英国人那样是由于受气候影响形成的,因为即使在最好的季节里他也忧郁不已,六七月是他心绪最差的日子。

他并无多少难过的事时,大家跟他议论将来,他也只是耸肩摇头。有人隐隐约约跟达达尼埃提过,说他的秘密在过去。

即便他喝得烂醉如泥,即便人家用尽心机向他提出问题,也别想从他的嘴里掏出半点东西,这样反而使别人对包裹在他身上的神秘色彩增添了兴致。

达达尼埃边走边懊悔地说:"也许这会儿可怜的阿多思已经死了,死于我的罪过,因为这事是我把他连带进去的,他既不知道事情的来龙去脉,更不会从中得到任何好处。"

布朗谢应声说:"是呀,多亏了他,我们才保住性命的。您还记得他是怎么喊的吗:'快跑,达达尼埃!我中埋伏了。'他只开了两枪,就听到那撕心裂肺般的剑声了,仿佛是二十个疯子,不,应该是二十个发疯的魔鬼在厮杀!"

这些话让达达尼埃更想尽快见到阿多思了。胯下的骏马已经在飞奔了,他还用马刺狠狠地抽了一下马肚,骏马驮着它的骑士一路狂奔。

上午十一点钟,离亚眠已经近在咫尺了;又过了半小时,他们到了那家倒霉的客栈门口。

达达尼埃思索了一路,用什么办法严惩这个十恶不赦的老板才快人心意,可是那会儿只是期盼。而此刻他进店门时,把帽子压得很低,左手握剑,右手挥舞着马鞭。

"你还能认出我吗?"他冲着店主人说。

"老爷,请您原谅我的眼神。"这家伙说,达达尼埃那两匹华美的骏马让他头晕目迷,还来不及定神。

"怎么,你认不出我了?"

"认不出了,老爷。"

"好吧,既然不认识,我就给你提个醒。大约两星期以前,你居然陷害一位绅士,是造假币的,你把那位先生怎么样了?"

客栈主人被吓得脸苍白,因为,他看到达达尼埃一副气势汹汹的架势,布朗谢也模仿着主人的神态。

店主人哭喊着:"哎!老爷,求您别再追究这事了,老爷,我就犯了这么一个小过错,已经付出了巨大的代价了!哎!我是真交厄运了!"

"我再问你一遍,那位绅士怎么样了?"

"老爷,您息怒。求您啦,您先请坐,容我慢慢跟您说。"

达达尼埃气急败坏,无言以对。

于是,猛地坐了下来,表情冷若冰霜,像一位审判官。布朗谢也坐在扶手椅里,露出一副自得的样子。

"情况是这样的,老爷,"店主人全身发抖地说:"我认识您,那天,我跟您说的那位绅士争吵起来后,您是跑掉的那位。"

"没错,就是我。所以你必须把实情全都讲出来,不然,我要你的好看。"

"请听我往下说,我如实告知您。"

"快点儿讲。"

"当局事先通知我,说有个造假币的惯犯带几个同伙准备到我的店里来,他们全都装扮成禁军或火枪手。你们骑什么样的马,带几个仆从,以及你们几位老爷的长相,都告诉我们了,非常详细。"

"后来呢?接着说。"达达尼埃心里立刻就明白这些准确情报的来源了。

"当局还派来六个人帮助我们,就这么着,我按照当局的指示,做了一些我看来是紧迫的安置，一定要抓住那个所谓的假币犯。"

"现在你还这么说！"达达尼埃大喝一声，假币犯这个词叫他心里冒火。

"请宽恕我，先生，我不这么说怎能说得清楚呢。我们惧怕当局，这您也是知道的，我们这号开小店铺的只能恭顺他们哟。"

"我再问你一次，这位绅士在何处？他有哪些情况？是死是活？"

"老爷，您耐心一点，我马上就讲到了。您都明白后来的事，您急忙出走，"店主人的脸上掠过一丝狡黠的神情，这当然逃不出达达尼埃机警的双眼，"就更加显得真有其事了，您那位绅士朋友顽命抵挡，他的仆人也不知为何，跟当局派来的那几个装成马夫的人争了起来。……"

"啊！你这家伙，原来是你们都密谋好了，我真后悔当时没把你们都宰了！"达达尼埃怒吼道。

"唉！我们没密谋呀，老爷，您很快就知道了。您那位朋友，噢，请原谅我实在不知道他叫什么，他会有个得体的名字，我没法称呼他，您那位朋友用两枪处理了两个对手以后，挥剑把我们中间一个人刺成重伤，又用剑背把我打晕，然后撤退。"

"你这个蠢货，到底完了没有？阿多思呢，阿多思他怎样了？"达达尼埃说。

"我刚才跟您说，他且战且退，等退到地窖的门口了，正好地窖的门开着，他就拔下钥匙，把自己反锁起来。我们看他确实无法逃走，就随他在里面好了。"

"哦，原来你们并不是夺杀他的命，仅仅是想关押他。"达达尼埃说。

"老天有眼！老爷，我向您发誓，除了他自己这样做以外，有谁敢碰他呢？从前他已经把我们整得一塌糊涂，一个在他的枪下丧命，两个被他刺成重伤。他们全被其同伴运走了，以后未听见这些人的消息。我清醒过来后，急忙找到镇上的长官，详细汇报了事情经过，问他地窖里的人该怎么收拾。但长官迷惑不解，他对我说的事全然不知，我接到的指示根本就不是出自他，若我要对别人说他与这场争斗有丝毫联系，他就派人把我吊起来。先生，看来是我搞错了，让该抓的反而跑掉了。"

"阿多思呢？"达达尼埃听说地方当局不过问此事，更是焦虑倍增，"阿多思呢，他究竟如何？"

"我急于给他赔礼道歉，"店主人说，"就到地窖门口请他出来。哎！先生，他根本不算人，而是一个恶魔。他说让他出来，这是给他设的陷阱，还说他出来得有条件。我哀求他，说我愿意接受条件。这样做的原因是，我只好承认，自己冒犯了陛下的火枪手后，身陷绝境。

"他说，'第一我要你们还回我的仆人和武器。'"

"我立即执行。先生，您也懂得，我打算对您朋友的嘱托全部照办。这样，格里莫先生(尽管这位的话也不多，至少通报了他的名字)虽伤势未好，也要进入地窖；您朋友等他进去，立即把门锁上，要求我们不能下去。"

"阿多思现在到底在哪儿？"达达尼埃又问。

"在地窖里呀，先生。"

"啊，你这蠢货，胆敢还把他关在地窖里？"

"不是这样的呀，先生，托上天之恩了！我怎么可能把他关在地窖里呢？您要是知道他在下面干些什么，然后能让他出来，我就把您当成衣食父母，将终生感激不尽哟！"

"这样讲，我能在地窖见到他？"

"千真万确，先生，他根本不愿出来呀！我们每天用长柄叉叉上面包从通风窗给他递进去，有时我们还得叉上肉递进去；唉！与他耗费的其他东西相比，这些面包和肉不足挂齿。

一次，我想带两个伙计下去瞅瞅，没想到惹得他火冒万丈。我听见他的手枪和他仆人的短筒火枪都顶上了发火器，就问他们想做什么，当主人的说，他和他的仆人，可以立即打出四十发子弹，即使打完最后一枪也决不会让我们迈进地窖。我毫无办法，先生，我找长官抱怨，长官说我是活该，我羞辱了一位到店里寄宿的贵人，这是我的惨痛教训。"

达达尼埃看着店主人哭丧脸的可怜相，忍俊不禁地说："后来又怎样？"

这一位继续抱怨："从此以后，先生，我的日子一派惨样！因为，地窖里放着所有存货：一瓶瓶、一桶桶的葡萄酒，还有啤酒、油、香料、肥膘和香肠，全部都在里面，他不容我们下去，我们只能把吃荤的客人都拒绝了，其结果可想而知，店里天天赔损。先生，您朋友再在地窖里待上一星期，我就彻底完了呀。"

"笨蛋，这是你的报应。看看我们的神态，难道不是体面人？我们会造假币？"

"是的，先生，您说得非常对，可是您听听呀，他又在发火了。"店主人忙说。

"是不是又有人跟他添乱了？"达达尼埃说。

"没办法呀！店里刚到两位英国人。"店主人叫道。

"嗯？"

"您知道英国人嗜酒，先生。他们想喝最好的葡萄酒，我老婆求阿多思先生让她进去拿酒，可是同样遭到拒绝。喔！上天有眼！这会儿真是闹大了！"

达达尼埃从地窖那边果真听到一阵吵闹声。他站起来，让店主人一边搓着双手一边带路，布朗谢端着顶上膛的火枪紧随着，奔到地窖跟前。

那两个英国绅士历尽千辛万苦，饥肠难忍，所以十分气愤。

"这个人怎么这样蛮横无理，"他俩用流畅的带有外国腔的法国话喊道："这个主子肯定是个疯子，他竟然不愿这些好人拿酒。咱们冲开这扇门，假如他还是这么执迷不悟，就杀了他。"

"你们不要异想天开了，两位先生。对不起，你们休想杀了他。"达达尼埃说着，从腰里抽出两把手枪。

"好吧，"门后传来阿多思泰然自若的声调，"这两个吃小孩的怪物只要敢下来，就有好戏看了。"

那两个英国人貌似刚猛，此时却大眼瞪小眼，犹豫不决；这个地窖果真有两个饥饿至极的吃人魔鬼呆在其中，谁下去谁倒霉，这和民间传说一样。

经过短暂的沉默，那两个英国人毕竟不愿退步，其中一个火气旺盛的急步走了五六个台阶，抬脚朝门上猛踢了一下。

达达尼埃把自己的手枪顶上膛，说："布朗谢，我和你分别对付上、下两个。咳！二位！你们真想动武吗？那就开始吧！"

"天主啊，我似乎听到达达尼埃的声音了。"阿多思用沉闷的语调喊道。

"没错，是我，亲爱的朋友。"达达尼埃大声说。

"啊！那太棒了，咱们一起把这两个家伙解决了吧。"阿多思说。

那两个英国人已手持剑柄了，才发现是背后受敌。两人迟疑片刻，又生虚荣心，于是那人又踩了一脚，那扇门裂开一道缝隙。

"达达尼埃，你让开，"阿多思喊道："你快点让开，我要开枪了。"

达达尼埃平时总是善用心计，说："二位，你们要三思而后行！阿多思，你先平静一下。你们别自寻痛苦，最终你们身上会添好多窟窿的。我和我的仆人从这边会朝你们打三枪，地窖里也能朝你们打三枪；我和我的朋友都是使剑高手，还可一比高低。请把所有的事儿都留给我吧。我肯定，你们马上就会有酒喝的。"

"那要看看还有没有剩余的。"阿多思用讥讽的口吻说道。

"什么，看看还有没有剩余的。"店主人自言自语地说。店主人浑身上下被冷汗冰透。

"对！会剩下的，"达达尼埃安慰店老板，说："你放心吧！他们两个怎么能把整地窖的酒都喝光呢。二位，该把你们的剑收回吧。"

"那好吧，请你们也把手枪收回。"

"这不成问题。"

说着，达达尼埃先把手枪收好，再转身对布朗谢做了一个让他把短筒火枪收好的手势。

两个英国人不情愿地把长剑插入剑鞘。达达尼埃给他们讲了阿多思被关进地窖的经过。他们本来就是绅士，了解详情后都认为店主人做错了。

达达尼埃最后说："现在，请两位先上楼等待，我保证十分钟内，你们要的东西就会送到房间里。"

两个英国人弯腰施礼，便退了出去。

达达尼埃对着里面说："亲爱的阿多思，现在只有我自己了，给我开门吧。"

阿多思回答："立即就开了。"

从地窖里传出一阵杂乱的碰撞声和吱嘎声：其中的木梁就是阿多思建筑的防御工事，这时，却被据点里的人动手拆除了。

稍过片刻，门开了，探出阿多思那张惨白的面庞，他迅速环视了四周。

达达尼埃亲热地搂住他的脖子，并紧紧拥抱他；随即他想扶他离开这阴暗的地方，才发觉阿多思的脚步有些不稳。

"您哪里受伤了？"达达尼埃关切地问。

"我没受伤，只是喝多了，平生还未像这次喝得过瘾。感谢天地！老板，我一个人就喝了至少一百五十瓶吧。"

"天哪！就算那个仆从只喝了主人的一半，那我也破产了。"店主人吃惊地叫道。

"格里莫是个大户人家出来的仆从，他吃的跟我的伙食不能相同，他只能喝桶里的酒；听，他可能忘了盖好木塞。你们听到没有？酒还在往外流呐。"

达达尼埃忍不住大笑起来,店主人由全身颤抖变成了满身烦躁。

与此同时,格里莫的身影闪现在他主人的背后,他肩扛火枪,摇头晃脑,活脱脱像一个鲁本斯画中放荡不羁的醉汉。他浑身上下被一层浓密的液体浸过,店主人立即看出来了,那是他上等的橄榄油。

主仆四人穿过宽大的店堂,来到店里的上等房间,这是达达尼埃独自享用的。

这时候,店主人和妻子拿着灯到地窖里查看去了,这是他们久别之地,如今他们的眼前却是一个不堪入目的世界。

按照战术要求阿多思用柴薪、木板和空酒桶垒成的那座防御工事,又把它拆了一个缺口,目的是为自己能够出来,从这个缺口一眼望去,地上流的既有油又有酒,吃剩的火腿骨头随处乱扔,一大堆破碎的酒瓶堆在左边墙角,一只酒桶的龙头还没有关上,恰似从中滴出最后几滴血。这是古诗中描写的凄惨沉寂之地,到处尸骨累累。

吊在架子上的五十串香肠,仅有十串还留在那儿。

店主人夫妇俩的号啕大哭声穿过地窖顶板,惊天动地。达达尼埃听后也动了恻隐之心。阿多思却置若罔闻。

愤怒是在悲哀之后爆发出来的。店主人抓起一根烤肉用的铁钎,精神病发作一般冲进两个年轻人正在休息的房间。

"快拿酒来!"阿多思看见他就喊。

店主人直愣愣地站在那,大声喊道:"拿酒来?拿酒来!您喝的酒已经不止一百个皮斯托尔了。我完蛋了,我破产了,成了穷光蛋了!"

"呵!我们口渴呀!"阿多思说。

"你们喝完就算了,为什么还要砸碎所有的酒瓶呢?"

"你们推我,我倒在酒瓶上,酒瓶就掉下来了。这是您的责任。"

"我的橄榄油也没有了!"

"橄榄油治疗外伤效果非常好,可怜的格里莫被你们打伤了,必须要治疗呀。"

"香肠也被吃光了!"

"地窖里的老鼠实在太多了。"

"您得偿还我的全部损失。"店主人歇斯底里地喊道。

"真是天下奇谈!"阿多思说着想站起来,可是马上又跌坐下去;他刚才太耗费精力,承受不住了。达达尼埃挥动着马鞭走过来,帮助他对付店主人。

店主人赶忙退后一步,失声痛哭起来。

"这是给你一个小小的打击,"达达尼埃说,"让你知道下次怎样招待天主派来的客人。"

"天主……还不如说是恶魔呢!"

"朋友,"达达尼埃说:"你要是再这样喋喋不休,我们就四个人一起关到地窖里去,我想看看你的损失到底能有多么惨重。"

"唉!两位老爷,"店主人说,"我知道是我错了;可是,再怎么犯下罪过也是可以释放的呀!高贵的老爷们,我紧紧张张地开这么个小店也不容易,你们就怜悯一下我吧。"

"嗳!你要早点这么说,"阿多思说,"我的心肠也不会那么硬了,你看,现在我的眼泪也快像你的木桶里的酒那样流下来了。我们看上去还不是那么不讲道理吧。行了,你过来,咱们谈谈吧。"

店主人不知所措地向前走了几步。

"我说你就过来吧!别担心,"阿多思说:"那天我准备付钱时,是不是把钱袋放在柜台上了?"

"是的,老爷。"

"现在钱袋在什么地方?那里面还有六十个皮斯托尔。"

"警署的人说那些钱都是假的,被没收走了。"

"那好,你把我的钱袋找回来,那六十个皮斯托尔就是你的了。"

"但是老爷您也明白,警署没收的东西是根本要不回来的。如果真的是伪钞,也许还有点盼头,不幸的是您的钱都是实实在在的真东西呀!"

"那就是你的事啦,伙计,这可与我无关了,我现在已经是身无分文了。"

"阿多思先生原先的那匹马呢?"达达尼埃说。

"还在马厩里。"

"它能值多少钱?"

"也就值五十个皮斯托尔吧。"

"它值八十个皮斯托尔。它是你的了,咱们了结了。"

"怎么?你卖我的马?你把我的巴雅齐德卖了?难道你准备让我骑着格里莫去打仗?"阿多思惊呼道。

"亲爱的阿多思,我另外又给你带来一匹。"达达尼埃说。

"又带来一匹?"

"太好了!"店主人叫道。

"那样也好,既然有一匹年轻漂亮的,那老的也就不要了。伙计,拿酒来。"

"先生想喝什么酒?"店主人没有了心事。

"是那几瓶,最里面靠板架上的,现在还有二十五瓶,其余的全在我摔倒时砸碎了。先拿六瓶来。"

"这主儿可真够大方的,"店主人转过身去对自己说。"他只要再住上两个星期,而且是照付酒钱的话,我的生意就亏不了啦。"

"给那两个英国人也送两瓶去,别忘了。"达达尼埃说。

"现在他去拿酒了,你给我介绍一下别人的情况吧。"阿多思说。

达达尼埃就把自己怎样发现波尔托思,看见他带伤卧床的事,还有怎样找到阿莱米斯,看见他坐在桌子前,两个神学家分坐两侧的事向阿多思讲了一遍。话音刚落,店主人就端着六瓶酒进来了,另外还捎带了一只火腿上来,就算他走运吧,这只火腿当初没放到地窖去。

"不错,"阿多思斟上两杯酒,"咱们为波尔托思和阿莱米斯碰杯;您怎么样?我的朋友,有什么事吗?我能感觉到,您的心态略有忧伤。"

"唉!我是咱们几个人中最倒霉的了!"达达尼埃说。

"哦?您倒霉?达达尼埃,把您的不幸说出来吧。"阿多思说。

"有机会再聊吧。"

"有机会?为什么这样呢?你以为我喝醉了是不是?达达尼埃你听着:我在喝酒时头脑才格外清醒。你快讲,我在等着呢。"

达达尼埃就把自己与伯纳肖太太的事儿如实说完。

阿多思听他说话的神情非常专注。等他讲完了,才说:

"这都是自讨苦吃呵,自讨苦吃!"

这已经成了阿多思的名言。

"您总是说自讨苦吃!亲爱的阿多思,"达达尼埃说:"这并不符合您,因为您根本就没爱过。"

阿多思的眼睛透出光芒,但随即消失,又恢复了黯淡,"您说得很对,我确实从来没爱过。"阿多思平缓地说。

"所以,您这铁石心肠的人得明白,没道理对我们这些软心肠的人要求得这么严格。"达达尼埃说。

"软心肠破碎得更快,"阿多思说。

"您在讲什么?"

"爱情犹如玩彩票,赢了,就等于是赢得了死亡!输了,是您的运气好,相信我,亲爱的达达尼埃。我奉劝您永远也不要赢。"

"她似乎很爱我!"

"那只不过是似乎。"

"哦!她是真心爱我的。"

"别幼稚了,每一个男人都像您一样,总认为自己被情妇所爱,同样,没有一个男人不是被自己的情妇愚弄了的。"

"阿多思,因为您从来就没有情妇,我看只有您是例外的。"

阿多思沉默片刻,才说:"完全正确,我一直就没有情妇。喝酒吧!"

"可是,既然您这么心胸开朗又这么稳重可靠,那就请您给我指点迷津;我需要别人解谜,给我宽慰。"

"怎么宽慰您?"

"让我不再为自己的厄运感到悲伤。"

"您的厄运微不足道。"阿多思耸动肩膀说:"我给您讲一个爱情故事吧,我挺想知道您会怎么说。"

"是您自己的吗?"

"是的,或者是我朋友的,那又怎样?"

"讲呀,阿多思,您快讲呀!"

"咱们边喝边讲吧。"

"那么我就边喝边听啦!"

"平心而论,"阿多思一口喝干杯里的酒,又给自己斟上一杯,"这两件事儿还真有点相似呢。"

"我在听呢。"

阿多思静静地陷入沉思中,他的脸色是那样苍白。若是一般酒徒醉到这种程度,恐怕早就瘫倒在地不省人事了,而他却不是这样,他只是进入了谈话的梦境中。这种酒醉后的梦游症,看上去有点令人恐怖。

"您真的要听吗?"他问。

"请您讲吧。"达达尼埃回答。

"那就遵命。我有位朋友,请您听清楚,不是我自己,而是我的一位朋友,"在阿多思的脸上,笑意充满苦涩,"他是我家乡——贝里的一位伯爵,他出身于丹多洛一个和蒙莫朗西那样显贵的世家,二十五岁时爱上一个十六岁的姑娘,她很美,好似仙女下凡。她洋溢出一种纯真和激情,一种不是女人却是诗人的风度;她不是惹人喜爱,而是令人沉醉忘情。她住在一个她哥哥是本堂神甫小镇上,谁也弄不清楚他们是从哪个外地而来;可是,看见她如此秀美,她哥哥又是非常虔诚,人们都认为他们出身不错,便不想去打问什么了。我朋友是当地的贵族领主,他本可以轻易大声说,占有那姑娘的,谁会来帮助两个外乡的陌生人呢?遗憾的是他是明媒正娶了她,看起来你像个正人君子,实际上是个十足的笨瓜和白痴!"

"他已经爱上了她,您为什么会这么说呢?"达达尼埃问。

"请听我说完,"阿多思说"她被接到他的别墅后,她成为本地最显赫的贵夫人;不过,说句实话,她的言行跟她的身份确实一致。"

"那么以后呢?"

"有一天,她同丈夫外出狩猎,"阿多思低沉而快速地说,"她从马上摔下来,昏了过去;伯爵急忙过来救她,但是她的衣服太紧,呼吸困难,伯爵就用匕首割开衣服,让她露出肩头。达达尼埃,您猜猜看,她的肩头上有什么?"阿多思纵声狂笑。

"我无法知道。"达达尼埃说。

"一朵百合花——她是烫过烙印的女犯!"阿多思说着,把手中的那杯酒狂饮下去。

"这太恐怖了,您知道您在说什么呀?"达达尼埃大声说。

"在说真话。老弟,天使原来是个魔鬼,那个穷女孩原来是个贼。"

"伯爵是怎么解决的?"

"伯爵是位赫然有名的领主,当地的日常案件和生死之柄都在他的权力之中,他撕破了那女人的衣服,把她反绑着,吊在一棵树上。"

"天哪!阿多思,他这是要吊死她呀!"达达尼埃嚷道。

"对极了,仅仅是要吊死她。"阿多思的脸色苍白。"我们都没有酒了,店主怎么不拿来呢?"

说完,阿多思抓起桌上的最后一瓶酒,把瓶口凑到嘴上,一口气喝光了。

以后,他垂着脑袋;达达尼埃像木偶一样坐在他身旁,心头痛起惊恐之情。

"从那以后我对温柔多情、年轻漂亮的女人再也提不起情绪。"阿多思抬起头说,他不想再找借口说那是朋友的故事了,"但愿天主保佑您这样!喝酒呀!"

"她死了?"达达尼埃低声问。

"那还用说!您把杯子递过来呀。"阿多思喊道:"掌柜的,再来点火腿,我们已无下酒的东西了。"

"那她哥哥呢?"达达尼埃胆怯地追问。

"她哥哥?"

"是啊,就是那个本堂神甫,他怎样了?"

"噢!我询问过这家伙的去向,想把他也吊死;可是,在第一天晚上他就逃出教区跑了。"

"您了解这家伙的底细吗?"

"当然是那个俏妞儿和同谋犯啦,他假装成神甫,大概就是想靠情妇找个倒霉的结婚,他自己好沾光。我真恨不得把他五马分尸。"

"唉哟!我的天主呵!天主!"达达尼埃被这个恐怖的故事弄得目瞪口呆。

阿多思切下一片火腿放到年轻人的盘子里,说:"达达尼埃,这只火腿的味道好极了,来尝尝,真是太遗憾了,地窖里仅存四只这样的火腿,否则,我至少还可以多喝五十瓶。"

达达尼埃的神经都快崩溃了,他再也无法容忍这种谈话了!他把头垂在手上,佯装熟睡的样子。

阿多思怜惜地望着他,自言自语地说:"现在的年轻人都不能喝了,这一位已经很不简单了,应该是最出色的了!……"

第二十八章　归　途

　　达达尼埃听了阿多思这段令人触目惊心的隐情后,过了良久,神志才恢复过来;看来阿多思没有和盘托出,还有所保留,以至于使达达尼埃对有些事还想不明白。这个故事是一个完全喝醉酒的人讲给一个半醉的人听的;达达尼埃两三瓶勃艮第葡萄酒下肚,酒意上头,整个人昏昏沉沉的,可次日清早醒来,脑子里却清晰地记着阿多思的逐字逐句。好像是阿多思一边说一边刻在达达尼埃的脑际里一样深刻。内心的迷惑迫使达达尼埃力图把事情弄得一清二楚,便走向阿多思的房间,盘算着怎样再提起这个话头;但进门时发现阿多思的神态特别淡然,这意味着此时此刻无人再比他更智慧灵敏、更令人难以琢磨了。

　　但是,他和达达尼埃握手后,就开诚布公地摊牌了。

　　"亲爱的达达尼埃,昨天我喝得太多了,"他说,"今早起床,舌头似乎还很滑,脉搏的节奏也很快,我敢下赌,昨晚我一定胡言乱语了。"

　　他一边说,一边留意达达尼埃。达达尼埃被他看得别扭起来,就张嘴说道:"不对吧,我印象中您都是闲话家常。"

　　"噢!您这样讲反而使我糊涂了!我还以为从我嘴里吐露了一件凄楚的事情呢。"阿多思盯住年轻人,仿佛要透视其内心。

　　"讲句真话,"达达尼埃说,"昨晚我大概比您还不省人事,否则我怎么全然不知呢。"

　　这句话对阿多思毫无作用,他继续说:"您肯定也觉察到了,亲爱的朋友,各有醉状,或忧伤,或冲动;而我就属于前者。只要酒劲袭来,尽说些凄凉悲惨的事,全怨我那个傻乎乎的奶娘,在我小时候动不动就给我讲这故事。我相信这是我最大的不足,除此而外,我这个人的酒品尚好。"

　　阿多思说这些话时神情自若,致使达达尼埃不得不改变自己的看法。

　　但达达尼埃并不善罢甘休,依旧要弄清事情原委,于是,试探性地说:"噢!难怪我在梦境中似乎想到一个被吊死的人之类的事。"

　　阿多思脸色惨白,装出几分笑意,说:"啊!您看,我已经猜到了,我老是梦见吊死的人。"

　　"是的,是的,我想起来了,对,说的是……让我再想想,好像是……是一个女人的事。"达达尼埃继续说。

　　"您看看,"阿多思脸色差点铁青,"就是这个很长的故事,我那个金发女人的故事,讲到它我已经稀里糊涂了。"

　　"没错,就是,一个金发女人,长得很美,高高的个儿,蓝蓝的眼睛。"达达尼埃说。

　　"是的,最后被吊死了。"

　　"是她丈夫把她吊死的,是您相识的一位领主,"达达尼埃死死地盯着阿多思,继续说下去。

"噢！您看我都做了些什么！喝醉酒就满口瞎说真够误事的，把朋友都害了。"阿多思晃动一下肩膀说，显出一副后悔莫及的样子，"我再也不能喝醉了，达达尼埃，您应该知道这个习惯有多么恶劣，真的！"

达达尼埃沉默不语。

突然，阿多思换了话题：

"哦，您带给我一匹马还没感谢您呢。"

"您满意吗？"达达尼埃问道。

"当然满意，不过我觉得这种马不能行远。"

"那您可想错了；不到一个半小时，我骑着他就跑了十里路，感觉就跟在圣絮尔皮斯广场蹓跶一样。"

"真的吗！您要是这么说，我可有点遗憾了。"

"您遗憾什么？"

"把它卖掉了。"

"啊？这是怎么了？"

"是这样的：今早六点钟，我就起来了，当时，您睡得很香甜，我不知道该做点什么；昨晚喝醉了，头脑不清，我就下楼了，在店堂正看见那两个英国人中的一个在马贩子手里买马。就走过去，看他用一百皮斯托尔买一匹深栗色的马。我就跟他说：'老兄，我也正准备卖匹马。'

"'是匹好马，'他说，'我见过它，昨天是您朋友的仆从牵着的。'

"'您看它值不值一百皮斯托尔？'

"'当然值，您打算按这个价格卖给我吗？'

"'我想咱们应当来个赌注。'

"'您与我赌这匹马？'

"'是的。'

"'怎么个赌法？'

"'掷骰子。'

"我们赌了一场，结果我输了。噢！后来又把马铠赢回来了。"阿多思说。

达达尼埃面露怒色。

"亲爱的朋友，您对此事儿冒火吗？"阿多思问。

"真的我生气了。"达达尼埃说，"假如哪天打仗，只有凭这匹马，人家才能辨识我们；这是一件值得纪念的信物。阿多思，这件事您办得可不应该。"

火枪手接着说："唉！亲爱的达达尼埃，您身临其境地为我考虑一下呀，那阵子我心情郁闷，另外，说心里话，我也不欣赏英国马。行了，马鞍足以使让人家认出我们，它有多么醒目呀。要说马不在了，肯定可以想出个理由吧！喏！或者说它死了，或者说它生了鼻疽。对，就说是皮型鼻疽吧。"

达达尼埃依然神情严肃。

"看您呀！真把这牲口视为珍宝啦！对不起啦，我的故事还没结束呢！"阿多思继续说。

"您还做了些什么？"

"一下抛进去，九点对十点，又输了这匹，我又想到了您的那匹。"

"噢！我猜您一定把握住了自己，没去做吧？"

"才不呢！我想到做到。"

"哎哟！"达达尼埃快急死了。

"这一把，又输了。"

"我的马就这么输掉了？"

"是呀！您的马，七点对八点，相差一点……有句话怎么说的？"

"没错！阿多思，您现在神情恍惚。"

"亲爱的，昨晚您应该给我讲不要讲那个毫无生气的故事，现在已晚了。反正我输光了所有的马具。"

"太过分了！"

"是您还不理解吧，我的赌兴没发作时，运气极佳；反过来，就如醉酒一样，赌兴发作我就……"

"您都快光杆了，哪有赌资呢？"

"有呀！朋友，咱们还有您手上那枚光彩夺目的钻戒呢，它昨日就映入我的眼帘。"

"钻戒！"达达尼埃慌忙用手捂住戒指叫喊起来。

"我估算这枚戒指值一千皮斯托尔，我不是外行，因为我买过几枚戒指。"

达达尼埃被阿多思吓得死去活来，厉声说："您曾经提到过这枚戒指吗？好像没有。"

"亲爱的朋友，恰好相反；我有必要提醒您：这枚戒指是我们最后的赌注，咱们要靠它赢回咱俩的马、鞍辔，还有咱俩的路费。"

"阿多思，此事令人不可思议！"达达尼埃痛苦地说。

"所以呀，我跟我的对手讲到了这枚戒指，他也注意到这一点。亲爱的，一颗天星被您戴在手上了，唷，您千万别把它藏起来呀！"

"老兄，您快说呀！您这么慢吞吞的非把我急死不可！"达达尼埃不无担忧地催促他快说。

"我们把这枚戒指分为十份，每份算一百个皮斯托尔。"

"嗬！原来您在捉弄我？"达达尼埃怒不可遏就像《伊利亚特》中雅典娜抓住阿喀琉斯的头发那样揪住了他。

"我并非闹着玩！我希望你能眼见为实，这两礼拜我闷在地窖里见不着一个德军，整天与酒瓶为伴，全成了傻样。"

"这些能算是你拿我的钻戒去赌的借口吗？"达达尼埃抽筋似的握紧了一只拳头。

"您听我讲完。每把一百个皮斯托尔，我们只赌十把。到第十三把，就全都输光了。十三把！十三这个数字对我太不吉祥了，七月十三日乃是……"

"去见鬼吧！"达达尼埃从桌边跳起来咆哮着，发生在青天白日的故事迫使他忘却了昨晚的故事。

"您别冲动呀！我自有打算。早上我看见那个英国人跟格里莫讲过话，想让格里莫去当仆从。这是格里莫告诉我的。我觉得那个英国人有些奇怪。于是，我就跟他赌格里莫，把这个沉默寡言的格里莫也分成了十份赌注。"

"哈哈！赌格里莫！拿他当赌注！"这次达达尼埃被逗得开怀大笑。

"您已经清楚了，是把值一个杜卡顿的格里莫作赌资！就凭这十份赌注，我赢回了钻戒。坚持不懈是个美德，您承认吗？"

"嗬！可真是巧极了！"达达尼埃放下了心，笑得前仰后合。

"我一看运气来临，毫不犹豫地又把钻戒押上了。"

"啊哟！你这家伙！"达达尼埃马上变了脸。

"您的鞍辔和马，我的鞍辔和马都赢了回来，然后又输光了。简单说吧，我还是赢回了您的鞍辔，然后是我自己的。这时候我觉得我已经很幸运了，所以就作罢。"

达达尼埃长吁了一口气,好似有块石头落了地。

"这么说,钻戒还是我的?"

"完璧归赵!朋友,还有您的骏马和我的那匹马的鞍辔。"

"我们没有马了!"

"我有个良策。"

"阿多思,您不要让人提心吊胆?"

"允许我先讲,达达尼埃,您是不是久未赌过了?"

"是,可我不愿去赌。"

"不,不能这样说死。您好久没赌了,手气一定特别好。这是我的想法。"

"手气好又能怎样?"

"您听我说嘛!那个英国人和他的同伴还没走呢!我看到他后悔输掉鞍辔。您又舍不得您那匹宝贝马。我要是您,就拿那副鞍辔去赌那匹马。"

"只有一副鞍辔,他才不赌呢。"

"我不可像您那么小气,去就把两副都拿来!"

"这话算数?"达达尼埃迟疑地问,他已悄然地被阿多思的自信感染了。

"当真,赌上一把。"

"马已经没了,我一定要保住鞍辔才对。"

"那就用钻戒去赌呀。"

"哦!不行,绝对不行。用钻戒,毫无用处呀!"

"嗨,有了!"阿多思说,"实在不行,您可以拿布朗谢去赌呀!我已玩过此招,那个英国人八成不干了。"

"说真的,亲爱的阿多思,我宁可什么也不赌。"达达尼埃有些退却了。

"实属遗憾呀,"阿多思不动声色地说,"那个英国人富得可以在皮斯托尔里翻跟头。我的天,您就去试一把嘛!就一会儿的时间。"

"要是我输了呢?"

"您保证赢。"

"如果输了呢?"

"那就把那两副鞍辔送给他们呗。"

"好吧!就去玩一把。"阿多思在马厩里找到了那个英国人,他正面对两副鞍辔眼热呢。这可是个好时机。两副鞍辔赌一匹马或一百个皮斯托尔,由他挑。这是阿多思提出的条件,两副鞍辔值三百皮斯托尔,英国人当然很精明,当场敲定。

达达尼埃战战兢兢地掷下骰子:三点;他紧张得脸煞白,阿多思也紧张起来,只说了一句:"伙计,您这一把可掷得够惨的;二位,你们的马有鞍辔了。"

那个英国人有点得意忘形了,乃至于不愿把骰子在手里摇晃,只是抓起来就一扔,心想:一定会赢;达达尼埃背转身去,不愿意让人见到他颓落的样子。

"看啊,你们看啊,快点看啊,这把骰子掷得可真够绝的,我平生只目睹四回:两点!"阿多思心平气和地说。

英国人一下变得呆若木鸡,达达尼埃却眉飞色舞起来。

"没错"。阿多思接着说,"就目睹过四回,第一次在德·克雷基先生府上;另一次在我的乡间别墅,……那会儿我还有别墅;第三次是在德·特瑞威尔先生府上,那回他一着惊四座;最后一次是在一家小酒店里,这个点数被我掷着了,我输掉一百金路易,外加一顿晚餐。"

"行了,先生,您赢回了您的马。"英国人说。

"当然了。"达达尼埃说。

"那您不想再来一把了？"

"咱们已事先约定好：一把定输赢，您不会忘记吧？"

"当然不会忘，我把马交给您的仆从。"

"请等一下，先生，如果可以，我想同我的朋友讲句话。"阿多思说。

"悉听尊便。"

阿多思把达达尼埃拖到旁边。达达尼埃不明其意："劝人赌博的先生，您还想做什么？ 您不会让我再赌一把吧？"

"当然不是，我只想让您思考一下。"

"有什么可思考的？"

"您想拿回那匹马，不是吗？"

"对。"

"这您就错了，若是我，就拿那一百个皮斯托尔；您很清楚：两副鞍辔赌一匹马或一百皮斯托尔，随您挑的。不是吗？"

"我当然很清楚。"

"若换了我，我就拿一百皮斯托尔。"

"嗯，我得拿回那匹马。"

"我重复一遍，您错了；咱们两个人，要一匹马有何用？我无法骑在您的身后，咱俩就像缺少了两个哥哥的埃蒙两兄弟。您骑上这匹骏马与我潇洒前行，我会变得非常尴尬。因此我痛快地去拿一百皮斯托尔，回巴黎时，咱们总要开销吧！"

"阿多思，对不起，我还想拿回那匹马。"

"我的朋友，您这就不对了，一匹马会失蹄、绊伤关节、还会和一匹生鼻疽的马同吃草料，所以拿一匹马就相当于损失了一百皮斯托尔；马需要他的主人饲养好，而一百个皮斯托尔却能够喂饱其主人。"

"但是咱们如何返回呢？"

"反正人家一看咱们的神气，也知道咱们是身份高贵的人。就骑仆从的马吧。"

"对，阿莱米斯和波尔托思骑着高头大马活蹦乱跳，而咱俩骑着瘦矮的小马，那种景象，不好看才怪呢！"

"阿莱米斯！波尔托思！"阿多思说着，大笑不止。

"怎么啦？"达达尼埃说道，他不知道阿多思为何大笑。

"行了，行了，继续说咱们的事。"阿多思说。

"您的打算是……"

"达达尼埃，是拿下那一百个皮斯托尔，有了它，咱们就可以无忧无虑地花到月底；您不觉得咱们疲劳极了，也该放松一下了吗？"

"要我休息？哦！不可以。阿多思，我回到巴黎以后，就去找那个可怜的女人。"

"那也好，您认为那时一匹马比脆响的金路易还顶用吗？我亲爱的朋友，拿下这一百个皮斯托尔吧，一定要拿下一百个皮斯托尔！"

说实话，达达尼埃就想给自己找个台阶。他觉得这个理由是再好不过的了。何况，再这样犟下去，恐怕阿多思会认为他非常小气了；所以，他选择了一百个皮斯托尔，那英国人立即就付给他了。

剩下来的事就是重返归程了。与店主人商量妥了：多付给他六个皮斯托尔，另外还包括阿多思那匹老马。一切就绪，达达尼埃和阿多思分别骑着布朗谢和格里莫的马出发了，而那两个仆从则把马鞍顶在头上徒步前进。

虽然两位朋友的马起不了太大作用，还是赶在两个仆从的前面先期到达克雷夫格尔。他俩能远见阿莱米斯心事重重地倚在窗上,像盼望安娜姐姐归来那样举目四望那滚滚黄尘。

"喔! 阿莱米斯! 您在干什么?"两位朋友向他打招呼。

"噢! 是您哪,亲爱的达达尼埃! 您好吗,亲爱的阿多思,我正思忖着,人世间的好东西为什么往来迅速呢?"年轻人说道:"我的那匹英国马刚才跑远,一眨眼就无影无踪了,只看见一片黄尘。世上的一切都是昙花一现,这是生活的反映。'过去是','现在是','将来是'三个词就是人生之喻。"

达达尼埃已经隐隐约约地猜到几分了,就问:"您这是何意?"

"唉! 这就是说,我刚刚做了笔赔本的生意:一匹马才卖了六十路易,看它跑得轻快,我猜它一小时跑五里地,应该没问题吧。"

达达尼埃和阿多思捧腹大笑。

"亲爱的达达尼埃,"阿莱米斯说,"请不要抱怨我:需要不是法律;我已经遭受不幸了,因为,那个卑鄙的马贩子至少骗了我五十个路易。嘿! 对了! 你们可真会算计,骑着仆从的马,让他们牵着你们的好马慢慢地走回来。过于精明了吧!"

此时,在通往亚眠的大路上,出现了一辆货运马车,等到走近停下以后,从车上跳下来格里莫和布朗谢,他俩顶着马鞍,这辆货运马车回巴黎时放空,车主同意他俩搭乘,但是沿途的酒钱必须由他俩支付。

"怎么搞的?"阿莱米斯见这般景象,大惑不解,随即问道:"怎么只有马鞍? 马呢?"

"现在您还不明白呀?"阿多思反问他。

"伙计,咱们可是不谋而合呀! 我也不知为什么,鬼使神差般留下了那副鞍辔,噢,巴赞! 把我那副马鞍也取过来,和两位先生的摆在一起。"

"您是如何把那两位神甫支开的?"达达尼埃问。

"亲爱的,他们在第二天晚上来赴宴。噢,对了,这儿颇多佳酿;我老是劝酒,把他们劝醉了,结果才有意思呢,那个本堂神甫不答应我离开火枪营,耶稣会会长恳请我让他也入伙。"阿莱米斯说。

"不要论文喽! 不要论文喽! 我要求取消论文!"达达尼埃高呼道。

"从此,"阿莱米斯接讲下去:"我过起了自得其乐的生活,我正在创作一首单音节的诗,这首诗挺不好写的,不过愈难愈有意思嘛,是描写爱情的,我先把第一段读给您,大约要读一分钟,共有四百行。"

"亲爱的阿莱米斯,听我说一句,"如果说达达尼埃对拉丁文一窍不通,让他深感头痛的话,那么,他对诗歌的感觉也差不多,所以,他打断了阿莱米斯的话,说道:"短小和难写都是长处,我看您的诗已经具备两个长处啦。"

阿莱米斯补充道:"它还抒发了纯真之情。噢! 伙计,快要回到巴黎了吗? 太让人高兴了! 我整装待发,又能见到像大个波尔托思了,你们不明白我有多想他。恐怕给他一个王国他也不会把马卖掉的,他骑在鞍辔齐整的骏马上一定很威风,就像蒙古大王公一样。噢! 我都有点等不及了。"

他们休息了一小时,也让几匹马歇歇脚;之后,阿莱米斯结清账,又打发巴赞跟他的两个同伙一起坐上货运马车,一行人就出发了,去与波尔托思会合。

到达那里后,只见波尔托思已经能起床了,脸色也比达达尼埃上回见到他时好看多了。此刻,他正坐在一张桌子前准备就餐。虽说是他一个人吃饭,但桌上摆的菜肴足够四个人吃,有讲究的扎肉,上等的葡萄酒,还有新鲜的水果。

"啊哈!"他见朋友们都到了,赶忙起身相让,"三位老朋友,你们来得太好了,见到你们我真高兴,快请坐,一起吃吧。"

"嘿嘿!"达达尼埃说:"这些酒该不是穆斯克通用绳索吊上来的吧,哇!还有嵌膘小牛肉片和菲利牛排……"

波尔托思说:"我得滋补身体呀,还有什么比这讨厌的韧带扭伤更害身体的呢?阿多思,您扭伤过吗?"

"没有,不过,我在费鲁街干架时挨过一剑,过了两个星期,胃口恢复得跟您现在完全相同。"

"亲爱的波尔托思,这么丰盛的晚餐总不是为您单独操办的吧?"阿莱米斯说。

"对,本来我在等周围的几位绅士,可他们刚派人通信说他们不能来了;你们来了,正好代替他们,反正我无所谓。穆斯克通,拿椅子过来,再吩咐老板添酒!"

吃了十分钟后,阿多思忽然发问:"我们在吃什么,你们明白吗?"

"我吃的是虾嵌小牛肉。"达达尼埃回答。

"我吃的是菲利羊肉。"波尔托思回答。

"我吃的是鸡胸脯肉。"阿莱米斯回答。

"各位,你们都错了,你们吃的是马肉。"阿多思最后答复。

"啊哟!"达达尼埃做梦也想不到的事发生了。

"马肉?"阿莱米斯一副作呕的怪相。

唯独波尔托思沉默不语。

"对,马肉。波尔托思,你告诉我们是不是马肉?是不是马铠也一锅烧了?"

"没有的事,各位,鞍辔我可留下了。"波尔托思抬起头,轻声说。

"嗨!咱们都相差无几,"阿莱米斯像遇到了知音,兴奋地说:"就像事先商量好了一样。"

"我有什么办法?"波尔托思说:"到我这儿来的客人,看见我这匹马,都嫌自己的马寒碜,我可不想让人家总这么没面子。"

"还有哇,您的公爵夫人是不是一直在温泉没回来呀?"达达尼埃问。

"老是在温泉呀!哦,我今天准备请的绅士中有一位是镇长,当时他看见我这匹马时,眼睛都红了,所以,我干脆就把这匹马送给他了。"

"送给他?你有没有搞错?"达达尼埃沉不住气,眼睛都瞪圆了。"哦!天主!对呀,这不是相当于送给他!"波尔托思解释说,"因为这匹马最少也值一百五十个路易,可那个吝啬鬼只给我八十路易。"

"马鞍不算在内?"阿莱米斯询问他。

"当然不包括马鞍啦。"

"各位,你们也都看见了,"阿多思说。"咱们几个人中,就数波尔托思卖的价钱最高。"

一阵哄笑叫好声,把可怜的波尔托思弄得摸不着头脑;大家把哄堂大笑的原因对他说了以后,他也由着性子纵声大笑,笑得都喘不上气来了。

笑过之后,达达尼埃问:"这么一来,咱们都富啦?"

"我可例外啊!"阿多思抢先声明,"我认为阿莱米斯的西班牙红葡萄酒味道不错,就让人往咱们仆从的马车上装了六十瓶:这下子我的钱就有了一个很好的去处。"

阿莱米斯接着阿多思的话,说:"至于我,我把最后一个子儿都给了蒙迪埃蒂的教堂和亚眠的耶稣会了;我还有意做了一些在我看来是必要的布置,让他们给我和在座各位做了几场弥撒。你们想想,这可是对我们大家都有好处的,各位,我对此毫无异议。"

"我呢,"波尔托思说,"你们想扭伤是不是就不花钱啦!还有穆斯克通,他的伤口每天得请外科医生会诊两次,那医生硬说这傻瓜挨枪子儿的地方,应该是让药剂师看的,我一下子就付了两倍的出诊费;为此,我吩咐这傻瓜下次挨枪子也要换个地方。"

"行了,行了,"阿多思对达达尼埃和阿莱米斯心照不宣地相视一笑,说:"我们看出来了,这个可怜的仆从真够幸福的,遇到您这么一位好主子。"

"总而言之,"波尔托思接着说"我把所有的花销付清以后,就剩下三十来个埃居了。"

"我还有十来个皮斯托尔,"阿莱米斯说。

阿多思说:"行啦,我们貌似富有,像克雷絮斯。各位,让我们看看达达尼埃那一百皮斯托尔还留下多少吧。"

"一开始我就给了您五十个皮斯托尔,我哪里还有一百个皮斯托尔?"

"有这么回事吗?"

"当然有!"

"噢! 是这样的,我想起来了。"

"给客栈老板六个。"

"那老板顶不是个东西了,您为什么给他?"

"哇! 这可是您让我给的。"

"您的心肠真好。行了,直接说还有多少吧。"

"二十五个皮斯托尔。"达达尼埃开始报数。

"我还有,"阿多思边说边从口袋里掏出几板辅币,"我……"

"您,您镚子儿没有啦。"

"可不吗,就算有几个子儿,也用不着记到总账里了。"

"现在,数数咱们的财产吧,波尔托思?"

"三十个埃居。"

"阿莱米斯?"

"十个皮斯托尔。"

"您呢? 亲爱的达达尼埃?"

"我有二十五个皮斯托尔。"

"算在一起有多少?"阿多思问。

达达尼埃大声公布计算结果,"一共是四百七十五个利弗尔!"他计数时像阿基米德。

波尔托思说:"到巴黎还能剩下四百,外加那些鞍辔。"

"咱们这几匹马怎么分配呢?"阿莱米斯说。

"嗯,这好办,仆从的四匹马,匀出两匹给主人,咱们抽签决定谁来骑;那四百个利弗尔,由两个不骑马的人各拿一半,咱们再把口袋底的那点零碎子儿凑起来交给达达尼埃,因为他的手气好,就让他到最先遇上的赌场去碰碰运气,说不定会给咱们带来好运,就这么办吧。"

"既然一切没问题了,就吃饭吧,都快凉了。"波尔托思说。

因为不再担心剩下的旅程,所以四个朋友吃得津津有味,格外香甜。饱餐后,余下的酒菜都留给了穆斯克通、巴赞、布朗谢和格里莫四位先生。

回到巴黎,达达尼埃就看到了德·特瑞威尔先生给他的信,通知他加入火枪营,这已被陛下恩准。

这件事和再见到伯纳肖太太那件事,都是达达尼埃盼望已久的,所以,他兴高采烈地跑去找刚分手半小时的伙伴,见面后发现他们一个个都情绪低落,忧心如焚。他们都聚在阿多思家里发愁:这说明情况危急,迫在眉睫了。

原来,他们刚才接到德·特瑞威尔先生的通知,陛下定于五月一日开战,要他们快速整装。

四位朋友肃穆站立:军纪严明,德·特瑞威尔先生绝不含糊。

"你们预算一下,治装费大约有多少?"达达尼埃说。

"唉!早算过了,"阿莱米斯说,"刚按斯巴达人最节俭的算法算过了,每人得需要一千五百利弗尔。"

"四乘十五,是六十,总计是六千利弗尔呀!"阿多思说。

"让我看,每人有一千利弗尔就可以了,我是按财务管理的标准,而不是按斯巴达人的标准……"达达尼埃说。

"嗨,我有办法了!"这句话给波尔托思一个启示,他说。

"你这只能算有点头绪,我可是八字还没一撇呢,"阿多思冷冰冰地说,"达达尼埃是被喜讯弄晕头了,说什么一千利弗尔!我先声明:我一个人就要两千。"

"四二得八,"阿莱米斯说,"这么一算,咱们要八千利弗尔才能置办行装,可是,多亏咱们还有马鞍了。"

达达尼埃要去向德·特瑞威尔先生致谢,就跟大家告辞了。阿多思等他过去后,随即把门关好,说:"还要把咱们这位朋友手上那枚闪闪发亮的'星星'算上。嗨!像达达尼埃这个重义气的铁哥儿们,中指戴的那枚戒指能够赎回一位国王,他会眼看着弟兄们身陷绝境而袖手旁观呢?"

第二十九章　准备行装

　　在这四个朋友之中要说心事最重的就是达达尼埃。尽管他是位禁军,治装也比火枪手们容易,但他不仅生性近乎小气,而且又特别讲究面子,波尔托思与他相比,只能算小巫见大巫了。在他的虚荣心里,还存在着某种不很自私的担心。虽然在寻找伯纳肖太太这件事情上,他想方设法,但仍没有一丝消息。德·特瑞威尔先生也将这事跟王后说过,王后也答应派人去查找。可是这种允诺很不确定,让达达尼埃放心不下。

　　阿多思整天闭门不出;他决定不为治装之事费心劳神。

　　"先生们,咱们还只有两个星期的时间了。"阿多思说,"要是两个星期以后我还没有治装那么我作为一个真正的天主教徒,不能一枪将自己打倒,我就要找四个主教大人的护卫或找八个英国人痛快地打一架,直到他们中一个人把我干掉为止。到时候大家都会说我为了国王而效忠死的,这样多好呀! 我就不用治装了。"

　　波尔托思背着手,一边踱着步,一边点头道:"我也是这样想。"

　　阿莱米斯也面露愁容,头发也没整理,莫不作声。

　　从这种情形看,这几位先生情绪都不佳。

　　那几个仆人怎样呢,他们就像希波吕托斯的骏马一样,都为主人们分忧。穆斯克通在找吃剩的面包头;巴赞虔诚地不离教堂一步;布朗谢出神地看着苍蝇到处乱飞;格里莫虽然没打破主人让他默不作声的禁令,但也整天唉声叹气的,石头听了也会感动的。

　　这四个伙伴除了阿多思遵照自己的诺言不迈出房门一步外,其他三位伙伴整天在街上东游西逛,眼睛仔细地盯着地面,好像在分辨什么人的脚印似的,看看过路人谁将钱包掉在地上。有时他们碰在一起了,就互相大眼瞪小眼,那沮丧的眼神仿佛在问:怎么样了?

　　不过他们这样做是没有希望的,还是波尔托思首先想到办法的,他是实干的人,马上采取了行动。但他这次行动被达达尼埃偶然地发现了。那天,达达尼埃看见他向圣勒厄教堂而去,便好奇地跟在他后面。只见他来到教堂跟前,又是摸胡子,又是抻髯须,然后进了教堂;这两个动作表示他这会儿心情不错。波尔托思身后被人跟踪也丝毫没察觉,况且达达尼埃隐藏也很好,他认为没人注意他。达达尼埃一直秘密尾随波尔托思进了教堂。波尔托思背靠在廊柱上;达达尼埃也轻手轻脚地背靠在这个廊柱的另一面。

　　教堂里正在讲道,人很多。波尔托思眼睛不停地找着女人:我们在这里要感谢穆斯克通的照顾周到,尽管波尔托思的宽边毡帽有点磨损,羽饰有点褪色,刺绣有些发暗,花边有些走形;但这在不明亮的教堂里不仅看不出波尔托思的寒酸相,而且显出波尔托思的仪表堂堂的样子。

　　达达尼埃注意到,在他和波尔托思背靠的廊柱旁边,一张长凳上端坐着一位仍有几分风韵的半老徐娘,她那张脸又黄又皱,头戴一顶黑帽子,腰挺得笔直,显得很傲气的样子。波尔托思瞥了这位女士一眼,随后目光一收,朝前面望去。

这位夫人脸色由黄变红,目光频频投向多情的波尔托思;但她越这样做,波尔托思目光越要左顾右盼。很显然,这位戴黑帽的夫人的自尊心受到了伤害。只见她又是咬嘴唇又是搔鼻子,一副如坐针毡、沮丧泄气的模样。

波尔托思见她这样,又美滋滋地摸胡子,抻髯须,并朝祭坛边上坐着的一位貌美的夫人频送秋波;这位夫人的身后站立着一个小黑奴,他的手里捧着供她下跪的软垫,另一侧,有个贴身侍女,手端着一个饰有精美纹徽的袋子,里面装着经书供女主人望弥撒时用的。可以看出这位夫人是位贵夫人。

戴黑帽的女人的目光片刻不离波尔托思的眼神,她发觉了波尔托思注意力放在贵夫人身上。

这时候,波尔托思越发装腔作势了;他又是挤眼睛,又是用手指放在嘴唇上,还不停做出摄人魂魄的微笑,让那位受了忽视的夫人当真神魂颠倒,头脑发晕了。

于是她显露出一副表示有罪的样子,一面捶着自己的胸口,一面沉重地呼出一声"嗯",声音很大,满厅都听得见,包括那位贵夫人,全都转过头看着她;只有波尔托思不为所动,他心里明镜一般地清楚。

这位贵夫人此时可让几个人惦念着,首先是戴黑帽的夫人将她看成是势不两立的情敌;其后波尔托思认为她比戴黑帽的夫人美貌的多;最后达达尼埃认出了这位夫人就是自己在牟恩、加莱和多佛尔见到过的那个女人,他当时听得那个脸上有疤的混蛋对头称她密拉娣。

达达尼埃这会儿可真忙了,他一边注意有红跪垫夫人的一举一动,一边又要观察波尔托思的表演。他感到这样做是件很有趣的事情;他猜测这位戴黑帽的夫人十有八九是狗熊街的那位讼师的妻子,因为那条街离圣勒厄教堂没有多远。

于是他又聪明地估计出波尔托思这样对待讼师夫人,是在报蒂伊的一箭之仇,因为当时这位讼师夫人固执己见地没有给波尔托思送钱。

达达尼埃真是一个精明之人,他看着看着,看出了事情的真相。原来波尔托思只不过在向假想的情人献殷勤,他从头至今都在演着自己导演的一出戏,可是对于爱得死去活来的讼师夫人来说,还有什么东西比凭空臆造更真实呢?

讲道这时结束了;讼师夫人朝圣水缸走去;波尔托思忙赶上几步,抢在她前面将整个手放进圣水缸,而不是一般情况下只放进一个手指。讼师夫人高兴地以为波尔托思是为了向她献殷勤才这样做。可是很快她的想法就被事实弄得如坠深渊,痛苦万分。她马上就走到离波尔托思只有三步路的当口,他忽然转过脸去,目光紧紧地盯着有红跪垫夫人的身上,这位贵夫人站起来不紧不慢地向圣水缸走来,她的身后跟随着小黑奴和贴身侍女。

当这位贵夫人来到波尔托思面前时,波尔托思把那只湿乎乎的大手从圣水缸抽出,貌美的女信徒伸出纤纤玉手碰了这只大手一下,面带虔诚地在胸前划了一个十字,然后走出了教堂。

讼师夫人看到这些实在忍受不了,她肯定这位夫人与波尔托思在眉来眼去。她只是个讼师夫人,而不会像贵夫人那样昏迷倒地。所以她必须忍气吞声地对火枪手说:"嗳!波尔托思先生,您就不想给我点儿圣水吗?"

波尔托思听见这声音,惊骇得跳了起来,就像刚从梦中惊醒一样。他大声说:"是您呀?夫……夫人,您丈夫科克纳尔先生好吗?还是那样三针扎不出血吗?我都在看些什么呀,两个小时了,我怎么没看见您呢?"

讼师夫人说:"先生,我离您不过是两步路,您的眼睛一直就没离开过那位漂亮夫人的身体,怎么能看见我呢?您给她圣水就不给我吗?"

波尔托思装出很难堪的样子,说:"怎么?您都看见了?"

"只有瞎子什么都看不见。"

波尔托思满不在乎地说:"我这位女友是公爵夫人,她丈夫很爱吃醋,我平时很难能见她一面,这回是她通知我的,听说想见见我,让我到这个不引人注意的小教堂来的。"

"波尔托思先生,您能不能赏脸让我挽上您的胳膊,只需要五分钟,我想跟你仔细聊聊?"

"当然可以,夫人。"波尔托思说着,对自己悄悄地眨了几下眼睛,得意扬扬的神情就像一个设好陷阱的人讥讽那个即将上当的笨蛋一样。

达达尼埃正准备跟踪密拉娣,他趁机往波尔托思这边瞄了一眼,把波尔托思的眨眼动作尽收眼底。

"嘿嘿!看来这位能按时置好装了。"达达尼埃暗想道。在那个崇尚风雅的年代里,道德观念淡薄得很,所以,他才有这个推测。

波尔托思随着讼师夫人的引导,就像船舵指挥小船的航行一般,来到圣马格洛瓦尔隐修院的回廊上,很少有人到这儿来,两边又有旋转式栅门。在白天,只有几个乞丐在吃东西,再就是几个游戏的小孩了。

讼师夫人证实除了经常到这儿来的乞丐和小孩,再没有人能看见她,也没人能听见他们说话后,才开口说话:"哦!波尔托思先生!看上去您现在是神采飞扬呀!"

波尔托思神气地说:"您这是从何说起呢?夫人。"

"您刚才眉目传情,还有那圣水,这还用我一一说到吗?那位夫人又有黑奴又有侍女,至少也是亲王夫人吧!"

波尔托思辩解道:"她是位公爵夫人,不是您说的那样,看在天主份上,您别误会。"

"等在门口的男仆,豪华马车和穿号服的车夫又怎么解释呢?"

这一切波尔托思都没看见,而科克纳尔夫人凭着酸溜溜的敏锐目光,一样也没落下。

波尔托思后悔自己没说这位有红跪垫的夫人是亲王夫人。说实在的,他也没想到。

讼师夫人长叹一声,接着说:"嗳!波尔托思先生,您现在是受美人青睐的宠儿啦!"

波尔托思说:"我天生的就有堂堂仪表,您也知道,这少不了要有些风流的事。"

"天主啊!难道男人都这么健忘吗?"讼师夫人仰头对着天空喊道。

"要说忘得快我看比不上女人,"波尔托思争辩着,说:"夫人,真要说起来的话,在我身负重伤,生命垂危,连医生都置之不理时,可以说我就是您的牺牲品了;我出身高贵,一向因为您的友情而自傲,居然会流落在尚伊蒂的一家小客栈里,先是差点因受伤而死去,而后又因饥饿而接近死亡边缘,您看到我写给您的热情洋溢的信后,居然对我置之不理,您好狠心呀!"

讼师夫人知道,按当时身份显赫的夫人的行为准则来评价,自己是心中有愧,低声地说:"可是,波尔托思先生……"

"为了您,我牺牲了德·佩纳弗洛尔伯爵夫人的……"

"你别说了,这个我知道。"

"还有那位男爵夫人……"

"求您行行好别说了,波尔托思先生。"

"好吧，夫人，我不说了。"

"我丈夫听不得别人说'借钱'这两个字呀。"

波尔托思说："夫人，您还记得写给我的第一封信吗？我永远记得，终生难忘。"

讼师夫人发出一声痛苦地呻吟，说："那是因为，您要借的那笔款子，数额巨大呀。"

"夫人，我只优先为您考虑。我完全可以写信给那位公爵夫人的，请原谅，我不想说出她的名字，我一向不肯玷污一位女士的名声；但有一点我非常清楚，就是只要我给她写信，她立刻就会把一千五百元给我寄去的。"

讼师夫人急得直掉眼泪，说："波尔托思先生，您已经惩罚过我了，我发誓，以后再有这种事，只要您开口就行了。"

"呸！"波尔托思仍然怒气冲冲地说："夫人，咱们不谈钱的事了好吗，这让人觉得羞愧。"

"您这么说是不爱我了！"讼师夫人饱含忧虑地说。

波尔托思用一种很神圣严肃的静默来回答。

"唉！这就是您给我的回答吗？我知道。"

"夫人，请想想您让我忍受的侮辱吧，它还留在这儿呢！"波尔托思说着，用手使劲按按自己的胸口。

"我亲爱的波尔托思，我会尽力补偿这一切的，好吗。"

"我究竟让您做过什么事啦？"波尔托思耸耸肩膀，做出非常纯洁朴实的样子，说："就是借点钱这点事。我不是蛮横无理的人，我也知道您没多少钱，您丈夫靠在那些可怜的诉讼人身上发财，才能弄到几个可怜兮兮的埃居。喔！如果您是伯爵夫人，侯爵夫人，或是公爵夫人，情况就不同了，不过，那样一来，您也就不可饶恕了。"

这些话刺痛了讼师夫人的自尊心，她说："波尔托思先生，您要知道，我虽然只是一个讼师夫人，可跟那些爱慕虚荣的破落女人比，我的钱也许比她们的还要多些哩。"

"也就是说您让我又一次受了侮辱，"波尔托思说着，把讼师夫人挽的那只胳膊抽了出去，"因为，科克纳尔夫人，如果您富有的，您就更不应该拒绝我了。"

"我说我有钱，"讼师夫人一看捅了娄子，连忙把话往回收，说："也得看这话怎么说呀。您也很清楚，我并不是真有钱，严格地说是马马虎虎过得去罢了。"

波尔托思不耐烦地说："我说得吧，夫人！咱们就别再没完没了地说这事了，行吗？您也太看不起我了。咱们俩的感情到此为止吧。"

"您真是薄情寡义呵！"

"啊！事到如今，您只有求上帝保佑的份了。"波尔托思余怒未消。

"那您就去找那位漂亮的公爵夫人吧！我不耽误您的时间了。"

"喔！我想她不管多伤心也不至于跟我一刀两断！"

"波尔托思先生，您认真地听好了，我最后再问您一次：您还爱我吗？"

"唉！夫人，让我怎么跟您说呢？"波尔托思用他所能装得出来的最伤感的声音说："我就要去打仗了，我预感到我将来会死在那儿……"

"哦，求你快别说了！"讼师夫人禁不住痛哭起来。

"……我仿佛听见有个声音在告诉我说。"波尔托思继续说，神情愈来愈严肃，使人越听越心酸。

"您为什么不说自己是喜新厌旧呢？"

"我对您说的都是真心话。没有人像您这样，让我如此动心，我依然能感觉到，在我心灵深处，有个声音在为您而倾诉。唉！无论您知道与否，那场仗是无法避免了，就在两周后；我一天没治好装，就一天也不会安心。实在走投无路了，就回布列塔尼的老家一趟，从那儿再弄点钱。"

波尔托思察觉得出来：讼师夫人还在犹豫，爱情和金钱在进行最后的较量，便接着说下去："您在教堂见到的这位公爵夫人有块采地，正好就在我旁边，所以我俩准备一起去一趟。您知道，有人做伴，旅途就不会寂寞了。"

"波尔托思先生，您认为自己在巴黎就没有朋友了吗？"

波尔托思佯装出很忧虑的神情说："唉！本来我认为我有朋友，现在我知道我错了。"

"您有朋友，波尔托思先生，"突然之间，讼师夫人的态度发生了剧变，急切地说："明天您到我家来。您是我姑妈的儿子，也就是我的表弟；您从庇卡底的诺瓦荣到巴黎来的，您要打一些官司，可还没找到诉讼代理人。我说的您都记住了吗？"

"都记住了，夫人。"

"最好在吃晚饭的时候来。"

"好吧。"

"您在我丈夫面前一定要显得沉稳老练，他虽然已经七十六岁了，可并不糊涂，而且很精明。"

波尔托思说："哟！已经七十六岁了！年纪真够大的。"

"您是说够老的吧，波尔托思先生。我这位可怜的善良的人说不定哪天会去世，我就成寡妇了，"说着，给波尔托思递了一个有所暗示的眼神，"好在婚约上明白地写了寡妇可以继承他的全部财产。"

"是全部?"波尔托思又问了一句。

"当然。"

"亲爱的科克纳尔夫人，看来您是一位精明能干的女人。"波尔托思温柔热情地拉着她的手说。

"亲爱的波尔托思先生，我们又和好啦！"她娇声娇气地说。

"咱俩这么过一辈子。"波尔托思也用相同的语气说。

"再见了,我的多情的宝贝。"

"再见,我的记性很差的宝贝。"

"明天见,我的宝贝。"

"明天见,我生命的支柱。"

第三十章　密拉娣

　　达达尼埃悄悄地跟着密拉娣,他看见密拉娣登上那辆华贵的马车,并对马车夫说去圣日耳曼。

　　看着马车急驰而去,徒步的达达尼埃只得停止追赶,他只得先回费鲁街再想办法。

　　在塞纳河街,他看见布朗谢站在一家糕点店口,瞅着橱窗里的奶油蛋糕正在发呆。他走过去吩咐布朗谢去到德·特瑞威尔先生家的马厩里找两匹快马,供他和布朗谢使用,然后再去阿多思家去找他。德·特瑞威尔先生以前对达达尼埃说过,他的马匹达达尼埃可任意调用。

　　布朗谢径直向老鸽棚街方向而去,达达尼埃回到阿多思家。阿多思正在闷闷不乐地喝着庇卡底带回来的西班牙酒,看到达达尼埃进来,放下酒瓶,向格里莫打了一个手势,格里莫按老样子莫不作声地给达达尼埃倒上一杯酒。

　　达达尼埃边喝着酒,边把波尔托思如何在教堂里与讼师夫人见面的过程,完完全全跟阿多思讲了,并认为波尔托思的治装没有太大问题了。

　　"我是没有那么好的运气啊,不会有那个女人会为我治装的。"

　　"我亲爱的阿多思,任凭那位女人见到像您这样风度翩翩,又会献殷勤的爷们,会不动心吗?"

　　"达达尼埃,这话可不像是你说的呀。"阿多思耸耸肩,打了一个手势,格里莫再去拿一瓶酒来。

　　这时,从没关严的房门外探进布朗谢的一张脸来,他恭敬地告诉自己的主人两匹马已经备好了。

　　"什么两匹马?"阿多思问道。

　　"这是德·特瑞威尔先生借给我的马,他的马我随时都可以借用。我要上圣日耳曼走一趟。"

　　"您去那里干吗?"

　　达达尼埃就告诉阿多思,他是如何在教堂里又碰到了那个神秘的英国女人,那个女人就是与身穿黑披风、太阳穴边上有伤疤的男人说话的女人,我这几天里总是想到她。"

　　"听您的话,您是不是喜欢上这位女士啦? 就跟您当初爱上伯纳肖太太一样了。"阿多思轻蔑地耸耸肩膀,好像觉得这种朝三暮四的人是可怜的,是不值一提的。

　　"没有这种事!"达达尼埃嚷道,"我总是觉得她和那个秘密有关系,虽然我不认识她,她也不认识我,但她跟我的生活会有联系的,不会是毫无关系的。"

　　"照您这么说,也是有道理的。我看伯纳肖太太失踪了,是她命不好。她还要指望别人去找她吗! 她还是自己回来吧。"

　　"不,您搞错了,阿多思。我现在仍爱着我的贡斯当丝,而且比以往更爱得深。

要是能找到她,哪怕追到天边,我也要把她从她的仇人那里解救出来;我现在找遍了所有地方,就是找不到她,我也没有办法,只得碰碰运气,到圣日耳曼去看一看。"

"我亲爱的达达尼埃,您要是去找密拉娣那我衷心地祝愿您成功。"阿多思说。

"阿多思,您也别总在房间里像关禁闭似的呆着,那样身体会出毛病的,还是跟我骑马去圣日耳曼散散心吧。"

"朋友,您还是自己去吧,我自己有马的时候才骑马,否则我是步行的。"

对于阿多思的傲气十足,达达尼埃并没有像常人那样听了会生气,而是微微一笑道:"我可不像您,我有马就骑。好吧,亲爱的阿多思,再见了。"

"再见,伙计。"阿多思说完,向格里莫做个手势,叫他把那瓶刚拿进来的酒打开。

达达尼埃和布朗谢策马向圣日耳曼而去。

在路上,达达尼埃脑子里总是想到伯纳肖太太,他真担心针线铺老板娘会发生不测。达达尼埃虽然并不是天生的花花公子,但俊俏的伯纳肖太太也让他心动不已。他也下决心哪怕找到天涯海角也要把他所爱之人找到。可是这地球从来就是个圆球,任何地方都可以是天涯海角,这样的话,他可弄不清这条路该怎样走了。

此时此刻,达达尼埃最想知道的是密拉娣的下落。密拉娣与那个脸上有疤、穿黑披风的男子见面说过话,他们一定认识。达达尼埃从心里就认定这个行踪诡秘的男子两次都参与了绑架伯纳肖太太。要是这样,达达尼埃认为只要找到密拉娣,就等于找到了贡斯当丝,这并非是瞎说,至少有一半是说对了。

达达尼埃边想心事,边用马刺催坐骑快行,他们不知不觉地就赶到了圣日耳曼。他们路过的一座行宫,正是十年以后路易十四的降生之地。

他走在一条偏僻的街道上,这条街上有座华丽的房子,房子的临街一面没有窗户。在他东张西望想找那个冰冷艳丽的英国女人的时候,从那所房子里走出来一个人。这个人在一个有花的平台上走了几步。布朗谢这时像发现了什么似的对达达尼埃说:"嘿!先生,您看那个刚走出来,向外呆看的家伙,您还记得他吗?"

"记不起来了,但这张脸好像在什么地方见过。"

"您可说对了,在一个月以前,还在加莱时您在去港口总监乡间别墅的路上,把一个叫德·瓦尔德伯爵的家伙好好地教训了一下吗?刚才那个人就是伯爵的仆人吕班呀。"

"对,是他。他现在还会认识你吗?"

"我觉得他不会认出我,当时他吓得半死。"

"这样好,你过去跟这小子聊聊,想办法把他主人是否死了这件事了解清楚。"

布朗谢跳下马,向吕班走去,好在吕班没有认出他来,布朗谢跟吕班闲谈着,两个人很快就熟悉了,他们谈的正在兴头上时,达达尼埃牵着两匹马走进一条小巷,他绕过一幢房子来到一丛榛树后面,侧耳聆听他们的谈话。

在树后没听多长时间,远处传来一阵车轮声,声音由远而近。一辆华丽马车恰好停在达达尼埃的对面。真是太巧了,这辆车正是密拉娣的车。达达尼埃忙把脸收在马颈后面,他这样可以把对方看得很清楚,而对方又看不见他。

密拉娣从车门里伸出漂亮的脸,向贴身的侍女交代了几句话。

侍女是个聪明伶俐的姑娘,看来密拉娣对她非同寻常。那姑娘跳下马车,向吕班站着的那个平台跑去。

达达尼埃一直注视这个模样俊俏的侍女跑到平台。真是阴错阳差,正好这时吕班被屋里的人叫了进去,平台上只剩下布朗谢一个人站在那四处张望寻找达达尼埃呢。

那侍女把布朗谢认作了吕班,顺手把一张便笺递给他:

"这是给您家主人的。"

"给我家主人的?"布朗谢一时没有弄明白是怎么一回事。

"是的,这是急事。请您赶快送去哟。"

说完,她转身向马车跑去,这一会儿功夫,马车已经调好了头,她跳上马车坐好,马车按原路返回。

布朗谢手里拿着那张便笺左看看右看看,不知怎样办才好。可能是由于长期听别人指挥做事成了习惯,他离开平台,一阵小跑进了小巷,没跑几步就碰见了达达尼埃,他对刚才发生的一切看得很清楚,这时走上前来。

"先生,给您的,"布朗谢边说边把便笺递给主人。

"是给我的? 你不会搞错吧?"达达尼埃说。

"嗨! 一定错不了。那姑娘说是:'给您家主人的。'您就是我的主人,我只有给您……说实话,那丫头长得真不错啊!"

达达尼埃打开信笺,随口念道:

> 我对您的关切之情无法用言语来表达,很想知道您何时会去林苑一游。明天在金线锦缎营旅馆将有一身着黑红相间服色的男仆等待您的答复。

"嗬嗬! 真有意思,这位密拉娣和我一样关心同一个人的身体健康哩。布朗谢,咱们这位德·瓦尔德先生居然还活着,他没死!"

"是的,先生,他没死。他身上中了您的四剑还活着真是命大。可他身体流血过多,还很虚弱。刚才吕班不仅没有认出我,还把他家主人中剑受伤的事全告诉我了。"

"布朗谢,你这个仆人真是不同一般;快上马,咱们快追那辆马车去。"

他们两人策马急驶,没多长时间,他们就看见那辆马车停在路边;在车门一旁有个衣着华丽的男子骑在马上。

密拉娣正激动地与那个年轻的男子谈着什么。达达尼埃勒马停在马车的另一侧,只有那个漂亮的侍女看到他外,其他人谁也没注意到他。

密拉娣和那个男子说的是英语,达达尼埃是一句也没听懂;不过听他俩说话的口气,像是冷艳的英国夫人在发脾气;尤其是密拉娣使劲将扇子一敲,扇子顿时四分五裂飞溅出去。

骑马男子见状哈哈大笑,对密拉娣无异于火上浇油。

达达尼埃看到这,心想他上场表演是时候了,他放马来到车门前,礼貌地脱下帽子。

"尊敬的夫人,请您允许我为您效劳吧,我看出这位骑士让您不愉快了。夫人,您只要吩咐一句话,我就去教教他什么是礼貌和规矩。"

他刚开口说话,密拉娣转过脸来,吃惊地瞧着这位陌生的年轻人,达达尼埃说完后,她才用地道的法语说道:

"先生,假如跟我争吵的这位先生不是我兄弟的话,我会高兴地接受您的保护。"

"喔! 对不起,我并不知道您和他的关系,夫人。"

"这个愣头愣脑的小子在管什么闲事,"骑马的男人弯身从车门里边向对面喊道,"他为什么不离开这里哪?"

"你才是个愣小子哪,"达达尼埃把头低下,冲车门的另一边答道:"我不愿意走,我就愿意呆在这里。"

骑马的男人用英语向密拉娣说了句话。

"先生,我刚才跟您说的是英语,希望您也要用英语回答我行不行?多亏您是夫人的兄弟,而不是我的兄弟。"

一般在这种情形下,女士都要惊慌失措,并在双方刚发生冲突时,就赶忙出来调解,以防止双方由口角发展成斗殴。可事情偏偏不是这样,只见密拉娣向车座上一靠,冷冰冰地对车夫喊道:"回府!"

那眉目清秀的侍女向达达尼埃不安地看了一眼,可以看出姑娘心里已经留下了年轻人的影子。

马车沿路而去,两个男人骑马留在原地,中间没有了障碍物把他俩分开。

骑马的男人调转马头想追赶那辆马车,但达达尼埃立刻就认为这个人原来就是在亚眠不仅把他的马赢走了,还差点将他的钻戒从阿多思手中赢走的那个英国人,他原本火冒三丈,现在又来个火上浇油。他催马拦住了对方的去路。

"喟!先生,我看您比我还鲁莽,看来您把咱俩没完的那段过节都忘了吧?"他说。

"噢!原来是您啊,赌台高手。您是不是非要赌一回才算完哪。"英国人说。

"不错,我非要有个了断才行。我定要看看您这位先生掷骰子是否与使剑一样精确。"

"我现在是一个手无寸铁的人,您不会对我耍威力吧?"

"我想您家里一定有剑吧,不管如何,我身边带有两件武器。您如果同意,就赌一把看谁拿哪一件,怎么样。"

"用不着,我有的是这种东西。"英国人说。

"这样也好,请您今晚拿一把好剑来让我看看。"

"请问在什么地方?"

"在卢森堡宫后面,我看这种地方最适合决斗了。"

"好,我一定会去的。"

"先生您定个时间。"达达尼埃说。

"六点。"英国人答道。

"顺便问一句,您也会有几个朋友吧。"

"是的,我是有三位朋友,他们会很愿意和我一起去的。"

"三位?可真巧,我也有三位朋友。"

"我想请教您的姓名,是干什么的?"

"我叫达达尼埃,是加斯科尼的世家,又是德·埃萨尔先生麾下的一名禁军。请问您的姓名?"

"我是德·文特勋爵,同时也是德·谢菲尔德男爵。"

"男爵先生,很高兴认识您,虽然说您名字不容易记住。"

达达尼埃说完,拍马向巴黎方向飞奔而去。

他如果遇到这种类似的情况,都要先找阿多思帮助的,这次也一样。他快马加鞭径直来到阿多思家门口勒住马。

他进屋看见阿多思躺在一张长靠背椅子上休息,好像正等着行装找上门来。

达达尼埃把刚才发生的事情一五一十地跟阿多思讲了,只有把密拉娣给德·瓦尔德先生的那封便笺瞒住没说。

阿多思听到要和英国人打架,兴奋地坐起来,就好像马上急着要去似的。他是做梦都想着这件事。

他俩立刻吩咐仆从去把波尔托思和阿莱米斯立刻找来,把情况告诉了他们俩。

　　波尔托思拿着剑,对着墙壁,练习着招式,一会举剑刺去,一会后退。阿莱米斯这会的心思都放在作诗上了,他这会正把自己关在一间房子里,告诉他们没事别去打扰他,等走时再喊他。

　　阿多思一招手让格里莫端上一瓶酒来。

　　这时,达达尼埃若有所思的脸上掠过丝丝笑意,他好像看到了自己酝酿的这个计划实施了并达到了预期的效果。我们看到达达尼埃神采奕奕的样子不禁想到,这个计划可能会跟某种艳遇联系到一块。

第三十一章　英国人和法国人

约定的时间到了,这四人就带着他们的四个随从去了卢森堡宫后面的围场,那儿早已荒芜,变成牧羊的好地方。阿多思用八个零钱儿把羊倌打发走,而四个随从则负责放哨。

不久,另一伙人也悄悄地驾车靠近这个围场,停车后走到里面与火枪手们碰头;然后,按英国习俗,双方都做了自我介绍。

这些英国人出身高贵,对手那奇特的姓名不仅令他们惊诧,而且还有些不安。

"只凭这些名字,"德·文特勋爵听到三位朋友通报的姓名后说,"我们猜不出你们到底是些什么人,我们不可能和取这种名字的人较量,因为那只是牧羊人的名字。"

"是这样的,先生,您猜得没错,我们用的是化名。"阿多思说。

"既然这样,对于几位的真实姓名我们更是好奇了。"英国人说。

"我们曾经赌过一次,那时你们不也是对于我们的真实姓名一无所知吗?"阿多思说,"我们的两匹马让你们给赢去了,这已是足够的证明。"

"你说得很对,但上一次我们仅仅以波斯托尔为赌注,而这次输了可得以我们的生命为代价;我们跟任何人赌钱都无所谓,但是决斗的对手必须得跟我们身份相当才行。"

"言之有理。"阿多思说。而后便拉过四个英国人中的那个即将与他较量的人,小声地向他道出了自己的真实姓名。

波尔托思和阿莱米斯也这样做了。

"如何,"阿多思问对方,"我有资格请阁下赏脸出手吗?"

"是的,先生,"英国人躬身施礼道。

"既然如此,那么您允许我对您说句话吗?"阿多思语气颇为阴冷。

"说什么?"英国人问。

"您方才根本没必要打听我的真实姓名。"

"为什么?"

"因为别人都认定我已经死了,并且我有千万条理由不愿意别人知道我们还活着,所以为了保住这个秘密,我不得不杀死您。"

那英国人盯着阿多思,认为阿多思在打趣他;然而阿多思却是极认真地说那番话。

"诸位,"他既是向自己的朋友,也是向对方开口问道,"大家准备得怎样?"

"好了,"双方同时回答。

"那么,开始动手吧,"阿多思说。

顷刻,八柄长剑在落日的余晖中闪耀,仇人相见,很自然地在敌视的气氛中开始了激战。

阿多思剑法娴熟,游刃有余,好像回到了剑术馆一般。

波尔托思由于上次在尚蒂伊因自负而吃亏,如今可能吸取了教训,一招一式敏捷而又沉稳。

阿莱米斯因为急于写完那首诗的第三节,因此想速战速决。

阿多思第一个击毙对方:他仅仅向对方刺出一剑,然而跟他预料的一样,这一剑不偏不倚正中心脏要害,马上要了他的命。

紧跟着,波尔托思逼得对方倒在草地上:他的剑正中对方大腿。英国人无心恋战,交出了他的剑,因此波尔托思把他拖到马车上去了。

阿莱米斯出招勇猛有力,对方被逼迫得直向后退,大约退了五十步之后终于落荒而逃,在随从们的讥讽声中逃得无影无踪。

再说达达尼埃,他开始只守不攻;后来注意到对方已露疲惫之色,立刻反手回击,打飞对方手中的剑。这位英国男爵见失去了格斗武器,不禁向后退却,刚退了两三步便滑倒在地。

达达尼埃一纵身便跳到他的跟前,同时剑锋直抵他的咽喉,说:

"我本可以杀死您,先生,"他对英国人说,"您的生死牢牢掌握在我手中,但是看在那位夫人的份上,我饶了您。"

达达尼埃心里乐开了花。他实现了预先确定的计划,在筹措这项计划的时候,曾经也是双颊漾满了笑容。

这个英国人见对方原来是如此的宽宏大量,不禁喜出望外,他紧紧拥抱着达达尼埃,对那三位火枪手也极尽感激之情,此时波尔托思的对手正躺在马车里,阿莱米斯的对手逃得无影无踪,因此只处理一下那个死者的后事就可以了。

波尔托思和阿莱米斯还期望能救活那人,便解开他的衣服要查看一番,没想到一只鼓鼓的钱包从他腰间落下来。达达尼埃拾起钱包交给德·文特勋爵。

"您叫我拿它干什么呀?"英国人问。

"您把它送还他的家人吧,"达达尼埃说。

"他的死令他家人有的忙了,他们会继承到年金一万五千路易的遗产;您把这钱包送给你们的随从吧。"

达达尼埃将钱包塞进他的口袋。

"如今,我亲爱的年轻朋友,您大概不会怪我这样称呼您吧,"德·文特勋爵说,"假如您同意,今天晚上我介绍您和我的姐姐克拉丽克夫人认识;因为我希望能喜欢您,她在宫廷里有点地位,也许她将来会为您说句好话,这对您是有益的。"

达达尼埃由于兴奋而满面红光,他躬身施礼言谢。

正在此时,阿多思米到达达尼埃身边。

"您打算怎样处置这个钱包?"他贴近达达尼埃的耳朵小声问道。

"我刚想把它交给您,亲爱的阿多思。"

"交给我? 为什么?"

"明摆着,您杀了他,这是您的战利品。"

"让我继承敌人的遗产!"阿多思说,"您认为我是那种人吗?"

"战争时谁都是这样干的,"达达尼埃说,"格斗时又为什么不可以呢?"

"即使上战场,"阿多思说,"这种事我也从没干过。"

波尔托思耸着肩膀。阿莱米斯用嘴唇示意支持阿多思。

"既然这样,"达达尼埃说,"就按德·文特勋爵的说法做,把钱全分发给随从们吧。"

"您说的对,"阿多思说,"应该给随从,不过是英国人的随从,而不是我们的。"

阿多思接过钱包,掷到那个车夫手中:

"您和您的伙伴分享它吧。"

一个囊中羞涩的人居然如此慷慨大方,不由得使波尔托思惊诧不已,这种法国式的胸怀,赢得了德·文特勋爵和他的朋友们的一致好评,而众人除了格里莫、穆斯克通、布朗谢和巴赞几位先生意见不同之外,大家都很欣赏、赞同。

德·文特勋爵与达达尼埃告别之时,把他姐姐的地址留给了达达尼埃;她定居在五家广场六号,那时候那一地区是很新潮的居民区。勋爵还允诺把达达尼埃接去见她。达达尼埃就把约会时间定在八点钟,说他会在阿多思住所迎候他。

如此一来,这位加斯科尼小伙子的所思所想就全是同密拉娣的会面了。他回忆起这个女人是如何奇妙地闯进了他的世界中。他很清楚她是红衣主教近边的人,但是他又感觉一种不可名状的情感把他紧紧地拉向她的身边。他唯一担心的就是密拉娣会认出他就是她在牟恩和多佛尔看见的那个人。如果是这样,那么她极有可能知道他是德·特瑞威尔先生的朋友,知道不仅他的人,连他的心都是属于国王的。如此一来,就像他清楚她的底细一样,密拉娣也摸清了他的身份,他们两个人就势均力敌,不分伯仲了,有利于他的情势也降低了不少。但是对于她和德·瓦尔德伯爵之间的私情,这位傻大个儿却毫不在意,虽然伯爵年轻俊朗又家财万贯,并且极爱红衣主教宠爱。可是他却是个出生在塔尔布的二十岁少年,这是轻视不得的。

达达尼埃首先回到自己家中刻意修饰打扮一番,然后来到阿多思住处,跟他以前的做法一样,把事情的前因后果都说给阿多思听。阿多思默默地听完他的计划,摇摇头,表情苦涩地说服他务必小心从事。

"您看!"他对达达尼埃说,"您才失去了一个您心目中善良而可爱甚至完美无缺的女人,现在又立刻追求另一个女人了!"

达达尼埃懂得阿多思的埋怨很有道理。

"开始我对伯纳肖太太的爱是投入满腔真诚的,但如今爱密拉娣却是非常清醒的。"他说,"我请人把我介绍给她,真正的目的还是想搞明白在宫廷里她的身份到底是什么。"

"她的身份!仅仅根据您所提供的消息,很容易可以判断出。她是红衣主教派来的奸细!她会引导您跳到陷阱里,最终您会顺从地把脑袋也交给她。"

"噢!亲爱的阿多思,我认为您总是消极地看事情。"

"亲爱的达达尼埃,我不信任所有女人;没有办法!我付出过代价,特别是金黄头发的女人。您说过密拉娣的头发是金黄色的,是这样的吧?"

"那种金黄是迄今为止我见过的最漂亮的。"

"噢!我可怜的达达尼埃啊,"阿多思说。

"您先听我的计划,我希望弄明白一些事情;这之后,我探察到所有该知道的情况,我就远离她。"

"那么您就去探察明白吧,"阿多思说得很冷淡。

德·文特勋爵按时赶到,在他进屋之前,阿多思急忙隐藏在隔壁屋子里。因此他仅仅看见达达尼埃独自在那儿;将近八点时,他领着年轻人离开屋子。

一辆华丽的马车停在下面;两匹健壮的骏马驾车,片刻便抵达五家广场。

密拉娣·克拉丽克端庄和蔼地接待了达达尼埃。她住的地方豪华夺目;虽然多数英国人苦于战事,或已经离开法国,或即将离开法国,密拉娣却在不久前毫不吝啬地大肆装饰自己的府邸,这说明英国人被遣送回国的命运并未降临到她的头上。

"您看,"德·文特勋爵带着达达尼埃到他姐姐面前介绍说,"这就是那位年轻的绅士,他曾经掌握了我的生死大权,尽管我是个英国人,而又嘲弄过他,可谓他两方面的对头,可是他一点儿不因此而随意处置我。所以,夫人念在姐弟情分上,请您感谢他吧。"

密拉娣双眉微蹙,额头显现一缕令人难以察觉的阴云,顷刻唇边露出一丝怪异的浅笑,年轻人目睹这瞬息万变的表情,惊得心中不禁一阵颤动。

而她的弟弟根本没有察觉到什么;他背对他们正在与密拉娣的宠物、那只猴子嬉戏,逗引猴子挠扯他的短上衣。

"欢迎您,先生,"密拉娣温柔地招呼道,语气跟方才达达尼埃观察到的怪异表情形成鲜明对比,"从现在开始,您永远是我最受欢迎的客人。"

此刻德·文特勋爵转身过来,一五一十地将决斗的情形讲述一遍。密拉娣全神贯注地听着,但是虽然她尽量控制自己内心的感情,还是可以很容易看出她一点儿不喜欢听他的描述。她血气上涌,一双秀腿却焦躁地在裙袍里踢着地面。

德·文特勋爵丝毫未注意到。结束了他的话之后便来到一张桌子旁边,从桌上的盘子里取出一瓶西班牙酒和两只玻璃杯,倒了两杯酒,并用手示意达达尼埃过去同饮。

达达尼埃明白不应该拒绝英国人的邀请,不与他们碰杯是很不敬的。因此他来到桌前,端起酒杯。然而他的眼神一直随着密拉娣转悠,镜子里映出了她表情的变化。她浑然不知别人在注视她,因而脸上瞬间又现出一种残酷的面容,凶狠地露出洁白的牙齿咬她的手帕。

就在这时,一个娇巧的丫头走了进来,达达尼埃早已见过她了;她用英语跟德·文特勋爵说了几句话,勋爵马上请求达达尼埃的原谅,因为他有件很重要的事急需处理,不得不离开,他并且请求他姐姐好好款待客人。

达达尼埃和德·文特勋爵握了握手,就又来到密拉娣身旁。这个女人的脸真是变幻莫测,此刻又是一副温和善良的样子,幸亏手帕上残留几斑红点,证明了她方才确实咬得嘴唇都流血了。

朱唇微启,简直美得无与伦比。

两人快活地谈起话来,密拉娣好像完全恢复常态。她对达达尼埃说,德·文特勋爵并不是她的亲弟弟,而是她丈夫的弟弟:她跟他的哥哥结了婚,后来丈夫先离她而去,留下孤儿寡母。假如德·文特勋爵一直单身,她的儿子便是德·文特勋爵唯一的合法财产继承者。达达尼埃听着这一番话,同时意识到好像有什么东西笼罩在一层纱幕之下,然而他却弄不清楚那到底为何物。

但是,半小时的交谈之后,达达尼埃现在可以断定密拉娣与他同宗:她讲一口标准的法语,这是绝对错不了的。

达达尼埃滔滔不绝,大谈阔论,对密拉娣极尽褒扬。密拉娣听着这位加斯科尼小伙子的花言巧语,只是温柔地笑着。临别之际,达达尼埃向密拉娣告辞,而后如同交了桃花运的男人一样志得意满地离开了客厅。

路过楼梯时,他又跟那个娇巧的丫头碰面,当他们擦身而过时,她微微碰到了他,立刻一抹羞红漾在她的脸上,她轻吟一声向达达尼埃道歉。达达尼埃立刻就表示他并不介意。

翌日,达达尼埃又来了,这一次他受到更为友好地接待。德·文特勋爵出去了,因此整个晚上都是密拉娣一个人热情款待。她对达达尼埃似乎充满了好奇心,询问他的家乡所在地,问他朋友的情况,以及是否有志于作红衣主教先生的亲信。

我们已经知道,尽管达达尼埃才二十岁,然而他却颇为细心,原来对于密拉娣的怀疑又占据了他的头脑;因此,他在她面前大加称赞主教大人,他说,他以前认识的人如果不是德·特瑞威尔先生,而是像德·卡沃瓦先生这样的人,那么他肯定会加入红衣主教的卫队,而非国王的禁军。

密拉娣巧妙地把话题引开,仿佛很随便地又问起达达尼埃是否在英国呆过。

达达尼埃告诉他,德·特瑞威尔先生以前曾差遣他到英国筹备军马,他甚至从那儿带回四匹样马。

在他们谈话期间,密拉娣曾两三次咬住嘴唇:与她打交道的人是一个才思敏捷的加斯科尼人。

跟昨天告辞的时间一样,达达尼埃起身离开了。走廊上,他又跟那位娇巧的丫头凯蒂碰面了。凯蒂满目含情,明眼人一见便明白是怎么回事,然而达达尼埃一颗心都奉献给了她的女主人,因此对她深情的目光丝毫未加注意。

接连两天达达尼埃都去拜访密拉娣,而每次密拉娣都更加热情地接待他。

巧的是,每次或者在前厅,或者在过道及楼梯上,他都会与娇巧的侍女碰面。

但是,一如既往,可怜的凯蒂的一往情深始终没有被达达尼埃察觉。

第三十二章　讼师家的午饭

波尔托思漂亮地赢了那场决斗,但讼师夫人邀请他的那顿午餐他却并没忘记。第二天下午,将近一点钟时,他已经把穆斯克通刚刷过的外衣穿上,像一个双喜临门的男子汉一样,阔步走向狗熊街。

他的心跳个不停,然而却不是达达尼埃的那种洋溢着热恋的激情。不,令他满心渴望的是一种更实惠的物质利益,因为他终于可以跃过那条充满诱惑的门槛,终于可以登上那座陌生的楼梯,而科克纳尔讼师曾经就是在那儿一级级地搬运无数埃居。

那口大箱子曾经不止二十次出现在他的梦境中,如今终于可以亲眼目睹了;这口箱子长而深,镶着一个大挂锁,闩着个插销并且固定在地板中,他常常听讼师夫人谈论这口箱子,而片刻,讼师夫人便会在他惊羡的注视下开启它。的确,讼师夫人的手略显干瘦,然而仍不失为玲珑纤巧。

并且,他原本就是个浪迹天涯的人,一无财产,二无家室,行武之身只能终年容身于小酒店,小客栈以及小饭馆混饭吃,他是个很懂得享用美食的人然而却不得已地随意填饱肚皮,如今他可得细细品味一下山珍海味的香美,领略温馨的家庭环境,惬意地享受种种美妙的温情,正如老行伍们说的:吃得苦中苦,方觉个中甜。

以表亲的名义,日日坐在摆着美味佳肴的饭桌旁,哄着老讼师满脸皱纹的黄脸上展露笑容,教几个年轻办事员一些类似巴塞特和朗斯克之类的玩意,以最拿手的绝招令他们眼界大开,诈取他们一笔钱,顺便给他们上一个小时的课,把他们一个月来的所有积蓄都赢过来,一想到这美好的一切,波尔托思禁不住笑了起来。

火枪手当然也从各方面耳闻讼师的许多流言,并且流言从那个年代开始,一直传着,经久不衰:铁公子啦,一毛不拔啦,斋戒忍饥挨饿啦等等不一而足;可是就波尔托思一贯地观察,他认为讼师夫人尽管有时不过于计较,心眼狭窄一些,有些节俭太过分了,然而总体来说还可以称算得上是很慷慨的——当然是指一个讼师夫人——因此他希望今天自己要拜访的便是一个名门望族。

但是他刚来到宅门前便满腹疑虑,火枪手自进门后,没有看到一让人满意的东西:阴森的走道里弥漫着一股发霉的恶臭,昏暗的楼梯光线还是从邻近一个院子的窗户中透出来的;来到二楼,迎面一扇钉满了粗大的包头铁钉的低矮的门,好似大夏特莱堡的正门。

波尔托思举手敲门,一个瘦高个的脸色苍白的办事员来开门,他的头头长长的又杂乱不堪地挡住了他的半边脸。他并不很热情地朝波尔托思鞠了一躬,在他面前的人,身材魁梧表明了他健壮的体格,一身军人打扮表明了他行伍出身,饱满的精神表明他养生有术,这些都令这位办事员不禁流露出敬意。

他的背后是一位个头矮点的办事员,再后面还有一位高个子,而在最后面站着的,则是一个十二岁的小仆。

一共是三个半办事员;而当时,如此规模已称得上是个不错的事务所了。

虽然火枪手被邀请在一点钟来,可是讼师夫人从十二点起便准备好迎候了,她担心仰慕她的这位小枪手心情太急切了——也许是他的胃——催促他提前赶来。

因此几乎是在客人敲门的同一时刻,科克纳尔夫人出现在门前,尊贵的女主人的现身立即帮客人逃脱尴尬境地。刚才那几个办事员只是疑惑地瞪大眼睛呆呆地站在那儿,而他却不清楚如何对这帮高矮不齐的人开口,因此一直沉默着。

"这位是我的表弟,"讼师夫人响亮地说,"进来,快进来,波尔托思先生。"

乍闻波尔托思这个名字,办事员们哄然而笑;然而当波尔托思一回身时,他们又露出了严肃的面孔。

从这几个办事员的工作室穿过便是写字间了,原来这儿是他们休息的场所;再往前走就是讼师的办公室,中间的写字间是个黑乎乎的大屋子,里面堆满了废纸。从写字间出来,向右拐便是厨房,然而波尔托思只被领进会客厅。

波尔托思对于这些互相连通的房间感觉很差。各个房间都是房门大开,说话声很容易传出去,并且,在经过厨房门口时,他充满好奇地朝里迅速一瞥,顿时心凉了,他一边替讼师夫人感到不值,一边感叹自己的委屈。因为按照常理,在美味佳肴的准备场地,一般都是炉火熊熊燃烧,人员忙忙碌碌,洋溢着一派热火朝天的劳动气氛。然而此刻,他看见的却是一片冷冷清清,几乎听不到有声响。

也许老讼师早已被告知波尔托思要来,因而看见他时并没有表现惊喜的样子,波尔托思非常潇洒地走上前去,很有风度地朝他深鞠一躬。

"如此说来,咱们是表亲了,波尔托思先生?"老讼师一边说着,一边用两条胳膊支着藤垫椅的扶手抬起身子。

这个老头身着一件紧身黑色短上衣,瘦弱的躯体愈发显得干瘪如柴,然而满有精神;两个灰色的小眼睛好似熠熠闪光的宝石,嘴角不时地奇怪地动着,然而整个面庞好像也仅有这两处表明他生命的活力。遗憾的是两条腿已经抗拒服务于这个瘦骨嶙峋的肌体;已有半年了,这位受人尊敬的讼师越来越明显地意识到这种机能的衰减,因此几乎成为妻子的傀儡。

仅仅是为了委曲求全,他才同意接纳这位表亲。腿脚麻利地科克纳尔先生完全不会答应认波尔托思先生这个亲戚的。

"您说得很对,先生,咱们是表兄弟。"波尔托思漫不经心地回答,反正他也并没期望赢得这位丈夫的好感。

"我想是从女方角度考虑的吧?"老讼师讥讽地说。

波尔托思可没听出话中另有深意,他还认为老头儿太幼稚了,在他浓密的小胡子下面露出不屑的笑容。然而科克纳尔夫人却是明白这位幼稚的诉讼代理人是他同行中的稀有的变态人种,因此满脸通红地微微一笑。

自波尔托思一出现,科克纳尔先生就不时慌乱地瞅一眼他那栋木写字台对面的大柜子。波尔托思已然意会,尽管这个柜子与他梦中所见相差悬殊,然而还是不难猜出就是那只带领人通向幸福彼岸的大箱子,这个真实的东西竟比梦中的还要高,这真令他喜出望外。

科克纳尔先生没有深究家谱,只是把慌乱的眼神从柜子转向波尔托思身上,说:

"咱们的表弟在远征战场前,肯定愿意忙里偷闲,赏光与我们吃顿便饭,是这样的吧,科克纳尔夫人!"

这一次,波尔托思受到迎胃而并非迎胸一击,他马上意识到了;而且好像科克纳尔夫人也不是感觉迟钝,因为她立刻回答说:

"如果今天我们对我的表弟照顾不周,他就再也不会光顾咱们家门了;但是,话又说回来,他在巴黎也挺匆忙的,来看我们的时间有限,恐怕是没有机会了,因此我们也不要期望剥夺他出发前那点属于自由支配的时间。"

"噢,我的腿,我可怜的腿呀! 你们跑哪儿去了?"科克纳尔轻声低语。而后又勉强笑了笑。

波尔托思在美食的愿望受到打击之时,得到如此解围,对讼师夫人油然而生感激之情。

不久开饭的时刻到了。大家一同进入餐厅,那是一个对着厨房的黑暗的大房间。

那几个办事员好像嗅到了罕见的喷香气味,因此如同军人似的片刻不误来到餐厅,他们的手里各拿一个凳子,随时准备在餐桌前就座。现在他们都不停地活动上下颌骨,令人惨不忍睹。

"见鬼!"波尔托思一边暗忖,一边瞅着三个饥鬼,说三个,那是因为跑腿的小伙资格尚浅,没幸参加此盛宴,这是不难设想的,"见鬼! 如果我是这位表姐夫,定不会留这几个馋猫在这儿。他们跟遭遇海难、六个星期颗粒未进的饿死鬼一模一样。"

科克纳尔先生坐着轮椅,由科克纳尔夫人推进来,波尔托思走上前,与科克纳尔夫人一同推着她丈夫来到餐桌前。

科克纳尔进来的动作跟那几个办事员一样,先用鼻子狠狠嗅了嗅,又上下活动起颌骨。

"哦! 哦!"他说,"真是一碗香汤!"

"他们究竟能从这碗汤里嗅到何种香味?"波尔托思朝桌子上那碗汤望去,只见碗里满满的快要溢出来了,然而却是淡淡的一碗清汤,除了少有的几块面包屑好似浮在海面的孤岛之外,其余根本看不出别的东西。

科克纳尔夫人面带微笑地摆摆手,大家便急不可耐地纷纷坐下。

科克纳尔夫人先给科克纳尔先生盆里盛汤,接着是波尔托思,然后是自己,最后把碗底残留的面包屑分给了那几个心焦的办事员。

此刻,餐厅的房门突然自动漏出一个缝隙,透过这个缝,波尔托思瞅见那个可怜的小办事员正一边嗅着厨房和餐厅的两股香味,一边啃他的面包。

喝完汤后,女佣端来一只煮鸡;围坐在餐边的人乍见如此鲜美的佳肴,均瞪大眼睛,似乎要把眼球暴出眼眶才罢休。

"可想而知您很爱您的表亲,科克纳尔夫人,"老讼师带着哭音地笑着说,"看您对您表弟多体贴。"

这只悲惨的老母鸡精瘦无肉,然而皮倒是挺厚挺结实,即使是一些骨头向外顶的地方依然能毫"皮"未损;如此一只原来应该躲在栖架上准备寿终正寝的老母鸡,要找到它恐怕也得花不少时间呢。

"该死!"波尔托思暗想,"真是扫兴,我虽然敬爱老的,但是我可不愿意把它们煮了或是烤着来吃。"

他四处逡巡一番,想知道是否大家跟他意见一致;结果所见的与他的想法截然不同,人人眼睛放光,贪婪地紧盯着这道备受他鄙视的菜肴,那眼神仿佛是见到了一只色香俱全、味道鲜美的肥鸡。

科克纳尔夫人把盘子拉到自己跟前,熟练地扯下两只乌黑的鸡爪,送到丈夫盆里;拆下鸡脖子,连同脑袋一块留给自己;又把一只翅膀撕下给了波尔托思,此时这只鸡好像并没缺少点什么,科克纳尔夫人把它交给刚才端盘子过来的女佣。座位上的其他几个人只能眼睁睁地瞧着这只家禽飞来又飞去,沮丧的神情因各人的性格不同而在脸上表现出不同的变化,然而火枪手还未来得及细瞧这几张面孔,女佣连同那只鸡便无影无踪了。

取而代之的是一盘蚕豆,在这大盘蚕豆中,还点缀着几块羊骨头,这样一眼望见,定会误认为骨头上连着些肉呢。

然而这个幌子还是被几个办事员识破了,几张失望的脸上笼罩着无可奈何的神情。

科克纳尔夫人以一个模范主妇的端庄稳重神态,把它分给三个年轻的小伙子。

随后轮到喝酒了。科克纳尔先生拿起一个小的粗瓷瓶,为三位办事员各倒三分之一杯红酒,给自己倒的量也几乎相同,然后把酒瓶递给波尔托思和科克纳尔夫人。

三个年轻人各往三分之一红酒的酒杯中注满水;待到喝到半杯时,又加水注满,就这样循环着;到宴席结束时他们杯中的酒已由红澄澄的颜色变成淡淡的浅黄色。

波尔托思很别扭地享用着那只鸡翅,偶尔会感觉讼师夫人的膝盖在餐桌下碰撞一下他的膝盖,这时他不由得心会发颤,他也品尝了半杯这种备受主人珍惜的红酒,那股蒙特勒伊葡萄酒冲人的味道,实在让他这个品酒善将不敢恭维。

科克纳尔先生眼瞅着他把半杯酒一口灌进肚里,长叹一声。

"您吃点蚕豆吗,波尔托思表弟?"科克纳尔夫人的语气仿佛在说,"请听我的话,千万别吃那东西。"

"我才不会尝那烂东西呢!"波尔托思喃喃自语,而后大声说:

"谢谢,表姐,我酒足饭饱了。"

紧接着便是一阵难堪的沉默,波尔托思慌得不知如何是好。只有老讼师还在独自喋喋不休:

"呵!科克纳尔夫人!我真的要多多夸赞您一番,这真是一顿名副其实的盛宴;哦!我还满有口福的啊!"

科克纳尔先生这顿饭共喝了一盆汤,啃了那两个黑鸡爪,以及那唯一的一块带着点儿肉的羊骨头。

波尔托思认为自己被戏弄了,开始吹胡子、皱眉头;然而科克纳尔夫人及时用膝盖轻触他,示意他容忍一点。

这一阵冷场,这一阵未用完餐中途却不上菜,使得波尔托思疑惑不解,然而那几个办事员却明白其中别有一番深意:老讼师朝他们使个眼色,科克纳尔夫人又微微冲他们一笑,他们便缓缓地站起身来,慢慢悠悠地把各自餐巾折好,而后躬身施礼告退。

"走吧,年轻人,一边工作一边消化一下吧。"老讼师关心地说。

几个办事员离开了,科克纳尔夫人站起来,到桌旁的餐橱里拿出一块奶酪,一碟楹梓果酱和一块她用杏仁和蜂蜜做的蛋糕。

科克纳尔先生不禁眉头紧锁,在他眼里,这实在是一顿奢侈的午餐;波尔托思紧抿嘴唇,在他看来,这实在是一顿没有实际内容的饭。

他想看看桌上是否还留有那盘蚕豆,然而哪里还有它的踪影?

"实实在在的盛宴,"科克纳尔先生一边扭动身子一边说,"名副其实的盛宴,简直是珍馐佳肴;好像是卢库卢斯在卢库卢斯府就餐啊。"

波尔托思望望身旁的酒瓶,企图靠红酒、面包和奶酪勉强将就一下,然而酒瓶彻底空了;科克纳尔先生和夫人却似乎毫无察觉。

"好啊,"波尔托思暗想,"原来他们对我早有所防。"

他勺了一小匙果酱,伸出舌头舔了舔,困难地吃了几口科克纳尔夫人做的粘牙的蛋糕。

"如今,"他暗忖,"我已经做了最大的牺牲。唉! 就看是否有希望跟科克纳尔夫人共睹她丈夫那口柜子里的东西了!"

科克纳尔先生享用完这顿被他称为盛宴的午餐之后,感觉有些困乏。波尔托思早盼望他马上在餐厅里睡下;然而可恶的老讼师怎么也不愿意听从他们,非要推他回自己房间,而且必得推到柜子前,能使两脚搭在柜子底座边上的距离才满意,否则便要嚷个不停。

讼师夫人带波尔托思到邻屋,两个人开始你一言我一语地就和解问题商讨起来。

"您可以每周来吃三顿饭。"科克纳尔夫人说。

"多谢您的美意,"波尔托思说,"但我可不敢从命;而且,我也得费心置办行装啊。"

"您说得很对,"讼师夫人低吟一声,"……这讨厌的置办行装。"

"唉! 是啊,"波尔托思说,"就是这件事。"

"但是您那营队需要置办哪些行装啊,波尔托思先生?"

"噢! 东西可实在叫多,"波尔托思说,"您要明白,火枪手的部队是最精锐的,他们所需的装备许多连禁军和瑞士兵都不用。"

"您总得具体地给我说说呀。"

"总数么,也许要……"波尔托思说,他是宁可说个总数也不愿把详细内容列出来。

讼师夫人哆哆嗦嗦地等待着。

"要多少?"她问,"希望不超过……"

她闭上嘴,没往下说。

"哦! 是的,"波尔托思说,"绝不会超过两千五百利弗尔的;而且倘若节约一些的话,两千利弗尔就可以打发了。"

"上帝,两千利弗尔!"她叫道,"这可是一大笔数目啊。"

波尔托思扮个怪相,这其中的深意科克纳尔夫人可是心里明白的。

"我要您说具体一些的原因,"她说,"是我有许多亲戚朋友都是经商的,我敢肯定,我买的东西几乎能比您去买便宜一半。"

"啊!"波尔托思说,"希望您刚才确实心里是这样想的。"

"的确是的,亲爱的波尔托思先生! 您首先需要有匹马吧?"

"是的,一匹马。"

"好的,我能办到。"

"哈!"波尔托思神采飞扬地说,"我的马就这样说定了;其次我得要全套鞍辔,只有火枪手自己才能买到这种东西,而且绝对超不过三百利弗尔。"

"三百利弗尔,好,就三百利弗尔。"讼师夫人长叹一口气说。

波尔托思露出满意的笑容,我们都知道,白金汉还送给他一副鞍辔,因此这就意味着他可以稳赚这三百利弗尔填自己腰包了。

"还有,"他继续说道,"我的随从也得配匹马,我还得准备个行李袋;至于武器嘛,您就不必费心了,我都齐全。"

"您随从也得要匹?"讼师夫人沉思着说,"这可是爵爷的架势呀,亲爱的。"

"哎! 夫人!"波尔托思骄傲地说,"难道您认为我成了乡巴佬吗?"

"不是。我是想说,一匹不错的骡子有时丝毫不逊于一匹马,我认为您给穆斯

世界二十大名著

三个火枪手

图文珍藏版

克通配一匹不错的骡子……"

"就一匹不错的骡子吧,"波尔托思说,"您的话很有道理,我就目睹一些西班牙贵族,后面全跟着骑骡子的随从。但是,您要知道,科克纳尔夫人,骡子需得有翎饰和铃铛呀!"

"这个您尽可以宽心。"讼师夫人说。

"现在只剩行李袋问题了。"波尔托思说。

"哦!这您放心,"科克纳尔夫人提高声音说,"我丈夫有五六个行李袋,您可以挑一个最满意的;里面有个最大的,任多少东西都能装。"

"您说的这个行李袋是空的吧?"波尔托思天真地问。

"这是当然的了。"讼师夫人也天真地回答。

"哎!可是我需要一个塞得鼓鼓的行李袋,亲爱的。"

科克纳尔夫人连声哀叹。莫里哀当时还未写《悭吝人》,因此科克纳尔夫人可是领先于阿巴贡了。

最后,其余需要置办的行装也以同样的解决方式一一谈妥了;讨论的结果是讼师夫人需得跟丈夫贷款八百利弗尔,另外还得提供一匹马和一匹骡子,荣幸地为波尔托思和穆斯克通效力。

条件都已说定了,利息和偿还日期也讲清了,波尔托思便向科克纳尔夫人辞别。这一位对他暗送秋波,企图挽留他多待一刻;然而波尔托思有公务缠身为由,使得讼师夫人不得不向国王屈服。

火枪手心情烦闷地忍着饥饿返回他的住处。

第三十三章　女仆和女主人

我们曾经说过，达达尼埃此时已经没有理智了，他对阿多思的忠告置之不理，逐渐堕入密拉娣的情网无法自拔；他每天必得去密拉娣家大献殷勤，固执的加斯科尼人深信，他的殷勤总会得到善报的。

一天晚上他喜气洋洋地悠然而至，好似等候天降金雨。在大门口他又碰上了那个丫头，但这一次娇巧的凯蒂不是嫣然一笑地与他擦肩而过，而是轻轻地拉着她的手。

"好呀！"达达尼埃暗想，"肯定是她的女主人派她送信给我；女主人羞于启口，就由她来与我约定一次会面。"

念及此处，他志得意满地观察着这位俊美的姑娘。

"我想跟您说几句话，骑士先生……"侍女吞吞吐吐地说。

"说吧，丫头，说吧，"达达尼埃鼓励她，"我正听着呢。"

"这儿不方便。我有许多话想跟您说，而且很秘密。"

"噢，那么去哪儿呢？"

"骑士先生，请跟我来好吗？"凯蒂羞赧地说。

"可以，我的漂亮姑娘。"

"那么请来吧。"

说着，凯蒂没松开达达尼埃的手，就一直拉着他到了一座昏暗、曲折的小楼梯前，然后带着他登上大约十五级台阶，而后开启一扇门。

"请进，骑士先生，"她说，"现在只有我们俩，可以随便说话。"

"这个房间属于谁的，我的漂亮姑娘？"达达尼埃问。

"是我的，骑士先生；这扇门与女主人卧室相通。但是您别担心，她听不到我们谈话声的，因为直到午夜她才会来这儿睡觉。"

达达尼埃扫视了四周一下。这间小屋淡雅整洁；但是，他的眼神还是不由自主地移到了刚才凯蒂跟他说起过的通往密拉娣卧房的那扇门。

凯蒂领会到这位年轻人的心思，不由得长叹一声。

"如此说来，您确实非常爱我的女主人，骑士先生！"她说。

"哦！我对她的爱是无法用言语形容的！我简直爱得发狂！"

凯蒂又叹了口气。

"唉！先生，"她说，"我真替您抱屈！"

"究竟什么事值得您抱屈的？"达达尼埃问。

"因为，先生，"凯蒂说，"我的女主人从来没爱过您。"

"嗯！"达达尼埃说，"难道她就是派你来跟我说这句话呀？"

"哦，不是的，先生！我是因为关心您，才决心通知您的。"

"谢谢你，我的好凯蒂，但是你的好意我也只能是心领了，因为你自己也知道，你的这些私心话儿让我听着很不开心。"

"如此说来,您并不信任我,是吗?"

"这种事情常人听了都很难接受的,我的漂亮姑娘,因为人人都爱面子。"

"因此您就不信任我?"

"坦白地说,只要你拿出东西来证明你说的……"

"这个可以吗?"

凯蒂边说边从胸口掏出一封短信。

"给我的?"达达尼埃迅速抢过信来。

"不是,是给另外一个人的。"

"另外一个人?"

"是的。"

"他是谁? 叫什么名字?"达达尼埃大吼道。

"您瞅一眼信封啊。"

"德·瓦尔德伯爵先生。"

圣日耳曼的那一幕立刻又浮现在这位自负的加斯科尼人脑海中;他差不多一点儿思考的余地都没留,便动手撕信封,等到凯蒂意识到他将要做——或者说正在做什么时,已经来不及阻止了。

"哦! 上帝! 骑士先生,"她说,"您在做什么呀?"

"我,什么也不做!"达达尼埃边说边念起信来:

　　我的第一封信没有得到您的答复;难道您身体不舒服,或者您不记得了上次在德·吉兹夫人的舞会上您向我投来怎样的眼神? 现在您的好运来了,伯爵! 不要错过它呀。

达达尼埃脸色苍白如纸,他的自尊心受到了打击,然而他却认定是爱情受到打击。

"我可怜的、亲爱的达达尼埃先生!"凯蒂无限同情地说,同时拉住小伙子的手。

"你是在怜悯我,漂亮姑娘!"达达尼埃说。

"哦! 是的,我真诚地同情您! 因为我知道爱情是什么!"

"你知道爱情是什么?"达达尼埃一边说着一边瞧着她,这是他第一次正视她。

"哦! 是的。"

"那么,你就不要怜悯我了,还是想办法助我一臂之力,向你的女主人复仇吧。"

"您想如何复仇?"

"我要赢得她,把她心目中的位置换上我。"

"这事您就不要痴心妄想了,骑士先生!"凯蒂心潮起伏。

"为什么呀?"达达尼埃问。

"有两方面原因。"

"哪两方面?"

"首先,我的女主人绝对不会爱上您。"

"你如何知道?"

"您曾经伤害过她的心。"

"我! 我自打与她交往,就跟个忠实的奴仆一样拜倒在她的石榴裙下,哪里会伤害到她呢! 我求你说清楚,快说呀。"

"这事我是永远不会说给别人听的,除了某个人……能懂我的一片心!"

达达尼埃第二次认真正视凯蒂。这个女孩俊俏而美艳,值得许多公爵夫人摘下冠冕与她相换。

"凯蒂,"他说,"只要你肯,我就会懂你的心;这是无所谓的,我亲爱的姑娘。"

随即,他亲吻了她一下,可怜的姑娘霎时间羞得脸蛋红似樱桃。

"噢!不要这样,"凯蒂大吼道,"您并不真的喜欢我!您只是爱我的女主人,您刚才是这样跟我说的。"

"但是这并不能影响我听到第二方面原因吧?"

"第二方面原因,骑士先生,"凯蒂一是由于被亲吻,二是由于年轻人眼神的鼓励,大胆地继续她的话语,"那是因为爱是自私的。"

达达尼埃顿时回想起凯蒂那脉脉含情的、忧愁苦闷的眼神,想起了在前厅、楼梯和过道里两人的偶遇,想起了她每每怎样不巧地用手轻碰他,又怎样暗暗神伤;然而,那时的他全部心思花费在如何向尊贵的夫人献殷勤上,哪儿顾得上注意这个侍女,捕鹰人岂会眷顾麻雀呢。

但是这一次,这位加斯科尼人一目了然了,凯蒂方才如此天真地,或者说如此大胆地向他袒露爱情,有哪些地方能够为他所用:截下送给德·瓦尔德伯爵的信件,在女主人身边设亲信,自由出入与女主人卧室毗连的凯蒂的房间。我们可以感觉到,这个随心所欲的年轻人,一门心思只想得到密拉娣,他这会儿正在计划哄骗可怜的姑娘了。

"嗯,"他对姑娘说,"亲爱的凯蒂,如果你对我的爱还有顾虑,那么让我证明给你看好吗?"

"证明您爱谁?"

"当然是证明我正打算全心爱你。"

"怎样证明?"

"我高兴我今晚留这儿陪你而不是陪你的女主人吗?"

"哦!当然,"凯蒂欢喜地拍着手。"很高兴。"

"那好,我的乖宝贝,"达达尼埃一边说着,一边坐在一张扶手椅上,"过来,我告诉你,你是我见到过的最美丽的姑娘!"

然后他接连重复了好多遍,并且娓娓动听,早就渴望这样的事实的可怜的女孩就信以为真了⋯⋯但是,令达达尼埃不解的是,娇巧的凯蒂怎么也不肯顺从。

两个人一个要征服,一个不肯顺从,时间就这样随着他们的争执而流逝。

午夜的钟声响起了,而同一时刻,他们听到了从密拉娣的卧室里传来的铃声。

"上帝啊!"凯蒂叫道,"女主人正在召唤我!快走,您赶紧走吧!"

达达尼埃站起来,拿起帽子作势要离开;然而他并没有开启朝楼梯的那扇门,而是突然打开一个衣橱的橱门,跳进去隐藏在密拉娣的裙袍和晨衣之间。

"您进去干什么呀?"凯蒂心急地问道。

达达尼埃早已拔下橱门钥匙,此刻正把自己关在衣橱里一声不吭。

"嗨,"密拉娣尖锐的嗓音再次响起,"难道你睡着了吗?为什么我摇铃还不见你影子。"

随即达达尼埃听到一声猛烈地开门声,通卧室的门被打开了。

"我来了,夫人,我在这儿。"凯蒂一边高声说着一边匆忙地赶过去。

主仆二人来到女主人卧房,因为没关通向卧房的门,有一段时间密拉娣叱喝侍女的声音传到了达达尼埃的耳中;后来她似乎不再生气了,当凯蒂为她卸装时,话题转到了他身上。

"哎,"密拉娣说,"我今晚为什么没见到那个加斯科尼人?"

"怎么,夫人,"凯蒂说,"难道他没来!他是否是没有耐性而把心思转到别人身上了？"

"噢，决不会！不是德·特瑞威尔先生就是德·埃萨尔先生有事把他耽搁了。这种事情我明白，凯蒂，这小子逃不出我的手掌心。"

"夫人决定如何对待他？"

"我如何对待他！……这个不劳你挂心，凯蒂，这小子与我有隙，他还蒙在鼓里呢……他几乎让我在主教大人面前颜面顿失……噢！我要复仇！"

"我还觉得夫人很喜欢他呢！"

"喜欢他？不，我恨他！这个蠢蛋，德·文特勋爵曾经就要毙命于他的手上，他却放过了他，使我那三十万利弗尔的年金至今还拿不到手！"

"就是，"凯蒂说，"您的儿子是他叔父的唯一财产继承人，而在他未成年期间，您有权随意处置这笔财产。"

达达尼埃耳闻如此娇柔的女人居然用这样恶毒的语言毫不遮掩地指责他没有杀死人，而他却对她曾经敬爱有加，不由得心惊胆战。

"因此，"密拉娣接着说，"如果不是红衣主教出于某种我不知道的目的而叮嘱我不要惹他，我早就报仇了。"

"哦！是的，但是夫人对他心爱的女人还是动手了呀。"

"哦！那个掘墓人街的老板娘。他早已忘了这个女人，不是吗？此仇也算报得够漂亮，够绝了！"

达达尼埃额头冷汗涔涔：这个女人简直是个恶魔啊。

他集中精力还想继续倾听，遗憾的是已经卸完装了。

"好了，"密拉娣说，"回你自己房间去吧，我交代给你的那封信，明天务必带回回信来。"

"送给德·瓦尔德先生的那封信吗？"凯蒂明知故问。

"自然是给德·瓦尔德先生的。"

"这位先生，"凯蒂说，"我认为完全跟可怜的达达尼埃先生不是同一种类型。"

"走吧，我的小姐，"密拉娣说，"我讨厌听别人说长道短。"

达达尼埃听到卧房门被从里面反锁上了，而后又是拉插销的两声响动，如此可见密拉娣的卧房防范甚严；凯蒂回到自己的房间后，也小心谨慎，不动声色地转动锁舌，关紧房门；与此同时，达达尼埃推开橱门走出来。

"哦，上帝！"凯蒂低吟道，"您这是怎么啦？您脸上都没血色了。"

"这个心如毒蝎的女人！"达达尼埃咕哝道。

"不要说话！不要说话！快离开吧，"凯蒂说，"这儿与夫人房间只一墙之隔，您在这儿说话，那边肯定会听到的！"

"冲这一点我就是不走，"达达尼埃说。

"您要做什么？"凯蒂满脸绯红地问。

"或者说，至少……走得迟一点儿。"

他随即把凯蒂一把拉到自己怀中；这下她是无可奈何了，因为倘若挣扎肯定会弄出声响！因此凯蒂依从了他。

这是完全针对密拉娣的一个复仇手段。常言道报复乃是神仙般的逍遥快活，达达尼埃觉得此言不虚。因此，如果他要是还有良心的话，得到这个姑娘应该知足了；然而此时达达尼埃头脑里仅有征服和虚荣。

但是，应该说句公正话，他把诱惑凯蒂的第一次利用，就是查询伯纳肖太太的情况，然而可怜的姑娘指着他脖子上的十字架发誓，她对一切完全不清楚，女主人从来不把她的秘密袒露出来；但是有一点她可以肯定，伯纳肖太太仍活着。

对于到底是何理由使得密拉娣几乎在红衣主教面前名誉尽失,凯蒂也搞不明白;但这一次,达达尼埃比她要知道的多些:他在离英之际曾在一艘封港的船上瞅见密拉娣,他认为那一定是因为钻石坠饰的事情。

在这一系列问题中,最明了的一件事就是,密拉娣的的确确是恨他,而且恨之深,恨之切,起因是由于他饶恕了他的小叔子。

达达尼埃翌日又去拜访密拉娣。她情绪极糟,达达尼埃断定那是因为没有接到德·瓦尔德先生的回信,才如此心烦。凯蒂进来时,密拉娣很冷淡地对她。凯蒂朝达达尼埃使个眼色,意思是说:您看,我是您的替罪羔羊呢。

但是到了将要分别的时候,满脸怨恨神色的漂亮女人又温柔起来,她微笑地倾听着达达尼埃那些甜言蜜语,甚至还伸出手让他亲吻。

达达尼埃离开了,感觉浑身轻飘飘的。不过因为他不是一个轻而易举就头脑发昏的人,因此方才他边巧言称赞密拉娣,边在心里酝酿一个计划。

在门口他见到凯蒂,跟昨天晚上一样,他随她上楼,在她房间里偷听密拉娣的举动。女主人重重责骂了凯蒂一顿,骂她办事不力。密拉娣搞不懂德·瓦尔德怎么会悄然无声,命令凯蒂明早九点钟到她房里拿第三封信。

达达尼埃请求凯蒂同意他,明早取完信后送他家去;可怜的姑娘允诺了情人的请求,她可是一往情深啊!

其余的情况仿佛昨日晚上的翻版:达达尼埃藏在衣橱里,密拉娣摇铃喊凯蒂卸装,又把她打发回自己屋,而后关门。达达尼埃也跟昨晚一下呆到早上五点钟才返回自己住所。

十一点一到,他便看见凯蒂来了;她手持一封信,当然是密拉娣写的。这一次,可怜的姑娘甚至都没跟达达尼埃提意见,任他为所欲为了;她已经全心全意地顺从这位英俊的禁军了。

达达尼埃拆开信,上面写着:

这已经是第三次我写信向您表白我的爱了。您小心点,说不定第四封信我会说我恨您。

如果您很后悔那样对我的话,就让给您捎信的姑娘告诉您,一个堂堂男子汉如何做才能获得宽恕。

达达尼埃在看信期间,脸上阴晴不定,一会儿红,一会儿白。

"哦!您还深爱着她!"凯蒂说,刚才她一直专注地盯着年轻人的脸颊。

"不,凯蒂,你误会了,我已不爱她了;但是她把我看得一分不值,我可得向她报复。"

"对啊,我知道您要如何报复,您曾经跟我说起过了。"

"那与你完全没有关系呀,凯蒂!你很清楚我独爱你一个人。"

"我怎会清楚呢?"

"你看我如何瞧不起她就明白了。"

凯蒂轻叹一声。

达达尼埃取出一支羽毛笔写着:

夫人,迄今为止我一直难以相信,您的前两封信都是为我而写,因为我自知不配享有如此殊荣;其次,我一直身体有恙,因此耽搁了给您回信。

但是我今天深信不疑,我确信您对我万分宠幸,您的信和您的侍女足以证明了您对我的深情。

我不必请教您的侍女一个堂堂男子汉如何获得宽恕。今晚十一点我会当面向您致歉请罪。现在,即使推迟一天,我也认为是对您的再一次怠慢。

从您那儿获得最大幸福的男人

德·瓦尔德伯爵

这封信一来冒名顶替,二来文字措辞欠雅,照现在的道德准则,甚至是卑鄙无耻;然而在当时,人们办事可不跟我们现在这样顾忌颇多。而且,达达尼埃从密拉娣的言谈中,已经意识到她对许多达官贵族也是要两面派,忘恩负义,因此对她很是蔑视,可是尽管这样,他还是感觉到一股莫名其妙的狂热感情在心中燃烧,也许是一种情欲,你想怎么说都随你高兴了。

达达尼埃的计划很简单:穿过凯蒂房间步入女主人卧房,在她刹那间的惊惧和羞涩时占有她;当然也许会失败,但总得试试看。一周后就征战去了,那时什么也顾不上了;达达尼埃可没闲空儿悠悠地卿卿我我,享受爱情了。

"喏,"年轻人封好信口交给凯蒂,"你送给密拉娣,就说这是德·瓦尔德先生的回信。"

可怜的凯蒂脸色惨白,她想得到信的内容。

"听我说,亲爱的姑娘,"达达尼埃对她说,"你要清楚,这件事情最终得有个了断;密拉娣早晚会发现,你把第一封送给我的随从而不是伯爵的随从;她并且也会发现,另两封本该由德·瓦尔德拆开的信,也由我代劳了;那时密拉娣定会把你赶走,而且你绝对明白,她是不会善罢甘休的,她肯定会寻机报复。"

"唉!"凯蒂说,"我甘愿吃苦受罪,究竟是为了谁啊?"

"为了我,这我明白,我的漂亮宝贝,"年轻人说,"我发誓我万分感激你。"

"可是这封信究竟写的是什么呀?"

"密拉娣会说给你听的。"

"哎！您不爱我!"凯蒂高声说,"我是多么可怜啊!"

对这声怨言,有一种回答极易令女人受骗,并且屡试不爽;达达尼埃使出这一招,果然哄得凯蒂服服帖帖。

决定交给密拉娣那封信前,她哭了许久,然而最终还是义无反顾地决定去做,达达尼埃巴不得她这样呢。

但是他许诺晚上快些离开女主人房间,而后上楼找她。

听到这声誓言,可怜的凯蒂心情轻松了许多。

第三十四章　本章里阿莱米斯和波尔
托思都准备好了行装

自从四位朋友分头置办行装以来,他们不曾定期相聚了。该吃饭了,经常是走哪儿吃哪儿,或者说哪儿有饭就去哪儿吃,很少有大家共进餐食的机会。并且,站岗当差也花费了一部分一去不复返的宝贵时间。但是,他们还是相约每周在阿多思家见一次面,时间定在下午一点。之所以去阿多思家里,是因为阿多思曾发誓他不会跨出门槛一步的。

凯蒂来见达达尼埃的这天,恰恰正是会面的日子。

凯蒂刚一离开,达达尼埃立马奔向费鲁街。

进门后,但见阿多思和阿莱米斯正在聊天。阿莱米斯又有了想当教士的念头。阿多思的性格一直是既不反对也不赞成,他认为各人的事情理应由自己做主。除非别人请求他给提一些意见他才说出自己的见解——这常常还是别人再三请求之后。

“一般某人要听别人的看法,”他说,“往往听了也不照办;即使照办,也是为以后找个可以责怪的对象,骂他主意烂透了。”

达达尼埃刚来不长时间,波尔托思也到了。四个朋友又相聚了。

四张面孔,表现着四种相异的神情:波尔托思异常镇定,达达尼埃满怀憧憬,阿莱米斯心神恍惚,阿多思一片坦然。

大家畅所欲言,波尔托思隐隐谈到一位达官贵人愿意解囊相助,片刻,穆斯克通走了进来。

他是来请波尔托思回去的,因为家里有紧急事情需要他处理,他说话的样子显得很可怜。

“我的行装送来了吗?”波尔托思问。

“可以说是,也可以说不是,”穆斯克通答道。

“你究竟要说什么呀?……”

“请您走吧,先生。”

波尔托思站起来,向朋友们辞别,随穆斯克通往家返。

须臾,门前出现了巴赞的身影。

“您找我有事吗,朋友?”阿莱米斯温和地说,每次他想皈依教门时,总能听到他以这种语气说话。

“府上有人候着您呢,老爷。”巴赞说。

“有人!谁呀?”

“一个乞丐。”

“您送他点零花钱吧,巴赞,并且对他说,为一个可怜的罪人祈祷吧。”

“但他非得跟您谈谈,而且说您肯定乐意见到他。”

"他有话交代您转告于我吗?"

"是的。他说,'如果阿莱米斯先生犹豫的话,您就告诉他,我来自都尔。'"

"来自都尔?"阿莱米斯叫道,"诸位,不好意思,我非走不可了,这人肯定是为我带来久已渴盼的消息的。"

说完,便迫不及待地离开了。

屋里只剩下阿多思和达达尼埃。

"我敢肯定这两个家伙都解决了他们的行装了。您意下如何呢,达达尼埃?"阿多思问。

"我断定波尔托思一切顺利,"达达尼埃说,"至于阿莱米斯么,坦白说,我心中从未有所怀疑;但是您,我亲爱的阿多思,那个英国人的皮斯托尔原本是您的战利品,您却毫不吝啬地分了,如今您意欲何为呢?"

"杀死那家伙,我很兴奋,老弟,算那个英国人倒霉;但如果我独自占有那些钱的话,我会寝食难安,万分愧疚的。"

"算了,亲爱的阿多思!您总有些古怪的想法。"

"咱们就不要再议论这件事了!德·特瑞威尔先生昨日大驾光临,您猜得出他怎么跟我说吗?他说您总跟红衣主教手下那些形迹可疑地英国人鬼混。"

"我知道他指的是那个英国女人,我曾经跟您谈起过的那个,我是经常往她家跑的。"

"啊!是了,那个金色头发的女人,我还对您提出忠告,劝您不要同她牵扯关系,当然,您是不会听从我的。"

"我跟您说过其中缘由的。"

"是的,听您的意思,我猜,您打算凭她置办行装。"

"不是这么回事!这个女人不是个正经人,我早知道她参与了绑架伯纳肖太太一案。"

"对,这个我懂;您是要寻找一个女人,因此向另一个女人献殷勤,战线拉得挺长的,但是却很有趣。"

达达尼埃几乎要把事情的来龙去脉一并说出来,但是有一件事让他及时打住:阿多思在有关道德操守方面严己宽人,而我们这位情圣对待密拉娣的手段上,有些地方是绝对不会赢得这位清教徒式绅士的支持;因此达达尼埃认为不说为佳,而阿多思偏又是个好奇心最缺乏的人,因此达达尼埃就结束了他的话题。

现在两人没有重要的话要说了,既然如此,我们暂且离开他们,去瞧瞧阿莱米斯的情形。

我们已经知道,这位年轻人刚一听到有个来自都尔的人找到谈话,立刻便随巴赞返回,更确切地说是在巴赞前面狂奔;片刻就由费鲁街跑到沃吉拉尔街。

进门后,一眼瞧见一个男人正等在那儿,他矮小的个头,机灵的眼神,然而却穿着破烂的衣衫。

"您要找我吗?"火枪手问。

"我要见阿莱米斯先生,请问您就是吗?"

"是的。您是否给我捎来什么东西?"

"对,不过您得出示一块绣花手帕。"

"可以,"阿莱米斯一边说一边从胸前拿出一把钥匙,把一只镶嵌着螺钿的乌木小匣子打开,"看,在这儿。"

"好，"乞丐说，"请支开您的随从。"

原来，好奇的巴赞急于弄清楚乞丐找他主人的目的，因此一路快跑，阿莱米斯刚跨进家门，他也随后而至；然而他快速跑步徒劳无益，主人听乞丐说了那句话，便打个手势示意他回避，他无可奈何，只得服从。

巴赞出去以后，乞丐迅速朝各处扫视一眼，认为没有外人能够耳闻目睹之后，就解开那件仅用一根皮带随意束住的破烂上衣，拆去贴身短衣上部的缝线，从里面抽出一封信来。

阿莱米斯瞅见信封上的封印，不由得兴奋地大叫一声，接过信封，放在嘴边亲吻上面的字迹，而后怀着一种近乎虔诚的敬意拆开信封。里面写着：

> 朋友，命中注定我们还得分离一段日子；然而青春的美好时光并不完全消逝。就让您勇战疆场，而我在他方尽职吧。请收下来人交给您的东西，像个体面的绅士那样征战沙场，并时时想着我吧。吻您漂亮的黑眼睛。
>
> 别了，噢不，再见！

那个乞丐仍然在拆衣服，从他脏乱的衣服里，他一枚接一枚地共掏出了一百五十枚西班牙双皮斯托尔，整整齐齐地摆放桌面上；然后，他打开门，稍鞠一躬便离开了，惊诧不已的年轻人还没来得及问候一声。

阿莱米斯又展开信就读起来，念完一遍，忽然发现信底还有个"又及"：

> 又及——请好好款待来人，他乃西班牙一位身份高贵的伯爵。

"真像做了个美妙的梦！"阿莱米斯大声说，"哦！美丽的人生！是的，我们都还年轻！是的，我们还有美好的时光！哦！我温柔的爱人呵，我的深切爱恋，我的整个生命，我的满腔热血，我所有的一切都属于您啊！"

说完又热烈地亲吻着那封信，对于桌子上闪亮的金币不屑一顾。

巴赞轻轻敲门，阿莱米斯已经不需要他回避了，便让他进来。

巴赞进来的目的原是通报达达尼埃来访，因为达达尼埃对于那个乞丐很好奇，便匆忙辞别阿多思而后跑来了；但是巴赞瞅见这些耀眼的金币之后，一下子怔住了，早已忘记通报达达尼埃来访的事了。

幸好达达尼埃和阿莱米斯向来不拘小节，他一见巴赞忘记通报，就独自闯进来。

"啊！了不得了，我亲爱的阿莱米斯，"达达尼埃说，"如果这些全是别人从都尔捎给咱们的李子干，您可得替我向那摘李子的园丁致以深深的谢意哟。"

"您想错了，朋友，"阿莱米斯仍然保守秘密，平静地说，"上次我在途中作的那首单音节诗，送给了一个书商，这是他为我送来的稿酬。"

"哦！是吗！"达达尼埃说，"嗯，我想对您说，您这位书商真大方，亲爱的阿莱米斯。"

"怎么，先生！"巴赞大声说，"一首诗的价格这样高！真令人难以相信！噢！老爷！您想写就写吧，您会成为像德·伏瓦蒂尔先生和德·班斯拉德先生一样著名。我，我更爱您这样。一个诗人，可以跟神甫相提并论了。啊！阿莱米斯先生，我恳请您，就做个诗人吧。"

"巴赞,我的朋友,"阿莱米斯说,"好像您妨碍了我们的交谈了。"

巴赞知道自己做错了,低垂着脑袋走出去了。

"噢!"达达尼埃笑吟吟地说,"您的诗可真值钱。您吉星高照啦,朋友。不过您得小心,从您上衣里露出来的那封信即将掉出来了,那也许是您的书商写来的吧。"

阿莱米斯满脸通红,塞好信,扣紧上衣纽扣。

"亲爱的达达尼埃,假如您同意,咱们招呼阿多思他们几个吧;既然我有钱了,今天我们就得美餐一顿,明天你们照样也会有钱的。"

"太棒了!"达达尼埃说,"我完全赞同。咱们好长时间没有痛痛快快地吃过一顿了;而且我今晚要办一件冒险的事情,坦白说,还真希望饮上几瓶勃艮第陈葡萄酒以壮行色,那该有多好啊!"

"可以,就喝勃艮第陈酿吧,我也很喜欢这酒,"阿莱米斯说,自从见到金币之后,那些退隐的想法早已消除了。

他抓了三四枚双皮斯托尔放进衣袋,以备酒宴之用,剩下的金币全锁进那只镶嵌螺钿的乌木匣子,那块被他当作消灾避难的精致手帕也在其中。

两位朋友先去阿多思家里,因为阿多思发誓不跨出家门一步,因此他提出一切由他负责,让人将饭菜送到他家;由于他深谙烹饪之法,达达尼埃和阿莱米斯立刻一致赞同由他全权负责。

两人再去波尔托思家,途经巴克街拐角时,他们遇到了穆斯克通,他正满面愁容地赶着一骡一马走路。

达达尼埃一见那马,立刻发出一声快乐的惊叫。

"嗨!我的黄马!"他嚷道,"阿莱米斯,快看这匹马!"

"哦!丑陋不堪!"阿莱米斯说。

"哎,朋友,"达达尼埃说,"我原来就是跨着这匹马来巴黎的。"

"什么,先生您认得这匹马?"穆斯克通说。

"它的毛色真是奇特,"阿莱米斯说,"我以前还从未见过如此毛色的马呢。"

"我对这句话确信无疑,"达达尼埃说,"因此我才把它卖了三个埃居,那就是凭着这毛色的功劳,若单靠它的骨架,用不了十八个利弗尔。但是这匹马如何会在你手里,穆斯克通?"

"唉!"这随从说,"甭提了,先生,这全是我们那位公爵夫人的丈夫戏弄人的杰作!"

"究竟发生了什么事,穆斯克通?"

"是这样的,我们一直备受一位贵妇人的垂青,这位公爵夫人……;噢,很抱歉,我主人叮嘱我不能透露她的姓名,她坚持让我们收下一点小小的礼物,是一匹西班牙小种马和一匹安达卢西亚产的骡子,看起来可神气啦;没想到让那个丈夫获悉了,他在仆人为我们送我那两匹优秀的牲口之际,半路给调包了,我们接到的便是这两头倒霉的畜生。"

"你这是送还他?"达达尼埃问。

"对!"穆斯克通说,"您知道,把答应给我们的坐骑换成如此两头畜生,我们是不能接受的。"

"当然了,虽然我得承认我非常想一睹波尔托思骑在我的黄骠马上的风采,看看他,我就能够想象得出我初来乍到时的样子了。好了,我们不延误你办事了,穆斯克通,快点办好你主人的差遣吧,走吧。他在家吗?"

"是的,先生,"穆斯克通说,"但是情绪极糟糕,二位请去吧!"

说完,他继续沿河街朝大奥古斯丁走去,两位朋友则赶到不幸的波尔托思家门口拉铃。波尔托思眼见他们穿过院子,但就是不愿开门。他俩白白忙活着拉铃了。

此时的穆斯克通赶着两匹可怜的牲畜,穿过新桥,直到狗熊街。在那儿,他遵照主人的吩咐,将马和骡子拴在讼师家的门环上;而后,不管它们的生死,立刻返回到波尔托思那儿复命了。

不久,两匹牲畜由于一早起来便没尝到草料,此刻正没有休止地拉起门环,又摔下,再拉起,闹得不亦乐乎,老讼师被吵闹声惊住,就让小厮到街坊邻里问一问,看这匹马和这头骡子到底是哪家的。

科克纳尔太太认出这是她赠给人的礼物,但起初怎么也搞不懂为什么它们又返回来了;然而波尔托思的拜访顿时令她恍然大悟。火枪手尽管拼命克制自己,但是两只眼睛泛着怒光,使那心眼窄的情妇惶恐不安。原来,穆斯克通回去后,把如何遇见达达尼埃和阿莱米斯,达达尼埃如何一下子认出那匹黄马,那就是他来巴黎的路上骑的贝阿恩矮脚马,过后他如何以三个埃居卖了它,完完整整地讲述给波尔托思了。

波尔托思给讼师夫人甩下一句话,让她立刻去圣马格洛瓦尔隐修院会面,而后转身告辞。老讼师看波尔托思要离开,便留他吃饭,火枪手傲然地拒绝了他的邀请。

科克纳尔夫人战战兢兢地来到圣马格洛瓦尔隐修院,因为她已经意识到她所面临的将是一顿责骂;但是波尔托思那气宇轩昂的气派还是把她迷住了。

所有能让一个自尊受挫的男人诅咒和怒喝一个女人的言词,波尔托思毫无遗漏地全部扔在了讼师夫人低垂的头上。

"唉!"她说,"我也是竭尽全力要做得圆满一些啊。我们有位客户,他是个贩卖牲口的,欠了事务所的账,就是不答应还债。我只好让他用一头骡子、一匹马抵债,他允诺送两匹上等的坐骑的。"

"行了,夫人,"波尔托思说,"假如他欠你们的钱超过五埃居,那么这个马商便是个骗子。"

"但也不是不许可找廉价的商品吧,波尔托思先生。"讼师夫人为自己开脱。

"是的,夫人,但是谁要找廉价商品,就不要妨碍别人寻求更阔绰的朋友。"

波尔托思边说边转身向外迈了一步。

"波尔托思先生! 波尔托思先生!"讼师夫人大叫道,"是我不对,我认错,为您这么一位体面人置办行装,原本是不应计较的!"

波尔托思没说话,又迈出一步。

讼师夫人眼前仿佛出现了处在光芒四射的云端的火枪手,他被许多公爵和伯爵夫人包围,她们纷纷朝他脚跟扔下一袋袋金币,唯恐落在后面。

"看在上帝的面上,请留下来,波尔托思先生,"她高声叫道,"请不要走,咱们继续谈谈吧。"

"同您谈话,只会给我带来噩运。"波尔托思说。

"但是你总得告诉我,您究竟希望我怎么做?"

"我没有希望,因为那只是徒然无望。"

讼师夫人拽住波尔托思手臂,痛苦地叫道:"波尔托思先生,我对这些事不在行啊；我如何能看出一匹马的优劣呢？我哪里知道有关鞍辔的事情呀？"

"您应该一切托付给我办，我是行家呀，夫人；但您只知道省钱，最后反被骗。"

"是我错了，波尔托思先生，我以人格担保，我会补救的。"

"如何补救？"火枪手问。

"您听我说。今晚德·肖尔纳公爵邀请了科克纳尔先生。公爵有事要跟他谈，起码得两小时，您今晚来我哪儿，就咱俩，我们一块儿算算账。"

"好的！这还像样，亲爱的！"

"您宽恕我了？"

"到时候再说吧。"波尔托思郑重地说。

两人相互说声"晚上见"便分手了。

"哈！"波尔托思心想，"我好像终于有机会到科克纳尔先生的钱柜旁瞧瞧了。"

第三十五章　猫在夜里都一样

波尔托思和达达尼埃热切盼望的夜晚终于来临了。

达达尼埃一如既往,九点钟左右到达密拉娣府,他看出女主人难掩的喜悦,他还没受到过如此周到的接待。我们的加斯科尼小伙子一下子认定她已收到他的信,并且这封信收效甚好。

凯蒂端着饮品进来。女主人对她和蔼可亲,跟她说话也是笑容可掬;但是,唉!可怜的女孩此时正满腹愁苦,因此一点儿没察觉到密拉娣的友好盛情。

达达尼埃眼光不停地随着两个女人的转动,不禁内心感叹造物主的错误安排:它给一个贵妇人安了个心狠手辣、卑鄙龌龊的灵魂,而给一个侍女安了个上等夫人的心灵。

及至十点钟,密拉娣有些局促不安起来,达达尼埃当然清楚其中深意;她看看钟,一会儿站起来,一会又坐下,微微笑容仿佛示意达达尼埃说:"您实在非常可爱,但是假如您现在就走开,您就更可爱了!"

达达尼埃站起来取自己的帽子,密拉娣伸出一只手让他吻;年轻人感到他的手被她紧握一下,他知道这不是卖弄风情,而只不过是感激他的离开罢了。

"她对他可真痴情。"他暗想,随即出去了。

这次没有碰到凯蒂,不管是前厅、过道还是大门口,到处都不见她的踪影。达达尼埃只好一个人上楼来到她的房间。

凯蒂坐在屋里,双手掩面,暗自垂泪。

她听到达达尼埃进来了,可是并没抬头看他;年轻人走近她,拉起她的双手,她顿时轻轻啜泣起来。

跟达达尼埃预料的一样,密拉娣见到信后,兴奋之余对女仆和盘托出,为了奖赏她这次优秀的表现,还送给她一袋钱币。凯蒂回到屋里,顺手把钱袋扔到角落里,尽管它的袋口大开,甚至还滚出三四枚金币,她都不去理睬。

可怜的姑娘受到达达尼埃的爱抚,她抬起头。达达尼埃望着她无奈的表情,不禁恐惧起来;她双手合掌放在胸前,好像在忏悔,然而始终未开口。

达达尼埃虽然性格开朗,也对这无言的悲恸深表同情;但是他对于自己的计策,尤其是眼前这一个,特别注重,因此意志非常坚定,丝毫不会改动其中任何一个预定的行动。他没给凯蒂留下劝服自己的余地,仅仅向她表明,这次行动纯属报复手段。

而且这种报复成功在即,因为可能是密拉娣唯恐情人发现自己的羞涩,已经通知凯蒂,到时候熄灭房子所有的蜡烛,连同她自己的也不例外。德·瓦尔德先生必得在天亮,在黑暗中离开。

不久,听到密拉娣回到卧房。达达尼埃连忙隐藏在衣橱中。未等她藏好,密拉娣的铃声就响了。

凯蒂应命进入女主人卧房,顺手关上门;然而小房间跟卧房的隔墙太薄,以至于两个女人的谈话,达达尼埃几乎都能听到。

密拉娣似乎欣喜若狂,反复地让凯蒂讲她跟那个德·瓦尔德先生会面的具体情形,他是如何接过信的,说了些什么,他脸上有何表情,是否显得情真意切;可怜的凯蒂佯装镇定,机械地回答她的问题,音调都有些发颤,然而女主人一点儿都没察觉她痛苦的声调,幸福真是自私啊!

终于,密拉娣发觉与伯爵幽会的时刻快要到了,她真的要凯蒂熄灭所有蜡烛,打发她回到自己房间,等待着瓦尔德的到来并为他带路。

凯蒂根本不用多等。达达尼埃自衣橱锁眼里一瞧见屋子漆黑一片,便急不可耐地从躲藏处一跃而出,而当时凯蒂刚好关上与卧房相通的房门。

"什么声音?"密拉娣问。

"是我,"达达尼埃低沉地说道,"我是德·瓦尔德伯爵。"

"哦!上帝!上帝!"凯蒂自言自语地说,"他竟然等不及自己约定的时间!"

"哎,"密拉娣哆嗦着说,"为什么他还不进来?伯爵,伯爵,您很清楚我正等着您呢!"

听到召唤,达达尼埃悄无声息地离开凯蒂,进了密拉娣的房间。

假如狂热和悲痛应该折磨某颗心,那么这颗心必定属于一个冒名顶替的情人的心,他耳边听到的是情意缠绵的爱情表白,内心却清楚这完全是给予他那好运气的情敌的。

达达尼埃现在正处在这种意料之外的痛苦境地,妒忌在啮蚀着他的心,他跟正在邻屋黯然神伤的凯蒂几乎经受着同样的煎熬。

"哦,伯爵,"密拉娣温柔地拉着他的手,含情脉脉地说,"哦,每当我们相见,您的眼神、您的话语流露出来的爱情,都令我幸福无比。我也是一样,我爱您。哦!明天,就是明天,我要您赠我一件信物,表明您对我的钟情,同时,为了防止您忘了我,我把这个送您。"

她一边说着一边从手指上褪下一只戒指,套在达达尼埃手指上。

达达尼埃认出这枚戒指,他见密拉娣戴过,这是枚镶满钻石的罕见的蓝宝石戒指。

达达尼埃几乎立刻便把戒指还给她,只听密拉娣说:

"不,不;您收下它吧,它是我爱情的忠实保证。并且,您把它收下,"她忽然情绪高昂起来,"就相当于在帮助我,您都无法设想这有多重要啊。"

"这个女人真是个谜,简直猜不透她。"达达尼埃暗想。

这时,他认为到了抖搂真相的时候了。他刚要张口向密拉娣坦白他的真实身份,告诉她他来的意图只不过为了报复,却听到密拉娣又说话了:

"可怜的宝贝,那个加斯科尼恶魔几乎要杀死您了!"

这个恶魔自然指他。

"哦!"密拉娣继续说,"您的伤口还痛吗?"

"是的,依然痛。"达达尼埃随声应道,他都不知道该如何回答了。

"您放心,"密拉娣低吟道,"此仇非报不可,我会让他不得好死!"

"哎唷!"达达尼埃心里嘀咕着,"好像此刻不是坦白的时候。"

达达尼埃需得隔段时间才能领会这段短短的对话,但是他本来一心只想报复,此刻那些念头早就烟消云散,不知所踪了。这个女人以不可抗拒的魅力迷倒了他,他对她又爱又恨,如此分明的敌对情感居然同时存在于一颗心灵上,这使他始料未及,他奇怪两种情感的交融结果竟产生了一种特别而又邪恶的爱情。

钟声提示着午夜一点的到来,他该告辞了;达达尼埃与密拉娣分手时,真是难舍难分,在充满柔情蜜意地道别声中,他们相约下周再见。可怜的凯蒂还渴望着达达尼埃经过她的房间时,跟他说几句知心话儿;没想到密拉娣竟然亲自送他出来,直送到楼梯口才相互分离。

第二天上午,达达尼埃匆匆忙忙来到阿多思家里。他不小心惹起了如此奇特的事件,很希望得到阿多思的指教。他一五一十地把事情说给阿多思听;阿多思一边听着,一边连连皱眉。

"您说的那位密拉娣,"他这样对达达尼埃说,"我认为是个无耻的女人,但您如此骗她也很不应该;您的行为,不管怎么说,都给您招来个厉害的冤家对头。"

阿多思说话的时候,眼睛一直盯着达达尼埃手指上那嵌满钻石的蓝宝石戒指,王后的赏赐已经被替换了,达达尼埃把那枚钻戒小心谨慎地藏在一个匣子里。

"您是在注意这枚戒指吗?"加斯科尼人说,如此珍贵的礼物能向朋友炫耀一番,他甚为自豪。

"是的,"阿多思说,"我勾起了我对一件家传首饰的记忆。"

"这枚戒指很漂亮,是吗?"达达尼埃问。

"是的,太漂亮了!"阿多思说,"我想象不到世界上竟然会有两颗同样玲珑剔透的蓝宝石。您是用那枚钻戒交换的吧?"

"不是,"达达尼埃说,"这是个礼物,是那位英国美人,或者更确切地说是那位法国美人的赠物;尽管我没有询问她,但我敢肯定她成长于法国。"

"这是密拉娣的戒指?"阿多思不禁脱口叫道,那语气显而易见表明他很激动。

"对,是她昨晚送我的。"

"请让我仔细瞧瞧,"阿多思说。

"给。"达达尼埃边说边取下了手指上的戒指。

阿多思认真地看着这枚戒指,脸色变得越来越苍白,然后他把它戴在左手的无名指上;戒指跟他的手指完满地配合在一起,如同是为他定做的一般。一阵愤慨之气掠过这位绅士素来宁静的额头。

"怎么可能是它,"他说,"那枚戒指如何落在密拉娣·克拉丽克手上呢?但是,两件首饰竟然如此貌似,真是不可思议。"

"您曾经见过这枚戒指?"达达尼埃问。

"刚才我还认为见过,"阿多思说,"现在我觉得准是我弄错了。"

说完便将戒指交还达达尼埃,眼睛却始终随着它。

"我说,"片刻,他说道,"达达尼埃,请您或者褪下这枚戒指,或者把宝石转到里面,可以吗;见到这颗宝石,我就回想起以前那些痛苦的往事,以至于连跟您交谈的心思都没有了。您不是来听我的意见,您不是告诉我说您无法自拔、无计可施了吗?……但是稍等……请再把戒指借给我瞅瞅:我见过的那枚戒指,有一面因不小心而划过一道痕。"

达达尼埃再一次取下戒指交给阿多思。

阿多思打个冷战,说:

"咦,真是怪事。"

而后他把记忆中的那道伤痕指给达达尼埃。

"但这颗蓝宝石,又是谁送您的呢,阿多思?"

"我母亲,她从我外婆那儿继承来的,跟我告诉您的一样,这是家传首饰……不应该流失在外的。"

"这么说是您把它……卖了?"达达尼埃犹豫地问。

"不是,"阿多思面带一丝怪异的笑容说,"在一个浪漫的夜晚,我把它作为定情之物送给别人了,正如别人送您一样。"

　　达达尼埃深深思索起来,他感觉在密拉娣的灵魂深处有一个黑暗的、深不可测的沟壑。

　　他没将戒指重新戴上,相反却把它装进口袋。

　　"听我说,"阿多思握着他的手,对他说,"您知道我爱您多深吗,达达尼埃?即使我有个儿子,也决不会爱他的程度超过您。嗳,请听我一句话,放弃这个女人吧。我尽管不认识她,但直觉告诉我,她是个堕落的女人,她身上隐藏着恶毒的东西。"

　　"言之有理,"达达尼埃说,"好的,我决定今后不见她;坦白说,我也认为她令我恐惧。"

　　"您能下定决心吗?"阿多思问。

　　"当然,"达达尼埃回答说,"现在就可以。"

　　"好极了,我的孩子,您很明事理。"尊贵的阿多思满怀感情地拉着加斯科尼人的手说,掩藏不住那种类似父爱的情感,"希望上帝做主,不要使这个刚闯入您生活的女人为您的生活留下一丝致命的阴影!"

　　说完,阿多思对达达尼埃摇了一下头。如果有人想要示意别人他想独自呆着静思的时候,通常都是这样表达的。

　　达达尼埃回家之后,见凯蒂正等候着他。一夜的痛苦和失眠,使这位可怜的姑娘憔悴不堪,面庞变得更甚于发烧一个月。

　　她是被女主人派遣来给假瓦尔德送信的。此时女主人正爱得天翻地覆、如痴如狂,她急切地想知道伯爵将在哪一天与她约会。

　　可怜的凯蒂面色苍白,哆哆嗦嗦,等待着达达尼埃回话。

　　阿多思的话在这个年轻人身上起了作用:朋友的忠告,良心的召唤,令他回心转意,既然自尊得到满足,报复也成功了,现在理应与密拉娣划清界限。于是,他取出笔来修书一封:

　　　　夫人,很难说定下次会面的日期;自我伤愈之后,此类应酬令我应接不暇,因此只能按顺序来。该到您时,我自当告之。

吻您的手。

德·瓦尔德伯爵

至于蓝宝石戒指,信中未提一字。我们这位加斯科尼人是想留它作为胁迫密拉娣的工具呢,还是——坦白说——想留下这颗蓝宝石,作为穷困潦倒之时置办装备的经费呢?

但是,用此时代的观念评判彼时代的行动举止,总是欠缺的。现在被认定是令一个文雅人倍感耻辱的事情,在那个时代却是普普通通、顺理成章的事情,从戎的世家子弟经常受到他们情妇的资助。

达达尼埃展开信纸拿给凯蒂看,最初她还有些不理解,又重看一遍之后,高兴得几乎发狂。

凯蒂难以相信这种幸福的降临,达达尼埃只好把信中的意思亲口解释给她听;可怜的姑娘很清楚,暴戾的密拉娣看到她交上的这封信后,一定不会给她好脸色看,但她还是一路狂奔,一直跑回王家广场。

再善良的女人,也不会同情情敌的悲痛的。

密拉娣拆信时的迫切心情,绝不亚于凯蒂捎信时的心情;但是刚读到第一句话,她面如青灰,紧接着她把信揉成一团,双目怒火中烧,紧紧盯着凯蒂。

"这是封什么信?"她说。

"是答复夫人的呀。"凯蒂颤抖着说。

"胡说!"密拉娣吼道,"一个绅士怎么可能这样给一个女人写信!"

但她的声音忽然抖动起来:

"上帝!"她说,"莫非他已得知……"立刻又不说话了。

她牙齿咬得嘎嘎响,脸色灰白;她想走到窗口呼吸一口新鲜空气,但是刚伸出胳膊,还没迈步便双腿无力而跌倒在一张扶手椅上。

凯蒂误认为她心中憋闷,连忙走过来给她解开胸褡。但是密拉娣几乎立刻便站起来:

"你想干什么?"她说,"把手放我身上做什么?"

"我还以为夫人不舒服呢,想帮帮您。"侍女回答,她被女主人阴森森的面孔给惊住了。

"我不舒服?你把我看成虚弱的女人?我遭人侮辱,是决不会晕倒的,我要报复,你明白吗!"

说完,她摆手让凯蒂退出去。

第三十六章　复仇的梦

当天晚上,密拉娣通知,如果达达尼埃先生到了,按往常一样立刻带他进屋。然而他并未来。

第二天凯蒂又去见年轻人,把昨晚的情形讲述一番;达达尼埃微微一笑,密拉娣的嫉恨,恰好证明他的报复成功了。

这天晚上密拉娣比昨晚还要焦躁难耐,她重新叮嘱了一遍如何对待加斯科尼人;但是跟昨晚一样,她又白等一夜。

第三天凯蒂来见达达尼埃时,已经失去了前两天的幸福和轻松,她愁眉苦脸,心忧胆寒。

达达尼埃询问可怜的姑娘发生什么事了,但是姑娘一句话也不说,仅仅从衣袋取出一封信交给他。

信是密拉娣写的,但是这次的对象是达达尼埃而非德·瓦尔德先生。

他打开信读道:

亲爱的达达尼埃:

　　不应该如此疏远朋友吧,况且我们即将分手,再见之期遥遥。昨天和前天我和小叔都在等待您的光临,然而徒劳空等。今晚是否依然如故?

始终感激您的

克拉丽克

"不用担心,"达达尼埃说,"我正期待着这封信呢。德·瓦尔德伯爵威望一落千丈,该轮到我的上升之日了。"

"您打算去吗?"凯蒂问。

"听我的,我的乖宝贝,"加斯科尼人说,他希望弄到一个理由,借以辩解自己对阿多思的食言,"你要知道,她如此郑重地邀请我,倘若我不赴约,就不应该了。密拉娣见我不去,肯定会奇怪我怎么会忽然中断与她的关系,也可能疑心到什么,这么一个暴烈性格的女人要报复起来,谁能料到会发生什么事情呢?"

"哦!上帝!"凯蒂说,"您做什么都满有借口。您的目的只不过是讨好她罢了,如果这一次您以自己的名义,以自己的相貌取悦于她,那可糟糕透顶了!"

可怜的姑娘本能地看出即将发生的事情。

达达尼埃好言相劝,发誓不管密拉娣如何卖弄风骚诱惑他,他也不会心动。

他让凯蒂告诉密拉娣,承蒙她的错爱,他深感万分荣幸,定当唯命是从;但是他可没胆量写信,担心那样他的笔迹一定逃不过密拉娣锐利的眼睛。

九点的钟声刚敲响,达达尼埃便到达了王家广场。很明显等候在前厅的仆人们早已得到命令,因为达达尼埃刚落脚,尚未开口询问密拉娣是否会客,一个仆人就急匆匆跑去通报了。

"请他进来，"密拉娣说话很简洁，但嗓门颇高，以至于站在前厅的达达尼埃也听见了。

一个仆人领他进去。

"现在我概不见客，"密拉娣说，"听清楚了吗，不管是谁。"

那个仆人告退了。

达达尼埃饶有兴趣地朝密拉娣望去：她脸色苍白如纸，眼睛微肿，可能是哭出来的，也许是失眠的后果。她故意比往常少点几支蜡烛，然而两天来的狂怒和忧伤所留下的痕迹依然无法掩饰。

达达尼埃一如既往，风度翩翩地向她走去，她尽其所能地想热情地接待他，但是亲切的微笑总也盖不住脸上慌乱的表情。

达达尼埃问她是否安康。

"不好，"她说，"简直糟糕极了。"

"既然这样，"达达尼埃说，"恕我直言，我认为您应当休息，我这就走了。"

"不要走，"密拉娣说，"呆在这儿吧，达达尼埃先生，有您这样善心地陪着我，我会很开心的。"

"嗬！嗬！"达达尼埃暗忖，"她从来这样温柔可亲，我要提防着。"

密拉娣竭尽全力地显出很亲切的样子，使谈话的气氛尽力活泼一些。与此同时，瞬间刚退去的热情，此刻又恢复过来，使她双眸有神，脸颊润泽，双唇红艳。达达尼埃恍惚又见到那个用魔法迷倒他的喀耳刻。他自认为放弃了爱情，其实一直隐藏在心田，此刻又复活了。密拉娣盈盈一笑，达达尼埃感到能够博她一笑，天诛地灭也在所不惜。

有过一瞬间，他内心颇感愧疚，好像发现以前对她太过绝情。

密拉娣逐渐开始挑逗他了。她问达达尼埃有过情妇没有。

"唉！"达达尼埃显得很哀伤地说，"您很清楚我一见到您，便魂不守舍，一心想与您相见，有您的日子便欣喜若狂，没有您的日子茶饭不香，您还竟然忍心提这种问题！"

密拉娣脸上掠过一丝神秘的微笑。

"如此说来您是爱我的？"她问。

"这是很明显的事，难道您感觉不出吗？"

"当然感觉到了，但是您也清楚，越是圣洁的感情，越难以获得。"

"哦，我不怕难，"达达尼埃说，"我只怕没有机会。"

"真正的爱情，"密拉娣说，"都是有机会获得的。"

"真是这样吗，夫人？"

"当然，"密拉娣回答。

"见鬼！"达达尼埃暗想，"态度转变了。难道这个变幻莫测的女人真得爱上我了，也要赠我一枚蓝宝石戒指，如同给德·瓦尔德的那枚一样？"

"我倒得看看，"密拉娣说，"您如何向我证明您表白这种爱情？"

"无论您吩咐我做什么，只要是您的命令，我必照办。"

"无论什么事情都可以吗？"

"是的，无论什么事情！"达达尼埃抬高嗓门，他已料到这个保证并不会冒很大风险。

"那么好吧，咱们聊聊。"密拉娣说，顺势把她的扶手椅移近达达尼埃跟前。

"我洗耳恭听，夫人，"他说。

密拉娣稍做迟疑，仿佛举棋不定，之后又像是毅然决定。

"我有个仇人。"她说。

"您吗,夫人!"达达尼埃装出惊诧不已的样子问道,"上帝,这怎么会呢?您美若天仙,心地善良!"

"我们不共戴天。"

"是真的吗?"

"这个仇人残酷地侮辱了我,因此我不会放过他,我和他只能有一个人活着。我能依赖您的帮助吗?"

达达尼埃马上意识到这个复仇之心极重的女人的心思了。

"没问题,夫人,"他做作地说,"我的双臂,我的生命,跟我的爱情一样,都奉献给了您。"

"那好,"密拉娣说,"既然您不但一片深情,而且行侠重义……"

她停住不说话了。

"怎么样?"达达尼埃问。

"那么,"密拉娣沉思片刻,继续说,"从今天起,请您不要谈什么没有机会了。"

"哦,不要让幸福太过沉重,让我负担不起吧。"达达尼埃一边高声叫嚷,一边屈膝跪下,疯狂地亲吻着那双任他摆布的手。

"您去摆平那个可恶的德·瓦尔德,替我报仇吧。"密拉娣心里愤愤地说,"然而我会想办法抛弃你的,你这个双料傻瓜,该死的剑徒!"

"你这虚伪的可怕女人,在那么无情地嘲讽我之后,就乖乖地投进我的怀抱吧。"达达尼埃也在暗自打着算盘,"你想借刀杀人,然而我可得跟他一道戏弄你啦。"

达达尼埃抬起头。

"悉听尊便。"他说。

"如此说来您懂我的意思了,亲爱的达达尼埃先生!"密拉娣说。

"您只要递个眼神,我便会猜得相差无几。"

"您的意思是,这条已经威名远扬的胳膊,现在为我所用了?"

"随时恭候您的差遣。"

"但是我,"密拉娣说,"对您的如此热情相助,我应当怎样酬谢呢?我知道,情人们都是有利可图才答应办事的。"

"我的答案只有一个,这个您是明白的,"达达尼埃说,"只有这种酬谢才与你我相配!"

说完他轻柔地将她拉到自己怀里。

她几乎一点抗拒都没有。

"看您真没耐性!"她笑吟吟地说。

"哦!"达达尼埃叫道,这个女人有着无穷的魅力引诱他的欲火,现在他完全受控于这种炽烈的情欲中,"哦,那是由于我对这种幸福难以置信,我担心它会随梦消失,因此我希望它立刻成为现实。"

"那么,您就好好争取您的幸福吧。"

"我完全听命于您。"达达尼埃说。

"此言不虚?"密拉娣说,话中透露出一丝怀疑。

"那个卑鄙无耻的家伙居然使您这双漂亮的眼睛垂泪,您告诉我,他那底是谁?"

"您怎么知道我流泪了?"她说。

"我猜……"

"我这种女人是不会哭的。"密拉娣说。

"那最好！行了，告诉我他的姓名。"

"您要知道，他的姓名可是我的秘密呀。"

"但是我必须得知道他的姓名呀。"

"是的，您应该知道。您看，我对您如何信任！"

"您让我开心异常。他的名字是？"

"您认识他。"

"是吗？"

"是。"

"莫非是我的一位朋友？"达达尼埃装出迟疑的表情，让人感到自己的确毫不知情。

"假如真的是您的某个朋友，您就得思虑一下了？"密拉娣高声问，眼中射出威胁的光芒。

"不会的，即使是我的手足兄弟，我也不会犹豫不决。"达达尼埃忘乎所以地大叫大嚷。

我们的加斯科尼人随意胡夸，因为他了解所有内幕。

"我爱您的耿耿忠心。"密拉娣说。

"唉！单只这一点值得您爱吗？"达达尼埃问道。

"当然还有您这个人，"她说，使劲握住了他的一只手。

她的力量之大，使得达达尼埃不禁打个冷战，好像这种接触，那燃烧在密拉娣身上的寒热就传给了他似的。

"您爱我！"他嚷道，"哦！如果您没骗我，我兴奋得都要发狂了。"

说完他紧紧把她搂进怀。她的嘴唇毫不闪避地任凭他亲吻，但从不主动吻他。

她的嘴唇冷如冰，达达尼埃感到自己正在亲吻一尊雕像。

但他盲目地被爱情鼓动，仍然感到沉醉在幸福中，他差不多要相信密拉娣是善良多情的，也差不多认定德·瓦尔德犯了滔天大罪。如果此时德·瓦尔德就站在他面前，他肯定会一剑结果了他。

密拉娣趁机说道：

"他叫……"

"他叫德·瓦尔德，我知道，"达达尼埃叫道。

"您从哪儿得知？"密拉娣紧抓住他的手问，目光似剑，仿佛要穿透他的内心深处。

达达尼埃知道自己得意忘形而犯了个不容忽视的错误。

"快说，快说，您就说给我听呀！"密拉娣步步紧逼，"您从哪儿得知？"

"从哪儿得知？"达达尼埃说。

"是呀。"

"是德·瓦尔德，因为昨天我们俩在一个客厅时，他曾向我炫耀过一枚戒指，说是您的赠物。"

"混蛋！"密拉娣骂道。

谁都应猜得到，这声怒骂传到达达尼埃耳朵里，是怎样的心花怒放。

"您还有什么话要说？"她又接着问。

"我要告诉您，我一定为您报仇，结果了那个无耻小人。"达达尼埃神情激昂，好像是亚美尼亚的雅弗少爷。

"太感谢您了，我忠诚的朋友！"密拉娣高声说，"我何时能报此仇？"

"明天或是立刻,悉听尊便。"

密拉娣就要脱口说出"立刻";然而念头一转,心想如此迫不及待恐怕达达尼埃会见怪于她。

而且,她还有许多事情要对这位保护人交代,许多话要对他言明,省得到时在证人面前与伯爵多费口舌。她的这种伎俩,早让达达尼埃摸透了。

"明天,"他说,"不是为您报仇,就是我死。"

"不,"她说,"您肯定会替我报仇雪恨,您不会死的。他胆小如鼠。"

"也许他在女人面前是这样,而在男人面前就截然不同了。我可跟他对招过。"

"但是在我的记忆中,你们交手时,您挺幸运的呀。"

"运气如同妓女:昨天还是如漆似胶,明天便无情抛弃你。"

"您不会是想告诉我您又犹豫了吧。"

"不会,我一点不犹豫。上帝没给我这个权利;但是,眼看我危险重重,难道您只是给我以企盼,其他什么也不肯给吗?这公平吗?"

密拉娣没作声,只是柔情地盯着他,好像在说:

"您不就要那个吗?您说便是了。"

出口的话却成了:

"这是最公平的。"她轻柔地说。

"哦!您真是位天使。"达达尼埃说。

"现在,没问题了吗?"她说。

"除了我的要求之外,我的宝贝!"

"我都已经完全答应了呀,我会带您步入爱情的伊甸园的。"

"可我等不及明天了呀。"

"别说话,好像有我小叔子的声音,没必要让他看见您在这儿。"

她摇响门铃,凯蒂进来了。

"请您打这儿离开,"她手指一扇小暗门对他说,"十一点再来吧,到时咱们再继续聊;凯蒂会把您领进来的。"

可怜的姑娘听到这里,几乎昏厥过去。

"喂,您怎么啦,小姐,站那儿呆头呆脑的?快,送这位先生出去;晚上十一点钟,您懂了吗?"

"好像她都在十一点幽会,"达达尼埃暗想,"都成习惯了。"

密拉娣伸出一只手,他无限深情地吻了一下。

"好啦,"他离开后,面对凯蒂的埋怨,似是回答又似是自语地说,"好啦,我可不是笨蛋;这女人心如毒蝎,我得当心点。"

第三十七章　密拉娣的秘密

虽然凯蒂苦苦恳求达达尼埃进她的房间,然而达达尼埃没有称她心意,相反却出了府宅大门,他这样做的理由有两点:首先,这样,他便可以不用听那些数落、抱怨和恳求;其次,他也要理清头绪,如果能琢磨出那女人要的花样,就更好了。

其中一点是显而易见的,就是达达尼埃爱密拉娣如痴如狂,但她一点儿不喜欢他。有一阵子,达达尼埃冲动地想回家给密拉娣修书一封,承认其实他和德·瓦尔德一直是同一个人,所以他除非自尽,否则无法承诺去杀死德·瓦尔德,他认为这是最好的选择。但是一种极度的复仇欲望激励着他,他要以自己的名义征服这个女人,况且这种报复在他看来别有一番情趣,因此更加不能放弃原定计划。

他在王家广场徘徊了五六圈,每走十步就要回头望一下,透过百叶窗的缝隙可以瞧见密拉娣那间房的亮光;很明显这一次那女人并不急于回到她的卧房。

烛光终于熄灭了。

达达尼埃心中的最后犹豫也随之而逝;他想起那一夜的情形,心怦怦乱跳,头脑昏乎乎的,他来到密拉娣府邸,匆匆忙忙地进入凯蒂房间。

可怜的姑娘脸上毫无血色了,浑身打战,她想阻止心爱的人儿;但是密拉娣耳朵敏锐,早已听到达达尼埃上楼的声响,她把门打开。

"进来。"她说。

这一切发生得如此难以置信的轻率,如此超乎想象的放肆,达达尼埃似乎要怀疑自己的眼睛和耳朵。他认为自己正在做梦,好像被带入一种荒诞的场面中。

可是他还是转头走向密拉娣,因为他无力抵抗这种诱惑,这种巨大的诱惑力如同磁石吸铁般。

他走进卧室之后,房门便关上了。

凯蒂迅速扑上去贴在门上。

妒忌、愤恨、受创的自尊,这一切把一个堕入情网的姑娘的心撕得粉碎,那饱受折磨之后的全部愤激此刻都驱使她去揭穿事实真相;但是,如果承认她也参与了这场报复计策,她就全毁了,并且,尤为重要的是,还会牵连达达尼埃,他也会身败名裂。思虑及此,她唯一能做的就是牺牲自己,成全所爱。

达达尼埃却是了却夙愿,如今他已不再被看作他的情敌而接受爱情,至于表面看来,人家是爱他这个人的。埋藏在他心底的一个秘密声音提醒他,他仅仅是个复仇工具而已,人家对他的温存只为了借他杀人;但是虚荣、自尊、狂傲排斥着这声音,使那低语无出头之日。因此我们这位加斯科尼人,带着我们熟稔的自命不凡,将自己与德·瓦尔德对比一通,心想为什么人家爱的就一定不是他呢?

于是他彻底受控于这种情绪。在他看来,密拉娣不再是那个两面三刀、一度让他惊魂失魄的女人,而是一个情感丰富的情妇,现在好像也受情欲支配而奉献全部身心。几乎两个小时的时光就这样消磨过去了。

两个情人的热恋激情渐渐平息下来;密拉娣早有预谋,不像达达尼埃这样失去理智,因此她首先恢复神智,问年轻人明天与德·瓦尔德的那场决斗是否策划周全。

但是达达尼埃的思绪已经完全脱轨,现在正跟个呆子一样忘乎所以,因此他温情脉脉地说,现在考虑比剑决斗的事已为时过晚。

见他对自己如此挂心的事这么怠慢,密拉娣不禁愣住了,一声比一声问得紧。

达达尼埃从没有认真思考有关这场无来由的决斗事宜,因此想转移话题,但是他根本无回天之力。

密拉娣凭借超人的智慧和坚定的气势,把达达尼埃左右在自己的意志范围之内。

达达尼埃暗想,如今上上之策便是说服她饶恕德·瓦尔德,放弃她几天来谋划的疯狂的报复手段。

但是他还没说几句话,密拉娣气得浑身直哆嗦,一下子推开他。

"您可是惧怕了,亲爱的达达尼埃?"她用嘲讽的语气尖锐地吼叫,声音在黑暗中回荡,令人毛骨悚然。

"您怎么能这样想,我的心肝!"达达尼埃说,"但是假如这个可怜的德·瓦尔德伯爵其实不是您想象中的那样罪大恶极呢?"

"不管怎样,"密拉娣冷冷地说,"他背叛了我,而既然他背叛了我,就必须得死。"

"既然您认定他得死,那么他是死定了!"达达尼埃异常坚定地说,密拉娣把他的这种态度看成是一种忠诚的表白。

因此她又靠在他身上。

我们无法判断密拉娣眼中的这一夜究竟是长是短,但是,达达尼埃发现朝阳透进百叶窗,把微弱的光线洒满房间时,感觉好像是在她身边呆了两个小时。

这时,密拉娣看到达达尼埃要离开,就提醒他不要忘记他的诺言,要跟德·瓦尔德决斗,替她报仇。

"我早已准备妥当了,"达达尼埃说,"但是决斗之前我得先确定一件事。"

"什么事?"密拉娣问。

"您真心爱我吗?"

"我认为这个问题我已证明的很清楚了。"

"是的,因此我的身心都交给您了。"

"多谢,我亲爱的!但是,既然我都向您证明过了,您也应该有所表示,证明您是忠于爱情的,是吧?"

"对。但是,您如果真是爱我之心像您说的那样,"达达尼埃说,"您就不怕我有危险吗?"

"怕什么呢?"

"怕我受重伤,甚至赔上性命。"

"怎么会,"密拉娣说,"您英勇无畏,剑术高超。"

"如果用另一种方式,"达达尼埃说,"既能让您雪耻,又可以不用武力,您认为如何?"

密拉娣深沉地盯着她的情人,微弱的曙光给她清澈的眼眸抹上阴险的神情。

"说实话,"她说,"我觉得您确实在犹豫。"

"不对,我没犹豫,但我的确怜悯德·瓦尔德伯爵,因为您不爱他了,我认定一个男人如果失去您的爱,就已受到最严厉的惩罚,别的处罚都显得无所谓了。"

"谁告诉过您我爱他?"密拉娣问。

"至少现在我不糊涂,我相信您的确爱过别的一个人,"年轻人轻柔地说,"我再重复一遍,我很关心伯爵。"

"您?"密拉娣问。

"对,是我。"

"你们有什么关系?"

"因为只有我明白……"

"明白什么?"

"明白他不论现在还是过去,都不是像您认定的那样罪大当诛。"

"真的!"密拉娣神情恍惚地说,"请说明白一些吧,因为我实在不懂您的意思。"

说完她紧紧盯着搂住他的达达尼埃,双眸逐渐如炽热的烈火熊熊燃烧。

"是的,我是一名绅士!"达达尼埃说,他决定坦诚相告,"自从您给了我爱情,自从我对此确信不疑——我的确是得了这种爱,对吗?……"

"绝对的,接着说。"

"哦,我就感觉有件事情不吐不快。"

"什么事?"

"如果我稍微怀疑您的爱情,我决不肯说的,但是您真的爱我,我的心肝宝贝,您确实爱我,是吧?"

"没错。"

"那么,假如我因为过分地爱您而对您有所伤害,您也会宽恕我的吧?"

"可能!"

达达尼埃露出迷人的微笑,想再亲吻密拉娣的嘴唇,但密拉娣避开了。

"快说呀,"她脸色苍白地说,"究竟是什么事?"

"上周四,您约德·瓦尔德来这间卧房,对吧?"

"我?绝对没有!"密拉娣口气那么坚定,神色那么镇定,要不是达达尼埃知道真相,恐怕早被唬住了。

"不要骗我了,我的美人儿,"达达尼埃笑着说,"您无法骗倒我。"

"究竟您说的是什么?您快说呀!急死人了!"

"哦!您别担心,我不责备您,我一点儿没往心里去!"

"接着说,接着说!"

"德·瓦尔德没有什么可以自豪的。"

"怎么?您还说过有枚戒指……"

"我的心肝,那枚戒指归我了。周四的德·瓦尔德伯爵就是现在的达达尼埃。"

这个傻小子还以为她会惊诧的同时羞愧不已,也许会吵闹一下,而后痛哭流涕;然而出乎意料,他犯了极大的错误,而这一点他立刻便见识了。

密拉娣脸色惨白,神情骇人,忽地站起来,当胸一掌推开达达尼埃,从床上跳下。

这时几乎天色大白。

达达尼埃拉住她的印度细麻睡衣,想祈求她的谅解;但是她冷酷无情地狠命想逃脱他的控制。与此同时睡衣被撕开了,露出赤裸的双肩,达达尼埃异常震惊,他发现一只白嫩圆润的美丽肩膀上,赫然出现一朵百合花,这个永不磨灭的印迹是刽子手烙在犯人身上的耻辱标记。

"上帝!"达达尼埃手一松,惊呼道。

他被惊得说不出话来,纹丝不动呆在床上,一股凉意贯穿全身。

听到他骇然的喊声，密拉娣意识到秘密暴露了。他肯定发现了一切，这个年轻人探知了她的秘密，这个耻辱的秘密，只有他一个人知道。

她转回身，现在她不单是气急败坏的女人，而更像一头暴怒的豹子。

"哈！你这混蛋，"她说，"你无耻地欺骗我，你还发现了我的秘密！你死去吧！"

她跑向梳妆台，双手哆嗦地打开一个细木镶嵌的小匣子，拿出一把金柄的锋刃小匕首，纵身扑向半裸着身子的达达尼埃。

尽管我们已经知道达达尼埃是个无所畏惧的勇士，但是当他看到那张惊恐歪曲的脸，那瞪得骇人的瞳孔、那惨白的双颊和鲜红的双唇，他也不禁恐惧起来；犹如躲避一条向他游来的蛇，他连连后退，直到床后的墙边，这时他那汗浸的一只手碰到了他的剑，他连忙拔出剑来。

但是密拉娣无所顾忌，根本不怕他的剑，只想跳上床刺中他，达达尼埃挥剑抵住她的喉咙，才阻止住了她的脚步。

但是她又企图用手夺去他的剑；达达尼埃舞动长剑，剑锋时而刺向她的眼睛，时而刺向她的胸部，不给她一丝机会触到剑身，与此同时跳下床来，试图退到通往凯蒂房间的门。

密拉娣发疯般大吼一声，怒气冲冲地冲向他。

情势发展的类似决斗，因此达达尼埃逐渐冷静下来。

"好呀，迷人的夫人，好呀！"他说，"看在上帝的面上，您最好安静点，否则我会在您美丽的脸蛋上刺出一朵百合花。"

"无耻！下流！"密拉娣狂吼道。

达达尼埃仍试图夺门而逃，因此他防守甚严。

密拉娣推倒家具想攻向他，达达尼埃以家具为挡板避开她的攻击，家具纷纷倒地，这时凯蒂打开了房门。达达尼埃的主要奋斗目标便是移到这扇门前，此时只距门三步路。他一跃而从密拉娣的房间进入凯蒂房间，以迅雷之势关上房门，用身子顶紧，以便于凯蒂推门栓。

密拉娣狠命摇晃着这边的门框，期望推倒它，力气大得绝非等闲女子可比；待她发觉这样徒劳无功时，便以匕首戳门，好几次都穿透了坚固的木门。

她刺一下房门，就凶狠的咒骂一声。

"快，快，凯蒂，"推上门栓之后，达达尼埃悄声对凯蒂说，"想办法助我逃离这所宅子，一旦她恢复神智，会派男仆杀死我的。"

"但是您这样可出不去呀，"凯蒂说，"您赤身裸体的。"

"有道理，"达达尼埃这才注意自己几乎没穿衣服，"有道理。你随便拿一件衣服给我，咱们得抓紧时间；你要知道，此时生死攸关呀。"

凯蒂怎会不知道呢。片刻便给他穿上一条花裙子，戴上一顶宽边帽，又披上一件短斗篷；他伸脚套上她拿来的拖鞋，而后她拉着他急急忙忙冲下楼。就在这当口，密拉娣已经唤来了全宅子的仆人。看门人刚拉了开口绳，只见密拉娣衣衫不整地从窗口探出身子大喊：

"不要开门！"

第三十八章　阿多思不费吹灰
之力准备好了行装

　　达达尼埃逃跑了,密拉娣还在有气无力地做着手势恐吓他。直至他逃得无影无踪了,密拉娣才晕倒在地。

　　达达尼埃惶恐不安,不顾凯蒂的安危,狂奔般穿过半个巴黎,一直来到阿多思门前才驻足。神情的恍惚,极度的惊惧,身后巡逻兵的追踪叫嚷,以及一大早为生计奔波的过路人的呼叫,这一切都令他脚底抹油般飞速奔跑。

　　他穿过院子,登上两层楼台阶,拼命猛敲阿多思的门。

　　格里莫睡眼朦胧地走来开门。达达尼埃一下子冲进前厅,差点儿把格里莫撞倒。

　　虽然格里莫平日里不大说话,此时也忍无可忍了。

　　"哎!"他叫嚷开了,"你要做什么,这样横冲直撞?你这古里古怪的女人,究竟发生什么事了?"

　　达达尼埃把帽檐翻起,从短斗篷伸出手;发现他那两撇小胡子和出鞘的剑锋,可怜的人儿才明白面前是个男人。

　　他第一个意识便是有强盗。

　　"救命呀!来人啊!救命呀!"他大声叫道。

　　"闭嘴,你这家伙!"达达尼埃说,"我是达达尼埃,你忘了吗?你主人呢?"

　　"您是达达尼埃先生!"格里莫心有余悸地叫道,"不会的。"

　　"格里莫,"阿多思披着晨衣走出卧室,"我仿佛听到你随便说话了。"

　　"哦!先生!他是……"

　　"别出声。"

　　格里莫只得指着达达尼埃给主人看。

　　阿多思认出他的朋友,虽然他一贯冷静,此刻看到眼前的古怪装扮,也不禁开怀大笑;只见达达尼埃帽子歪向一边,裙子盖住鞋面,袖口高卷,两撇胡子抑制不住激动也立起来了。

　　"不要笑话我了,朋友,"达达尼埃说,"看在上帝的面子上,请不要笑了,听我说,我实话跟您讲,没有什么可笑的。"

　　听他严肃的声音,并且看上去脸上露出难掩的恐惧,阿多思立刻握住他的手问:

　　"您受伤了吗,朋友?脸色这么难看!"

　　"没有,但是我刚才遭遇一件异常骇人的事情。这儿没外人吧,阿多思?"

　　"嗯!现在您认为谁还会在我家呢?"

　　"那就好,那就好。"

　　达达尼埃一边说一边急忙进了阿多思房间。

　　"喂,说吧!"阿多思说着把房门关上,又闩上插销,防止被人打搅,"是国王驾崩？还是您结果了红衣主教先生？您简直魂飞魄散了。好了，好了，快说吧，急死人了。"

"阿多思，"达达尼埃一边说，一边脱那些女人装束，仅剩一件衬衣，"您要听到的是一起骇人听闻、难以置信的事件。"

"您先穿上这件晨衣吧。"火枪手对他说。

达达尼埃心情依然难以平静，以至于套晨衣时一边的袖子当成另一边的了。

"出什么事了？"阿多思说。

"是这样的，"达达尼埃对着阿多思耳语道，"密拉娣的肩上烙有一朵百合花。"

"啊！"阿多思就像心脏正中一粒子弹，失声叫道。

"我说，"达达尼埃说，"难道您确定那个女人真的死了吗？"

"那个女人？"阿多思低声地说，达达尼埃几乎没听到他说什么。

"对，某一天在亚眠您跟我谈起的那个女人。"

阿多思叹息一声，两手抱住低垂的头。

"这个女人，"达达尼埃继续说，"年龄大概有二十七八岁。"

"金黄头发，"阿多思说，"对吗？"

"对。"

"眼睛是淡蓝色的，明亮动人，睫眉都是黑色的？"

"没错。"

"个子高挑，身材苗条？左上颌犬牙旁少颗牙齿？"

"是的。"

"那朵百合花不大，颜色橙黄，像是被人敷上一层涂料而后褪了色。"

"是的。"

"但是您告诉我说她是英国人！"

"她叫密拉娣，不过也许是法国人。德·涅特勋爵只是她的小叔子而已。"

"我要跟她见一次面，达达尼埃。"

"小心，阿多思，您一定得小心；您过去曾想杀掉她，她可是有仇必报的女人，一定不会轻饶您的。"

"她没胆量传扬的，否则她就把自己暴露了。"

"她可是天不怕、地不怕的角色！您没见识过她怒不可遏的样子吗？"

"没有。"阿多思说。

"跟个母老虎似的！或者说是只豹！哦！亲爱的阿多思！我真担心给我们俩招来性命之忧的复仇啊！"

达达尼埃就把事情的前因后果一点不漏地说了一遍，包括密拉娣如何狂怒地暴跳，如何恐吓说要杀死他。

"您说得对，一点没错，我不必因为一件小事而赔上一条命，"阿多思说，"幸好咱们后天就要离开巴黎；我们差不多要去拉罗谢尔，而一旦动身……"

"倘若她认出您来，阿多思，您即使跑到海角天涯她也会紧追不舍，因此就让她的恼怒都冲着我来吧。"

"嗨！朋友！即使我被她杀死了，那又何妨呢！"阿多思说，"莫非您认为我贪生怕死？"

"在这件事情的背后也许隐藏着一个包藏祸心的阴谋呢。阿多思！这个女人是红衣主教的心腹，我敢断定！"

"那么，您得小心谨慎。如果红衣主教没有夸赞您的伦敦之行，那就表明他对您恨之太切了；尽管他不可能在大庭广众之下指责您，然而心中怨恨终究是要了结的,尤其,这是红衣主教自己的愤恨,就非得有个解决之日了。因此您万万不可掉以轻心!您如果出门,千万不要独自一人;您如果吃东西,也得有所提防。总而言之,无论什么事情都得小心,即使是自己的影子。"

"幸亏挨到后天晚上就不用提心吊胆了,"达达尼埃说,"只要到了军营,我们就只有怕男人了。"

"目前,"阿多思说,"我暂且停止不跨出门槛的计划,您走哪儿我就跟到哪儿。您现在要回掘墓人街了吧,我陪您去。"

"但是,尽管路程不远,"达达尼埃说,"我也不能就这样子回家吧。"

"也对,"阿多思说。他拉了下铃绳。

格里莫走进来。

阿多思做了个手势,示意他去达达尼埃家取一套衣服。

格里莫也回了个手势,意思是他懂主人的吩咐,然后离开了。

"可以了!但是如此一来我们置备的行装可就有点麻烦了,朋友,"阿多思说,"因为,如果我猜得没错,您所有准备的衣服都留在密拉娣家了,大概也不能指望她会还您吧。多亏您还保留着蓝宝石戒指。"

"这枚蓝宝石戒指是属于您的,亲爱的阿多思!您还曾经告诉过我,这是您母亲送给您的,是吗?"

"是的,家父对我说,当初他以两千埃居的高价买下了这枚戒指;他跟家母结婚时,他把它送给了家母,这枚戒指很罕见。后来家母又传给了我,可我真是头脑发昏,不仅没有珍藏好,反而送给那个贱女人。"

"既然这样,朋友,您就收回它吧,我明白,您肯定很珍惜它。"

"这枚戒指曾经戴在那个贱女人手上,您认为我会再收回它吗!不,我坚决不要它;它已被玷污了,达达尼埃。"

"那么卖掉它。"

"卖掉家母的遗留之物!坦白说,我认为这是一种亵渎。"

"拿去典押如何,这样您足能当到一千埃居。用这些钱,您就不用担心了,等您以后有钱了,再去赎回来,它在当铺里转悠了一圈,等您取回来时,污点也洗清没了。"

阿多思不禁笑了起来。

"您真是个有趣的朋友,亲爱的达达尼埃,"他说,"见到您一直豁达开朗,一个满腹愁肠的人也会重新振奋起来的,嗯,对,咱们就去当铺把戒指典押了,但是有个条件!"

"什么条件?"

"您拿五百埃居,我拿五百埃居。"

"您怎么这样说呀,阿多思?我在禁军营,这个数目的四分之一我也花不完,我仅仅卖掉马鞍,所得钱就足够了。我还需要什么呢?只给布朗谢买匹马而已。而且,您不记得我还有枚戒指吗?"

"我觉得,您对那枚戒指的珍爱更甚于我;起码我是这样认为的。"

"没错,关键时刻它不但能助我们脱离窘境,而且还能消灾避难;它不单纯是一颗贵重的宝石,而且是个吉祥的法宝。"

"我不太懂您的意思,但是我信任您。把话题转到我的戒指上来吧,也可以说是您的戒指;您必须拿走一半的典押款数,否则我干脆把戒指扔进塞纳河算了,我可不敢保证有波利克拉特那种事情,一条殷勤的鱼再把戒指送给咱们。"

"那么,我接受了!"达达尼埃说。

这时格里莫回来了。后面跟着布朗谢,布朗谢一方面牵挂主人,一方面也充满疑问,他想知道主人究竟有何遭遇,因而乘机亲自送衣服来了。

达达尼埃穿上衣服,阿多思也换了一套衣服。两手要出门的时候,阿多思向格里莫做了个瞄准的手势;格里莫马上取下墙上的短筒枪随主人出发了。

阿多思和达达尼埃带着他们的随从安全抵达掘墓人街。伯纳肖还站在自家门口,嘲弄似的望着达达尼埃。

"嗨,亲爱的房客!"他说,"您快些走呀,有一位美丽的小姐正在您屋里等着您呢,您要懂得,女人们可不高兴等久了呀!"

"那是凯蒂!"达达尼埃大声叫道。

说完向过道冲去。

果然不假,在通向他房门的楼梯台阶上,可怜的姑娘倚门蜷缩着,全身瑟瑟发抖。她一看见他便说:

"您允诺过保护我,您还允诺不使我受她骂;您不会忘了是您拉我下水,我才这么惨吧!"

"是的,当然,"达达尼埃说,"你尽管放心,凯蒂。我走之后发生什么事没有?"

"我哪会知道呢?"凯蒂说,"一听她喊叫,所有男仆都跑出来了;她怒气冲天,像疯子似的诅咒您。当时我想,过会儿她想起您是通过我的房间进入她的卧房,她就会猜到我是同谋;因此我收拾了几件体面点的衣服,揣上我的那点钱,逃到您这儿寻求庇护了。"

"可怜的姑娘!但是我能帮您什么忙呢?后天我就得离开了。"

"您爱怎么办都可以,骑士先生,只要带我出巴黎,出法国。"

"我又无法带你去拉罗谢尔。"达达尼埃说。

"那是不可能;不过您只要把我送出巴黎,随便安排在哪个您认识的夫人家中都行,比方说,就在您的故乡。"

"嘿!我的宝贝!我故乡的夫人们是用不着侍女的呀。等一下,我有一个主意。布朗谢,找阿莱米斯来这儿,立刻让他来。我有很重要的事情跟他说。"

"我懂您的意思了,"阿多思说,"但是为什么不叫波尔托思呢?照我所知他那位侯爵夫人……"

"波尔托思的侯爵夫人是由她丈夫的办事员服侍更衣的,"达达尼埃笑呵呵地说，"况且凯蒂也不会乐意住狗熊街的，对吧，凯蒂？"

"我是无所谓的，"凯蒂说，"我要能躲得别人找不到就行了。"

"现在，凯蒂，我们就要分离了，因此请您不要再怨恨我……"

"骑士先生，不管我们相距多远，"凯蒂说，"我爱您之心不变。"

"能永远吗？"阿多思低吟着。

"我也是，"达达尼埃说，"你放心，我今生今世都爱着你。但是有件事情我得请您回答，这个问题非常重要：你是否听说过有位年轻的夫人，一天夜里她被人绑架了。"

"慢点说……哦！上帝！骑士先生，您还爱着她，是吗？"

"不，是我的朋友还爱着她。看，就是这位阿多思先生。"

"我！"阿多思惊叫，那语气就跟他眼瞅着自己的脚要踩到一条游蛇上似的。

"没错，就是您！"达达尼埃捏了一下阿多思的手又说，"您要明白，我们大家也都对那娇俏的伯纳肖太太很关心。而且凯蒂也不会告诉别人的，是吧，凯蒂？你知道吗，姑娘，"达达尼埃继续说，"她丈夫就是门口站着的那个丑陋的男人，你进来时见到他了吧。"

"哦！上帝！"凯蒂高声说，"照您的说法，我可真是害怕；他若没认出我就好了！"

"什么，认出你，如此说来你见过他？"

"他去密拉娣家两次。"

"原来是这样。是什么时候的事？"

"大约两周以前。"

"这么凑巧。"

"昨天晚上他还去过。"

"昨天晚上吗？"

"是的，您来之前不久。"

"亲爱的阿多思，咱们身旁处处安插着奸细呀！你觉得他认得出你吗，凯蒂？"

"我经过他身边时把帽子压低了，不过可能有点晚了。"

"阿多思，与我相比，他可能不怎么怀疑您，请您下去看看他还在门口吗？"

阿多思下楼去了，立刻又返回来。

"没人，"阿多思说，"房门是关着的。"

"他告密去了，说鸽子此时全呆在鸽棚里。"

"那么，咱们就飞走吧，"阿多思说，"让布朗谢独自留下刺探情况。"

"且慢！我们派他找阿莱米斯去了！"

"没错，"阿多思说，"咱们等阿莱米斯一会儿。"

正说着，阿莱米斯进来了。

达达尼埃把事情来龙去脉全讲给他听，并且说，目前最重要的是在熟悉的贵夫人处给凯蒂安排个处所。

阿莱米斯思考了一会儿，满脸通红地说：

"这都是看在您的面子上啊，达达尼埃。"

"我终生感激不尽。"

"好吧，德·博瓦—特拉西夫人的一位朋友，我记得住在外地，她以曾嘱托我替这位朋友寻一个忠心的贴身侍女，亲爱的达达尼埃，如果您能确保这位小姐……"

"哦！先生！"凯蒂大声说，"请相信我，只要那位夫人能带我离开巴黎，我绝对忠心侍奉她。"

"如此，"阿莱米斯说，"再好不过了。"

他坐到桌前，写了张便条，而后用一枚戒指盖上印，就把便条交给凯蒂。

"现在，姑娘，"达达尼埃说，"你也清楚，你在这儿，不论对你还是对我们大家都是没有好处的。因此咱们还是就此分离吧。避开这段风头，咱们再相见。"

"无论何时何地相见，"凯蒂说，"您会发现我跟现在一样地深爱着您。"

"赌徒的誓言。"等达达尼埃送凯蒂下楼梯时，阿多思这样说。

不久，三个年轻人约定下午四点相聚阿多思家，而后各自离开，只留下布朗谢守家。

阿莱米斯回家了，阿多思和达达尼埃则忙乎着典押蓝宝石戒指的事情了。

正如咱们的加斯科尼人料想的一样，这枚戒指轻而易举地典押了三百个皮斯托尔。并且，那个犹太人告诉他们，他能够用这枚戒指另制一副极佳的耳环坠，假如他们愿意把戒指卖给他，他会付五百皮斯托尔。

阿多思和达达尼埃以军人的神速，行家的眼光，没用三小时，火枪手的全套装置便置办妥当。但是阿多思是个真正的贵族，出手阔绰。一旦他看中某件物品，不管标价多少，他都概不还价，照单全付。达达尼埃想劝他，他却微笑着把一只手搭在他肩膀上，达达尼埃就明白了：像他这样的加斯科尼小乡绅，讨价还价并不有失身份，但是对一个颇具亲王派头的人来说却不成体统了。

阿多思看到一匹优秀的安达卢西亚骏马，它全身都是黑亮的毛，鼻孔红得像要喷火，四条腿健壮精巧，牙口六岁。他认认真真地审视一遍，认为毫无毛病。马商出口价一千利弗尔。

实际上他可以少花点钱也能骑走这匹马；但是就在达达尼埃和马商讨论价钱时，阿多思已经数好一百个皮斯托尔放到桌子上。

为格里莫买的是匹庇卡底马，矮小精悍，花了三百利弗尔。

及至格里莫也配齐马鞍和武器时，阿多思的一百五十个皮斯托尔已经分文未剩。达达尼埃建议阿多思预先支取他那份里的，日后还他不迟。

阿多思耸耸肩作为回答。

"如果把那枚戒指卖给那个犹太人，他出价多少？"他问。

"五百皮斯托尔。"

"也就是我们又有了两百皮斯托尔，一百给您，一百给我。这真是一笔数目可观的钱，朋友，麻烦您再跟犹太人见一面。"

"难道，您想……"

"坦白说，这枚戒指让我回想起以前的种种痛苦经历；而且我们也不可能凑到三百皮斯托尔来赎走它，何苦白白失去这两千利弗尔。达达尼埃，您就跟他说，戒指是他的了，然后取两百皮斯托尔回来就行了。"

"您要三思啊，阿多思。"

"如今的世道现金才最好使，咱们也该跟上形势，该牺牲的地方就不要吝啬。走吧，达达尼埃，由格里莫带着短筒枪陪着您。"

半小时后，达达尼埃取回两千利弗尔，一路平安无事。

阿多思就这样轻而易举地发了一笔意外之财。

世界经典文库

世界二十大名著

三个火枪手

图文珍藏版

第三十九章　虚幻之影

　　四点钟,四位朋友都出现在阿多思家里。置办装备的忧愁早已消失殆尽,虽然大家都不说话,但从他们脸上的神情却可看出他们各怀心事,因为今日的幸福背后总会隐藏着他日的磨难。

　　这时候布朗谢拿着两封写给达达尼埃的信进来了。

　　其中的一封是个长方形的便条,精美别致,上面是非常漂亮的绿色蜡印,印纹图案是一只衔着根绿枝的白鸽。

　　另一封是个正方形大信封,映入眼帘的是红衣主教公爵大人的纹章。

　　达达尼埃拿起第一封信,不禁怦然心动,因为他确定自己认得那笔迹;尽管他只见过这笔迹一次,但早已铭刻在心灵深处了。

　　他拿着这封精巧别致的便条,迫不及待地打开。信上这样写着:

　　　　请您在周三晚六点至七点之间,在通向夏约的路上等候,并随时注意每一辆经过您身边的马车,如果您珍视自己的生命,并且不想失去任何爱您的人的性命,就请千万不要说话或做任何举动,一定不要让人看出您已经认出了一个只为见您一面而不惜任何代价的女人。

　　落款未署姓名。

　　“这是陷阱,”阿多思说,“您别去赴约,达达尼埃。”

　　“但是我敢断定这是我熟悉的笔迹。”达达尼埃说。

　　“笔迹是可以模仿的,”阿多思说,“晚上六七点的夏约大路已经很冷清了,您到那里跟到邦迪森林一样。”

　　“咱们一块儿去如何!”达达尼埃建议,“嗨! 他们不可能一下子结果了咱们四个人吧,况且还有四个随从呢,再加上马和武器呢。”

　　“咱们也顺便摆摆新置的装备。”波尔托思说。

　　“但是这封信出自一位夫人之手,”阿莱米斯说,“而她又不想被人发现,如果能这样做会害了她的,达达尼埃:堂堂男子汉如何能干这种事。”

　　“我们可以留在后面,”波尔托思说,“让他单独上前。”

　　“这样也好,但是瞬间一辆飞驰的马车里就会射出一颗子弹。”

　　“没事的!”达达尼埃说,“他们打不到我身上的。相反,我们可以追上那辆马车,齐心协力把里面的人全杀死。那些家伙一定是咱们的敌人。”

　　“他说得没错,”波尔托思说,“先战一回合,咱们的武器也应该考验一番。”

　　“对! 就让咱们痛快一下吧,”阿莱米斯以那种迷人的、随意的神情说。

　　“听你们的。”阿多思说。

　　“诸位,”达达尼埃说,“现在是四点半,六点到达通往夏约的大路,时间不多了。”

“是的，再不出发，他们就欣赏不到咱们的新装了，”波尔托思说，“那就太遗憾了。咱们立刻出发，诸位。”

　　“但是第二封信，”阿多思说，“你不记得它了；我认为，单看上面的印章，我们就应该仔细拆开瞧一瞧。如果是我，亲爱的达达尼埃，说句实在话，我认为这封信的危险性更甚于您刚才偷偷塞到胸前的那张小纸片。”

　　达达尼埃羞红了脸。

　　“好，”他说，“诸位，咱们就瞅瞅主教大人有何差遣。”

　　达达尼埃说着便拆开了信封，读道：

　　　　恭请德·埃萨尔御前禁军营达达尼埃先生于今晚八时光临主教府。

　　　　　　　　　　　　　　　　　　　卫士营统领
　　　　　　　　　　　　　　　　　　　拉乌迪尼埃尔

　　“见鬼！”阿多思说，“这个邀请更加神秘。”

　　“我先去第一个，再去第二个，”达达尼埃说，“前一个七点，后一个八点，时间足够了。”

　　“嗯！如果是我准保不去，”阿莱米斯说，“一位夫人邀约的会面，一个儒雅的骑士是不该失约的；但是主教大人嘛，一个慎重的男人倒是可以随意找个理由推辞，特别是您确信他的邀请不是要跟您亲切交谈的时候，不去为最妙。”

　　“我赞成阿莱米斯的建议。”波尔托思说。

　　“诸位，”达达尼埃说，“以前，德·卡活瓦先生告诉过我，主教大人也如此这般邀请过我，但我没理睬，结果第二天就出事了！贡斯当丝失踪了；这次无论面临的是什么，我都要去。”

　　“倘若您下定决心，”阿多思说，“就随你了。”

　　“但如果进了巴士底监狱呢？”阿莱米斯说。

　　“嗨！那时你们再搭救我呀，”达达尼埃说。

　　“这个自然，”阿莱米斯和波尔托思异口同声地说，那泰然自若的样子让人以为是要办一件区区小事，“我们肯定会搭救您的；但是目前，既然后天咱们就得出发，您最好不要去巴士底监狱吧。”

　　“我有个主意，”阿多思说，“今晚咱们都陪着达达尼埃，每人各带三个火枪手守在主教府的一个门口；假如发现从里面走出个封得严实的马车，形迹可疑，大家就冲上去。咱们好长时间没与主教先生的卫士切磋了，德·特瑞威尔先生说不定以为我们都成了死人了。”

　　“说实话，阿多思，”阿莱米斯说，“您生来就具备一个统帅的天赋；你们对于这个计策意下如何，两位？”

　　“太妙了！”两人一致说道。

　　“好，”波尔托思说，“我现在立刻回营部叫人，通知他们晚上八点聚集主教府广场；而你们，则可以利用这个时间吩咐随从们备鞍。”

　　“我没有马，”达达尼埃说，“但是，我可以去德·特瑞威尔府借一匹。”

　　“不必了，”阿莱米斯说，“骑我的一匹马得了。”

　　“您有几匹呀？”达达尼埃问。

　　“三匹。”阿莱米斯微笑着说。

　　“好家伙！”阿多思说，“您绝对是法兰西和纳瓦拉最善骑的诗人了。”

　　“我说，亲爱的阿莱米斯，您一定守着三匹马不知如何是好了，是吧？我倒真糊涂了,您为什么买三匹马呀。"

"可不,我实际上只买了两匹。"阿莱米斯说。

"那么第三匹恐怕是从天而降吧?"

"不,那第三匹,是今天早上被一个没穿号衣的仆人牵来的,他不向我吐露他来自何方,只说他是奉主人……"

"我想是奉女主人之命吧。"达达尼埃打断他的话说。

"算您猜得没错,"阿莱米斯满脸通红地说,"他只说是奉女主人之命,只要把马牵进我的马厩就行了,马的出处只字未提。"

"只有诗人才有这种福气。"阿多思郑重其事地说。

"嗯,既然如此,我有个主意,"达达尼埃说,"您选择一匹,是您买的,还是人家送的?"

"当然是人家送的了;您也清楚,达达尼埃,我不能得罪……"

"那位送您马的陌生人。"达达尼埃又插了一句。

"倒不如说那位神秘女主人。"阿多思说。

"如此说来,您买的那匹马就用不着了?"

"几乎算是这样吧。"

"那马是您亲自挑选的?"

"是的,我绝对认真地挑的;您也明白,骑手的安危往往取决于马!"

"好吧,我照原价付您钱。"

"我是想先把它让给您,亲爱的达达尼埃,这些钱您不必急于还,等某一天钱袋鼓起来再说吧。"

"您买它的价钱是?"

"八百利弗尔。"

"给,四十个双皮斯托尔,朋友,"达达尼埃边说边掏出钱来,"我知道您接到的诗稿酬金也是这种金币。"

"您现在有钱?"阿莱米斯说。

"是的,我有很多钱,朋友!"

达达尼埃摇晃着口袋,使那余下的皮斯托尔叮当作响。

"您只要把鞍辔送到火枪手营部就行了,他们会把您和我们的马一块儿牵来。"

"这样很好;快到五点,咱们速度要加快。"

一刻钟后,在费鲁街的一端,出现了骑着健壮的西班牙矮种马的波尔托思;他的后面,跟着骑矮小结实的奥弗涅马的穆斯克通。波尔托思神采奕奕,春风得意。

同一时刻,阿莱米斯骑着一匹英国种的良骥,出现在费鲁街的另一端;巴赞骑的马毛色杂乱,而他手里还牵着一匹雄壮的梅克伦堡骏马:这就是达达尼埃的坐骑。

两个火枪手迎面同时到达门前,阿多思和达达尼埃临窗望着他们俩。

"哦!"阿莱米斯说,"您这匹马可真是漂亮,亲爱的波尔托思。"

"对了,"波尔托思说,"人家本来允诺给我的就是这匹,她那个丈夫开了个玩笑,换了另一匹来;但是后来那个丈夫被骂了一通,我还是如愿以偿了。"

这时候,布朗谢和格里莫也都来了,手里还牵着他们主人的坐骑;达达尼埃和阿多思出了门,蹬鞍上马,四个好朋友并肩而骑:阿多思的是妻子所赐,阿莱米斯的是情妇所赐,波尔托思的是拜讼师夫人所赐,只有达达尼埃好运当道,这才是世间最佳的情妇。

随从们紧跟其后。

恰如波尔托思预料的,这支不大的马队的确引人注目;假如科克纳尔夫人现在正在波尔托思途经之地,目睹他骑在健美的西班牙矮种马上的英姿,她一定不会愧疚于挪用了丈夫钱箱的东西。

路过卢浮宫时,这四位好朋友碰上了德·特瑞威尔先生,他刚由日耳曼区返回;他招呼他们停下,对他们的装备称赞不已,如此一来,立刻围上了好几百名观众。

达达尼埃借此机会禀告德·特瑞威尔先生他收到一封盖有公爵纹章的信;当然他一点儿未提及关于另一封信的事。

德·特瑞威尔支持他的决定,并且保证说,假如第二天不见他的踪影,不管海角天涯,都会找到他。

这时,撒马利业教堂的钟声响了六下;四位朋友告诉德·特瑞威尔先生他们还有个约会,便离开了。

这队人马一路飞驰到达通往夏约的大路;落日西下,车辆络绎不绝。几位朋友在达达尼埃身后几步远的地方担任护卫工作,达达尼埃全神贯注地盯着每辆马车的车窗,然而一张熟悉的面孔也没见到。

约莫一刻钟后,暮色苍茫;但见一辆马车从塞弗尔方面飞奔而来,达达尼埃本能地感觉约他的那个女人就在这辆车里,他的心禁不住咚咚直跳,连他自己都没预料到。而几乎同时,一张女人的脸伸出车门,两个手指压着嘴唇,好像是让他不要说话,又好像送他一个飞吻;达达尼埃惊喜万分,轻轻喊了一声,这个女人,或者干脆说这个幻影——因为这辆马车行驶速度太快,犹如幻影——就是伯纳肖太太。

达达尼埃此刻已经情不自禁,不顾对方的预告,催马奋蹄,几步追上那辆马车;然而车窗关得很严实,幻影不见了。

这时达达尼埃想起信上的叮咛:如果您珍爱自己的生命,以及所有爱您的人的生命,务必原地呆着,仿佛没有看到任何东西。

因此他收紧缰绳,心惊胆战,这倒不是担心自己,而是牵挂着那个可怜的女人,她约见他可是极其冒险的行为。

那辆马车没有半点减速,风驰电掣般驶进巴黎,踪影全无。

达达尼埃愣愣地勒马呆在原地,不知所措。假如那真是伯纳肖太太,她返回了巴黎,又为何如此紧张地安排这次约会,为何他们只能相视一望,为何那个吻昙花一现? 相反的,假如那并不是她——这种可能性也是有的,因为当时天色已暗,的确很易错看——假如并不是她,难道别人意识到他爱着这个女人,打算以她为诱饵对付他?

三位朋友策马赶来,他们三人全都发现了车门伸出的女人面孔,但除阿多思之外,其余两人根本没见过伯纳肖太太。而阿多思认定那就是她;但是他不像达达尼埃那样一心只专注那张漂亮的脸,他仿佛隐约发现另一张脸,隐藏在车厢里面的一张男性的面孔。

"果真如此的话,"达达尼埃说,"他们肯定是把她从一个监狱转到另一个监狱。但是他们究竟想如何处置这个可怜的人儿,我又如何才能与她再次相见呢?"

"朋友,"阿多思郑重地说,"您要明白,人生在世总会让人见到,除非他死了。这一点您跟我的看法一致,是吧? 因此,假如您的情人还活着,假如您刚才确实瞧见她了,那么终有一天您会再见到她的。唉!"他又恢复了惯常的忧郁说道,"也许连您都没有料到时间之快。"

此时已是七点半了,那辆马车比预约的时间迟到几乎二十分钟。达达尼埃的朋友们提醒他,还要进行一次拜访,并且说此刻要反悔还不算晚。

但是达达尼埃既固执又好奇。他早已下定决心拜访主教府,看着主教大人究竟葫芦里卖的什么药。他心意已定,无论如何决不更改。

他们来到圣奥诺雷街,在主教府广场,他们找到了应邀而来的火枪手,他们正来回走动着等候达达尼埃一伙人的到来。直到这时,他们才告诉了火枪手们事情的真相。

达达尼埃在享有盛誉的御前火枪营里久负盛名,火枪手们都清楚终有一日他会跻身于他们之列;因此大家早就待他犹如同伴。仅止于此,受邀前来的火枪手们甘愿领命;尤其,这件事仿佛注定要与主教先生和他的手下卫士拼搏一番,而这些可敬的火枪手们最精于此道,从不放过任何可以拼搏的机会。

阿多思把他们分成三组,他指挥一组,第二组交给阿莱米斯,波尔托思带领第三组,而后各组分别守卫住主教府的一个出口。

达达尼埃抬头挺胸由正门进府。

这年轻人尽管清楚身后有强大的后卫,可是在宽阔的台阶上拾级而上之时,仍然惴惴不安。他对待密拉娣的行为很有些低下,而他也有所感觉,这个女人和红衣主教之间在政治上有某种关联;而且,那个曾经被他修理过的德·瓦尔德,乃是主教大人的心腹,达达尼埃听说过,尽管主教大人对敌人毫不留情,但对自己人却是关怀备至的。

"假如德·瓦尔德已经告诉了主教大人我们之间的过节——这是毫无疑问的,又假如主教大人认出了我——这极有可能,那么我就别想逃过牢狱之灾了。"达达尼埃思虑至此,微微叹息一声,"但是他何以等到今天才动手?原因不难猜到,密拉娣也许早已装模作样地摆出伤心欲绝的表情控告我,她佯装这种表情时的确惹人怜爱,随之主教大人又听说了我的第二个犯罪记录,如此一来我作恶累累了。"

"还好我的朋友们都来了,"他暗想,"他们绝不会无视我被抓走的。但是只凭德·特瑞威尔先生的火枪营,终究无法与红衣主教正面交锋,他指挥着整个法兰西的军队,在他面前,王后是如此得纤弱无助,国王也被牵制得优柔寡断。达达尼埃啊达达尼埃,你有胆量,又很聪慧,但是你要受女人的害了!"

他步入前厅,脑子里正闪着这个不吉之念。他拿出信交给掌门官,那人带他进入候见厅,然后进去通报。

候见厅里待着五六个主教先生的卫士,他们认得达达尼埃,知道他刺伤了朱萨克,因此都盯着他神秘地笑着。

这种笑被达达尼埃视为不祥之兆;但是我们的加斯科尼人不是被吓大的,或者可以说,凭借加斯科尼人生来的傲骨,当他心头产生一丝害怕的苗头时,他是不会把它表现出来时,他傲然无畏地站在那几个卫士跟前,一手叉腰,威风凛凛。

掌门官走出来,打个手势示意达达尼埃随他去。达达尼埃感觉好像那些卫士一直盯着他走远,而后窃窃私语。

他经过一条过道,穿过一个大厅,进入一间书房,但见书桌前坐着一个男人,埋头写着什么。

掌门官把他带进来后,一声不吭地退出去了。达达尼埃开始还以为那人是个法官,他正在审读案件,但是他发现此人一边写,或者说在修改一些或长或短的诗句,一边还伸出指头数着音节;他知道眼前是位诗人。不久,诗人合上诗稿,可以看清封面上的字:《米拉梅》,五幕悲剧。之后诗人抬起了头。

达达尼埃终于看清这是红衣主教。

图文珍藏版

第四十章　红衣主教

红衣主教胳膊肘支在诗稿上,以手托腮,注视了年轻人一段时间。类似于黎塞留红衣主教这样深邃得足以探视对方心灵深处的目光,真可谓世间罕见,达达尼埃感觉目光如炬,发出灼人的热度,随血管传遍全身。

但是他泰然自若,手持帽子,高傲而不失恭敬地等候主教大人问话。

"先生,"红衣主教开口道,"您是贝阿恩达达尼埃家族成员吧?"

"是的,大人,"年轻人回答。

"达达尼埃家族在塔尔布一带分为几个支系,"红衣主教接着说,"您属于他们中的哪一系?"

"家乡曾经多次随先王亨利陛下为宗教之争而战。"

"对的。那么,约莫七八个月之前,由家乡进京大展拳脚的,就是您吧?"

"是的,大人。"

"您经过牟恩时遇到麻烦,我不知道事情的原委,但总是很麻烦的。"

"大人,"达达尼埃说,"是因为这样……"

"别说了,别说了,"红衣主教微笑地打断他的话说,他的笑容说明他对整件事情的了解并不比对方要少,"您曾拿着一封给德·特瑞威尔先生的引荐信,对吧?"

"对的,大人;但是在牟恩镇发生意外……"

"丢了那封信,"主教大人说,"对,我知道这个;但是德·特瑞威尔先生看人很准,他一过目便几乎摸清对方,因此他安排您进了他的连襟德·埃萨尔先生的联队,而且还允诺说迟早有一天您会加入火枪营的。"

"大人真是了如指掌。"达达尼埃说。

"从此,在您身上又发生许多事情:某一天您恰巧在加尔默罗会修道院后面散步,我认为您还是到别的地方散散心更好;而后,您跟朋友们一块儿去福尔日温泉疗养地旅行了;他们半路受阻,而您却马不停蹄。很明显,因为您要到英国去办件事。"

"大人,"达达尼埃瞠目结舌,他说,"我是去……"

"去打猎,在温莎亦或其他地方,与别人无关。我知道这一切,是要为我职责所在。您返回之后,受到贵人接见,我欣喜地发现,您妥善地保管着这位贵人的赠物。"

达达尼埃此刻手指上正戴着王后送的钻石戒指,他连忙转动钻石,想掩藏事实,但已迟了。

"第二天卡沃瓦去见您,"红衣主教继续说,"特意邀请您过府一叙,但您没来。您这样做是不对的。"

"大人,当时我还以为主教大人不喜欢见到我。"

"哎!这是哪儿的话,先生!就为您更机灵、更无畏地执行上司的命令,理应受到表彰,却令我不愉快吗!我只惩办那些执行命令不力的人,而不是像这样执行得……极其优秀的人。至于证据,您不如再想一想我是哪一天派人请您的,再仔细想想,那天晚上有什么事情发生。""您受伤了吗,朋友?"那个可怜的女人还从他面前一闪而过,几乎可以肯定还是同一伙人带走了她。

"总而言之,"红衣主教继续说,"我好长时间没有听人谈论过您的情况了,因此想询问一些您在忙些什么。况且,您还没报答我呢:您理应察觉到了吧,不管在什么情况下您都受到优厚的待遇。"

达达尼埃毕恭毕敬地鞠了一躬。

红衣主教接着说:

"这不单是因为一种生来俱有的追求公平的情感,而且还与一个我为您安排的计划相连。"

达达尼埃越听越糊涂了。

"本来我计算在您接受我上次邀请的时候把这个计划说给您听;但是您失约。还好,耽搁几天没有关系,今天您就能清楚事情到底是怎么回事了。请坐,达达尼埃先生,跟我面对面坐着吧,站着听我说话与您身份不符。"

红衣主教指着一张椅子对达达尼埃说着,年轻人对这些事情深感莫名其妙,等到对方第二次示意时他才被动地坐下。

"您非常英勇,达达尼埃先生,"主教大人又开始对他说,"您也很慎重,这就更加难得。我就喜欢聪明而又有热情的人,您别担心,"他笑吟吟地说,"我说的热情,就是指胆量;但是虽然您现在青春年少,阅历不足,却已树敌不少,您只要稍不留神,他们就会毁了您!"

"哎!大人,"年轻人回答,"毫无疑问,他们很轻易便能做到的;因为他们人多势众,又有人撑腰,而我却孑然一身!"

"是的,您说得没错;但是虽然您孑然一身,您已经颇有建树,今后还会更有作为,我绝对相信这一点。然而我认为,您在今后的闯荡生涯中还得有人指点;因为,如果我没料错的话,您到巴黎来是满怀雄心壮志,希望开拓一片锦绣前程的。"

"我这个年龄是很容易野心勃勃,异想天开的,大人。"达达尼埃说。

"只有笨蛋才认为自己异想天开,先生,您是个机灵人。我看您还是暂时到我的卫士营担任掌旗官,打完仗后我再拨一队人由您指挥,您意下如何?"

"哦!大人!"

"您同意了,对吗?"

"大人。"达达尼埃难为情地说。

"难道您不同意?"红衣主教大感意外。

"我在陛下的禁军当差,大人,我毫无理由对此有怨言。"

"但是我始终认为,"红衣主教说,"我的卫士也是陛下的卫士,并且,在法兰西军队当职的每一个人都是为国王尽忠。"

"大小没弄懂我的意思。"

"您是想找个借口,是吧?我懂。好吧,您找了这个借口。不管是升职,还是面临的战争,抑或是我提供给您的机会,那全是做给别人看的;面对您来说,最重要的是寻求强大的后盾支持,因为有些事情您未必清楚,达达尼埃先生,曾经有许多人对我严重控告您,告您没有每时每刻都全心全意地为国王尽职。"

达达尼埃的脸顿时变红了。

"此外,"红衣主教边说边把手放在一叠文件上,"这些档案材料都涉及您;但是我不急着翻看,只想先与您聊聊。我清楚您是个办事果断的人,只要正确指引,您的辛劳不仅不会危害到您,并且会使您受益匪浅。行了,仔细考虑一下再定夺吧。"

"大人的错爱令我受宠若惊,"达达尼埃答道,"我从大人身上看到了一个伟大的灵魂,相比之下,我更加发觉自己卑微得犹如蚯蚓;但是,既然大人允许我坦诚相见……"

达达尼埃顿了一下。

"是的,接着说。"

"嗯,那我就斗胆启禀大人,我的朋友都是国王的火枪手和禁军,并且可能我运气不好,我的仇敌却都在主教大人手下效劳;因此,如果我受命于大人,在这儿我受排挤,而在那边我又会遭人鄙视。"

"您是否自视甚高,认为我的建议还满足不了您的雄心,先生?"红衣主教笑容可掬,但背后却隐藏着一丝轻蔑。

"大人对我宠爱有加,我更加愧疚。拉罗谢尔的围攻战即将开始,大人;我将在大人的监督下英勇杀敌,只愿我在围城站中表现良好而赢得大人钟爱,如果那样,我至少会竭尽所能建功立业,以慰大人对我的注重与保护。有些事情需要等待时机的,大人;可能日后我有幸会投身于大人旗下,可是目前我如果这样做了,便是卖身求荣了。"

"如此说来您拒绝服务于我了,先生。"红衣主教口气颇为不善,却又透出一种敬重的意味,"那就只好随您所愿,您的是非也由您解决吧。"

"大人……"

"行了,行了,"红衣主教说,"我不怨您,可是您得清楚,一个人对他的朋友不管是庇护,还是奖励,都不是无节制的,对于仇敌就没有情面可留了,因此我忠告您:务必好自为之,达达尼埃先生,因为,只要我的手从您的身上抽走,就再也不会为您的生命担负任何责任了。"

"我会尽所能的,大人。"加斯科尼人说,那份自信令人油然而生敬意。

"日后也许有一天,您遭遇劫难,"黎塞留有所动情地说,"请您不要忘了当初我曾找过您,并且竭力帮您免除这些灾难的。"

"今后不管发生什么事,"达达尼埃手按胸口鞠了一躬说,"大人今日对我的教诲,我将终生感激不尽。"

"既然如此,那么就如您所愿,达达尼埃先生,我们战后再见;我会目睹您的表现的,因为我也要亲临战场,"红衣主教一边指着一套华贵的铠甲一边对达达尼埃说,那是主教征战的服饰,"等我们凯旋,嗯,再算总账吧!"

"啊!大人,"达达尼埃说,"请宽恕我的不知好歹。假如您认为我举止还算光明正大,大人,就请您公正地评价我吧。"

"年轻人,"黎塞留说,"假如今后有幸再对您重复今天的话,我一定不会吝惜的。"

黎塞留的最后一句话明显地表露出一种怀疑;这种语气比威胁更令达达尼埃恐慌,因为这是种警告。如此说来,红衣主教在尽力使其免遭某种正威胁着他的灾难。他刚想开口回答,红衣主教高傲地以手示意他可以退下了。

达达尼埃走了出来;可是刚出门口,他就感觉勇气渐失,几乎又重新返回。但是,阿多思那庄严肃穆的面孔出现在他面前:如果他答应红衣主教的要求,阿多思是不会再跟他握手,不会再与他交往的。

思虑及此他恐惧异常,于是失去了回去的胆量;一个具有真正伟大品格的人,对他周围的朋友就会有着强大的影响力。

达达尼埃顺原路返回,在大门口找到了阿多思和那四个火枪手,他们等得焦心。达达尼埃简要陈述一遍,大家才松了一口气,布朗谢跑去通知另外两队火枪手,说他的主人已经安然无恙地走出主教府,大家不用在坚守了。

回到阿多思住所,阿莱米斯和波尔托思询问这次骤然而来的召见起于何因,达达尼埃仅仅跟他们说,德·黎塞留先生召他去,是想安排他在卫士营担任掌旗官,他没答应。

"您做对了。"波尔托思和阿莱米斯一同说。

阿多思一言不发,独自陷入思考。等到他与达达尼埃单独相处时,他才说:

"您在当时只得这样做,达达尼埃,但是也许您选择了一个错误。"

达达尼埃长叹一声;因为阿多思的话,恰好呼应了他心灵深处隐藏的一个声音,那声音一直提醒他说:不幸就要开始了。

第二天的白天都用来做出发前的准备工作;达达尼埃去与德·特瑞威尔先生辞别。直至此时,众人都认为禁军和火枪手就要分开了,因为国王当日召开御前会议,很自然地就应该明日启程。因此德·特瑞威尔先生只是询问达达尼埃有无需要相助的事情,但是达达尼埃踌躇满志地说,万事俱备。

晚上,德·埃萨尔先生禁军营和德·特瑞威尔火枪营的弟兄们相聚一堂,他们之间交情不浅。此次分手,不知何日才能相见,这只能由命运决定了。因此,大家一定猜得到,这样的夜晚肯定异常欢腾,因为此时此刻,唯有恣情放纵才能消除内心极度的忧虑。

第二天,伴随着嘹亮的军号声,朋友们分别了:火枪手跑到德·特瑞威尔先生的营部,禁军跑向德·埃萨尔先生的营部。两位统帅立即带上自己的队伍开往卢浮宫,准备接受国王的检阅。

国王气色不好,似乎有些不舒服,因此面色不太红润。其实昨天晚上召开御前会议时他就开始发烧了。但是他并没有因为这个而推迟第二天晚上出发的日期;虽然宫中大臣有人劝谏,但是他坚持一定要去检阅军队,期盼振作精神,压倒刚露头的病魔。

检阅完毕,禁军单独首先出发,火枪手则待命护驾出征;如此一来,波尔托思就留有充裕的时间穿戴整齐到狗熊街炫耀一番。

讼师夫人望见他身着华美的新装,骑一匹骏马从街上经过。凭她对波尔托思的浓浓深情,她当然不会就此放他走的;她示意波尔托思下马到她那儿去。波尔托思气宇轩昂,马刺铮铮作响,护胸中闪闪发光,长剑神气地拍打着腿肚子。这一次,那些办事员没人敢笑了,因为看看波尔托思的神态便明白他是很危险的。

火枪手被带到科克纳尔先生面前,瞅着妻舅这身崭新漂亮的装扮,老讼师灰色的小眼睛里流露出愤怒的光芒。然而他心里有一念头安慰了他,那就是人们四处传言,这是一场艰难的战役,他在心底暗暗盼望着波尔托思血染战场。

波尔托思向科克纳尔先生客套几句,就告辞了;科克纳尔先生祝他旗开得胜。至于科克纳尔夫人,她早已泪流满面了;但没有人议论她的动情,因为众人都清楚她一直很重视亲情,经常为了那些亲戚同她的丈夫吵闹不休。

然而,真正告别的地点发生在科克纳尔夫人房间,两个人都伤心欲绝,难舍难分。

讼师夫人一直盯着情人骑马归去,她摆动着一块手帕探出窗外,别人还以为她快要跳到街上去了。波尔托思好似对这种场面司空见惯,他一本正经地摆出架子,接受了全部的爱情表白。就要快到街的拐角时,他才掀起帽子,挥手告别。

而阿莱米斯却正在写一封长信。写给谁?无人知道。凯蒂这天晚上就要去都尔了,此刻她正在隔壁屋内等着这封密信。

阿多思正小口微呷着他的最后一瓶西班牙葡萄酒。

而这时候,达达尼埃正与他所在的队伍前进。

到了圣安托万区,他转头兴奋地望着巴士底狱;可是因为他只瞧着巴士底狱,因此没有瞅见密拉娣当时正骑着一匹浅栗色马,她指着他给两个满脸凶相的汉子看;那两人立刻走到列队旁边辨认了达达尼埃,又向密拉娣投去询问的眼光,密拉娣示意他们找得没错。然后,她确定他们会万无一失地完成她交给的任务,便策马而去。

而两个汉子依旧随着禁军营队前进,到达圣安托万区城门,那里等着一个没穿号衣的仆人,手里牵着两匹备好鞍辔的马。因此他们一跃跨上了马。

第四十一章 拉罗谢尔围城战

拉罗谢尔围城战是路易十三当政时的一项重大政治事件,也是红衣主教的一项重大的军事筹划。因此我们在这里介绍一下,不但意义深远,而且很有必要;并且这次围城战的许多细节,都与我们这个故事有着千丝万缕的联系,因此我们不能略去不谈。

红衣主教指挥这场围城战,他的政治目的占很重要的位置。我们首先谈一谈他在这方面的设想,其次再谈谈他个人意图,就他个人而言,后者的作用可能并不逊于前者。

亨利四世原来给胡格诺教派划分的作为安全地带的诸多城市中,现在只有拉罗谢尔了。

最近几年来,内忧外患在这儿此起彼伏、危害甚大,因此围攻拉罗谢尔的目的就是要将加尔文教徒连根拔掉,彻底摧毁这个造成祸乱的基地。可是拉罗谢尔的新教徒振臂一呼,居心不良的西班牙人、英国人和意大利人,各国的冒险家,各派的杂军一呼而应,全围拢在新教的麾下,赫然成为一个强大的联盟,而且任意妄为地把矛头指向欧洲各地。

拉罗谢尔因其他各个加尔文派要塞均已失陷而居于显要地位,成为兵家必争之地,纷争和野心屡见不鲜。此外,它的港口也已经成为英国人通向法兰西王国的最后门户;只要这扇门户对法国的宿敌英国紧闭,那么红衣主教就成就了贞德和德·吉兹公爵未完成的大业。

因此,在拉罗谢尔围城战中担任特别指挥官的巴松比埃尔,一次在率领许多高级将领披挂上阵时说过:

"终有一天你们会发现,诸位,攻打拉罗谢尔称得上是愚蠢的行为。"

这位巴松比埃尔,既可以说是新教徒,又可以说是天主教徒,因为以他的信仰来定,他崇尚耶稣,但又因为他得过圣灵骑士勋章,因此可以说是名天主教徒;这位巴松比埃尔,从籍贯来说是德国人,可从天性来说,却是法国人。但是他的这几位属下,清一色的新教徒信仰,跟他一样。

巴松比埃尔的话并非无稽之谈,在他看来,炮击雷岛犹如龙骑兵践踏塞文山区的序幕;攻克拉罗谢尔更是废除"南特敕令"的开幕式。

但是,我们已经谈到,倡导权力均衡、政事从简的首相的目的乃是从政局考虑,历史学家们是精于此道的,而作为编年史作家,还很有必要考虑他的失恋及由此产生的嫉妒而引发的种种良苦用心。

我们都知道,黎塞留一度迷恋上了王后;基于他身上的这种爱情,到底是单纯地源于政治需要,还是一种情不自禁地热情,我们无法知道,但是奥地利的安娜也是很轻易便能在她身旁的男士心中漾起热情的;而不管怎么说,我们已经看到他屡败于白金汉,有那么两三次,尤其是在钻石坠饰的较量中,白金汉依仗三个火枪手的忠诚和达达尼埃的英勇,残酷地玩弄了他。

所以对于黎塞留来说,这次战役的胜利不单为法国扫除忧患,而且也报复了情敌;并且,如此的复仇方式终究是冠冕堂皇、极富说服力,对于一个兵权在握、可以号令千军万马的风云人物来说此举当之无愧。

黎塞留清楚地知道,向英国开战如同挑衅白金汉,打败英国便是赢了白金汉,总而言之,只要让英国在欧洲丧失颜面,白金汉在王后眼里也就名誉扫地了。

在白金汉那边,虽然他标榜捍卫英国荣誉,其实内心与红衣主教毫无差别,同是为了个人私欲;白金汉也在筹划一种别具一格的复仇方式:因为找不到以使节身份重返巴黎的任何理由,于是他便打算以胜利者的身份进驻巴黎。

因此,世界上最强大的两国之间展开了一场赌博,其目的只是两个情敌为泄私欲,其赌注仅仅是奥地利的安娜的青睐。

起初是白金汉公爵一边尽占优势,他指挥九十艘舰船和几乎两万人的军队主动出击靠近雷岛,以雷霆之势袭击德·图瓦拉伯爵镇守的岛屿;一场惊心动魄的战役之后,英军攻破雷岛。

顺便说一下,一位叫德·尚塔尔的男爵阵亡于这场战役,他有个刚十八个月大的女儿,而从此便成为无父的孤儿。

这个女孩就是我们熟知的德·塞维涅夫人。

德·图瓦拉伯爵指挥守军且战且退,来到圣马丁城堡,留下一百人左右的兵力拼死守卫拉普雷要塞。

战局发展到这个局面,红衣主教不得不立刻做出决断;围攻拉罗谢尔的计策已经定下,不过在国王御驾亲征之前,他先请大亲王全权指挥,并且命令他所能调动的军队马上向战场开去。

我们的朋友达达尼埃就是这支先锋队的一员。

我们已经说过,国王打算在御前会议结束之后立即亲临战场;不过当六月二十八日御前会议结束后,他便感到有些发烧;但他毅然决定出发,然而病情日益严重,他不得不中途停驻在维尔罗瓦。

国王的停留之地,自然也是火枪手们的停留之地,而达达尼埃又是个禁军,因此目前只能与他的三位好朋友阿多思、波尔托思和阿莱米斯分离;此次分离,对他也不过只是郁闷而已,假如他若料到前面正布下了难以预防的陷阱等待着他,那么他可真要忐忑不安了。

不过还好,他在 1627 年 9 月 10 日抵达了在拉罗谢尔城前驻扎的营地,一路平安无事。

战局的发展依然如故:白金汉公爵指挥英军占据雷岛,不过圣马丁城堡和拉普雷要塞一直未攻克,而法军却在两三天前开始了攻占拉罗谢尔的预谋,起因则是为夺取德·昂古莱姆公爵部队刚修建在城墙边的工事。

德·埃萨尔先生指挥禁军部队在米尼姆修道院扎营。

不过我们很清楚,达达尼埃只顾着进火枪营,平常很少和禁军营兄弟打交道,因此他时常独自思索问题。

他的思索并不容他欣慰:已经在巴黎呆了一年了,要论公事,他可投入了许多精力,但说起私事来,不论是爱情还是前途,都毫无进展。

对于爱情来说,他唯一爱的人便是伯纳肖太太,而伯纳肖太太现在却下落不明,杳无音信。

对于前途来说,像他这样一个名不见经传的渺小的人物,竟然与红衣主教,也就是跟一个除国王之外的王公大臣都为之心颤的大人物成了死敌。

此人可以毫不费力地让达达尼埃粉身碎骨,但是他没有这样做;达达尼埃凭着敏捷的思维,断定这种宽容犹如一道曙光,他从中看到了锦绣的前程。

此外他还有个冤家,他认为这个冤家并不是很厉害,但是直觉地认为还是不能等闲视之,这个冤家便是密拉娣。

而所有这一切换来了王后的垂青和保护,但是在那个时期,王后的垂青只能招来灾难;而她的保护,我们很清楚,那是很不可靠的:夏莱和伯纳肖太太足以证实。

因此,最实惠的收益,便是他戴在手上的这枚价值五六千利弗尔的钻石戒指了;但是,既然达达尼埃满怀雄心壮志,志在成就一番大事业,肯定得留着这枚戒指,日后可以成为承蒙王后宠幸的见证,因此目前他就不能卖掉它,而这枚戒指的价值就跟他脚下踩的石子一样。

我们说"他脚下踩的石子",是由于达达尼埃在思索的时候,是一个人踏着从营地到昂古丹村的小路上;他边走边想着,不知不觉便走远了,当他突然发觉之时,眼见就要日落西山了;恰在这一刻,他就着夕阳的余晖仿佛看到一支火枪枪筒在树丛后闪烁。

达达尼埃目光敏锐,反应灵敏,他立刻想到这杆火枪不可能是无故把它架在那儿的,它的主人躲在树丛后,居心肯定不良。因此他转身想逃离,但与此同时,他在路对面的一块石头后面,又发现一支闪闪发光的火枪枪口。

这明显表明他陷入了埋伏。

达达尼埃瞄了第一杆火枪一眼,但见枪杆顺着他的方向倾斜,他不禁手心冒汗,等到瞧见枪口一动不动时,他立刻匍匐在地。说时迟那时快,只见一声枪响,子弹从他脑门呼啸而过。

此时已是刻不容缓,达达尼埃纵身跃离地面,而与此同时,另一杆火枪也响了起来,子弹正好打在他方才脸靠近的那堆石子,击得碎石四散乱溅。

达达尼埃并非一个鲁莽的人,他可不想赢个勇往直前的美名而牺牲自己,况且此刻也不是论及勇敢的时候,他身遭埋伏。

"再来一枪,"他暗想,"我死定了!"

他毫不犹豫,撒腿跑向营地,他的家乡素以善跑著称,达达尼埃此刻正是拿出这种敏捷的本领;但是,不管他如何的快速,第一个开枪的人还是重新装好了子弹,又射了第二发子弹,他一枪准确无误地射在他的帽子上,帽子立刻飞到十步以外。

达达尼埃仅拥有这一顶帽子,因此在逃跑途中又把它给拾回来了,跑回营地之时,他已是气喘吁吁,脸色骇人的苍白,不过他没有告诉任何人,独自坐下开始思考。

这件事的原因有三种可能性:

第一个原因是顺理成章的:可能遇到了拉罗谢尔守军的伏击,能消灭一个御前禁军营的人,他们是求之不得的;首先因为这也是一个敌人,其次,也许这个敌人的口袋中还有个塞满了钱的钱包呢。

达达尼埃拿起他的帽子,仔细观察了子弹眼,他摇摇头。子弹并非火枪的子弹,而是短膛枪的,起初子弹发射的如此之准已让他疑心,他怀疑那是用一种特殊的火器发射的。由于子弹口径与火枪有异,因此可想而知这不是守军伏击。

这也许是红衣主教对他的赏赐。他想起由于落日的余晖,他瞧见枪筒的瞬间心里闪过一个念头,红衣主教大人已经忍无可忍了。

但是达达尼埃又摇摇头。主教大人对于那些不费吹灰之力便能令其殒命的人是不需如此劳神的。

这也许是密拉娣的又一次报复。

这种可能性极大。

他努力想记起那两名杀手的容貌和服饰,但脑子里一点印痕也没留下;那时他还没有瞧见他们便仓促而逃,哪有余暇顾及这些呀。

"唉!我可怜的朋友们,"达达尼埃自言自语地说,"你们现在在何处呀?我是多么需要你们的帮助呀!"

达达尼埃晚上睡得极不安稳。他有三四次突然惊醒,每次都好像感觉有个人走近床前,举起匕首要刺他。但是黎明随着黑夜的离去而到来,他安然无恙。

然而达达尼埃仍然感觉事情不会就此罢休,迟早会再遇危险。

他日日夜夜足不出营;他自我安慰说天气太糟。

第三大九点钟,营地鼓乐大奏,欢迎贵宾的到来。原来是奥尔良公爵前来视察先锋部队。禁军营全体集合,达达尼埃也在这一队列中。

大亲王来到前线,所有高级将领围绕在他身旁,极尽阿谀奉承之能事,禁军营统领德·埃萨尔先生也不例外。

不久,达达尼埃似乎觉得德·埃萨尔先生在挥手示意他过去,他担心自己没看清,所以原地呆着没动,然后统领又重复了一遍,他才出列走过去接受命令。

"公爵有一项危险的使命需要几个弟兄自告奋勇前去执行,若能成功奖赏颇丰,因此我做手势,希望您能有所准备。"

"多谢统领!"达达尼埃回答,能有机会在代职统帅的公爵面前一展身手,他何乐而不为呢。

原来,拉罗谢尔守军在夜间突然发动袭击,夺回了两天前国王军队占领的棱堡之一;现在要调遣一支敢死队去探察棱堡的防守情况。

果不其然,不久便听到大亲王高声说道:

"这项任务需要三个到四个人主动要求执行,此外还得一个值得依赖的人充当领队。"

"值得信赖的人,我这里就有一名,大人,"德·埃萨尔一边说着一边指着达达尼埃,"至于四五个自动请缨者,大人只需传令下去,定会有人请命的。"

"来四名勇士,随我上!"达达尼埃举剑喊道。

两名禁军营的弟兄立刻冲向前,另外又有两名士兵也加入他们行列,这样就凑够了人数;达达尼埃认为这事得分清前后顺序,便谢绝了后来要求加入的人。

拉罗谢尔守军攻占那座棱堡之后,现在究竟是撤离了还是留守呢;对于这个问题只有尽可能地接近棱堡才能摸清。

达达尼埃带着四个伙伴顺着壕沟前行:两个禁军与他并肩前进,两名士兵随其在后。

他们依靠壕沟的掩护,来到只距离棱堡一百步左右的地方。停下来后,达达尼埃回转身来,发现两名士兵踪影全无。

他还认为那两人心生惧意而落在后面,因此继续前进。

走到壕沟护墙的拐弯地方,他们三个人只距离棱堡六十步左右了。

人影全无,似乎棱堡已经废弃了。

三名敢死队员正讨论着是否再向前走,这时一圈烟雾突然弥漫在前面突出的石块四周,十几颗子弹先后发射到达达尼埃和两个伙伴周围。

他们达到查明此行目的:棱堡有人防守。再守在这种危险的地方,便是视生命如儿戏了;达达尼埃和两个禁军转头便撤,那狼狈的样子如同逃命似的。

就要跑到可以充当掩护体的壕沟拐角,一个禁军扑倒在地,一颗子弹正中他的胸部;另一个禁军平安无事,仍然拼命奔往营地。

达达尼埃不想丢下自己的同伴,于是弯腰想扶他起来,扶着他一同归队;就在此刻,耳边传来两声枪响:一颗子弹击中受伤禁军脑门,另一颗在距达达尼埃两寸远的地方飞过,击中一块石头。

达达尼埃立刻回转身,这种袭击不会来自棱堡,因为棱堡守军的视线被壕沟的拐角遮挡住了。他忽然联想起两名中途退却的士兵和两天前暗杀他的两个人;他这次想要弄明白整件事情的原委,便倒在同伴身上假装中弹身亡。

不久,他发现离他三十步外的一个废弃的工事高处探出两颗脑袋:正是临阵脱逃的两名士兵。达达尼埃所料不差:这两人之所以随他来,只是想结果了他,他们妄想把杀死年轻人的罪名记在敌军的账上。

此刻,他们害怕他也许只是稍微受点伤,说不准他日可能揭穿他们的阴谋,因此想过来干掉他;好在达达尼埃略施巧计蒙骗了他们,两人都忘记先在枪里装好子弹。

及至两人走到十步左右,达达尼埃突然纵身一跃跨到两人面前,刚才他倒下去的当口,一直留意着握紧长剑,因此现在长剑尚未脱手。

两个杀手知道,假如弃对手于不顾而逃回营地,他们的秘密肯定会暴露,因此他们的第一个想法便是降敌。他们中的一个以枪筒作狼牙棒高举着使劲朝达达尼埃砸过去,达达尼埃侧身躲过,这一躲让这个坏蛋有一线可乘之机,他立刻朝棱堡急速跑去。驻守棱堡的拉罗谢尔士兵,搞不懂他跑来的目的,就瞄准他放了一枪,他肩膀中弹仆倒在地。

趁此机会,达达尼埃又飞身向另一个士兵扑去,举剑便刺,这场交手只一瞬间,那人手里只剩一杆没装子弹的短膛枪可以赖以自卫;达达尼埃举起长剑,在类似烧火棍的枪杆旁边一刺,正中对方大腿,那人立刻倒地。达达尼埃迅速以剑顶着他的喉咙。

“哦!饶命呀!”歹徒大嚷,“先生,手下留情,手下留情呀!我坦白一切。”

“您的那点秘密抵得上你的性命吗?”年轻人的胳膊一动不动。

“抵得上,抵得上,一个如您一般既潇洒又英勇的男人,年仅二十二岁,极可能飞黄腾达,如果您认为生命可贵的话,那么您饶恕我还是很合算的。”

“该死的家伙!”达达尼埃说,“既然如此,那么快说,是谁派你杀我的?”

“一个陌生的女人,我仅知道她叫密拉娣。”

“既然你跟她陌生,又如何知道她的名字?”

“我同伴与她相熟,就是以此称呼她的,她跟他交涉,与我无关;他口袋里还装着那女人写的一封信,据他透露,那封信与您关系重大。”

“那你为什么与他一道伏击我呢?”

“是他建议我们一块儿出手的,我就同意了。”

“干这种卑鄙的勾当,那个女人付给您多少钱?”

“一百路易。”

“哼,很好,”年轻人冷笑着说,“她总算认为我还很值钱;一百路易!对于像你们这样的可怜的家伙,这可是一笔不少的数目哦!我懂你们为什么会答应这笔买卖了,我现在可以饶恕你,但是得一个条件!”

“什么条件?”那士兵见事情又起波折,颤颤抖抖地问。

“你把藏在你同伴口袋里的那封信找出来拿给我。”

“但这是变相地让我去送死啊,”那家伙大嚷,“棱堡火力集中,您让我如何拿得到那封信啊?”

“但你必须下决心找到它,否则我就必得杀死你,我说话算数。”

“求您了,先生,放了我吧!请看在您深爱着的那位年轻夫人的份上,您可能当她已经死了,但她依然活着!"那家伙拼命喊着,又双膝跪着,以手撑地,由于失血过多,已渐感到体力不支。

"你打哪儿知道我深爱着一位年轻夫人,还当她已死了呢?"达达尼埃惊问。

"我同伴口袋里的那封信上提到过。"

"那你就该知道,我是无论如何也得要这封信的,"达达尼埃说,"因此不要犹豫不决了,否则,虽然我厌恶一个像这样卑鄙的家伙的血污了我的剑,我还是得以我的人格发誓……"

话音刚落,达达尼埃举手做了个威胁的姿势,吓得那个受伤的人立刻站起来。

"不要动手! 不要动手!"他大嚷,惊恐增加了他的勇气,"我去……我去!……"

达达尼埃拿起他的枪,用剑锋顶着他的腰,推着他走向他的同伴。

这个可怜的家伙哆哆嗦嗦地走向倒在二十步以外的同伴,他竭力想躲开棱堡守兵的注意力,由于意识到死神即将降临,他脸色苍白,在他走过的路上留下一条长长的血迹,这情景惨不忍睹。

他脸上冷汗涔涔,恐惧之色一目了然,达达尼埃不禁怜悯起他来,便蔑视地看着他说:

"行了,我就让你见识一下勇士和胆小鬼的差别吧,你呆着别动,我去!"

说完,他警惕地观察着敌人的动向,凭借凹凸不平的地形,迈着矫健的步子来到那个士兵身旁。

有两个办法可以遂他所愿:就地搜身;或者以那家伙的身体作盾牌,把他扛回去,然后在壕沟里搜身。

达达尼埃选择了后者;他刚背上那家伙,敌人就开枪射击了。

达达尼埃感觉到背上的躯体一阵轻微的摇晃,三颗子弹穿进肌肉发出沉闷的声音,最后一声低吟过后,那是临死前的颤动;他意识到这个要杀死他的家伙反而救他一命。

达达尼埃返回壕沟,将尸体扔在跟死人脸色一样灰白的受伤者身边。

达达尼埃开始动手搜身:死者遗留下来的所有财产便是一只皮夹,一只钱袋,显而易见就是这个家伙所得不义之财,一副骰子和一只摇骰子的皮筒。

他把骰子和皮筒顺手扔掉,钱袋投给受伤的家伙,就迫不及待地打开皮夹。

在几片与他无关的纸片之间,他寻到下面这封信:这正是他甘冒生命危险要找寻的信。

> 既然你们弄丢了那个女的,让她好好地住到了那个你们不应该让她抵达的修道院,那么你们不管怎样都不能放走那个男的;否则,你们应该明白我的手很长,你们将以高昂的代价偿还我付给你们的一百路易。

没有署名。但是很明显这是密拉娣写的信。因此达达尼埃把它藏在身上日后留作物证之用;因为壕沟拐角后是个安全地带,他便移到那儿审问起受伤的家伙。他招供说,他和那个刚才毙命的同伴奉命绑架一个从拉维莱特城门走出巴黎的年轻女人,但是他们两人中途在一家小酒店喝酒耽搁了,等他们到达要去的地方时,马车已于十分钟前开走了。

"你们原本计划如何处置这个女人?"达达尼埃急切地问。

"我们必须送她到王家广场的一座宅邸,"那家伙说。

"是的! 是的!"达达尼埃自言自语道,"一点没错,送到密拉娣家里。"

此刻,这个年轻人才惴惴不安地意识到,那个女人怀着怎样强烈的复仇欲望,一定得把他和所有爱他的人都杀死,并且她又对宫廷的事情一清二楚。毫无疑问,这一切都是从红衣主教那儿得知的。

但是,他也从中了解到另一个事实,并且内心兴奋不已,那就是王后最终发现了那个因其忠诚而惨遭迫害的可怜的伯纳肖太太囚禁的地方,而且又将她搭救出来。现在,伯纳肖太太送他的短笺,以及在夏约路上她稍纵即逝的、如同幽灵般的露面,都由此而得到解释。

今后,跟阿多思预言的一样,他又有机会跟伯纳肖太太相见了,攻克一座修道院绰绰有余。

如此一来,他便又动了宽容之心。他转过身来,刚才那个受伤的士兵始终忧心忡忡地盯着他面部表情的变化,这时达达尼埃伸出胳膊对他说:

"得了,我不忍心丢下你。扶着我的胳膊一块儿返回营地吧。"

"好的,"那人答应着,他一点儿不敢相信对方竟宽容至此,"但是您是否要吊死我呀?"

"你别担心了,"达达尼埃说,"我第二次饶恕你。"

那人喜不自胜地跪倒在地,再一次亲吻救命恩人的脚;但是达达尼埃对待在离敌人如此贴近的地方很不感兴趣,因此急忙打断了他满怀感激的表示。

在拉罗谢尔守军刚开始放枪时便逃回去的那个禁军,早已禀报说四位同伴均已阵亡。因此当他们看到达达尼埃完好而归,全队弟兄都惊喜不已。

达达尼埃当场就那个士兵受到剑伤的事编了个敌军出击的小故事。接着,他又叙述了另一个士兵遇难以及他们经历的种种危险。这个故事极具轰动效应,令他名声大振。整个营地一整天都在谈论他的壮举,大亲王也派人前来嘉奖他。

此外,正所谓好人一生平安,达达尼埃的显赫战果令他换回了久违的安宁。果然,达达尼埃自认为从此可以平安无事了,既然两个杀手一个毙命,另一个对他俯首帖耳。

这种完全放松警惕性的态度只说明一点,那就是达达尼埃还不完全了解密拉娣。

第四十二章　安茹红葡萄酒

　　就在国王御体欠安的坏消息之后，又传言他业已康复，整个营地上上下下都在议论国王的病情；据说国王急于亲临围城现场，一旦他能蹬鞍上马，立刻便会出发。

　　这一段日子，大亲王无所事事，因为他清楚统帅大印迟早得交出来，不是交给德·昂古莱姆公爵，就是交给巴松比埃尔或者勋贝尔格，这几位明争暗斗，都在企图获得指挥大权；因此大亲王迟迟疑疑地消磨时光，不敢贸然采取军事行动试图把英军赶出雷岛，所以，一方面英军久攻圣马丁城堡和拉普雷要塞不果，另一方面法军也围住拉罗谢尔无所进展。

　　前面已经交代，达达尼埃以为可以高枕无忧了；一个人很费劲地摆脱掉一个危险的威胁，眼瞅着几乎没有危险了，常常是会如是想象的；现在只有一件事让他牵肠挂肚，那就是三位好朋友音信皆无。

　　但是，十一月初的一个早上，他接到从维尔罗尔送来的一封信，见信后他忧虑尽消。

　　达达尼埃先生：

　　　　阿多思、波尔托思和阿莱米斯几位先生眼下正在敝店吃喝玩乐，闹得有些过火，被铁面无私的督察长关了几天禁闭；在下受他们的嘱托，特此奉献敝店的安茹红葡萄酒一打，他们极其赞叹此种葡萄酒美味无比，因此希望您衷心为他们的健康多干几杯。

　　　　酒已派人送上，谨此表示崇高的敬意。

您谦卑恭顺的仆人、

火枪手先生们的店主

戈多

　　"太好了！"达达尼埃高声叫道，"我在寂寞的时候念着他们，而他们在快乐的时候也念叨着我；没二话，我自然得为他们的健康多饮几杯，我可是心甘情愿做这件事，但是我不愿自斟自饮。"

　　因此，达达尼埃跑去找另外两个与他交情颇深的禁军，请他们共饮遥寄维尔罗尔的安茹佳酿。但是其中一人当晚被人请走，第二天另一个人也被请走；因此只能把聚会定在第三天。

　　达达尼埃回来之后，把十二瓶葡萄酒尽数送往禁军营地的小酒店，嘱咐掌柜的好生照管；及至聚会之日，因为时间定在中午，因此九点钟达达尼埃便差遣布朗谢先去准备。

　　布朗谢一下子提升为总管，洋洋自得，很想炫耀一下自己的本领，把筵席办得有声有色；因此他找来两个人帮忙，一个是主人的一位客人的仆人，叫富罗；另一个是要陷害达达尼埃的假冒士兵，因他并不归属任何联队，于是在达达尼埃饶恕他之后,就给达达尼埃,更确切地说给布朗谢当差了。

筵席时刻已到,两位客人也相继而至,分宾主入座后,菜肴一一摆上。布朗谢一只胳膊上搭着条餐巾,在旁边侍候,富罗开启酒瓶,剑伤初愈的假士兵布里斯蒙则在几只长颈大肚的玻璃瓶里倒酒,也许是一路晃荡所至,葡萄酒显得有些浑浊。倒完第一杯之后,瓶里有些沉淀,布里斯蒙把沉渣倒在一只杯子里;达达尼埃同意他喝了它,因为这个可怜的家伙身体刚刚复原,体力尚虚弱。

宾主三人用完汤之后,正要端起第一杯酒送到嘴边,这时突然从路易要塞和新港要塞传来轰轰炮声;那两名禁军立刻意识到是拉罗谢尔守军或者英国人向他们发动突然袭击,因此立刻拔出剑来;达达尼埃的灵敏性当然不逊于那二位,现在早已手握长剑。三人一块儿冲出去,要奔向自己的联队投入战斗。

然而没跑出店门几步,他们就弄清楚了为什么开炮;"国王万岁!""红衣主教先生万岁!"的欢呼声一浪接一浪,四面八方回荡着快乐的鼓声。

原来,正像我们前面交代过的,国王急于亲临战场,快马加鞭日夜兼程赶来,这时正率领全部侍卫和一万名援军到达前线;火枪手们前后护驾,一路赶来。达达尼埃和两名禁军处在迎接的人群中,他朝三位朋友挥手表示致意,三个火枪手也目视致敬,德·特瑞威尔先生一下子便看到了达达尼埃,因此达达尼埃也向他挥手致敬。

迎驾仪士刚结束,四位好朋友立刻拥抱在一起。

"嗨!"达达尼埃大叫道,"你们来得可真及时,餐桌上肉还热乎着呢!你们说是吧,两位?"他转身面对两位禁军一边说一边把他俩介绍给他的朋友们认识。

"啊哈!好像我们要尽情享受了,"波尔托思说。

"我希望,"阿莱米斯说,"你们的筵席没邀请女人!"

"在如此偏僻地方,可有说得过去的葡萄酒?"阿多思问。

"当然有!你们送来的酒啊,亲爱的朋友,"达达尼埃回答。

"我们的酒?"阿多思吃惊地问。

"是呀,你们给我送的。"

"我们给您送酒了吗?"

"你们难道忘了那些安茹红葡萄酒?"

"哦,我喝过您说的这种酒。"

"那种酒您最爱喝呀。"

"也许吧,如果我身边没有香槟酒,也没有尚贝尔坦葡萄酒的话。"

"好了,既然现在香槟酒和尚贝尔坦酒都没有,您肯定乐意喝这种酒。"

"难道您口味还特别怪,专门从安茹运来这么多葡萄酒?"波尔托思说。

"看您说的是什么,这不都是你们派人送给我的吗。"

"我们派人送的?"三个火枪手莫名其妙地说道。

"阿莱米斯,"阿多思说,"您派的人?"

"不是,您呢,波尔托思?"

"不是,您呢,阿多思?"

"不是。"

"既然不是你们,"达达尼埃说,"那一定是你们的老板。"

"我们的老板嘛?"

"是的!你们的老板,他叫戈多,是维尔罗尔的店主。"

"听我的,咱们不要过问酒打哪儿来,"波尔托思说,"先品尝一下,如果酒味极佳,咱们喝就是了。"

"不可以，"阿多思说，"我们不喝不明来路的酒。"

"我同意您的说法，阿多思，"达达尼埃说，"你们谁也没有托付戈多老板送酒给我，是吧？"

"绝对没有！难道是他让别人告诉你这是我们送您的酒吗？"

"这里有信为凭！"达达尼埃说。

他边说边掏出信递给朋友们瞧。

"笔迹不对！"阿多思高声叫道，"我认识他的笔迹，临走前我跟他结的账。"

"信上胡言乱语，"波尔托思说，"我们哪里关过禁闭。"

"达达尼埃，"阿莱米斯略带责怪地说，"您难道认为我们会闹得过火？……"

达达尼埃脸色煞白，浑身一颤。

"你别吓我们，"阿多思说，也只有在情形危急的时候他才称达达尼埃为"你，""究竟发生什么事了？"

"快跑，快跑，朋友们！"达达尼埃大声叫道，"我有个恐惧的想法，也许要出危险！难道又是那个女人的复仇方式吗？"

这次阿多思也变了脸色。

达达尼埃急速冲到小酒店，三个火枪手和两个禁军随着跑去。

达达尼埃刚迈进店堂，首先目睹到的便是布里斯蒙躺在地上，浑身痉挛，满地翻滚。

布朗谢和富罗吓得脸色跟死人一样苍白，他俩想救他，但很明显已经无济于事了，这个奄奄一息的人由于难以忍受的疼痛而抽搐得面目全非。

"啊！"他一发现达达尼埃就吼叫着，"啊！这太残忍了，您假装一副慈悲面孔，却暗地里毒死我！"

"我！"达达尼埃叫道，"我！你这混蛋！你瞎说什么？"

"我说是您送我酒，是您让我喝它的，是您想向我报复，我要说您太心狠了！"

"不要那样想，布里斯蒙，"达达尼埃说，"这是绝不可能的，我向您保证，我发誓……"

"哦！上帝有眼！上帝会惩罚您的！上帝啊！希望这一人有一天也尝尝我受的罪吧！"

"我以《福音书》向您起誓，"达达尼埃来到这临死的人面前高声说，"我确实不知道酒里放了毒，我还打算跟您一样饮酒的。"

"我不信任您。"这人说。

一阵更为剧烈的抽搐结束了他的生命。

"太可怕了！太可怕了！"阿多思自言自语道，波尔托思只顾着砸那些酒瓶，阿莱米斯差人去寻忏悔神甫，但为时已晚。

"啊，朋友们！"达达尼埃说，"你们刚才又救我一命，不只我一人，还有这两位先生。两位，"他对着两个禁军说，"我请你们不要张扬此事；这件事情也许关系到许多显赫人物，搞不好咱们谁也担待不起。"

"哦！先生！"布朗谢舌头都不灵活了，一副半死不活的可怜模样，"哦！先生！我算走运了呀！"

"怎么，你这家伙，"达达尼埃吼道，"难道你刚才也有喝我酒的念头。"

"先生，我是想为国王的健康饮一小杯，如果富罗不对我说有人叫我，我真的就喝下了。"

"唉！"富罗哆嗦着说，"我还打算支开他们我独自喝呢！"

"两位，"达达尼埃转向两个禁军说，"我想你们可能也赞同，发生这种事情，大家再坐回桌旁也大为扫兴了；因此请接受我的歉意，他日我定再邀请二位相聚。"

两个禁军很有礼貌地接受了达达尼埃的歉意，他们心知肚明，这四位朋友现在不希望外人干扰，因此便起身离开了。

屋里只留下达达尼埃和三个火枪手了，这时四人相视而望，那目光表明，他们都意识到了事态的严峻性。

"首先，"阿多思说，"我们要离开这个屋子；跟一个死人，一个惨死的人呆在一块儿，是很不惹人愉快的。"

"布朗谢，"达达尼埃说，"您去处理这个可怜的人的尸体吧。按照教徒的葬礼掩埋他。他犯过罪，这是真的，但他早已改过自新了。"

说完，四个朋友离开那间屋子，只剩下布朗谢和富罗料理布里斯蒙的葬礼。

掌柜的给他们换了另一间房，送来几个带壳的水煮蛋，阿多思亲自到水池里灌了一瓶水。达达尼埃简单明了地把事情跟波尔托思和阿莱米斯说了一遍。

"嗯，"达达尼埃对阿多思说，"看着吧，朋友，这是一场殊死搏斗。"

阿多思摇摇头。

"对，对，"他说，"我相信；但是您仍然觉得这是她干的吗？"

"我始终坚信。"

"但我得坦白承认我持怀疑态度。"

"既然这样，如何解释肩膀上那朵百合花呢？"

"也许是一个英国女人在法国触犯法律，被逮捕归案上烙上了百合花印记。"

"阿多思，我仍然要跟您说，这是您的妻子，"达达尼埃说，"您难道不记得它们是多么酷似吗？"

"但我还是认为那个女人已经死了，因为那是我亲手所为，我把它吊得很牢。"

这次轮到达达尼埃摇头了。

"无论如何，我们应如何做呢？"他说。

"总之您是不能再容忍头上始终悬着一把剑而束手待毙的，"阿莱米斯说，"必须打破这个局面。"

"怎么做呢？"

"您听我的，必须想办法找到她，跟她当面挑明其中利害；跟她说，冤家宜解不宜结，由她选择！您就说，'我以人格发誓，绝不对您谈论半个字，也绝不对您做任何有害的事；而您也得发誓，不再危害于我。否则，我会去找大法官，找国王，找刽子手，会挑起宫里的人与您作对，我会揭露您曾经烙过百合花，把您交给法庭，如果他们放了您，那么，我以绅士的荣誉向您发誓，我非杀死您不可！就像在大路上的界石边杀死条疯狗一样。'"

"这个主意甚妙，"达达尼埃说，"但是如何才寻得着他呢？"

"时间，朋友，时间能带来机会，而机会则是您赌输后双倍的赌注。只要您有足够的意志，赌注越多赢得越大。"

"是的，但是我的身旁埋伏着许多想杀死我毒死我的人，要我如何等得下去……"

"哦！"阿多思说，"目前上帝一直是保佑我们，并且会继续保佑我们的。"

"是的，我们有上帝的保佑；况且我们都是大丈夫，总之我们生来便是甘冒生命之险的。但是她呢！"达达尼埃说话声音逐渐放低。

"她是谁呀？"阿多思问。

"贡斯当丝。"

"伯纳肖太太！噢！也对，"阿多思说，"可怜的朋友！我都不记得您还在爱着她呢。"

"算了,"阿莱米斯说,"您从那个被子弹射死得可怜家伙身上找到的那封信不是很清楚地写明她呆在一座修道院吗？在修道院里呆着最好了,我告诉您吧,拉罗谢尔战役一结束,我就得……"

"好!"阿多思说,"好! 没错,我亲爱的阿莱米斯,我们早明白您向往宗教。"

"我当火枪手只不过暂时混充一下。"阿莱米斯自谦地说。

"好像他又有好长时间没接到情妇的消息了,"阿多思暗地跟达达尼埃说,"但是您可别介意,咱们心知肚明。"

"嘿,"波尔托思说,"我倒发现一个简捷的办法。"

"是什么?"达达尼埃问。

"你们说过她呆在一座修道院,是吗?"波尔托思接着说。

"没错。"

"那么,一打完围城仗,咱们就去修道院把她抢回来。"

"但也得先弄清楚她呆在哪座修道院啊。"

"您说得也对。"波尔托思说。

"我认为可以,"阿莱米斯说,"达达尼埃,您曾说过那座修道院由王后选择的,是吧?"

"是的,至少我想是这样的。"

"那么,我认为波尔托思有能力帮忙。"

"为什么?"

"您那位不知是侯爵夫人、公爵夫人还是亲王夫人肯定广有门路,自然能帮得上忙。"

"嘘!"波尔托思一指按唇说,"我看她是红衣主教的人,可不能被她知道。"

"那么,"阿莱米斯说,"还是由我负责打听她的情况吧。"

"您,阿莱米斯,"三个伙伴异口同声地说,"您有何良策?"

"请王后的宫廷神甫帮忙,我跟他有点交往……"阿莱米斯满脸通红地说。

那顿简单的饭,四位朋友早已用完,现在既然事情已经谈妥,大家便相约当晚再见便各自离开:达达尼埃回米尼姆;三个火枪手回国王的大本营,他们需要安排一个住的地方。

第四十三章　红鸽棚酒馆

国王同红衣主教一样，甚至比红衣主教更名正言顺地痛恨白金汉，一直急不可耐地要尽早亲临前沿阵地，因此一到前线便匆忙筹划，意欲先把英国人赶出雷岛，而后集中兵力攻打拉罗谢尔；然而事情偏偏不遂人愿，德·巴松比埃尔和勋贝尔格两位先生以及德·昂古莱姆公爵之间暗起争端，耽误了国王的部署。

德·巴松比埃尔和勋贝尔格先生都是法国元帅，他们觉得自己有资格在国王旗下掌握号令大权；但红衣主教对巴松比埃尔不太放心，害怕这位内心里偏向胡格诺派的人，在对付他的新教弟兄英国人和拉罗谢尔人时会怀恻隐之心，因此就举荐德·昂古莱姆公爵，国王在主教的唆使下，就任命公爵为前军统帅。但又害怕德·巴松比埃尔先生和勋贝尔格先生负气离开，便给每人均安排一份统辖权：巴松比埃尔负责拉勒至唐比埃尔的城北防地；德·昂古莱姆公爵负责唐比埃尔至佩里尼的城东防地；德·勋贝尔格先生负责佩里尼至昂古丹的城南防地。

大亲王在唐比埃尔设营。

国王的行营一会儿在埃特雷，一会儿在拉雅里。

而红衣主教的行营，就坐落在石桥屯的斜坡之上，小屋朴实无华，毫无设防。

如此布局，最后成了大亲王监督巴松比埃尔，国王监督德·昂古莱姆公爵，而红衣主教监督德·勋贝尔格先生。

一切部署完毕之后，就轮到筹划赶走雷岛英国人的事宜了。

局势对他们颇有利：英国人首要的是粮草供应齐全才能冲锋陷阵，做个好士兵，但是现在他们只能每天吃些咸肉和粗劣的饼干，军营里横七竖八地倒下一大批病号；此外，这个季节海岸沿海风浪险恶，每天必有几条小型战船遇难，从棘刺角到前沿阵地的一带海滩，每逢海潮消退，到处狼藉一片，平底渔船和斜桅小帆船的残骸随处可见；所以，法国国王旗下的军队索性待在营地静观事态。显而易见，白金汉仍然固守雷岛，只不过硬充好汉，他迟早得撤退。

不过据德·图尔瓦拉先生的报告，敌营似乎要有所行动，因此国王断然决定以死相拼，并下达诸多与此有关的命令。

我并无意写一本围城日志，而只想稍微提及一些与我们的故事相关的一些大事，因此我只能简要概述几句，战事的顺利使得国王惊诧不已，同时也使红衣主教先生倍增光彩。英国人屡战屡败，节节后退，在鲁瓦岛海峡又遇到重大打击，溃不成军，最后不得不登船逃跑，战场上被弃下二千人的残余部队，包括五名上校，三名中校，二百五十名上尉和二十名从军的贵族子弟，外加上四门火炮和六十面军旗，这些军旗后来被克洛德·德·圣西蒙带回巴黎，悬挂于圣母院拱门之下，颇为壮观。

感恩赞美诗的歌声响彻整个营地，一直传遍全法国。

现在红衣主教完全掌握主动，至少目前一点不用担心来自英军的威胁。

但是，我们已经说过，休息只是目前的状态。

白金汉公爵的密使蒙泰居被法军俘虏,在他身上搜到了神圣罗马帝国、西班牙、英国和洛林缔结联盟的见证。

这个联盟的矛头所向乃是法国。

而且,在出乎白金汉意料之外的狼狈逃离的行营里,还找到了一些文件和信函,证实了那个联盟的确存在,并且根据红衣主教先生写在回忆录中的言语证实,这些文件与德·谢英勒兹夫人关系密切,自然也就牵涉到了王后。

一切军机大事,红衣主教必得亲自过问,因为只有亲自过问才能保住实权,才是真正地独揽大权的首相;他夜以继日地把安邦定国的天才发挥得无懈可击,同时还密切关注着欧洲某个大国的动向。

对于白金汉的所有活动,特别是白金汉对他的痛恨,红衣主教一清二楚;如果这个威胁法国的联盟胜利,他的地位便摇摇欲坠了,西班牙势力和奥地利势力都在卢浮宫内阁中安插有亲信,目前他们还仅限于对两国的政策表示赞同,但是如果联盟胜利,他黎塞留,法国大臣,权倾朝野的堂堂首相,便彻底完了。国王既像孩子一样对他言听计从,又像一个厌烦老师的孩子一样对他恨之入骨,那时国王就会任由大亲王和王后联合起来对付他,因此他准得倒霉,而且法兰西也极可能随着他一块儿毁灭。他决不会坐视这一切成为现实。

因此我们可以看到,红衣主教在石桥屯驻扎的小屋,报信的人来来往往,夜以继日,从不间断。

有些扮成教士,但别扭的黑袍明显得暴露了他假扮的身份;有些是女人,身着年轻仆从的号服总觉得不伦不类,宽松的灯笼裤怎么也遮不住曼妙的曲线;还有些乡下人,尽管两手黑乎乎的,腿肚子却皮粉白肉,遥望一眼便知道他们其实都很有身份。

另外,还有一些来者不善的人,两三天前还传言红衣主教差点被刺。

虽然,红衣主教的政敌宣称那是他故意派出一些笨拙的家伙装装样子,以备必要时有借口施以报复;但是,就像我们不能轻信大臣的话一样,我们同样不能轻信政敌的话。

对于红衣主教的英勇,即使是对他大加诋毁的人,也不得不信服,因此虽然上面的误传不断,主教大人照旧时常夜间外出,有时是向德·昂古莱姆公爵传达要令,有时是跟国王共商军务,有时他不想让某人进他的小屋拜见,便亲自前往密谈。

那些火枪手,在围城期间鲜有大事可做,因此逍遥自在的自得其乐。咱们的三位火枪手跟德·特瑞威尔先生交情颇深,因此日子更是悠闲,只要统领恩准,无论在外面玩到什么时候都无人去管,有统领特许,营房关闭才回营又何妨?

一天晚上,达达尼埃在战地值勤,不能与朋友们呆在一起,阿多思、波尔托思和阿莱米斯三人披袍策马、手持枪柄从一家小酒店返回,这家小酒馆名叫红鸽棚,是两天前阿多思在通拉雅里的大路旁发现的。此刻三位朋友正沿着通往营地的道路骑行,就像我们方才说的,大家都小心谨慎,生怕遭到伏击。等他们来到离布瓦纳尔村约莫四分之一里路的地方时,他们听到有马蹄之声朝他们而来;三人立刻勒住马停下来,相互挨紧,等候在路中央:一会儿,正好月亮从云层钻出,他们瞅着这个机会看到两个人骑着马出现在一条小路的拐角处,这两人发现了他们,也马上收缰勒马,仿佛在协商是继续前进还是原路退回。这种举棋不定的做法,使三个火枪手很是怀疑,阿多思策马上前几步,大声问道:

"什么人?"

"你们是何人?"骑马人之一问道。

"这不是回答!"阿多思说,"什么人?快回答,否则别怪我们无情了。"

"你们要谨慎,不可鲁莽行事,先生们!"这时一个极具震撼力的声音传来,一听便知道这个人经常发号施令。

"可能是某位长官夜出巡逻,"阿多思对朋友们说,然后又提高嗓门问,"您二位究竟想干什么?"

"你们是什么人?"那个声音依然用同一命令语调说,"你们必须回答,否则,你们会由于抗拒而吃苦头的。"

"我们是御前火枪手。"阿多思说,他已认定那人有权问这些了。

"哪个营?"

"德·特瑞威尔营。"

"往前走几步,然后向我报告你们此刻到这里意欲何为。"

三个朋友垂头丧气地骑马走上前,这时他们三人都确信对方的地位比他们高贵得多;其他二人索性不说话,让阿多思担当代言人。

两个骑马人之一,也是后开口说话的那人,在他同伴前面大约有十步距离;阿多思示意波尔托思和阿莱米斯向后退,独自一人策马上前。

"很抱歉,长官!"阿多思说,"刚才我们没弄清说话的人是谁,您可能也觉察到了,我们小心谨慎不敢稍有疏忽。"

"您叫什么名字?"那军官说,他的披风半遮了脸。

"您呢,先生,"阿多思说,他不喜欢这种盘问,"请您出示证件,让我们信服您的确有权查问我。"

"您叫什么名字?"骑马人又问一声,同时把披风落下;整个脸完全暴露。

"红衣主教先生!"火枪手大吃一惊。

"您叫什么名字?"主教大人第三次问道。

"阿多思。"火枪手回答。

"让三个火枪手都跟随我们,"他悄声告诉侍从,"我不希望别人得知我离开营地,让他们呆在我身边,他们就不可能跟别人说了。"

"我们都是贵族子弟,大人,"阿多思说,"只要是我们允诺过的事,您就不要担心了。感谢上帝,我们还懂得如何保守秘密。"

红衣主教目光如炬地盯着这个胆大的火枪手。

"您听觉倒挺灵,阿多思先生,"红衣主教说,"但是现在您听清楚:我请你们跟随我,并不是不信任你们,而是为我的安全着想。您那两位同伴,我想一定是波尔托思先生和阿莱米斯先生了吧?"

"没错,主教大人,"阿多思回答,后面等着的两个火枪手拿着帽子应声骑马上前。

"我认识你们,先生们,"红衣主教说,"我认识你们,我也清楚你们不拿我做朋友,我对此很不愉快,但是我也清楚你们都是英勇忠诚的绅士,是值得信赖的。因此阿多思先生,请您和您那两位朋友一定得答应陪伴我一路,这样我就有一支精悍的卫队护送,如果陛下看见了也必定会羡慕的。"

三个火枪手鞠了一躬,头一直低到触及马鬃了。

"嗯,我想坦白说一句,"阿多思说,"主教大人由我们陪伴是很正确的;刚才我们在途中曾碰过一群无赖,并且在红鸽棚还与其中四个混蛋动手了。"

"动手,因为什么?"红衣主教说,"先生们,你们得明白,我可不高兴看到有人打架!"

"正因为如此,我才大胆向主教大人报告一下事情的始终;否则,主教大人可能会听信谗言,以为是我们寻衅呢。"

"打完架后，情况怎么样？"红衣主教眉头紧锁地问道。

"我的朋友阿莱米斯，就是他，在胳膊上被轻轻划了一剑，但是主教大人将会发现，这一点不会影响他明天血战沙场——倘若主教大人下令攻城的话。"

"但你们看起来也不似那种被人家砍了一剑而毫不见怪的人呀，"红衣主教说，"好了，坦白吧，先生们，你们究竟打倒了对方几个人；你们要老实说，要明白，我可有赦免权的呀。"

"我啊，大人，"阿多思说，"我手里根本没有剑，只有把对手拦腰抱住，然后从窗口扔出去；那家伙落地时，"阿多思有点犹豫地接着说，"可能把腿摔断了。"

"嗯！"红衣主教说，"您呢，波尔托思先生？"

"我啊，大人，记得决斗是坚决禁止的，因此就抓起一条板凳，朝一个家伙砸去，可能他肩胛骨被砸碎了。"

"好啊，"红衣主教说，"您呢，阿莱米斯先生？"

"我么，大人，性格温和，而且，可能大人有所不知，我正想皈依教门呢，因此我那时只想劝朋友们不要再打了，万没料到一个无耻的混蛋居然在我背后动手，突然刺了我左胳膊一剑；我可是忍无可忍了，立刻拔出剑，等那混蛋再次惹我时，我只是看见他扑到我面前，但不知为何我的剑居然插在他身上；我绝对看清楚了，他仅仅跌倒了，后来似乎被人把他以及其他两个同伴都抬走了。"

"哎哟，诸位！"红衣主教说，"只因为酒店一场争端，就使三个人无缘上战场，你们做得也太狠了吧；说吧，究竟为何事而争吵？"

"这几个无耻的东西都灌醉了，"阿多思说，"知道晚上有位女士住在酒店里，便要闯进门去。"

"闯进门！"红衣主教说，"他们为什么这样做？"

"自然是心生歹意了，"阿多思说，"我已经跟大人说过，他们都醉醺醺的。"

"这位女士是不是年轻貌美？"红衣主教紧张地问。

"我们没见过她，大人。"阿多思说。

"你们没见过她，哦！很好，"红衣主教接着说，"你们保全了一位女士的荣誉，做得好，既然这件事是在红鸽棚酒馆发生的，那么我马上便能查明你们是否说谎，因为我正打算去那里。"

"大人，"阿多思傲然说道，"我们都是贵族子弟，就算用刀抵在脖子上，也断然不会撒谎的。"

"我并不怀疑您的话，阿多思先生，一点儿都没有怀疑过；但是，"他说，又变了个话题，"这位夫人独自一人吗？"

"她跟一个骑马来的男人一同关在房内，"阿多思说，"但是不管外面吵得如何沸沸扬扬，那个男的就是不出来，我看肯定是个懦夫。"

"不要轻易下断语，《福音书》这么说的。"红衣主教说。

阿多思鞠了一躬算作回答。

"现在行了，先生们。"主教大人继续说，"我了解到了我想知道的事情，请随我一起来吧。"

三个火枪手来到红衣主教身后，红衣主教重新把披风拉起遮住半边脸，驱马向前，与四名随从间距十来步路。

不久，他们便悄无声息地到了那个小酒店；店主人仿佛预料到将有贵客临门，因此把一切闲杂人等都支走了。

距离店门大约还有十来步，红衣主教示意他的随从和三个火枪手停步；面前的窗板上拴着一匹马，它的鞍辔都准备齐全，红衣主教走过去在窗板上连敲三下。

一位身裹披风的男人随之出来,急促地与红衣主教说了几句话;而后他骑上马,朝絮热尔,也就是巴黎的方向奔去。

"过来吧,先生们。"红衣主教说。

"你们没有撒谎,诸位,"他对三个火枪手说,"如果我们今晚的邂逅没有使你们将来受益的话,那绝不是我的原因;现在请随我来吧。"

主教下马,三个火枪手也随之下马;主教把缰绳扔给随从,三个火枪手却各自将马拴在窗板上。

店主人守候在门口,他认为红衣主教只不过是个探望一位夫人的长官。

"您楼下是否有房间可以供这几位先生烤烤火,顺便等候我?"红衣主教问。

店主人打开一间大房屋的门,里面刚有一个火炉坏了,被换上一只漂亮的大壁炉。

"这里有一间。"他说。

"好极了,"红衣主教说,"诸位请进去吧,烦请你们稍等我片刻,不会超过半个小时的。"

就在三个火枪手向底楼房间走去的时间,红衣主教离开店主人直接上了楼梯,好似对这儿异常熟悉。

第四十四章　火炉烟囱的妙用

事情很明显，咱们这三位好朋友因为生性侠肝义胆、爱冒风险，因此见到别人危难绝不袖手旁观，而他们却万没料到所救之人乃是受红衣主教特殊保护的。

这人到底是谁呢？三个火枪手第一个想到的便是这个问题，可任凭他们搜肠刮肚也猜不出个所以然来，波尔托思便让店主人取一副骰子来。

波尔托思和阿莱米斯坐在桌旁玩起了掷骰子。阿多思在屋里来回踱着，不停地思索着。

阿多思边踱步边沉思，在火炉那根通烟囱的管子跟前走了好几趟，这根烟囱管另一端与上面房间相通，不过中间部分却已折断，每次他经过烟囱管时，总能听见一阵喃喃低语，几次之后，这声音终于引起他的注意。他靠近烟囱管，楼上的说话声传到了他的耳朵，他认为此事不同寻常，因此示意两个同伴别说话，他自己则弯腰把耳朵伸到烟囱管断口处。

"您听着，密拉娣，"红衣主教说，"此次任务非同小可；您先坐下，我们好好谈谈。"

"密拉娣！"阿多思轻声说。

"我正集中精力听主教大人吩咐呢。"一个女人的声音说，阿多思一听这声音，不由得浑身一颤。

"夏朗特出海口的岬头要塞，您会见到一条小船，船上全是英国水手，船长受命于我；明天一早船便要出海了。"

"如此说来今晚我就得动身去那里？"

"立刻就去，也就是说我宣布您的任务之后就去。酒店门口候着两个人，他们会护送您安全抵达的；您等我走后半个小时马上离开。"

"好的，大人。现在我还是听一下您吩咐我的任务吧；我但愿能一如既往地赢得主教大人的信任，因此还请大人说清楚一些，防止出差错。"

谈话的两人此时均已沉默；很明显红衣主教要考虑一下如何措辞，而密拉娣则全神贯注地准备聆听他的每句话，以理解清楚并牢牢记住。

阿多思在这时候让两位朋友把房门紧闭并闩上插销，并示意他们前来与他一块儿听。

那两个火枪手可不愿找罪受，因此各自搬把椅子，并指给阿多思一把。于是三个脑袋挤在一块儿竖起耳朵听着。

"您要去的地方是伦敦，"红衣主教继续说，"到达伦敦，您立刻找白金汉。"

"我想请主教大人明白，"密拉娣说，"上次钻石坠饰的事，公爵一直怀疑我，从此他一直防备着我。"

"所以这一次，"红衣主教说，"您并不是去向他表明忠诚，而是正大光明地跟他谈判。"

"正大光明。"密拉娣重说了一遍，一副难以忍受的伪善面孔。

"对，正大光明，"红衣主教以同一语调说，"谈判中您要提醒他。"

"我一定完全遵从大人指事，大人只管吩咐。"

"您代表我求见白金汉，您跟他说，他的所作所为我都一清二楚，然而我丝毫没放在心上，因为只要他稍有风吹草动，我就会让王后名誉扫地。"

"他会相信主教大人的威胁必能落实吗？"

"一定会的，因为我有证据。"

"我应该摆出这些证据，让他仔细琢磨一下。"

"此言不虚，您就跟他说，我要公布德·布瓦—罗贝尔和德·博特吕侯爵的报告，这份报告说，在王室总管夫人举行的一次化装舞会上，公爵与王后曾经相见；为了使他毫不怀疑，您跟他说，当晚他穿的是原本属于德·吉兹骑士的莫卧儿大帝服饰，他以三千皮斯托尔从那位骑士手里买下的。"

"行，大人。"

"某天晚上他假扮意大利算命先生到卢浮宫去，他进出宫的具体细节我都了如指掌；为了让他完全确信我掌握的情报的准确，您跟他说，那晚他外披斗篷，里面穿着一件白色的宽袍，上面有黑色泪点，还有许多骷髅以及交叉叠放的骨头；这样，一旦被人发现，他就会假装是白衣夫人的幽灵，因为众所周知，每逢卢浮宫有大事发生，白衣夫人总会显灵的。"

"只有这些吗，大人？"

"再跟他说，我对亚眠的事也相当了解，我会请人以那座花园布局，以那天晚上的人物为角色，编一本短篇小说，而且肯定是诙谐有趣。"

"我会转达的。"

"再跟他说我俘房了蒙泰居，把他锁在巴士底监狱，是的，我并没从他身上搜到任何信函，不过只要严刑逼供，他迟早会坦白一切，并且……甚至有些情况他也不知道。"

"我会的。"

"最后您再顺便提醒公爵大人，他仓促离开雷岛，忘记带走一封德·谢芙勒兹夫人的信，这封信对王后影响甚大，因为信中说王后陛下不但喜欢国王的仇敌，而且还与法国的敌人沆瀣一气，意欲谋反。我跟您说的，您全记牢吗？"

"主教大人再核实一遍：王室总管夫人的舞会；卢浮宫之夜；亚眠晚会；蒙泰居被俘；德·谢芙勒兹夫人的信。"

"完全正确，"红衣主教说，"完全正确。您记忆力超凡，密拉娣。"

"但是，"被红衣主教夸奖的女人继续说，"如果这些证据一一指出来，公爵仍然不妥协，继续跟法国作对呢？"

"公爵爱得特别疯狂，或者可以说特别痴迷，"黎塞留语气酸酸地说，"他跟古代的游侠骑士一样，进行的这场战争只是为了博得美人一笑。如果他明白这场战争会牵涉到他朝思暮想的夫人，要以她的名誉，甚至是她的自由为代价，那么我敢肯定，他一定会思虑一番的。"

"但是，"密拉娣仍打破砂锅问到底，因此可以看出她对自己承担的使命，一定得弄个明明白白，"但是假如他非常固执，一点不肯妥协呢？"

"如果是这样的话，"红衣主教说，"……没这种可能性。"

"有的。"密拉娣说。

"如果是这样的话……"主教大人略一迟疑又说，"如果是这样的话，嗯，我就得寄希望于一桩能改变各国命运的大事了。"

"如果大人能列举几则历史事件，使我明白是怎样的大事，"密拉娣说，"也许我也能跟大人一样满怀自信的。"

"好吧！例如，"黎塞留说，"1610 年，亨利四世由于跟公爵有类似的想法，因此对弗朗德勒和意大利同时发兵攻打，这位名垂青史的先王原本计划使奥地利腹背受敌，但那时不是出了一桩大事拯救了奥地利吗？难道今天的法国国王就不会有奥地利皇帝的幸运吗？"

"主教大人指的是铸铁厂街的一刀吧？"

"没错。"红衣主教说。

"主教大人不害怕拉瓦雅克受的严刑酷罚吓退那些想步之后尘的人吗？"

"在任何时代，任何国家，特别是在教派斗争激烈的国家，总会有些狂热的信徒心甘情愿舍身殉教。哈，我现在恰好记起一件事，清教徒异常痛恨白金汉公爵，他们的传教士都骂他是基督的敌人呢。"

"那么……"密拉娣说。

"那么，"红衣主教漠然地说，"目前，如果能找一个女人，她既年轻貌美，反应灵敏，又跟公爵势不两立，这样的女人应该找得到的。公爵是个多钟情，尽管他的海誓山盟播下了许多爱情的种子，但他的薄情寡义到底也惹下不少的怨恨。"

"也许是这样的，"密拉娣阴沉沉地说，"这样的女人不难找到。"

"那么，这样一个女人，只要将雅克·克莱芒或者拉瓦雅克的刀交给一个狂热的信徒，就挽救了法国。"

"没错，但是她就成为刺客的帮凶。"

"谁曾说过拉瓦雅克或雅克·克莱芒有帮凶？"

"没人，因为他们可能地位太高，因此无人有胆量招惹他们；谁也不会为个微不足道的人物烧掉王家法院的，大人。"

"原来您觉得王家法院那场大火不是出自偶然，而是人为的了？"黎塞留那语气似乎在过问一个可有可无的问题。

"大人，"密拉娣回答道，"我没任何想法，我只是实话实说，但是我要说，如果我是德·蒙庞西埃小姐或者玛丽·德·美第奇王太后，那么我就大可不必如此步步为营了，但是我只是个叫克拉丽克的英国贵族夫人。"

"是啊，"黎塞留说，"你打算如何呢？"

"我希望赐我一道手谕，先恩准我将来为了法国的崇高利益做我认定理所应当的事情。"

"但是我跟您提的那个与公爵势不两立的女人，一定得先找到呀。"

"早已找到了。"密拉娣说。

"然后把必须寻到那个狂热的倒霉蛋，让他伸张正义。"

"一定能找到的。"

"那么，"红衣主教说，"现在就来说说您刚才提及的那道手谕。"

"主教大人说得没错，"密拉娣说，"本来我误认为大小所嘱之事，除了那些一目了然的事情外，还另有深意，可见是我曲解了，我的任务无非是，以主教大人的名义求见公爵，告诉他您知道在王室总管夫人的舞会上他以各种伪装与王后接触；您知道王后在卢浮宫与一个意大利算命先生见面，而那个算命先生就是白金汉公爵；您要请人写一篇有关亚眠一事的诙谐有趣的小说，以花园布局，小说中角色由其中人物担任；您俘虏蒙泰居并把他关在巴士底狱，您打算严刑逼供让他招认一切，不管是记住的还是忘记的；您手里保存一封德·谢芙勒兹夫人的信，它是在公爵撤退的行营发现的，这封信不仅会连累写信者，甚至连里面提到的王后也会受到牵连。如果他听完之后仍然固执己见，那么，因为我受命只转达这些话，因此我仅仅要做的事便是祈祷上帝降奇迹以拯救法国。我说的没错吧,大人,我只需做这些事吧?"

"是的。"红衣主教冷淡地说。

"现在,"密拉娣好像并没感觉主教口气变了,只顾说自己的,"既然我已接受了大人指示的对付您仇敌的方式,那么大人能不能准许我说说关于我的仇敌的情况呢?"

"您也会有仇人吗?"黎塞留问。

"是的,大人;您应该鼎力相助我对付这些仇敌,因为是由于我为大人办事而跟他们结仇的。"

"他们都是谁呀?"主教问。

"第一个是一个会耍阴谋诡计的女人伯纳肖太太。"

"她如今被关在芒特监狱了。"

"确切说是她曾经被关在那儿,"密拉娣说,"但是后来王后从国王那里讨到一张赦令,将她转到一座修道院去了。"

"修道院?"红衣主教说。

"对,修道院。"

"哪个修道院?"

"我不清楚,这件事是秘密进行的。"

"但我总会弄清楚的!"

"主教大人会同意把这个女人所处的修道院告诉我吗?"

"我认为这完全可以。"红衣主教说。

"好。第二个仇人,对我来说,他比那个叫伯纳肖的太太更厉害。"

"他是谁?"

"她的情夫。"

"叫什么?"

"哦! 大人认得他的,"密拉娣怒气冲冲地说,"他就是专门跟我们俩捣乱的恶魔;就是他,曾经在国王的火枪手和大人的卫士格斗时,协助他们取得了胜利;就是他刺了您的密使德·瓦尔德三剑;也是他搞乱了钻石坠饰的事;他查出我把伯纳肖太太从他手里抢走,就立即追杀我。"

"哦! 哦!"红衣主教说,"我明白您说的是谁了。"

"我说的就是那个可恶的达达尼埃。"

"这家伙的确有些狂妄自大。"红衣主教说。

"正因为狂妄自大,因此令人恐怖。"

"指证他与白金汉公爵有瓜葛,得有证据。"主教说。

"证据,"密拉娣大声说,"我摆得出十个。"

"好极了! 事情再简单不过了,您提供证据,我负责把他关进巴士底狱。"

"可以,大人! 然后呢?"

"进巴士底狱的人是没有然后的。"红衣主教低沉着说。"唉!"他继续说,"如果我的仇敌跟您的仇敌一样好解决就太棒了,如果您是为了对付这个人而请求手谕,那么可以呀! ……"

"大人,"密拉娣说,"以物换物,以命抵命,您送我一个人,我还您一个人;您给我这个人,我给您那个人。"

"我不懂您的意思,"红衣主教继续说,"我也不想懂,但是我愿意成全您,您只要这么个无足轻重的人,我给您又何妨;而且您也说了,这个叫达达尼埃的又狂妄,又好斗,并且背叛国家。"

"他是个无耻的人,大人,是个卑鄙的家伙!"

"那就为我准备纸、笔和墨水吧,"红衣主教说。

"这儿都齐全了,大人。"

然后是片刻沉默,这意味着红衣主教在考虑怎样写,或者是已经在写。阿多思刚才始终一字不漏地倾听着他们谈话,此刻他一把拉过一个同伴的胳膊,来到屋子另一端。

"哎,"波尔托思说,"你这是干什么,为什么不让我们把谈话听完呢?"

"嘘!"阿多思小声说,"我们应该听的全听到了;况且我也不阻拦你们继续听呀,但我要离开一会儿。"

"你要离开!"波尔托思说,"如果红衣主教过问,我们如何回答呀?"

"还未等他先问,你们就先跟他说,我出去搞侦察了,因为店主说的话,使我怀疑这条路有危险;主教的随从我出去时会通知他的;其他事情我来负责,你们放心吧。"

"仔细点儿,阿多思!"阿莱米斯说。

"放心,"阿多思回答说,"你们清楚我素来冷静的。"

波尔托思和阿莱米斯重又坐到火炉烟囱管边。

而阿多思呢,大模大样地从店门走出,解开与两个朋友系在一起的窗板钩子上的缰绳,跃上马,几句话便说服那个随从同意在归程上侦察一番,而后装模作样的查了一下短枪的发火装置,拔出剑来,好似敢死队员一样朝通往营地的大路奔去。

第四十五章　夫妻之间的一段场景

正像阿多思所说的，不久红衣主教便下楼了；他打开火枪手们呆的那个房间，见波尔托思和阿莱米斯正兴致勃勃地掷骰子。他快速扫视了屋子的每个角落，发觉少了个人。

"阿多思先生呢？"他问。

"大人，"波尔托思回答，"他从店主的话中感觉路上有危险，因此去侦察一下了。"

"您呢，您都干了些什么，波尔托思先生？"

"我赢了阿莱米斯五个皮斯托尔。"

"现在你们能随我走了吗？"

"只要大人传令。"

那个随从手持主教的马缰站在门前。远一点的地方模糊可见另外两个人牵着三匹马等在那里；不久他们便要护送密拉娣到岬头要塞乘船。

那随从向红衣主教禀告了阿多思的去向，跟两位火枪手说得完全符合。红衣主教以手示意他知道了，而后跨上马返回营地，途中仍跟来时一样慎重。

咱们先暂且由随从和两个火枪手陪同主教大人回营吧，现在来说阿多思。

阿多思从小酒馆出来，骑着马一本正经地走了大约百步；一旦走离酒店能望见的范围，他立刻一下勒住缰绳朝右绕了一圈，又后退二十几步，在一片矮林中藏起来，瞅着那支小小队伍顺大路而来；他认出了朋友帽子上的刺绣和主教先生披风上的金线流苏，他一直注视他们拐弯离去无影无踪之后才策马返回小酒馆，轻而易举地叫开了门。

店主认出他来。

"我们长官有句重要的话忘记告诉楼上的那位夫人，"阿多思说，"他差我来嘱咐一声。"

"请上吧，"店主说，"她还在房里。"

阿多思等的就是这句话，因此他轻轻地迈步上楼，在楼梯平台上，从半开的门缝里他瞅见密拉娣正在系帽带。

他进了房间，顺手把门带上。

听见他闩插销的响声，密拉娣回转身。

阿多思在门前站定，身裹披风，帽子低低地压下来。

看到此人悄无声息、一动不动，宛如雕像似的站着，密拉娣有些惊惧。

"您是谁？想做什么？"她高声问。

"哦，果然是她！"阿多思自言自语。

随即，他落下披风，摘下帽子，向密拉娣走去。

"您还认识我吗，夫人？"他说。

密拉娣向前迈了一步，立刻像碰见蛇似的连连后退。

"哦，"阿多思说，"很好，我知道您还没忘了我。"

"德·拉费尔伯爵！"密拉娣大惊失色，低声说道，而后一直朝后退到墙边。

"对了，密拉娣，"阿多思回答说，"我就是德·拉费尔伯爵，他专程从另一个世界来探望您。咱们先坐下，像主教大人说的那样，我们好好谈谈。"

密拉娣完全一种无法形容的恐惧慑住了，她依言坐下，一言未发。

"您难道是上天派到人间的恶魔？"阿多思说，"我明白，您极有本事；但您也要清楚，人们依靠上帝的赐助，连最凶狠的魔鬼都能战胜。您阻挡过我，夫人，我也认为我已处决了您；现在看来，不是我弄错了，就是地狱又给您还魂了。"

这一番话勾起了密拉娣恐怖的回忆，她轻叹一声垂下了头。

"是的，地狱又给您还魂了，"阿多思说，"地狱使您富有，地狱为您换了新名，地狱差不多令您改头换面；但是它不能清洗您灵魂的污点，设法消除您身上的烙印。"

密拉娣仿佛弹簧似的一下子弹起来，眼睛闪闪发光。阿多思仍静坐不动。

"您认为我死了，对吧，就像我认为您死了一样。阿多思这个名字取代了德·拉费尔伯爵，正像密拉娣·克拉丽克这个名字取代了安娜·德·布勒伊一样！您那位值得尊敬的哥哥将您嫁给我时，您就叫这个名字，不是吗？我们的命运真是奇特，"阿多思悲痛地笑着说，"我们能活至今日，只因为我们都把对方看作死人了，但一个回忆，尽管有时他能令人疯狂，也比见到一个活生生的人要舒服得多！"

"到底谁带您到我这儿的？"密拉娣说，"您还想干什么？"

"我得告诉您，虽然您认为我已死了，但您的一切行动都在我的视线之内。"

"您知道我做的每一件事？"

"我能够把您自投靠红衣主教后一直到今天晚上的事，一件不漏地一一列出来。"

密拉娣惨白的嘴唇掠过一丝怀疑的笑容。

"您仔细听好：您割下白金汉公爵肩上的两颗钻石坠饰；您派人绑架伯纳肖太太；您是德·瓦尔德的情妇，却向达达尼埃敞开卧室大门，还认为春宵一刻是与瓦尔德共度；您让德·瓦尔德的情敌杀死他，只因为您误以为他背叛您；您派两名杀手刺杀这个情敌，因为您的耻辱的秘密暴露了；您发现子弹没结果他，又送去毒酒，并且冒名顶替给他写信伪称那酒是他的朋友送的；最后，您刚才就在这间屋里，并且坐在我现在坐的椅子上，跟黎塞留红衣主教达成协议，您负责暗杀白金汉公爵，酬报是同意您杀死达达尼埃。"

密拉娣面色煞白。

"难道您是魔鬼吗？"她说。

"很可能，"阿多思说，"但是你得仔细听着：不管你是亲自杀白金汉，还是派人去杀，我都不管！我不认得他，况且他是英国人。但是你休想伤害达达尼埃一根毫毛，他是我生死之交；我爱他，我会保护他，我以我父亲的名誉向你发誓，假如你胆敢伤害他，你的恶行必将宣布你的死亡。"

"达达尼埃先生无耻地侮辱我，"密拉娣嗓音嘶哑地说，"达达尼埃先生非死不可！"

"是吗，夫人，您竟然被人侮辱？"阿多思哈哈大笑地说，"说什么他侮辱您非死不可！"

"他非死不可，"密拉娣重复着，"先是她，再是他。"

阿多思顿时觉着头晕目眩，目睹眼前这个完全丧失女性修养的人，他回想起了以前诸多恐怖的记忆。他记起曾有那么一天，当时的形势不比目前的危险，但他为了维护自己的名誉,已想杀死她;现在,他又有了杀死这个女人的强烈欲望,这种欲望就像发高烧般抑制不住。他猛地站起来,从腰间拔出手枪,扣下扳机。

密拉娣面如土色,她想叫嚷,但舌头僵硬只听见嘶哑的声音,那根本不是人的声音,极像野兽在喘息;她整个身躯缩在阴暗的墙壁上,头发散乱,仿佛一幅恐怖的雕像。

阿多思渐渐举枪,伸直胳膊,枪口似乎要抵到密拉娣前额,而后极其镇定地开口说话,那镇定的语调显示出一种执拗的决心,因此更得吓人。

"夫人,"他说,"请您马上交出红衣主教赐给您的那道手谕,不然的话我一枪结果了您,决不怜香惜玉。"

如果是别人,密拉娣可能会怀疑这句话的可信度,但她是了解阿多思的;然而她一动不动。

"给您一秒钟的时间选择。"阿多思说。

密拉娣见他面部挛缩,意识到子弹就要射出来了;她急忙伸手从胸前掏出一张纸交给阿多思。

"给你,"她说,"你这该死的混蛋!"

阿多思接过来,把手枪重新插回腰间,为了证实那确是他要的手谕,他走近灯前打开来读道:

> 本公文持有者乃奉本人密令,其所有活动与国家利益密切相关,特准许其见机行事。
>
> 黎塞留
> 1627 年 12 月 3 日

"行了,"阿多思说着便裹好披风,戴上帽子,"我已经把你这条毒蛇的牙拔掉了,你随便乱咬吧。"

而后他掉转头一直走出屋子。

在店门口,他与两个牵着三匹马的人打个照面。

"二位也许早已知道,"他说,"大人有令立刻把夫人护送至岬头要塞,直到她上船方能离开,不得延误。"

这番话恰恰正是他们接到的命令,因此两人鞠躬表示领命。

阿多思便跨上马,飞也似的离开;但是他走的不是大路,而是横穿过旷野,连连刺马疾驰,不时还勒缰细听。

在一次勒缰细听时,他听到大路上有几匹马的奔跑声。他心下认定这是红衣主教和他的护卫队。他立刻策马向前,甩下一片灌木和树叶哗哗响,及至只距离营地大约两百来步,他才横贯大路。

"什么人?"他看见那支小队,就远远地喊道。

"我想,那肯定是咱们优秀的火枪手吧。"红衣主教说。

"是的,大人,"阿多思说,"是我。"

"阿多思先生,"黎塞留说,"您如此忠心护卫,我感激不尽;诸位,我们已经到了,你们由左门进,口令是'国王和雷岛'。"

红衣主教说完,轻点一下头向三位火枪手道别,带着随从转身朝右走去;当晚,主教在大营过夜。

"嗨,"波尔托思和阿莱米斯等红衣主教走得足够远以至于听不见他们说话时,便异口同声地说,"嗨,他为她签署手谕了。"

"我知道，"阿多思平静地说，"因为手谕我拿着呢。"

而后三位朋友默默朝营部走去，一路上除了回答哨兵口令，没说一句话。

但是，他们打发穆斯克通去告诉布朗谢，通知他主人从前沿回来后马上到火枪手的住所。

至于密拉娣，正像阿多思意料到的，她走出店门，看见门口等着的两人，一言不发随他们离去；途中她还打算跟红衣主教述说整件事情，但转而又想，她一揭发，阿多思必定也会揭发她。她可以告阿多思曾吊过她，但阿多思也定会告她烙过百合花。因此她认为还是不要声张为好，就这样默然走开，依靠自己惯有的聪明才智完成身负重任，然而，事情一旦成功，主教认为满意，她便找阿多思报仇。

因此，她连夜赶路，翌日早上七点钟到达岬头要塞，八点上船，九点钟，那艘标有红衣主教特许证明的武器装备船，扬帆起锚驶离岸边，它看似开往巴荣讷，其实目的地是英国。

图文珍藏版

第四十六章　圣热尔韦棱堡

　　达达尼埃到达三位朋友的住所,看到他们聚集在同一间房子:阿多思陷入沉思,波尔托思摆弄着自己的小胡子,阿莱米斯手持一本蓝丝绒封面的小型祈祷书诵读经文。

　　"嗨!诸位!"达达尼埃说,"你们打算告诉我的话,可得有点价值才行,否则,我有话在先,我可就要责备你们啦。人家一夜忙碌,先攻占一座棱堡,又炸掉它了,最后你们不仅不让我休息,反而让我跑过来。咳!你们不在真是遗憾,诸位!那儿打得太激烈了!"

　　"我们去别的地方了,那儿也不冷清啊!"波尔托思一边把胡子捻成奇特的样子一边说。

　　"嘘!"阿多思说。

　　"哦!哦!"达达尼埃发现阿多思眉头紧皱,就知道阿多思是什么意思了,"看来这里出了新奇的玩意。"

　　"阿莱米斯,"阿多思说,"我记得您前天在帕尔巴约酒家用的饭?"

　　"是的。"

　　"那儿如何?"

　　"哦,糟糕透顶,前天是斋戒日,他们却只有肉。"

　　"什么?"阿多思,"难道海港没鱼吗?"

　　"他们说,红衣主教派人筑的堤坝将鱼都逐到海里了。"阿莱米斯说完,又读起祈祷书来。

　　"但我不是问您这个,阿莱米斯,"阿多思继续说,"我的意思是那儿到底是否安定,有人打搅您吗?"

　　"这种讨厌鬼似乎没几个;是的,没错,阿多思,你想说这件事,到帕尔巴约倒挺合适。"

　　"那咱们就去帕尔巴约吧,"阿多思说,"因为这里的墙全跟纸糊的一样。"

　　达达尼埃懂得朋友的行动方式,只要阿多思说一句话,做一个手势或摆出一个动作,他就能够马上了解情势的严峻性,因此现在他挽着阿多思的手臂,默不作声地走出去;波尔托思和阿莱米斯跟在后面说着闲话。

　　途中遇到格里莫,阿多思以手示意他随他们一起走;格里莫按照习惯,一言不发,服从命令,这可怜的小伙子几乎不知道如何说话了。

　　他们到达了帕尔巴约酒家,此时正是早上七点钟,太阳始出,四个朋友对老板说要吃早饭,然后来到一个大房间,因为老板声称这里很清静。

　　可惜,他们选错了密谈的时候;起床鼓刚奏起,营地的弟兄们都睡眼朦胧地起床,三三两两地来到这家小酒店喝酒,以驱逐清晨的寒意:霎时间,龙骑兵、瑞士雇佣兵、禁军、火枪手、近卫骑兵都来了,酒店老板见到这么多人心里直乐,但是四位朋友见满目皆是人,不禁心生闷气。所以当营地的弟兄们跟他们打招呼,相邀碰杯,跟他们开玩笑时,他们都很冷漠。

"嘿!"阿多思说,"照此下去我们不跟别人吵架才怪,现在可不适宜吵架。达达尼埃,您就讲一些昨夜的事给我们听听;然后我们再说我们的。"

"就是呀,"一个近卫骑兵手端一杯烧酒津津有味地呷着,晃晃悠悠地走过来说,"就是呀,昨晚应该你们禁军弟兄上前沿阵地,据说你们跟拉罗谢尔那伙人大干一场?"

达达尼埃看了阿多思一眼,想确定一下自己有必要理睬这个鲁莽插话的近卫骑兵。

"哎,"阿多思说,"德·比西尼先生赏光跟您谈话呢,你没听见吗?既然大家都对昨晚的事好奇,你就说一下吧。"

"你们不是攻占了一座棱堡吗?"一个瑞士兵发问道,他正用啤酒杯喝朗姆酒。

"是的,先生,"达达尼埃躬身回答,"您说得很对,大家也许都听说了,我们又在棱堡角安放一桶火药引爆了,炸出一个大豁口,毫无疑问,这座棱堡肯定年代久远,因为连没炸飞的地方都震动了。"

"是哪座棱堡?"一个龙骑兵问,他军刀上挑着一只鹅正准备去烤。

"圣热尔韦棱堡,"达达尼埃回答,"拉罗谢尔的部队时常呆在里面打搅我们的人。"

"战斗很激烈吗?"

"对了,我们阵亡了五个弟兄,他们却死了八九个。"

"混蛋!"那瑞士兵骂道,尽管德语里有各种各样骂人的话,可他用惯了法国的粗鲁话。

"但是也许他们今早就会派工兵把棱堡修复好。"那个近卫骑兵说。

"也许是吧。"达达尼埃说。

"诸位,"阿多思说,"我们打个赌如何?"

"啊!好呀!打赌!"瑞士兵说。

"怎样赌?"近卫骑兵问。

"慢着,"龙骑兵说着,把军刀像烤扦一样放在炉火烤得到的两根柴架上,"加上我。掌柜的,快送个盘子来,你这笨蛋!这只肥鹅的油一滴都不能浪费。"

"他言之有理,"瑞士兵说,"鹅油混合果浆绝对美味。"

"可以了!"龙骑兵说,"现在,您就说如何赌吧!我们听您的,阿多思先生!"

"对,说吧!"近卫骑兵说。

"好,德·比西尼先生,我就同您赌一局,"阿多思说,"我的三位伙伴波尔托思先生,阿莱米斯先生,达达尼埃先生,还有我,我们要到圣热尔韦棱堡用早餐,并且打算停留一个小时,无论敌人采取任何方式轰我们,我们也一定坚持一个小时方撤退。"

波尔托思和阿莱米斯对视一眼,顿时有所醒悟。

"咳,"达达尼埃低头靠近阿多思耳朵说,"你这不是拿我们的性命开玩笑吗?"

"咱们如果不去,"阿多思答复说,"更加活不了了。"

"嗨!坦白说!诸位,"波尔托思向后一仰靠着椅子卷着小胡子说,"我觉得这个赌法够刺激。"

"我也有同感,"德·比西尼先生说,"那么就下赌注吧。"

"你们四个人,"阿多思说,"我们也四个人;赌注是八个人痛快地吃顿饭,谁输了谁请客,如何?"

"太棒了。"德·比西尼立刻说。

"就这么说定了。"龙骑兵说。

"可以。"瑞士兵说。

第四位加入赌博行列的士兵,别人讨论的时候他一直默不作声,此刻他点头示意没问题。

"您几位可以用早餐了。"掌柜的过来说。

"那么,端过来。"阿多思说。

掌柜的依言端上菜来。阿多思叫格里莫过来,指着放在角落里的一只大篮子给他看,又用手示意把桌上的肉用餐巾包起来。

格里莫立刻懂得要去野餐了,他提着篮子,包好肉放在里面,顺便装了几瓶酒,而后挎起篮子。

"但是你们要去什么地方吃早饭呀?"掌柜疑惑地问。

"用您管吗?"阿多思说,"我们付钱就是。"

说完很潇洒地把两个皮斯托尔扔在桌子上了。

"还用找零钱给您吗,长官?"掌柜的问。

"不用了,再为我们添两瓶香槟酒,余下的就权当是餐巾的账了。"

这笔生意一点不像店主人打算的那么合算,但是他给四位客人放的不是香槟酒,而是安茹红葡萄酒。"德·比西尼先生,"阿多思说,"麻烦您和我对对表吧,或者同意我按您的表对时也行?"

"没问题,先生!"近卫骑兵一边说一边从表袋里取出一只昂贵的镶钻挂表,"我的表是七点半。"

"我的表是七点三十五分,"阿多思说,"咱们别忘了,我的表快您五分钟,先生。"

然后,四个年轻人向那些目瞪口呆的弟兄们躬身告辞,朝圣热尔韦棱堡方向走去,格里莫挎着篮子紧随其后,他并不清楚要到什么地方,不过他早已习惯了服从阿多思的任何决定,因此一点儿也不过问。

尚未离开营地之时,四个好朋友都一言不发;打赌的事四散传开,许多好奇者此刻正在他们身后跟随,想知道最终结果。

但是一穿过防护壕,来到辽阔的地区,达达尼埃再也憋不住了,这件事情搞得他云里雾里的,因此必须趁这机会把事情弄清楚。

"我说,亲爱的阿多思,"他说,"凭咱们的感情,快对我说明咱们究竟去哪儿。"

"您不都见到了,"阿多思说,"当然是去棱堡。"

"但是为什么要去那儿呀?"

"告诉过您了呀,吃早饭呗。"

"但是怎么不呆在帕尔巴约吃呢?"

"因为我们有要事相商,但那个酒店人那么多,来来往往,招呼你,与你胡扯,在那儿说五分钟的正事都是妄想;这儿呢,"阿多思指着棱堡说,"至少不会有人打搅。"

"但我认为,"达达尼埃智勇超群,同时又行事谨慎,两种性格相得益彰,配合得恰到好处,"但我认为咱们在海边的沙丘上寻觅一处无人之地也不错呀。"

"那样的话,别人立刻会发现我们四个人呆在一块儿,不超过一刻钟时间,密探便会报告红衣主教,告我们搞阴谋。"

"是的,"阿莱米斯说,"阿多思说的没错:荒郊野外惹人疑。"

"荒郊野外也是可以的,"波尔托思说,"但也得找到合适的地方啊。"

"合适的荒郊野外可找不着,哪儿能保证鸟儿不从头上飞过,鱼儿不从水面跳出,兔子不从洞里蹦出来呢?但我认为,不管是鸟,鱼还是兔子,都可以看成是红衣主教的密探。因此我们还是依计行事吧,况且到了这种地步,后退有多丢人现眼啊;我们赌了一次,赌博的原因是无人料到的,我断定谁也猜想不出来,而最后的胜利就是我们必须上棱堡上呆一个小时。敌人或许会袭击我们,或许不会。如果他们不袭击的话,我们就能够平平安安地聊一个小时,不用害怕被人偷见,因为我确信棱堡的石墙不会长耳朵的;如果他们来袭击,我们可以边自卫边继续聊我们的,而且还会名声大噪。你们看,无论如何都对我们有利。"

"是的,"达达尼埃说,"但我们肯定会被射中。"

"哎,朋友,"阿多思说,"您也许会明白,最危险的子弹并不是敌人的子弹。"

"我认为咱们这次行动,最起码得带上咱们的火枪。"

"您真有些傻,波尔托思老兄,我们背这些家伙有何用?"

"我的意思是,面对敌人,一杆火枪、一打子弹和一个火药壶怎么也不为过吧。"

"哦!好啦,"阿多思说,"您难道没听见达达尼埃方才说的话?"

"达达尼埃哪几句?"波尔托思问。

"达达尼埃说,昨天夜里的战役中,法国人被打死八九个,拉罗谢尔人战死的人数也几乎相同。"

"那又如何?"

"他们还没顾得上卸下他们的枪弹,是吧? 也许他们此刻正忙着别的更加重要的事情呢。"

"那又如何?"

"没什么,我们只要用他们的火枪、火药壶和子弹就行了,那可不仅仅只有四支火枪、十二颗子弹,而是十五、六杆枪、百八十颗子弹呀。"

"哦,阿多思!"阿莱米斯说,"您简直是神算子!"

波尔托思点头表示同意。

只有达达尼埃颇不服气。

格里莫也许跟达达尼埃一样心里直犯嘀咕;其实自从他发现大家一直向着棱堡方向前进的时候,就开始表示怀疑。因此这时候他拉了一下主人衣角。

"咱们要去什么地方?"他以手发问。

阿多思朝他指了指棱堡。

"但是,"格里莫仍然打着手势说,"这样不就等于送命吗?"

阿多思抬起头,伸指朝天。

格里莫放下篮子,一下子坐到地上猛摇头。

阿多思拔出腰里的短枪,仔细查看一下是否有火药,而后扣上扳机,移动枪口对准格里莫耳边。

格里莫像发足的弦条,霍地站起来。

阿多思打着手势让他提着篮子在前面走。

格里莫依从吩咐。

可怜的小伙子从这不长时间的哑语中并非毫无所得:他从后卫转成前锋。

来到棱堡前,四位朋友掉转身。

但见三百多名各营队弟兄汇集在营地门口,有一处人群中站着德·比西尼先生,那个龙骑兵,那个瑞士兵以及另一个加入打赌的士兵。

阿多思脱下帽子,挑在剑尖上挥动着。

营地门口的弟兄们也都向他致敬,嘹亮的喝彩声不绝于耳。

随后,四位朋友进入棱堡,格里莫早已等在里面了。

第四十七章　四个同伴的秘密商谈

正像阿多思所说的,棱堡空无一人,除了十几具法国兵和拉罗谢尔人的尸体。

"诸位,"阿多思以这次行动的头儿身份,在格里莫准备早餐时说,"我们先集中一下枪和子弹;一边干活一边交谈。这几位先生,"他手指着死人说,"听不见我们的话。"

"咱们不如先把他们扔进沟里,"波尔托思说,"之前自然要搜一下兜。"

"对,"阿莱米斯说,"这事归格里莫管。"

"也行!"达达尼埃说,"就让格里莫搜查之后把他们扔出墙。"

"不要扔他们了,"阿多思说,"我们还用得着呢。"

"死人也用得着?"波尔托思说,"嗨,您肯定神志不清了,朋友。"

"不要轻率下结论,《福音书》和红衣主教都曾如此教诲过,"阿多思说,"总共多少支枪,诸位?"

"十二支,"阿莱米斯回答。

"子弹和火药呢?"

"足够百八十条枪用。"

"这些足以满足我们的需要了;现在开始装弹药。"

四位朋友一块儿装着弹药。直到完成最后一支枪,格里莫正好打手势说早饭准备好了。

阿多思打手势表扬了他,又指着一个圆锥顶的哨亭给他看,格里莫就知道了是要他去那里站岗。但是,阿多思准许他带着一个面包、两块牛排和一瓶葡萄酒以打发放哨的无聊。

"我们开始吃饭吧,"阿多思说。

四位朋友于是盘着腿坐在地上,好似土耳其人或是裁缝。

"哎!"达达尼埃说,"既然现在不用害怕被人偷听,我认为该是您把秘密讲给我们听的时候了吧,阿多思。"

"我希望能令你们兴奋荣誉,"阿多思说,"我领诸位做了一次很有意思的旅行;面前是美味佳肴,至于背后,你们从枪眼里就能看见,五百名弟兄正盯视着我们,他们把我们认定是疯子或者英雄,但不管如何都是傻瓜。"

"你究竟有什么秘密要跟我们说?"达达尼埃问。

"秘密就是,"阿多思说,"昨晚我见过密拉娣。"

达达尼埃当时正举杯至唇边,一听到密拉娣三个字,手禁不住抖动着,他不得以放下杯子,防止把酒溅出来。

"你见过你妻子……"

"嘘!"阿多思阻止他说,"您不记得了,朋友,这几位可不跟您一样清楚我的家事;我只说我见过密拉娣。"

"哪里?"达达尼埃问。

"距离这里几乎两里路的红鸽棚酒馆。"

"这次我要完蛋了。"达达尼埃说。

"不,现在平安无事,"阿多思说,"因为此刻恐怕她已离开法国海岸了。"

达达尼埃松了一口气。

"嗨,"波尔托思问道,"那个密拉娣到底是什么人?"

"一个很妖艳的女人,"阿多思轻啜一口直冒泡沫的葡萄酒。"这个无耻的酒店老板!"他大吼道,"以安茹红葡萄酒混充香槟酒,还以为我们容易欺骗! 是的,"他又继续说,"一个妖艳的女人,她以前喜欢过我们的朋友达达尼埃,后来他不知怎么冒犯了她,她费尽心思地报复他,一个月前企图用枪杀死他,一星期前又企图毒死他,昨天还在红衣主教面前说要取他的头。"

"什么! 在红衣主教面前说要取我的头?"达达尼埃面如土色,惊吓得大声嚷道。

"就是,"波尔托思说,"一点没错,我亲耳所闻。"

"我也是。"阿莱米斯说。

"如此说来,"达达尼埃垂头丧气地说,"我也用不着啰嗦了;索性开枪自尽算了!"

"这种傻事不到最后关头可做不得,"阿多思说,"因为只有这种傻事是没法救的。"

"但是我仇人这么多,"达达尼埃说,"怎么也逃不掉了。先是在牟恩碰见个陌生人;然后是德·瓦尔德,他被我刺中三剑;紧接着是密拉娣,她的秘密被我发现;最后是红衣主教,我扰乱了他的复仇大计。"

"嗯,"阿多思说,"他们共有四人,我们也是四人,恰好一一相对。哎哟! 假如我没理解错格里莫手势的意思,我们目前要对付的人可不少于这个数了。发生什么事了,格里莫? 由于情况危急,伙计,我现在准许您开口,但是千万不要废话。您发现什么了?"

"一帮人。"

"多少?"

"二十个人。"

"怎样的人?"

"工兵十六个,步兵四个。"

"距离我们多远?"

"五百步。"

"好,我们还有时间消灭这只鸡,为了您的健康,再干一杯,达达尼埃!"

"祝您健康!"波尔托思和阿莱米斯异口同声地说。

"也好,祝我健康! 但我想你们的祝福也不能解决我的困难。"

"呵!"阿多思说,"'真主是万能的,'穆罕默德的信徒们都这么说,'未来是掌握在真主手里的'。"

而后,他举杯一气喝完杯中的酒,随手把杯子放在身旁,懒洋洋地站起来,拿起一支枪来到一个枪眼前。

波尔托思、阿莱米斯和达达尼埃也各占一个位置。至于格里莫,被吩咐在四位朋友的后面装弹药。

不久,那群人露面了;他们正沿着棱堡和拉罗谢尔城相连的那条又窄又长的曲折的壕沟走来。

"嗬!"阿多思说,"二十几个家伙扛着十字镐和镢头铲子过来,咱们值得费力对付他们吗! 只要格里莫朝他们挥手示意他们离开,我担保他们肯定不敢再干扰我们。"

"我认为不会的,"达达尼埃说,"他们径直朝我们冲过来了,况且,舍弃那些工兵不算,还有四个拿火枪的步兵和一个伍长。"

"那是因为他们没发现我们。"阿多思说。

"坦白说!"阿莱米斯说,"我觉得我一点不愿杀这些可怜的家伙,他们全是城中百姓。"

"你这个教士不合格,"波尔托思顺着他的话说,"竟然怜悯起异教徒了!"

"实际上,"阿多思说,"我认为阿莱米斯言之有理,我劝他们离开。"

"您做什么呀?"达达尼埃大叫,"他们会朝您开枪的,朋友。"

但是阿多思对此劝告不予理睬,依然朝缺口爬去,他一手持枪,一手拿帽子,对前面的步兵和工兵恭恭敬敬地鞠了一躬,说道:"诸位。"那些人对他的突然出现惊诧不已,不知所措地停在离棱堡几乎五十步的地方,"诸位,我和我的几位朋友,正在此堡中用早餐。可能你们也清楚,没人喜欢在用饭的时候被人打搅;因此,倘若大家的确必须到这里来,那就请你们稍等片刻,以便我们吃饭,或者你们先回去,呆一会儿再过来,当然,如果你们愿意投诚,与城里叛军划清界限,来与我们共同为法国国王干杯,那就是另一回事了。"

"小心,阿多思!"达达尼埃高喊一声:"你没看见那些人的枪正瞄准你吗?"

"看见了,看见了,"阿多思说,"但是城里的这些做生意的枪法差劲极了,他们绝对打不中我的。"

果不其然,同时响起四下枪声,子弹从阿多思身边飞过,但是没有一颗击中他。

几乎同一时刻,这一边也回击四声枪响,这四枪的准头可强似先下手者,三个步兵随即扑倒在地,一个工兵也负伤了。

"格里莫,换一支枪!"阿多思在缺口上站着没动。

格里莫立刻遵从。那三个朋友也重新装好了弹药,紧接着发出第二次齐射,伍长和两名士兵倒地身死,剩下的人仓皇四散逃命。

"来啊,朋友们,冲出去。"阿多思说。

四位朋友从棱堡冲出,进入战场,把四支火枪和伍长的短矛都收集起来;后来,他们认为那些拉罗谢尔人至少跑进城里才有可能停住,便携带战利品返回棱堡。

"把枪全部装好弹药,格里莫,"阿多思说,"我们大家接着用早餐吧,一边吃一边谈。刚才我们谈到什么地方了?"

"我记得,"达达尼埃说,"您说密拉娣在红衣主教面前说要取我的头,而后她离开了法国海岸。她要去哪里?"达达尼埃迫切地希望弄清密拉娣走的路线,又问了一句。

"去英国。"阿多思回答说。

"到英国干什么?"

"去暗害白金汉,也许是她亲自动手,也许另雇杀手。"

达达尼埃又惊又怒地叫道:"好卑劣!"

"哦! 至于这个,"阿多思说,"我坦白跟您说,我并没放在心上。格里莫,"他继续说,"您完工了吧,那么把咱们伍长的短矛上面系一条餐巾,竖在棱堡上面,以便使拉罗谢尔的叛军明白,他们的对手是国王旗下英勇而忠诚的士兵。"

格里莫毫不作声地照吩咐去办。不久,这面白旗在四位朋友头顶迎风招展。随之响起雷鸣般的鼓掌喝彩声,营门跟前汇集了半数弟兄。

"怎么!"达达尼埃说,"你对她暗害白金汉不放在心上? 但是公爵对我们很不错呀。"

"公爵是英国人,我们是敌对双方;她无论怎样对付公爵都由她了,这就如同一只空酒瓶,轮不到我们费心。"

阿多思把酒瓶里的酒尽数倒在酒杯里,然后随手把空酒瓶掷出十五步以外。

"且慢,"达达尼埃说,"我不能就这样置白金汉于不顾,他曾以良驹相赠。"

"那些马鞍更是精美。"波尔托思接话说,现在那些马鞍的坠饰还镶在他的披风上呢。

"而且,"阿莱米斯说,"上帝是让罪人改过自新,而并非要消灭他们。"

"阿门,"阿多思说,"如果您愿意,咱们以后再重提这事;我那时最在意的,我认为您也该猜到,达达尼埃,就是如何把那女人收藏的红衣主教颁给她的特许令弄到手,这东西在这个女人身上,她就能够杀死您而不被处罚,也可能我们大家都会赔上性命。"

"这个女人难道真是魔鬼附身?"波尔托思边说边递了一只盘子给正切割鸡的阿莱米斯。

"那张特许令,"达达尼埃说,"那张特许令现在仍被她收藏?"

"不,在我这儿;哦,如果说我轻而易举拿到它,就显得我太不谦虚了。"

"亲爱的阿多思,"达达尼埃说,"您已经无数次救过我了。"

"原来在酒馆的时候,您就是要去找那个女人才离开我们?"阿莱米斯问。

"是的。"

"您拿到红衣主教签的那份文件了吗?"达达尼埃说。

"在这里,"阿多思说。

他在敞袖外套的口袋里取出那张万分宝贵的纸片。

达达尼埃手哆嗦着打开纸片,不过他并不在意别人发现他此时紧张激动的心情,只顾念着:

> 本公文持有者乃奉本人密令,其所有活动与国家利益密切相关,特准许其见机行事。
>
> 黎塞留
> 1627 年 12 月 3 日

"的确,"阿莱米斯说,"这份赦免公文完全符合法律效用。"

"得撕掉这张纸,"达达尼埃大声说,他把这张纸看成是死亡判决书。

"正相反,"阿多思说,"我认为应当珍藏好,即使别人在这纸上铺满金币,我也绝不会跟他换的。"

"她现在能干什么呢?"达达尼埃问。

"哦,"阿多思心不在焉地说,"也许她会给红衣主教去封信,告诉他那个命该绝的火枪手阿多思把她的通行证夺去了;她一定会向红衣主教进谗言,诱使红衣主教同意杀死阿多思时,也把他的两个朋友波尔托思和阿莱米斯一起解决掉,红衣主教对这几个捣蛋分子肯定印象颇深;因此,某天早上,主教传令捉拿达达尼埃,并且担心他独自一人寂寞孤单,索性送我们去巴士底陪伴他。"

"看您说些什么,"波尔托思说,"我感觉您开得玩笑太无聊,朋友。"

"我从不开玩笑。"阿多思说。

"您知道,"波尔托思说,"拧掉这个可恶的密拉娣的脖子,断不如拧断胡格诺派可怜鬼的脖子那样罪不可赦,那些可怜鬼犯了什么罪呢,只不过是咱们唱圣诗用的是拉丁文,而他们用法文罢了。"

"咱们的教士先生意下如何?"阿多思沉着地问。

"我要说的只是我与波尔托思想法一致。"阿莱米斯回答。

"我也是!"达达尼埃说。

"幸亏她远离我们,"波尔托思说,"坦白说,如果她在这儿我全身都难受。"

"不管她在英国还是法国,我都特别难受。"

"她到任何地方我都不自在,"达达尼埃紧接着说。

"但既然您都把她抓住了,"波尔托思说,"为什么不淹死、掐死或吊死她呢?人死不能复生嘛。"

"您真这样认为吗,波尔托思?"阿多思凄惨地一笑,只有达达尼埃懂得其中深意。

"我想出一个办法。"达达尼埃说。

"说说看。"火枪手们一块儿说。

"快抄家伙!"格里莫大喊。

四位朋友迅速站起来取枪。

这一次过来的是由二十四五人组成的队伍;但是里面一个工兵也没有,全部是守城士兵。

"咱们不如回营地吧,"波尔托思说,"我认为敌我兵力悬殊。"

"不可以,原因有三点,"阿多思说,"第一,我们的早餐还没解决掉呢;第二,我们还有要事要商量;第三,还不到时间,差十分钟呢。"

"唔,"阿莱米斯说,"那我们要制订一个作战方案。"

"很简单,"阿多思说,"等敌人进入火枪射程后我们就射击;如果他们继续前进,我们就继续射击,枪里只要还有子弹就不要停止,如果他们中没被击毙的想向我们冲来,我们就放他们进沟,然后把这堵墙推倒,砸死他们,这堵墙仍能立在那儿原本就很出人意料了,轻而易举便能推倒。"

"太好了!"波尔托思高声说道,"毫无疑问,阿多思,您天生配当统帅,红衣主教自以为是军事奇才,但与您一比就相形见绌了。"

"诸位,"阿多思说,"大家每人对准一个目标,不要岔一块儿了。"

"我对准了。"达达尼埃说。

"我也对准了。"波尔托思说。

"我也可以了。"阿莱米斯说。

"射!"阿多思说。

四枪齐放,只见四个敌兵颓然倒地。

不久,再起战鼓声,那队士兵以冲锋的架势向上冲来。

枪声轮流响起,尽管不是整齐划一,却准确无误的击中目标。但是,那些拉罗谢尔士兵仿佛清楚棱堡里没几个人,前仆后继地往上冲。

又射出三枪,打倒两名敌人;但是剩下的敌军脚步丝毫未减。

冲到棱堡底下的敌军有十四五个;棱堡里一阵火力依然未能阻住他们,他们已跳到壕沟中了,正打算向缺口爬来。

"朋友们,上,"阿多思说,"咱们索性一块儿解决掉他们,推墙!推墙!"

四位朋友与格里莫一起用枪口顶住厚墙用力前推,石墙仿佛遭风吹袭,逐渐外倾,与地基脱离,随着轰隆隆的声响倒在壕沟里;随即传来一阵惨叫,升腾一片尘土烟雾,而后一切又平静起来。

"咱们把他们一个不漏地全砸死了吗?"阿多思问。

"哦,我看好像是这样的。"达达尼埃说。

"不,"波尔托思说,"那边还有两三个敌人正一瘸一拐地逃命呢。"

确实,有三四个满身泥血的倒霉蛋正在壕沟里朝城里没命地逃跑;这就是那支小部队的全部残余兵力。

阿多思看了一下挂表。

"诸位,"他说,"我们已在这儿停留了一小时,我们已经赢得那场打赌,但我们要做更有风度的赢家;况且达达尼埃还没说出他的想法呢。"

说完,他依然如故,镇定地走到未用完的早餐前。

"我的想法?"达达尼埃说。

"对,您刚才说您有个办法。"阿多思说。

"哦! 我想起来了,"达达尼埃说,"我要重新踏进英国,寻找白金汉,把他面临的生命威胁通知他。"

"您不能这样做,达达尼埃。"阿多思语气冷淡地说。

"为什么? 我不是曾经去过吗?"

"是的,但那时尚未交战;那时白金汉先生还是朋友,而非敌人,您若真按照您的说法去做必被指控通敌。"

达达尼埃明白阿多思话中分量,立即缄口不言语了。

"我认为,"波尔托思说,"我有个办法。"

"大家安静,听听波尔托思先生的好办法!"阿多思说。

"我跟德·特瑞威尔先生请假,理由你们任意为我想一个吧,我这人不会找借口。密拉娣不认识我,我找她时不会引起她的怀疑,一旦把她找见,我立刻掐死她。"

"嗯,"阿多思说,"我几乎愿意接受波尔托思的办法。"

"不成体统!"阿莱米斯说,"去杀一个女人! 不可以,喏,我却有个好办法。"

"说说您的好办法,阿莱米斯!"阿多思说,他很尊重这位年轻的火枪手。

"应当报告王后。"

"对呀,对!"波尔托思和达达尼埃一齐喊道,"这才是真正的主意。"

"报告王后!"阿多思说,"如何去报告? 我们难道能跟宫里联系吗? 我们中的人回巴黎,营里的人不会发现吗? 巴黎距此一百四十里路,我们的密信还未到昂热,我们人已蹲牢房了。"

"对于如何平安把信送至王后陛下手中,"阿莱米斯脸涨得通红,"我能做到:我有个朋友在都尔,人很干练……"

阿莱米斯看到阿多思嘴角的笑容,立刻闭上嘴了。

"怎么,您不同意这个办法,阿多思?"达达尼埃说。

"我并不完全反对这个办法,"阿多思说,"我仅仅想请阿莱米斯弄明白,他不可能走出营地;此外,对于我们以外的任何人都是不能信赖的;还有,信使离开两个钟头以后,各式各样的嘉布遣会修士、级别不等的密探,所有这些令人厌恶的家伙都会背熟您的信,他们会逮捕您以及您那位干练的朋友。"

"白金汉先生是否会被王后救出先抛开不谈,"波尔托思说,"但我们这些人她是绝不会来搭救的。"

"诸位,"达达尼埃说,"波尔托思的话蛮有道理。"

"嘿! 嘿! 城里出什么事啦?"阿多思说。

"敲紧急集合鼓呢。"

四个人仔细听着,果真响起阵阵鼓声。

"你们看吧,这一次会派整整一联队的人来。"

"您该不会舍命抵抗一个联队吧?"波尔托思说。

"为什么不?"阿多思说,"我现在精力旺盛着呢;如果先前咱们考虑周到,就应多带上一打葡萄酒,跟一支军队作战都没问题。"

"说实话,鼓声已靠我们很近了。"达达尼埃说。

"只管让它进去,"阿多思说,"从这儿回城需一刻钟,那么从城里赶来也得一刻钟,我们用这些时间商议出个办法;假如我们离开了,哪里还找得到这样好的地方呀? 哦,诸位,我有个好办法。"

"说说看。"

"但是我要先嘱咐格里莫几句话,很抱歉。"

阿多思于是以手示意他的随从过来。

"格里莫,"阿多思指着乱糟糟躺在棱堡里的尸体说,"您扶起这几位先生,使他们紧贴墙壁站着,给他们戴上帽子,手里提一支枪。"

"哦,您太棒了!"达达尼埃高声说道,"我懂您为什么这样做了。"

"您懂了?"波尔托思说。

"你呢,格里莫,你懂吗?"阿莱米斯问。

格里莫点头示意理解。

"这就好了,"阿多思说,"再商量一下我的办法。"

"但我还想弄清楚这件事。"波尔托思说。

"不必了。"

"对,对,还是听一下阿多思的办法。"达达尼埃和阿莱米斯异口同声。

"这个密拉娣,这个女人,这个恶魔,我好像听达达尼埃提过,她有个小叔子。"

"是的,我与他有些交往,我认为他并不喜欢这位嫂子。"

"这不是坏事,"阿多思说,"如果他恨她就更棒了。"

"我们巴不得这样呢。"

"但是,"波尔托思说,"我依然想弄清楚格里莫这件事。"

"不要说了,波尔托思!"阿莱米斯说。

"她小叔子的姓名是?"

"德·文特勋爵。"

"他如今在何地?"

"刚有开战倾向他便回伦敦了。"

"嗯,我们就需要他这种人了,"阿多思说,"我们向他透露消息,说他嫂子正谋划暗害一个人,要他严密注视她。我想伦敦是不缺玛大肋纳修女院和好女感化院这样的机构呢,只要他送他嫂子进那里面,咱们就万事大吉了。"

"对,"达达尼埃说,"但她出来后又惨了。"

"哦! 坦白说,"阿多思说,"您的要求超出我的能力范围了,达达尼埃,我脑子的东西已经全盘倒给您了,我说的是实话,我实在没有别的办法了。"

"我倒有个极佳的办法,"阿莱米斯说,"我们一块儿通知王后和德·文特勋爵。"

"是的,但我们能托付谁去伦敦和都尔送信呢?"

"我确定巴赞可以。"阿莱米斯说,

"我保证布朗谢。"达达尼埃接口说。

"对呀,"波尔托思说,"尽管我们不能出营地,但我们的随从是自由的。"

"当然了,"阿莱米斯"今天我们写好信,让他俩带上盘缠立即上路。"

"带上盘缠？"阿多思说，"您的意思是你们身上有钱了？"

四人互相看了一眼，刚转晴的眉头又一片阴云。

"注意敌人！"达达尼埃大喊，"我发现前方有许多黑色和红白的点子闪烁；您刚才说是一个联队，是吧，阿多思？我看足有一支军队了。"

"对，是这样的，"阿多思说，"他们来了。看，这些狡诈的混蛋，不打鼓不吹号，蹑手蹑脚地过来。喂！您的任务完成了吗，格里莫？"

格里莫以手示意完成了，又指着身边安放的十几具死尸，他摆弄得惟妙惟肖：有的在持枪，有的好似瞄准，有的握剑在手。

"好极了！"阿多思说，"你的想象力极其丰富。"

"无论怎样，"波尔托思说，"我都想弄清楚这件事。"

"先后退，"达达尼埃接口说，"您一会儿会清楚地。"

"且慢，诸位，等一会儿！给格里莫留些时间收拾早餐。"

"哎！"阿莱米斯说，"现在那些黑点、红点都变大了，清晰可见了，我同意达达尼埃的建议；我认为咱们片刻也不能耽搁了，得立刻撤回营地。"

"说实话，"阿多思，"我毫不反对撤退。我们的赌约是一个小时，如今已是一个半小时了，不必啰嗦了，走吧，诸位，走吧。"

格里莫已经拎着篮子和剩菜前面带路。

四位朋友立即也向后撤，在他后面大约相距十二步路。

"哎！"阿多思大叫道，"看我们都怎么了？"

"您忘带某个东西了吗？"阿莱米斯问。

"旗，那面旗！不能让敌人缴获一面旗，尽管它是由餐巾做成的。"

说着，阿多思转身返回棱堡，爬上顶台，把那面旗子拔下；这时拉罗谢尔士兵已经到达棱堡的火枪射程范围，因此他们胡乱朝这个好像故意迎接枪林弹雨作乐的火枪手开火。

不过阿多思好似会魔法，子弹擦身而过，硬是打不中他。

阿多思背对着敌兵，把手里的旗子对着营地的弟兄猛挥。顷刻两边齐声叫嚷，只不过一边恼怒的咒骂，一边兴奋的欢呼。

而后响起第二阵枪射，餐巾身中三颗子弹，简直是一面真正的军旗。营地方向喊声大振，

"下来，下来！"

阿多思下来了；三个伙伴始终心急火燎般等候着他，现在终于看到他笑容满面地出来了。

"走吧，阿多思，走吧，"达达尼埃说，"咱们要快些，除了钱之外，咱们一切俱全，万一被打死可就太不值了。"

但是无论朋友们如何劝说，阿多思还是漫不经心地移动脚步，他们眼看劝也无效，就与他一块儿慢行。

格里莫始终拎着篮子走在前面，此刻已走出敌人射程。

不久，他们又听见一阵猛烈射击声。

"这是怎么回事？"波尔托思问，"我们在打谁呢？我只听到子弹呼啸而过，但没发现任何人。"

"他们在打那几具尸体呢。"阿多思回答。

"死尸又不会反抗。"

"是的：因此他们会误认为中了埋伏，就会有所顾虑，就会派人去谈判，待到发觉被人耍了，他们的子弹已经打不着我们了。因此我们没有必要跑得汗流浃背，患

上胸膜炎之类的病。"

"哦！现在我懂了。"波尔托思感慨地叫着。

"这太令人兴奋了！"阿多思耸着肩膀说。

营地方向的法国兵见四位朋友镇定自若地往回返，发出热烈的欢呼声。

最后又传来一阵枪声，这次子弹把四位朋友身旁的沙石击得四散飞溅，在他们耳边飕飕地飞过。拉罗谢尔人终于占领了棱堡。

"这帮人简直愚蠢透顶，"阿多思说，"我们总共击毙多少人？十二个？"

"有十五个吧。"

"压死多少？"

"大约八九个。"

"不过我们连轻微受伤的人都没有。啊！不对！您手怎么啦，达达尼埃？似乎流血了？"

"不碍事。"达达尼埃说。

"中流弹了？"

"不是。"

"那么到底出什么事了？"

我们早已交代过，阿多思对达达尼埃爱如亲子，这个刚毅深沉的火枪手，不时会对这年轻人像父亲一切关怀着。

"擦破皮而已，"达达尼埃说，"推墙时，我的手指被石块和戒指的钻石夹住，皮就被擦破了。"

"这就是钻石的妙处呀，我的少爷，"阿多思嘲讽地说。

"嗨，"波尔托思叫道，"原来还有颗钻石，活见鬼，既然有钻石，为什么还愁没钱呢？"

"对呀。"阿莱米斯说。

"好极了，波尔托思，这真是个好主意。"

"当然了，"波尔托思被阿多思夸赞，立刻得意非凡，"既然有钻石，就卖掉它吧。"

"但是，"达达尼埃说，"那是王后的钻石呀。"

"那么更加应该了，"阿多思说，"王后搭救他的情人白金汉先生，那是无可厚非，而我们是她的朋友，王后搭救我们也理所应当，我们就卖掉钻石吧。神甫先生又何高见？波尔托思就甭说了，他已经表明观点了。"

"我觉得，"阿莱米斯涨红着脸说，"达达尼埃的戒指并非受赠于情妇，因此不算定情信物，卖掉它也无关紧要。"

"亲爱的，您的话语真似神学家。总之您的意见是……"

"卖掉钻石。"阿莱米斯说。

"那好，"达达尼埃愉快地说，"咱们就卖掉钻石，不必再多说了。"

枪声依然不绝于耳，但是他们已经出了敌人的火枪射程，拉罗谢尔人还在开枪，但只不过摆摆样子聊以自慰罢了。

"坦白说，"阿多思说，"波尔托思的主意真是时候；咱们离营地不远了。因此，诸位，这事就这么定了。弟兄们都望着我们，前来迎接我们，我们是凯旋而归的好汉。"

果然如上所述，营地群情激奋，欢呼雀跃，刚才两千多人观看了四个朋友不怕死的英雄行为——当然，这种不怕死的真正目的是无人可知的。周围但闻"禁军万岁！""火枪手万岁！"的欢呼声。首先迎上来的是德·比西尼先生，他紧握阿多思的手承认自己的失败。随之迎上来的是龙骑兵和瑞士兵,他们后面是全营的弟兄们。大家纷纷跑来祝贺、亲切地握手、久久的拥抱并且讥笑拉罗谢尔人;后来,这种激情的骚动惊动了红衣主教先生,他还以为外面出乱子了,差遣卫队长拉乌迪尼埃尔出来看看。

大家异常兴奋地竞相报告卫队长事情的原委。

"怎么回事?"红衣主教一见拉乌迪尼埃尔便发问。

"是这样的,大人,"卫队长说,"有三个火枪手和一个禁军与德·比西尼先生进行一场打赌,说去圣热尔韦棱堡用早饭,最后他们不仅仅待在敌人视线内两个小时,饱餐一顿并且消灭了许多拉罗谢尔敌军。"

"您打听了那三个火枪手的名字了吗?"

"是的,大人。"

"他们叫什么?"

"阿多思先生,波尔托思先生和阿莱米斯先生。"

"又是这三位好汉!"红衣主教低吟道,"那个禁军呢?"

"达达尼埃先生。"

"又是这个鲁莽的年轻人!一定要把这四个人收服。"

当晚,红衣主教跟德·特瑞威尔先生说起早上发生的早已轰动全营的壮举。德·特瑞威尔先生已听到好汉们叙述过这次冒险经历的始终,因此把各种具体情节都说给主教大人听,包括餐巾旗帜的一段。

"不错,德·特瑞威尔先生,"红衣主教说,"请派人把那块餐巾送到我这儿。我要请人在上面绣三朵金线百合花,作为您营的军旗。"

"大人,"德·特瑞威尔先生说,"这样有点对不住禁军营,达达尼埃先生非我营中人,而是德·埃萨尔先生营中之人。"

"既然这样,您收下他不就行了,"红衣主教说,"既然四个好汉亲如手足,如果不把他们编在同一个营中,岂不更加对不住他们。"

晚上德·特瑞威尔先生向三个火枪手和达达尼埃公布了这个喜讯,还特邀他们翌日与他共进午餐。

达达尼埃兴奋不已。我们知道,他的夙愿便是当个火枪手。

三个朋友也特别欢喜。

"实话说!"达达尼埃跟阿多思说,"您出了个绝妙的主意,跟您说的一样,我们不但受人瞩目,并且还进行一次非凡的谈话。"

"现在我们商谈再也不会引起别人的怀疑了;因为,上帝保佑我们,我们今后将被别人看作是红衣主教的人了。"

达达尼埃当天晚上求见德·埃萨尔先生,跟他说了自己被调动的事。

德·埃萨尔先生一直对达达尼埃爱护备至,他允诺资助这个年轻人,调一个营队要破费许多钱治装。

达达尼埃婉转表示拒绝;不过他却乘机拿出那枚钻石戒指,请德·埃萨尔先生找人估估价钱,因为他要卖掉它。

第二日早上八点钟,德·埃萨尔先生的仆人来到达达尼埃住处,把一袋价值七千利弗尔的金币交给他。

这就是王后那枚戒指价值总额。

第四十八章 家 事

阿多思琢磨出一个词:家务事。因为家务事是不需要报告给红衣主教的;家务事与外人无关,你即使在外人面前处理家务事,也不该受到干涉。

于是,阿多思才琢磨出这个词:家务事。

阿莱米斯想出个办法:派随从。

波尔托思出了个主意:卖钻石。

只有达达尼埃一无所成,尽管往常四个人中他点子最多;实际上,他是被密拉娣这个名字唬住了。

哦! 不,我们说的不对,他寻觅到一个买钻石的人。

德·特瑞威尔先生家的午餐吃得很愉快。达达尼埃已换上了火枪手制服,因为他个头跟阿莱米斯很相似,并且我们应该记得,阿莱米斯因为卖诗稿而从出版商那儿赚得数目不菲的稿酬,所以他置办了两套装备,这次他转让一套给了朋友。

达达尼埃如果不是记着密拉娣仿佛乌云似的远挂天际,此时应该是踌躇满志的。

吃完午餐,他们相约晚上去阿多思住处会合,把这件事情全面了断。

达达尼埃走遍了整个营地,为的是在弟兄们面前亮亮自己那身火枪手装扮。

晚上约定的时间一到,四位朋友相聚一堂;余下三件事得解决:

如何给密拉娣小叔子写信;

如何给都尔那位干练的人写信;

吩咐哪两个随从送这两封写好的信。

大家都举荐自己的随从,阿多思说格里莫不会随意说话,只要没有主人的命令,他一个字也泄露不出去;波尔托思大肆夸耀穆斯克通气力超人,以他那架势,即使四个普通人联合动手也敌不过他;阿莱米斯大力举荐巴赞,说他机灵聪敏;达达尼埃则担保布朗谢胆识过人,又叙述了一番他在布洛涅那件棘手的事件中的表现。

这四种优点到底哪个更重要一些,他们争论很长时间也没有结果,每个人都慷慨陈词,为了避免文章过繁,我们就不转述了。

"真遗憾,"阿多思说,"如果被我们派去送信的这个随从能兼具这四种优点该有多好。"

"哪里寻得到这样的随从?"

"寻不到的!"阿多思说,"我心里很明白,因此,派格里莫去吧。"

"派穆斯克通。"

"派巴赞。"

"派布朗谢,布朗谢英勇机智,已经四具其二了。"

"诸位,"阿莱米斯说,"现在至关重要的不是要弄清我们的四个随从中谁最能守口如瓶,谁气力最大,谁最机智或英勇,而是要看清谁最贪财。"

"阿莱米斯的话有道理,"阿多思说,"我们应该看清他们的缺点,而不是只注重他们的优点,教士先生,您真是一位优秀的伦理学家!"

"对呀,"阿莱米斯说,"因为我们派他们做事,原就希望成功,但最紧要的是不能出差错;一旦出差错,那是要掉脑袋的,并且掉的还不是随从的……"

"小声点,阿莱米斯!"阿多思说。

"是的,不是随从的脑袋,"阿莱米斯说,"而是他主人的脑袋,也许连主人朋友的脑袋也得上搭上!咱们的这些随从是否有人忠心的到了为咱们粉身碎骨,死而无怨的地步?没有。"

"说句实话,"达达尼埃说,"我确信布朗谢几乎可以做到。"

"那么,朋友,撇开他那与生俱来的忠心不算,您再付他一笔不菲的酬劳,使他手头宽裕点,那么,您就不会说几乎可以了,而要说肯定能行。"

"哎!仁慈的上帝啊!你们还是会受欺骗的,"阿多思说,他总是对事情津津乐道,但一谈起人来总是不放心,"他们为了图财什么事都肯做,但一旦出发便心惊胆战,答应的事一件也成功不了。万一被人逮住,严刑逼供下他们全都会招认。嗨!我们都已经不小了!从这儿到英国(阿多思小声说),途经法国许多地方,那里处处布满了红衣主教的密探和亲信;如果上船,还得持有通行证;到伦敦这一路必得打听路,这还得会说英语。看,我觉得这事挺麻烦。"

"怎么会,"达达尼埃说,他只盼望事情顺利完成,"我觉得这事不算麻烦。当然,假如我们给德·文特勋爵写信说些国家大事,把红衣主教所干勾当全写上……"

"小点声!"阿多思说。

"全写的是国家机密,"达达尼埃压低声音说,"那很明显,咱们肯定会处以轮刑,不过看在上帝面上,阿多思,您得记住,您亲口说过我们只跟他谈一些家务事,我们去信给他的唯一想法便是让他等到密拉娣到达伦敦后,阻止她危害我们。因此,这封信我想可以这样写……"

"哦。"阿莱米斯早已摆出一副评论家的派头说。

"'亲爱的朋友……'"

"嘿!称呼亲爱的朋友,"阿多思打断他的话说,"这开了个什么头,称一个英国人为亲爱的朋友!太绝了,达达尼埃!只这一句话,您要享受的可不是轮刑,而是碟刑了。"

"那么,索性只称他为'先生'。"

"你尽可以称他为'勋爵'呀。"阿多思说,他一直深谙礼仪之道。

"勋爵,您也许还没忘记卢森堡宫那个放牧的围场吧?"

"好一个'卢森堡宫'!别人会理解为您在暗指王太后呢!您竟会想出这个词。"阿多思说。

"那么,我便就简单地写:'勋爵,您也许还没忘记那个您曾在那里被人饶恕不死的某个围场吧。'"

"我亲爱的达达尼埃,"阿多思说,"让您起草个东西真是危险,'您曾在那里被人饶恕不死'!呸!这不是要羞死他吗。对一个高阶层的人可万万不能提这种事。您这是在提醒人家您曾有恩于他,那不就相当于侮辱他吗。"

"哦!朋友,"达达尼埃说,"您真令人为难,如果总是听从您的挑刺,坦白说,我可不想写了。"

"您这样就对了。朋友,弄枪舞剑您内行,至于拿笔嘛,还是交给教士先生吧,这事儿他最拿手。"

"是的!没错,"波尔托思说,"就由阿莱米斯执笔吧,他曾用拉丁文写过许多论文呢。"

"那么,也行,"达达尼埃说,"就由您写这封信,阿莱米斯;但是,看在教皇圣父面上,您得谨慎,我有言在先,我可得给您挑毛病了。"

"那更好了,"阿莱米斯以那种诗人般纯真的自信说,"但是你们要把情况跟我说明白;我听过传言,说勋爵的嫂子是个无赖,后来亲耳听到她跟红衣主教的对话,更认定此言不虚。"

"小点声呀!真见鬼!"阿多思说。

"但是,"阿莱米斯接着说,"具体情况我不知道。"

"我也是一样。"波尔托思说。

达达尼埃和阿多思默默无言地对视一会儿。阿多思沉思之后,脸色倏地变白,最后还是示意同意,达达尼埃知道自己可以说了。

"嗯,需要包括这几方面,"达达尼埃说,"勋爵,你的嫂子是个丧尽天良的女人,只为继承您的财产,她便企图让人杀死您。并且她是无权嫁给令兄的,因为她在法国结过婚,后来……。"

达达尼埃顿了一下,似乎在考虑措辞,但眼睛注视着阿多思。

"被她丈夫赶出家门。"阿多思说。

"因为她曾被烙过印记。"达达尼埃接口说。

"啊!"波尔托思大叫道,"太荒谬了!她竟然要杀死她的小叔子?"

"是的。"

"她有丈夫了?"阿莱米斯说。

"是的。"

"她的丈夫发现她肩膀上被烙了一朵百合花?"波尔托思叫道。

"是的。"

三声"是的"均出自阿多思之口,一声比一声忧郁。

"你们谁见过这朵百合花了?"阿莱米斯问。

"达达尼埃和我,或者依次说是我和达达尼埃。"阿多思回答。

"这个歹毒的女人的丈夫依然健在吗?"阿莱米斯问。

"是的。"

"您确定吗?"

"我确定。"

紧接着大家都缄默不语,此刻每人因性格的不同而有着不同的体味。"这次,"阿多思首先打破沉默说,"达达尼埃提供给我们一个不错的纲要,我们一定要把这些内容写在前面。"

"是的!您说得对,阿多思,"阿莱米斯说,"起草一封信是很劳神的。即使请掌玺大臣起草这样一封措辞谨慎的信,他也会束手无策的,但如果让掌玺大臣写份会谈纪要,他却是得心应手了。好啦!诸位请静一下,我要写了。"

阿莱米斯于是提起笔,思考了片刻,用一种娟秀的女性字体在纸上写了十行左右的字,而后以一种柔和而轻缓的语调,好像边念边推敲似的,从头到尾念给大家听:

勋爵:

　　书写此信的人曾在地狱街的一个小围场中很荣幸地与阁下切磋剑法。考虑到事后阁下屡次表示希望与在下结为知己,因此在下愿通知阁下一紧要事情,以报答阁下一番盛情。阁下曾两次几乎被一近亲所害,而此女却被阁下看作是财产继承人,乃因阁下不明此女竟在英国结婚前已许过法国一绅士。而现在此女又打算第三次谋害于您,并且此次阁下处境尤为危险。此女已于昨夜从拉罗谢尔出发抵英。阁下必得严密监督,只因她乃为执行一件恐怖的任务而返英的。但若阁下执意要弄清她何其恶毒,请视其左肩即可知其过去。

"嗯,写得好极了,"阿多思说,"您笔锋胜似国务大臣,亲爱的阿莱米斯。德·文特勋爵一旦接到这封信,必定谨慎提防的;万一信被红衣主教截获,我们也不会被连累。但是,也许送信的随从会搞鬼,其实只到了夏特罗,却告诉我们说到了伦敦,因此给他信时只预付一半报酬,说定回信之后补付另一半。您还戴着那枚钻戒吧?"阿多思问达达尼埃。

"我有更令人喜欢的东西,现钱。"

说完达达尼埃扔了一个钱袋子在桌上,听到金币叮当作响,阿莱米斯抬起头,波尔托思浑身一颤,只有阿多思镇定自若。

"袋里的钱有多少?"他问。

"七千利弗尔,尽是十二法郎的金币。"

"七千利弗尔!"波尔托思大叫道,"这么一颗普通的小钻石竟值七千利弗尔?"

"也许是吧,"阿多思说,"既然钱都摆在这儿,我猜咱们的达达尼埃肯定不会掏出自己的钱垫在里面的。"

"但是,诸位,我们刚才可没为王后操点心,"达达尼埃说,"现在也应该关心一下她亲爱的白金汉的健康了。权当我们偿还她的恩情吧。"

"对,"阿多思说,"但这归阿莱米斯负责。"

"好吧,"阿莱米斯羞红了脸说,"我该怎么做呢?"

"哦,"阿多思说,"小菜一碟,再写一封信给住在都尔的那位干练的人。"

阿莱米斯再次提笔,斟酌之后写了起来,并且一边写着还一边读出来以便让朋友们提出意见。

"'亲爱的表妹……'"

"哦!"阿多思说,"那位干练的人原来是您的亲戚!"

"是姨表妹。"阿莱米斯说。

"那就称表妹吧!"

阿莱米斯继续读着:

亲爱的表妹:

为了法国的吉祥和王国敌人的溃败,上帝降大任予红衣主教大人,他顷刻便会消灭掉拉罗谢尔反叛的异教徒;英国的救援舰队赶来无望了;我甚至肯定,白金汉先生会被重大事件阻碍他的行程。主教大人不仅过去、现在,即使未来恐怕也是最伟大的政治家。就算是太阳惹着了他,他也定叫太阳毁灭。亲爱的表妹,请把好消息传达给您姐姐。我梦见这个应当诅咒的英国人死了。我不记得他是死于刀剑还是毒药;不过我可以肯定,我的确在梦中见到他死了,而您是知道的,我的梦素来挺灵的。因此请相信,咱们不久就会团聚的。

"妙极了!"阿多思叫道,"诗王桂冠您当之无愧;亲爱的阿莱米斯,您用词如同《启示录》,又似《福音书》。现在您只要在信上加上地址就可以了。"

"这简单。"阿莱米斯说。

他潇洒地折好信,在上面写上:

送交都尔城缝洗女工米松小姐。

三位朋友相视大笑:他们都明白了。

"现在,"阿莱米斯说,"你们也许清楚,诸位,只有巴赞适合送这封信到都尔;我表妹只见过巴赞,并且也只信任他,换作他人肯定会误事。况且巴赞志向远大,学识颇丰;他学过历史,诸位,他知晓西克斯特五世成为教皇之前放过猪;嗯,他原就希望随我做教士去,至于他的志向,便是有朝一日当个教皇,或者红衣主教也可以;他们自然知道,如此伟大志向的人是不会轻易被擒的,即使被擒,也会宁死不屈的。"

"好,好,"达达尼埃说,"我举双手赞成您的巴赞;但您也要赞同我的布朗谢;密拉娣曾经有一次把他棍棒毒打赶出门去;而布朗谢记忆力极好,有仇必报,我确信即使再遭毒打也绝不肯善罢甘休。假如说都尔的事由您负责,阿莱米斯,那么伦敦的事就由我负责。因此我请诸位同意派布朗谢送信去;况且他也随我去过伦敦,某些话用得挺熟;劳驾,先生,请问怎样到伦敦去,我的主人达达尼埃先生;你们就放心吧,这两句足以应付他回路之用了。"

"既然这样,"阿多思说,"布朗谢出发前先给他七百利弗尔,回来后再给他七百,巴赞呢,往返各付三百利弗尔;这样我们就只余下五千利弗尔了;我们每人分得一千利弗尔零花,剩下的一千利弗尔暂存教士先生处,等以后遇到意外情况或者公共花销时使用,你们意下如何?"

"我亲爱的阿多思,"阿莱米斯说,"您的话跟涅斯托耳一样,大家都知道,他是古希腊的智慧大师。"

"那好,一言为定,"阿多思说,"派布朗谢和巴赞送信;其实,留下格里莫我感觉也不错;他熟知我的生活习俗,我还真离不了他;昨天他一整天累得不轻,若让他赶远路送信他准会没命。"

布朗谢被叫来了。达达尼埃把这件事跟他说清,大家又千叮咛万嘱咐。达达尼埃告诉他时,先跟他说怎样的荣耀,又说明会有多少收益,最后才提醒他会遇千难万险。

"我将信藏在上衣领饰里,如果被人抓住,我就吞下信。"

"但您这样怎么能送到信呢?"达达尼埃说。

"请您今晚再抄一份交给我,明天我肯定会熟记在心了。"

达达尼埃用眼瞅朋友们,好像是在说:

"如何,我说得没错吧?"

"现在,"他又跟布朗谢说,"限你八天之内赶到德·文特勋爵那儿,再限你八天时间返回,这样就是十六天;如果十六天之后的八点钟不见你的影子,你就别想得到那份钱了,即便迟到五分钟也不可以。"

"那么,先生,"布朗谢说,"请送我只表吧。"

"带上这一只,"阿多思说着,以一种对身外之物无所谓的豁达胸怀把他的挂表送给布朗谢,"做个英勇的年轻人。你记着,如果你乱言乱语,如果你随意瞎逛,你就会令你主人掉脑袋,但你主人还一直把你看作忠心耿耿的随从,刚才还在我们面前举荐你呢。你还得记着,如果因为你的关系而牵连达达尼埃受害,将来不管你跑到天涯海角,我都要追到你,剖腹挖心。"

"哦!先生!"布朗谢说,他因阿多思的怀疑而深感委屈,更因他的沉着稳重而惊惧。

"我呢,"波尔托思圆瞪大眼说,"你记着,我会活活剥下你的皮。"

"哦!先生!"

"我呢,"阿莱米斯温柔和气地说,"你记着,我要把你当作野蛮人一样放在文火上烧烤。"

"哦!先生!"

布朗谢哭了;他究竟是因为被威胁恐吓而恐惧得哭了,还是因为目睹四位朋友紧密团结而感动得掉泪,我们就猜不出了。

达达尼埃握着他的手拥他入怀。

"你看,布朗谢,"达达尼埃对他说,"这几位先生之所以跟你说这些话,都是因为爱我的缘故,但他们心里还是爱着你的。"

"哦!先生!"布朗谢说,"这次只要我不被人大卸四块,就保准成功;即使被卸成四块,您也请放宽心,每一块都不会随意开口的。"

最后大家决定,布朗谢明早八点启程,这样可以让他,正如他自己所言,夜间背下信上所有字句。这样,他就已浪费了十二个小时;他必须赶在第十六天晚上八点钟返回。

翌日早上,布朗谢即将蹬鞍上马背之时,达达尼埃自感对公爵尚不放心,因此把他拉到一边。

"听着,"达达尼埃对他说,"你将信交到德·文特勋爵手上时,等他看完之后,你再跟他说:'请多多关照白金汉公爵大人,因为有人想暗害他。'但是这些话,布朗谢,你也知道,的确关系重大,因此即使是我的几个朋友,我都没提起要告诉你这个秘密,何况是给你写在信上了,就是拿统领跟我交换我也不同意。"

"请您放心,先生,"布朗谢说,"你会瞧见我的忠诚的。"

说完他一跃跨上一匹良驹,这匹马必须一下子跑二十里路才能遇到驿站被换掉;布朗谢策马出发,一路飞奔,火枪手们对他提出的三种警告让他焦虑不安,但是关于其他的事,他倒并不担心。

巴赞于第二天早晨启程赶往都尔,他被限时八天返回。

两个随从出发之后,我们想必也料得到,那四位朋友比往常任何时候都警惕,眼睛瞪得大大的,鼻子伸得长长的,耳朵竖立着不放过任何响动。日子稍纵即逝,他们总是试图探听别人话中的隐含之意,从红衣主教的一言一行中观察蹊跷之处,或者从捎来的邮件中揣摩其中奥秘。有几次营里临时有事,每当别人招呼他们时,他们都情不自禁地颤抖。其实,他们因为自身安全问题而如此小心谨慎是无可厚非的;密拉娣是个幽灵,一旦在人前显露形迹,别人就休想安然入睡了。

第九天早上,四位朋友正坐在帕尔巴约酒店吃早饭,却见巴赞跟往常一样精神饱满地走了进来了,脸上洋溢着惯有的笑容;他见了主人,就按照先前预约的话说:

"阿莱米斯先生,我为您捎回您表妹的信了。"

四位朋友相视交换了一个快乐的眼神,事情已经成功一半;但是当然,这一半费时短,相比较而言也容易。

阿莱米斯脸色还是情不自禁地红了,他接过信,上面字迹潦草,拼写还有遗漏。

"上帝!"他哈哈笑道,"这真令我失望;这个可怜的米松永远写不出德·伏瓦蒂瓦先生那样体面的信。"

"这个可怜的米松是什么意思?"那个瑞士兵士问,信送到时他正与四位伙伴聊天。

"哦!没什么,"阿莱米斯说,"是个俊俏的缝洗姑娘,我当时觉得她挺可爱的,嘱咐她写封亲笔信给我作为纪念品。"

"好极了！"瑞士兵说，"如果她人长得跟她的字一样大，您就交桃花运了，朋友！"

阿莱米斯把信浏览一遍，又递给阿多思。

"您看一下她都写些什么吧，阿多思。"他说。

阿多思瞥了一眼信纸，而后，为了不致引起别人的怀疑，他索性读起来：

表哥：

    我和姐姐都会圆梦，有时也会因此而心惊胆战；但是对于您的梦，我却认为这样说比较合适：梦是不真实的。再见！您多保重，随时恭候您的来信。

阿葛拉埃·米松

"她所说的梦是什么呀？"那个龙骑兵听到信的内容之后便走过来问道。

"对，是什么梦呀？"瑞士兵说。

"嗨！这还用说！"阿莱米斯说，"自然是我做的梦，我把它写信跟她说了。"

"哦！对，这还用说！就是跟她说了一个梦，但是，我就没做过梦。"

"您真是幸福，"阿多思一边说着一边站起来，"我真盼望有权跟您一样这么说！"

"没有做过！"瑞士兵听到像阿多思这样奇特人竟然也会羡慕他，禁不住兴奋异常，连连说着，"没有做过！没有做过！"

达达尼埃眼瞅着阿多思站起来，也随之离座而起，挽起他的胳膊走出门。

波尔托思和阿莱米斯没有走，以应付胡搅蛮缠的龙骑兵和瑞士兵。

巴赞呢，离开后在一堆麦秆上躺下进入了梦乡；他的想象力可是大大超越瑞士兵，因此梦中看到阿莱米斯先生当上了教皇，正把一顶红衣主教的桂冠戴在他头上。

但是就像我们已经交代过的，巴赞的顺利返回，仅仅使整天惴惴不安的四位朋友稍微松缓一些。期盼的日子显得特别漫长，达达尼埃甚至肯定这几天都变成了每天四十八个小时。他忽视了海上航行的缓慢，夸大了密拉娣的能耐。他一直把她当作魔鬼一样的女人，因此总把一些突发情况看成是她在暗中操纵；一点风吹草动，他就会以为有人要抓他，以为是将布朗谢带来与他和他的朋友对质。并且，更为可怕的是：他以前曾经那么信赖那位尊敬的庇卡底人，而现在他的信任度每况愈下。他神情恍惚以至于每日如坐针毡，就连波尔托思和阿莱米斯也被感染了。只有阿多思坦然自若，好像生活在太平世界中，终日悠闲快乐。

特别是第十六天，达达尼埃和两个朋友的烦躁不安的表情暴露无遗，他们不能保持长久呆在一个地方，像个幽灵似的沿着布朗谢返回的必经之路走来走去。

"哎呀，"阿多思对他们说，"你们可不像个堂堂男子汉，却跟个小孩子很相似，一个女人居然把你们弄得魂不附体！你们究竟怕什么呢？怕坐牢？嗨，肯定会被人搭救的；伯纳肖太太不是就被放出来了吗。怕杀头？前线的壕沟危险有加，一不小心就会被流弹击中打断一条腿，但我们还不是一样兴高采烈的冲锋陷阵吗，我敢肯定，由外科医生来锯掉我们一条腿的痛感更甚于让刽子手砍掉我们的头颅。因此请你们还是沉着冷静些吧，过两个小时，或是四个小时，六个小时，也许还要迟些，但布朗谢终归会回来的；他答应回来就一定会回来，我敢担保，我看他绝对是个好样的。"

"但如果他回不来呢？"达达尼埃问。

"嗯，如果他回不来，肯定被某事羁绊了，仅此而已。也许他摔下马来，也许他掉到桥下,也许他因为疾速飞奔而患肺炎。哎!诸位!你们应该想象到各种各样的突发事件啊。人生就是一副由小灾小难串成的念珠,豁达的人总是喜笑颜开地拨弄这些念珠。做像我一样豁达的人吧,诸位,到桌子跟前坐下,咱们来痛饮一杯;什么东西也不如透过一杯尚贝尔坦葡萄酒看过去那样,使未来呈现玫瑰的色泽。

"这样也好,"达达尼埃说,"但我每次喝一瓶刚启开的酒时,总是疑心它是从密拉娣的酒窖里搬来的,长此以往我都厌烦喝酒了。"

"您这人真难侍候,"阿多思说,"她可是个非常迷人的女人啊!"

"一个烙过印的女人!"波尔托思粗鲁地大笑。

阿多思浑身一颤,抬手擦掉额头冷汗,突然一下子站起身来,神情一片难掩的烦乱。

白天终于熬过去了,尽管夜晚步履蹒跚地走来,但终究还是到了;小店里老顾客欢聚一堂;阿多思口袋里还留有卖钻石之所得,因此寸步不离帕尔巴约酒店。德·比西尼先生曾设华宴邀请过他们,阿多思认为此人不错,因此这天到七点钟时,他们跟往常一样赌起钱来,这时一队到前方加岗的巡逻兵经过;七点半时,归营的鼓声敲响了。

"咱们失败了,"达达尼埃附在阿多思耳边说。

"您是指咱们赌输了吧,"阿多思沉着地说,把口袋里的四个皮斯托尔扔到桌上。"好了,先生们,"他继续说,"归营鼓声已敲,咱们该回去休息了。"

说完率先走出门外,达达尼埃紧随其后。阿莱米斯伸出胳膊由波尔托思挽着走在后面。阿莱米斯咕咕噜噜地背诗,波尔托思垂头丧气,不时地拽下几根胡子来。

就在这时,突然从黑暗里蹿出一个人来,达达尼埃只觉人影有些面熟,同时一个熟稔的声音响起:

"先生,我给您送披风了,今晚天气怪冷的。"

"布朗谢!"达达尼埃欣喜若狂地喊道。

"布朗谢!"波尔托思和阿莱米斯也异口同声地大叫。

"是呀,就是布朗谢,"阿多思说,"有什么大惊小怪的?他承诺过八点回来,这不正好是八点吗。好啊!布朗谢,您是个一言九鼎的棒小伙子,如果某一天您不跟您主人了,就来找我吧。"

"哦,不,不会的,"布朗谢说,"我永远都跟随达达尼埃先生。"

就在这时,达达尼埃感觉布朗谢在他手里塞了张纸条。

达达尼埃迫切地想拥抱胜利归来的布朗谢,如同当初他启程之时那样;但他又担心大庭广众之下如此冲动的举动,某些路人会不习惯,因此便抑制了这种强烈的感情。

"我拿着回信,"他对阿多思仨人说。

"好啊,"阿多思说,"回营咱们再瞧吧。"

达达尼埃手里握着那封信,如同捏着一把火;他想快点赶回去;但阿多思及时挽住他的胳膊,迫使达达尼埃不得不与朋友们同步而行。

他们终于回到营地,点亮一盏油灯,布朗谢站在门口把风,防止外人破门而入,达达尼埃哆嗦着双手拆掉封蜡,打开这封望穿秋水的回信。

信上的字只有半行,纯粹英国式字体,简练的文句反映了斯巴达人的风格:

　　Thank you,be easy.

意思是:

　　"谢谢,请您放心。"

阿多思接过达达尼埃手里的信,凑到油灯上点着,直到整张信纸燃成灰烬才放手。

然后他把布朗谢叫进来。

"现在,小伙子,"他对布朗谢说,"你可以取回你那七百利弗尔了,但我想你轻而易举便把这封信捎回来了吧。"

"但我还是费尽心思想了许多办法藏着它,"布朗谢说。

"好呀,"达达尼埃说,"你就全部都说给我们听吧。"

"嗬!说来话长啊,先生。"

"你说得对,布朗谢,"阿多思说,"况且归营鼓早就敲过了,别人都把灯熄了,咱们的灯还亮着会引人怀疑的。"

"那么,"达达尼埃说,"咱们也休息吧。做个好梦,布朗谢!"

"坦白说,先生,我这还是十六天来第一次睡个安稳觉呢。"

"我也一样!"达达尼埃说。

"我也一样!"波尔托思随之说。

"我也一样!"阿莱米斯紧跟着说。

"嗯,我得承认,说句心里话,我也一样!"阿多思说。

第四十九章　命中注定

　　但此时,密拉娣却是愤怒至极,就像一只困在船上的母狮子,在甲板上咆哮,她真想一头扎进海里,返回岸边,因为她一想起受到达达尼埃的侮辱和阿多思的威胁,而没有找他们算账就离开法国,就气得七窍生烟。她越想越气,觉得这种愤怒实在难以忍受,也不管这样做会给自己带来什么麻烦,就恳求船长索性让她下船。而船长眼睁睁地看着这艘船像夹在耗子与飞鸟之间的蝙蝠一样,夹在英、法两国的船只中间,想早点结束这样难堪的场面,快速抵达英国。于是他固执地反对这种在他眼里女人特有的任性做法,但这个女人却是红衣主教特地委托他关照的人,故而答应她,如果风浪减弱、法国人也不加阻拦,到那时他会把船停在布列塔尼随便一个港口,要么洛里昂,要么布雷斯特,到时她可以上岸;但是现在风向不对,波浪又大,他们又在逆风换抢航行,因而没法靠岸。离开夏朗特航行了九天以后,愤怒和忧郁把密拉娣折磨得脸色苍白,现在总算远远地望见了翠绿的菲尼斯泰尔海岸。

　　她在心里琢磨,从这儿回到红衣主教身边,至少也要三天时间,再算上靠岸停船的那一天就是四天;再加上九天,总共十三天就白白浪费掉了,这些日子说不定伦敦会有什么重大的变故发生呢。她猜想红衣主教见她回去一定会发脾气,如果真是这样,他就会轻易相信他人对她的指控,而不会相信她对别人的告发。因此,她看着轮船相继驶过洛里昂和布雷斯海岸,就再没有去船长身边发牢骚,而船长也不愿意去提醒她。因而密拉娣继续着她的行程;就在布朗谢从朴次茅斯上船返回法国的这一天,主教大人的这位心腹洋洋自得地随船到了这个港口。

　　这座港口城市非常热闹:四艘新型巨船刚刚出海;蜂拥而至的人们争先恐后地想一睹白金汉公爵的气派和英姿。只见他站在防波堤上,穿着缀满金线绦子的外套,在金刚钻和宝石的点缀下耀眼夺目,宽边帽上装饰着一根白羽毛,弯曲着垂到肩头,他的身边,站着跟他那样穿着漂亮光鲜的衣服的幕僚。

　　那天,英国人也许还记得它,是个冬日里并不多见的阳光明媚的日子。太阳稍微有点暗淡,却还是灿烂地挂在天水相接的遥远天际,火一般的红色光带映红了天空和海面,最后的那道金色阳光洒在城里的塔楼和古典的宅邸上,使窗上的彩色玻璃闪闪发光,仿佛映着一片火海。密拉娣大口地呼吸着由于接近陆地而变得更加清爽,带着芳香的空气,注视着前面的船舰和水手,心想自己的使命就是破坏这些军事设施,单身一人——而且是孤零零的一个女子与这支队伍交锋,她暗中把自己想象成犹太烈女子犹滴,当年犹滴曾进入亚述人的军营,看见一片战车、军马、兵士、武器海洋时,她也许也在想,她只要一挥手,眼前的这一切转眼间就会灰飞烟灭吧。

　　轮船驶进了锚地;刚要下锚,一艘装备十分精良的快艇驶了过来,紧挨着它的舷旁,这时一只小划子放了下来,向大船舷梯划来。小划子上有一名军官、一名水手长和八名桨手;只有军官一人登上了舷梯,但那身制服使人对他不得不敬重三分。

这个军官与船长说了几句话,还把带来的文件让他过目。接着,船长下令,全体人员,不论是乘客还是水手,都被传唤集中在甲板上。

跟点名一样,这种集合完毕后,军官高声地考问了一下商船的开船地点、行驶路线还有沿途停靠情况等等,船长毫无停顿地逐个回答了这些问题。军官开始审视甲板上的所有人员,当走到密拉娣面前时,他停了下来,认真地打量着她,不过没问一句话。

他返回到船长面前,说了几句话;接着他似乎是这船的指挥者,命令一发出,水手们立刻各就各位。于是船又向前航行,那艘快艇仍然紧挨着大船并排前进,六门大炮的炮口对准它的侧舷;那只小划子跟在商船的后面,与大船相比显得只是一丁点儿。

在军官审视密拉娣的时候,读者一定也能猜出,密拉娣也在一动不动地注视着他。但是,平时她能看穿对方的内心而且探出别人的秘密的,那双锋利的双眼,是从不失手的,但这一次她觉得眼前的这张脸迎着她的目光,却没有发生任何变化,她没能从这张脸上看出任何破绽来。站在她面前,一动不动地看着她的那个军官,大约二十五六岁,脸色白皙,深陷的淡蓝色眼睛,嘴唇不厚却很清秀,始终不动,看上去很端正;下巴棱角分明而结实,表明这人性格顽强坚毅,对于一般英国人来说,这个特点就是固执保守的意思;脑门稍有点塌,这个特点,无论诗人、宗教狂和士兵都有,头发不长,又很稀疏,和下巴上的胡子一样,都是深栗色,很漂亮。

船抵达港口时,已经是夜里了。由于雾霭沉沉,夜色显得更加浓重,防波堤上的标志灯和路灯的四周都形成一圈光晕,就像阴雨天气来临时月亮的晕环。阴冷的风迎面吹来,给人一种凄凉,冷清、潮湿的感觉。

连密拉娣,这个不一般的女人也不由地颤抖起来。

军官问密拉娣哪些是她的行李,吩咐人把她的行李搬到小划子上;行李搬下去后,他伸出一只手,意思是他扶着她下去。

密拉娣瞅着他,犹豫不决。

"您是谁,先生?"她问道,"谁这样不怕麻烦,让您来特意照顾我的?"

"看看我的军装,夫人,您想一下就明白了,我是海军军官。"年轻军官说。

"难道英国海军军官对于每一位在大不列颠港口下船的女同胞们都会这么殷勤地照顾,甚至于还要扶她们上岸吗?"

"不错,夫人,可这不是因为殷勤,而是由于谨慎,战争时期外国人一般都会被送到特定的地方,把他们放在政府的监护范围之内,直到弄清他们的身份为止。"

这位军官说这些话时,态度优雅有礼,镇定自若,可是密拉娣却没有被他说服。

"但我不是外国人,先生,"她说这句话的口音,是纯正的伦敦腔,从朴次茅斯到曼彻斯特一带,这种口音很难听到,"我是克拉丽克夫人,这样做……"

"所有人都得这样,夫人,您不能回避。"

"既然这样,我跟您去,先生。"

说完她扶着那位军官的手,下了舷梯,那只小划子正在那儿等着。军官在她后面上了船,军官让她坐在船尾铺着的一件大氅上,而他则坐在她的身旁。

"开船,"他下令道。

几支桨同时下水,声音同步,动作划一,小划子飞似的掠过水面,向前驶去。

五分钟后,小划子靠在了岸边。

军官跳上码头,伸手去扶密拉娣。

一辆马车正等在岸边。

"这辆马车是给我们准备的?"密拉娣问。

"是的,夫人,"军官回答。

"那么住的地方很远?"

"在城市的另一边。"

"走吧,"密拉娣说。

说着她一咬牙上了马车。

军官等底下人把行李仔细地捆在车厢后面,才上车坐在密拉娣身旁的座位上,关上了车门。

车夫来不及等人下令,也不要别人吩咐去哪儿,就自个儿立即放开缰绳,让辕马上了城里的街道。

这样的接待方式确实很是奇怪,密拉娣心里有许多疑团,她逐一思考着;后来,她看那军官完全没有和她说话的意思,就靠着车厢的一角,脑海里冒出许多猜测来。

可是马车行驶了一刻钟之后,全然没有停下的意思,她有些迷惑了,路途怎么会有这么远,就靠近车窗想弄清楚他究竟要把自己带到什么地方。想不到外面已经看不见房屋,只有路旁的树木在夜色中仿佛黑黢黢的巨大幽灵,向后掠去。

密拉娣全身颤抖起来。

"我们现在不在城里了呀,先生,"她说。

年轻军官一言不发。

"您如果还不说清楚要把我带到什么地方,我就不走了,我把话说在前面,先生!"

这样的威胁没有一点作用。

"喔!这太过分了!"密拉娣喊道,"救命呀!救命呀!"

没有回声,马车依旧向前飞驶,军官宛若一座雕塑。

密拉娣狠狠地瞪着那个军官一眼,这种眼神是她独有的,每次都很灵验,很少有失败的时候,她的双眼由于愤怒而在黑暗中闪着亮光。

年轻军官依旧不为所动。

密拉娣打算打开车门跳下去。

"小心,夫人,"军官冷漠地说,"您会摔死的。"

密拉娣怒气冲冲地坐下;那军官转过身来看着她,好像想不到刚才还美艳绝伦的脸顷刻间会变得这么狂怒,看起来很可怕。善于玩弄手段的密拉娣知道,如果让他看透她的内心,她就彻底完蛋了;因而她恢复了平静,忧伤地说:

"看在上帝分上,先生,请您告诉我,是因为您个人,还是因为我的哪一个仇人,要我受到这么无礼的接待?"

"我们对于您,绝对不会有粗暴的地方,夫人,对您只是一种很普通的待遇,每一个在英国上岸的人,我们都会这么接待。"

"这么说,您并没有见过我,先生?"

"这是我第一次荣幸见到您。"

"您敢起誓说您没有任何理由怨恨我。"

"我起誓,绝对没有。"

那个年轻人的声音是那样地镇定,那样平静,甚至那样地随和,密拉娣这才放下心来。

马车行驶了差不多一个小时,最后停在了一扇大铁门前,铁门里有一条低洼的小路,一直通向一座孤零零的、阴森肃穆的高大城堡。车轮碾过细沙的声音传来时,密拉娣听到一阵轰鸣,她能分辨出那是波涛撞击悬崖的声音。

马车经过两道拱门，停在一个幽静阴暗的方院里；马车的车门立刻打开了，年轻军官敏捷地跳下车，伸手去扶密拉娣，密拉娣扶着他的手，十分镇定地下了马车。

"看样子，"她打量了一下四周，面带十分温和的笑容，把目光转到那位年轻军官的脸上，"我成了囚犯，但我敢断定，这只是暂时的，我的无辜及您的礼貌，先生，都使我信心倍增。"

对于这样毫无掩饰的奉承，那军官并不领情，从腰间拿出一只小小的银哨子，跟水手长在战舰上用的那种哨子差不多，他吹了三声哨子，每次都是不同的声调，立刻跑来好几个人，把热汗涔涔的辕马卸了，把马车拉进车库。

接下来，军官依然礼貌而又冷漠地把他的女囚领进了城堡。而女囚的脸上也依然带着微笑，挽着他的胳臂，进了一扇弧形的矮门，又进了一条拱道，这条拱道只在尽头处才有灯光，因而显得很暗，拱道尽头是一座石梯，绕着拱脊旋转而下；他们最后走到一座牢固的木头门前，年轻军官掏出随身带着的钥匙打开门。木门沉沉地打开，为密拉娣准备的房间展现在她眼前。

密拉娣眼光一扫，把这房间的布置尽收眼底。

房间里的摆设，说是牢房又过于整洁了些，说是居室又朴素了些；但是，窗上的铁条及门上的大铁锁都在表明这的的确确是间囚室。

尽管这个女人过去经历过严峻的磨炼，这时也不由自主地感到彻底绝望了；她倒在了一张扶手椅里，双臂紧抱着，低垂着脑袋，准备看着一个法官进来审讯。

但是只有两三个水手提着各种大小的箱子走进来，没有别的人；这些水手把箱子放到角落里，又一声不吭地退了出去。

那个军官指挥着这些水手，但是他的神色一直就像密拉娣见过的那样冷漠，他不说一个字，只靠手势或哨子来指挥。

语言仿佛在这个军官和他的部下之间完全没有用了，或者说已经不存在了。

密拉娣终于忍不住了，她打破了沉默。

"看在上帝分上，先生！"她叫道，"所有这一切是为什么？给我把这个闷葫芦打开吧；对于危险和灾难，只要我能预料到，我都敢去承受。告诉我，我究竟在哪里，为什么我会在这儿？如果说我还有自由，窗上为什么有铁条，门上也为什么有锁？我是囚犯吗，我犯了什么罪？"

"这间房子是为您准备的，夫人。我的任务是去接您，把您护送到这儿，我认为我作为军人，已经完成了这项任务，同时我也保持一个绅士的礼节。我对您的责任，到现在已经完成了，接下来的就是别人的事了。"

"这个人是谁？"密拉娣问，"您能告诉我他的名字吗？……"

此时，石梯上有一阵清脆的马刺碰撞声传来，还夹杂着几个人的说话声，接着又好像离远了，只有一个人的脚步声越来越近。

"就是这个人，他来了，夫人，"军官说完侧身闪到一旁，显得又恭敬又顺从。

几乎在同时，门被打开；一个男人站在门口。

他没戴帽子，腰上带有剑，手指间夹着一块手帕。

密拉娣似乎觉得站在黑暗中这个幽灵一般的人有些眼熟，她把一只手撑在椅子的扶手上，探出头去，想要看清楚一些。

这当儿，那个陌生人一步一步地向前走，走进油灯射下的光圈的时候，密拉娣不止向后退缩。

终于，她确定她没有认错。

"怎么会是您？"他目瞪口呆。

"不错，美貌的夫人！"德·文特勋爵回答道，同时还半真半假地弯下身子，"是

图文珍藏版

我呀!"

"这么说,这座城堡是怎么回事?"

"这是我的城堡。"

"那么这个房间呢?"

"这是您的房间。"

"那么我成了您的囚犯了?"

"可以这么说。"

"这是在滥用权力!"

"不要说这么难听嘛;坐下吧,就像叔嫂之间平心静气地谈一谈。"

说完,他转向那个等着他下令的军官说:

"很好,十分感谢您;此刻,请允许我和她单独谈一谈,费尔顿先生。"

第五十章　叔嫂对话

德·文特勋爵把门关上，把百叶窗也放下来，搬了一把椅子放在他嫂子面前；这时候，密拉娣正在苦苦思索着，想弄明白究竟是怎么回事，可是她知道，如果弄不清楚落在了谁的手里，就根本无法弄清事情的真相。她心里觉得她的这位小叔子是个十足的绅士，优秀的猎人。直率的赌徒，情场的老手，但论玩花样，那他就甘拜下风了。他怎么知道她会来英国？为什么会派人抓她？又怎么把她囚禁起来？

阿多思曾经对她说过几句话，她从中可以猜到她跟红衣主教之间的密谈有人偷听了；但是她没有想到阿多思会这么迅速而又果断地对付她。

她最担心的是上一次在英国的行动被人抓着把柄。大概连白金汉也知道那两颗坠饰是她偷的，于是他要报复她的背叛行为；不过白金汉不可能太过分地去对付一个女人，更何况他觉得这个女人只是出于嫉妒才那样做。

她认为这种猜测可能性最大；他们只是对她过去干的勾当加以报复，而不会管她下一步将要干什么。不管怎样，她暗自庆幸自己只是被小叔子囚禁起来，而不是被真正狡猾的仇人抓住，在她看来，这位小叔子还不算个难以对付的人。

"好，兄弟，我们谈吧，"她用一种幽默的语气说，心想，别看德·文特勋爵那么老谋深算，她一定会把情况从他嘴里掏出来，然后再想对策。

"看样子，你还是又到英国来了，"德·文特勋爵说，"但在巴黎您不是告诉过我，决定再也不到大不列颠来了吗？"

密拉娣没有回答，她用发问代替了。

"您得先告诉我，您怎么才把我的举动知道得一清二楚，知道我要来这儿，甚至连抵达的日期、时间和地点都是这么准确。"她说。

德·文特勋爵也跟他嫂子一样以问代答，心想连他嫂子也这样做，无疑这肯定是个好办法。

"但您得先回答我，亲爱的嫂嫂，"他说，"您为什么来这儿？"

"探望您呀，"密拉娣立刻回答道，她撒了这个谎想赢得他的好感，没料到这样的回答使他心里的疑团扩大了，这个疑团是达达尼埃的一封信引起的。

"哼！为了看我？"德·文特勋爵冷笑道。

"是呀，来看您。这难道不正常吗？"

"这么说，您到英国来，只是为了看我，没有另外的意图？"

"没有。"

"这样一来，您为了看我，不辞劳苦地横渡海峡。"

"真的，就为了您。"

"哟！我真被感动了，嫂嫂！"

"难道我不是您最亲近的人吗？"密拉娣用一种最能打动人的幼稚语调问道。

"况且又是我仅有的继承人，对吗？"德·文特勋爵盯着密拉娣的双眼反问。

密拉娣的自控能力本来是很强的，这时不禁也打了一个冷战，况且德·文特勋爵说那句话时手按在了嫂子的胳臂上,勋爵肯定感觉到了她内心的恐慌。

这一招确实厉害,正击中要害。密拉娣立刻有一个想法,一定是凯蒂背叛了她,把她平时不小心泄露出来的秘密告诉了男爵,说她出于自己的利益而对小叔子深恶痛绝,她还回想到上次达达尼埃提到他没有除掉男爵时,她由于一时大意,对达达尼埃发了一通脾气。

"我这就搞不懂了,爵爷,"她为了早点探出他的口风,说道,"您这么说什么意思?不会是话中有话吧?"

"喔!我的上帝,听您说的,"德·文特勋爵假装高兴地说道,"你特意到英国来只是为了看我。我明白您的心意,也可以说我知道您会这么做,因而为了让您在深夜抵达港口时方便一些,上岸时别太累,所以我派了一名部下去接您;我调了一辆马车给他用,他就把您这么接来了,来到了这个城堡,这座城堡归我管,每天都要来这儿,为了让我们达到互相见面的愿望,这个房间为您安排好了。我说的话,有比您刚才说的那些话更叫人奇怪吗?"

"喔,我感到很奇怪,您竟然晓得我要来这儿。"

"这太简单了,亲爱的嫂嫂,您乘的那只小船进了锚地之后,你难道没有看见您的那位船长先放下了个小划子,带着航海日志和船上人员的花名册去领进港证吗?我恰好是港口的总监,在这个花名册上,我看到了您的名字。我一下子就明白了,正如您所说的,您不辞辛劳,横渡海峡,冒着风浪,不远万里地来看我,于是我就派了手下划着小船去接您,接下来的事,您是知道的。"

密拉娣懂得德·文特勋爵在撒谎,她因此而更加害怕。

"兄弟,"她说,"我在黄昏时分到岸时,看到防波堤上有了人像白金汉阁下,那可是他?"

"不错,正是他。哈!我明白,看见他您很高兴,是吧,"德·文特勋爵说,"您是从对他很关心的国家来的,我明白,您的朋友红衣主教对于他针对法国的军事安排非常忧虑。"

"我的朋友,红衣主教!"密拉娣忍不住脱口而出,因为她没料到德·文特勋爵竟然对于这些都了如指掌。

"难道他不是?"男爵似乎随随便便地回答,"噢!很抱歉,我是这样认为的;不过咱们以后再说公爵吧,继续我们刚才充满感情的谈话吧;您不是说您是来看我的?"

"是呀。"

"原来如此,我答应您,您会被人照顾的无微不至,我们还会天天见面。"

"难道我将长期住在这里?"密拉娣惊慌失措地问道。

"你认为住在这儿不够舒服,嫂嫂?要什么您就说,我会立刻满足您。"

"但是我一无女仆,二无佣人……"

"这些,您以后会有的,夫人;请您告诉我,您的第一个丈夫的家里布置的怎么样,虽然我不过是您的小叔子,但我会给您布置一个相同的房间。"

"我的第一个丈夫!"密拉娣用神情惶恐万分的眼睛望着德·文特勋爵,大声嚷道。

"是呀,我是指您的法国籍丈夫,而不是我的哥哥。但是,您如果已经忘记他了,倒也无所谓,只要他还在人世,我可会写信让他把有关的情况告诉我。"

密拉娣的头上流出了一阵冷汗。

"你在说笑,"她嘶哑着嗓子说。

"你认为我像开玩笑吗?"男爵一面说,一面站起来倒退了一步。

"或者您这样是在侮辱我，"她一面用发抖的手撑住椅子的扶手支起了自己的身体。

"侮辱您!"德·文特勋爵不屑一顾地说:"说实在的，夫人，您相信这有可能吗?"

"说真的，先生，"密拉娣说，"您喝醉了，要么就是疯了;请您出去，派一个女仆来。"

"女仆的嘴可从来是不够谨慎的，我的嫂子! 我就不能作为女仆来服侍您吗? 要不然家丑就不会外扬了。"

"乱扯一气!"密拉娣喊着，如同被弹簧弹起向男爵猛扑过去，男爵一动不动地静静等着她，不过一只手始终握住剑柄。

"哈哈!"他说，"我晓得您是个杀人狂，但是我有言在先，我是要保护自己的，哪怕是对您。"

"喔! 千真万确，"密拉娣说，"在我心目中您是个懦夫，竟会跟一个女人动起手来。"

"大概如此吧，但是我还有个借口为自己辩护。我认为，提到男人跟您动手，我恐怕不会是头一个吧。"

说着，他从容地带有揭发意味地指着密拉娣的左肩，手指几乎碰到了她。

密拉娣轻轻地吼了一声，立刻向后退去，一直退到屋角，如同一只母豹向后退缩等待时机反扑。

"哦! 请您任意吼吧，"德·文特勋爵喊道，"不过却不要肆意再咬人，我预先警告您，您会得到报应的:这儿没有什么律师给您预先料理继承事宜，也不会有什么云游四海的骑士找我闹事，来搭救我拘禁在这儿的美貌贵夫人;但是我准备请法官来审讯您，一个厚颜无耻的下贱女人，犯下了重婚罪行，不要脸地钻到我哥哥德·文特勋爵的床上，我可告诉您，您会得到裁决的，让刽子手把您的两个肩膀做成同一个样子。"

密拉娣的眼睛射出两道可怕的凶光，男爵尽管是一个身佩武器的男子汉，站在一个手无寸铁的女人面前，也不由地害怕起来，一股寒气侵入了内心深处;但是他没有被吓倒而止嘴，相反地怒气陡增:

"是啊，我明白，你继承了我哥哥的遗产之后，还想继承我的;但是我告诉你，你可以暗杀或者叫人暗杀我，但是我已经处处设防了，我的财产你一个子儿也别想得到，你不是已经有了近一百万的财产，你不是已经很富裕了，你为什么不能就此结束这种该死的勾当? 哦! 你听清了，我警告你，倘若我不尊重我哥哥身后的名誉，你可能已经在监狱里蹲一辈子或者被送到泰伯恩让那些水手们看热闹去了;然而我决不张扬，但你老老实实地给我呆在这里;少则半个月，多则二十天，我要随军到拉罗谢尔;但是在我出发的头一天，有一条船会来接您，我要眼看着它起程把你送到南郊的殖民地;你一定得安分点，我会派人一同去，只要您想冒险重回英国或法国，他立即会送你上西天。"

密拉娣认真地静听着，她的双眼似乎在冒火，睁得老大。

"目前你还得留在城堡里，"德·文特勋爵继续说，"这个屋子的石墙很结实，门也很牢固，铁条全是很结实的;此外这屋子的窗子下面就是悬崖;我的部下也都对我忠心耿耿，至死无二，他们昼夜守卫着这间屋子，监视着这屋子的周围和院子的通道;你要是到了天井里，要出去还要通过三道铁门。给他们的指示很简单:只要你想逃跑，只是一提步，一个手势，一句话，立即向您开枪;假如有人杀了你，英国司法部门也不会过问。啊! 你又变得那么镇定自若了，又是那么乐观;你肯定在想:'半个月,二十天,哼!这些日子足够我想办法了;凭我的聪明、计策,应该能找到替罪羊。不要半个月,'你心里肯定在说,'我早就逃出去了。'哈哈!如果这样想,那就走着瞧吧!"

密拉娣知道自己心中的诡计给说穿了,就使劲地用指甲掐自己来控制自己,告诫自己不论脸上的神色怎样,只要不暴露自己内心的绝望和焦虑。

德·文特勋爵继续说:

"这里没有我时,归一位军官管理,您见过他,对他不会感到陌生了;他办事是不折不扣的,这个您也见识过了,因为对您我太熟悉了,您一定从朴次茅斯开始到这儿的途中一定想尽办法让他说话。结果呢?他的冷淡与沉默是不是可以和一尊大理石雕像相媲美?您曾经在很多男人面前施展您的诱惑力,十分遗憾的是您总能获胜;可是这一位,啊,您倒可以试一下!要是您也能成功,我认为您就真是魔鬼变成的。"

他转身走到门旁,一把拉开了门。

"叫费尔顿来这里,"他说,"您稍微等一下,我就会把您交给他管理。"

两人中间保持着少有的缄默。一会儿,传来一阵沉稳而均匀的脚步声,并且越来越近,等了一阵,一个人影出现在过道的阴影里,我们前面提到的年轻军官站在门口,等着男爵下令。

"进来吧,亲爱的约翰,"德·文特勋爵说,"进来把门关上。"

年轻中尉照办了。

"今天,"男爵说,"您看着这个女人:她年轻漂亮,具有许多引诱人的本钱,但是您得明白,她是十足的魔鬼,只有二十五岁,可是她的罪状,在法院的案例中您却可以读上整整一年。她的音色动人甜美,它的身段优美动人,她甚至用自己的美色作为香饵引诱那些受害者上钩;丝毫不冤枉她,她甚至用自己的肉体偿还她的口头债务;她一定会想方设法诱惑您,甚至想办法把您弄死。费尔顿,当年是我把您从苦海中救出来,是我提拔你当上一名军官的;我还救过您一次,你明白当时的情况是多么糟糕;因而我跟您的关系,不只是保护人,还是朋友,父亲,所以,费尔顿,你要为了我,甚至是为你自己一定要对这个女人提高警惕;你要用您的永久的灵魂发誓,你必须把她看住,使她的行为得到报应。约翰·费尔顿,我相信你的诺言;约翰·费尔顿,我更对您的诚心确信无疑。"

"阁下,"年轻军官说,他的一双眼睛此刻表现出对男爵忠心无二的凛然之气,表露出他的纯洁与真诚,"阁下,我起誓,对您的指示,我会严格执行,决不会有什么差错。"

密拉娣用一副无可奈何、可怜兮兮的表情与那位军官的目光相遇,此刻在那张美艳的脸上表露的驯顺与温情脉脉简直无法形容。甚至连德·文特也不相信这就是刚才他打算与之一搏的母老虎。

"不允许她走出这个房间,您明白吗,约翰,"男爵说,"不许她与任何人联系,除了您有兴趣与她说话,任何人都不得跟她谈话。"

"我知道了,阁下,我已经发过誓。"

"如今,夫人,您想办法与上帝搞好关系,因为您是犯人,是接受别人的审判的。"

密拉娣的头低了下去,她像这次审判她承受不了。德·文特勋爵对费尔顿挥一下手就走出去了,费尔顿随后而去并关上了房门。

一会儿,过道中传来岗哨沉重的脚步声,一个海军士兵,腰间别着斧头,手里端着一把火枪。

密拉娣没有动,一直保持着那种姿势,过了好几分钟了,因为她觉得可能有人在锁眼里监视着她;接着她把头慢慢地抬起来,脸上的表情带着威吓和仇恨,到门旁边听听外面的动静,又跑到窗子边向外看看,最后坐在一张大的扶手椅里,想起办法来。

第五十一章 长官

这一段时间,红衣主教一直焦急地等待英国的情报,但是没有任何消息,偶尔有一点情况上报,都是一些不好的让人愈加惶恐的消息。

拉罗谢尔城已经被全部包围,包围军队还用了许多措施,特别值得一提的是,修建堤坝堵塞了船只进城的航道,因而等于胜利在望了。但是,这座城并不是一攻就破;对于国王的大军来说这当然是一种耻辱,而对于红衣主教也让他大费心思。显而易见,挑拨路易十三与奥地利安娜公主之间的关系已经没有必要,国王与王后的隔膜已经形成,但是德·巴松比埃尔先生与德·昂古莱姆公爵的矛盾,该由红衣主教去周旋。

提到大亲王,包围城池是由他指挥拉开战幕的,现在该收场了,她却推给红衣主教,撒手不干了。

被层层包围的孤城内部,市长坚持与城市同归于尽,但常有人想投降;于是市长让人绞死了头目。这种举措把那些跃跃欲试的反叛分子给吓住了,这些人下决心即使饿着肚子也要熬一天算一天。他们认为,与其被吊死,还不如饿着肚子熬日子,说不定还有活的希望。

包围的部队时常会提到拉罗谢尔派去与白金汉联络的信差,要么就是白金汉派到城里的奸细,不管是信差,还是奸细,审讯都是做做样子。红衣主教先生的解决办法只有两个字:吊死。国王总会被请来参观;他毫无兴致地坐在最佳的位置从头看到结束;对他来说,这是一种消遣,如果没有这些,他肯定没有兴趣包围这座城了。即使这样,国王仍然觉得毫无情趣,不时地吵着要回巴黎;于是,如果有一天没有信差或奸细被捉到,即使主教大人怎么诡计多端,也免不了不知所措。

但是时光流逝,拉罗谢尔人丝毫没有投降的意思:从逮住的最后一名信差身上搜出一封写给白金汉的信。信上说城池危在旦夕,但却从没写"倘若半月之后援军未到,我们就要缴械,"却只有一句:"倘若半个月后援军未到,那么等其抵达时我们都早已成为饿死鬼了。"

这样一来,白金汉就是拉罗谢尔人的救世主,被寄予着最后的希望。显然,如果某一天他们明白白金汉已经毫无指望,所有的希望破灭了,就没有勇气可言了。

因而,红衣主教如热锅上的蚂蚁一般等待着英国的情报,其内容应该是白金汉丝毫不可能到达法国。

用武力攻克围城的计划,许多次在御前会议被提出,但最后都被搁置下来;第一由于拉罗谢尔似乎不易攻下,第二由于红衣主教即使不说但却心里明白,武力解决必定会使法国人互相拼命,这种互相残杀不是他提倡的,至少比他的政治主张倒退了六十年。因为那时红衣主教就像是如今所说的进步人士一样。其实,假设在1628年血洗拉罗谢尔,残害城里的三四千名胡格诺教徒,就是1572年圣巴托罗缪之夜的大屠杀的重演;还有一个关键的原因,即使身为虔诚天主教徒和国王内心不反对这种极端攻法,但是围城将领的观点不容忽视,拉罗谢尔的易守不易攻,只有借助于饥馑才能奏效。

红衣主教不敢断定那位魔鬼般的密使会给他带来什么样的后果,由于他知道,这个女人诡计多端,此时是条蛇,彼时会可能就变成狮子了。她反叛了?她被处死了?但是不论发生了什么事,从她的性格来看,他明白她不管是忠诚还是出卖了他,不管是他的敌人还是朋友,要不是碰上了麻烦,是不会这样杳无音信的。但到底发生了什么,他却无法了解。

但是,他却确信密拉娣不会出卖他,对于他,也难怪不这样认为,他早就预料到这个女人过去有一些臭名昭著的历史,只有他的主教红袍才能使她得到庇护;他认为不管是什么事,这个女人既然只有他才能遮掩那些事,才能消除她的威胁,她就逃不出他的掌握了。

所以他决定不如把等待凯旋而归往后拖一拖,就凭自己来打一仗,如果她在英国取胜,那简直是幸运之极。他命令继续修建那座有名的堤坝,截断拉罗谢尔的运粮通路;这时他远望着这座既有惨不忍睹的人间苦难又造就丰功伟绩的城池,心中浮现出路易十一的一句名言,这位国王是他的建议的先驱,就像他是罗伯斯庇尔的先驱一样;他默诵着特里斯当辅佐的这位国王的名言:"分而治之。"

当时亨利四世围攻巴黎时,命令部下把面包粮食扔进城里;现在红衣主教让部下扔进城的却只是传单。他在这些单子上写着,城内的当官者自私自利,以权谋私,囤积着大量的粮食,不愿分给士兵和平农;他们的信仰(即他们的格言)就是妇孺老幼的死活已不重要,只要保持守城的士兵身强力壮。到如今,不知因为守城军民的愚昧无知,还是因为他们已经无力抵抗,上面的格言即使不是人心所向,但却已经从反对变为行动;散发传单者,恰恰为了暴露了这种格言的自私自利与毫无人道。传单甚至提醒守城的士兵,当权派不管孩子、妇女、老人的死活,而这些人正是这些士兵的子女、妻子和父母,而应该公正地一视同仁,全城军民有难共当,只有同心协力才能团结一致,共谋其事。

这些传单,起到了散发者预期的最好影响,围城里的许多人受到了鼓动,开始与王室军队接触准备降和。

但是,正当红衣主教眼看诡计得逞,自鸣得意的时候,一位拉罗谢尔信差,鬼才知道他是如何通过王室军队的一道道关卡,由于巴松比埃尔·勋贝尔格和昂古莱姆公爵都严密把关,而且他们仨又在红衣主教的严密监视之下,谁也休想进入围城,势比登天还难。但刚才不是说了,这个拉罗谢尔信差竟然进了孤城,他才从朴次茅斯回来,说自己看到一支庞大的舰队已经集中结束,一周之内便可启程。还有白金汉给市长也捎了信,反法同盟快要发表建议,英国,神圣罗马帝国和西班牙将要出兵攻打法兰西。这封信在城内每个交通要道当众宣读,并且抄写许多张贴在通衢街角。因而那些已经跟围城军队密谈投降的人都停止了这种谈话,下定决心等待这支先闻其声的援军。

这种突然变化使红衣主教又陷入了先前的忐忑不安之中,他不得不把希望寄托于海峡的对岸。

这些日子,国王军队的士兵对他们唯一的指挥官的困惑全然不知,因而生活过得还挺滋润,军营里吃穿、花销不用发愁;每个营的士兵都争着抓住奸细再让他们上绞架,要么冒险攻打堤坝、海峡,想一些不切实际的花样再冷静地去行动,他们用这些来打发日子,让时间过得快一些,可相反的是,如今饥饿、愁苦折磨着拉罗谢尔人,使他们觉得度日如年,包括那位指挥大部队包围他们的红衣主教也有同感。

偶尔,红衣主教爱骑着马像一般的卫兵那样外出,途中他望着正在修建中的堤坝苦苦得像在思考着什么,他曾下令召集法兰西王国内各地的工程专家来修筑这项工程,不过照他的意思,进度仍然极为缓慢;此时,如果他看见特瑞威尔营队的一个火枪手,他一定要凑上去,用特殊的目光审视一番,直到认清不是我们四位伙伴中的某一个,才移开那种深沉的眼光和无限的遐想。

一天,红衣主教觉得围城促降已经不可能了,英国又没有任何消息,内心十分郁闷,于是骑着马慢慢地出了营地,只有卡于萨克和拉乌迪尼埃尔两个随从。他们一直沿着海滩缓缓而行,烦闷的内心好像与眼前茫茫的大海水乳交融,更添一丝惆怅。马儿慢慢地前行,来到一座小山岗上,向下望去,一排小树林后面,有七个人躺在沙滩上,沐浴着这个时候少有的阳光,他们的四周还有几只空酒瓶。这七人中有四位就是我们的火枪手,他们正想听其中一位朗读刚收到的信。这信看来不简单,他们都把纸牌和骰子顺便放在一面军鼓上。

还有三个人正忙着拔一大瓶料利乌尔葡萄酒的瓶塞;他们是那几位火枪手的奴仆。

我们前面提到,红衣主教心情糟透了,但当他不高兴时,就最见不得别人高兴。何况,他时常爱怀疑别人,老以为他的忧虑恰恰就是别人高兴的事,于是他一挥手示意拉乌迪尼埃尔和卡于萨克停下来,自己下了马,向那几个哈哈大笑令他怀疑的人走去,认为细沙可以消除马蹄的响声,又有树林挡着他,认为他非常在意的这次谈话他能偷听一些;到离树林有十步之遥时,他听见了是达达尼埃叽里呱啦的加斯科尼口音,因为知道这些人都是火枪手,他立即断定其余三个肯定就是人称永远不会分开的三兄弟阿多思・波尔托思及阿莱米斯。

读者肯定明白,他发现了这些,他就很想知道他们的谈话内容了;他的眼光怪异,轻轻地走近了小树林,但只能听到含糊不清的声音,内容听不真切。想不到这时一声急促的叫声把他吓了一跳,也惊动了火枪手。

"长官!"格里莫叫了起来。

"我好像听见您说什么了,伙计。"阿多思用一条胳臂肘支起身子,两眼紧盯在格里莫脸上。

格里莫不敢再说一句话,只是用食指指了一下小树林,用这种方式告诉同伙红衣主教及其部下的到来。

四个火枪手忽地站起来,向红衣主教行礼致敬。

红衣主教似乎很不高兴。

"看样子,连火枪手也有人给站岗了!"他说,"是英国人上岸了,还是你们以为自己跟将领一样?"

"大人,"阿多思答道,其余的人都惶恐之时,但见他从容不迫,镇定自若的大家风范没有丝毫改变,"大人,火枪手不算什么,但是命令执行完毕喝酒玩骰子时,对于我们的奴仆来说几乎就是将领。"

"奴仆!"红衣主教低声咕哝着,"主人嘱咐只要看见有别人就要报告,这难道只是奴仆,这是放哨。"

"但是主教大人也看到了,如果没有人告诉我们,我们就会与您失去见面机会,因而就不会向您致敬,也不能向您当面答谢,为了您让我们相像的成人之美了,达达尼埃,"阿多思继续说,"刚才您还说没有机会向大人表示谢意,大人不是在这里,您还不赶快?"

这些话说得沉着冷静,更加表现了阿多思大无畏的精神,这种似乎合情合理的礼节,更加显示出了在一定时候比王室的君主更加威严。

达达尼埃走过来,语无伦次地说了几句答谢的话,看见红衣主教阴冷的眼神,没有说几句就不敢往下说了。

"这都是无所谓的,先生们,"红衣主教说,阿多思刚才改变了话题,但丝毫没让红衣主教改变打探真相的主意,"这没有什么,先生们。但是我看不惯一般的士兵,由于在装备精良的部队里服役,就不可一世摆起架子来,自以为是皇亲国戚了,但纪律对于任何人都是公平的。"

阿多思听着红衣主教讲完,起身做个佩服的姿势,又开口说道:

"提起纪律,大人,我觉得我们时刻牢记着。我们不是在值班,因而认为,既然不当班,自己可以自由打发时光。如今假若大人有什么差事,我们定会服从。大人也看见了,"阿多思一面说,眉头皱了起来,这种跟审讯差不多的询问他已经烦透了,"为了以防不测,我们都随身带了火枪。"

说着他伸手指指他们的火枪,示意主教看,这四支枪交叉着放在军鼓边上,军鼓上散放着纸牌和骰子。

"主教大人,请您相信,"达达尼埃说,"如果先前知道大人只带两个随从经过这儿,我们一定会提前恭候您的。"

红衣主教咬着唇髭,几乎咬着了一点点嘴唇。

"你们经常聚在一块,全副武装,还有奴仆站岗,你们知道像干什么的吗?"红衣主教说,看上去就像秘密谋划着什么。"

"哦!提到这个,您没说错,"阿多思说,"我们是在秘密商议,就像那天早上大人看见的那样,但是在商议着怎么打败拉罗谢尔。"

"哦!各位先生,"这次红衣主教连眉头也皱了起来,"我或许能从你们的脸上看到许多别人不知道的秘密来,如果你们刚才因为我的到来藏起来的那封信,让我也和你们一样读一下。"

阿多思气得涨红了脸,向着主教走了一步。

"看来,大人好像开始就怀疑我们,这下子是真的审讯起来了;如果真是如此,请主教大人开恩把话说明白,这样也让我们清楚。

"可以说是审讯,"红衣主教说,"不是您一人接受过,阿多思先生,从来没有人不敢不作答的。"

"所以我告诉大人,您尽管提问,我们一定会详尽回答。"

"阿托密斯先生,您刚刚要念,见我来了又藏起来的是谁来的信?"

"一个女人,大人。"

"哦,我懂了!"红衣主教说,"这样的信一定要绝对保留的;但是拿给忏悔神甫看一下没有什么吧,而您清楚,我是领受过神品的。"

"大人,"阿多思镇静地回答,因为他这样做答无疑是拿自己的性命开玩笑,而这种回答看着觉得没心惊肉跳,"这封信是夫人写的,但不会是玛丽雍·德·洛尔姆夫人,更不会是德·艾吉雍夫人。"

红衣主教脸色立刻变得犹如死人一样苍白,眼露两道凶光;他扭过头好像要对卡于萨克和拉乌迪尼埃尔下达命令。阿多思见他立即向放火枪的方向迈了一步,其余三位伙伴也一副毫不示弱地姿态,盯着那几支火枪。红衣主教一看,自己只有三个人,而对手连奴仆在内七个;他明白,动起武来,力量相差很大,而且阿多思真要造反的话,形势对他极为不利,因此,他满脸火气顿时烟消云散,换上一副笑脸,这种随机应变的伎俩,本来就是他的绝活,因此运用自如。

"好啦,好啦!"他说,"你们都是光明磊落的青年人,表现上坦坦荡荡,内心也没有什么亏心事;你们防护别人没有任何问题,好的,自卫一下也理所当然;各位,那天晚上你护送我去红使鸽棚酒店的事我会牢记在心;假设我路上此行不安全,我当然会请你们陪同,但是,没有什么危险,你们不如留在这儿接着喝酒、玩牌、看信吧。各位,再见了。"

说完,他上了卡于萨克拉过来的马,向他们挥了一下手,拍马而去。

他们四个年轻人静静地,望着他远去,直到看不见为止。

接着,大家都愣住了。

一张张脸上表露出怅然若失的表情,由于他们清楚,别看主教大人临走时的话说得似乎还算客气,他是克制着自己的怒气离去的只有阿多思神情自若,嘴上自豪地笑着。

直到红衣主教远去,声、影全无时,波尔托思才说了一句话:

"这个格里莫,喊得这么迟!"

波尔托思其实是想找个人发泄发泄自己心中的怨气。格里莫张着嘴刚想分辨,阿多思举起一个手指;格里莫立刻闭上了嘴。

"您会把信拿出来交给他吗,阿莱米斯?"达达尼埃问。

"我呀,"阿莱米斯用最好听的嗓子说,"我决定了;他非要让我交出的话,我就用一只手递信,另一只手拔剑刺死他。"

"这个我早想到了,"阿多思说,"所以我就挡在您和他之间。实在地,这样跟别人讲话,也显得太冒险了;他差不多像女人跟小孩子交往似的。"

"亲爱的阿多思,我十分佩服您,但是反过来说,我们刚才也有错的地方。"

"怎么,做错的地方!"阿多思说,"咱们呼吸的空气难道是他的?眼前的大海、躺在上面的沙滩,还有您情妇的信难道都是红衣主教的?其实,我认为他好像自以为整个地球都是属于他自己的;刚才您在他跟前结结巴巴,双眼怒睁,万分沮丧,似乎巴士底监狱就在您面前,那个怪物墨杜萨又要把您变成石头一样。唉,爱上一个女人能算是反叛吗?您爱上了一个主教命令软禁起来的女人,您不是想把她从主教手中解救出来吗,这是您跟主教之间的交锋:这封信就是您手中的王牌;为什么要把王牌暴露给对方呢?没有人会这么做。由他去瞎猜猜测吧,这才好呢?他的王牌,我们不用猜都知道!"

"真的,"达达尼埃说,"您的这些话说得都是关键,阿多思。"

"如今,刚过去的事就别提了,阿莱米斯表妹的信,他刚开始念就被红衣主教打搅了,现在让他继续念吧。"

阿莱米斯从口袋里掏出信来,三个同伙的头挤在一起,那三个奴仆又围着那只大肚皮子酒瓶喝开了。

"您刚才仅仅读了一两行,"达达尼埃说,"不如再重新开始吧。"

"行,"阿莱米斯说。

亲爱的表哥:

到目前为止,姐姐已经把我们的小侍女送到斯泰纳加尔默罗会女修道院,我也许在最近去那里;那个命运悲惨的小孩十分温顺,这是由于她明白如果住到另外的地方,心灵的净化一定会受到阻挠。可是只要所有的事按我们的希望完成之后,我觉得她就会马上回到她日思夜想的人们跟前,哪怕由于这样被打入地狱也在所不惜,特别是由于她知道有人在长时间地思念着她。现在她过得挺不错,她热切地期待她未婚夫的来信。我明白这种心灵上的慰藉从修道院的铁栅门送进去是很不容易的;但是我的手脚还不算太笨,这种事就托付给我吧。姐姐对您自始至终的真心慰问表示感谢。她以前十分担忧,但现在总算放了心,为了保险,她还安排了个佣人在那里。

再会了,亲爱的表哥,请尽量多写信,也就是在您觉得安全可靠的情况下尽可能多来信。吻您。

阿葛拉埃·米松

"喔！我不知该如何感谢您,阿莱米斯?"达达尼埃高声说,"亲爱的贡斯当丝！她终于有音讯了;她还活着,她安全地住在修道院里,在斯泰纳！请问斯泰纳在什么地方,阿多思?"

"距离边防不远;等围城战役结束,我们就去那儿一次。"

"这一天肯定不会太晚,"波尔斯说,"今早又绞死了一个奸细,听他说城里的人已经到了吃皮鞋帮子的地步了,鞋帮吃完就吃鞋底,我说呀她们以后就没什么吃了,只能人吃人了。"

"这些可悲的傻瓜！"阿多思把酒杯里的波尔多佳酿液一口气喝了个底朝天,那种葡萄酒当时不如今天闻名,但是味道并不比现在差,"可怜的傻瓜！他们为什么不知道宗教之中的天主教是最聪明,也最得人心。不论怎样,"他把舌头顶着上颚咂巴了一下,又继续说,"他们都是些实在的人,您在做什么呀,阿莱米斯?为什么要把这封信装到口袋里?"

"是呀,"达达尼埃说,"阿多思说得正确,该把这封信烧掉;可是烧掉也不太好,谁会晓得红衣主教有什么本事,信烧成灰了还能看出什么东西来。"

"他可能有这个能耐,"阿多思说。

"那么您有什么高招?"波尔托思问。

"您到这儿来,格里莫,"阿多思说。

格里莫站起来走过来。

"这是对您随便说话的处罚,兄弟,您把这张纸吞下去,还有,对您这一做法的报酬,这杯酒作为奖励;就这样,先把信吃掉,用力嚼。"

格里莫笑着,一双眼睛注视着阿多思手中那杯满满的红葡萄酒,把信吃了下去。

"太好了,格里莫先生!"阿多思说,"现在把这杯酒喝了;好了,您用不着道谢。"

格里莫没有说话,一口气把这杯波尔多葡萄酒喝干了,但在做这些的过程中,他的眼睛一直望着天空,哑巴的这种无声的表现似乎比诺言还更有说服力。

"如今,"阿多思说,"红衣主教大不了会有秘方弄开格里莫的肚皮,那么我觉得我们应该不会有事了。"

他说这话的同一刻钟,主教大人正怅然若失地骑在马背上,一个人低声对自己说:

"一定要让这四个人成为我的部下。"

第五十二章　监禁的第一天

　　我们回头来看密拉娣,刚才我们只顾着法国那边,已有好长时间不见她了。

　　她的近况与我们离开她时没有什么两样,她仍然是极其失望的样子,好像掉入阴冷的深渊或者昏暗的地狱,在地狱的入口,她仿佛心灰意冷;这是因为她头一次觉得惶惶不可终日,也是头一次感到恐惧。

　　她这是第二次倒霉了,也是第二次由于机密被揭穿因而受他人控制,她的对手是老天派来的倒霉鬼,让她在交锋中惨败了;她,一个所向无敌、无恶不作的败类,这一次栽在了达达尼埃手里。

　　他玩弄了她的感情,严重地伤害了她的自尊,打乱了她的勃勃雄心,如今又来把她的前途也毁了,自由也剥夺了,甚至她的生命也将要由于他要失去了。尤其重要的是,他已经把她的本来面目揭开了一点,而她的面具从来都是保护着她的神灵,她因此而变得所到之处无所不求。

　　她痛恨白金汉,就像她痛恨她曾经爱过的每一个人,黎塞留在王后那里为所欲为,并以此来对付白金汉,但是却让达达尼埃摆平了这次风波。她深爱着德·瓦尔德,如同一个荡妇突然春心萌动,而且她的性格决定了她这种女人如果动了真情是没法控制的,结果达达尼埃顶替别人占了个大便宜。肩头那个绝对要命的机密,她曾经起誓,谁知道了就不许活下去,想不到又是他,达达尼埃知道了那个机密。后来,她刚刚得到一个特殊的使命,依靠它,可以为自己报私仇,结果又被达达尼埃给夺了去,还让她成了囚犯,用不了几天她要么被流放到该死的博坦尼湾,要么被送到印度洋上十分肮脏的泰伯恩。

　　所有的这些肯定都是达达尼埃一手造成的,如果没有他,她怎么会有这么倒霉的今天? 除了他没有人会把这些不能见人的秘密告诉德·文特勋爵,而且这些秘密竟然让他逐一地揭露了,可能是天意。达达尼埃与她的小叔子认识,肯定是他写信告诉了小叔子。

　　她越想越恨得咬牙切齿。她静静地坐在那儿,眼里露出仇恨的光芒,注视着空空的房间,胸中不时发出愤怒的底吼,好像与窗外的阵阵涛声相呼应。阴冷森严的城堡屹立在悬崖峭壁上面,气宇轩昂地俯瞰着波涛滚滚的海面;波涛好像带着绝望无可奈何地呼啸着拍打着峭壁、岩石,立即成为点点浪花! 疯狂的愤恨使她的脑子里闪过了一个个念头,她想着在将来的日子里有很多绝招,对伯纳肖太太、白金汉,特别是向达达尼埃报仇雪恨。

　　但是,首先要有自由才能报仇,现在成为阶下囚,想获得自由就必须挖通墙壁要么把铁条锯断,要么把地板凿穿;这些活儿,只有身体强壮又有恒心的男人才可以完成,而一个由于愤怒重极而焦虑浮躁的女人是不可能做的。而且,这活儿得花工夫,少则几月,多则几年,而她……以那个恐怖的监狱长德·文特勋爵的意思来看,她只有十一二天的时间。

　　但是,如果她是个男子汉,她也许会试一下,说不定还有希望;老天真是瞎了眼,为什么这么坚硬的心却要配这样一个软弱的躯体!

刚开始被囚禁的一般日子是很不安全的,她无法控制自己,几次由于极度愤怒而造成的痉挛,这就暴露了女性天生的软弱。慢慢地,她克制了自己的狂怒,惊颤的身体也逐渐平静下来,现在她如同一条疲惫不堪的蛇蜷缩起来,停下来思考下一步该怎么办。

"唉,唉呀,发这么大脾气难道是疯了吗?"她想着盯住镜子里冒火的双眼,好像问镜子里的自己,"再也不能怒不可遏了,这样是怯懦的表现。因为首先用这种表现我从不会成功,大概对于女人施用强硬手段,可能还会发现她们还不如我坚强,才会打败她们;但是现在我是在与男人作对,对于他们来说,我只不过是个女人。现在就允许我使出女人的手腕来吧,我的威力就蕴含在我的脆弱里。"

她的表情丰富而且变化多端。因而她好像为了证明一下自己能变出多少种表情,她把每个表情,从由于狂怒导致的面目狰狞到温柔妩媚的似水柔情,一股脑儿全都表演了一番。下来她又拿手指娴熟地把一头金发弄成了波浪式,认为这样更使脸蛋充满魅力。终于她对自己充满了信心,自言自语道:

"好啦,我没有失去什么,我仍然美丽。"

这时是晚上八点钟左右。密拉娣发现屋里有一张床,想躺下休息几小时,这样不但可以清醒一下,而且可以理清思路,使脸色也有一些光泽。不过没躺下,一个更好的念头在她的脑子里闪了一下。她刚才听见有人说有关晚餐的什么事。她到这个屋子里已经过了一个小时了,想来他们快给她送晚餐了。她不愿再耗费时间,下决心从这个晚上就开始想方设法打探这几个看守的脾气秉性,有没有可以利用的地方。

门缝里射进一丝光线,很显然那几个看守来了。密拉娣本来站着,这时立即躺在扶手椅里,头往后仰着,披散着头发,领口也半敞着,弄皱了的花边衣领下的半个胸脯露在外边,一只手按在心口上,另一只手仿佛毫无力气般地垂下。

有人把锁打开,门发出咯吱咯吱的声音,屋里的脚步声传来,并且越来越近。

"把菜放在那儿。"密拉娣听出了这是费尔顿的声音。

他的命令马上就被执行了。

"点上蜡烛,再让站岗的换班。"费尔顿又说。

年轻军官看来是指挥相同的几个人的,密拉娣由此断定给她送饭的就是那几个看守或者说是那几个士兵。

而且,对于费尔顿的命令,他的部下丝毫不敢多说一个字也不敢稍有懈怠,这证明他纪律严明,在部下之间威信很高。

这时,一直没有正眼看过密拉娣一眼的费尔顿,把脸转向她。

"啊,"他说,"她睡觉了,这样也行,等她醒来再吃吧。"

说着他向门口走去,但没有走几步。

"中尉,"有个士兵还有一点人情味,不像军官那么冷漠,而且他离密拉娣最近,"这女人不是睡着了。"

"怎么,没有睡着?"费尔顿说,"那么她怎么了?"

"大概休克了,她的脸色苍白,我怎么也听不出她在呼吸。"

"真的,"费尔顿站着没动,在原地瞅了密拉娣一下说,"赶快报告德·文特勋爵,就告诉他女犯休克了,这种事情先前没有想到,我不知道该怎么办。"

那个看守奉命去找男爵;费尔顿发现门旁有张椅子,就坐下来,默默地等着。密拉娣拿出女人的看家本领,眼睑装着下垂,透过长长的睫毛能看到东西;她发现费尔顿背朝着她,她看着他长达十分钟左右,但这个冷漠的军官竟连一次头都

图文珍藏版

没回。

此时她想:"德·文特勋爵立刻就会进来,他的到来会使这个军官变得更加冷漠无情;既然这一次试验失败了,她下决心用另外的花招,所以她把头抬了起来,眼睛也睁了开来,心事重重地叹了一口气。

费尔顿听见了,一下子回过头来。

"啊! 您醒了,夫人!"他说,"那这里就没什么事了! 您如果有什么需要,叫人就行了。"

"哦! 上帝啊! 上帝! 我是多么地悲痛呀!"密拉娣低声说着,发出古代女神那么柔和甜美的嗓音,足以使那些她要伤害的男人动心。

此时她在椅子里站了起来,做出的姿势比刚才更妩媚、更摄人心魄。

费尔顿站了起来。

"每天给您送三餐饭,夫人,"他说,"早晨九点,中午一点,晚上八点。您如果觉得我的时间安排得欠妥,您可以建议,这个完全照您的意愿。"

"但是我难道就这样独自一人呆在这儿,这个屋子既大又不好看,这是真的吗?"密拉娣问。

"在这儿找了一个邻居,她明天就到,从那时起,您要什么就叫她,她会进来侍候您。"

"感谢您的好心,先生。"女犯恭敬地说。

费尔顿稍做欠身,就走向门口。他刚要迈出房门,看见德·文特从过道的另一头走过来,后面跟着那个去通报的看守。男爵手里有一瓶嗅盐。

"喂! 怎么啦? 究竟发生了什么事?"他用讽刺的语气说着,同时用眼光注视着女犯子和刚想离去的费尔顿,"这个装死的女人活来了? 看见了吧,费尔顿老兄,你不知道她把你看成乳臭未干的毛头小子,演戏给你看吗? 这才是序幕,咱们以后肯定能看个够。"

"这个我早料到了,阁下,"费尔顿说,"但是,这是个女犯人,我认为有修养的男子都应当对她表示必要的尊重,就算不为她,也为自己想想。"

密拉娣全身打起颤来,费尔顿的话好像冰一样,一直凉透她的每一个毛孔。

"这样说来,"德·文特勋爵乐呵呵地说,"把金发披散得恰到好处,露出雪白的肌肤以及楚楚可怜的双眼,都不能使你这个铁石心肠的小子动心了?"

"不错,阁下,"心丝毫不为所动的年轻人答道,"请您相信,她就这样玩把戏,卖弄风情,也别想让我上她的当。"

"那么我的好中尉,就让她想去吧,咱们去吃饭;哎! 你等着看,她的把戏多得很,第一幕完了,第二幕立即会接下去的。"

德·文特勋爵边说一边挽着费尔顿的胳臂,眉开眼笑地带着他出去了。

"哼! 看我怎么对付你,"密拉娣恨得咬牙切齿,从牙缝里挤出这样的话,"你等着,你这个坏种男人,别看穿着僧袍改装的军服。"

"随便告诉你,"德·文特勋爵停在门口说,"密拉娣您可不要由于诡计没有得逞而倒胃口,尝一下鸡肉和鱼,您放心,我不会让人放毒药的。我的那个厨子手艺还不错,其实他继承不了我的财产,因而他可以让人放一百二十个心。您也应该向我学习,再会,亲爱的嫂嫂! 等您又昏倒时再会!"

密拉娣怎么也控制不了自己,她的放在扶手上的两只手颤抖个不停,牙齿咬得格格作响,看着德·文特和费尔顿走出去把门关上。发现就她自己时,她感到一阵阵前所未有的绝望猛地占有她的整个大脑,她又没法使自己平静下来;她的眼光停在桌子上,猛地看见一把雪亮的菜刀,扑过去猛地抓起来,但是立刻就有一阵钻心的绝望,刀没有刃,而且是银质的,一用劲就弯了。

没有关紧的房门背后有人哈哈地笑着,门被推开了。

"哈哈!"德·文特勋爵大喊着说,"哈哈!你看到了吧,我的费尔顿,我不是告诉过你吗,这把餐刀,你对付你的;我的孩子,如果她有凶器,一定会把你给杀了;你看,她有这个古怪的秉性,谁如果阻碍她,她就会想办法杀了她。如果我按你说的,给她开口的钢刀,那么不光是费尔顿,她割断你的喉咙以后,还会扎每个人的,您看见了,她拿起刀来多么熟练。"

正像他所说的那样,密拉娣发抖的手还拿着那柄对人丝毫没有威胁的刀子,但是当听到男爵的最后几句话,她好像受了极大的侮辱,手不由地一松,全身以致整个意志都垮了。

刀子"当"的一声掉在了地上。

"您说得没错,阁下,"费尔顿用那种让密拉娣浑身发抖的蔑视口气说,"你说得对,我错了。"

说完,两人又出了房子。

这次,密拉娣可多了个心眼,竖起耳朵听了一阵,听到两人的脚步慢慢地越走越远,在过道的另一头消失了。

"我彻底完了,"她咕哝着,"我栽在了他们手里,他们简直是铜像,要么就是石像,我已经束手无策了;他对我的一切都了如指掌,就如同浑身穿着铠甲,我拿什么打都没用。但我一定不让他们这么容易得手。"

不出所料,就像最后的一个念头和由于本身的期望所表现的那样,恐惧和怯懦并没有占据着她的大脑很久,一会儿就消失了。她坐在桌旁,吃了许多东西,喝了一些西班牙红葡萄酒,感觉自己又信心十足坚强了许多。

睡觉前,她把两个对手细细地分析了一遍,认真地回想着他们的音容笑貌,翻来覆去地回味着他们的声音、步态、姿势、示范动作甚至不说话时的神情,经过这次深入、细致入微而且周到的思考,她得到的最后结论是,这两个对手中,怎么说费尔顿这边还是比较软弱。

她特别忘不了刚才的这一句话。

"如果我听了你说的。"德·文特勋爵曾经对费尔顿说过。

这样一看,就应该是德·文特不愿意听他的话,就等于是费尔顿曾经帮她说过。

"不管怎么,"密拉娣暗中对自己说,"这个人心里还有那么一点点同情心;我要让这点星星之火变成一场熊熊烈焰,毁掉他自己。"

"说到另一个,他了解我,对我有戒备,明白如果我从他手里逃出去,他会有什么后果,因而我别想打他的主意。而费尔顿就不同了,他是个涉世未深的毛头小子,看起来心肠还不坏;我能有方法让他毁在我手中。"

密拉娣躺下后,带着甜美的微笑进入梦乡;这时如果有人看见她这样睡下,一定会认为她是个纯洁天真的少女,正在梦见下次舞会要戴上那顶大花冠呢。

第五十三章　监禁的第二天

密拉娣在梦中终于逮住了达达尼埃,站在旁边看着他受刑,当看到达达尼埃可恨的鲜血沿着刽子手的斧头向下滴时,嘴边露出了十分动人的微笑。

她就如同一个在狱中看到了一线曙光的囚犯那样,睡得十分安详。

第二天有人进来时,她还没有起床。费尔顿停在了门口的过道里,因为昨晚说到的那个女人刚到这里,他把她带来了;那女人走到密拉娣的床头,问她有什么要求。

密拉娣的脸本来就很白,因而这种脸色让一个第一次见面的陌生人上钩简直太容易了。

"我发烧了,"她说,"夜里我一直没有睡着,难受到了极点。您的心肠不会比昨天那两个人还硬吧? 我不要求什么,只是请您让我这么躺着。"

"要不去请了医生来?"那个女人说。

费尔顿静静地听着两个人的话,没有说一句话。

密拉娣心里盘算着,身边的人越多,门路就会越亮,而德·文特勋爵的看管也会愈加严密;而且说不定医生会揭穿她这是假装的。她上次失败了,这次可不能再失去机会了。

"请医生来就有用?"她说,"那两位先生昨天说过,我生病其实是装的,医生来了也没有用;而且如果真要请医生,昨天晚上就请来了。"

"那么,您自己说说看,夫人,"费尔顿烦躁地说,"您需要怎样的治疗呢?"

"唉! 我怎么知道呢? 上帝啊! 我只感到很难受,就是这样,别人给我什么就什么,随他们的便,和我关系不太大。"

"叫德·文特勋爵来。"费尔顿说,他对她的无休止的诉苦实在受不了。

"唉! 不要去,不要去!"密拉娣叫着,"不要去叫他,先生,我求您啦,我很好,不需要什么,请不要去叫他。"

她的声音里,她故意带着一种非常激动的感情,十分诱惑人的情感,费尔顿不由自主地进了屋子并往前跨了几步。

"他的心有些被感染了。"密拉娣心想。

"夫人,"费尔顿说,"您假设感到很难受,我们会请医生马上来,但是如果您假装着骗我们,等医生来了您就是在自讨苦吃了,对于我们来说就不会心里有愧了。"

密拉娣一声不吭,只是把天生就长得十分漂亮的头伏在枕头上,泪流满面并大声哭出来了。

费尔顿仍然十分冷漠地望了望她,知道她一时半会儿还停不下来就转身走了,那个女人也跟着走了。德·文特勋爵没有出现。

"我认定我已经猜对了。"密拉娣乐滋滋地说着,把头埋在被子里,外面可能还有人在监视着她,她可不能让他们看见她内心的高兴。

早上他们进来的同时,看守已经端来了早点;那时她得意地想,士兵来收拾餐桌时,就会碰到费尔顿。

真是没有料错。费尔顿又来了,他全然不管密拉娣吃不吃东西,就挥了一下手示意士兵把餐桌端出去,由于平时饭菜和桌子是一块被送进来的。

费尔顿没有出去,他手里拿着一本书。

密拉娣躺在壁炉边的扶手椅里,身子向后仰着,漂亮、顺从而且非常可怜,如同一位童贞女在等候殉教。

费尔顿走近她说:

"夫人,德·文特勋爵跟您相似都是天主教徒,所以,他觉得您不能进行宗教祈祷一定会很不舒服,于是他就让您每天诵读你们的弥撒日课经,这书里有祈祷的经文。"

密拉娣看见费尔顿把书放在扶手椅旁小桌上,听着他说"你们的弥撒",与此同时表现出来的表情、语气还有说话时那鄙夷的微笑,忍不住抬头认真地打量着这个军官。

似乎呆板的平头,十分朴素的衣着,像大理石一样圆滑、刚毅而冷漠的额头,这足以证明他是一个典型的清教徒,这种人她在詹姆斯国王的宫廷里经常见到,同样在法国王宫中,这些清教徒也不难见到,因为有了圣巴托罗缪之夜的教训,他们不时地要受到宫廷的庇护。

她灵机一动,有了对策;大多数天才在紧急情况下,尤其是千钧一发时刻,就会出现这种灵感。

"你们的弥撒"这几个字,加上她看了费尔顿一眼的感觉,她就知道,他要说的话简直是太重要了。

由于她敏捷的思维,这样的话立刻从她的嘴里说了出来。

"哟!"她说话语气中的不屑,几乎与那年轻中尉的身上捕捉到的一模一样,"唉,先生,您说什么,我的弥撒! 德·文特勋爵是个天主教的叛徒,他知道我不信这个教,他故意设了圈套让我往里钻!"

"那您信哪个教,夫人!"费尔顿问,他虽然喜怒哀乐不表现在脸上,但是语气中明显地表现出了惊奇。

"我会告诉你的,"密拉娣故意很慷慨激昂地高声说:"直到我由于自己的信仰而受尽折磨的那一刻,我是不会告诉别人的。"

她从费尔顿的眼睛里看见了她的这句话起了多大的作用。

那年轻军官仍然一动不动,没有说一个字,刚才只不过是他的眼睛在说话。

"我被我的仇人抓住了,"她继续说,语调与她十分清楚的清教徒惯用的那种激动的心情一样,"唉,请上帝救救我,要么就让我为上帝而献身吧! 这就是请您转告德·文特勋爵的答案。说到这本书,"她只用手指了指,没有碰,好像一碰就会玷污她一样,"您带回去自己看吧,不用说您是德·文特勋爵的两面同僚,也就是迫害我的帮凶,也是他背叛宗教的同伙。"

费尔顿始终没有说一句话,拿走了那本书,表情跟原来一样充满轻视,立刻想起什么似的退了出去。下午五点左右,德·文特勋爵来了;长长的一整天,密拉娣早就想好了对付措施;这时男爵进来了,她已是个完全掌握了如何发挥自己特长的女人了。

"看样子,"男爵在密拉娣正对面的一张扶手椅上坐下来,两只脚顺便搭在炉架上,说:"您又对宗教来了一次背叛!"

"你这是什么话,先生?"

"我是说,自从我们上次见面到现在,您又信另外一个宗教了,大概您又嫁了个新教徒的第三任丈夫?"

"请您说明白点,阁下,"女犯坦然地说道,"我告诉您,我即使听清了您说什么,也不知道您究竟是什么意识。"

"这由于您原本什么教都不信;我倒希望你这样。"德·文特勋爵冷笑道。

"这倒一定与您的道德准则相吻合。"密拉娣冷漠地说。

"哦! 我告诉您,这与我没有丝毫的关系。"

"喔! 你对宗教信仰的视而不见,以你的荒淫无耻和为所欲为可以得到证明,但您会承认吗?"

"呸! 你竟然说荒淫无耻,你这个梅塞林娜,说什么为所欲为,好一个麦克夫人! 如果我没有听错,你这个女人简直不知道人世间还有羞耻二字。"

"你这样说,由于你明白我们的说话有人会听到,先生,"密拉娣冷漠地说,"你的目的是让你的部下及刽子手对我充满仇恨。"

"我的部下! 刽子手! 好,夫人,您说话可想得够远的,昨天的胡闹今天晚上变为悲剧了。但是幸运的是一周以后,您就应该到属于您的地方去了,我也算把任务完成了。"

"荒诞不经的任务! 玷污宗教的任务!"密拉娣说得充满激情,好像一个无罪的人向法官陈述理由。

"真的,"德·文特勋爵站起来说,"我想这女人一定是疯了。算了,算了,静下来吧,清教徒夫人,不听话就把您关进地牢。哈! 不会是我的西班牙葡萄酒把您喝醉了? 但您不要担心这样也没有什么不安全的,没有什么不良后果。"

德·文特勋爵说着往外走,嘴里不住地低声诅咒,在当时这也是一种很有绅士修养的做法。

费尔顿不出所料,果然站在门背后,说明刚才的对话他肯定听见了。

密拉娣没有想错。

"好了,你走吧! 去吧!"她对小叔子说,"你错了,不会没有什么后果的,而且已经迫在眉睫了,但是你这个混蛋,除非走投无路,否则你是不明白的。"

紧接着是一阵悄然无声的时刻,这样大概过了两小时;士兵们送晚餐了,这时密拉娣正在大声地祈祷,她这是从第二个丈夫那儿学来的,他有了虔诚的清教徒的老仆人。她好像整个心神都沉浸在祈祷中,四周的一切丝毫没有觉察到。费尔顿一挥手示意士兵不要惊动她,等到饭菜餐具布置停当,他与那几个看守轻轻地退了出去。

密拉娣明白肯定有人在监视,于是直到把祈祷文全都念完,她似乎觉得,门口放哨的那个士兵没有在来回走动,而在听她的祈祷。

她认为这样做已经差不多了,就坐在桌旁吃了一点,没有沾酒,只喝了一点水。

一个钟头过后,士兵进来收拾饭桌,密拉娣发现费尔顿这回没有跟这几个士兵一块儿来。

这就说明他不敢多次看见她了。

她转向壁墙偷笑,不敢让别人看见她在笑,由于这张得意的笑脸足以让人发现她的用心。

又过了半个钟头,城堡里一片沉寂,只有波涛永久的呼啸声,这是无边的大海在咆哮,这时她用天真、圆润、美丽而且吸引人的喉咙唱起了那时清教徒中非常流行的一首圣诗的第一段:

> 主啊,如果你扔下我们不管,
> 但是你要明白我们是否足够坚强。
> 有一天你将要从天而降
> 你的荣耀,给我们的坚持不懈予以奖赏。

这些诗虽然根本不能算上好诗;但是,我们知道,清教徒从没有认为自己的诗才非凡而引以为傲。

密拉娣一面唱,一面注意听外面的动静,门口的看守如同石头一般站在原地,密拉娣认定这一招有了效果。

因而她一直唱下去,声音中融进了一种不能用语言表达的热情和激动的心情;她似乎感觉到这歌声通过拱门飘得很远,如同一股奇妙的力量震撼着士兵们的心。但是门口的看守一定是个虔诚的天主教徒,似乎摆脱了这种神奇的力量,由于他隔着门喊:

“夫人,请您不要再唱了,您的歌比哀悼经还悲伤,整天站在这儿就够受的了,再叫人听这种歌声实在叫人无法忍受。”

“闭嘴!”这会儿一个严肃的声音说,密拉娣知道这是费尔顿在说话,“你这个混蛋要你管什么闲事?谁命令你不许这女人唱了?没有吧。你的任务是守住她,她想逃避就打死她。因而你只要看住她,她想逃就开枪,这就行了;命令不许随便改。”

一股不可言传的兴奋使密拉娣一下子变得满脸红光,但是这种欢喜的神情好像闪电一样立刻就消失了,他们的对话她假装没有听到,其实是十分清楚的。她继续唱下去,喉咙里发出一种邪恶的力量给予她的所有诱惑力,是那么甜美,那么高亢,这样的吸引力使听者不能自控。

> 即使充满泪水和痛苦,
> 哪怕被放逐和入狱,
> 但我总有我自己的青春和信仰,
> 主呵,不会忘记我亲历的所有痛苦。

歌声非同一般,十分高亢,并且有一股至高无上的激动使这首平常并不高雅的圣诗增添一种神圣的力量,这种力量即使最有激情的清教徒从自己的教友中找到也十分困难,它促使他们尽情地运用自己的想象力去使它熠熠生辉:费尔顿认为自己在听天使的歌唱,慰藉着处在焰焰烈火中的三个希伯来人。

密拉娣又唱道:

　　我们被解救的一天,
　　肯定会来到,主呀,公正而且本领高超;
　　即使我们的希望完全破灭了,还有殉教和死亡会成为永久。

这段歌词,是这个魔鬼般的女妖用整个身心用全部的力量唱出来的。年轻的军官的心中被这样的歌声搅得波涛四起,他忽然把门打开,密拉娣发现他脸色仍然与平常无二,但是眼神却明显地表现出极度狂热甚至迷惑。

"您为什么这样唱,"他说,"用这种声音?"

"很抱歉,先生,"密拉娣的声音十分温柔,"我忘了在这儿唱歌是不好的。我可能对您的信仰有所冒犯,但是我起誓,我确实是无意的;因此我请求您,请您原谅我一个可能导致严重后果但实在是不小心犯下的错吧。"

密拉娣这时异常的漂亮,好像她融进了宗教的激情之中,从而给予她一种奇妙的表情,费尔顿发呆了,认为自己确实见到了刚才唱歌的那位女神。

"对,对,"他回答说,"对,您的歌声打搅了城堡里所有的人,袭扰了他们。"

这个傻瓜不知道自己说的话前后矛盾,而且密拉娣十分要命的眼光已经发现了他的内心。

"那我就不要再唱了。"密拉娣把眼睑垂下,声音十分甜润,表现得十分顺从温柔,这都是她练出来的。

"不,不用这样。夫人,"费尔顿说,"不要那么大声唱就行,特别到了晚上。"

这两句话刚一说完,费尔顿就快步向门外走去,因为他觉得自己再也不能对这个女囚表现出严厉的神情了。

"您说得好,中尉,"那个士兵说,"虽然这些歌让人挺烦的,但是听得多了也就习惯了,她的歌声可真甜!"

第五十四章　监禁的第三天

　　费尔顿慢慢地动摇了,倒向了密拉娣这一边;但是还有一步,一定得骗到他,不能让他后退,也就是说不能允许其他力量把他拉拢回去;这一步该怎么办,密拉娣心里并没有谱。

　　还有一点必须做到:想方设法得使他肯开口,这样才能让她与他说话;密拉娣知道自己最有魅力的地方就是嗓子,她对于各种声音,从普通女人直至女神的声音,她都轻车熟路,运用自如。

　　但是,即使魅力多大,还是有可能失败,由于费尔顿提前就有防备,每一件事都存有警戒。因而从现在开始,密拉娣就十分在意自己的举手投足,每说一个字,以至每个眼神、每个手势、好像听起来是叹气的每一个呼吸都十分小心谨慎。总的来说,她对于每一个小节都毫不含糊,就好比一个优秀的演员要扮一个平时有些陌生的角色,特别注重研究每个细节。

　　至于怎样对付德·文特勋爵,就十分简单;这个第一天晚上她就想好了对策。在他面前,必须沉默保持自己的尊严,显得十分庄重,偶尔装出不屑一顾的表情,或者说句看不起的话,使他生气,让他暴跳如雷,失去自控能力,这样与她的一再忍耐形成对比,这就是她的策略。费尔顿会看见的,虽然他不会说点什么,可是他一定会看见的。

　　第二天清早,费尔顿照例进屋了;但是密拉娣却看着他命令看守摆设餐桌,就是不与他说话。他正要离去的那一刻,她的心里存有一丝期望,因她感到他似乎想对她说点什么;但是却看到他的嘴动了一下没有出声,话到了嘴边又使劲咽下去了,扭头出了房门。

　　中午,德·文特勋爵进来了。

　　那一天,天气晴朗,微弱的阳光透过牢房的铁栅栏照进屋子;英格兰的冬天阳光虽然看起来是明亮的,并没有一丝温暖。

　　密拉娣望着窗外,假装没有听见门开了。

　　"哈哈,"德·文特勋爵说,"闹剧结束,悲剧也演过了,现在要来深沉的了。"

　　女犯没有出声。

　　"好,好,"德·文特勋爵继续说,"我知道,您想在沙滩上随意地散步,您想在碧绿的海面上架着快艇乘风破浪,您少来这一套,要么在大陆要么在海水里给我设置虽不大却让人想不到的阻碍。不要急嘛!不要急!四天后您就可以在海滩上散步,进入茫茫无边的大海,您还会觉得面前的大海无限得超过您的想象,由于四天后您就离开英国了。"

　　密拉娣双手合起,头抬起来仰望着天空。

　　"上帝啊!上帝啊!"她喃喃地说,那神志那语气都如同女神般的万般柔情,"请您原谅这个人吧,由于我已原谅了他。"

　　"好,你这个下流女人,你好好祈祷吧,"男爵大喊道,"我可明确告诉你,抓你的这个人不可能原谅你,因而你的祈祷一文不值。"

说完,他就快步地走了。

当他走出房门的时候,她的一双敏捷的眼睛向半开的门很快地扫了一眼,她瞅见费尔顿迅速地转过去以免被她看见。

因而,她又跪在地上开始祈祷。

"我的上帝啊!我的上帝啊!"她说,"您可明白我为了非同一般的伟大事业而受苦受累,请您给予我力量,让我能忍受这种苦难。"

房门被悄无声息地打开了;极度美丽的祈祷者假装着没有听见,仍然声泪俱下地说着:

"刚正不阿的上帝!仁慈的上帝呀!您怎能听任这个人胡作非为,使他无恶不作的诡计得到实施?"

这时,她好像刚听见费尔顿进来的样子,猛地站起来,羞得满脸通红,好像有人碰见她跪在地上祈祷十分难堪似的。

"我并不想打搅别人祷告,夫人,"费尔顿板着脸说,"因此您不要在意我。"

"您知道我在祷告,先生?"密拉娣哭着用哽咽的声音说,"您搞错了,先生,我不是在祷告。"

"我想您不会认为,夫人,"费尔顿说,口气仍然十分严肃,但是毕竟委婉了许多,"您认为我自以为自己有资格不许一个信徒跪在天主面前恕罪吗?上帝不允许我有这种想法!况且,有罪的人自愿悔过本来就是一件好事;不管有什么过错,当跪倒在上帝脚下时是不能侮辱的。"

"犯罪?您说我!"密拉娣微微一笑,这种笑足以让上帝心软,即使在最后判决时刻,"犯罪!我的上帝啊!只有您清楚我是不是!先生,您完全可以把我认作罪人;但是您应该知道,由于上帝对处在苦难中的信徒总是偏爱,因而他有时会对无辜的人被定罪是视而不见。"

"如果您是有罪的囚犯,是苦难的信徒,"费尔顿说,"您就祷告吧,这是天经地义的,我自己也会为您祈祷的。"

"喔!您真好!"密拉娣大声说,扑过去倒在他的脚下,"请听我说,我确实忍受不了啦,我真害怕,如果到了我挺身而出,公开我的信仰时,我也许会坚持不住;因此您就听一听处在极度绝望的女人的请求吧。您被人利用了,先生,可我不想说这个,我只求您发发慈悲,为我做一件事,如果您答应了,我会今生今世感激您,而且来世也会为您祈祷的。"

"去对长官说吧,夫人,"费尔顿说,"因为我没有足够的权利来赦免或者处罚谁,上帝把这个权利交给了我的上司。"

"不,我就对您说,而且只对您一人说。请您不要眼睁睁地看着我名誉扫地,不要对于我所受的羞辱袖手旁观,您听我说。"

"假设您应当得到这种凌辱,这种处罚,您就该忍受这一切,用来典祭上帝。"

"您说什么呀?喔,您不懂我的意思!我说的凌辱,您认为是处罚的意思,是入狱或者死刑吗!那里是我所渴望的!入狱、死刑,对于我实在算不了什么!"

"现在我真的不懂您在说什么,夫人。"

"大概佯装不懂吧,先生。"她温柔地笑笑,接着说。

"不是,夫人,我以军人的身份,以基督教徒的信仰发誓!"

"真的!您不晓得德·文特勋爵将怎么对付我?"

"我真的不晓得。"

"这太令人难以置信了,您是他的心腹!"

"我不会撒谎，夫人。"

"喔！但是他不可能瞒着您，您不会猜不到他怎么做的吧！"

"不管什么事我都不会去猜测，夫人；我只等着别人告诉我，而德·文特勋爵只是在您面前对我说话外，不会告诉我其他事。"

"这样说，"密拉娣大声说，语气十分诚挚中肯，实在叫人难以置信，"您与他不是同谋，您并不晓得他将要我承受一种世界上所有的刑罚都无法比拟可怕的耻辱吗？"

"您错了，夫人，"费尔顿红着脸争辩道，"德·文特勋爵从不做这种败坏道德的事。"

"对啦，"密拉娣心里想，"他还不明白怎么回事，竟用了败坏道德这一个词了。"

因而她大声说：

"他是那个败类的朋友，因而什么样的坏事他都干得出来。"

"您说的那个败类是谁？"费尔顿问。

"在英国还有另一个能称得上败类吗？"

"您说的是乔治·威力艾思？"费尔顿说着，双眼似乎直冒火。

"还不是被不信基督教的人和异教徒称为白金汉公爵的那个，"密拉娣接着说，"我觉得在整个英国，无论谁都不用解释就知道我是指谁！"

"天网恢恢，疏而不漏，"费尔顿说，"他会得到应有的处罚。"

费尔顿的表现正是普通的英国人对公爵的憎恨，天主教徒说他滥用职权、挥霍无度，清教徒则称他为恶魔。

"喔！上帝啊！上帝啊！"密拉娣高声说道，"你什么都清楚，我向您请求，希望你将他应有处罚降在他身上，我并非是在报仇，而为了拯救整个民族。"

"那您见过他？"费尔顿问道。

"他最终还是开口了。"密拉娣暗中思忖道，这么迅速就有这样的关键性的进步，她不由得高兴万分。

"哦！我根本不认识他！哦，我认识她！那是我的极大的不幸，我不能逃脱的灾难。"

说着她好像十分痛苦以至双手绞动起来。费尔顿也许认为控制不了自己了，就向门口走去；但刚走了没有几步，密拉娣一直盯着他的每一个动作神态，这时迅速地冲上去拉住他。

"先生！"她叫着，"您行行好吧，发发善心，请听听我的请求。那把刀，不料让充满戒备的男爵拿去了，由于他明白要用这把刀干什么。喔！请您能听完我的话！请您怜悯我吧，这把刀再给我一分钟，只一分钟就足够了！我宁愿吻您的膝盖！您看，您出去把门关上，我不想让您受到牵连上帝啊！您是我遇到的唯一的好人，心又善良，富有同情，也可能您就是我的救命恩人，我为什么要让您受到连累呢！刚一分钟，这把刀我仅仅用一分钟，随后我会从门上的小窗口还给您；仅一分钟，费尔顿，您会使我的名声不受伤害！"

"您会自杀！"费尔顿惶恐地大喊，竟忘了把手从女犯的手里抽出来，"您要自杀！"

"我都说了，先生，"密拉娣低低地说道，一面让自己软弱地跌倒坐在地板上，"我把什么都说了！上帝啊！他什么都明白了！我彻底完了！"

费尔顿依然站着一动不动，但心里却迟疑不定。

"他仍然有所怀疑，"密拉娣想，"我的戏还演得不够逼真。"

此刻,过道上一阵脚步声传了过来;密拉娣知道了这是德·文特勋爵的脚步声。费尔顿也听见了,就向门口快步走去。

密拉娣一下子扑了上去。

"喔!请不要告诉别人,"她低声说,"请您不要把我的话告诉他,那我就彻底完蛋了,而那是您的……"

此时,脚步声近了,她似乎害怕别人听见她的声音,就停止不说了,只伸出一只白皙手恐慌地按住了费尔顿的嘴。费尔顿轻轻地把她推开,密拉娣顺势躺倒在一张长椅上。

德·文特勋爵从门前走过,但没进屋子来,等了一刻就可以听到他的脚步声愈来愈远。

费尔顿脸色白如僵尸,他竖着耳朵仍听了一阵,等脚步声完全听不见时,才如梦方醒,长长地松了一口气,立刻迅速地出去了。

"哼!"密拉娣听着费尔顿的脚步向另一个方向越来越远,心中说道,"你究竟还是没有逃出我的手心!"

但紧接着她的额头又蹙紧了。

"他若告诉男爵,"她想道,"那我就没救了,由于男爵明白我决不会自杀,他如果在费尔顿面前把刀放在我手中,那个毛头小子就会知道我的自杀是假装的了。"

她到镜子前面注视着镜中的自己,感到自己的美丽胜过过去的每一时每一刻。

"喔!就是!"她妩媚地一笑,对自己说:"但是他肯定不会说的。"

晚饭时分,德·文特勋爵也跟着送饭的士兵来了。

"先生,"密拉娣对他说,"是不是把我关在这儿就必须让您亲临大驾,您就不能不要这样,也让我少受折磨?"

"看您说的,亲爱的嫂嫂!"德·文特勋爵说,"您现在对我如此刻薄的好看的小嘴,以前不是充满亲情地说您来英国的唯一目的,是自愿来看望我,您还说过,为了这种你期盼很久的亲情,您就不顾自身,即使在轮船上颠簸,冒着风浪甚至被捕入狱都在所不惜吗!现在好了,我来了,您应该说如愿以偿了;还有,这次来这里有更重要的原因。"

密拉娣全身颤抖起来,她认为费尔顿出卖了她;这个女人的心也许从来没有这么剧烈地跳动过,在她的有生之年,曾亲身经历过数不清的情绪跌宕也不过如此。

看她坐着,德·文特勋爵勋爵也搬了一把椅子在她身旁坐下,接着从口袋里拿出一张纸,慢慢地打开。

"听好了,"他说,"我给您看的这个文件,是我写的,可以说是判决书吧,在您以后经我允许的日子里,它就算是您的身份证。"

说完,他将目光从密拉娣脸上转向那张纸,念道:

"'兹有女犯夏洛特·贝克森,命令将其押解到……'地名空着没有填写,"德·文特勋爵说,"您愿意去哪里,就给我说,伦敦一千里以外的地方随您任意挑选。"他接着念:"'……该犯已被法兰西王国司法部判处烙刑,此次服刑期间批准假释,但只限该犯居住在上述地区,不得超出方圆三里范围。如果发现其企图逃跑,立即处以极刑。该犯每月膳宿费:五先令。'"

"这份命令与我毫无关系,"密拉娣冰冷地说,"那上面并不是我的名字。"

"名字?您有自己的名字吗?"

"您哥哥的名字,不是吗?"

"这就不对了,我哥哥是您的第二个丈夫,您的前任丈夫还活在世上。请您把他的名字告诉我,我就把夏洛特·贝克森的名字换样。不语?……不给我说?

……您想永不开口？也好！您的囚犯名单上就用夏洛特·贝克森的名字好了。"

密拉娣仍然不说话，这一回可不是佯装而是吓呆了；她并不是疑惑这份命令执行与否，而是觉得德·文特勋爵勋爵一定提早启程，可能今夜就要出发了。她脑子里的计划一下子全乱了，忽然她发现这份命令还没有盖章签名。

她一下子兴奋极了，竟然不自觉地表现了出来。

"是，没有错，"德·文特勋爵勋爵发现她的内心说道，"您别看没有签名盖章，就暗中说：'我还有机会，这份文件还没有签名；她给我看只不过是想吓唬我，不会有什么事。'这可大错特错了。明天这个文件就会送到白金汉公爵那儿，后天，他亲自签过名的这份文件就会送回来，那么，我可以担保，不会超过二十四小时这个命令就会执行。再见，夫人，我说完了。"

"我告诉你，先生，您这样荒淫无耻，滥杀无辜，这样使用别人的名字来放逐我，简直太无耻了。"

"您是否愿意以您的真名被处以绞刑呢？密拉娣，我可明白，英国法律对重婚罪的处罚是不留情面的；您放聪明些，如果我把事情做绝了，不要顾我的姓名，即就是不顾我哥哥的名声，当然不管当众出丑，坚决把您送上被告席，来个了结，彻底与您划清界限。"

密拉娣不作一声，脸色苍白如同僵尸。

"哦！我看您还是去长期旅行吧。好了，夫人，有句俗语很好：旅行可以使人永远年轻。可不是嘛！您的想法很好，生活本来是美好的。我也因为这才想办法逃脱您的陷害。现在我对五先令的事说上两句，这件事我是不是有些小气？但我绝对是一片苦心，我为了防止您去收买那些看守。再说，您有一套引诱人的把戏，随便就能使出来。您在费尔顿身上失败了，如果您还想再试的话，您就尽量施展吧！"

"费尔顿没有说出去，"密拉娣心想，"看来我还有希望。"

"如今，夫人，我要说再会了。明天我会把信差的出发时间告诉您的。"

德·文特勋爵勋爵站了起来，嘲弄似的向她一鞠躬就走了。

密拉娣松了一口气，还有四天，要引诱费尔顿，这些天已绰绰有余。

这时一个念头闪过她的脑际，她十分害怕，德·文特勋爵万一派费尔顿去给白金汉送文件怎么办；这样，费尔顿就不在了，而她的手段，总要靠他在跟前才能得以发挥呀。

但是，如同上面说的，她可放心一件事：费尔顿没有漏了口风。

她不想表现出被德·文特勋爵吓得六神无主，就坐在桌旁吃起饭来。

接下来，就像第一天晚上，双膝跪在地上，开始大声地念起祈祷文来。那个看守也像以前一样停止走动，站着仔细聆听。

不大一会儿，她听到从走廊那边传来一阵比看守还轻的脚步声，而且越来越近，最后停在门口。

"肯定是他。"她想道。

因而她又开始唱第一个晚上让费尔顿动心的那首圣歌。

然而，哪怕她的声音仍旧圆润饱满，甜美流畅，如此地婉转动听，让人陶醉，那扇门却一直没有打开。她偷偷地从门上的小窗子向外看了一眼，似乎在铁栅栏后面看到了年轻军官那双火热的眼睛；不知是实情还是虚幻的感觉，费尔顿这次坚持住了没有进屋。

可是她唱完圣歌又过了一会，她好像隐隐约约听见一声长叹，接着传来一阵越来越近的脚步声，但又慢慢地茫然若失地消失了。

第五十五章　监禁的第四天

第二天费尔顿一打开门,发现密拉娣站在一张扶手椅上,拿着一条用细麻布手帕编成的绳子,这条绳子是把手帕先撕成长条,再一段一段接起来编成的;听见费尔顿开门时,她迅速敏捷地从扶手椅上跳下来,准备把那条用来临时应付的绳子藏在身后。

年轻军官的脸色十分苍白,比平时还厉害,

那双眼睛明显地由于睡眠不足而充满血丝,这表明他由于心情烦乱彻夜未睡。但是他的前额却是异常地平静安详。

他慢慢地走向密拉娣。密拉娣此时坐在椅子上,手里紧紧捏着那根要命的绳子,可能是无意中,也有可能是故意地露出了一点绳子。

"这是什么东西,夫人?"费尔顿冰冷地问。

"没有什么呀,"密拉娣楚楚可怜地一笑,这是她的拿手戏,就是在微笑中十分恰到好处地混进凄苦的表情,"没事可做是囚犯最关键的敌人,我就是百无聊赖才编绳子玩吗。"

费尔顿抬头向墙上看去,就在他刚才看见密拉娣靠墙站着的椅子上方,这张椅子密拉娣这时正坐在上面,她的头顶上面墙上钉着一只金黄色的铁钩,平常用来挂东西的,比如衣物或者武器什么的。

他打了个冷战,被密拉娣尽收眼底;别看她的眼睑低垂,但周围的一切动静都逃不过她的双眼。

"您站在椅子里干嘛?"他问。

"别在问了,拜托了,"女囚犯说,"您明白,虔诚的基督教信徒是不能撒谎的。"

"好吧,"费尔顿说,"我告诉您,您刚才在做什么,或者说您想干什么;您打算让您心中的自杀想法得到实施。您仔细想想,夫人,我们的上帝不让我们骗人,但他更不许我们自杀呀。"

"当上帝看见他的信徒平白无故地受到苦难,处于要么自尽要么名誉扫地的选择境地时,"密拉娣用信心百倍的口气说,"请相信,先生,上帝对于自杀是不会怪罪的;由于这个时候,自尽就等于殉教。"

"您要么说得太多,要么说得很少;请继续说下去,夫人,看在上帝的分上,请您告诉我事情的真相。"

"您想让我把我的遭遇说给您听,然后您就不屑一顾地说简直滑稽可笑,把我的计划告诉您? 让您去——告诉那个害我的人吗? 不,先生。反过来说,一个凄惨的犯人是生是死,又与您何干? 您的任务就是看住我,不让我逃走,这就够了,不是吗? 只要您能交出一具尸体,让他们认出那个人是我,就不会去追究你的过错,也许还会奖赏您呢。"

"我? 夫人,"费尔顿大喊着,"您认为我会以您的生命来换取奖励吗? 哦! 您知道自己在说什么吗?"

"不要管我，费尔顿，请你不要管我，"密拉娣激动地说，"军人都应该有崇高的理想，对不对？您现在是中尉，那么当您看着我的灵柩的时候，您就会是上尉了。"

"我不知道我有什么不对的地方，"费尔顿激动万分，"您为什么要在人和上帝前面指责我呢？夫人，几天之后您就要离这儿远去了，我就不会再管了，"他说着不由地叹了口气，"到那时您干什么我都不拦您。"

"您原来，"密拉娣装出愤怒的样子喊道，"一个虔诚的基督徒，我心目中的唯一的好人，原来只关心一件事，那就是不要让我死，以免使您受到连累或者指控，以使您不问心有愧！"

"我的任务是保护您的生命，夫人，我不会失职的。"

"您不知道您在担任什么样的工作吗？ 如果我真的有罪，这已经够不幸了，但如果我是无罪的，您还怎么称呼，上帝把这叫作什么呀？"

"我是军人，夫人，军人以服从命令为天职。"

"您不会不知道在最后判决时，上帝会对执行的刽子手和糊涂的法官处罚得差不多吗？ 您不想让我自尽，但却帮那一个恶魔残酷地迫害我的灵魂。"

"我再一次告诉您，"费尔顿十分激动地说，"您不会有危险的，我为自己也为德·文特勋爵勋爵保证这一点。"

"您疯了！"密拉娣喊道，"可悲的人，您真的疯了，甚至连上帝眼里最聪慧最神圣的人都不会这么干脆地对自己保证，而您居然敢为别人去帮一个最凶狠最有势力的男人来欺负一个最弱小最不幸的女人！"

"不会，夫人，不会发生的，"费尔顿断断续续地说，在他的心中已经承认这句话是对的，"您是一个被囚禁的罪犯，我当然不能让您自由，但您又是一个大活人，我可不能看着您自杀。"

"好，"密拉娣嚷着，"但是我将丧失的东西远远珍贵于我的生命，就是我的名声，费尔顿；我遭受的耻辱，失去的纯洁，将来的责任就是您的，您要在世人和上帝面前向他们交代。"

不管费尔顿怎么无情，或者装得毫无感情，一种恻隐之心已经抓住了他，使他不能抗拒。眼前这个女人这么漂亮迷人、纯真美丽的身影，看着她要么泪水涟涟，要么神态挺吓人的，反正他的心已经被她的不幸及漂亮驯服了，这些对于一个爱想入非非的人，被痴迷的信仰搞得昏头昏脑，被对上帝的爱和对人类的仇恨完全吞噬的一颗心来说，这简直太难以抗拒了。

密拉娣发现了他心中的动荡，感觉到这个痴狂的年轻军官心中，两种矛盾的感情正随着血液在汹涌澎湃；因而她好像一位身经百战的将领，看着敌人要退后，马上发出胜利的呼声率军乘胜追击，密拉娣站起来，好像古代的女祭司般漂亮，又像童女一样受到神灵的启发，她一只胳膊向前伸着，敞着领口，头发披散着，另一只手羞涩地抓着低垂到胸口的衣领，眼睛里发出的光芒已经把年轻的清教徒迷得神志不清了，向他走过去，嘴里还大声唱起了一首激昂的曲子，甜甜的声音中还不时夹杂着一种悲伤、愤怒的情绪。

> 随你将祭品奉给邪恶的神灵，
> 随你把殉教者推给狮子吞噬，
> 你总有一天会悔过！……
> 我在深渊里呼唤上帝，救救我吧。

费尔顿听到这特殊的责怪，站在那儿一动不动仿佛一个石雕。

"您是谁？您到底是什么人？"他双手合十大嚷道，"您是上帝的使者，还是地狱的精灵？您到底是天使还是女巫？您是埃洛亚，是阿斯泰尔黛？"

"您还不知道我是谁吗，费尔顿？我不是女神，也不是女巫，我是大地的女儿，和您有相同信仰的姐妹，我就是我。"

"是！是！"费尔顿说，"以前我还不相信，如今我承认了。"

"你承认！可是你依然是那个德·文特勋爵勋爵那个恶魔，那个坏蛋的同伙！你承认，但是你依然任由我被仇人抓住，落在这个英国的仇敌手中，上帝的敌人手中！你承认，但是你依然要把我交给那个异端分子，用邪恶用心和鄙卑下流来玷污世界的萨丹纳帕路斯，就是不明真相的人称为白金汉公爵的那个人，但是有信仰的人却称他为基督的敌人。"

"我把您交给白金汉？您在说什么？"

"他们长着眼睛，"密拉娣大声念着，"但是他们看不到；他们也长有耳朵，但却听不到。"

"是，是，"费尔顿用双手按着热汗涔涔的额头，好像要消除最后的疑惑，"对，我听见了在梦中对我说话的那个声音；是，我也认出了每个晚上在我面前出现的那位女神的音容笑貌，每个不眠之夜总能听见她对我大声说：'开始行动吧，去救救英国，拯救你自己吧，要不到死上帝也不会宽恕你的！'请您说，说吧！"费尔顿大声嚷道，"我总算明白您的意思了。"

密拉娣心里兴奋异常，眼睛里不由自主地发出一道转瞬即逝的凶光。

即使这道暴露杀机的凶光消逝得极为迅速，但是捕捉到了这道光的费尔顿却不由地打了个冷战，好像这道光才使他看到了这女人的心灵深处。

费尔顿一下子想起了德·文特勋爵勋爵告诫过他密拉娣的引诱本领十分高超，想起了她初来乍到就用过的诱惑手段；他不由地后退了一步，头深深地低了下去，却又忍不住不看她，好像这个高深莫测的女人勾走了他的魂，他的眼睛猛地盯住了她的眼睛。

密拉娣这种女人，对这样的动作的原因自然明白，她表面装得十分激动，心里却时刻记着必须保持冷静。由于费尔顿停止了说话，现在用激昂的语气已经继续不下去这场谈话了，就得让她来再提起话头；还没开口，她就双手下垂，好像神灵的激励终究胜不过作为女性的娇气、脆弱。

"喔，不，"她说"我不是从那个奥洛菲纳手里解救贝图利亚城的朱迪特。上帝的利刃与我的双臂比较起来太沉重了。因而，请允许我以死来结束羞耻的侮辱，为了保护自己去殉教吧。我不会要求您像给予罪人一样给我自由，也不会像对待异教徒一样为我报仇雪恨。我只求您一件事，就是允许我死吧。我求您了，我跪下来求求您；让我去死吧，倘若我还有一口气还一定会为我的恩心祝福的。"

听着这凄惨动人的请求，看着这羞答答地让人忍不住疼爱的目光，费尔顿又前行了几步。慢慢地，这个有蛊惑术的女人身上又出现了那种无法抗拒的诱惑力——漂亮、温顺、泪水，特别是让人不能抵御的肉体魔力，令人陶醉的肉体魔力。

"唉！"费尔顿说，"我只能做的就是您向我证实您是无罪时，对您，我表示深切的同情！但是德·文特勋爵勋爵对您有很深的成见。您是基督徒，是和我同教的姐妹；我一直深深地爱着并且尊重我的救命恩人，认为生活除了你死我活的斗争就是亵渎宗教的丑恶行径，而今，我觉得我已经被您深深地吸引了。但是，夫人，您如此漂亮，又如此纯洁，然而德·文特勋爵勋爵却不愿放过您，您不会做过什么败坏门风的丑事吧？"

"他们长着眼睛，"密拉娣的悲哀口气令人无法用语言表达，又念起来，"但他们却看不到;他们长着耳朵,但他们却听不到。"

"那么,"年轻军官大声嚷着,"您倒是说呀!"

"把我遭受的羞辱告诉您吗?"密拉娣大声说,脸上一阵由于羞涩而飞起的红晕,"一个作恶,那么肯定有另一个在遭受羞辱;我是一个女人,让我把我的遭遇说给一个男人听!哦!"她十分羞涩的双手蒙住美丽的双眼,"喔,不,怎么也不能。"

"但您对我,对一个兄弟说有什么关系呀!"费尔顿大喊。

密拉娣长时间地注视着他,年轻军官认为这是她优柔寡断的表现,实际上她只是在观察他,特别是在想办法怎样才能迷住他。

这次反过来是费尔顿双手合十祈求她了。

"好吧,"密拉娣说,"自己的兄弟有什么不相信的,我什么都不顾了!"

正当此时,他们都听见德·文特勋爵来了;这一次,密拉娣可怕的小叔子并没有像昨晚那样只经过门口,他在门口停下来与看守说了两句话,就开门进屋了。

就在他与卫兵说话的当口,费尔顿立即向后退了几步,到他进屋时,费尔顿已经距离女犯有好几步远了。

男爵慢悠悠地踱进屋来,审视的目光从女犯的脸上转到年轻军官的脸上。

"约翰,"他说,"您在这里已经呆了很久了,这个女人是不是在给您讲她的种种坏事?如果这样,那倒要许多时间呢。"

费尔顿哆嗦了一下,密拉娣发现,如果她不帮这个尴尬的清教徒解围,那她就彻底完了。

"啊!您害怕我逃跑是不是?"她说,"那好,您现在就去问这个尽职尽责的看守吧,我要他给我什么。"

"您求他?"男爵一时疑惑了。

"是,大人。"十分难堪的年轻军官回答。

"告诉我究竟怎么回事?"德·文特勋爵勋爵问。

"她请求我,让我给她一把小刀,只一分钟就从小窗口还给我。"费尔顿说。

"是不是真的有人在这儿,使这位甜妞儿想杀人吗?"德·文特勋爵勋爵嘲弄、轻视地说。

"我,不是吗?"密拉娣说。

"我告诉您让您在美洲与泰伯恩中选择一个,"德·温勋爵说,"我想您还是挑泰伯恩吧,密拉娣。照我的建议准不会错,绳子要比刀子可靠得多。"

费尔顿顿时脸白如纸,向前走了一步,他心中想的是当他进屋时密拉娣拿在手里的那根绳子。

"您说对了,"她说,"其实早想到了,"她嗓子沙哑地又说了一遍,"我会想到的。"

费尔顿感到一股寒气传遍全身,德·文特勋爵也许发现他有些不对劲。

"您要小心,约翰,"他说,"约翰,我亲爱的朋友,我信任你,但您一定得当心!我把话说在前面!但是不要害怕,孩子,还好,三天后咱们就把她打发了,她离开这里,就不会伤害任何人了。"

"您可听见他在说什么了吗?"密拉娣高声喊道,好让男爵觉得她是在向上帝呼喊,费尔顿知道她在对自己说。

费尔顿把头低了下去,思索着什么。

男爵拉着他的胳膊一起向外走去,边走还转过头来观察着密拉娣的反应,直至走出房间。

"唉,"女犯等门一关上就对自己说道,"还是我把情况看得太乐观了些。不要认为文特一般笨手笨脚的,此时他却处处警惕,好像换了个人一样;可能是急着要报仇吧,这种心情真的还能使他成为男子汉呢!说到费尔顿,他还没有完全相信,还不能做出决定。嗯!他可与可恶的达达尼埃不同。清教徒尤其崇尚圣洁的女人,他们用双手合十来表示;火枪手也喜欢女人,但是他们用胳臂拥住来表达。"

密拉娣焦虑地期待着,害怕整个白天再也看不见费尔顿了。我们以前交代的那个场面过了大约一小时,她终于听到门口有人在低语,接着房门打开了,是费尔顿来了。

年轻军官连门也来不及关上,急匆匆地进了屋,让密拉娣不要出声;他的神情极度非常慌张。

"您要我干什么?"她说。

"听好,"费尔顿压低声音说,"我支走了岗哨,这样人们不会知道我来过这里,也不会知道我对您说了什么。男爵刚才给我讲了一个十分可怕的故事。"

密拉娣装出无可奈何的模样,像无辜的犯人一样笑着摇了摇头。

"除非您是个恶魔!"费尔顿继续说下去,"否则我的大恩人,我父亲德·文特勋爵先生是个冷血动物。我认识您只有四天,而我已经爱了他十年了,因而在你们之间我无法选择;我之所以对您说这些,告诉您不用怕,把真相告诉我,让我信任你。今晚子夜时分我来看您,希望我能被您说服了。"

"不要,费尔顿,我的弟兄,"她说,"这个代价太大了,我认为这样您会付出沉重的代价。不行,我已经完了,我不能让您也一起完了。我的死亡就足以说明了,尸体的沉默比因犯的叙述更有说服力。"

"请不要再说了,夫人,"费尔顿高声说道,"请您不要再说这个了;我这次回来,就是要您以您的名声,以您心中最神圣的东西发誓,说您不会再自尽了。"

"我无法答应,"密拉娣说,"由于我比任何一个人都看重发誓,如果有了誓言,我决不会失言。"

"好吧!"费尔顿说,"只要您保证等下次看见我之前不自尽就行了。下次再见到我时,您还想自尽,那我不会拦您,您要的那把刀,我会给的。"

"好吧!"密拉娣说,"看在您的面子上,我会等的。"

"您起誓。"

"就以我们的上帝的名义,可以了吧?"

"好,"费尔顿说,"晚上见!"

他快步走出房间,关上门,握着短矛守在门外,如同站岗值勤一般。

等到那个站岗的回来,费尔顿把武器还给他。

此时,密拉娣走到门旁,通过门上的小孔看见费尔顿的神情狂热,划着十字,然后兴高采烈地通过过道远去了。

密拉娣回来坐在椅子上,嘴角露出一丝冷笑,嘴里不断地咒骂着亵渎上帝的脏话,她曾以上帝的名义起过誓,但她从没有认真地去认识他。

"老天!"她说,"一个疯狂的人!我的上帝,就是我,就是我和帮助我复仇的人。"

第五十六章　监禁的第五天

密拉娣旗开得胜,尤为自信。

那些略施小计便轻易到手,那种受过宫廷优雅习俗影响的男人很轻易就会上当,要征服这些人简直是轻而易举的,到现在为止密拉娣已经是老手了;她天生如此漂亮,无可挑剔的肉体,使她从来都不曾失手,况且又如此机智,在精神上也可以说是所向披靡。

但是这次不同,她的对象是一个性格内向、没有感情的男人;虔诚的信徒和苦行僧一样的生活方式,使费尔顿变成在往常的引诱面前从不动心。在这样的大脑里,长期处于狂热状态,有着许多不切实际、杂乱无章的想法,已经没有任何余地容得下浪漫和爱情;本来爱情就属于悠闲和堕落,并与之孪生的。如今,她终于还是在对他偏见极深的男子身上打开了一扇窗,靠自己的伪装和虔诚的心消除了他的偏见,凭借自己的美色把这位自律甚严的年轻男子的心和神智打乱了。总的说来,对于老天和宗教安排给他让她驯服的这个难缠的对象,她以她在他身上的实践,证实了自己究竟有多大的本事——到现在她才明白自己竟然有这么神奇的本领。

但是就在前几个夜晚,她都多次为自己的命运感到万念俱灰;她不曾请求过让上帝保佑,这我们清楚,可她却相信邪恶鬼怪,崇尚它进入人类生活、无处不在的魔力,如同阿拉伯神话中的神灵一般,只用一粒石榴籽就能使一个被摧毁了的世界恢复原样。

这时,密拉娣对于费尔顿的到来已经有所准备,当然就仔细考虑第二天如何采取行动。她明白只有两天时间了,如果白金汉的签署命令(因为这个文件用的不是真名,白金汉无从知道这个将要被放逐的女人到底是什么人,那么他签署这个文件没有什么阻力),男爵会立刻把她押上船,另外她也明白,被判处终身放逐的女犯想再引诱男人,就不能像品行端庄的女人那样容易得手了。因为那种女人当然有资格夸耀她的美丽,当然有高尚的舆论歌颂她的品格,高贵的姿态自然会使她们大放异彩。一个因犯有名声之罪而被判处重刑的女人,一样的美丽,但她若想呼风唤雨就不是那么容易了。与一切不凡的人相同,密拉娣明白怎样的地方才能使自己的手腕得以施展。她讨厌贫困,身份低微会使她的锐气大打折扣;她只有在女王之中才是真正的女王;她只想掌握其他人在自己的手心之中,虚荣心最大限度地得到满足。对于她来说,指挥下等人不是享受,而是一种耻辱。

因此,她一定会从流放地回来,对于这一点,她没有丝毫怀疑,但是被流放要持续多长时间呢？密拉娣这种天生闲不下来,有极大野心的女人,一切不能抬高身价的日子都是不祥的日子;对于下滑的日子,您想应该称为什么呢！浪费一年,二年,三年,这一生就这样完了？即使最后挨到回来,一路顺风、得意非凡的达达尼埃和他的那几个朋友,极有可能已经得到了王后的奖励,就凭他们为王后付出的一切,这份奖励也不过分,理该如此。所有这些难耐的想法,恰好是密拉娣这种女人不能承受的;内心的狂热使她变得异常凶猛,如果当她的身体与思想达成一致时,她一定会使这间屋子毁掉。

另外,还有一件事让她十分担心,一想到红衣主教,她就头皮发麻。红衣主教爱猜忌,疑心又重,对于她的音讯全无该怎么想,又怎么说呢?红衣主教是她目前仅有的支撑、依靠和护身符,也是她以后平步青云、报仇雪耻的工具。她十分了解他,如果自己没有完成任务,负命而归,不管怎样辩解,说自己蹲了监狱,受了多少磨难,一点儿用处都没有,生性多疑的红衣主教肯定会冷漠地、嘲讽地说:"根本就不该被他们抓住!"以主教大人的权威和睿智,他的怀疑当然是不可小瞧的。

因此密拉娣聚精会神,心中念叨着费尔顿的名字,这时她已经被打入地牢,只有这道亮光照亮了她;如同一条蛇,把身子盘紧再展开想证明一下自己的力气有多大,她已经把费尔顿紧紧地吸在了她高深莫测的大脑里。

时间如流水,一个钟头,又一个钟头地慢慢流逝,好像挂钟也惊醒了,青铜摆锤一下又一下地敲击着,然而每一下都像敲在女囚的心上。九点钟时,德·文特勋爵勋爵像往常一样来巡察,他察看了窗户和铁栅栏,把地板和墙壁敲了几下,又视察了壁炉和房门,在他仔细地察看时间内,密拉娣和他都没有出声。

当然他们都知道,目前的局势正是关键,说一通无用的话,又发一通毫无意义的脾气,实在划不来,只不过是浪费时间。

"好了,"男爵将要离开时说,"今夜您依然逃不了!"

十点时,费尔顿来安排了一个放哨的,密拉娣能分辨出他的脚步声。此时她热切地盼望着听到他的脚步,如同一个热恋中的女人在盼望她的心上人一样,可是密拉娣对这个疯狂的孬种又讨厌又轻视。

因为约定的时间还不到,费尔顿没进屋来。

两个小时过后,午夜的钟声响了,岗哨替班的时候到了。

到时间了,这时起,密拉娣一直担心地等着。

新换的哨兵在过道上来回走动。

密拉娣仔细聆听着。

"你听我说,"年轻军官对哨兵说,"不论发生什么事,你都不能从门口走开,因为你知道,昨晚有个士兵擅自离岗,仅仅一小会儿,被勋爵处罚了,他离开的那时,我还替他放哨呢。"

"是,这个我知道,"那个哨兵说。

"因而我告诉你,一定要严密监视。我要进去把这个屋子仔细地再视察一番,以免这个女人耍什么花招,我接到命令要把她严密地看守,以防不测。"费尔顿说。

"好,"密拉娣自语道,"连他这个虔诚的清教徒也来骗人了。"

而那个哨兵只笑了一下。

"唉!我的中尉,"他说,"您这任务可是美差呀,大概大人还让您视察她的床了吧。"

费尔顿满脸绯红。如果在平时,他非要斥责一顿这个竟敢开这种玩笑的士兵;但在此时他的理智不允许他这样,因而他没说话。

"如果我说来人,"他说,"你就进来;可如果有人来,你就叫我。"

"是,中尉。"那哨兵说。

费尔顿走了进来,密拉娣站起来。

"您来啦?"她热情地打招呼。

"我说过我会来的,"费尔顿说,"这不,我来了。"

"您还答应过一件事。"

"什么事?我的上帝啊!"费尔顿说,即使他的控制能力不差,但是膝头不由自主地打战，额头渗出了汗珠。

"您说过带一把刀子，见面就给我。"

"不要再说了，夫人，"费尔顿说，"不管环境多么恶劣，上帝的人民是不会自杀的。我想过了，我一定不能犯这个错，造这个孽。"

"噢！你想过了！"密拉娣坐下来，轻蔑地笑着说："我也想过了。"

"想过什么？"

"对于这样一个口是心非的男人，还有什么可说的。"

"哦！我的上帝！"费尔顿喃喃地说。

"您可以出去了，"密拉娣说，"没有什么可说的。"

"刀子在这里！"费尔顿把刀子递给密拉娣，她细细地观察了整个刀身，又用手指试了刀刃。

"好，"她说，把刀子还给费尔顿，"这是把钢刀；您真是个让人信任的朋友，费尔顿。"

费尔顿接过刀，照刚才与女犯商讨的那样放在桌上。

密拉娣见他这样，点头表示满意。

"现在，"她说，"请听我告诉你。"

这句话显然是废话，年轻的中尉正焦急地站在她前面等她开口呢。

"费尔顿，"密拉娣严肃地说，语气十分郁闷，"费尔顿，如果您的姐妹，您的亲姐妹对您说，我很年轻，不幸长得漂亮了些，就掉进了别人的圈套，我拼命反抗，但别人在我身边继续布下陷阱、羞辱我、欺负我，我也会拼命抗争；由于我请求我崇拜的上帝和我信仰的宗教来救我，他就亵渎宗教和上帝，我仍然抗争；因此他就对我愈加欺负，明白我的灵魂坚不可摧，就长久地折磨我的肉体，最后……"

密拉娣这时打住了话头，嘴角露出一丝苦笑。

"最后，"费尔顿说，"最后发生了什么事？"

"最后，害我的人觉得我无法驯服，就决定让我无法再反抗下去；因此一天晚上，给我喝的水里放了一种高效麻醉剂，我刚吃过饭，就感觉一阵奇特的眩晕，慢慢地变得神志不清了。虽然我没有怀疑什么，但是一阵依稀的恐惧攫住了我，我奋力想摆脱这种昏迷状态。我站起来，想跑到窗口去喊人，但腿像灌了铅一样沉重不能迈开一步，好像整个屋顶在向我袭来，压在了我的头上；我伸开双臂，要说话，但只能发生一些模糊不清的声音；我全身上下产生了无法抗拒的麻木感觉，感觉自己快要支撑不住了，因而扶住了一把椅子，但是不大一会儿，我的双手就无法再支持下去了，一条腿先跪了下去，接着另一条腿也跪下去了，我想大喊，但舌头僵硬动不了；上帝肯定是看不到也听不到我的声音了，我倒在地板上，一阵困倦袭来，我被睡意征服了。

"我睡着后发生了什么事，过了多长时间，我没有丝毫意识。我只记得一件事，我醒过来时睡在一个圆形房间里，屋里的摆设十分华丽，阳光从屋顶的一个窗户照在屋里，但是四壁都看不见任何门，简直是一间精致的监牢。

"过了好大一会儿，我才弄清楚自己身居何处，才意识到我刚才所说的所有细节，我想使自己的头脑清醒过来，但脑子里如一片乱麻，好像怎么也摆脱不了沉沉的困倦，我依稀地记得空间的移动和马车的前进，好像那是个消耗我的整个体力的噩梦；但是这些都不过是依稀隐约的印记，因而所有这一切好像发生在与我根本不同的另一个人身上，不过是由于某些怪异的二重性才与我联系起来。

"有一会儿，我觉得自己的感觉十分特别，好像在做梦。我摇晃着，慢慢地坐起来，看见我的衣服堆在床边的椅子上，但是我不记得我何时脱过衣服，也不记得还睡过觉。此刻,我慢慢地清醒了,明白怎么回事,一下子感到又羞又怕。这不是自己的房间,我也无从知道时间,可看太阳光线,也许已经过了三分之二的白天了!这样一来,我是头天晚上睡的,几乎睡了二十四个小时。在我昏睡的时间,到底有多少事情发生呢?

"我想迅速穿好衣服,但是动作迟缓而且麻木,说明麻醉药的效果犹在。从布置来看,这个房子是专门用来接待女人的;即使最艳丽的女子,也会认为没有什么不足之处,因为只要扫一眼室内,就会觉得她的任何要求都是多余的。

"显而易见,我并非关进这间华丽客房的第一个女客;但是费尔顿,您知道牢房越豪华,我就越害怕。

"不错,这是地地道道的一间牢房,由于我别想出去。我靠着墙壁慢慢地往前摸,无论如何也找不到门,所有的墙壁听起来都是实的,声音闷闷的。

"我在房间绕了一圈又一圈,一共不下二十圈,想找到出口,但是没有,我疲惫极了,也十分恐惧,一下子瘫倒在椅子上。

"此刻,天很快就黑了下来,到了晚上,我的害怕陡增,我不明白究竟该不该呆在原来坐的地方,我已经被无法预料的危险包围了,害怕每走一步都会有危险。虽然我只是头天晚上吃过饭,但是我一点也不饿,只是特别害怕。

"我凭外面的响声来判断时间,但此刻万籁俱寂;我只是隐约觉得应该是晚上七八点,由于那时是十月天气,天已经完全黑了。

"忽然,门的转动声响起,使我打了一个冷战,一个火球状的东西出现在屋顶的窗子上方,一道强光射入屋内,我惊恐万状地发现一个男子站在离我几步距离的地上。

"一张桌子像魔术般地出现在房间中央,上面摆好了整套晚饭和两副刀叉。

"进来的那个人就是缠了我一年的那个混蛋,他曾恼羞成怒地说非要我名誉扫地才肯罢休,这时他才说了几句话,我就知道他的目的已经在头天晚上达到了。"

"下流!"费尔顿喃喃地说。

"喔!是卑鄙下流!"密拉娣大声嚷着,她发现这个年轻中尉听这个怪异的故事已经入了迷,好像心已经提到了嗓子眼,"喔,是卑鄙下流!他认为在我昏迷时玷污了我,就等于拥有了我;他已经知道我喝了那杯代表耻辱的酒,就希望我会愿意受这种羞辱,因而他要给我一笔巨款,用它来换去我的爱。

"我把他臭骂了一通,所有能想起的表达轻蔑与气愤的词我都毫不犹豫地说出来了,他肯定是对这种痛骂是习以为常了,因为他竟然心平气和,面露笑容,两只胳膊交叉着抱在胸前;最后,觉得我已骂得差不多够了,他向我走来,我突然跳到桌子旁,抓住一把刀,顶在自己胸前。

"'您再走一步,'我对他威胁道,'您就不只是对我的耻辱负责,还要因为我的死受到良心的谴责了。'

"可能是我那时的眼光、声音以及神情,让他知道我并不是在开玩笑,我的一切,包括神情、口气、姿态都使这个最可憎的家伙相信了我并不是嘴上说说,因而他站在了原地。

"'您要寻短见!'他说,'哦!不要,像您这种漂亮的小妞,我费了很大劲才到手,怎么舍得让你去死呢?好,我先出去了,我的宝贝儿!但愿我下次进来时,您的心情好一些。'

"说完这话,他吹声口哨,照亮整个屋子的那盏球形灯消失了,四周漆黑一片。我听见门开了又关上的声音与先前相同。过了一会儿,挂灯又降下来,屋子只剩下我一个人了。

"此时我真的十分恐惧,倘若说我开始还不完全相信自己落入了魔掌,现在眼前的令人沮丧的一切,我没有任何怀疑了。我落入了我既憎恶又看不起的人手里,这个人荒淫无耻,什么坏事都干得出来,他决不会轻易放过我,头天晚上的一切就是可靠的证据。"

"这个到底是谁?"费尔顿问。

"我在椅子上坐了一整夜,哪怕听到一点点响声就惊恐万状;由于到了午夜左右,挂灯熄了,四周又是黑暗。这一晚总算安全渡过了,那个坏蛋再没来凌辱我。天亮了,那张餐桌消失了,但是那把餐刀还在我手中。"

"这把餐刀就是我的所有希望所在。"

"我疲惫不堪,一整夜我一刻都不敢合眼,眼睛像针扎一般十分酸疼。天亮了我才放下了心,上床睡觉,把那把刀放在枕头下面藏着。

"我醒来时,又摆好了一桌饭菜。

"这次,我虽然还是那么害怕,但肚子却饿得厉害;我已经有四十八个小时滴水未进了。我吃了一点面包和水果,由于我对上次喝了掺有麻醉药的水记忆犹新,因而对桌子上的水我没有动,梳妆台上方的墙上嵌着一个大理石水缸,我从那儿舀了一杯水。

"但是,我虽然时时谨慎小心,有时依然觉得十分害怕;但这一次是我想得太多了,整个白天十分安定,我担心的事没有任何发生的迹象。

"我十分小心地将水瓶里的水倒掉一半,防止让他们知道我已经有所防备。

"夜晚来临,黑暗也接踵而来;但是夜色虽然很浓,我的双眼也开始适应了,我在黑暗中发现那张桌子陷入了地板,一刻钟工夫,又升了上来,上面的晚饭已经摆好了;又过了一阵,那盏灯亮了,照亮了房间的每一个角落。

"我下定决心只吃一些不能掺麻醉剂的食物,因而只吃了两个煮蛋和一些水果;最后,又从那个可靠的水缸里舀水喝。

"刚喝了几口,我感到水的味道与早晨的有差别,我立即怀疑了,停了下来,但已经喝下了半杯。

"我惶恐地倒掉了剩下的半杯,汗流满面地等待着。

"肯定有人在暗中监视着我,发现我在那个水缸里舀水,就利用我的轻信来继续实施这个经过策划既残忍又毫无人性的迫害计划。

"不到半个钟头,那些迷迷糊糊的状态又来了;但是,我这次只喝了半杯水,因而还能多支持一阵,并没有立即就昏睡,只是觉得昏迷不醒,处于半昏睡半清醒状态之中,感觉到身边发生的任何事情,就是没有力气保护自己,更无法逃跑。

"我挣扎着想靠近床,拿到那把餐刀,那是我唯一的自卫武器,但是没等我爬到床头边上,就跪倒在地板上了,只是双手抓住了一只床脚;此时此刻,我知道自己支撑不住了。"

费尔顿顿时脸色苍白如纸,浑身痉挛打着冷战。

"可更加恐怖的是,"密拉娣继续说时,声音变了,好像她还沉浸在当时那个凶险时刻的惊惧之中,"更恐怖的是这次我还有知觉,意识到危险的来临,要么这样说吧,我的整个心在沉睡的身体里充满警惕,我还能看见,还能听见,是的,这些都隐隐约约的如同在梦中,可这样更让人心惊胆战。

"我看着那盏灯又升上去消失了,四周一片漆黑;接着又传来开门的声音,虽然这门只开过两次,但我一下就听出来了。

"我似乎感到有人在向我走来,如同一个在美洲荒野中迷失了方向的不幸者感觉到有一条蛇在慢慢地靠近自己。

"我拼命挣扎,想喊出来;我依靠一种不可名状的坚强支起了身子,但又立即倒了下去……瘫倒在那个恶魔的怀里。"

"告诉我,快,那个人是谁?"年轻军官极为愤慨地问。

密拉娣一看就明白了这个故事震撼了费尔顿,她描述每一小节就使他万分愤怒;但是她看费尔顿如此痛心疾首,自己却毫不心慈手软。他的心刺得伤痛越深,就会越死命地为她报仇。因而她仿佛听不见他愤慨的问话,要么就仿佛觉得这时还不是回答这问题的最佳时候,一个劲儿地接着往下讲。

"但是这次,这个恶棍要面临不再是一个没有一点知觉、僵尸一般的女人。我说过:虽然我的四肢不能随意而动,但我却能意识到面临的危险境地。我至死不从,挣扎了好长时间,虽然我极度虚弱,但也许我抗争到底,至死不渝,我听他大声说:

"'这些罪该万死的女清教徒,我只晓得连刽子手都觉得麻烦,没料到把她们弄到手居然也这么不容易。'

"唉,这种毫无希望的抗争已经到了极限,我感觉自己浑身发软,没有一点力气;但这回那个懦夫依靠我的晕厥得手,并不是我的昏睡。"

费尔顿一声不响地听着,但见他的胸脯起伏着,大口大口地喘着粗气;大理石般的额头冷汗一个劲儿地往下滴,他的一只手伸在披风里内抓着胸口的衣服。

"我醒来首先就是在枕头下面摸那把先前没有拿到的餐刀;我不能用它来保护自己,但还可以用它来赎罪。

"但是把这把刀拿到手后,费尔顿,忽然一个恐怖的念头闪过我的脑际。我发过誓要告诉您整个事情,我这样做是应该的,我说过的不对您隐瞒什么,即使声名狼藉,我也在所不惜。"

"您是想为自己报仇,是吗?"费尔顿大喊着。

"是,您说对了!"密拉娣说,"我知道,一个基督徒是不应该这样想的;但这肯定是灵魂得救的敌人硬塞给我的思想,它犹如一头在我身旁不能怒吼的雄狮,把这种想法渗入我的大脑。喔!让我该怎么说呢,费尔顿?"密拉娣用一种忏悔的语气说,"我思想上有这个想法之后就再也摆脱不了了,可能就是因为我有了杀机才有今天的处罚。"

"请继续说下去,说下去,"费尔顿说,"我急切地想知道您是如何复仇的。"

"喔!我计划时机一到立即就下手,我知道他到晚上才会来。大白天没有什么不安全的地方。

"因此,午饭时我没有什么怀疑的,就饱餐了一顿,也喝了水,决心到晚饭时只作个样子,啥也不吃,因此上午就一定要多吃一些,晚上也就不会太饿。

"但是在午饭时我偷偷地把一杯水藏了起来,上一次一连二十四小时滴水未进,没吃一粒米,我觉得口渴时十分难受。

"白天一声不响地度过,我的计划没有丝毫改变;只是我注意不让我的脸上流露出我的内心,因为我知道四周肯定有人在监视我,有几次我几乎感到我的嘴上扬起了笑容。费尔顿,我不敢说出我由此想到什么才笑的,害怕会让您害怕……"

"说下去,继续说下去,"费尔顿说,"您知道我在听着,急切地想知道最后的结果。"

"到了夜晚,一切照旧,晚饭依然在黑暗中摆好,接着灯亮了,我就坐到了桌子旁边。

"我仅仅吃了一些水果;我假装着从瓶里倒水的样子,实际上我只喝了午餐藏起来的那杯水,但是我十分谨慎,就是有人监视也会看不出有什么不对。

"晚餐过后,我又装着像头天晚上麻醉了一样,但这一回装着似乎十分困乏,或者说我已经学会了,拖着身躯向床边挪去,最后让身上的裙子掉在地板上,就掉头睡了。

"这一次,我在枕头下面摸着了那刀,一面装睡,一面颤抖地紧捏着那把刀。

"两小时过去了,什么也没发生。哦,上帝!谁知道头天晚上谁能告诉我会这样?这一回我竟担心他不来了。

"终于,那盏灯慢慢地上升在天花板后面消失;屋子里漆黑一片,但我努力想使自己穿过这浓浓的黑暗发现点什么。

"又大概过了十分钟光景。除了我自己的心跳声,四周一点儿声息也听不见。

"我祈求上苍让他一定要来。

"最后,好不容易听到了熟悉的开、关门声,即使地板上铺有厚厚的地毯,但踩上去仍有轻轻的声响;我在黑暗中依稀地看到有人影向床边走来。"

"快说下去,请您快点!"费尔顿说,"您难道不知道您的每一句话如同火热的烙铁在灼烧着我的心吗!"

"此时此刻,我才明白这就是我复仇的时机,"密拉娣继续说,"或者是向邪恶挑战、伸张正义的时刻到了,我把自己想象成另一个朱迪特,手中紧握钢刀,身子紧缩,集中全身的力量,等他走近我,伸手要获取他的猎物时,我发出最后一声绝望的哀鸣,举刀向他胸口刺了下去。

"谁知这个孽种,他已经早有防备!他前胸口有铠甲,刀口卷曲了。

"'啊哈!'他一只手抓住我的胳膊,夺下那件前功尽弃的凶器,大声说道,'我的清教徒宝贝,您要叫我死呀!这不仅仅是恨我,这是恩将仇报啊!好了,好了,不要生气,我的宝贝!我认为您已经心平气和了。我并不是那种强暴民女的昏君;您不爱我,以前我还自信地不相信,现在我明白了。明天,就还你自由。'

"可我当时只有一个愿望,希望他一刀杀了我。"

"'但你可要小心!'我对他说,'由于我重新获取自由之时,也就是你身败名裂之日。真的,只要我一离开这里,就会把什么都说出来,包括你怎么私自把我关起来,怎么凌辱我。我会把您的下流行为公之于世;阁下,无论你有如何高大的官阶,你依旧会很狼狈!您的头上有国王,国王之上还有上帝。'

"他的表面上尽量装得十分平静,但是愤怒之情溢于言表。虽然我看不清他的脸色,但是我搭在他胳膊上的那只手感到他的胳臂在发抖。

"'那么,您休想离开这里,'他说。

"'好啊!'我大喊着,'那么我的这间牢房就全当是我的墓穴。好!要我死在这里,要让您明白一个屈死的孤魂野鬼,是否比那些荒淫无耻披着人皮的狼更恐怖!'

"'我不会让您有可能自尽的任何凶器。'

"有一种要命的方法,只要有足够的毅力和勇气,在绝望时会发现它是轻而易举的。我要绝食至死。

"'好了,'那混蛋说,'干嘛这么与我作对呢?我们和解行不行?我马上让您获得自由,向世人歌颂你贞洁的懿德,称您为英国的卢克丽霞。

"'而我会说你就是塞克斯图斯,我要像在上帝面前揭露你一样,在世人面前让您曝光;大不了我就如同卢克丽霞一般,用我的血在状纸上写上自己的名字,我也一定会坚持做的。'

"'哈哈!'我的仇人讥讽地说,'那就不同了。说真的,您住在这儿不是很好吗,要什么有什么,如果您一定要自己饿自己,那就是在跟自己较劲了。'

　　"说完这些话,他就向后退去,接着我又听见门打开又关上了,我不得不承认,那时的我整个身心沉浸在不能复仇的耻辱之中,相对的痛苦反倒减弱了许多。

　　"他倒很守信用。第二天一整天和晚上都没有来,至于我自己,也像说的那样,不沾一滴水,不吃任何东西;就像我说过的,我决定把自己饿死。

　　"我不论白天还是黑夜都在不停地祷告,请求上帝对于我的轻生给予原谅。

　　"第二个晚上,门又开了;那时我倒在地上,已经十分虚弱了。

　　"听见响动,我用一只手支撑起半个身子。

　　"'怎么样,'我耳旁有一个声音大声地对我说,我甚至没有听清楚那是谁的声音,'哼,如果您平静下来了,就答应我一句话,出去以后不说这里发生的任何事,我立刻放人,如何? 我告诉您,我是个不难说话的公爵,'他继续往下说,'清教徒我并不喜欢,但是我倒宁愿让他们行使正当的权利,说到女教徒儿,只要长得漂亮些,就更有意这样做了。好了,我只要求您凭着十字架发一个誓就可以了。'

　　"'凭十字架发誓!'我站起来大喊,因为我听到了这个令我仇恨的声音,我一下子重新获得了勇气,'凭十字架! 我发誓! 不管什么承诺威胁和刑罚,都不能使我不说;我凭十字架发誓,我要向全世界的人揭发你的丑行,你是杀人狂,是色狼,是懦夫;我凭十字架发誓,我如果从这儿出去,就会让全世界的人来复仇。'

　　"'你可要当心了!'这时他用我以前没有听到过的威胁口吻说,'如果你把我逼到绝路上,我会使用最后一招,堵上你的嘴,或者让您说话别人怎么也不会相信。'

　　"我用全身的力气一阵狂笑,算是回答了他。

　　"他知道了我们之间不是你死,就是我亡的境地,已没有任何余地。

　　"'你听我说,'他说,'给你最后一次机会,今天晚上和明天白天这些时间供你思索:如果答应不扬出去,你就会享受人世间的一切美好事物:钱、权、地位,享不尽的福;如果非要说,我就让你带着耻辱过一辈子,没有脸面见人。'

　　"'你!'我喊起来,'你!'

　　"'让您的耻辱永远无法抹掉,让你跳到黄河洗不清的耻辱!'

　　"'你!'我喊道。喔! 费尔顿,听我说,我那时认为他精神不正常了!

　　"'是,我!'他这样回答我。

　　"'啊! 不要碰我,'我对他喊道,'你出去,你如果不想眼看我一头撞死的话,你就给我滚出去!'

　　"'你要我出去,'他说,'我出去就是了,明晚见!'

　　"'明晚——'我说着全身一软,一下子倒在地板上,又气又恨地咬着地毯……"

　　费尔顿靠在了一件家具上站着,密拉娣的心中一阵兴奋,她明白,可能他听不完这个故事,就承受不了了。

第五十七章　古代悲剧的戏剧手段

密拉娣一阵沉默，趁这机会她偷着瞅了一眼聚精会神的费尔顿，过了一会儿，她继续讲她的故事。

"大概有三天时间我没有吃任何东西，没喝一口水，全身难受得不得了。有时我觉得眼前发黑，眼睛上像蒙上了一层薄雾一样，这是虚脱的症状。

"又是一个晚上；我十分虚弱，一不小心就会晕厥过去，当每次昏过去我都在心中默默地感激上帝，因为我觉得自己快要死了。

"有一次刚要昏过去时，我听见门开，害怕使我立即清醒了。

"那个坏蛋与一个蒙面人走了进来，他自己也用面罩蒙住了脸；不过我能听出他的脚步声，认得他那庄重的神态，地狱的魔鬼把这种神志附在了他的身上，让他用来践踏人类的尊严。

"'怎么样，'他说，'我让您发誓，您决定好了吗？'

"'你自己曾这样说过，清教徒总是言出必行的。我的主意，你已经知道了，那就是揭开你的面具，让你的罪行公之于世，如果我不能在人间对世俗的法庭起诉你，就在上帝那里的法庭揭露你！'

"'这样说，你死了心了？'

"'上帝在听我向他起誓；我会让世界上所有人都知道你的罪行，找不到人为我报仇我决不放弃。'

"'你这个骚货，'他恼羞成怒地吼起来，'让你尝试一下婊子该受的处罚！你请求为你报仇的人如果看见你身上的烙印，那时你别做梦了，他们会相信你果真是贞洁的！'

"接着他向跟他一齐进来的人说：'动手吧，刽子手。'"

"喔！快告诉我他的名字，这个人到底是谁？"费尔顿叫道，"他叫什么，快告诉我！"

"此时此刻我才知道自己的面前是一种比死更恐怖的残害，因而又哭又喊，使劲挣扎反抗，但是毫无用处，那个刽子手一把抓着将我按倒在地上，还紧紧地按住我，使我无法动弹，我哭得几乎要断气了，快要晕过去了，我请求上帝拯救我，但是他仿佛没有听见。忽然我大喊一声，这一声中饱含了痛楚和耻辱；一块灼热的烙铁，烧得通红通红的，刽子手专用的烙铁已经在我的肩头烙下了印记。"

费尔顿不由地发出一声愤怒的低叫。

"您看看，"密拉娣说着，好像女王一样庄重地站起来，"您看看，费尔顿，看他们的杰作，想想他们怎么利用刚发明的残酷刑罚来残害一个处在暴徒威胁之中的天真少女的。希望从中吸取教训，重新认识人的灵魂，以后不要轻易地充当他们下流无耻的复仇工具吧。"

密拉娣十分利索地解开裙子，把贴胸的细麻布内衣也撕开了，做出由于悲痛、羞涩而满脸绯红的样子，让一个漂亮的香肩露了出来，给费尔顿看那块永不磨灭的印痕。

"但在我看来是朵百合花!"费尔顿大声嚷着。

"这正好是他的可耻所在,"密拉娣回答道,"如果烙上英国的印痕,就一定得有证据,证明是那一家法院判过这种刑,那么我就可以向一切法院提出申诉;可如果烙了法国的……哦! 有了这种印痕,我就千真万确地是受过烙刑的人了。"

费尔顿已经没有办法承受了。

他脸白如纸,静静地发呆了,这种令人惊异的故事使他心如刀绞,而这个女人的非凡的气质,惊艳绝伦的美色使他的眼睛蒙上一层雾,看不清她的本来面目,只有沉迷和陶醉,虽然这个不要脸的女人用美色来引诱他,但在他看来她是那么纯洁伟大,他忍不住屈膝跪倒在她的脚下,就像古罗马的皇帝送这些不幸的女教徒进入竞技场供荒淫无耻的暴徒侮辱时,那时的基督徒却崇拜她们,跪倒在这些殉教的圣女面前。烙印已经不存在了,他的眼里只有美丽妖艳。

"请原谅我,宽恕我!"费尔顿叫着,"哦! 请宽恕我吧!"

密拉娣却在他的眼睛里看出的是:"我爱您,我爱您。"

"宽恕您什么?"她问。

"宽恕我也跟他们一道为难您。"

密拉娣向他伸出手去。

"您是多么漂亮,多么年轻啊!"费尔顿不停地吻着这只手喃喃地说。

密拉娣向他抛了一个媚眼,这足以使一个皇帝称臣。

费尔顿是个清教徒,他松开她的手去吻她的双脚。

他已经不光是爱上了她,而且崇拜他。

这种忘情的冲动过去了,密拉娣又表现得异常平静(实际上她从没有不平静过);费尔顿看见那难能可贵的爱情流露被圣洁的帷幕遮住了(谁知道她那样的目的只是想把他的欲火煽得更加厉害),不由自主地说:

"啊! 我现在只祈求一件事,请您把这个千真万确的恶棍的名字告诉我,在我看来他才是真正的暴徒,至于其余的只是他的帮手罢了。"

"为什么,我的弟兄!"密拉娣大声说,"你不会猜不出,难道要再说一遍这个名字吗?"

"什么!"费尔顿喃喃地说,"他! ……怎么又是他……总会是他! ……什么! ……这个该死的罪犯……"

"千真万确的罪犯,"密拉娣说,"他就是践踏英国、压迫虔诚的教徒、卑鄙无耻地蹂躏那些不幸女人的暴徒,他那多变,邪佞奸诈的性格使两个国家互相残杀、血流成河,今天她维护新教徒,明天又去压迫他们……"

"白金汉! 这个白金汉!"费尔顿愤慨地叫道。

密拉娣用双手蒙着脸,好像听见这个名字羞愧难当、悲愤异常的样子。

"白金汉啊,你竟然忍心对一个女神下如此残酷的毒手!"费尔顿叫道,"我的上帝啊! 你怎么不用雷电劈死他,却使他有多么显赫的权威,受世人敬仰,允许他利用他的权势把我们往绝路上推!"

"自暴自弃者上帝必然放弃他。"密拉娣说。

"可天网恢恢,上帝不允许坏人逃脱法网!"费尔顿越来越气愤,"难道上帝故意在天国惩处坏人之前,先让人间的无辜无迫害的有机会报仇吗!"

"全世界所有的人都害怕他,迁就他。"

"我!"费尔顿说,"我既不怕他,也不会迁就他! ……"

密拉娣感觉兴奋异常。

"但是德·文特勋爵,我的保护人,我的父亲,"费尔顿问,"与这些到底有什么联系呢?"

"您先听我说,费尔顿,"密拉娣说,"世界上有卑鄙的坏蛋,但也不乏心地善良的好人。当时我有了未婚夫,我们心心相印,彼此很深地爱着对方;他也像您一样有颗崇高、纯洁的心,费尔顿,完全跟您差不多的男子汉。我到他那里,把发生的所有事情都给他说了;他了解我的为人,对我所说的一直深信不疑。他也是个权势显赫的王室贵族,权力并不亚于白金汉。听了我的叙说,他没说一句话,带着剑,披上披风就去找白金汉了。"

"是,是,"费尔顿说,"我了解,实际上对付这种人用不着剑,匕首很合适。"

"白金汉前天晚上去了西班牙,是以大使的名义,去为那时还是威尔士亲王的查理一世向西班牙公主求婚。我的未婚夫怏怏而归。"

"'您听我的,'他对我说,'这个家伙不在,因而他一时逃脱了;我们早该结婚了,现在不能再耽误下去了,您就安心吧,德·文特伯爵一再保证不会让自己和妻的名誉受到一点点伤害。'"

"德·文特伯爵!"费尔顿叫了起来。

"是,"密拉娣说,"德·文特伯爵,现在您该弄清了吧?白金汉在西班牙住了一年多。但是就在他回来的一周之前,德·文特伯爵突然身亡,把全部家产都留给了我。他为什么猝死?这个,上帝一定明白,但我无法控告任何人……"

"喔!多么厉害的阴谋诡计,太恐怖了!"费尔顿叫道。

"德·文特伯爵临死前没有对他弟弟交代什么,因为来不及了。这个可悲的诡计谁也不知道,等到它像炸弹一样劈死那个恶棍就会真相大白了。您的父亲兼保护人对他的哥哥与我,这样一个没任何家产的女人结婚,就始终怀恨在心。我明白对于这个没有继承任何遗产而大失所望的小叔子别指望他能帮我什么。我决意移居法国安度一生。可我的家产在英国;战争爆发,兵荒马乱,两国断绝来往,我的生活就成问题;因此我不得不返回英国,六天前我在朴次茅斯下了船。"

"那后来呢?"费尔顿问。

"后来,白金汉肯定知道我要回来,他告诉了对我成见颇深的德·文特勋爵,告诉他,他的嫂嫂是个婊子,是受到烙刑的女犯。由于我丈夫已不能用圣洁高贵的声音为我支持公道,这个德·文特勋爵也就全听信了白金汉,况且他心里正期望这样。他派您把我抓住带到这儿,由您看管。后来发生的一切您都知道:后天我就会被押送出境,流放了;后天我就得与那些无恶不作的流放犯在一起了。喔!一切的诡计布置得十分巧妙,如此密不透风,我今后就会声名狼藉了。您了解了吧,费尔顿,我是死定了;费尔顿,把那把刀递给我吧!"

她说完时,好像最后的体力已经耗尽了,娇艳欲滴地顺势倒在了费尔顿的怀里。年轻军官沉迷在爱情、愤怒以及以前从未体验过的肉欲的欢快之中,忘情地抱紧了她。嗅着她吐出来的气息,他被激动得全身发抖;她那一起一伏的胸脯贴在他的胸前,愈加使他销魂。

"不,不,"他说,"不,你一定要好好活下去,为了报仇雪恨而活下去。"

密拉娣用手轻轻推他的同时却用一双媚眼在挑逗他;费尔顿紧紧地拥住她,如同祈求女神似的要她不要离开他。

"哦!死了算了,死了吧!"她垂下眼帘,嘶哑着嗓子说,"哦!与其这样忍辱活着,不如一死百了;费尔顿,我的兄弟,朋友,我求你了。"

"不要,"费尔顿大喊着,"不,你一定要活下去,你的仇总有一天会报的!"

"费尔顿,我活着只能给我的亲人带来耻辱!费尔顿,不要管我!费尔顿,请让我解脱吧!"

"好啊,我们就一起去见上帝吧!"他叫了一声,嘴唇紧紧地压在了女犯的嘴唇上。

忽然响起了好几下敲门声;这回,密拉娣硬推开了他。

"你听我说,"她害怕地说,"我们的话有人听见了;他们来了!这下坏了,我们彻底完蛋了!"

"不会的,"费尔顿说,"可能是岗哨告诉我巡逻队来了。"

"那您快去开门呀!"

费尔顿立即照办,他的大脑里只有她了,除了这个女人已经容不下任何东西了。

他前面站着一个带着巡逻队伍的中士。

"嗯,怎么回事?"年轻的中尉问。

"您告诉过我,如果有人呼救就进来,"哨兵说,"但您忘记给我钥匙,刚才我听见您在喊,又听不清您究竟说什么,我想进来,门又从里面锁上了,于是我叫来了中士。"

"我就来了。"中士说。

费尔顿惊慌失措,精神似乎要崩溃了,愣在那儿说不出话来。

密拉娣知道该由她来扭转局势了,她奔到桌子前,抓起了费尔顿放在那儿的刀。

"您为什么不让我死?"她说。

"上苍哪!"费尔顿看见她拿着那把闪闪发亮的刀,不禁大叫一声。

恰在此时,过道上传来一阵带着嘲讽的笑声。

男爵刚才听见动静,穿着睡袍握着长剑走到这儿,笑声没有停下,人已经站在了门口。

"哈哈!"他说,"我们现在正在观看悲剧的末尾部分了,费尔顿,您看到了吧,这出戏的台词果然在意料之中;但请您放心,血是不会流的。"

密拉娣顿时心里一亮,如果立刻不装出有说服力的证据,向费尔顿证明她下决心自杀的勇气,她就前功尽弃了。

"您说错了,阁下,不会不流血的,但愿这鲜红的血喷向那些让我非流血不可的人!"

费尔顿情不自禁地惊叫起来,向她冲了过去;但已来不及了,密拉娣一刀刺了下去。但刀子恰好——其实应称之为很巧地刺在了胸衣撑的铁片上,在当时的年代里,这种金属或鲸须薄片制作而成的胸衣撑,可以说是女人的护胸罩;刀子一滑,划破裙子斜插在肌肉和肋骨中间。

只有一秒钟,殷红的血就把米莱的裙子染红了。

密拉娣仰面倒了下去,如同晕厥了一样。

费尔顿一把把刀子抢了过来。

"您看,阁下,"他心事重重地说,"由我看管的这个女人,她寻短见了。"

"请放心吧,费尔顿,"德·文特勋爵说,"她不会死,妖魔是不会这样就轻易死去的,您放心好了,到我屋里等我回来。"

"但是阁下……"

"去,我命令您这样做。"

听到上司这样下了命令,费尔顿服从了;不过在跨出房门时,他把刀藏进了怀里。

德·文特勋爵让人把侍候密拉娣的女人叫来;当她进来时,他就让她照看密拉娣,由她一人看管处在昏死状态中的女犯。

男爵心中生起疑团,但是由于伤势似乎很严重,他就马上派人骑马去请了医生。

图文珍藏版

第五十八章　越　狱

　　德·文特勋爵实际上猜对了,密拉娣的伤并不严重;男爵走后,只有她和她的侍女留在屋里,当那侍女正忙着给她解衣服的时候,她的眼睛睁开了。

　　然而,她不得不装出很体弱,很难过的样子,这对于像密拉娣这样一个擅长于逢场作戏的女人来说,真不值一提;结果她演得非常真切,把那个老实的女人弄得完全相信了,无论她怎么说不用别人陪伴,她硬坚持要留下来整夜守护她。

　　幸好这个女人留在身边,并没有影响密拉娣进行考虑。

　　她取得了费尔顿的信任,这点已经毫无疑问,他是完全被她所支配了:如果有个天使来向他控告密拉娣,费尔顿处在目前这种精神状态下,肯定会把那天使当成魔鬼派来的精灵。

　　想到这里,密拉娣脸上露出了笑容,因为从此费尔顿就是她唯一的希冀,她唯一能用来使自己死里逃生的人了。

　　然而德·文特勋爵或许已经对他有了怀疑,没准儿费尔顿现在已经处于被监视的状态。

　　清晨四点钟左右,医生来了;可是密拉娣刺的那一刀,现在伤口已经弥合,医生看不清楚伤口的走向和深度,他按了按病人的脉搏,知道情况并无大碍。

　　天亮了,密拉娣托词说晚上没睡好,必须安静地躺会儿,她把那个一直守护在身边的女人支走了。

　　密拉娣打心眼里希望费尔顿能在吃早饭的时候来一下,但是他终于没来。

　　难道她的顾虑真的应验了?当男爵已经对费尔顿起了疑心时,他会不会在最后时刻打退堂鼓?她只有一天期限:德·文特勋爵说过她将在二十三号被送上船,然而此刻已经是二十二日清晨。

　　不过,她还是强迫自己等到了吃饭时候。

　　虽然她一口早饭也没吃,午饭还是准点送到,这时密拉娣注意到看守她的士兵的制服都变了,不由得心头一阵发毛。

　　她壮着胆子问了一句费尔顿在哪里。人家告诉她说,费尔顿一个钟头前骑马出去了。

　　她又问男爵是否仍在城堡里;那士兵告诉她说是的,而且他还说,如果女犯人有话要跟他说,就马上报告他。

　　密拉娣说她此时全身没劲,她只要求单独呆会儿。

　　那士兵把午饭放在屋里,退了出去。

　　费尔顿离开城堡,士兵又全部换了,如此看来费尔顿是遭到了怀疑。

　　这对于密拉娣无异于致命的一击。

　　屋里没有其他人,她索性站起身来;刚开始出于伪装她一直躺在床上,她让人家觉得她伤得不轻。现在,她觉得这张床犹如一个火炉在炙烤着她。她往门口看了一眼:男爵让人把一块木板钉在门上,把那个小窗洞堵住了;显而易见他是为了防止她再要什么花招,从这个洞口去引诱看守。

密拉娣得意地笑了起来;这样,她反而可以发泄自己的情绪,而不被别人看到了。她仿佛一个狂躁的疯子,也可以说像一只被关在铁笼子里的狂暴的母虎,气势汹汹地在屋里到处乱走。如果那把刀子还在她身边,她一定会想到用它——不是用来杀自己,而是去刺杀男爵。

六点钟的时候,德·文特勋爵回来了;他全副武装,浑身披挂整齐。密拉娣原来一直以为他是一个无足轻重的花花公子,这时才认识他是一个深谋远虑的监狱长:他仿佛对一切情况都了如指掌,并且早有防备,早做了安排。

男爵看了密拉娣一眼,就看穿了她的心思。

"行了吧,"他说,"我觉得您今天想杀我的打算会落空的;您没带武器,而我却早有防备。可悲的费尔顿已经被您引诱成功了,他已经受到了您的影响和熏陶,但我要拯救他的灵魂,他不会再与您见面了,你们就此各奔东西了。请您整理好自己的衣物,明天就出发。我原来计划在二十四日开船,但后来觉得还是早点走开为好,以免出什么差错。明天中午,我就会拿到白金汉签署的判决书。上船之前,您不管跟谁只要说一句话,中士就会一枪要了您的命;上船之后,您要是在没有得到船长允许的情况下擅自与人说话,船长就会命令别人把你扔进大海,我这可是把丑话说在前头。今天就说这些,再见。明天我将会前来与您告别。"

他说完就出去了。

密拉娣嘴上挂着蔑视的微笑,听完这一连串饱含威胁的长篇大论,心里却气得要命。

晚饭端上来了;密拉娣觉得自己需要接接力,因为她不知道晚上会发生什么事,这会儿的天气一点也不好,天空乌云密布,远处电光闪闪,预示着一场暴风雨即将来临。

晚上十点钟的时候,狂风乍起,大雨倾盆;密拉娣觉得大自然也在替她鸣不平,油然而生了几分慰藉感。天空中雷声阵阵,仿佛愤怒在她胸中翻腾怒吼;她觉得,狂风吹乱她额头的长发,仿佛吹弯大树的枝丫,吹掉上面的叶片;她像狂风暴雨般呼啸怒号,但最终被淹没在大自然的怒吼声中——虽然这声音也好像是绝望的悲音。

突然她听到有人在敲击窗玻璃,此时天空划过一道闪电,她看见窗上的铁条后面出现了一张脸。

她扑过去把窗子打开。

"费尔顿!"她喊道,"我有救了!"

"没错,"费尔顿说,"但现在千万别出声!锯断铁条需要很长时间。当心别让他们从门上的窗洞里看见您。"

"哦!真是上天保佑,费尔顿,"密拉娣说,"那个窗洞已被他们用木板封死了。"

"那好极了,是上天让他们昏了头!"费尔顿说。

"我能帮你什么忙吗?"密拉娣问。

"您什么也别做,只要您把窗户关上就行。您先回去睡觉,要么和衣躺会儿也好,我锯完后会在窗子上敲几下。不过,您可以跟我走吗?"

"哦!没问题。"

"您的伤怎么样?"

"伤口还有点疼,不过并不妨碍走路。"

"那您先做好准备,听我的暗示。"

密拉娣关上窗,吹灭油灯,照着费尔顿的指示睡在床上。在狂风暴雨的呼号声中,传来锯铁条的声音,每当一道电光掠过,她总能瞥见窗后费尔顿的身影。

她屏息凝神,平心静气地度过了一个小时,额头上布满冷汗,一听到过道上有动静,她就惊慌失措,心头一阵阵抽搐。

有些时候,过去几小时在她仿佛过了几年。

一小时过去了,费尔顿在窗子上敲击了两下。

密拉娣跳起来跑到窗子跟前,打开窗户,两根铁条被锯断了,窗口已能逃出去一个人了。

"您准备好了吗?"费尔顿问。

"当然。还要带什么东西吗?"

"如果有金币的话,全部带上。"

"还有一点,幸好没全被他们搜去。"

"那最好不过,我把所有的钱都用来租船了。"

"您接着。"密拉娣说着,把一个塞满金币的袋子放在费尔顿的手里。

费尔顿接过袋子,顺手把它扔在下面的墙脚跟前。

"现在就走如何?"他说。

"我这就来。"

密拉娣站上一张椅子,把半个身子探出窗外,低头一看,费尔顿悬空站在一架绳梯上,下面就是万丈悬崖。

她禁不住打了一个寒战,流露出这样的怯意,使她清醒自己原来是个女人。

凌空悬着的绳梯使她感到非常胆怯。

"这一点我也早就预料到了。"费尔顿说。

"没关系的,"密拉娣说,"我闭着眼睛望下爬吧。"

"您信任我吗?"费尔顿问。

"这个您还怀疑吗?"

"您合拢两手,并紧,不错,就这样。"

费尔顿掏出手绢绑在她的两只手腕上,然后又在外面用绳子束紧。

"您这样是在干什么?"密拉娣惊异地问道。

"您用胳膊套住我的脖子,不用怕。"

"这样你一旦失去平衡,我们俩都会被摔死的。"

"不用担心,别忘了我是水手出身。"

一秒钟也浪费不得;密拉娣伸出胳膊套住费尔顿的脖子,把整个身子慢慢滑到了窗外。

费尔顿开始沿着绳梯一级级往下爬。尽管绳梯上悬着两个人的重量,狂风还是吹得它晃来晃去。

费尔顿突然停下来不爬了。

"不要出声,"他说,"我听见了脚步声。"

"我们被发现了!"

片刻的静寂。

"没有,"费尔顿说,"没事。"

"那么这是哪来的声音?"

"那是巡逻队在小路上巡逻。"

"哪个小道?"

"就是位于我们下面的那条小道。"

"他们会不会看到我们?"

"不会的,只要没有闪电就看不见。"

"他们会碰着绳梯的。"

"幸好这绳梯短了一截,离开地面有六尺距离。"

"天哪!他们过来了。"

"不要出声!"

两个人屏息凝神,一动不动地悬在绳梯上,距离地面大概二十多尺的样子;正在这时,那队士兵说说笑笑地从下面走过去了。

两个逃亡者一时间惊慌失措。

巡逻队过去了,只听见脚步声渐去渐远,说笑声也越来越远,最后终于听不见了。

"现在我们脱险了。"费尔顿说。

密拉娣吁出一口气,就晕了过去。

费尔顿接着往下爬。到了接近绳梯末端的地方,他觉得再往下就无处踩脚了,就用双手抓住绳梯往下挪;最后,到了绳梯最后一级,他凭借腕力让身体在半空吊着,脚触到了地面。他把密拉娣放在地面上,弯腰拾起了那袋金币叼在嘴里。

然后他抱起密拉娣,朝着与巡逻队相反的方向急速走去。很快他就离开了这条巡逻小道,经过乱石林立的坡地,往下走到海边,吹响了一声口哨。

回应他的是一声一模一样的口哨,五分钟之后,他看见四个水手划着一只小舢板过来了。

舢板努力想靠近岸边,但是水太浅,它没法靠近;费尔顿渡过齐腰深的海水,把密拉娣抱上了那只船,他始终没有让别人帮他托一把这珍贵的重物。

幸好,暴风雨已经过去了。但是海面上还是波涛汹涌,舢板仿佛一只核桃壳在波浪中颠簸。

"朝着帆船那边划去,"费尔顿说,"快点。"

四个水手一齐努力;风大浪急,舢板行进非常不易。

可是不论怎么说,最重要的是他们已经离开了城堡。夜色很沉重,从舢板上已辨不清海岸在哪儿,因而在岸上看清这只舢板想必更难。

一个黑影在海面上晃荡。

那正是在等待他们的单桅帆船。

四个水手尽力朝这艘小船划去,趁这个机会费尔顿把缚在密拉娣手上的绳子和手绢解开了。

接着,他舀了一点海水泼在她的脸上。

密拉娣吁出一口气,睁开了双眼。

"这是在哪儿?"她问道。

"您已经逃离虎口了。"年轻人回答道。

"哦!我得救了!得救了!"她大声喊道,"没错,这是天空,这是大海!我呼吸着自由的空气。啊!……多谢,费尔顿,多谢!"

年轻人紧紧地把她抱在怀里。

"我的手出什么毛病了?"密拉娣说,"我感觉手腕好像被老虎钳夹碎了似的。"

密拉娣抬起胳膊,果然她的手腕都勒伤了。

"天哪!"费尔顿看着这双漂亮的手,心疼地摇了摇头说。

"哦,没什么,没什么!"密拉娣大声说,"我现在记起来了!"

密拉娣环视四周,仿佛在找什么东西。

"在这里。"费尔顿用脚踢了踢装金币的钱袋。

舢板靠近了单桅帆船。值班水手朝着舢板喊话,舢板上的水手大声回应。

"这是条什么船?"密拉娣问道。

"就是我为您租的那条小船。"

"它会把我载向何方呢?"

"到任何一个您想去的地方,中途只要能让我在朴次茅斯下去就行。"

"您为什么要去朴次茅斯?"密拉娣问道。

"执行德·文特勋爵的命令,"费尔顿凄惨地笑道。

"什么命令?"密拉娣问道。

"这个难道您还不明白?"费尔顿说。

"不明白,请快说给我听听。"

"因为他怀疑我,就决定亲自看守您,而让我替他把您的判决书送给白金汉签字。"

"既然他怀疑您,怎么还会放心让您去送这份判决书?"

"他怎么能想到我知道自己送的是什么文件呢?"

"那也是。如此说来您马上要去朴次茅斯?"

"我不能再耽误了,明天是二十三日,白金汉明天将带领舰队出发。"

"他明天出发?去哪儿?"

"拉罗谢尔。"

"不可以让他走!"密拉娣得意忘形,大声叫了起来。

"您放心,"费尔顿应声说道,"他走不了。"

密拉娣高兴得浑身颤抖,她很明白年轻人心里打的主意,白金汉这回死定了。

"费尔顿……"她说,"您跟马加比一样了不起!如果您死了,我也会随您去的,这就是我所能对您说的话了。"

"别作声!"费尔顿说,"咱们到了。"

果然,舢板靠拢了单桅帆船。

费尔顿首先登上舷梯,伸过手拉着密拉娣,那几个水手也在下面托着她,这时海面依然波涛汹涌,舢板始终摇摆不定。

只一会儿工夫,他们就来到了甲板上。

"船长,"费尔顿说,"这位就是我曾提到过的夫人,您一定要负责把她平安地送到法国。"

"只要一千皮斯托尔就行。"船长说。

"我已经给了您五百了。"

"是的。"船长说道。

"这儿还有五百。"密拉娣把手放在钱袋上说。

"不,"船长说,"我与这位先生预先约定,我说话可是算数的;要等船到了布洛涅,剩下的这五百皮斯托才能归我。"

"咱们能到那儿吗?"

"保证您一路平安,"船长说,"否则我不叫杰克·巴特勒。"

"那好,"密拉娣说,"如果您言行一致,我给您的将不是五百,而是一千皮斯托尔。"

"美丽的夫人,那可真是托您的福了,"船长喊道,"但愿上天保佑,我能常常碰到像您这样的主顾!"

"现在,"费尔顿说,"您先把船开到奇切斯特,驶进朴次茅斯前面的那个小海湾。您知道,这我们可是有言在先的。"

船长答应一声，便命令水手起锚开船。第二天早上七点钟左右，小船就驶进了那个小海湾。

　　在这段航程中，费尔顿把事情的来龙去脉都告诉了密拉娣。他如何没去伦敦，而去租了这条小船，怎样回来，怎样在攀墙而上时在石缝里固定了好多能踩脚的铁钩，爬到窗口又如何放下绳梯，以后的事情密拉娣自然经历了。

　　密拉娣原想再给这个年轻人加加油，让他继续努力别松劲；但待她刚说了几句后，就看出这个热血青年已经无须别人再鼓劲，而是需要让他情绪稍稍平静些才好。

　　他们约好了密拉娣在这儿等费尔顿；到时如果他还没来的话，她就先走。

　　那时候，如果费尔顿没有出意外，他就去法国，到贝蒂纳的加尔默罗会女修道院去找她。

第五十九章　一六二八年八月二十三日，
朴次茅斯的一幕

费尔顿仿佛一个弟弟散步前面向姐姐道别一样，亲吻了密拉娣的手和她告别。

他看上去像平时一样宁静，只有眼睛里闪烁着一种令人惊异的光亮，就像是胸中热潮的表现，前额比平时更显得苍白，牙关紧咬，说话急促而时断时续，显示出他内心的骚乱。

他登上驶往岸边的舢板，一直侧过脸来看着密拉娣；密拉娣立在甲板上目送他远去。他们彼此都知道担心被别人追上是多余的：士兵在九点钟之前从不会进密拉娣的囚房；从城堡赶到伦敦也必须得三个小时。

费尔顿上了岸，爬上通往崖顶的斜坡，挥手向密拉娣作最后一次道别，然后向城里走去。

走了一百步左右，地势渐渐低下去了，他只能瞧见那艘船的桅杆了。

他马上向朴次茅斯的方向跑步前进，市区距离他大约半英里左右，塔楼和房屋在晨雾里隐约可见。

朴次茅斯后面的海面上，舰船舳舻相接，林立的桅杆随风飘扬，仿佛一片被劲风吹光了树叶的杨树林。

费尔顿一面在急匆匆地赶路，一面在脑子里列着白金汉的罪行，对这位詹姆斯一世和查理一世的宠臣的真真假假的非议和谴责，平日里很容易就能听到，然而十年苦旅生活的沉淀，成年累月与清教徒的接触，更加加重了他对这个佞臣的憎恶。

费尔顿将这个早已臭名昭著的权臣的罪行——那些早已公开的，或者说在欧洲无人不晓的罪行——和他对密拉娣所犯下的还未公开、不为人知的罪行相比，认为白金汉既是独夫民贼，又是奸诈小人，而尤其以公众不知其底细的后一种身份罪不容诛。费尔顿对密拉娣的爱情是那么独特，那么新鲜，那么炽热，因而在他眼中，德·文特勋爵夫人对白金汉的那些寡廉鲜耻、无中生有的造谣中伤都成了不敬之词，这就如同从放大镜看出去，即使是比蚂蚁还小的微尘细末也会变成样子骇人的庞然大物。

步履匆匆，更刺激得他热血沸腾；刚才闪过的念头，即将面对的一场触目惊心的复仇，他心仪的（或者说像崇拜圣女那样崇拜的）这个女人，目前的激情，暂时的疲劳，所有这些又全在他心中激起种种超过了七情六欲之外的感情，使他处在一种极度兴奋的状态中。

上午八点钟左右他来到了朴次茅斯；城里的居民都起床了，街头巷尾到处锣鼓声声，随舰出征的队伍正向海边开去。

费尔顿风尘仆仆，汗流满面地来到海军主帅府；平日里那略显苍白的脸，此时由于燥热和激愤而变得通红。门口的岗哨想挡住他，但他找到卫队长，掏出随身携带的那封信说：

"这是德·文特勋爵的紧急公文。"

人们都知道德·文特勋爵是公爵大人的亲信,所以当卫队长听了这个名字,又打量了他身上穿着的海军军官制服,就命令放他进去。

费尔顿三步并作两步进了官邸。

就在他走进前厅的时候,另外一个人也刚进去。只见那人一身疲惫,气喘如牛,那匹一路奔波的驿马刚赶到府邸就双腿一软瘫倒在了门口。

费尔顿和这个人同时开口向公爵的心腹男仆帕特里克说话。费尔顿说出了德·文特勋爵男爵的名字,那个不认识的人却不愿说出自己是受何人支派的,坚决要等见到公爵才肯说明自己的身份。两个人都抢着要先进去。

帕特里克知道德·文特勋爵不光为公爵办事,而且与公爵交情甚厚,于是就让他派来的人先进去。另外那个陌生人只能再等,他脸色极其不悦。

帕特里克带着费尔顿穿过一间大厅,由德·苏比兹亲王率领的拉罗谢尔代表团正那儿等候召见。接下来费尔顿被带进一间书房,此时,白金汉刚沐浴装扮结束,公爵向来非常注意打扮,这次当然也不破例。

"费尔顿中尉求见,"帕特里克通报,"他是德·文特勋爵派来的人。"

"德·文特勋爵派来的!"白金汉说,"让他进来。"

费尔顿往里走的当儿,白金汉正把一件绣金的华丽富贵的便袍顺手往长椅靠背上一扔,想换上一件绣珍珠的蓝丝绒紧身上衣。

"男爵为何没亲自来啊?"白金汉问道,"一个上午我都等着他呢。"

"他让我告诉大人,"费尔顿说,"非常抱歉他不能亲自前来,因为城堡必须他亲自看守,所以他实在分不开身。"

"噢,对,"白金汉说,"这事我知道,他那边有个女犯人。"

"我正是为这个女犯人而来,想跟大人说几句话。"费尔顿说。

"好的,请讲。"

"我的话是专对您一个人说的,大人。"

"请您退下,帕特里克,"白金汉说,"但不要走太远;待会儿我就要拉铃叫您。"

帕特里克退下了。

"只剩我们俩了,先生,"白金汉说,"请讲吧。"

"大人,"费尔顿说,"德·文特勋爵曾写过一封信给您,请您签署一个押解一位名叫夏洛特·贝克森的年轻女人出境的命令。"

"没错,先生,我让他把这份命令亲自带来或派人送来,然后我才可以签字。"

"我这就带来了,大人。"

"拿给我。"公爵说。

说着,他从费尔顿手里接过那张纸,飞快地瞟了一眼。看到这的确是男爵跟他提过的那份命令,就把它搁在写字台上,拿起一支羽毛笔准备签字。

"大人,对不起,"费尔顿止住那个公爵说,"难道您不知道夏洛特·贝克森不是那个年轻女人的真名吗?"

"对呀,我知道,先生。"公爵一边回答一边去蘸墨水。

"那么,您可知道她的真名?"费尔顿语气生硬地问道。

"知道。"

公爵正欲下笔。

"您既然知道她的真名,"费尔顿说,"您还要签署这份命令吗?"

"那当然,有两份我也照签不误。"白金汉说。

"我简直不敢相信,"费尔顿继续往下说,声音变得时断时续而且愈来愈急促,"您已经知道她是德·文特伯爵夫人……"

"毫无疑问我知道,令人奇怪的是你怎么也知道!"

"签署这份命令大人您难道不感到内疚吗?"

"嗨,先生,难道您不知道,"公爵说,"您问的尽是些离奇的问题,我全部回答不是很愚蠢吗?"

"大人,请您回答,"费尔顿说,"情况也许比您想象的要严峻得多。"

白金汉心里想这个人既然是德·文特勋爵派来的,那么他也许是在用男爵的名义在这里说话,想到这儿他语气就温和了许多。

"我一点也不觉得内疚,"他说,"男爵和我一样清楚密拉娣·德·文特伯爵是个作恶多端的女人,判她流放已经算是对她心慈手软了。"

公爵的笔尖已经触到了纸面上。

"大人,您不能签署这份命令!"费尔顿向公爵跨上一步说道。

"这份命令我不能签,这是为什么?"白金汉问道。

"因为您应该好好扪心自问一下,公正地对待密拉娣。"

"把她送到泰伯恩就已经够优待她了,"白金汉说,"密拉娣是个卑鄙、下流、无耻的女人。"

"大人,您很清楚密拉娣是个天使般的女神,我要求您还给她清白与自由。"

"嗨,"白金汉说,"用这种口气与我说话,您该不会是疯了吧?"

"大人,请原谅!我不得不对您如此说话,我已经在克制自己了。大人,请您好好反思一下自己的行为,别把事情做得太过头了。"

"您越说我越糊涂了,……天主可怜我!"白金汉大声叫道,"我觉得他是在威胁我!"

"没有,大人,我是在恳求您,您听我说:一个装满了水的桶,只要再多滴一滴水就会溢出来;一个作恶多端而屡屡被姑息迁就的人,只要再犯一点点小错就会遭到惩罚。"

"费尔顿先生,"白金汉说,"请你滚出去,我要让他们逮捕你。"

"您且听我把话说完,大人。从前您勾引了这个姑娘,您欺侮了她,蹂躏了她;就算赎补您对她造的孽,放了她吧,除此之外我对您别无他求。"

"别无他求?"白金汉愕然地望着费尔顿,一字一句地说着这四个字。

"大人,"费尔顿越来越激动,"大人,您应当小心点,整个英国都对您的荒淫无耻忍无可忍了;大人,您滥用了被您篡夺的神圣王权;大人,您已经弄得天理难容;天主只是暂时还没惩罚您,而我,今天就是来惩罚您的。"

"喔,太不像话了。"白金汉一边叫道,一边向门口跨了一大步。

费尔顿抢上一步把他挡住了。

"我诚恳地请求您,"他说,"请您签署一份释放德·文特伯爵夫人的命令;试想想,这只是一个被您弄得名誉扫地的无辜女人而已。"

"你给我滚开,先生,"白金汉说,"否则我就命令别人给你戴上手铐。"

"您别异想天开,"费尔顿一面说,一面站到公爵与一张独脚圆桌上的镶银摇铃中间,"您可得当心着点,大人,今天您落在天主的手里了。"

"应该说是魔鬼的手里吧。"白金汉提高声音喊道,他想最好能让门外的人直接听到而不用直接叫他们。

"大人,请您签署一个释放德·文特伯爵夫人的命令吧。"费尔顿将一张纸推到白金汉的面前。

"你胆敢强迫我!你不会是在开玩笑吧?嗨,帕特里克!"

"大人,快签。"

"不签!"

"不签?"

"来人啊!"公爵大喊一声,同时纵身去拔剑。

可是费尔顿岂容他宝剑出鞘,他提前把密拉娣自杀的那把小刀揣在了紧身上衣里,这一刻他拔出刀子向公爵猛扑上去。

正在这时,帕特里克走进大厅喊道:

"大人,法国来信了!"

"法国来信了!"白金汉大声说道,他在思量着这会是谁的来信呢,一时把眼前的事情忘记了。

费尔顿趁机猛刺一刀,刺进肋部,没及刀柄。

"啊! 你这个叛徒!"白金汉大喊道,"你竟敢在此行刺……"

"快抓刺客!"帕特里克拼命喊道。

费尔顿往四下里扫视了一眼,伺机逃跑。他看见门口没人,就猛蹿过隔壁的大厅,上文我们说过,拉罗谢尔的代表们正在那儿等候召见。他一路猛冲穿过大厅来到楼梯口;但刚跨出一步,迎面撞上了德·文特勋爵,勋爵看他脸色苍白,神色慌张,手上脸上都沾满了鲜血,就扑上去抱住他,大声喊道:

"我知道会出事的,我猜对了,但我还是来晚了! 哦! 我真罪该万死。"

费尔顿并没反抗,德·文特勋爵把他交给了卫兵,命令他们先把他押解到一个面临大海的不大的平台上等待处理,然后急急忙忙地冲进了白金汉的书房。

费尔顿在前厅碰到的那个人,听到公爵和帕特里克的喊叫,也急忙冲进了书房。

他看到公爵横躺在一张睡榻上,一只痉挛的手紧紧地按在伤口上。

"拉波尔特,"公爵气息奄奄地说,"拉波尔特,是她派您来的?"

"没错,大人,"奥地利安娜耿耿忠心的仆人回答说,"但也许来得太晚了。"

"不要说话,拉波尔特! 别人会听到您说话的;帕特里克,禁止任何人进来。哦! 我没法知道她写给我的东西了! 上帝哪,我活不了啦!"

说完,公爵就晕过去了。

这时候,德·文特勋爵,拉罗谢尔的代表,出征部队的将领,司令部的军官们全都涌进了书房;到处都是绝望的哭号声。这个让公爵府沉浸在悲痛中的消息,很快传到了四面八方,没多久全城上下无人不晓。

大炮一声巨响宣告了刚刚发生的一件出人意料的大事。

德·文特勋爵撕扯着自己的头发。

"晚了一步!"他喊道,"晚了一步! 哦! 天哪! 天哪! 这是造的什么孽啊!"

原来,上午七点钟手下人报告他说,城堡的窗户外悬着一副绳梯;他立即跑到密拉娣的囚房,一看人去房空,窗上的铁条也被锯断了两根,他立即想起了达达尼埃派仆人送来的口信,顿时为公爵的安危着急得浑身发抖,他一口气跑到马厩,顺手牵过一匹马,没来得及备鞍就飞身上马一路飞奔到公爵府邸,在院子里他飞身下马,冲上楼梯,正好在楼梯口撞上了费尔顿,这一节在前面已经作了交代。

然而公爵并没有死:他又苏醒过来了,睁开眼睛,众人心里又都燃起了希望的火花。

"诸位,"他说,"我要和帕特里克、拉波尔特单独呆会儿。喔! 是您啊! 德·文特勋爵! 您一大早就派一个疯子来,您看看我被弄成什么样子了!"

"哦! 大人!"男爵大声说道,"我一辈子也不能原谅自己。"

"那您就不对了,亲爱的德·文特勋爵,"白金汉把手伸给他说,"一个男人值得另一个男人终身怀念的事我尚未见过;行了,让我们拭目以待吧。"

男爵抽泣着出去了。

只剩下受伤的公爵,拉波尔特和帕特里克留在书房里。

已经派人去找医生了,可一时却不易找到。

"您会没事的,大人,您会活下去的,"奥地利安娜的信徒跪倒在公爵的睡榻前,不停地这样祈祷。

"她写了些什么东西给我?"白金汉虽仍在流血,但是为了知道他心爱的人的情况,他强压着钻心的剧痛,用微弱的声音说道,"她给我说了些什么? 快念信给我听。"

"好的! 大人!"拉波尔特说。

"听我的吩咐,拉波尔特,难道你还不明自己没时间再拖延了吗?"

拉波尔特把蜡封拆开,在公爵的眼睛跟前摊开了信纸;无论白金汉怎么使劲他永远都看不清信上的字迹了。

"快念,"他催促道,"快念,我看不见了;快念啊! 再过几分钟,说不定我就听不见了,那我就死都不知道她给我写了些什么。"

拉波尔特再也顾不了那么多世俗礼仪,大声念道:

公爵:

　　我们认识以来,您带给我不少痛苦,我也为您经受了许多苦痛,现在我用所有这些苦痛的名义恳求您,如果您还能关心到我的安宁的话,就请您立即中止您对法国的大规模的备战活动,让这场战争流产在无形之中吧。这场战争,在公开场合人们声称是由于宗教的原因,而私下里却认为您对我的爱情是隐蔽的真正的原因。这场战争不仅会让法国和英国蒙受巨大的灾难,而且也会让您遭受让我感到痛心的不幸。

　　请多保重,您的生命即将受到威胁,而一旦我不用再把您看成敌人,您的生命就是我全部的慰藉了。

您亲爱的安娜

白金汉强撑着利用残存的一点力气,听着波拉尔特念信;念完了信,他似乎从中领略到一种苦涩的失望。

"您没别的口信带给我吗,拉波尔特?"他问道。

"当然有,大人;王后要我告诉您,请您多加防备,因为她听到消息说有人要行刺您。"

"就这些,就这么多吗?"白金汉焦急地问道。

"她还让我告诉您她永远爱您。"

"喔!"白金汉说,"感谢上帝! 我的死对她来说不会是一个陌路人的死了。"

拉波尔特挥泪如雨。

"帕特里克,"公爵吩咐道,"把装有钻石坠饰的盒子拿给我。"

帕特里克把一只银匣子拿来,拉波尔特认出这匣子正是王后的。

"还有那个白缎香袋,上面用珍珠绣着她的开头字母的。"

帕特里克把香袋也拿给了他。

"喔,拉波尔特,"白金汉说,"我跟前只有她的两件信物,这个银匣和这两封信。请您把它们还给王后陛下,作为永别的纪念……(他看看四周,想找一件珍贵的东西)您再放上……"

他仍然在找；但是临死前视力相当模糊，他只看到了费尔顿掉在地上的那把小刀，刀上的鲜血还冒着热气。

"您把这把小刀也放上。"公爵拉着拉波尔特的手说。

他又把香袋放进银匣里，接着松开手让刀子也落在里面，可是他示意拉波尔特他已经不会说话了；接下来就是一阵剧烈的抽搐，这时他已再也没有力气挣扎，整个身子从睡榻上滑落在地板上。

帕特里克大喊一声。

白金汉最后还想笑一笑；但死神扼住了他的咽喉，把它刻在了他的额头上，宛若最后的爱神之吻。

这时候，公爵的医生神色紧张地赶来了；原来他早已上了旗舰，人家无奈又把他从舰上找了回来。

他走到公爵跟前，拿起他的手，静静地握了一阵，然后把它放回去。

"已经没法医治了，"他说，"他死了。"

"死了，死了！"帕特里克喊道。

听到喊声，人们一窝蜂似的涌进来，大厅里顿时一片惊恐和混乱。

德·文特勋爵一见白金汉断了气，撒腿就跑去找费尔顿，他这一阵仍被士兵们押在府中的平台上。

"你这王八蛋！"男爵对他叫道，白金汉断气以后，这个年轻军官又恢复了平静镇定的态度，而且似乎永远都会这样，"你这混账小子！你自己都在干些什么呀？"

"我为自己复仇。"他说。

"你！"男爵说，"你应该说你被那婊子当武器使了；不过我要告诉你，她再也没有机会作恶了。"

"您说的我一点也不明白，"费尔顿冷静地说，"我也不知道你说的是谁，阁下；我宰了白金汉先生，原因是他两次不同意您提拔我当上尉，我报复了他对我的不公正，就这样。"

德·文特勋爵瞠目结舌地看着正在扭捆费尔顿的士兵们，面对这样一个麻木不仁的家伙他手足无措。

另外还有一种情况给费尔顿明亮的额头上抹上了一层阴云。这个纯真的清教徒一开始每听到一点声响，都会以为那是密拉娣的走路声和说话声，以为是她赶来给他投怀送抱与他同生死共患难。可是猛然间他打了一个哆嗦，目光盯在海面上的一个黑点上；他站在平台上俯视整个大海，所以视野特别开阔。凭借着鹰一般的水手的视力，他辨认清楚那个黑点是一艘正向法国海岸驶去的单桅帆船，尽管在别人眼里那黑点也许会被看成一只逐浪低飞的海鸥。

他脸色苍白，手压着隐隐作痛的胸脯，明白自己上当了。

"我最后有一事相求，阁下！"他对男爵说。

"什么事？"男爵问道。

"请告诉我现在的具体时间。"

男爵拿出手表看了看。

"八点五十分。"他说道。

密拉娣出发的时间提前了一个半小时；她一听到那报丧的炮声，就命令船长起锚开船。

此时帆船正远航在远离海岸的天边。

"这是上帝的安排。"费尔顿用忠诚的信徒凭天由命的口吻说道，可是他的目光再也离不开那条小帆船了，他也许以为他自己还能在这条小船上看到那个女人的白色的倩影——为了她,他将要付出的是自己的生命。

德·文特勋爵循着他的目光望去,又看了看他那痛苦的表情,顿时他猜透了他的心思。

"你先自己受刑吧,王八蛋,"德·文特勋爵对费尔顿说,此时费尔顿正被士兵们拉下去,他毫不抵抗,但仍然执着地不停回过头去望着大海,"而我用我亲爱的兄长的名义起誓,你的同伙也肯定免不了受惩罚。"

费尔顿一声不响地低垂着脑袋。

德·文特勋爵急忙走下楼梯,朝港口走去。

第六十章　在法国

英国国王得到白金汉遇刺而亡的消息,第一个他想到的是这个噩耗也许会动摇拉罗谢尔人的军心。据黎塞留在他的《回忆录》中说,查理一世曾打算暂不发丧,尽可能地拖延时间,同时堵死整个王国的港口,严密监视不许任何船只在白金汉集结的部队启程前离开港口,由于白金汉暴死,统率大军远征的重任落在了查理一世的肩上。

这道封港令被执行得不折不扣,即使像准备启程的丹麦特使和荷兰大使这样的人物都不得不留在英国无法动身,这位荷兰大使正奉命押解查理一世归还乌德勒支联邦的印度船队返回弗利辛恩。

可是查理一世想到下达封港命令是在出事五小时后,所以在下午两点钟时,已经有两艘船驶出了港口:我们知道其中一艘船正是密拉婣所乘的船;她提前就预猜到是怎么回事,这阵儿看见旗舰桅杆上挂着黑旗,心里就更亮堂了。

至于另外一艘船上有些什么人,又是如何离港的,下文再作交代。

拉罗谢尔的大营里倒是一如既往;只是本来就无聊透顶的法国国王,此时在军营里不用说更是无聊和腻烦,因而决定乔装溜回圣日耳曼的行宫去过圣路易节,他要让红衣主教给他配备一支仅由二十名火枪手组成的精良卫队。国王的百无聊赖有时也把红衣主教弄得很心烦,所以身兼前军统帅的国王要离开大营对他而言正合他意。国王同意九月十五日回到拉罗谢尔。

德·特瑞威尔先生接到主教大人的通知,立即动手收拾自己的行装,而且因为他知道(尽管并不明白其中的因由)对那四位伙伴而言,回巴黎是他们的迫切希望,甚至不妨说是压倒一切的需要,因而不用说的,他指明了他们加入这支队伍。

四个年轻人听到这个消息,只比德·特瑞威尔先生迟了一刻钟,因为他是最先告诉他们的。这时候,达达尼埃心里特别感激红衣主教让他参加火枪营的照顾;否则,他就只有呆在大营里,眼巴巴地看着伙伴们转回巴黎了。

下文就来交代,他如此迫切地想回巴黎,原因就是害怕伯纳肖太太在贝蒂纳修道院与他的对头密拉婣相见会遭不测。所以,上面已经提过,阿莱米斯立即写信给都尔的那位缝洗女工,要求这位精明能干的小姐去请王后写一张手谕,让伯纳肖太太离开修道院,到洛林或比利时去避一避。不出十天就有了回音,有这样一封信送到了阿莱米斯面前:

亲爱的表兄:
　　随信寄上姐姐写的手谕,必使咱们的小侍女可以离开贝蒂纳修道院一段时间,原因是您认为那儿的环境她不能适应。家姐非常乐意寄这张手谕给您,因为她很宠爱这个小丫头,到时候她还会给她帮忙的。
　　吻您。

阿葛拉埃·米松

随信寄来的手谕是这样写的：

> 贝蒂纳女修道院的院长看到这个条后，应立即将日前受我托付及保护进院的初学修女交给来人，切勿有误。

安娜
1628 年 8 月十日于卢浮宫

我们很容易想象，阿莱米斯和这样一位称王后为姐姐的缝洗工之间的亲戚关系，会让这几位年轻人乐得不可开交。有几次，阿莱米斯听到波尔托思粗野无聊的玩笑话，脸涨红成了猪肝色，甚至连眼白也红了；于是他要求朋友们以后别再用这种话开玩笑，声明如果谁再对他提起一个字，他就不许表妹再为这事做中介人了。

于是大家停止了提米松的话头；幸好他们想要的东西已经到手：那道足以使伯纳肖太太离开加尔默罗会女修道院的手谕。然而，在他们身处拉罗谢尔军营的时候，这道手谕没什么用处，因为这个地方距离贝蒂纳差不多隔着整个法国；因而达达尼埃正计划向德·特瑞威尔先生请假去一趟贝蒂纳，并向他全盘托出这次行为的重要性。不料就在关键时刻，有消息说二十名火枪手正要护卫国王返回巴黎，并且他与那三个伙伴都已入选了卫队。

这下真是喜从天降。四个人先打发仆人带着行李出发，他们自己随后在次日早晨上路。

红衣主教给国王陛下送行，从絮热尔一路送到莫泽，到莫泽以后，陛下与他的这位首相依依惜别，显得无比友好。

国王打算在二十三日回到巴黎，因而一路上快马加鞭；而他又不愿放弃狩猎的乐趣，沿途时不时地停下来打喜鹊，当年他受德·吕依娜的熏陶喜爱上了这种休闲活动，以后一直乐不思蜀。

伴驾的二十名火枪手中间，遇到这种情况有十六名觉得运气好，异常开心；但其他四位却是憋着满肚子怨气，达达尼埃更是着急得两眼冒火，对于这个波尔托思解释说：

"有位尊贵的夫人告诉过我，这是因为有人在远处怀念您的原因。"

这支队伍终于在二十三日夜里穿过巴黎到达了圣日耳曼的行宫，国王向德·特瑞威尔先生致了谢意，并允许他安排部下轮流放假四天，条件是休假期间不许在公众场合露面，违者就被送进巴士底监狱。

各位也许不难猜到，首批休假的准是咱们这四位伙伴。并且，阿多思承蒙德·特瑞威尔先生通融，把二十四日下午五点放假，填成二十六日早晨开始，多争取了两个晚上，再加上原来的四天，连头带尾共有六天休假。

"哎，我说，"达达尼埃开口说道，我们清楚这人一贯是信心百倍的，"这么区区一桩小事，犯不着这么大惊小怪。我用两天工夫，大不了把两三匹马累得趴下了起不来（这没什么，我有的是钱），就可以赶到贝蒂纳了，我把王后的条子递给院长嬷嬷，就可以找到我心爱的宝贝，然后我带着她，既不去洛林，也不去比利时，索性就到巴黎，趁主教先生还在拉罗谢尔的时候，让她呆在巴黎最安全。然后，等咱们打完仗回到巴黎，王后就可以让我美梦成真了——这一半是托她表兄的福，一半是靠咱们立下的汗马功劳。因而你们留在这儿最合适不过，没有必要白跑一趟；这样的区区小事，我和布朗谢来对付就足够了。"

听完这话，阿多思冷静地对他说：

"我们身边也不缺钱；那枚钻戒的钱，我还没全部花完，波尔托思和阿莱米斯也还没全部吃光。因而，如果你觉得把一匹马跑得趴下无所谓，那咱们让四匹马跑得趴下也照样无妨。可您得仔细考虑考虑，达达尼埃，"说到这里，他的声音很凄凉，达达尼埃听了不由自主地打了个寒战，"您不要忘了有个女人就是约好了与红衣主教在贝蒂纳遇面的，这个女人到了哪儿，灾难就延伸到哪儿。如果您的对手是四个男人，达达尼埃，我会叫你一个人去；而现在您的对手是这个女人，那我们就必须四个人一块儿去，感谢上帝，再算上四个仆从，咱们的人数就够了！"

"看您说得多么骇人听闻，阿多思，"达达尼埃叫道，"我的上帝，您到底担心什么呀？"

"我担心得很多！"阿多思回答道。

达达尼埃仔细观察另外两位伙伴的脸色，只见他俩与阿多思无甚两样，神情沉重而不安；接着，大家低头策马疾驰，没有一个人开口说话。

二十五日晚上，他们一伙来到阿拉斯，打算在金耙客栈歇脚，达达尼埃则跨进店堂还没来得及喝上一杯，突然看见从前面驿站的院子里蹿出一个骑着新换的驿马的人，他策马向巴黎方向狂奔而去。虽为八月天气，这个人身上仍裹着披风，当他穿过通往街上的大门时，正好有一阵风刮起，掀开了他的披风，还撩起了他的帽子，他赶在帽子飞走之前伸手抓住了。

达达尼埃一直紧紧地盯着这个人，不由得脸色苍白，他一失手酒杯就摔在了地上。

"先生，您没事吧？"布朗谢说，"哎！你们几位快点过来呀，我们东家出问题了！"

三个火枪手闻讯赶来，却发现达达尼埃并没犯病，而是直朝他的马奔去。三个人立在门口把他拦住了。

"嗨，你想去哪儿？"阿多思问他。

"就是他！"达达尼埃吼道，面无血色，额头上冷汗直冒，"就是他，让我去追他吧！"

"他们到底是什么人？"阿多思问道。

"就是那个人！"

"哪个人？"

"就是那个该死的家伙，我的对头，每次我遇到什么倒霉事总能碰到他：第一次我碰见那个恶毒的女人，他伴在她身边；我撞痛阿多思使他发怒，就是为了去追他；伯纳肖太太遭到绑架的那一天早晨，我又见过他！他正是牟恩镇的那个家伙！我认清楚了，没错！风吹起他帽子的时候，我看清楚他了。"

"真是撞鬼了！"阿多思顾虑重重地附和道。

"伙计们，快上马；咱们一起去追，一定能追上他的。"

"老弟，"阿莱米斯说，"您还是考虑一下吧，他走的道与我们南辕北辙；而且他换的是新马，咱们的马已经跋涉了半天了；因此，即使我们把马跑得全趴下了，也别想追上他。让这个家伙走他的吧，达达尼埃，我们还是去救那女的。"

"喂！先生！"马厩里的一个伙计跑出来，在那陌生人身后大喊道，"喂！先生，您帽子里掉下来一张纸！喂！先生！喂！"

"伙计，"达达尼埃说，"请把那纸条给我，我用半个皮斯托尔作为交换！"

"真的吗，先生，太感谢您了！纸片给您！"

马厩伙计拿着这笔意外之财，高高兴兴地走回客栈的院子；达达尼埃打开纸条看了看。

"怎么样？"三个伙伴围着他齐声问道。

"只几个字!"达达尼埃说道。

"没错,"阿多思说,"这是个城镇或村庄的名字。"

"阿芝蒂埃尔,"波尔托思念道,"阿芝蒂埃尔,这地方我不知道!"

"这是她的字迹!"阿多思说道。

"行了,咱们把这张字条仔细保管好,"达达尼埃说,"没准儿我这半个皮斯托尔还花得蛮值的。上马,伙计们,上马喽!"

四个伴儿飞身上马,顺着去贝蒂纳的大道飞驰而去。

第六十一章　贝蒂纳的加尔默罗会女修道院

大凡天底下恶贯满盈的人，反而命中注定有消灾避难，逢凶化吉的造化，直到有一天上帝实在忍无可忍了，这帮奸佞小人方才大难临头，不能继续胡作非为。

密拉娣即使这样：她穿过作战双方密如蛛网的巡逻舰，平安无事地回到了布洛涅。

上次从朴次茅斯上岸，她的角色是被法国政府逐出拉罗谢尔的英国人；这次经过两天漂泊在布洛涅上岸，她的身份又变成了法国人，由于英国人出于对法国的陈怨旧仇，时不时找她的不是，她忍受不了那种烦恼才从朴次茅斯回国。

况且密拉娣还有最有效的通行证：她倾国倾城的天姿国色，雍容华贵的气质以及出手的大方。船在布洛涅靠岸后，凭着她亲切的笑容和优雅的仪态，她一路顺风地过了海关，不但一切过关手续全免了，一个年老的港口督察还毕恭毕敬地吻了她的手。然而她并没在布洛涅多逗留，而是去驿站急匆匆地发了下面这封信：

寄呈拉罗谢尔郊外大营，黎塞留红衣主教大人
　　大人：
　　白金汉不会前来法国，请大人放心。

密拉娣·德·×
二十五日晚于布洛涅

　　又及，按照大人命令，我将前往贝蒂纳加尔默罗会女修道院，静候大人旨意。

密拉娣果然当晚就启程，但不久便是深夜，她不得已找了一家客栈歇脚；第二天凌晨五点钟，她又接着赶路，三小时后来到贝蒂纳。

她问清楚了加尔默罗会女修道院的方位，很快就到了那里。

院长嬷嬷亲自出来迎接，密拉娣给她出示了红衣主教的信，院长命令给她安排房间、准备早餐。

密拉娣的心中，以前日子的痕迹已消失殆尽，她的目光凝视着将来，她能看到的只有红衣主教许过愿的金色前程，她为主教大人立下了不朽的功勋，幸好那个血腥的事件并没连累到她的名字。变幻多端的激情吞噬了她，使她的生活增添了一层宛如云霞般变幻莫测的色彩，云彩在天空飘荡时，投影在云彩上的时而是碧蓝的大海，时而是火红的晚霞，时而又是阴沉沉的暴风雨，而它投到地面的只有劫难和死亡的阴影。

午饭以后，院长嬷嬷来拜访她；修道院平日里苍凉如水，所以这位慈眉善目的院长嬷嬷急切地想认识一下新到的女客。

密拉娣想获取院长的好感；依她那见风使舵的手腕，这本来是小事一桩。因而她事先就想方设法讨好对方，她装出十分可爱的样子，非常健谈，风度优雅，立即就

赢得了院长嬷嬷的几分好感。

院长嬷嬷身出名门，尤其喜闻宫廷轶事，而这种事情对于边陲小城历来是鞭长莫及，更别说传进嚣尘敛迹的修道院门了。

密拉娣跻身于贵族社会已五六年有余，对于上层社会的逸闻趣事知道的不少。因而她绘声绘色地说起法国宫廷的风流掌故，夹杂些国王的喜好怪癖；接着讲给嬷嬷许多宫中的丑事，其中的男男女女，都是嬷嬷久闻大名的爵爷名媛；然后她话头一转，蜻蜓点水似的提了一下王后与白金汉的恋爱故事。总而言之，她滔滔不绝地说个没完，目的是想让对方也开口。

然而，院长嬷嬷只是笑嘻嘻地听着，一句话也不说。不过密拉娣看得出对方听得津津有味，所以她不断地讲下去；但这会儿的话题落到了红衣主教身上。

但是有一件事情她始终蒙在鼓里，那就是不知这个嬷嬷是亲国王的还是亲红衣主教的。她决定小心从事，然而院长嬷嬷采取了更为谨慎的保守态度，每当密拉娣提到主教大人的名字，她总是深深地鞠一个躬。

密拉娣考虑到自己今后呆在修道院里说话的机会肯定不会太多；所以她决定冒险试探一下，以便做到心中有数。她想检验一下这位慈善的嬷嬷的嘴到底有多紧，就开始说红衣主教跟德·艾吉雍夫人、玛丽雍·德·洛尔姆夫人以及其他一些风流女人的恋情，起初讲得很有保留，后来就说得越来越露骨了。

院长嬷嬷听得更加聚精会神，表情也越来越喜悦，脸上始终泛着笑眯眯的神情。

"好啊，"密拉娣心里说道，"我说得很合她的口味；如果她亲的是主教，肯定不会听得如此着迷。"

接着她讲到红衣主教迫害他的反对派的手段之毒辣。院长嬷嬷一个劲儿地在胸前画十字，不置一句褒贬之词。

这更加坚定了密拉娣相信院长嬷嬷是亲国王的而非亲主教的信念。因而她说得更加起劲。

"您说的这些事我都一点儿也不知道，"院长嬷嬷最后说，"然而，虽然我远离宫廷、身处尘世而不过问世事，可这儿也有您讲的这种可悲人儿；院里有一位女客就是身受其害，惨遭红衣主教的报复。"

"一位寄宿的女客，"密拉娣说，"哦！天哪！多可怜的女人，我太同情她了。"

"您真说对了，她是挺让人同情的，她坐过监狱，遭过劫持，受过非人的待遇，真是没有苦她没受过。然而话又说回来，"院长嬷嬷说，"红衣主教如此做也许不乏他自己的道理，她虽然看上去像个天使，但人毕竟不可貌相嘛。"

"没错！"密拉娣心里想道，"有些事真是始料不及！说不定我在这儿还可以发现点线索呢。太妙了！"

于是她尽力装出一副天真烂漫的样子。

"唉！"她说，"这个我懂，人常说知人知面难知心；可是，如果不相信天主造的最美的东西，那还有什么东西值得相信呢？我看呀，只要一个人让我一眼看上去就觉得喜欢，我就会给这个人信任，即使一辈子都上这个当，我也改变不了自己。"

"如此说来，"院长嬷嬷说，"您认为这个姑娘是无辜的吗？"

"红衣主教先生不仅仅惩治罪恶，"密拉娣说，"他惩处有些德行比惩处有些罪行严厉得多。"

"不好意思，夫人，我想说我感到奇怪，"院长嬷嬷说。

"奇怪什么？"密拉娣故作天真地问道。

"奇怪您的言论。"

"我的言论值得奇怪吗?"密拉娣笑眯眯地问。

"您是红衣主教的朋友,他既然把您送到这儿来,但是……"

"但是我却不说他的好话。"密拉娣接下去说出了院长嬷嬷的想法。

"至少你说了他的坏话。"

"原因是,我并非他的朋友,"密拉娣叹口气说,"而是他的受害者。"

"但是他在信上还向我推荐您来着……"

"这封信对我无异于一张判我囚禁的判决书,他先把我囚禁在这里,然后让手下的爪牙来把我提走。"

"那您为什么不逃走呢?"

"逃到哪儿呢?难道你认为这世上还有一个地方,是红衣主教的爪子伸不到的吗?如果我不是个女人,被逼无奈时也许还可以孤注一掷试一下;可我是个女人,您又能让我怎么办呢?您这儿的那位年轻女客,难道她没想过逃吗?"

"这倒没有;不过她情况不同,我觉得她是由于爱情才留在法国的。"

"哦,"密拉娣叹了口气说,"如果她还爱他,她就不能算是真正不幸了。"

"如此说来,"院长嬷嬷似乎兴趣越来越浓了,她看着密拉娣说,"我面前又来了一位受迫害的可怜人儿了?"

"唉!没错。"密拉娣说。

院长嬷嬷看了一会儿密拉娣,神色变得有些慌张,似乎脑子里突然冒出了一个新的念头。

"您该不会反对我们神圣的教义吧?"她讷讷地说。

"您认为我是新教徒?"密拉娣大声说道,"哦!不,上帝是能听到我们说话的,我请天主作证,我是个虔诚的天主教徒。"

"那么,夫人,"院长嬷嬷满脸悦色地说,"您放心好了,您呆在这里,绝对不同于待在一个叫您受苦的牢房里;我会竭尽全力让您喜欢这种囚禁生活。并且,您可能在这里见到那位想必由于卷进宫廷阴谋而遭受迫害的姑娘。她很可爱,很温柔。"

"她叫什么名字?"

"她是一位地位异常显赫的贵人推荐来的,她的名字是凯蒂。对于她其他的名字我从来没有打听过。"

"凯蒂!"密拉娣喊道,"什么!您确信吗?……"

"确信她叫这个名字?那毫无疑问,夫人。您认识她吗?"

密拉娣想起也许这姑娘就是她的侍女,不由得暗自发笑。一想起这个丫头,他就联想到一段令她肝胆欲裂的回忆,报复的欲望使她脸色顿变,但她立即又露出了和蔼可亲的笑容,这个女人的脸色善于变化多端,她变脸只是顺手拈来的事。

"我感到已经喜欢上这位年轻夫人了,我什么时候才能够见到她呢?"密拉娣问道。

"今天晚上,或者白天也行。不过您已经说过,您跋涉了四天,今天上午又是五点钟就上路的,您先舒舒服服地休息一下吧。躺下睡会儿吧,到吃午饭时我会亲自来叫你的。"

在密拉娣奸诈的心眼里,因为面临一场新的挑战而思绪翻滚,激动不已,因而她其实并不感到疲倦,但她仍然接受了院长嬷嬷的建议。两周以来,她一直处于极度亢奋的状态,虽然她结实的身子骨还撑得住,但心灵毕竟需要休息了。

于是她与院长嬷嬷分别后,就睡在床上,乐滋滋地想着一个又一个的复仇计划,而每回都不免要想到凯蒂的名字。她回忆起红衣主教给她许下的愿,依他的承诺她只要把事情办成,就几乎可以想怎么样就怎么样了。现在她事情办成了,因而可以拿达达尼埃来复仇了。

　　还有一件事,使她噤若寒蝉,那就是回忆起她丈夫德·拉费尔伯爵,她始终以为他已不在人世,或者至少已经离开了法国,可结果发现阿多思·达达尼埃最要好的朋友,居然是他。

　　不过,他既然是达达尼埃的好朋友,他一定参与过王后挫败主教大人计划的整个阴谋;既然他是达达尼埃的朋友,他也就是红衣主教的死敌;因而她早晚还是会把复仇之网罩住这个火枪手,置他死命。

　　全部的复仇期待,在她都显得那么美好;正是这些美好的想法,伴随她很快进入了梦乡。

　　直到听到床脚的一声轻轻地呼唤她才醒过来。她睁开眼睛,看见一个金色头发,面容娇好的少妇站在院长嬷嬷身边,正专注地望着自己,目光中充满了善意的惊奇心。

　　这个少妇的脸一点儿也不熟悉,两人聊了几句,彼此仔细地注视着对方:她俩都长得非常漂亮,但两种美的气质绝对不同。密拉娣一眼看出自己的高雅仪态和贵族气质是对方远远不可企及的,不由自主地莞尔一笑。确实,那少妇身上穿的初学修女的服饰,注定她在此类较量中永难占上风。

　　院长嬷嬷把她们各自介绍了一番;然后,因为小教堂里还有事等着她去做,她就告辞两人出去了。

　　那位初学修女看见密拉娣依然躺着,也想随后离去,但密拉娣把她留住了。

　　“怎么,夫人,”密拉娣说,“我们刚见面,您就要走? 说实话,我还希望住在这儿能和您做伴呢。”

　　“不是我想走,夫人,”初学修女回答道,“我担心自己来得不是时候,您很疲倦,您在睡觉。”

　　“噢,”密拉娣说,“一个睡着了的人还能想要什么呢? 无非是醒来时的愉快心情。您正是这样把我叫醒的;就让我舒舒坦坦地再躺会儿吧。”

　　说着她拉住少妇的手,示意她坐在床边的一张扶手椅上。

　　初学修女坐下来了。

　　“我的天!”她说,“我可真不幸! 我到这儿六个月了,从来没人做伴,现在您来了,我可以有个好伴儿了,却又遇上我要离开,说不准我哪天就离开修道院了!”

　　“怎么?”密拉娣说,“您快要走了?”

　　“至少我在这样想。”初学修女说话时,脸上带着毫不掩饰地高兴表情。

　　“听说您也吃过红衣主教的苦头,”密拉娣接着说,“仅凭这点,我们俩都应互相同情。”

　　“如此说来,我们可爱的嬷嬷真说对了,您也是那个恶魔红衣主教的受害者?”

　　“嘘!”密拉娣说,“即使在这儿,也别如此说他;我遭到不幸就是因为在一个女人面前说了类似的话,我认她为我的朋友,但她却出卖了我。您呢? 您也是被别人出卖的牺牲品?”

　　“不,”初学修女说,“我是出于对一位我挚爱的女人的忠诚才付出这种牺牲的,为了她我甚至可以献出自己的生命,将来也还是如此。”

　　“但她却出卖了您,是不是?”

　　“曾经我这样认为,可是两三天前我得到消息,证明我误会了,哦,我真的要感谢上帝;如果真的相信她把我忘了,我一定非常难过。可是您,夫人,”初学修女接着往下说,“我觉得您是自由的,只要您愿意,就可以远走高飞的。”

　　“您让我去哪儿呢? 我既没有朋友,也没有金钱,这一带人生地不熟我从来没有来过……”

　　“哦!”初学修女大声说,“提起朋友,无论走到哪儿都会有的,看上去您如此善良,人又长得这么美丽!"

"可我照样还是形单影只,难以逃出他们的手掌心。"密拉娣笑得更媚,做出天使般的表情。

"请听我说。"初学修女说,"有道是车到山前必有路,一个人行过善事,总有一天,天主会想起照顾你的,这不,虽然我地位卑微,无权无势,但是说不定遇上我还是您的运气呢。因为我从这儿出去后,嗯,我就可以找到几个非常有本事的朋友,他们在帮了我之后,也会帮您的。"

"喔!我刚才说我很孤独,"密拉娣说,她把话题往自己身上扯,想套出对方的话来,"这倒并不意味着我没有上层圈子的关系;但是这些人自己都对红衣主教怕得要命,即使王后也不敢站出来反对这位可怕的首相;我有确凿的证据,知道王后陛下尽管心地善良,但也无奈只得屈服于红衣主教的淫威,把忠心耿耿为她效力的手下人抛弃了。"

"请相信我的话,夫人,也许王后表面上抛弃了这些人;但是我们不能相信表面现象,这些人生活得越是水深火热,王后越是惦念他们,这种情况是常事,就是他们已经不怎么惦念她的时候,却能得到一些消息,证明她还没忘记他们。"

"唉!"密拉娣说,"这个我相信:王后的心是那么高尚。"

"哦,听您的口气,您一定和她不陌生,您认识美丽而高贵的王后!"初学修女热情地大声说。

"没错,"密拉娣只能招架说,"我还没有这种荣幸能认识王后陛下;但我熟悉许多与她很亲密的朋友:我认识德·皮当热先生,在英国还认识迪雅尔先生,我还认识德·特瑞威尔先生。"

"德·特瑞威尔先生!"初学修女喊道,"您和德·特瑞威尔先生认识?"

"没错,我认识他,还挺熟。"

"就是御前火枪营的统领?"

"就是御前火枪营的统领。"

"哦!您瞧瞧,"初学修女大声喊道,"咱们一下子就成了大熟人,几乎可以算是朋友了;既然您认识德·特瑞威尔先生,也许到过他的府上吧?"

"经常去!"密拉娣说,她既已走上这条道,又瞧着随口扯谎居然还挺有用,就打算干脆走下去了。

"在他府上,您也许见过他手下的火枪手吧?"

"他平时经常接见的那几位我都见过!"密拉娣答道,她渐渐对这场谈话产生了真正的兴趣。

"请说几位您认识的火枪手给我听听,您会发现他们都是我的朋友。"

"嗯,"密拉娣有些难为情地说,"我认识德·卢维尔先生,德·库尔蒂弗隆先生,德·费吕萨克先生。"

初学修女听她说完,接着问道:

"您不认识一位叫阿多思的绅士吗?"

密拉娣顿时脸变得跟她床上的被单一样白,虽然她自控力很强,但还是不由自主地尖叫了一声,猛地抓住对方的手,目不转睛地盯着她。

"您怎么啦?哦!上帝!"初学修女说,"该不是我说的什么话刺伤您了吧?"

"没有,只不过是我听到这个名字太激动了,因为我也认识这位绅士,知道还有人跟他这么熟悉,我觉得特别吃惊。"

"喔!不错,我和他挺熟!真的挺熟!不只是他,还有他的朋友:波尔托思先生和阿莱米斯先生!"

"真的？这两位我也不陌生！"密拉娣大声说，心里却自然凉了半截。

"好啊，既然您认识他们，那毫无疑问也清楚他们都是豪爽侠义的好人啰；如果您需要帮助，为什么不去找他们呢？"

"事情是这样的，"密拉娣战战兢兢地说，"其实我跟他们几位都不是很熟；只不过我常听他们的一位朋友说起他们，听久了也觉得仿佛认识他们了，这位达达尼埃先生总是把他们挂在嘴上。"

"您也认识达达尼埃先生！"初学修女喊道，这回是她一把抓住密拉娣的手，目不转睛地盯着她了。

接着，她注意到了密拉娣惊讶的眼神，就说道："对不起，夫人，您与他熟识，是何种关系？"

"朋友关系而已。"密拉娣有些发窘地回答道。

"别骗我了，夫人，"初学修女说，"您是他的情妇。"

"您才是他的情妇呢。"密拉娣也嚷道。

"我？"初学修女说。

"没错，您，现在我清楚您是谁了，您是伯纳肖太太。"

那少妇惊恐万分地往后退缩。

"哼！您休想不承认！快点回答我是不是，"密拉娣不肯放过她。

"嗯，是的，夫人！我爱他，"初学修女说道，"难道我们是情敌吗？"

密拉娣两颊绯红，神情骇人，要是别的时候，伯纳肖太太准会吓得逃跑；但是此时此刻她妒火中烧，啥也顾不得了。

"喔，请您告诉我，夫人，"伯纳肖太太仗着一股莫名其妙的勇气回答，"您是否曾当过他的情妇，现在仍然是吗？"

"哦！从来没有！"密拉娣大声说道，她的语气叫人对她的真诚毫不怀疑，"这是完全没有的事情！"

"我信任您，"伯纳肖太太说，"可您刚才气极败坏地嚷嚷却是为何？"

"怎么？这个您也不明白？"密拉娣说，她已经变得相当镇静，而且变得随机应变且工于心计了。

"您让我怎么明白呢？我真是一无所知。"

"难道您不明白达达尼埃先生与我是无话不谈的好朋友吗？"

"真的吗？"

"您真不明白吗，我对您了如指掌，您如何在圣日耳曼的小楼被人绑架，他和他的伙伴如何垂头丧气，立即想办法找您而又毫无目标，所有这些我都知道！我们在一起经常说起您，他全身心地爱着您，而且当我还没与您见面时就已经相当喜欢您了，所以您现在应该明白了吧？刚才我那么出乎意料地当面见到您，怎么会不感到惊奇呢？啊！亲爱的贡斯当丝，我见到您了，我终于见到您了！"

说着密拉娣向伯纳肖太太张开双臂，伯纳肖太太对她的话确信无疑，这个一分钟之前还被她视为情敌的女人，这会儿在她眼里成了一位忠实的朋友。

"喔！请原谅！请原谅！"她扑在密拉娣的肩上喊道，"我爱他爱得快要发狂了。"

"两个女人互相拥抱在一起。诚然，如果密拉娣的力气与她心中的仇恨不相上下的话，伯纳肖太太就别想活着从她的怀抱里挣脱出来。然而既然她扼不死这个少妇，也就放她脱身了。

"哦，我的漂亮姐儿！可爱的宝贝！"密拉娣说，"我非常高兴能见到您！好好让我瞧瞧您，"她嘴里这么说着，眼睛也确实盯在对方的脸上，"没错，这真是您。

啊！他跟我讲过您的模样，这一阵我都认出来了，我完全认出您来了。"

伯纳肖太太从她明净的额头和明亮的眼睛里看到的只有关怀和同情，至于它们后面正在酝酿的恶毒的心思，这个可怜的少妇无从得知。

"既然他告诉了您他受着非人的折磨，"伯纳肖太太说，"那您就不难知道我受着怎样的折磨了；可是为他而受折磨，这真是一种幸福。"

密拉娣三心二意地应声说道：

"没错，相当幸福。"

她脑子里在想别的事情。

"换句话说，"伯纳肖太太接着往下说，"我受苦也该受到头了；明天，或许今天晚上，我就能见到他，到那时一切都会成为过眼云烟了。"

"今天晚上？明天？"密拉娣被她的话震惊了，"这是什么意思？您是不是在等待他的消息。"

"我在等待他的人。"

"他本人？达达尼埃，来这里？"

"没错。"

"可是这没可能！他这会儿还在拉罗谢尔，与红衣主教在一起；除非那个城被攻克，否则他是不会回巴黎的。"

"您虽然这么想，可是对我的达达尼埃来说，对这位既高贵又忠诚的绅士来说，没有什么事是不可能的！"

"哦！您简直令我难以置信！"

"那好，您看着吧！"可怜的少妇又兴奋又得意，有些得意忘形，她居然把一封信拿给密拉娣看。

"是德·谢芙勒兹夫人的笔迹！"密拉娣暗自思量道，"哼！我早就知道他们在那儿有内应了！"

她心急火烧地念起信来：

亲爱的孩子，请做好准备，我们的朋友不久就会来看您了；出于安全的考虑，您必须过一阵幽静的生活，这次他来就是为了把您解救出来。因而您必须作好动身的准备，我们决不会让你失望。

我们可爱的加斯科尼人最近又一次表现出了他的勇敢和忠诚，请转告他，有人对他的提醒感激涕零。

"对，"密拉娣说，"对，信上说得很清楚。您知道他提醒的是什么吗？"

"不知道。我想或许是告诉王后提防红衣主教的什么新把戏吧。"

"没错，也许是这么回事！"密拉娣说着把信递给伯纳肖太太，低下头去思索起来。

这时候，只听见一阵急匆匆的马蹄声。

"哦！"伯纳肖太太冲到窗口嚷道，"这么快就来了？"

密拉娣这时仍然躺在床上，但是她不由自主地惊呆了；一下子碰到这么多意想不到的事情，她第一次感到手足无措。

"他！他！"她喃喃地说，"真是他吗？"

她两眼发呆，兀自坐在床上。

"唉，不是的！"伯纳肖太太说，"我不认识这个人，看上去像是上这儿来的；对，他勒住马放慢了速度，他停在门口了，现在拉铃了。"

密拉娣从床上跳下来。

"您敢肯定不是他?"她问道。

"喔!肯定不是他!"

"没准儿您认错了。"

"哦,只要我瞧见他帽子的羽翎和披风的下摆,就可以认出他来!"

密拉娣在一个劲儿地穿衣服。

"这不管它!您说这个人正朝这边走来?"

"没错,他已经进门了。"

"他不是找您,便是找我的。"

"哦!我的天,您看上去很激动!"

"是的,我是很激动,我不如您沉着,凡是与红衣主教有牵连的事我都害怕。"

"嘘!"伯纳肖太太说,"有人来了!"

果然门被打开了,院长嬷嬷走了进来。

"您是从布洛涅来的吧?"她问密拉娣。

"是的,是我,"密拉娣尽力保持镇静,回答道,"谁来找我?"

"有个男人不愿说出他的名字,只说是红衣主教派来的。"

"他想找我说话?"密拉娣问。

"他要找一位从布洛涅来的夫人说话。"

"那就请他进来吧,嬷嬷。"

"哦!上帝!上帝!"伯纳肖太太说,"他会给您带来什么坏消息吗?"

"我也担心会是这样。"

"我先走开,但等那陌生人一走,如果您觉得可以的话,我就再回来。"

"您别这么说!请一定来。"

院长嬷嬷和伯纳肖太太退了出去。

屋里只留下密拉娣一人目不转睛地盯着门口;片刻以后,楼梯上响起马刺的声音,随后脚步声越来越近,接着房门打开了,一个男人站在门口。

密拉娣激动地叫了一声,来者是主教大人的亲信德·罗什福尔伯爵。

第六十二章　魔鬼的化身

"喔!"密拉娣和罗什福尔几乎同时喊道,"是您!"

"没错,是我。"

"您从哪儿来?"密拉娣问。

"拉罗谢尔,您呢?"

"英国。"

"白金汉呢?"

"即使不死也伤得很不轻;我几乎要两手空空地离开英国的时候,有个疯子对他下了手。"

"啊!"罗什福尔笑笑说,"这真是太凑巧了! 主教大人一定异常满意! 您通知他了吗?"

"我从布洛涅给他发了封信。但是您怎么知道上这儿来呢?"

"主教大人很担心,就让我来找您。"

"我昨天才到。"

"来这儿之后你都干了些什么?"

"我可没有浪费过时间。"

"喔! 这个我很清楚。"

"您知道我在这儿碰着谁了?"

"不清楚。"

"试猜猜。"

"我怎么猜呢? ……"

"王后从监狱里接出去的那个年轻女人。"

"那个臭小子达达尼埃的情妇。"

"没错,那个伯纳肖太太,主教大人连她躲去哪儿都不知道。"

"好吧,"罗什福尔说,"这就是巧事成双了;红衣主教先生真是洪福齐天。"

"您能够想想当我面对这个女人时心里有多吃惊吗?"密拉娣问道。

"她知道您的身份吗?"

"不知道。"

"那她肯定当您是个陌生人了。"

密拉娣笑了起来。

"现在我和她成了最好的朋友。"

"说实话,"罗什福尔说,"也只有您,亲爱的伯爵夫人,才可以创造出这种奇迹。"

"我运气不错,骑士,"密拉娣说,"您可知道要发生什么事吗?"

"不清楚。"

"明天或后天会有人带着王后的手令来找她。"

"这是真的？是谁？"

"达达尼埃和他的朋友。"

"如果他们真要这么干的话,那就只有把他们送到巴士底监狱去了。"

"为何不早点送去呢？"

"没办法！就是因为红衣主教对这几个人有一种偏爱,我真不明白这是怎么回事。"

"事情真是这样？"

"是啊！"

"那好,您去告诉他,罗什福尔,告诉他,我与他在红鸽棚客栈的谈话,全被这几个家伙窃听了;告诉他,他走了没多久,其中有一个家伙就上楼抢走了他给我的特许证;告诉他,他们事先把我去英国的消息告诉了德·文特勋爵,并且这回跟上回坠饰的事一样,他们差点儿弄得我前功尽弃;告诉他,这四个家伙当中,只有达达尼埃和阿多思两个值得害怕;告诉他,那第三个阿莱米斯是德·谢芙勒兹夫人的情夫,这个家伙不应该让他死,我们手里有他的秘密,他对我们会有用的;至于最后那个波尔托思,是个没有自知之明的傻瓜蛋,一个呆货,根本不用挂齿。"

"但是这四个家伙应该还在拉罗谢尔军营里。"

"原来我以为是这样的;但是伯纳肖太太收到德·谢芙勒兹夫人的一封信,傻乎乎地给我看了,我看完信才相信这四个家伙已经启程来接她了。"

"哎哟！怎么办呢？"

"红衣主教怎么跟您说我的事的？"

"他要求我一有你的信或口信,就立即赶回,他了解您的详情后,再告诉您下一步怎么做。"

"我还要留在这里？"密拉娣问道。

"在这附近也不是不可以。"

"您能带我一起走吗？"

"不可能,命令非常明确。在军营附近会有人认出你来,所以您得明白点,去那儿您会使主教大人受到牵连的。"

"好吧,我就在这儿或在这附近等着吧。"

"别忘了,您得先告诉我您是在哪儿等候红衣主教的消息,到时候我好去找您。"

"告诉您吧,我很可能在这儿不宜久留。"

"为什么呢？"

"别忘了,那几个家伙说来就来了。"

"是啊;如此说来,就只能眼巴巴地让那个小娘们逃出主教大人的手掌心了？"

"哎！"密拉娣露出她那独特的笑容说,"别忘了我是她最要好的朋友。"

"啊！太好了！那我就去向主教大人报告说那个女人……"

"他可以不担心。"

"就这一句话？"

"他会领会我的意思的。"

"他会猜得到的。那好,我现在该怎么办呢？"

"立即出发;我觉得您应立即把这个消息带回去。"

"我的车子在利莱就出问题了。"

"太棒了！"

"什么？太棒了？"

"是的,我正想用您的车呢。"

"那我怎么动身?"

"骑马出发。"

"说起来挺容易,有一百八十里路呢。"

"那又怎么啦?"

"没什么。还有什么吗?"

"还有,您路过利莱时,命令仆人把马车赶过来,别忘了告诉他们听我使唤。"

"好的。"

"您身上不会没有红衣主教的手令吧?"

"我有便宜行事的手令。"

"您拿去给院长嬷嬷看,告诉她今天或明天您得派人来接我走,我必须跟着来人去。"

"没问题!"

"记着,跟她说到我时口气要凶狠些。"

"这又是为了什么?"

"我是被红衣主教迫害的呀。我非把那个伯纳肖的太太引上钩不可,让她完全信赖我才行。"

"做得好。现在请替我写份报告,把有关情况都说清楚。"

"我不全部告诉你了我的全部情况吗?您记性不错,到时候复述一下我对您说的就可以了,落了笔反而有危险。"

"您说得也对;不过您还是把您将来的去向告诉我一下,免得我到时候找您时又乱跑一气。"

"说得不错,您稍等一下。"

"您要地图吗?"

"哦,不用,这一带我非常熟悉。"

"您?您什么时候来过这儿?"

"我是在这儿长大的。"

"真的吗?"

"您看,在一个地方长大,到时候总是有用的。"

"那您究竟在什么地方等我?"

"让我想一想;哎!这样吧,就在阿芒蒂埃尔。"

"阿芒蒂埃尔是个什么地方?"

"是百合边上的一座小城!过了河,就出了边境。"

"太好了!不过除非万不得已,否则您可千万不要过河。"

"那是啊!"

"万一碰到这种情况,我怎么知道您去了哪儿?"

"您暂时不用那个仆人吧?"

"是这样的。"

"这人可信吗?"

"当然。"

"让他跟随我;这儿没有认识他的人,我把他留下来与你联系,他会帮助你找到我的。"

"您刚才不是说在阿让蒂埃尔等我吗?"

"错了,是阿芒蒂埃尔。"密拉娣回答说。

"请您也把这个地址留在纸上,以防到时候我又忘了;就这么个地名,想必不会有什么麻烦吧?"

"嗯,谁也说不准。好了,"密拉娣一边说一边裁下半张纸把地名写上,"我这是自己给自己找苦受,是不是?"

"好,"罗什福尔把那半张纸从密拉娣手里接过来,折好了塞在帽子里,"您放心好了,即使这小纸条丢了,我也要学小孩子那样一路念着这个地名。现在还有别的事吗?"

"没有了。"

"那就允许我再重复一遍:白金汉遇刺死亡或负重伤;那几个火枪手听到了您与主教大人的谈话;有人报告了德·文特勋爵,他已经知道您去了朴次茅斯;达达尼埃和阿多思理该下巴士底监狱;阿莱米斯是德·谢芙勒兹夫人的情夫;波尔托思是个大傻瓜;伯纳肖太太的下落已经明确;尽快把马车送给您;让我的仆人供您使唤;记着您遭到了红衣主教的迫害,不要让院长嬷嬷起疑心;阿芒蒂埃尔在百合河边上。是这样吗?"

"我可爱的骑士,您的记性真是太棒了。现在还有一件事……"

"什么事?"

"我发现这里有一片非常茂密的森林,看上去跟修道院的花园是连通的,您告诉院长嬷嬷说可以让我到树林里去散步;谁能说清楚呢?没准儿到时候不得不从后门出去呢。"

"您想得真是够周到。"

"您忽视了一件事情……"

"什么事?"

"您忘了问问我是否需要钱。"

"说对了,您需要多少?"

"您的所有金币,我都要。"

"我大概有五百个皮斯托尔。"

"我自己也有这么多,合起来有一千个皮斯托尔,干什么事都可以了;请把钱交给我吧。"

"在这儿,全部拿去。"

"非常好,亲爱的伯爵!那么您打算……"

"一个小时以后我就出发,我先去吃东西,趁这时间让别人去找匹驿马来。"

"很好!再见了,骑士!"

"再会,伯爵夫人!"

"请多在主教大人面前说说我的好话。"

"请别忘了在撒旦面前替我说句好话。"

两人面面相觑,随即分别了。

一个小时过去了,罗什福尔飞马而去;五小时后他到了阿拉斯。

往后的情节读者朋友们已经知道了:达达尼埃如何把他认了出来,四个火枪手如何为此顾虑重重,马不停蹄一路赶来。

第六十三章　一滴水

罗什福尔刚走,伯纳肖太太就回来了。她发现密拉娣一脸悦色。

"哎,"伯纳肖太太说,"您提心吊胆的事情还是发生了;有可能今天晚上或者明天清早,红衣主教就会派人来把您带走了,是不是?"

"您这是从哪儿听来的,我的孩子?"密拉娣不解地问道。

"那个送信人亲口讲给我听的。"

密拉娣说:"您过来挨着我坐吧!"

"好吧。"

"稍等一下,我先打探打探有没有人听得见咱俩说话。"

"有必要这么神秘吗?"

"当然有,过会儿你就会知道的。"

密拉娣站起身来,快步走到门口,打开门探出半截身子朝过道里瞧了瞧,才轻轻地关上门回过来坐在伯纳肖太太身边。

"这么说,他还装得挺像。"她说。

"谁?"

"对院长嬷嬷说自己是红衣主教派来的那个人呗。"

"这么说他是在装腔作势?"

"是的,我的孩子。"

"这么说这个人不是……"

"这个人,"密拉娣压低声音说,"是我的哥哥。"

"你的哥哥!"伯纳肖太太惊叫道。

"对,唯独您一个人知道这个秘密,我的孩子;如果您一旦说出去,那我就完蛋了,您也不例外。"

"哦! 天哪!"

"您听我慢慢说,事情是这样的:我哥哥是来救我的,他原计划在没有其他办法的情况下索性出手把我抢走,不巧正遇上红衣主教派人来找我;他干脆就一路跟在那人后面。到了偏僻的小胡同里,他拔出剑威胁那人把身上的公函交出来;那人想反抗,我哥哥一气之下就把他杀了。"

"天哪!"伯纳肖太太脸色苍白地说。

"您想想,没有别的办法。这时我哥哥就决定用智取而不硬拼硬干了:他拿好公函,自己冒充红衣主教的信使来这儿,再过一个多钟头,就会有一辆主教大人派来的马车把我接走。"

"我知道了,这辆马车是您哥哥派来的。"

"正是。可是还没完呢,您以为您收到的那封信是谢芙勒兹夫人写的……"

"如何?"

图文珍藏版

"是捏造的。"

"怎么可能呢?"

"没错,是伪造的。那是个圈套,企图是让您看见有人来接您出去时不会反抗。"

"可是前来接我的人却是达达尼埃呀。"

"您被欺骗了,达达尼埃和他的朋友根本没脱身,还在拉罗谢尔。"

"您是如何知道的?"

"我哥哥碰到过几个身穿火枪手制服的红衣主教派来的人。到时候他们在门口喊一声,您肯定以为是朋友来接您,他们会乘此机会把您劫持回巴黎。"

"哦! 天哪! 这一大堆乱七八糟的烦心事,搅得我头都发晕了。如果再这么下去,"伯纳肖太太左手按在额头上说,"我肯定会疯的!"

"等一下……"

"出什么事啦?"

"我听见了马蹄声,估计我哥哥要走了;我想跟他见最后一面,您来呀。"

密拉娣打开窗户,做手势示意伯纳肖太太过去。那少妇向窗户前走过去。

罗什福尔纵马从窗前驶过。

"哥哥,再见。"密拉娣大声喊道。

骑马人抬头看见这两位少妇,一边马不停蹄,一边向密拉娣做了个表示友爱的手势。

"我的好乔治!"她一边关窗户一边说,脸上的表情既柔和又忧愁。

她又走回到原来的位置坐下,仿佛旁若无人地陷入了冥想。

"亲爱的夫人!"伯纳肖太太说,"我打扰您请多包涵! 可是我想请您给我指点一下,我如何是好呢? 天主啊! 您比我见多识广,请您开尊口呀,我洗耳恭听。"

"第一,"密拉娣说,"也许是我弄错了,没准达达尼埃和他的朋友真的会前来救您。"

"哦! 那样就太棒了!"伯纳肖太太高声喊道,"可我还是担心我没有这么好的运气!"

"您这下该明白了吧,这纯粹是个时间的问题,就好比赛跑,看谁先跑到终点。如果是您的朋友速度快,您就得救了;一旦是红衣主教的爪牙先到,那您就完蛋了。"

"哦! 是呀,彻底完蛋了! 那我将如何是好,我该怎么办呢?"

"办法倒有一个,而且挺简单……"

"什么简单的办法,快快说呀?"

"就是等呀,先找个地方藏起来,看看前来找您的到底是什么人。"

"可是藏哪儿呢?"

"哎! 这个好解决。我现在不走,也要在附近找个地方藏起来,等我哥哥来接我;嗯,您跟着我,咱俩藏在一块儿等。"

"可是我在这院里跟个犯人没什么两样,怎么可能让我离开呢?"

"人家看见我是听从红衣主教的命令给带走的,就不会怀疑您着急跟我一起走的。"

"接下来呢?"

"接下来,马车一到门口,您就来跟我告别,登上脚踏板跟我最后一次拥抱;我会事先关照好我哥哥派来接我的那个仆人的,他只要做个手势给车夫,驿车就会带着我们日夜兼程地赶路了。"

"可是达达尼埃,万一达达尼埃来了呢?"

"他来了我们怎么可能不知道呢?"

"怎么会知道呢?"

"最简单不过了。我们派我哥哥的仆人回贝蒂纳来,我早都跟您说过,这个仆人是绝对可靠、忠诚的;他乔装打扮在修道院对面找个地方住下,如果红衣主教手下的人来了,他待着不理,要是达达尼埃和他朋友来了,他就带他们来找我们。"

"他和他们见过面吗?"

"当然见过,他第一次见达达尼埃先生还是在我家里呢!"

"噢! 太棒了,您说得完全正确;这下子全都安排好了,一切都挺妥当,只是我们别走得太远了。"

"最起码离这儿七八里路吧,比如说我们可以呆在边境附近,一旦形势不妙就可以逃离法国。"

"这期间我们做什么?"

"等呗。"

"如果他们来了呢?"

"我哥哥的马车会赶在他们前面的。"

"如果马车来接您的时候,我恰好不在您身边,比如说在吃午饭或者吃晚饭呢?"

"您现在赶紧去办一件事。"

"什么事?"

"去跟善良的院长嬷嬷说,我俩想一起吃饭,请她允许让您和我尽可能呆在一块儿。"

"她能允许吗?"

"这有什么不可以的呢?"

"啊! 太棒了,我们俩从此就可以一直不分离了!"

"嗯,您赶紧下楼跟她这么说吧! 我这会儿头脑发晕,想到花园里去呼吸呼吸新鲜空气,散散步。"

"可是您去了,我上哪儿找您?"

"一小时以后,在这儿。"

"这儿,一小时以后;啊,谢谢您,您真是个大好人。"

"我怎么可能忍心撇下您不管呢? 您不但长得这么漂亮,这么美丽,还是我好朋友的知心人哪!"

"喔! 我亲爱的达达尼埃知道了会多么感激您啊!"

"我也等着这好事呢。好啦! 咱们全都说妥了,您马上下楼去吧。"

"您现在上花园去?"

"嗯。"

"您顺着这走廊往前走,然后沿小楼梯下去。"

"谢谢,我全记住了。"

两个少妇相对咧嘴一笑,分头走了。

密拉娣没说假话,她确实有点头晕,这是因为纷至沓来的念头乱七八糟地挤在了一块,她根本没来得及把思绪理清楚。她特别需要独自清静一会儿,把思路理出个头绪来。她含含糊糊能想见将要发生的事情;但她还是需要一小段时间清静下来,把所有那些杂乱无章的想法整理得有条不紊,归纳出一项头绪分明的可行计划来。

当务之急是挟持伯纳肖太太,先把她安置到一个安全的地方,然后,若有必要就拿她当人质。密拉娣对这场殊死搏斗的结果有些提心吊胆,因为她的对手实在令人深恶痛绝,不过要说斗志的顽强,她肯定是稍逊于他们的。

她就像感觉到暴风雨即将到来那样,感觉到这场你拼我杀的恶战正一天天临近,其结果肯定无比残酷。

对她来说至关重要的也就是唯一可以安慰她那颗慌恐的心的一点,正如上文所说,就是把伯纳肖太太控制在手心里。伯纳肖太太的生命就是达达尼埃的生命;不,这个他心爱女人的生命的宝贵程度远远高于他自己的。一旦失利,这个女人就是个讨价还价的最好筹码,凭这个筹码绝对可以使敌方接受做出让步的条件。

现在,这一时机已经成熟:伯纳肖太太一点戒备心理都没有,肯定会跟着她走的;只要把她带到阿芒蒂埃尔躲起来,就很自然让她彻底相信达达尼埃没有上贝蒂纳来了。而罗什福尔还有半个月才能回来;这半个月时间,足够让她深思熟虑如何在那四个伙伴身上报仇雪恨。太好了,她至少不会感到闲得无聊了,因为她有一种对她这种性格的女人来说确实是很有意义的消遣:有足够的时间来策划一个尽善尽美的复仇方案。她一面琢磨着,一面环顾四周,记住花园的地貌。她犹如一个久经沙场的老将,不但善于从整体上来预料战争的胜负,而且随时随地根据战局的发展变化来决定进退的策略。

一个小时以后,她听见有人在远处亲切地唤她,那是伯纳肖太太。善良的院长嬷嬷当然是有求必应,而现在可以做到的,就是先允许她俩在一起吃饭。

她俩刚走近院子,就听见一阵响声,有辆马车驶到修道院门前停下了。

"您听见什么了吗?"密拉娣说。

"听见了,是马车的声音。"

"肯定是我哥哥派来接我的马车。"

"噢!天主呵!"

"哎,勇敢一点!"

密拉娣猜得很准,修道院门口传来一阵急促的拉铃声。

她对伯纳肖太太说道:"您先上楼回到自己房间里去,您肯定有些金银珠宝要随身带走的。"

"我有他几封信。"她说。

"好的,您拿好信就赶紧到我的房间,我们抓紧时间吃顿晚饭;没准还要夜间赶路,得积攒点力气才行。"

"主呵!主呵!"伯纳肖太太把左手捂在胸前说,"我的心怦怦狂跳,连出气都有些困难,我走不动路了。"

"勇敢些,哎,坚强点!多想想再过一刻钟您就会安然无恙了,想想您将要做的事情,您这可全是为了他而做的呀。"

"哦!对,我真的全是为了他。多亏您的一句话,使我又有了勇气;您先走吧,我随后紧跟。"

密拉娣奔跑着上楼走进自己的房间,罗什福尔派来的仆人正等在里面,她马上吩咐他要做哪些事。

她吩咐他在修道院门前等候;如果火枪手一旦来了,就赶紧驱车绕着修道院兜个圈子,在树林附近的一个小村落里等候密拉娣。在这种特殊情况下,密拉娣将徒步从花园穿过前往那个村子;我们刚才已经说过,密拉娣对这块地形非常了解。

如果火枪手没来,就按照原来的复仇方案行事:让伯纳肖太太装作跟她告别乘机登上马车,然后她就轻而易举地带着伯纳肖太太扬长而去。

这时伯纳肖太太向屋里面走了进来,为了彻底地消除她很可能产生的疑虑,密拉娣当着她的面把后半部分指示又对那仆人重复了一遍。

密拉娣仔细询问了马车的情况:那是辆套三匹辕马的马车,驿站派来的车夫;罗什福尔的仆人骑着马前面引路。

密拉娣居然怀疑伯纳肖太太会起疑心,她真是冤枉好人了;单纯的少妇是如此地相信她,压根没想到去疑心另一个女人竟然这般狡猾凶残;再说她听见院长嬷嬷曾提到过一个完全陌生的名字——德·文特伯爵夫人的名字,根本没料想这个全力以赴帮助自己的好心女人竟然会给自己的一生造成的如此严重而致命的不幸。

“您瞧瞧,”密拉娣等那仆人走了以后说,“一切都安排妥当了。院长嬷嬷一点蛛丝马迹都没看出来,还以为是红衣主教派人来接我们呢。这人现在再去做一次最后安排;您赶紧喝上一两口酒,随身带好点东西,咱们立刻就出发。”

“行,”伯纳肖太太心不在焉地说道,“行,立刻就走。”

密拉娣做个手势示意她坐在自己面前,给她撕了一小块鸡胸脯肉,又斟了一小杯西班牙红葡萄酒给她。

“不错吧,”她对伯纳肖太太说,“一切都这么顺利。天很快就要黑了;等到天亮时我们已经到达目的地了,是神仙也猜不出我们究竟在什么地方了。好了,振作起来,多吃点东西吧。”

伯纳肖太太勉强地吃了几口鸡肉,端起酒杯润了润嘴唇。

“行啦,行啦,”密拉娣举起手中的酒杯不耐烦地说道,“看看我的样子。”

她刚要把酒杯凑到嘴唇上,手却停在那里不动了,原来她听见路上远远地传来人们的叫喊声和一阵阵急促的马蹄声,而且愈走愈近,声音也越来越大;紧接着,几乎就在同一时间,她又听见了刺耳的马嘶声。

一听见这声音,她的满腔欢喜霎时消失得一干二净,仿佛在睡梦中突然被一声炸雷惊醒一般;她面无血色,跟跟跄跄奔到窗前,这时伯纳肖太太正战战兢兢地站起身来,双手扶住椅子竭力不让自己倒下去。

这时什么也看不到,只听见急促的马蹄声愈逼愈近。

“哦!老天哪,”伯纳肖太太惊叫道,“这是哪儿来的声音?”

“有人来了,来的不是朋友便是仇敌,”密拉娣的语气和神态镇静得让人浑身哆嗦,“您等在那儿千万别动,我会想办法的。”

伯纳肖太太很听话地站着,脸色煞白,不吭声也不挪动脚步,宛如一尊雕像。

声音越来越近,马队离这儿最远也只有一百五十步距离了;这会儿还看不见人影,是因为马路上正好有个弯道的缘故。尽管如此,声音却越来越清楚,甚至都可以从得得得得的马蹄声中听出总共有多少匹马。

密拉娣睁大两眼循声望去;暮色苍茫,她远远地还能看见迎面奔驰来的那队人。

忽然,马路的拐角处骤然现出帽子饰带的闪光,羽翎也在迎风飘摇。她在心中认真默数着:三个,六个,一共来了八个人;其中一个人跑在最前面,比其他人领先大概两个马身的距离。

密拉娣看清楚了跑在最前面的那个正是达达尼埃,她不能自控的惊叫了一声。

"啊!天哪!天哪!"伯纳肖太太惊慌失措地喊道,"究竟是怎么回事?"

"咱们一分钟也不能耽误了,他们穿的可全是红衣主教卫士营的制服哪!"密拉娣大声说,"赶紧逃,赶紧逃!"

"是的,是的,赶紧逃,"伯纳肖太太附和说,可是她哪里还有力气迈开脚步呀,只能力不从心地呆在原地。

这时只听得那队骑马人从窗前疾驰而过。

"走呀!您倒是赶紧走呀!"密拉娣边说边伸手去扯那少妇的胳膊,"咱们还有救,还能从花园往外逃,我有钥匙,可是我们得抓紧时间呀,再过五分钟就全完了。"

伯纳肖太太想挣扎着往前走,可是走了不到两步就双膝一软跪倒在地上。

密拉娣想扶起她一块走,可是实在是力不从心。

正在这时,门前响起一阵车轮的辚辚声,肯定是那仆人窥见火枪手来就赶紧驾车跑掉了。紧跟着又是三四声枪响。

"我再问最后一次,您到底是走还是不走?"密拉娣气急败坏地大声嚷道。

"哦!天哪!天哪!您也亲眼目睹了,我浑身上下确实没有一丝力气,实在挪不动了,您先一个人逃吧。"

"我一个人逃!留您一个在这儿!不,不,不行。"密拉娣嚷道。

她突然站住不动了,眼睛里倏地冒出一道寒光,嘴角挂着一丝得意的笑容,整个脸都扭曲了。她纵身跑到桌前,以惊人的速度打开戒指,把底座下的一样东西放进伯纳肖太太的酒杯里。

那是一粒发红的小丸,几秒钟就溶化在酒杯里了。

然后,她脸不变色心不跳地举起酒杯说道:

"喝了它吧,喝了它您就有力气了,赶紧喝吧。"

说着,她把酒杯贴到少妇的嘴边,伯纳肖太太毫不犹豫地一饮而尽。

"哼!我这样报仇未免太便宜她了,"密拉娣面目狰狞,她把酒杯又放回桌上,"可是,条件不允许也只能做到这份上了。"

刚说完,她便疯狂地往外跑去。

伯纳肖太太眼睁睁地看着她冲出屋子,没法跟她一块逃走;她就像那些噩梦中的人梦见有人在追杀自己,可是怎么使劲也挪不动脚步。

一刻钟以后,大门口传来一阵纷乱的吵闹声;伯纳肖太太无时无刻不在期盼着再看见密拉娣,可是她始终没再出现。

不止一次,可能是恐惧的原因,她那滚烫的额头冷汗直冒。

她终于听见了开门声,楼梯上响起咚咚的脚步声和马刺的声音;远远地听见有好多人在大声叫嚷,一开始听不清楚,等到后来声音越来越近,她好像听见有人喊她的名字。

突然间她激动地高叫一声,憋足了劲猛地向门口冲过去——她听见了达达尼埃的声音。

"达达尼埃!达达尼埃!"她急切地喊道,"是您吗?我在这儿,我在这儿。"

"贡斯当丝!贡斯当丝!"达达尼埃应声答道,"您究竟在哪儿?我的老天哪!"

与此同时,房门被打开——准确地说是给撞开了;一大帮人冲进了屋里,伯纳肖太太脸色苍白地瘫倒在一张扶手椅里,已经无力动弹。这时,达达尼埃把握在手里还在冒烟的手枪一扔,扑通一声跪倒在心上人的面前,波尔托思把枪插进腰间;阿多思和阿莱米斯也把自己握在手里的长剑插进了剑鞘。

"哦!我亲爱的达达尼埃!你总算来了,你没撒谎,你果然来了!"

"是的,是的,可怜的贡斯当丝!我们终于在一起了!"

"哦!任凭她怎么说你不会来,我还是一心一意地等待着你的到来,我不想跟她一块逃走;噢!太棒了,幸亏我没走,我真的做对了,我太谢谢我自己了!"

听见一个她字,本来还安安静静坐着的阿多思几乎是跳起身来。

"她!哪个她?她是谁?"达达尼埃迫不及待地追问道。

"就是我的女朋友;她对我特别好,本来打算把我从那些人手里解救出去,结果她误认为你们就是主教的卫士,就慌慌张张逃走了。"

"您的女朋友,"达达尼埃惨叫一声,脸色白得像伯纳肖太太的那块头巾,"您说的究竟是个什么样的女朋友?"

"刚才停在门口的那辆车就是她的,她亲口告诉我,她跟您也是很要好的朋友,达达尼埃,她还说您对她是无话不说的。"

"她姓什么,叫什么名字?"达达尼埃愤怒地大声说道,"老天哪!您不会连您最好的朋友的名字都不知道吧?"

"知道,我听别人喊过她的名字;稍等一下……真奇怪……哦!老天哪!我头昏脑涨,我眼前一片漆黑,看不见东西了。"

"你们快来,赶紧过来呀!她的手脚冰凉了,"达达尼埃上气不接下气地嚷道,"她不行了,天哪!她连呼吸都停止了!"

波尔托思急忙跑出去唤人来帮忙;阿莱米斯纵身跑到桌前刚想拿杯子,突然立在那儿不动了,因为他发现阿多思愣在桌前,眼睛发直,脸色变得非常怕人,双手哆嗦,死死地盯着一只玻璃杯,显出极其恐怖的样子。

"啊!"阿多思说,"啊!不,不会的,这不可能!老天爷容不得这种惨无人道的事情。"

"水,水,"达达尼埃急切地嚷道,"水!"

"哦,善良的女人,可怜的女人!"阿多思结结巴巴地自言自语。

达达尼埃疯狂地吻着伯纳肖太太,才使她重新睁开了无神的双眼。

"她清醒了!"达达尼埃愉快地喊道,"噢!主呵!主呵!太好了,我真心感谢你!"

"夫人,"阿多思说,"夫人,看在天主的份上,请您赶紧告诉我们这杯酒到底是谁喝的?"

"是我,先生……"伯纳肖太太有气无力地回答说。

"酒是谁给您倒的?"

"她。"

"这个她究竟是谁?"

"哎,我这会儿又想起来了,"伯纳肖太太说,"德·文特伯爵夫人……"

四个伙伴异口同声地叫出声来,而阿多思的叫声高过了另外三个声音。

此时伯纳肖太太的脸已经由青变灰,五脏六腑疼痛难耐,呼吸急促地瘫倒在了波尔托思和阿莱米斯的胳膊上。

达达尼埃死死地抓住阿多思的两只手,这种焦慌情景是无法用笔墨来形容的。

"怎么!"他说,"你也相信是……"

话刚说到一半,他已经咽的说不下去了。

阿多思说:"我相信最糟的情况,"他努力控制自己,连嘴唇都咬出血来了。

"达达尼埃,达达尼埃!"伯纳肖太太喘着粗气喊道,"你在哪儿?不许离开我,你知道,我活不了多久了,我需要你。"

阿多思紧紧地握住达达尼埃那不断颤抖的双手,这会儿听见伯纳肖太太叫他,他抽出手直奔到她身旁。

她那张漂亮俊俏的脸蛋霎时消失得无影无踪,那双神采奕奕的眼睛已经是混浊无神,浑身抽搐,滚烫的额头冷汗直冒。

"看在她痛苦不堪的份上,快去喊人呀;波尔托思,阿莱米斯,快去求人来帮帮忙,来救救她呀!"

"没有用处了,"阿多思说,"没救了,她放的毒是没有解药的。"

"是的,是的,叫医生来挽救我,来挽回我性命!"伯纳肖太太低低地说,"快来救我!"

然后,她用尽全身的力气,两手捧着达达尼埃的脸目不转睛地凝望片刻,好像要把自己的整个灵魂注入这道目光之中,紧接着,她声音凄惨地叫了一声,把自己干裂的嘴唇死死地压在达达尼埃的嘴唇上。

达达尼埃喊道:"贡斯当丝!贡斯当丝!"

一声微弱的叹息声从伯纳肖太太嘴里吁出,温柔地拂过达达尼埃的嘴;这声叹息,正是重新返回天国的那个虔诚且圣洁的灵魂。

这时,达达尼埃紧紧地抱在胸前的只是具尸体了。

他痛苦地叫了一声,跌倒在情人的身旁,从头到脚都是冰凉冰凉的,脸色也像她一样白得耀眼。

阿莱米斯泪水顺着脸颊默默地流淌,波尔托思紧握双拳向天举起,阿多思在胸前一遍又一遍地划着十字。

正在这时,一个中年男子在门口出现了,他的脸色白地跟屋里这些人不差上下。他抬眼望去,发现了已经死去的伯纳肖太太和昏迷不醒的达达尼埃。

悲剧发生后,到场的人一般会有一阵惊魂未定的呆怔,这个人正是在这种情况下出现的。

"在我的预料之中"他说,"这位果真是达达尼埃先生,你们三位是他的朋友波尔托思先生、阿多思先生和阿莱米斯先生。"

被他说出姓名来的这三位惊讶地盯着面前这个陌生人,觉得他似乎有点眼熟。

"诸位,"这人紧接着说道,"我们大家的目标一样都在找寻一个少妇的去向,"他咧嘴苦笑一下又说道,"我看见有人死了,估计她来过这儿!"

三个伙伴一声不吭,他们觉得此人的声音极其耳熟,而且隐隐约约感觉以前仿佛在哪儿遇过面;但现在又都想不起来。

"诸位,"陌生人继续说道,"看来我必须做个自我介绍了,因为你们已经忘掉了一个曾经欠了你们两次救命之恩的人;我叫德·文特勋爵,是那个少妇的小叔子。"

三个伙伴不约而同地惊叫起来。

阿多思站起来跟他握手。

"勋爵,非常欢迎,"他说,"您是我们的人。"

"伯纳肖太太离开朴次茅斯五小时后我才离开那儿的,"德·文特勋爵说,"她比我早到布洛涅三小时,早到圣奥梅二十分钟;最后,等我赶到利莱就再也找不着她的踪影了。我找遍好多地方,逢人就询问她的去向,恰好这时我发现你们骑马疾驰而过;我首先认出了达达尼埃先生。任凭我大声唤你们,可是你们谁也没听见;我想策马跟上你们,苦于我的马早已累垮了,没法跟上你们的马。不过就算追上了你们,也还是晚了一步!"

"您都看见了,"阿多思边说边指着躺在地上的那两个人让德·文特勋爵看:伯纳肖太太已经断气了,达达尼埃昏迷不醒,波尔托思和阿莱米斯正想方设法把他弄醒。

德·文特勋爵勋爵不慌不忙地问道:"他们俩都死了吗?"

"不,幸亏不是这样,"阿多思答道,"达达尼埃先生只是暂时昏迷不醒。"

"噢!幸好!"德·文特勋爵勋爵说。

话音刚落,达达尼埃睁开了眼睛。

他疯了似的拼命从波尔托思和阿莱米斯的怀里挣脱出来,一下子扑在心上人身上。

阿多思站起身,非常同情且非常痛苦地走到朋友身边,慢慢地把他抱在怀里,达达尼埃放声大哭起来。

"达达尼埃,不要忘了你自己是条汉子,"阿多思说话的语气充满激励和尊严,有着一种无比巨大感人肺腑的召唤力,"女人为死者啜泣,男子汉应该为死者报仇雪恨!"

"哦!没错,"达达尼埃应声说,"没错!只要是为她报仇,我会不惜一切代价,把事情做到底的!"

阿多思发现自己悲痛万分的朋友因为复仇的希望重新振作起来,就不失良机地对波尔托思和阿莱米斯做个手势,示意他俩赶紧把院长嬷嬷找来。

他们俩在走廊里遇见了院长嬷嬷。修道院里突然发生了这么多事情,她一时慌了手脚,不知所措地站在那儿哆嗦。她这会儿也顾不得修道院的规矩了,急忙喊来几个修女跟她一块抛头露面去见五个男人。

"院长,"阿多思掖住达达尼埃恳求道,"这位苦命的女人,烦请凭您忠诚的爱心来处理她的后事吧。她不但是世间的天使,而且也将成为天国的天使。请您像安葬教会的姐妹那样安葬她吧;将来有一天我们肯定会回来到她墓前祈祷的。"

达达尼埃把头深深地埋在阿多思的胸前,痛不欲生。

"哭吧,"阿多思说,"放声地哭吧,让您这颗充盈着青春、生命和爱情的心痛痛快快地哭一场吧!唉!我也特别想跟着您大哭一场!"

说完他搀扶着达达尼埃往外走去,这时他的表情就像父亲那般慈爱,就像神甫那般使人得到慰藉,就像饱受沧桑的男子汉那般让人打心底里佩服。

他们一行人向着郊外抬眼可以望见的贝蒂纳城走去,仆人们牵着马跟在后面。他们在路边的第一家客栈停了下来。

"那我们,"达达尼埃说,"就先不去追那个女人了?"

"得等一等,"阿多思说,"有好多事我还要具体地安排一下。"

"她会逃掉的,"达达尼埃说,"她肯定会从我们手里逃掉的,那可算你的过失哟,阿多思。"

"我保证她逃不掉。"阿多思说。

达达尼埃一向是绝对信任阿多思所说的话的,所以他不再作答,径直走进了客栈。

波尔托思和阿莱米斯两人相互交换眼色,特别纳闷阿多思从何处来的这份自信。

德·文特勋爵以为他想减轻一些达达尼埃的痛苦,想安慰安慰达达尼埃才这么说的。

"诸位,"阿多思问清楚客栈里有五个空房间后说道,"现在,请各自进屋去吧;达达尼埃想单独痛痛快快哭一场,你们却需要安安静静地休息休息。其他事情由我安排,你们尽管放心好了。"

"在我看来,"德·文特勋爵说,"如果要采取什么措施来对付伯爵夫人的话,我是最合适的人选;因为我是她的小叔子。"

"可是我,"阿多思说,"我是她的丈夫。"

达达尼埃不由得浑身哆嗦起来,因为他知道,阿多思既然愿意吐露这个秘密,他肯定相信报仇是有百分之百的把握;波尔托思和阿莱米斯又互相交换了一下眼色,脸霎时变得苍白;德·文特勋爵心想阿多思肯定神经有毛病了。

"所以请各位先进屋,"阿多思说,"这件事包在我身上了。你们都知道了,单凭我这当丈夫的责任,这事就应该我干。不过,达达尼埃,前几天从那男人帽子里掉出来的那张小纸条,如果您还保存的话,就给我吧,那上面写着一个地名……"

"噢!"达达尼埃说,"我知道了,这个地名是她亲手写的……"

"你也看见了吧,"阿多思说,"看来老天还是有眼的!"

第六十四章　穿红披风的人

阿多思在失落之时,感到一种深沉的从未有过的痛苦,刻骨挥之不去的痛苦使一向果断机智的他变得越来越冷静敏锐了。

他满脑子都想着自己做出的承诺和所承担的责任,一个人很晚才回到自己的房间。他向客栈老板借了一张本市地图,一进屋就趴在桌上非常仔细地在地图上找寻,发现从贝蒂纳通到阿芒蒂埃尔的路径有四条,于是马上派人去把四个仆人都叫来。

阿多思一丝不苟、非常严肃地向布朗谢、格里莫、穆斯克通和巴赞下达了重要任务。

他们务必于第二天清晨出发,分别从不同路径奔赴阿芒蒂埃尔。阿多思在分配人员时还真费了不少心思,他专门让四人中间最机灵的布朗谢循着躲过四个火枪手的枪子儿逃之夭夭的那辆马车的路径走,我们很清楚,那辆马车是由罗什福尔的仆人骑马护送的。

阿多思之所以吩咐仆人去探路,其一是因为自从这四个仆人给他和其他三位伙伴当仆人以来,他对他们每个人的性格和能力都了如指掌。

其二,让仆人去打探消息,一般不会引起人家猜疑,不像主子亲自出马那样惹人注意,而且也容易被别人同情和帮助。

其三,密拉婕不认识这几个仆人,却认识那几位主子;而这几个仆人全都认识密拉婕。

他们四人相约在第二天十一点整在指定地点碰头;如果一旦找到了密拉婕的藏身之处,就留下三人就地监视,另外一人返回贝蒂纳向阿多思汇报并为四位伙伴引路。

一切安排妥当,四个仆人便各自分头上路。

阿多思从椅子上站起身来,佩带好长剑,裹紧披风走出客栈;这时正是晚上十点钟光景。我们知道,在外省一到晚上十点钟,街上就静悄悄的很难见到行人。但阿多思明显是在找什么人想打探什么事。他跑遍了整个街道总算碰见了一个行色匆匆的赶路人,就迫不及待地迎上去,很客气地对他说了几句什么话;那个人听完紧张地连连倒退,一时吞吞吐吐说不出话来,只是像哑巴一样伸手指了指方向,算是对火枪手的回答。阿多思掏出半个皮斯托尔请他带路,那人很不友好地拒绝了。

阿多思三步并两步走进那人指点的街道;可是刚走到十字路口,他又停下了,很明显又不知道该往哪儿走了。不过,在十字路口遇见行人的可能性要比在别处大一些,所以他索性就站在那儿。果然,几分钟以后,就看见有个夜间巡逻地走了过来。阿多思把刚才碰见第一个行人时所说的话又重复了一遍,巡逻人同样惊得目瞪口呆,也不肯给阿多思引路,只勉强用手指了指他该走的那条路。

阿多思顺着他指的路一直向前走,来到了城区的一头;他以前和伙伴们进城

世界经典文库

世界二十大名著

三个火枪手

图文珍藏版

时,走的正好是城区的另一头。到了那儿,他又左顾右盼,犹豫不决再该往哪个方向走,第三次停下了脚步。

幸亏有个要饭的叫花子迎面走来求他布施。阿多思让他引路到达目的地时付给他一枚埃居。叫花子踟蹰片刻,当发现那枚埃居在黑夜中闪闪发亮时,就再也经不住诱惑一跺脚在阿多思前面引路了。

走到一条街的拐角,叫花子心不在焉地给阿多思指了指前面不远处一座孤独破旧的小屋;阿多思付钱后大踏步向小屋走去,而叫花子接过埃居后逃似的一溜烟消失在街道转角处。

阿多思绕着屋子转了一圈,发现粉刷成浅红色的屋子中间有一扇门;没有一丝光线从外板窗的缝隙中泄露出来,也没有一点响声,说明里面有人居住的迹象,整幢小屋静悄悄,黑洞洞,简直就是一座坟墓。

阿多思抬起手在门上轻轻地叩了三下,不见动静。等叩了第四下时,就听见里面有人走过来;门稍稍开了一条缝,露出一个瘦高个儿的中年男人,脸色苍白,黑头发黑胡须。

阿多思跟他耳语了几句,然后那个瘦高个子对火枪手做个手势,示意他进屋。阿多思一闪身就进了屋,房门砰的一声关上了。

阿多思几经周折,远天远地地前来找的这个人,把阿多思引进自己的实验室,他正在那里全神贯注地用铁丝把一具骷髅的骨头连接起来,骨头和骨头接触发出一种刺耳的响声。上身和下身的骨骼都安装好了,只有颅骨还摆在一张木头桌子上。

从房间里的陈设可以看出屋子的主人是专门研究博物类自然科学的:一个个装着蛇的玻璃瓶上,分门别类地贴着标签;装在乌木大框子里的蜥蜴标本如同翡翠般熠熠生辉;天花板上还悬挂着好几捆嫩绿新鲜的野草,这些清香宜人的野草肯定有外行不知道的神奇效用,从天花板低低地垂到屋角的四周。

不过,这座小屋只住着这瘦高个一人,没有家人,也没有仆人。

阿多思心不在焉地瞟了一下我们前面描述的那些东西,顺着这个瘦高男人的手势,紧挨着他坐了下来。

接着阿多思向他说明此行目的,挑明有求于他;当阿多思刚说完他的要求时,坐在火枪手旁边的这个瘦高个子,蓦地站起身来,边不住地摇头边向后退去,表示拒绝。情急之下阿多思从上衣口袋里掏出一张纸,上面草草地写着几行字,下面有签名,还盖着印;他把这张纸恭恭敬敬地递给这位过早地拒绝效劳的高个子。当高个子看到纸上的那几行字,特别是那签名和印章时,马上欠身表示他不再回绝,愿意听从安排,随时效力。

阿多思不再多说什么;他站起来欠欠身,就出了屋子,若有所思地顺着刚才来的路慢慢悠悠地返回客栈,把自己关在屋子里。

早上六点钟,达达尼埃面容憔悴地走进他的房间,问他该做点什么。

"等着。"阿多思回答道。

没多久,院长嬷嬷派人来转告火枪手说,被密拉娣毒害的那位少妇的葬礼定在中午十二点举行。至于密拉娣,目前尚未找到;不过她肯定是从花园里逃脱的,因为在花园的沙地上留下了她的足迹,而且花园门也锁上了,钥匙却不在。

到了十二点钟,德·文特勋爵和其他四个伙伴一同前往女修道院;钟声齐鸣,小教堂的大门敞开,祭坛前的铁栅门却关得紧紧的。被害人的身上穿着见习修女的服装躺在祭台正中间。祭坛两旁甚至于连通往修道院的铁栅后面，都站满了加尔默罗会的所有修女，虽然她们站在那儿静听司铎们诵念追思弥撒，并且和着他们一块唱圣歌，但是她们既不让被这些俗人看见，也看不见教堂里的俗人。

在小教堂门口，达达尼埃感觉自己又失去信心和勇气了；他转身去找寻阿多思，但是阿多思早已不在了。

阿多思每时每刻都在惦记着自己肩负报仇的重任，所以他先让人领路去了花园；到了那儿，只见沙地上清清楚楚地保留下密拉娣走过的两行浅浅的脚印，而且一道过去都伴有血迹，阿多思跟循着脚印走到花园门口，让人打开正对着树林的花园门，走了进去。

这下子，他的猜测得到了验证：马车果然是绕过树林逃遁的。阿多思目不转睛地盯着地面往前走去；一路上鲜红的血迹清晰可见，看来，不是哪匹辕马带了彩，就是驾车逃跑的那个男子负了伤。往前走了大约四分之三里路，距离费蒂贝尔五十步远时，忽然发现地上有一摊面积较大的血迹，而且周围的地面还有马蹄踢踏的痕迹。这个地点与树林中间，也就在踢踏过的路面稍微往后去的地方，又依稀可见一串尺码不大的脚印，跟花园里的脚印完全一样；马车在这里停留过。

估计密拉娣就是在这儿逃出树林上的马车。

这样一来，所有的疑点都得到了回答，阿多思长吁一口气，顿时感觉心里有了谱。返回客栈，只见布朗谢正烦躁不安地等着他。

一切都在阿多思的预料之中。

布朗谢顺着那条路前行，像阿多思一样发现了血迹，也像阿多思一样发现了马车停留的地点；只是他比阿多思走得远多了，所以在费蒂贝尔村的一家客栈里歇脚时，还没打算开口动问，就已经详细地听说了头天晚上八点钟的时候，有个负伤的中年男子骑马陪伴着一位坐驿车旅行的夫人路过这里，那男人流了好多血实在没法再往前赶路，因此只好停下来休息休息。据他讲，他们是在树林里被强盗拦路打劫的。那男人就留在了村子里疗养，那位夫人换了一匹驿马继续前行。

布朗谢于是开始找寻那辆驿车的车夫，结果很快就找到了。听说那车夫把夫人送到弗罗梅尔，然后她从弗罗梅尔直接去了阿芒蒂埃尔。于是，布朗谢抄一条捷径，早晨不到七点钟就已经到达了阿芒蒂埃尔。

阿芒蒂埃尔只有一家客栈，也就是驿站客栈。布朗谢上那儿去时，谎称自己是个丢了差事的仆人，迫切地想找份活儿混口饭吃。他跟店堂里的人说了不到十分钟的话，就轻而易举地打听到了有一个单身女人是晚上十点钟到的。她开了个房间，把客栈老板叫去对他说，她要在附近重新找个地方住一阵。

布朗谢知道这些消息已足矣。他急忙赶到提前约定的会合地点，看到另外三个仆人都到齐，就吩咐他们分头看住客栈的各个出口，自己火速赶回来找阿多思。等那几位伙伴回到屋里时，阿多思已经听完了布朗谢的详细报告。

几位伙伴一个个都愁眉不展，黯然伤神，就连一向乐呵呵的阿莱米斯这会儿也紧绷着脸。

"到底该怎么办？"达达尼埃焦灼不安地问道。

"耐心等着。"阿多思答道。

几位伙伴分头回到自己屋里。

大概晚上八点钟光景，阿多思吩咐立即备鞍，并让仆人马上去通知德·文特勋爵和三位伙伴准备出发。

大家火速行动,每人都仔细检查了随身携带的武器。阿多思最后一个下楼,却发现达达尼埃早已骑在马上烦躁不安。

"不用着急,"阿多思命令道,"我们还要再等一个人。"

马背上的几个人疑惑地四下里张望,因为他们确实记不起来还有那个人没到。

正在这时,布朗谢气喘吁吁地牵来了阿多思的坐骑,阿多思非常矫健地跃上马鞍。

"稍等片刻,"他说,"我一会儿就回来。"

说着他策马疾驰而去。

十几分钟后,他果然领回一个戴着面罩,裹着一件红色长披风的人。

德·文特勋爵和三位火枪手一时丈二和尚摸不着头脑,因为谁也说不清这位半路侠客到底是何许人也。可是他们琢磨,这事儿既然是阿多思一手安排的,想必应该是这般的。

九点整,这支由几个人组成的骑队由布朗谢引路,顺着那辆马车走的道儿开始前进了。

这队人马的景象非常凄惨,六个骑马人全都心绪黯淡,一声不吭地按辔前行,垂头丧气有如万念俱灰,黯然伤神恰似遭遇天罚。

第六十五章　判　决

天昏地暗,暴风雨马上来临。天空中电闪雷鸣,滚滚黑云遮蔽了星光;而月亮要到半夜才会升起。

偶尔有一道闪电照亮远处的地平线,借着转瞬即逝的亮光可以瞥见面前那条冷清、惨白的大道;闪电过后,一切又会被黑暗包围。

阿多思时不时地瞅瞅达达尼埃,希望他回到队列里来,可是达达尼埃走不了几步又脱离队列赶到前头去了;他满脑子只有一个想法,往前走,所以只知道马不停蹄地往前赶。

他们不露声色地穿过那个负伤仆人待着的费蒂贝尔村,顺着里什布尔的森林往前走;行至埃尔里后,引路的布朗谢向左边拐弯。

不止一次,德·文特勋爵或者波尔托思和阿莱米斯,都试图和裹红披风的人搭话;可是任凭他们怎么提问,那人总是在马背上欠欠身子,却不做正面回答。反复几次,大家都清楚肯定有某种原因使这位不速之客保持沉默,于是也就不便再跟他说话了。

这会儿,暴风雨越来越近了,迅捷的闪电一道接一道,轰隆隆的雷声震耳欲聋,狂风是暴雨的前奏,怒吼着掠过旷野,吹得骑士们的披风在风里飞扬。

骑队策马疾驰。

刚走出弗罗梅尔村,倾盆大雨就下了起来;大家纷纷裹紧了披风,还有三里多路要赶,这行人风雨无阻地纵马前行。

达达尼埃没戴帽子,也没有裹紧披风;他任凭雨水伴着泪水从滚烫的额头流下,沿着发烧颤抖的身体往下淌,觉得很舒畅。

这支骑队经过戈斯加尔村到达驿站的时候,忽见黑夜中有个人影从树干后面一下窜到马路中央,伸出一个手指按在嘴唇上。

阿多思一眼认出此人是格里莫。

"发生什么事啦?"达达尼埃高声问道,"难道是她逃离阿芒蒂埃尔了?"

格里莫点了点头。达达尼埃气得龇牙咧嘴地想要发作。

"忍着点,达达尼埃!"阿多思说,"这事儿全包在我身上了,所以应该由我来问格里莫。"

"她去了哪儿?"阿多思向格里莫发问。

格里莫伸手指向百合河的方向。

"离这儿大概有多远?"阿多思问。

格里莫朝主人举起半屈的食指。

"她是一个人吗?"阿多思问。

格里莫点了点头。

"诸位,"阿多思说,"她单独一人,在河的那个方向,离这儿有半里路。"

"很好,"达达尼埃急切地说,"格里莫,赶紧给我们引路。"

走了大约五百步,只见有条溪流横在道上,大家就蹚水过去。

借着闪电的亮光,可以看见前面的埃坎黑姆村。

"是这儿吗?"达达尼埃问。

格里莫摇了摇头。

"别再问了!"阿多思喊道。

这队人马继续前进。

又掠过一道闪电;格里莫抬起胳膊向前指去,在火蛇般的幽蓝亮光中可以隐隐约约地看见河边有座孤独的小屋,大概位于渡口一百步开外。从窗户里透出一丝光亮来。

"我们到了。"阿多思说。

这时,从沟里站起一个人来,他一开始是弯着腰躲在沟里的。这人是穆斯克通,他指指那个透出亮光的窗户。

"她就在里面。"他小声说道。

"巴赞呢?"阿多思问。

"我守窗,他守门。"

"很好,"阿多思满意地说,"你们都是忠实的仆人。"

阿多思跳下马来,把缰绳递给格里莫,打手势示意其他人都转到门的那个方向去,自己朝着窗户慢慢走去。

小屋四周围了一道两三尺高的绿篱,阿多思纵身越过树篱,蹑手蹑脚地走到窗户跟前。窗外没设挡板,但是里边那半截让窗帘给遮得严严实实。

他踩在外墙基石的边缘上,伸长脖子从窗帘上方的玻璃窗望进去。

微弱的烛光下,他看见一个紧裹深色斗篷的女人,安详地坐在火炉旁边的一张木凳上,她的臂肘支在一张简陋的桌子上,两只圆润雪白的手托着腮帮,眼睛半睁半闭。

看不清整个的她,但阿多思的嘴边露出一丝得意的笑容,他绝对不会错认,这人正是他要找的。

这当口响起一声马嘶,密拉娣睁大眼睛抬起头来,瞥见了阿多思贴在窗户外边那张愤怒的脸,不由得尖叫起来。

阿多思知道自己已经被发现了,就毫不犹豫地用膝盖和手猛推窗户,窗子应声倒下,玻璃碎了一地。

阿多思宛如饥饿的野狼,纵身跳进屋里。

密拉娣冲过去打开房门;只见门口直直地立着一个人,表情比阿多思还要愤怒,还要吓人。

密拉娣惊叫一声,跌跌撞撞往后倒退。达达尼埃误认为她还想伺机逃脱,担心这次再让她从他们的手里溜掉,不假思索地从腰里拔出手枪;但阿多思说话了。

"达达尼埃,收回你的枪,"他说,"最重要的是应该让这个女人受到裁决,而不是一枪毙了她。你再忍耐忍耐,达达尼埃,你会满意的。诸位,请里边坐。"

达达尼埃心悦诚服地点了点头,因为阿多思说这话时,语气之坚定,表情之严肃,俨然一位上天派来的审判官。于是,阿莱米斯,波尔托思,德·文特勋爵和裹红披风的那人,都跟在达达尼埃后面陆续进了屋子。

四个忠诚的仆人分头守在门口和窗口。

密拉娣蜷缩在椅子里,她伸出双手,好像要清除面前这一大堆让她心惊肉跳的幻想;当看见小叔子时,她发出一声凄惨的尖叫。

"你们到底想怎么样?"密拉娣瞪大眼睛高声问道。

"我们要找一个名叫夏洛特·贝克森的人,"阿多思说,"她以前叫拉费尔伯爵夫人,后来又叫过德·文特伯爵夫人和德·谢菲尔德男爵夫人。"

"我就是,我就是!"她惊慌不定地喃喃说道,"你们准备怎样对我?"

"我们要审判你的罪行,"阿多思气势汹汹地说,"你有权力为自己辩护,如果还有理由,你只管说好了。您第一个来指控,达达尼埃先生。"

达达尼埃迫不及待地走上前来。

"我当着天主和世人的面,"他说,"指控这个凶残的女人昨天晚上毒害了贡斯当丝·伯纳肖。"

他把脸转向波尔托思和阿莱米斯。

"我们俩可以作证。"两个火枪手不约而同地说道。

达达尼埃接着说下去。

"我当着天主和世人的面,控诉这个女人曾经想毒死我,她从维尔罗瓦给我送来毒酒,还模仿别人笔体写了封假信,想让我相信这酒是我的几位伙伴送的。虽然天主挽救了我的性命,但是有个名叫布里斯蒙的人做了替死鬼。"

"我们可以证明。"波尔托思和阿莱米斯同声说道。

"我当着天主和世人的面,控诉这个女人不止一次地调唆我去杀害德·瓦尔德伯爵;因为这事没有第三者在场,所以我自己作证。

"我的话说完了。"

于是达达尼埃和波尔托思·阿莱米斯都退到房间的那头。

"轮到您发话了,勋爵!"阿多思说。

男爵走上前来。

"我当着天主和世人的面,"他说,"控诉这个女人怂恿凶手刺杀了白金汉公爵。"

"刺杀了白金汉公爵?"在场的人同声嚷道。

"没错,"男爵说,"白金汉公爵被刺杀了!收到你们转交给我提醒我注意的那封信后,我就下令缉拿了这个女人,把给交给一个很忠诚的仆从看管;结果她买通了这个人,把匕首塞到他的手里,好说歹说让他去刺杀公爵,也许现在费尔顿正在为这个女人的罪行抵命呢。"

在场的审判人听完这桩以前并不知道的罪行,都气得咬牙切齿。

"还有,"德·文特勋爵继续说,"我哥哥让你做财产继承人之后,突然得了一种怪病,全身都是乌黑的斑痕,不出两小时就气绝身亡了。请问你的丈夫是怎么死的,我的嫂子?"

"真是狼心狗肺、畜生不如的家伙!"波尔托思和阿莱米斯挥舞着双拳喊道。

"关于白金汉和费尔顿以及我哥哥的死,我请求法庭主持公道,对你加倍惩处。我首先声明,如果讨不回公道,我就自己来伸张正义。"

说完,德·文特勋爵走过去站在达达尼埃身旁,把位置留给下一个控告人。

密拉娣把脸埋在两手中间,试图想让自己那狂跳的心和那乱糟糟的头脑清静下来。

"该我了,"阿多思战战兢兢地走上前来,犹如一头羔羊看见了饿狼那样浑身哆嗦,"该我了。当这个女人刚二十出头时,我不顾家庭的极力反对决定娶她做妻子,我把我的全部财产、我的姓氏都给了她;可是有一天我突然发现这个女人是个身犯重罪的囚犯,她的左肩上烙着一朵百合花。"

"噢!"密拉娣站起身来说道,"我敢保证,没任何人能找到有哪个法庭对我做出这种卑鄙的判决。也没任何人能找到有谁曾经给我烙上过这朵百合花。"

"闭嘴,"一个声音说道,"让我来答复你吧!"

说着,那个裹红披风的人走上前来。

"你是谁,你是什么人?"密拉娣吃惊得声音发颤地吼道,她脸色发紫,乱蓬蓬的头发就像有了生命似的根根倒竖起来。

所有在场的人都转过身去不解地盯着他,因为除了阿多思,谁也不清楚他到底是什么人。

阿多思也跟其他人一样目不转睛地看着这个人,因为就连他也不明白此人跟眼前这场悲剧究竟有什么密切联系。

陌生人严肃而平静地向密拉娣走去,直到跟她相距一张桌子远的时候才摘下面罩。

密拉娣惊恐万状地对着这张脸看了一刻钟,这张围在黑发黑髯中间,毫无血丝的脸上,只有一种冷淡的无比镇静的表情。突然间,她尖叫着站起身连连后退。

"哦!不,不,"她边喊边退,已经退到了墙壁跟前,"不,不,这是个魔鬼!天哪,这不是他!这绝对不是他!快救救我!"她声嘶力竭地喊道,一面转过身去对着墙,仿佛要用手扒开一个洞钻进去似的。

"您到底是谁?"在场的证人都异口同声地问道。

"让这个女人告诉你们答案吧,"裹红披风的人慢条斯理地说道,"因为大家全看见了,她已经认出了我。"

"里尔的刽子手,里尔的刽子手!"密拉娣彻底被一阵阵狂乱的不安攫住了,她一边大声嚷着,一边用两只手死死抓住墙壁,生怕自己倒下去。

所有的人都纷纷向后退去,唯独裹红披风的高个子独自站在房间中央。

"噢!发发慈悲!发发善心!放了我吧!"那恶毒的女人跪在地上,不停地喊道。

没有一个人作声,房间里静极了。

"我刚才说过了,她已经认出我是谁了!"他开口说道,"没错,我正是里尔城里的刽子手,下面就应该由我来说了。

所有的目光都齐刷刷地盯在这个人的脸上,大家都迫不及待地等着他往下说。

"这个女人以前当姑娘的那会儿,也像她现在一样美丽动人。那个时候她是唐普勒马尔本笃会女修道院的修女。专门主持修道院里教堂的,是个心无城府而虔诚的年轻神甫;她想尽一切办法来诱惑他,把他引上了钩,就连圣徒也经不住这娘们的引诱。

"俩人海誓山盟,决定白头偕老,永远厮守;可实际上这种私情如果发展下去,俩人势必都得身败名裂。她劝说他同意双双私奔;但事实上真要远走他乡,到法国重新找个偏僻的没人认识他俩的地方恩恩爱爱地生活,首要条件是先得有一大笔钱才行,而他俩都身无分文。神甫一狠心就把教堂的圣器偷出来卖了;两人还没来得及逃跑,就被关进了监狱。

"入狱刚八天,她又想方设法买通了狱卒的儿子,越狱而逃。年轻的神甫被判十年监禁和烙刑。我当时正如这女人所说，是里尔城里的刽子手。我只好给罪犯烙了印，而这罪犯，先生们，他正是我的兄弟呀！"

"那时我就对天发誓说，这个害了他的女人，肯定也会受到同样的监禁和烙刑，因为是她调唆他去干坏事的，她的罪名不只是同谋，确切地说应该是主谋。我猜测到她的藏身之处，就上那儿去找她。我抓了个正着，用绳子把她捆住，给她也烙上了同样一朵百合花。

"我兄弟在我回到里尔的第二天就越狱逃跑了，当局控告我和他同谋，判决我代替他服刑，除非他来投案自首才能放我出狱。我苦命的兄弟不晓得这个情况，他又千方百计地找到这个女人，和她一块逃到了贝里，他在贝里一个小教区当上了本堂神甫。对外人就说这个女人是他的妹妹。

"教区所在地的领主一眼就看上了这个冒充的妹妹，并且当面提出要娶她为妻。于是她一狠心就抛弃了这个已经被她毁了大半生的男人，投入即将败在她手里的另外一个男人的怀抱，轻而易举地成了拉费尔伯爵夫人……"

大家都转过脸望着阿多思，因为他的真名叫拉费尔，只见他无力地点了点头，证明这个刽子手说的全是真事。

"这时候，"这人继续往下说，"我苦命的兄弟都快要疯了，他不再抱任何希望，决定跟这种忘恩负义、鸡狗不如的女人一刀两断，他返回里尔，听说我在代替他服刑，就非常愧疚地前去投案自首，入狱第二天晚上就在牢房的气窗上吊死了。

"不过我还是应该说句公道话，那些判我入狱的人是挺守信用的。在确定我兄弟自杀以后，他们马上就释放了我。

"这就是我要说的全部，也就是我给她烙印的原因。"

"达达尼埃先生，"阿多思问道，"您希望判这个女人什么刑？"

"当然是死刑。"达达尼埃斩钉截铁地回答。

"德·文特勋爵，"阿多思接着说，"您希望判这个女人什么刑？"

"死刑。"德·文特勋爵勋爵语气坚定地回答说。

"波尔托思和阿莱米斯先生，"阿多思说，"你们二位身为审判官，觉得应该判这个女人什么刑？"

"死刑。"两个火枪手表情漠然的同时回答。

密拉娣发出一声刺耳的嚎叫，双膝跪地朝着这些审判官迎上去。

阿多思伸出一只手给她。

"夏洛特·贝克森，德·拉费尔伯爵夫人，密拉娣·德·文特伯爵，"他说，"你罪孽深重，已为世人和天主所不容。如果你想默诵祈祷文的话，你就赶紧默诵吧，因为你已被判决，死到临头了。"

听见这些让她心灰意冷的话，密拉娣刚准备直起身子说话，却没有力气张口；她只迷迷糊糊觉得有只无情而有力的大手抓住了她披散的头发，揪着她往前走，就像命运拽着人往前一样不可抗力，因此她不打算再作任何徒劳的反抗，就这样被揪出了小屋。

德·文特勋爵，达达尼埃，阿多思和阿莱米斯，陆续走了出来。仆人们跟在主人身后；只留下那座孤独简陋的小屋，房门敞开，窗玻璃碎了一地，桌上的小半截蜡烛发出微弱凄清的寒光。

第六十六章　行　刑

夜半时分,下弦的残月在雷雨过后好像用血染过似的,从阿芒蒂埃尔小镇后面升了起来,镇上的房屋和高耸入云的钟楼被朦胧的月光勾勒出黑漆漆的轮廓。前方的百合河不知疲倦地汩汩流淌;而在河的对面,树丛高大的黑影映衬在彤云密布的灰暗夜空上,这些赤褐色的云层在黑夜里犹如一片奇特的暮霭。左边有座年久失修的旧磨坊,风车的翼片一动不动,一只猫头鹰在这片废墟上空发出凄凉的叫声,一声接一声的尖叫让人感到不寒而栗。这支人困马乏的队伍缓缓地行进在凹凸不平的小道上,两旁的田野里时不时冒出一些矮壮的树丛,酷似长相丑陋的侏儒潜伏在道路两旁,窥探着在这般冷清的时刻赶路的人们。

天空中偶尔会掠过一道闪电,霎时把远处的旷野照得如同白昼,蜿蜒掠过漆黑的稠密树林,宛如一把锋利的弯头大刀把天空和河流劈成两半。空气燥热得一丝风都没有。整个自然界笼罩在死一般的寂静之中。

密拉娣的两条胳膊分别被两个仆人抓着,拖着她往前走;刽子手紧随其后,跟在刽子手后面的是德·文特勋爵,达达尼埃,阿多思,波尔托思和阿莱米斯。

走在最后面的是巴赞和布朗谢。

两个仆人拖着密拉娣往河边走去。她虽然紧闭双唇一声不吭,但是一双眼睛依次投向两人的乞求目光中,自有一种说不清的妩媚和风情。

她趁着走到稍微靠前几步的当口,开口对旁边两个仆人说道:

"如果你们愿意帮我逃掉,每人就可以得到一千皮斯托尔;可要是你们把我交给主子,你们就难逃活命,这儿到处都是我的人,我一旦死了,他们就会找你们报仇的。"

穆斯克通吓得脸色苍白,格里莫一时也不知所措。

阿多思听见了密拉娣的说话声,一个箭步奔上前来,德·文特勋爵也闻声赶了上来。

"重新找两个人把他俩换下去,"他说,"她刚才跟他俩不知说了些什么,他们肯定靠不住了。"

阿多思吩咐巴赞和布朗谢上前去,换下了格里莫和穆斯克通。

到了河边,刽子手极其麻利地把密拉娣的手脚捆绑起来。

这时她再也憋不住火,破口骂道:

"你们这帮不要脸的小人,无耻的凶手,你们十几个人轮流着对付一个弱女人,要她的命;你们都耐心等着吧,就算我逃掉了,也会有人来收拾你们的。"

"你不但不是一个女人,"阿多思恶狠狠地说,"甚至于连条母狗都不如,你是从地狱里逃出来的恶魔,我们现在要把你送回去。"

"好啊!你们这些道学先生!"密拉娣轻蔑地说,"你们都竖起耳朵听清楚了,要是谁敢来碰我一根汗毛,谁就是凶手。"

"刽子手杀人不算行凶,夫人,"裹着红披风的人舞弄着那柄宽刃长剑说道,"这就是最后的审判官——刽子手,咱们的邻居德国人就是这么说的。"

他一面说着这些话,一面使劲用绳子捆她,密拉娣发出的两三声怪叫飞向夜空,淹没在森林深处,给人一种凄惨而特别的印象。

"就算我犯了你们控告的那些罪行,就算我罪孽深重,"密拉娣厉声说道,"你们最起码也应该把我带到法庭上去,你们又不是法官,凭什么对我宣判。"

"我当初要送你去泰伯恩,"德·文特勋爵愤怒地质问道,"你为什么说不想去呢?"

"因为我不想过早地结束生命!"密拉娣一边挣扎一边喊道,"因为我还很年轻,还想多活几年!"

"你在贝蒂纳毒死的那个女人比你更年轻貌美,夫人,你当时怎么就没想到让她再多活几年呢?"达达尼埃反问道。

"我想进修道院,我想去当修女。"密拉娣假惺惺地嚷道。

"你以前就是修道院的修女,"刽子手说,"可是你却煞费苦心地从那里面偷逃出来,毁了我的兄弟。"

密拉娣万分惊恐地尖叫一声,双膝跪倒在地。

刽子手抓住她的上衣领子给提了起来,打算把她带上小船。

"哦!天哪!"她喊道,"天哪!你想淹死我呀!"

这声喊叫不由得让人心寒,达达尼埃虽说一开始曾慷慨激昂地要求追捕密拉娣,这会儿却跟泄了气的皮球似的一屁股坐到树墩上,低下头去,两手紧紧地捂着耳朵;尽管如此,密拉娣的恫吓和嚎叫仍然声声传入他的耳中。

达达尼埃是这群人中最年轻的一位,他实在没有毅力听下去了。

"喔!我不想看见这悲惨的场面!我反对用这种方法去处死这个女人。"

密拉娣听到达达尼埃这么一说,忽然觉得又有了活下去的希望。

"达达尼埃!达达尼埃!"她不失时机地喊道,"你没有忘记咱俩曾经相爱过吧!"

达达尼埃站起来,朝她走过去。

阿多思嗖的一声拔出利剑,挡在他面前。

"达达尼埃,您要是再往前走一步,"他说,"我们就得决一死活。"

达达尼埃扑通一声跪倒在地,祈祷起来。

"好了,"阿多思说,"刽子手,该干什么就干什么吧!"

"遵命,阁下,"刽子手顺从地说,"因为我正像知道自己是虔诚的天主教徒一样,确信我对这个女人行刑完全是合乎情理的。"

"不错。"

阿多思向密拉娣走近一步。

"我已经原谅了你对我的伤害,"他说,"你毁了我的前程,破坏了我的名誉,玩弄了我的感情,使我陷入绝望的深渊而不能自拔,但这一切我都原谅你了。你安心地死吧。"

德·文特勋爵跨前一步。

"我也原谅你了,"他说,"你毒害了我的哥哥,调唆他人刺杀了白金汉公爵大人,但我都原谅了你,我也原谅你害得苦命的费尔顿做了替死鬼,原谅你不止一次想要暗害我。你放心地去吧。"

　　"还有我,"达达尼埃接着说,"夫人,我恳请您宽恕我曾经用一种跟绅士身份极不般配的手段欺骗过你,并因此惹怒了你;同样,我也原谅你毒死了我的心上人贡斯当丝,原谅你对我沉重的打击,我原谅你并向你挥泪告别。祝你一路走好。"

　　"我终于完蛋了!"密拉娣用英语自言自语道,"我马上就要死了。"

　　她艰难地支起身来东张西望,布满血丝的双眼仿佛要喷出火来。

　　她什么也没看见。

　　她侧耳聆听,但什么也听不到。

　　她的周围全是敌人。

　　"我将死在哪儿?"她说。

　　"河对岸。"刽子手答道。

　　说完,他把她推上船,自己正准备举步上船时,阿多思把满满的一袋硬币交给了他。

　　"收好,"他说,"这是行刑的酬金;我要让别人知道,我们一向都是按规矩办事的执法人员。"

　　"好的,"刽子手说,"而现在,我要让这个女人明白,我是在做我应该做的事,而不是出于职业的习惯奉命行事。

　　说完,他把钱袋丢进了河里。

　　小船载着罪孽深重的犯人和行刑的刽子手,向百合河的左岸而去;其他的人留在右岸,都跪倒在地。

　　小船沿着渡口的缆绳缓缓驶向对岸;河面上正好倒映出天上飘过的一朵苍白的浮云。

　　小船停在了对岸;淡红的天际勾勒出黑乎乎的两个人影。

　　密拉娣在小船滑行途中,居然趁刽子手不注意偷偷解开了脚上的绳索。船刚抵岸,她一纵身跳出小船,撒腿就跑。

　　但是地面泥泞不堪;她跑到斜坡顶上滑了一下,双膝着地跪了下来。

　　也许是因为这当儿一种宿命的想法镇住了她;她心里清楚天主已经懒得援手救她了,于是就干脆保持那个姿势,双手合十,跪下不动了。

　　这时,对岸的人发现刽子手慢慢地举起双臂,月光照在那柄锋利的剑刃上,折射出道道寒光,接着双臂用力往下抢去。只听得长剑刷的一声,受刑人一声惨叫,身首分家的尸身倒了下去。

　　刽子手脱下红披风铺展在地上,把尸身放上去,又把首级也往里一塞,四个角面对面打成结,然后扛起这个鲜红的包裹上了小船。

　　小船滑行至百合河的河中央时,他停稳船,把那个鲜红的包裹悬在河面上。

　　"让天主来伸张正义吧!"他大声喊道。

　　说着,把手一松,尸首在河面上溅起一圈圈涟漪,随即沉了下去。

　　三天后,四个火枪手返回了巴黎,他们没有超假。当天晚上他们跟往常一样去统领府邸谒见德·特瑞威尔先生。

　　"嗯,诸位,"统领问他们说,"你们此次旅行玩得痛快吗?"

　　"非常痛快。"阿多思和其他伙伴异口同声地回答道。

第六十七章　结　局

下个月六号,国王兑现对红衣主教的承诺,将离开巴黎返回拉罗谢尔。正好这时,白金汉遇刺身亡的消息传来,所以国王起驾离京时还高兴得神魂颠倒的没回过神来。

王后虽然很早就听说心上人处境相当危险,但当手下人前来汇报公爵死讯的时候,她死活也不肯相信这是千真万确的事,甚至还脱口说了一句很不中听的话:

"这纯属谣言!我刚才还收到了他的来信。"

可是第二天一大早,这个噩耗就被证明是不容置疑的了;事情发生后拉波尔特也像别人一样被查理一世的封港令羁留在英国,现在他带着白金汉临死前托付他捎给王后的纪念物孤零零地回来了。

国王心里简直乐开了花;他不想花费那份闲工夫来掩盖自己难得的喜悦心情,甚至还有意让王后知道自己的心情之舒畅。路易十三和所有心胸狭窄的人一样,缺少那么点儿宽容和大度。

可是好景不长,国王又开始板起面孔、愁眉不展了,他心里稍微有一点风吹草动就会毫不保留地全显露在脸上;一想起要回大营,他就觉得浑身起鸡皮疙瘩,然而他最终还是出发了。

在他眼里红衣主教是条把小鸟镇住了的毒蛇,他这只小鸟从一棵树上飞到另一棵树上,可飞来飞去还是要返回拉罗谢尔,所以返回拉罗谢尔的旅途既漫长又沉闷是出乎同伴们的意料,他们肩并肩一起行进,表情冷淡,眼神忧郁。唯独阿多思时不时地抬起他那宽宽的额头,这时他的眼睛会变得明亮有神,唇边也会勉强挤出一丝苦涩的笑意,而后,他也和那几位伙伴一样,重又埋下头边往前行边想起心事来。

这支卫队每到一座城市,四个伙伴刚把国王护送到行宫,就瞅机会躲进哪个清静的小酒店或者给他们安排的住处,他们待在那儿既不喝酒也不休养,只是对着耳朵窃窃私语,还不时要打探打探有没有人在偷听。

有一天国王在途中停下来打喜鹊,四个伙伴按一路上的老样子,不能跟着国王凑热闹,而是一块躲进马路边上的一家小酒店里;这时从拉罗谢尔方向急驰而来一位骑马男子,发现有酒店便勒住马在门口吆喝着想喝上一杯,他环顾店堂四周,瞥见了聚在桌边的四个火枪手。

"嗨,真凑巧!达达尼埃先生!"他说,"您怎么也坐在这儿?"

达达尼埃抬头一看,高兴得喊出声来。来的不是别人,正是他在阿拉斯、掘墓人街和牟恩镇碰到过的那个陌生人,他平时老管这家伙叫甩不掉的冤家对头。

达达尼埃握起长剑冲了出去。

不同寻常的是这一回,这家伙不但没有逃跑的意思,反而敏捷地跳下马来,迎着达达尼埃走过来。

"啊！先生，"达达尼埃说，"我终于碰见您了；这回您肯定逃不了啦。"

"我根本就没打算逃跑，先生，因为这次我正在到处找您，国王派我来逮捕您并要您交出您的剑，先生，请您千万别拒捕；我先把丑话说在前头，这可是人命关天的事。"

"您究竟是什么人？"达达尼埃垂下剑问道，但丝毫没有把剑交出去的意思。

"我是德·罗什福尔骑士，"陌生人态度友好地回答说，"黎塞留红衣主教先生的侍从武官，我奉命把您带去见主教大人。"

"我们正准备回去拜见主教大人呢，骑士先生，"阿多思走上前插嘴说道，"我向您保证达达尼埃绝对不会食言，他这就动身赶往拉罗谢尔，中途不会有半点延误。"

"我要亲自把他交到主教先生的卫士手里，再由他们把他带到大营。"

"先生，这事就包在我们身上吧，我们可以向天盟誓；不过我们同样也可以向天盟誓，"阿多思停顿了一下接着说，"达达尼埃先生是不可能离开我们的。"

德·罗什福尔骑士转身往后面看了一下，发现波尔托思和阿莱米斯挡住了他的去路；他马上意识到自己完全置于这四人的控制之下了。

"诸位，"他极其平静地说道，"如果达达尼埃先生自愿交出宝剑，并且重述你们的诺言，我就立即允许达达尼埃先生由你们带到主教大人的行营。"

"我当着天主的面向您发誓，先生。"达达尼埃边说边把剑交给了德·罗什福尔先生。

"这样我也方便多了，"罗什福尔说，"因为我还要往前赶路呢。"

"如果您是着急去找密拉娣，"阿多思表情冷漠地说，"那就不必了，就算非要去也不会找到了。"

"快告诉我，她出什么事啦？"罗什福尔急不可耐地追问道。

"您回到大营就清楚了。"

罗什福尔皱起眉头想了一会儿，然后，因为他们只需要一天路程就可以到达絮热尔，而红衣主教又要在那儿迎接国王，所以罗什福尔决定跟阿多思他们一起回去。

再说了跟他们一起回去还有个好处，就是可以亲自监视在押犯达达尼埃的一举一动。

他们一行人上了路。

第二天下午三点钟，他们顺利到达絮热尔。红衣主教早已在那儿恭候路易十三了。首相和国王互相致以亲切的问候，为法国居然能轻而易举地摆脱那个煽动全欧洲来反对它的劲敌而欢呼庆幸。而后，红衣主教因为从罗什福尔口中得知达达尼埃已经逮着了的消息，着急想去见他，于是就向国王告辞，不过临走时又诚恳地邀请国王第二天去参观参观已经完工的长堤工程。

红衣主教当天晚上就回到石桥屯行营，只见四个火枪手早已恭候于他下榻的屋子门前，达达尼埃没有佩剑，其余三人全副武装。

这次红衣主教势力强大，所以他态度蛮横地看着他们，一声不吭，用眼神和手势示意达达尼埃跟着他走。

达达尼埃顺从地跟在他屁股后面。

"达达尼埃，我们等着你。"阿多思高声喊道，好让红衣主教听见。

主教大人不悦地皱了皱眉头，脚步慢了下来，便又一声不吭地大步向屋里走去。

达达尼埃跟随红衣主教进了屋,后面是罗什福尔;卫士把守在门口。

主教大人走进用作书房的房间,用眼神示意罗什福尔把年轻的火枪手达达尼埃领进来。

罗什福尔将达达尼埃领进去后,便退了出来。

这已是达达尼埃独自一人第二次面对红衣主教黎塞留了,事后他坚持说当时他心想这应该是最后一次了。

黎塞留背靠壁炉站着,跟达达尼埃隔着一张桌子。

"先生,是我吩咐罗什福尔逮捕您的。"红衣主教说。

"大人,这我早就知道了。"

"您知道什么原因吗?"

"不,大人,因为唯一能让我被捕的那桩事情,主教大人您还一点都不晓得哩。"

黎塞留不解地凝视着面前这个年轻人。

"嗬嗬!"他说,"我真不明白你在说些什么?"

"只要大人先说清楚指控我的是什么罪名,我马上就会完完整整地告诉你我干过的事情。"

"先生,您被指控的罪名,就算加在比您权力大很多的人头上,也足够让他们彻底完蛋的!"红衣主教说。

"大人,都有哪几种罪名?"达达尼埃问道,口气平静得出乎红衣主教的预料之外。

"您被指控里通外国,跟王国的敌人关系密切,您还被指控刺探国家秘密,并不止一次地破坏上级将官实施作战方案。"

"大人,到底是谁在这样指控我呢?"达达尼埃问道,其实他心里已经猜到这一切出自密拉娣之口,"是一个被依法施过烙刑的女人,一个先在法国嫁人又在英国嫁人的女人,一个毒害第二任丈夫,而且居心叵测想毒死我的女人!"

"先生,您在说些什么?"红衣主教惊讶地大声说道,"这究竟是说的哪个女人?"

"密拉娣·德·文特伯爵,"达达尼埃答道,"对,我是在说密拉娣·德·文特伯爵,她一向深得大人宠爱,估计大人对她的这一大堆罪行还不太清楚。"

"先生,"红衣主教说,"要是密拉娣·德·文特伯爵犯过您所说的这一大堆罪行的话,那她应该早已受到惩处了。"

"她是早已受到惩处了,大人。"

"是谁惩处她的?"

"我们。"

"她进了监狱吗?"

"没有,她死了。"

"她死了!"红衣主教吃惊地大声说,他不敢确信自己听到的话,"死了!您刚才说她已经死了?"

"她不止一次地想杀害我,我都宽恕了她;但是她还是毫不留情地毒死了我的心上人。所以,我和我的伙伴们想方设法抓到她并进行了审判,给她判了死刑。"

接着达达尼埃述说了伯纳肖太太在贝蒂纳加尔默罗会修道院如何中毒而死,他们如何费尽周折在那座孤独的小屋里轮流审判密拉娣,又如何在百合河畔由刽子手将她一剑劈死的具体过程。

红衣主教听得一个劲地打哆嗦,可他一向是不会轻易打哆嗦的。

或许是受了一种无言的想法的影响,红衣主教一分钟前还板着的那张脸,忽然间舒展开来,慢慢地变得和颜悦色。

"如此说来,"他说话的声音非常轻柔,跟话语中的生硬意味形成了一种强烈的反差,"你们在没有得到授命的前提下进行了审判,难道你们不晓得擅自行刑就等于谋杀吗!"

"大人,我敢保证,我一点为自己开脱的意思都没有。我心甘情愿地接受主教大人的任何惩罚。我的生命并不可贵,我求生的欲望也不是特别强烈,所以死亡对我来说并不可怕。"

"没错,这点我清楚,您是条汉子,先生,"红衣主教说这几句话时基本上是动了真感情的,"所以我必须提前跟您说清楚,您即将受到审讯,甚至要被判刑。"

"如果换了另外一个人很有可能对大人说,他口袋里有一张特赦令;但是我只想对您说:'做决定吧,大人,我一切都准备好了。'"

"您有特赦令?"黎塞留诧异地问。

"有的,大人。"达达尼埃说。

"谁签署的?是不是国王?"

红衣主教说这句话时,语气中带有一种莫名其妙的轻蔑意味。

"错了,是主教大人您亲自签署的。"

"我?您没胡说吧,先生?"

"大人不会连自己的笔迹都不认识吧。"

说话间达达尼埃把那张与自己命运关系密切的纸条交给红衣主教,当初阿多思把它从密拉娣手里夺过来,就是要留给达达尼埃日后当护身符用的。

主教大人颤抖着双手接过纸,语调缓慢、一字一句地小声念道:

> 本公文持有者受本人密令,其所有活动与国家利益密切相关,特准许其见机行事。
>
> 黎塞留
> 1627 年 12 月 3 日

红衣主教念完以后,陷入了长时间的沉思,但他并没有把纸条马上交还给达达尼埃。

"他肯定在打主意,琢磨着如何用酷刑将我处死,"达达尼埃暗自思忖道,"得,反正我已经豁出去了!我要让他一饱眼福,看看一条汉子到底是怎样死的。"

年轻的火枪手达达尼埃集英雄气概于一身,打算英勇就义。

黎塞留目不转睛地盯着手里拿着的那张纸,反复地卷拢又摊开,摊开又卷拢。最后他表情冷漠地抬起头,把鹰隼般的眼光死死地盯在达达尼埃诚恳、坦率、英俊的脸上,从这张泪迹斑斑的脸上可以清楚地看出这一个月来他所遭遇的种种磨难,不止一次地想到这个二十出头的年轻火枪手会有多么辉煌的前程,想到他的机智、果敢和善战对于一个好主子来说会有多么的珍贵。

另外,密拉娣的屡次犯罪,她的手段之残忍和用心之不良,早已不止一次地使他存有戒备心理。就此能轻而易举地甩掉这个狡诈的同谋,他由衷地感到庆幸。

他把达达尼埃如此大度地递给他的特赦密令慢慢悠悠地撕成碎片,然后抛向空中。

"我彻底完蛋了。"达达尼埃心里默念道。

于是他向红衣主教恭恭敬敬地鞠了一躬,那意思是说:"阁下,我听从您如何处置!"

红衣主教走到书桌前,就那么站着在一张已写满乱七八糟东西的羊皮纸上写了几个大字,盖上印。

"这就是写给我的判决书,"达达尼埃自言自语道,"他没让我进巴士底监狱去过非人的生活,也不用我成年累月地等待对我的判决,这已经做到仁至义尽了。"

"嗯,先生,"红衣主教对年轻人说,"我撕毁了您的一张特许证,现在我重新还您一张。这张委任状上名字没填,您自己写上吧。"

达达尼埃不知所措地接过纸,仔细看去。

这是一张火枪营副统领的委任状。

达达尼埃感动地跪倒在红衣主教面前。

"大人,"他说,"您主宰着我的命运,从今天起它听凭您的发落;可是您赐给我的这份恩宠,我愧不敢当;我有三个伙伴,他们比我还出色,更适合……"

"您是条正大光明的汉子,达达尼埃,"红衣主教打断他的话说,一面友好地抚摸他的肩膀,暗自为收服了这个性情刚烈的年轻火枪手而感到由衷的高兴,"这张委任状随便您怎么处置皆可。不过您必须牢记,尽管上面没有写上名字,但我是把它给您的。"

"这我永世不忘,"达达尼埃回答说,"大人不必担心。"

红衣主教转过头去大声喊道:

"来一下,罗什福尔!"

估计那个骑士就候在门口,红衣主教话音刚落他就进来了。

"罗什福尔,"红衣主教叮咛道,"您知道达达尼埃先生在这儿,他已经成为我的朋友了,所以,你俩拥抱一下吧,谁如果还想多活几年的话,可就得放机灵点。"

罗什福尔和达达尼埃极不情愿地拥抱了一下;红衣主教就在旁边,那双锐利的眼睛正盯着他俩。

俩人双双告辞。

"咱们还有机会相见的,是不是,先生?"

"应该会的。"达达尼埃心不在焉地说。

"那就后会有期。"罗什福尔插嘴说道。

"嗯?"黎塞留一边说着话一边打开门。

俩人对视一下,默默地笑了,伸出手来握了握,向主教大人告辞。

"我们都快急死了。"阿多思不安地埋怨道。

"朋友们,我挺好的!"达达尼埃欢快地答道,"不但没被捕,反而还交上了好运呢。"

"您不准备把事情的详细经过告诉我们?"

"回去再告诉你们吧。"

当晚达达尼埃来到阿多思的卧室,只见他已经把一整瓶西班牙葡萄酒喝得精光,这是他每晚必不可少的功课。

达达尼埃把他跟红衣主教之间发生的事情完整地告诉了阿多思,然后从上衣口袋里摸出那张折叠得非常仔细的委任状。

"噢,亲爱的阿多思,就在这里,"他说,"它当然应该属于您。"

阿多思笑了,他的这种笑容很是罕见。

"朋友,"他说,"在阿多思看来,真有点让他愧不敢当;但在拉费尔伯爵看来,又有点让他瞧不起。把这张委任状保存好吧,它应该是属于您的;唉,我的上帝啊!您为它付出的代价也太大了。"

达达尼埃从阿多思的住处走出来,又走进了波尔托思的住处。

他看见波尔托思身罩一件金碧辉煌的绣花外套,正在镜子面前照来照去。

"啊哈!"波尔托思说,"是您啊,可爱的朋友!您认为我这身打扮怎么样?"

"棒极了,"达达尼埃说,"不过我想给您另外一套,您穿上一定极其合体。"

"什么服装?"波尔托思问。

"火枪营副统帅的军服。"

达达尼埃告诉了波尔托思他面见红衣主教的经过,然后把那张委任状拿了出来。

"拿着,伙计,"他说,"把您的名字写上,当我的好上司吧。"

波尔托思看了一眼委任状,便又把它还给达达尼埃,使达达尼埃感到非常吃惊。

"对,"波尔托思说,"这让我感觉好得意,但是这份福我也享受不了几天工夫啦。咱们去贝蒂纳的时候,我那位公爵夫人的老头子死了;因此,伙计,死者的钱箱正等着迎接我呢,我这下就去和他的寡妇结婚。可不是,我正在试穿结婚礼服呢;副统领的委任状最好还是留着好,伙计,收起来吧。"

说着他就把委任状还给了达达尼埃。

年轻人又到了阿莱米斯的住所。

但见阿莱米斯正跪在一张跪凳跟前,额头贴在摊开的日课经上。

达达尼埃把会见红衣主教的情形告诉了他,接着第三次从口袋里拿出那张委任状。

"您是我的朋友,我们的智囊团,也是我们无形的保护神,"达达尼埃说,"请把这张委任状收下;凭着您的明智,凭着您的那些结局总是非常圆满的好主意,您拿着它再合适不过了。"

"唉,伙计!"阿莱米斯说,"最近几次咱们老是到处奔走,使我对军人的生活充满了厌倦。这一次我是吃了石头铁了心,等围城一结束我就进遣使会当教士。这张委任状您保留着吧,达达尼埃,行伍生活挺适合您,您肯定是一位正直英勇的统领。"

达达尼埃不由自主地泪眼汪汪,悲喜交加,返身又回到阿多思的住地,只见他依然坐在桌边,在烛光下凝视着最后那瓶马拉加麝香葡萄酒。

"哎,"达达尼埃说,"他们都不愿接受。"

"这是因为,伙计,您比任何人都更配拥有它。"

说话间阿多思拿起一支羽毛笔,把达达尼埃的名字写在了委任状上,然后把它交给了他。

"我以后再也不会有朋友了,"年轻人说道,"唉!一切都过去了,除了那些痛苦的回忆……"

他低下头,两只手捧着脑袋,只见两行热泪滚滚而下。

"您还年轻,"阿多思回答说,"您那痛苦的回忆是会变成甜美的追忆的!"

尾　声

　　拉罗谢尔没有等到白金汉曾许诺的支援部队,英国舰队和陆军的救援都没机会见到,于是城里的守卫军在被包围了一年之后只能投降了。1628年10月28日呈上了投降书。

　　国王在同年12月23日返驾。巴黎全城欢天喜地地迎接国王归来,那场景反倒像他战胜的不是自己的同胞,而是他的敌国一般。他经过圣雅克城区进入京都,沿途经过层层道道用青翠的枝叶搭成的拱门。

　　达达尼埃被任命为副统领。波尔托思退伍了,第二年娶了科克纳尔夫人,心仪已久的钱箱里存了八十万利弗尔。

　　穆斯克通穿上了漂亮的号服,得意扬扬地登上了豪华马车的后座,这是他一生魂牵梦萦的耀眼时刻,现在终于了却这桩心愿。

　　阿莱米斯去洛林旅行回来之后,就完全地隐居了,不和友人通信了。以后因为德·谢芙勒兹夫人向她的两三个情人说起来,朋友们才知道他已经在南锡的一座修道院里正式当了修士。

　　巴赞也当了不受供品的庶务修士。

　　阿多思依旧是达达尼埃的属下,到了1633年,他去都兰旅行了一回归来,才退伍离开了火枪营,原因是刚在鲁西荣继承一笔聊胜于无的遗产。

　　格里莫仍跟随着阿多思。

　　达达尼埃与罗什福尔交过三次手,三次把他刺伤了。

　　"没准儿第四次我会让你归西的。"达达尼埃一面对他说,一面伸手扶他起来。

　　"因此不管对您还是对我,咱们就识趣点吧,"手下败将答道,"真晦气!我可以称得上是您的朋友了,可您却一无所知,不然,第一次我们见面时只要与红衣主教说一句,您早就死了。"

　　俩人互相拥抱,这回可是发自内心的,心底里没有打任何个人主意。

　　布朗谢倚仗罗什福尔照顾,在卫士营里担任了个队长。

　　伯纳肖先生日子过得非常快活,自己的老婆到底出了什么问题,他丝毫也不清楚,毫不在意。某一天,他没注意就说漏嘴了,说到当初见到红衣主教的那一堆事;红衣主教明白以后让人通知他,从今天起他就愉悦快活了。

　　确实,第二天晚上七点钟伯纳肖先生到卢浮宫去,就此没有再回到掘墓人街;有可靠消息说,他居住在一座王室城堡里,膳宿都由毫不吝啬的主教大人供应。